ein Ullstein Buch

ÜBER DAS BUCH:

Leutnant Lord Ramage ist der widersprüchlichste Offizier in der ganzen Royal Navy: von den einen wegen ungewöhnlicher Tapferkeit gelobt, wird er von den anderen wegen angeblicher Feigheit vor dem Feind verdammt. Jedenfalls erhält er immer die heikelsten Aufträge und ist der ideale Sündenbock. Diesmal muß er mit seiner Brigg »Triton« die Nachricht von der Großen Meuterei im Spithead 1797 zu den britischen Geschwadern im Atlantik und in der Karibik bringen. Durch dreistes Bluffen und unter Einsatz seines Lebens zwingt er seine ebenfalls meuternde Besatzung zum Auslaufen, und nach Erledigung seines Auftrags hat er aus einer Bande von Raufbolden eine loyale Crew gemacht. Und die braucht er auch, denn als nächstes muß er einen Ring Freibeuter zur Strecke bringen, die zwischen den Karibikinseln Grenada und Martinique immer wieder reich beladene Handelsschiffe kapern. Wird er dabei so schmählich scheitern wie schon zwei Kommandanten vor ihm? Seine kleine Brigg mit nur zehn Kanonen hat gegen die schwer bewaffneten Korsarenschiffe doch so gut wie keine Chance ... Der dritte Band der erfolgreichen Ramage-Serie, weitere sind in Vorbereitung.

ÜBER DEN AUTOR:

Dudley Pope entstammt einer alten Waliser Familie und hat sich in England und Amerika als Marinehistoriker einen Namen gemacht. Sein Hauptinteresse gilt der Seekriegsgeschichte der Nelson-Zeit, und seine Fachkenntnisse – er selbst ist aktiver Hochseesegler und diente bei der Royal Navy – bilden die Grundlage seiner farbigen, faszinierenden Ramage-Serie, die bei Ullstein wieder aufgelegt wird.

Dudley Pope

Ramage und die Freibeuter

Roman

ein Ullstein Buch

ein Ullstein Buch/maritim
Nr. 22496
Herausgegeben von J. Wannenmacher
im Verlag Ullstein GmbH,
Frankfurt/M – Berlin
Titel der englischen
Originalausgabe:
Ramage and the Freebooters
Übersetzt von Dr. Eva Malsch

Ungekürzte Ausgabe

Umschlagentwurf:
Hansbernd Lindemann
Umschlagillustration:
Nicolas Cammilieri: *Corsair la Babriole*
aus der Sammlung Peter Tamm
Entnommen dem Buch *Admiral Nelsons Epoche* von Dirk Böndel,
Museum für Verkehr und Technik, Berlin

Printed in Germany 1991
Gesamtherstellung:
Clausen & Bosse, Leck
ISBN 3 548 22496 2

Mai 1991

Vom selben Autor
in der Reihe der
Ullstein Bücher:

Leutnant Ramage (22268)
Die Trommel schlug
zum Streite (22308)

CIP-Titelaufnahme
der Deutschen Bibliothek

Pope, Dudley:
Ramage und die Freibeuter: Roman /
Dudley Pope. [Übers. von Eva Malsch]. –
Ungekürzte Ausg. – Frankfurt/M;
Berlin: Ullstein, 1991
(Ullstein-Buch; Nr. 22496: Maritim)
ISBN 3-548-22496-2
NE: GT

1

Als Ramages Kutsche durch Whitehall holperte, war er überrascht, die lange, breite Straße fast verlassen vorzufinden. Ein paar Soldaten in roten Waffenröcken stolzierten am Ende der Downing Street vorbei. Die weißen Federn ihrer Tschakos flatterten im Wind, die Stiefel glänzten schwarz, die Patronengurte waren sorgfältig mit Pfeifenton geweißt. Ein Brauereiwagen, gezogen von zwei Pferden und schwer beladen mit Fässern, näherte sich vom Charing Cross her dem Marineministerium.

Ein Pastetenbäcker schob seinen Handkarren vor sich her. Seine Körperfülle verriet, daß er seine eigenen Erzeugnisse gern und oft kostete, und sein schwankender Gang bewies, daß er auch die Produkte der Brauerei nicht verachtete. Er blieb vor dem Banketthaus des Old Whitehall Palace stehen, wischte sich mit einem Taschentuch über die Stirn und rief: „Kauft meine Pflaumenkuchen!" Ein Hausierer, der neben seinem lahmen Pferd saß und Spitzen- und Brokatstoffe anpries, warf dem Bäcker einen wütenden Blick zu und rückte um ein paar Yards weiter.

Zu beiden Seiten der Straße wichen die wenigen Passanten den Pfützen aus, die ein Regenschauer hinterlassen hatte, und wirkten von weitem, als würden sie einen komplizierten Tanz vorführen.

Ramage lehnte sich in die Wagenpolsterung zurück, die nach Moder roch, und stülpte sich seinen Dreispitz auf den Kopf, als der Kutscher den Wagen durch einen schmalen Bogengang in den Vorhof des Marineministeriums manövrierte. Er wünschte sich, er würde sich eher wie ein Marineoffizier fühlen, der er ja schließlich auch war, und nicht wie ein ungehorsamer Schüler, der vor einen wütenden Lehrer zitiert wurde.

Die Räder ratterten über das Kopfsteinpflaster, und dann hielt die Kutsche vor den vier imposanten Säulen, die den Haupteingang schmückten. Knarrend schwang die Wagentür auf, eine Hand zog die Faltstufen nach unten. Ein Pförtner trat aus dem Tor, als Ramage aus der Kutsche stieg. Aber als er sah, daß der Besucher nur ein gewöhnlicher Leutnant war, kehrte er wieder um.

Ramage befahl dem Kutscher zu warten und betrat die geräumige Eingangshalle, wo eine große, sechseckige Glaslaterne von der Decke hing und seine Schritte auf dem Marmorboden hallten. Der Kamin zu seiner Linken war noch voller Asche, weil der Nachtpförtner ein Feuer angezündet hatte, und daneben standen die seltsamen, überdachten schwarzen Lehnstühle, die Ramage immer wieder an Witwenhauben erinnerten.

Aus einem der Stühle erhob sich mit aufreizender Langsamkeit ein Bedienter in Livree und fragte in gelangweiltem, herablassendem Ton: „Sie wünschen — Sir?"

Der ‚Sir' kam nicht mit Verspätung an, weil er dem Sprecher erst hinterher einfiel. In langer Praxis hatte sich der Mann diese zögernde Anrede gewöhnlichen Leutnants gegenüber angewöhnt, um ihnen zu zeigen, daß sie zur niedrigsten Kategorie der Offiziere gehörten und daß dies das Marineministerium war, vor dessen Tür er pflichtbewußt Wache hielt.

„Der Erste Lord erwartet mich."

„Da muß ich erst einmal auf meiner Liste nachsehen."

Ramage klopfte ungeduldig mit der Scheide seines Galadegens auf den Boden. Der Mann öffnete die Schublade eines Tischchens, und obwohl die Liste ganz offenbar das einzige Blatt Papier war, das darin lag, kramte er eine

Weile herum, bevor er sie herausnahm. Nachdem er einen Blick daraufgeworfen hatte, starrte er Ramage unverschämt an, legte das Blatt wieder in die Lade und schob sie zu. „Sie müssen . . .“

„Man hat mich rufen lassen“, fiel ihm Ramage ins Wort.

„Sicher — Sir. Vielleicht können Sie mit einem der Sekretäre sprechen — vielleicht sogar schon heute nachmittag. Ich werde sehen, was ich tun kann.“

„Ich bin um neun Uhr mit Lord Spencer verabredet. Bitte, sagen Sie ihm, daß ich hier bin.“

„Hören Sie mal“, entgegnete der Mann und ließ seine höfliche Maske fallen. „Hier kommen scharenweise Leutnants und Captains an und Admiräle dutzendweise. Und alle behaupten, sie seien mit Seiner Lordschaft verabredet. Auf der Liste steht nur eine Person, mit der Seine Lordschaft heute vormittag zu sprechen wünscht, und das sind nicht Sie. Sie können dort warten.“ Er zeigte auf den berüchtigten Warteraum zur Linken des Haupteingangs. „Ich werde sehen, ob ich jemanden finden kann, der bereit ist, mit Ihnen zu sprechen.“

Ramage strich über eine der beiden Narben an seiner rechten Schläfe — eine unbewußte Geste, die noch vor wenigen Wochen einer ganzen Schiffsbesatzung verraten hätte, daß ihr junger Captain entweder nachdachte oder wütend wurde.

Plötzlich fuhr er zum Pförtner herum, der den Zwischenfall offenbar genoß, und schrie: „He, Sie da! Gehen Sie sofort zum Ersten Lord, und sagen Sie ihm, daß Lord Ramage angekommen ist!“

Der Mann rannte zu dem Korridor am anderen Ende der Halle. Ramage wandte sich wieder dem Livrierten zu, der nun ziemlich besorgt dreinsah und sich verlegen die Hände rieb. „Aber Eure Lordschaft — ich wußte ja nicht . . . Sie haben mir Ihren Namen nicht genannt.“

„Sie haben mich nicht danach gefragt, und es hat Sie

nicht interessiert, ob ich vielleicht die Person sein könnte, die auf Ihrer Liste steht. Sie wollten nur andeuten, daß ein Guinea Sie unter Umständen dazu bewegen könnte, mir einen Clerk zu holen. Und jetzt halten Sie den Mund!"

Der Mann wollte noch etwas sagen, aber dann sah er Ramages Augen — dunkelbraun, tiefliegend unter dichten Brauen. Sie funkelten so wütend, daß der Mann Angst bekam. Jetzt fielen ihm auch die beiden Narben an der Schläfe des Leutnants auf. Die eine war ein weißer Strich, der sich deutlich von der gebräunten Haut abhob. Die andere war rosa und leicht geschwollen, offenbar die Spur einer Verletzung, die sich Lord Ramage erst kürzlich zugezogen hatte.

Aber Ramage war, wie jeder andere Offizier der Royal Navy, immer noch erschüttert von den letzten Neuigkeiten aus Spithead. Und sein bitterer Zorn galt nicht diesem Mann als Individuum, sondern als niederträchtige Personifikation einer Haltung, die so viele Mitglieder der Admiralität einnahmen. Als er ungeduldig in der Halle auf und ab ging, dachte Ramage an die zahllosen Hilfs-, Junior- und Seniorclerks, an die vielen Hilfs-, Junior- und Seniorsekretäre, die nun unter diesem Dach arbeiteten, viel zu viele Beamte, die die Navy mit unpersönlicher Herablassung verwalteten und nur Verachtung für die Seemänner empfanden.

Es war verständlich infolge des Systems — aber es war unverzeihlich. Die meisten dieser Männer verdankten ihren gutbezahlten Posten mit Pensionsberechtigung einem einflußreichen Freund oder Verwandten. Sie füllten Formulare aus, lasen Berichte, konnten wie Papageie die Seegesetze herunterleiern. Und es wurde ihnen oft nicht bewußt, daß der Seemann, den sie um seine Pension betrogen, seine Rechte nicht kannte und sich nicht wehren konnte. Oder daß der Kommandant eines Kriegsschiffes, der sich wegen unerheblicher Verluste vor dem Kriegsgericht verantworten mußte, nach einer wochenlangen Blockade vor irgendeinem gottverlassenen, stürmischen französischen Hafen am Ende seiner Kraft war.

Ein Clerk mit Tintenfingern war seiner eigenen Schätzung nach viel wichtiger als ein Seeoffizier. Schiffe und Seeleute waren für ihn ein Ärgernis, das er eben ertragen mußte. Niemand konnte ihm jemals klarmachen, daß er nur existierte, weil gutausgerüstete, ausreichend bemannte Schiffe zur See fahren mußten. Nein, für diese verdammten Federfuchser war ein Kriegsschiff nur ein Loch in einem riesengroßen Aktenstapel, mit Holz verkleidet und mit Gefangenen vollgestopft.

Das schandbare Geschehen von Spithead war vor allem diesen Männern zu verdanken, ob nun ein Junior-Clerk mit einem Jahresgehalt von fünfundsiebzig Pfund, eine verzweifelte Seemannswitwe oder ein Senior-Clerk mit achthundert Pfund pro Jahr die Stimmen der Seeoffiziere ignorierte und den Ministern erzählte, was diese hören wollten. Der Teufel hol's ...

„Mylord ..."

Der Pförtner trottete neben ihm her und versuchte offenbar schon seit Minuten, Ramages Aufmerksamkeit auf sich zu lenken. „Mylord, wenn Sie bitte mit mir kommen wollen ..."

Wenige Sekunden später führte er Ramage durch eine Tür und sagte: „Würden Sie bitte hier warten, Sir. Seine Lordschaft wird bald kommen."

Als sich die Tür hinter dem Pförtner schloß, stellte Ramage fest, daß er sich im Sitzungssaal befand. Hier unter der weißgoldenen Stuckdecke, mit heraldischen Rosen geschmückt, pflegten die Lord Commissioners der Admiralität zu sitzen und zu beraten. Ihre Entscheidungen, von Sitzungssekretären niedergeschrieben, bildeten die Grundlagen der Befehle, die zu einer Flotte in den East Indies um die halbe Erde wanderten. Oder zum hundertachtundzwanstigsten Captain auf der Navy-Liste, der eine Fregatte vor Brest befehligte und verwarnt wurde, weil sein Bericht über die Beobachtung eines leckenden Bierfasses fehlerhaft gewesen war.

Groß oder klein, falsch oder richtig, in diesem Raum wurden die Entscheidungen gefällt, die über die Aktivitäten von mehr als sechshundert königlichen Schiffen bestimmten, ob sie nun vor der indischen Küste kreuzten oder vor Spanien, ob sie Cadiz blockierten oder bei Plymouth als Wachschiffe fungierten. Wenn die Schiffe die Soldaten der Navy waren, überlegte Ramage, so saß hier in diesem langgestreckten Raum mit den drei hohen Fenstern und der Eichentäfelung ihr Gehirn.

Ramage sah, daß es ein sehr eindrucksvoller Raum war. Er schien die bedeutenden Entscheidungen absorbiert zu haben, die Ihre Lordschaften hier getroffen hatten, an dem langen, polierten Tisch in der Mitte.

Der hochlehnige Stuhl am anderen Ende des Tisches war offenbar dem Ersten Lord vorbehalten. Und der Papierstoß, die Feder, der silberne Brieföffner, das Tintenfaß und der Sandstreuer davor wiesen darauf hin, daß der Lord den Sitzungssaal auch als Büro benutzte.

Ramage war fasziniert von den langen Rollen, die an einer großen Tafel über dem Kamin hingen. Er ging darauf zu und zog an einer der Schnüre. Die Karte der Nordsee fiel herab. Eine praktische Methode, die großen Karten zu verstauen. Dann bemerkte er, daß die ganze Tafel von einem Fries aus hellem Holz umgeben war, geschmückt mit geschnitzten nautischen und medizinischen Instrumenten und Symbolen des Meeres.

Die Instrumente waren sehr kunstvoll geschnitzt und wirkten so echt, daß man meinte, man müsse nur hinaufgreifen, sie herabnehmen und benutzen. Ein Azimut schob sich vor ein Astrolabium, Kugelmaße hingen über einem Pelorus, ein Gradstock, wie ihn die ersten Navigatoren benutzt hatten, verschwand teilweise hinter einer Miniaturkanone. Und um zu betonen, wie wichtig es war, daß eine Schiffsbesatzung auf langen Entdeckungsfahrten gesund blieb, waren auch der schlangenumwundene Äskulapstab und ein Globus in dem geschnitzten Fries vertreten. Ein großes Gebilde, das wie eine Uhr aussah, hing an der Wand gegenüber dem Stuhl des Ersten Lords. Aber es hatte nicht zwei Zeiger, sondern nur einen, wie ein Kompaß. Statt Ziffern war sie mit den Himmelsrichtungen versehen, dazwischen war eine Karte von Europa gemalt, und die Achse des Zeigers befand sich genau dort, wo London eingezeichnet war. Ramage sah, daß der Zeiger sich leicht bewegte, zwischen SW und SWW. Diese Gebilde hatte sein Vater ihm schon vor Jahren beschrieben. Ein geniales Arrangement von Rädchen und Stangen ermöglichte es, daß man von diesem Gerät den Stand der Windfahne auf dem Dach des Ministeriums ablesen konnte.

Und es war alt. Das zeigte sich an der Landkarte, wo die Nordsee als ‚Britischer Ozean' bezeichnet wurde und Calais noch ‚Calice' hieß und die Scilly-Inseln unter dem Namen ‚Silly I.' auftauchten.

Jedes Land war durch das Wappen seines Herrscherhauses gekennzeichnet, und ein flüchtiger Blick zeigte Ramage, daß viele dieser Familien längst untergegangen waren, durch Tod, Intrigen, Revolutionen oder Niederlagen entthront.

Als er nach seiner Taschenuhr griff, entdeckte er die hohe Großvateruhr neben der Tür, durch die er eingetreten war. Zehn Minuten nach neun. Die Zahl 17 war durch eine kleine Öffnung im Zifferblatt zu sehen — das Datum des heutigen Tages, der 17. April. Ein genialer Mechanismus, obwohl die Uhr offensichtlich sehr alt war. Das Holz war dunkel geworden, das Metall des Zifferblatts, umgeben von einem vergoldeten Rahmen, von Patina überzogen, das Glas war glanzlos wie die Augen alter Menschen.

Ramage erinnerte sich, daß sein Vater von dieser Uhr erzählt hatte. Sie war . . .

„Guten Morgen!“

Er wirbelte herum und sah, daß Lord Spencer durch eine Tür am anderen Ende des Saals eingetreten war. Die Tür war in die dunkle Täfelung eingelassen, und so war sie Ramages Aufmerksamkeit bisher entgangen.

„Guten Morgen, Mylord.“ Er schüttelte die dargebotene Hand.

„Sind Sie zum erstenmal in unserem Sitzungssaal?“

„Ja, Sir.“

„Das dachte ich mir, wenn Ihr Vater diesen Raum auch gut genug kennt. Haben Sie die Uhr bewundert, oder die Unpünktlichkeit eines königlichen Ministers beklagt?“

Ramage grinste. „Ich habe sie bewundert und mich zu erinnern versucht, was mein Vater mir darüber erzählt hat. Ich habe den ganzen Saal bewundert.“

„Ich fühle mich wohl hier“, sagte Spencer. „Ich benutze diesen Raum als Büro. Sehen wir uns erst einmal all die schönen Dinge an, bevor wir über unsere Geschäfte sprechen. Beginnen wir mit der Uhr. Langley Bradley hat sie hergestellt, der auch die Uhr für die St. Paul's Cathedral geschaffen hat. Seit fast hundert Jahren zeigt sie Tage und Stunden auf. Und der Spiegel . . .“ Er bückte sich und schnitt seinem Spiegelbild eine Grimasse. „Dieser Spiegel hat alle Sitzungen gesehen, seit das Haus im Jahre 1725 erbaut wurde. Diese Schnitzereien über dem Kamin stammen von Grinling Gibbons, wie Sie vielleicht erkannt haben. Er hat sie um 1690 angefertigt, und sie wurden wahrscheinlich vom Wallingford House übernommen, das damals niedergerissen wurde, um Platz für dieses Gebäude zu schaffen. Und wie gefällt Ihnen unser Windrad? Ich brauche nur einen Blick darauf zu werfen, und schon weiß ich, ob ein hübscher Wind die Franzosen in Brest einsperrt oder ob ein Ostwind aufkommt, der sie vielleicht herausschlüpfen läßt. Bevor ich Erster Lord wurde, hatte ich keine Ahnung, wie gefährlich so ein Ostwind unserem Land werden kann, wenn jede feindliche Flotte von Texel bis Cadiz Gelegenheit findet, aus ihrem Hafen zu entkommen. Oder was für ein wunderbarer Verbündeter der Westwind ist, wenn er sie wie Schafe in ihrem Gehege festnagelt."

Ramage kannte die Familie Spencer seit seiner Kindheit. Nicht sehr gut, aber doch gut genug, um es dem Ersten Lord zu erlauben, ein paar private Worte mit dem unbedeutenden Leutnant zu wechseln.

Der junge Mann war beeindruckt von dem Enthusiasmus, den der Erste Lord der Admiralität gegenüber seiner Stellung empfand. Denn er war Politiker, und er mußte wissen, daß er im Fall einer Regierungsumbildung auf einen weniger gut bezahlten Posten versetzt werden konnte. Und wenn die Regierung überhaupt gestürzt wurde, ein Gedanke, der angesichts der Affäre Spithead nicht einmal so abwegig war, blieb vielleicht gar kein Posten für Spencer übrig. Aber Spencer war immerhin schon seit drei Jahren Erster Lord der Admiralität, und er war sowohl geachtet als auch beliebt, eine Kombination, die in solchen Positionen selten war.

Wenn der Sitzungssaal etwa fünfundsiebzig Jahre alt war, überlegte Ramage, so mußten die Männer, die Anson mit der *Centurion* auf die große Reise rund um die Welt geschickt hatten, an diesem Tisch gesessen haben. Ebenso hatten sie Captain Cook auf die drei Reisen geschickt, die damals die Ausmaße des Pazifischen Ozeans enthüllt hatten. Und sie hatten Admiral Byng viel zu spät und mit einer kleinen, schlecht ausgerüsteten Schwadron in die Niederlage vor Minorca gehetzt. Und als dann ein öffentlicher Aufstand die Regierung zu stürzen drohte, hatte man Byng zum Sündenbock gestempelt und ihn vor ein Kriegsgericht gestellt. Die Verhandlung war eine Farce gewesen und hatte zu Byngs Erschießung geführt, auf dem Achterdeck der *St. George* vor Portsmouth.

Und mit Schrecken erkannte er, daß hier auch die Entscheidung gefallen war, die seinen Vater zu den Westindischen Inseln geschickt hatte, als Kommandanten einer ähnlichen Schwadron unter ähnlichen Umständen. Nach der unvermeidlichen Niederlage war auch sein Vater vor ein Kriegsgericht gestellt worden. Aber man hatte ihn nicht erschossen, man hatte ihn nur zum Wohle der Regierung in Ungnade gestürzt ...

Spencer mußte seine Gedanken gelesen haben, denn er sagte mit ausdruckslosem Gesicht: „Ja, große und schändliche Entscheidungen sind in diesem Saal getroffen worden. Ich kann nicht den Ruhm beanspruchen, an den ersteren beteiligt gewesen zu sein. Und ich kann die letzteren auch nicht ungeschehen machen.“

Ramage nickte, da keine Antwort erforderlich war, aber es erleichterte ihn sehr, daß Spencer mehr gesagt hatte als leere Worte. Der Prozeß, den man dem Earl von Blazey gemacht hatte, war ein kaltblütiges politisches Manöver gewesen, das die Navy gespalten hatte.

Das war unvermeidlich gewesen, denn viele Offiziere waren aktive Politiker, teils durch familiäre Beziehungen, teils durch Protektion mit führenden Politikern verbunden. Sie waren rasch bei der Hand gewesen, als sie die damalige Regierung durch seinen Vater empfindlich treffen konnten. Und nicht wenige hatten die Gelegenheit genutzt, ihre Eifersucht auf einen Admiral zu befriedigen, der schon in jungen Jahren zu einem vielfach gerühmten Taktiker aufgestiegen war. Obwohl viele dieser Männer nun tot oder im Ruhestand waren, es gab immer noch genug, die hohe Positionen bekleideten und den Rachefeldzug gegen die Familie des Earls weiterführten, unterstützt von den jungen Offizieren, die sich Protektion erhofften. Und die Rache erstreckte sich auch auf Ramage, den Sohn des Earls.

„Setzen Sie sich, hier auf Lord Ardens Stuhl.“

Arden, der zweite Senior der Lord Commissioners, saß zur Linken des Ersten Lords.

Als Spencer eine Schublade aus dem Tisch zog, dachte Ramage an den kurzen Brief, der in seiner Tasche steckte und der ihn zum Rapport vor den Ersten Lord gerufen hatte, ohne eine Begründung anzugeben. Aber nach Ramages Ansicht konnte es nur einen einzigen Grund geben.

Spencer legte mehrere Papiere auf den Tisch, klopfte mit der flachen Hand darauf und sagte: „Glücklicherweise gibt es nur wenige Leutnants in der Navy, über die ich so viele widersprüchliche Berichte vorliegen habe.“

Nun sind wir also beim Kern der Sache, dachte Ramage bitter. Erst schmiert er mir Honig um den Mund, dann hebt er die Hand zum vernichtenden Schlag. Aber damit hatte er gerechnet. Seit der Schlacht vom Cape St. Vincent waren mehrere Wochen vergangen. Die ersten drei Wochen hatte er gebraucht, um sich von einer Kopfverletzung zu erholen. Und sobald er der Admiralität geschrieben hatte, um seine Genesung zu melden, hatte er erwartet, daß man ihn zum Rapport nach London rufen oder ihn in irgendeinem Hafen vor ein Kriegsgericht stellen würde.

Sein Vater hatte ihn nicht getröstet. Der alte Admiral hatte ihm sogar erklärt, er dürfe keinen Tadel hinnehmen und solle, wenn nötig, sogar auf einer Kriegsgerichtsverhandlung bestehen. Aber die Tage waren verstrichen, und er hatte nichts weiter erhalten als die Bestätigung, daß sein Schreiben eingetroffen sei. Das bedeutete keinen Tadel, aber auch keine weitere Beschäftigung.

Der Erste Lord zog das unterste Blatt aus dem Papierstoß. „Gehen wir erst einmal das hier durch, da können Sie gleich sehen, in was für einer schwierigen Lage ich mich befinde. Das ist ein Bericht von Sir John Jervis, geschrieben im vergangenen Oktober. Er hebt lobend hervor, wie unerschrocken Sie das Kommando der Fregatte *Sibella* übernahmen, nachdem alle anderen Offiziere gefallen waren, und wie Sie die Marchesa di Volterra vor den napoleonischen Truppen gerettet haben. Er legte einen Brief von Commodore Nelson bei, der sich sogar noch ausführlicher äußerte. Er schrieb, Sie hätten die Marchesa buchstäblich unter den Hufen der französischen Kavallerie hervorgeholt. Und jetzt zum nächsten Schreiben. Hier bezieht sich ein Admiral auf dieselbe Episode und meint, Sie hätten wegen Feigheit vor dem Feind vor ein Kriegsgericht gestellt werden müssen. Die Verhandlung, die er angeordnet hätte, sei unterbrochen worden. Was soll ich nun glauben? Nun, ich werde mich auf Sir Johns Wort verlassen, da er der ältere Offizier ist. Wenden wir uns dem dritten Bericht zu. Auch er stammt von Sir John. Er schildert, wie Sie eine entmastete spanische Fregatte kaperten, während Sie an Bord des Kutters *Kathleen* das Kommando führten. Wie Sir John hier darlegt, bewundert er zwar Ihre Tapferkeit, kann aber nicht übersehen, daß Sie bei diesem Unternehmen den Befehlen Commodore Nelsons zuwidergehandelt haben. In diesem Fall schien alles klar zu sein — bis ich das beiliegende Schreiben des Commodore öffnete, der ein Loblied auf Sie singt, ohne mit einem Wort Ihren Ungehorsam zu erwähnen."

Er legte die beiden Papiere auf den Schreibtisch.

„Ich erhielt diese Berichte kurz nach der Depesche, die mich über die Schlacht von Cape St. Vincent informiert hatte. Sir John würdigt Ihr Vorgehen, aber er schreibt auch, er sei nicht sicher, ob Ihre Handlungsweise echter Tapferkeit oder Tollkühnheit entsprungen sei. Außerdem hätten Sie sich ohne Befehl in jenen Kampf gestürzt und dabei, was noch schlimmer ist, die *Kathleen* verloren. Das ist ein ausreichender Grund, um Sie vor ein Kriegsgericht zu stellen. Aber da Sie Lord Ramage heißen, ist das nicht ganz so einfach. Wissen Sie, warum?"

Ramage schüttelte verwirrt den Kopf.

„Weil ich am selben Tag einen privaten und, ich muß sagen, ziemlich irregulären Brief von Commodore Nelson bekam. Er schrieb mir, wenn Sie die spanische *San Nicolas* nicht absichtlich mit Ihrer *Kathleen* gerammt hätten, wenn das Schiff dadurch nicht an Fahrt verloren hätte, wäre es ihm niemals gelungen, es zusammen mit der *San Josef* zu kapern. Er beendete sein Schreiben mit der Bitte, ich solle mich um Sie ‚kümmern'."

„Nun, Sir, ich ..."

„Und als ob das nicht schon genug wäre!" fuhr Spencer mit ärgerlich gerunzelter Stirn fort. „Kaum ist Sir John wegen seiner Verdienste in jener Schlacht zum Earl ernannt worden, erzählt er mir auch schon, daß ich an Sie denken solle, wenn irgendwo ein tüchtiger Offizier gebraucht würde. Solange ich nicht erwarte, daß Sie meinen Befehlen Beachtung schenken ..."

„Aber, Mylord ..."

„Ein anderer, sehr alter Offizier, der die Schlacht miterlebt hat, schrieb an einen Freund, und der schickte mir eine Kopie des Briefes. Darin steht, daß Sie und noch ein anderer Offizier sofort vor ein Kriegsgericht gestellt werden müßten, damit nicht noch andere Captains auf die Idee kämen, die Kampfinstruktionen einfach zu ignorieren."

„Aber es ist doch allgemein bekannt, daß Captain Calder eifersüchtig auf den Commodore ..."

Spencer hob die Hand, um den jungen Mann zum Schweigen zu bringen, und sagte grimmig: „Ich habe den Namen Captain Calders nicht genannt, und ich erinnere mich, daß Commodore Nelson in den Ritterstand erhoben und von der ganzen Nation bewundert wurde, weil er zwei spanische Linienschiffe gekapert hatte."

Wie betäubt starrte Ramage auf die Tischplatte und versuchte den Sinn der langen Rede zu erfassen, die Spencer ihm gehalten hatte. Wie ein Kläger, der die einzelnen Punkte der Anklage verlesen hatte ... Unbehaglich wartete er auf das Urteil, da er offenbar nicht gerufen worden war, um eine Privatunterhaltung mit dem Ersten Lord zu führen.

„Wie geht es der Marchesa?“

„Sehr gut — danke, Mylord“, stammelte Ramage verblüfft.

„Sie sah sehr hübsch aus auf Lady Spencers Ball vorgestern abend. Wir beide stellten fest, was für ein hübsches Paar Sie doch abgeben. Sie sind ein exzellenter Tänzer.“

„Ja — danke, Mylord ...“

„Sicher ist die Marchesa sehr dankbar, weil Sie kein Risiko gescheut haben, um sie zu retten.“

„Das hat sie mir zu verstehen gegeben“, entgegnete Ramage steif.

„Und offenbar ist sie auch bereit, ein Risiko auf sich zu nehmen, indem Sie mit Ihnen tanzt.“

Ramage zog es vor zu schweigen.

Plötzlich schlug Spencer mit der Faust auf den Tisch und lachte. „Ramage, mein Junge, jeder andere Leutnant, der auf der Dienstliste der Navy steht, würde zehn Jahre seines Lebens dafür geben, wenn er hier mit dem Ersten Lord sitzen könnte. Bei jeder passenden und unpassenden Gelegheit würde er sagen: ‚Ja, Mylord, nein, Mylord.‘ Er würde über meine armseligsten Witze lachen, würde allem zustimmen, was ich sage. Und er würde ganz sicher nicht mürrisch vor sich hinstarren, weil er weiß, daß ich nur ein Wort zu sagen brauche, um ihn für den Rest seines Lebens zur Landratte zu stempeln.“

„Ganz gewiß, Sir.“

Spencer hatte recht, das wußte Ramage. Er saß da wie ein mürrischer, beleidigter Schuljunge, wie ein Kind, das immer noch weinte, obwohl es längst vergessen hatte, was die Ursache der Tränen gewesen war.

„In meinem Fall besteht da ein leichter Unterschied, Mylord."

„Und der wäre?"

„Schon bevor ich diesen Raum betrat, wußte ich, daß man mich an Land festnageln würde, weil ich die *Kathleen* verloren habe, Sir. Und deshalb habe ich nichts zu verlieren — oder zu gewinnen, indem ich ja oder nein sage oder über Ihre Witze lache."

Schon als er die Worte aussprach, bereute er sie. Es war überflüssig, einen Mann zu kränken, der freundlich und möglichst taktvoll durchzuführen versuchte, was die Lord Commissioners beschlossen hatten. Und plötzlich erkannte Ramage, daß er vorhin die Bemerkung des Ersten Lords über die großen und die schandbaren Beschlüsse, die in diesem Raum gefaßt worden waren, mißverstanden hatte. Die Lord Commissioners mußten Spencer überstimmt haben, der sich wahrscheinlich für ihn eingesetzt hatte. Spencer hatte ihn warnen wollen, hatte sich nicht für das Unrecht entschuldigen wollen, das dem Earl von Blazey vor Jahren geschehen war.

Aber der Erste Lord erwiderte nichts auf die mutwillig hervorgestoßenen Worte, und seine Miene verriet auch keinen Zorn. Sein Gesicht war sogar völlig ausdruckslos. Er zog die Schublade noch einmal auf und holte mehrere flache Päckchen hervor, die alle mit rotem Wachs versiegelt waren. Er legte sie nebeneinander, dann schob er sie Ramage über den Tisch hinweg zu. „Lesen Sie die Adressen."

„Konter-Admiral Sir Roger Curtis, Knight of the Bath, vor Brest... Admiral Earl St. Vincent, vor Cadiz... Konter-Admiral Henry Robinson, Windward Islands Station... Leutnant Lord Ramage, Blazey House, Palace Street, London..."

Ramage hob den Kopf und sah Spencers sardonisches Lächeln.

„Sie können das Päckchen, das an Sie adressiert ist, öffnen. Hier ..." Er schob den silbernen Brieföffner über den Tisch.

Nervös schlitzte Ramage das Päckchen auf, sah den einmal gefalteten Pergamentbogen, sein Blick glitt über einzelne Worte. ‚Lord Ramage ... Die Brigg Seiner Majestät *Triton* ... ersuchen Sie an Bord zu gehen und das Kommando als Kapitän-Leutnant zu übernehmen ... Niemand außer Ihnen wird die Verantwortung tragen ...‘

Das Schreiben war unterzeichnet mit ‚Spencer, Arden, James Gambier.‘ Drei Lord Commissioners ...

Sein Kommando! Und was für eins ... Die *Triton* ... Die *Triton?* Angestrengt versuchte er sich zu erinnern.

„Zehn Kanonen, zwei Jahre alt, frisch aus der Werft — nach einer Überholung", sagte Spencer.

„Danke — Sir", stammelte Ramage. „Das hatte ich nicht erwartet ..."

„Ich weiß, heben Sie sich Ihre Dankesworte auf, bis Sie den anderen Brief gelesen haben."

Zweifellos unangenehme Befehle ... Er brach das Siegel und faltete den Bogen auseinander.

‚... Nachdem Sie von unserer Commission ein Schreiben des gleichen Datums erhalten haben, in dem wir Eure Lordschaft zum Kommandanten der Brigg *Triton* ernannt haben, werden Sie hiermit ersucht, sich mit Ihrem Kommando, der Brigg seiner Majestät *Triton*, ohne Verzögerung zum Rendezvous Nummer fünf vor Brest zu begeben und Admiral Sir Roger Curtis das Päckchen zu überbringen, das Ihnen anvertraut wurde. Sie werden sich dann sofort zu Rendezvous Nummer elf vor dem Cape St. Vincent begeben und von der Fregatte, die dort stationiert ist, die Position der Schwadron unter dem Kommando des Admirals Earl von St. Vincent erfahren. Dann werden Sie Seiner Lordschaft das Päckchen übergeben, das sich in Ihren Händen befindet. Dabei werden Sie sorgfältig darauf achten, daß weder Sie selbst noch irgendein Mitglied Ihrer

Besatzung eine andere Person oder andere Personen in Lord St. Vincents Schwadron über den derzeitigen Stand der Affäre Spithead informieren. Wenn Sie sich bei Seiner Lordschaft melden, werden Sie alle Fragen, die Ihnen Seine Lordschaft stellt, so offen und wahrheitsgemäß beantworten, wie es in Ihrer Macht steht. Sobald Ihnen Seine Lordschaft die Erlaubnis dazu erteilt, werden Sie die Schwadron verlassen und sich ohne weiteren Zeitverlust zur Windward Islands Station begeben. Dort werden Sie Konter-Admiral Henry Robinson aufsuchen oder, sollte er abwesend sein, den dienstältesten Offizier auf der Station. Sie werden ihm das Päckchen übergeben, das sich in Ihrem Besitz befindet, und alle Fragen, die er Ihnen stellt, so offen und wahrheitsgetreu wie möglich beantworten. Sie werden besonders darauf achten, daß weder Sie noch ein Mitglied Ihrer Besatzung irgendeine andere Person in der Schwadron Admiral Robinsons über den derzeitigen Stand der Affäre Spitheard informiert. Dann werden Sie sich dem Kommando Konter-Admirals Robinson unterstellen oder, sollte er abwesend sein, dem Komando des dienstältesten Offiziers seiner Schwadron. Gezeichnet am 16. April, Spencer, Arden, James Gambier.‘

Als er die altehrwürdigen Phrasen las, dachte Ramage, daß die Sache einen Haken haben mußte. Indem ihm die Admiralität das Kommando der *Triton* überantwortete, wollte sie ihm zweifellos zeigen, daß sie im stillen sein Vorgehen billigte. Und sie belohnte ihn dafür, ebenso im stillen. Aber es mußte einen besonderen Grund geben, warum man ausgerechnet ihn ausgesucht hatte. Für diese Aufgabe würde sich eher eine Fregatte eignen, eine Fregatte unter dem Kommando eines Captains.

„Nun?“ fragte Spencer.

„Alles klar, Sir.“

„Die *Triton* ankert im Spithead.“

Aber auf allen Kriegsschiffen im Spithead wurde doch

gemeutert ... Als Admiral Lord Bridport vor ein paar Tagen befohlen hatte, den Anker zu lichten, hatten die Besatzungen von fünfzehn Linienschiffen den Gehorsam verweigert, waren die Wanten hinaufgeklettert und hatten dreimal ‚Cheers' geschrien. Die Offiziere waren an Land geschickt worden, und die Aufwiegler hatten Stricke um die Fockrahen geknüpft und erklärt, daß jeder gehängt würde, der sich der Meuterei nicht unterwarf.

Ramage überlegte, daß die Admiralität, die die mächtigste Flotte der Welt verwaltete, nicht einmal einem Dutzend Seeleuten befehlen konnte, sie sollten ein Boot rudern. Sie könnte sich nicht die geringste Hoffnung machen, daß der Befehl befolgt würde. Der Gedanke war so absurd, daß Ramage lachen mußte.

Lord Spencer ballte die Hände, daß die Knöchel weiß hervortraten. „Sie finden die Tatsache, daß sich die königliche Flotte von Spithead im Zustand der Meuterei und völligen Anarchie befindet, wohl sehr komisch, Ramage?"

„Nein, Sir", versicherte der junge Mann hastig. „Es ist nur ... Ich scheine dazu verdammt zu sein, Kommandos unter — eh — außergewöhnlichen Bedingungen zu erhalten. Die *Sibella* stand unter Beschuß und versank, als ich das Kommando übernehmen mußte, weil ich der einzige überlebende Offizier war. Und nachdem ich mein erstes offizielles Kommando bekommen hatte, den Kutter *Kathleen*, mußte ich die Besatzung einer Fregatte retten, die vom Feind versenkt worden war. Dann verlor ich die *Kathleen* in der Schlacht vom Cape St. Vincent. Und jetzt, wenn Sie mir erlauben, darauf hinzuweisen, Sir — soll ich das Kommando einer Brigg übernehmen, deren Besatzung meutert."

Spencer lächelte und schwieg eine Weile. Ja, der Bursche war wie sein Vater. Ein schmales Gesicht mit hohen Backenknochen, tiefliegende Augen unter dichten Brauen, eine gerade Nase, nicht gebogen wie ein Adlerschnabel. Er sah gut aus, und wie Lady Spencer schon an jenem Ballabend bemerkt hatte, dieser junge Ramage hatte etwas an sich, das ihn aus der Masse der anderen jungen Offiziere herausragen ließ. Schwer zu definieren, was das war... Eigentlich war er ziemlich durchschnittlich. Schmale Hüften, breite Schultern, ein arroganter Gang. Nein, überlegte Spencer, weniger arrogant als selbstsicher. Seltsame Gewohnheit, über die alte Narbe an seiner Schläfe zu streichen, wie er es eben in diesem Augenblick tat — und auch sonst immer, wenn er sich Sorgen machte. Und wenn er aufgeregt war, fiel es ihm schwer den Buchstaben ‚R' auszusprechen. Dann sagte er ‚Bwigg' statt ‚Brigg'.

Spencer vergaß die Meuterei, als er Ramage betrachtete und überlegte, wie viel in den nächsten Wochen vom Charakter dieses Jungen abhängen würde. Sogar schon in den nächsten Stunden. Nein, es lag nicht am Gesicht und an der Haltung, auch nicht an der Stimme... In diesem Augenblick hob Ramage nervös den Kopf, und Spencer sah, daß es in seinen Augen lag. Er erkannte, daß diese Augen ebenso drohend wirken konnten wie die Mündungen zweier Pistolen. Und wenn man Ramages Blick erwiderte, konnte man ebensowenig die Gedanken lesen, die hinter seiner Stirn kreisten, wie man die Ladung sehen konnte, die in einem Pistolenlauf steckte.

Und doch sah man diese Augen nicht über die Länge eines Ballsaals hinweg. Was konnte es also sein? Es war, als blicke man nachts zum Sternenhimmel auf. Ein paar Sterne unter Millionen stachen einem ins Auge ohne erkennbaren Grund. Spencer gab schließlich zu, daß er nicht feststellen konnte, was Ramages Ausstrahlung ausmachte. Und doch wußte er, warum sich die Seeleute dem Kommando dieses Burschen so willig unterordneten. Er kombinierte Entschlußkraft mit einem Sinn für trockenen Humor, und wie sein Vater verband er einen hochentwickelten, manchmal sogar unvernünftigen Gerechtigkeitssinn mit einer unkontrollierten Ungeduld, die sich gegen Dummheit und Ignoranz richtete. Nun, das konnte nicht schaden — solange er nicht Mitglied der Admiralität wurde und die anderen Lord Commissioners überreden mußte, einen Plan zu billigen, den sie in ihrer Beschränktheit nicht begriffen.

Als er erkannte, daß er Ramage nun schon minutenlang anstarrte, lächelte er und fragte: „Warum, glauben Sie, hat man Ihnen das Kommando der *Triton* übertragen und Ihnen diese Befehle gegeben?"

„Ich habe keine Ahnung, Sir", gestand Ramage freimütig.

„Da Sie den Grund bereits selbst geliefert haben, ohne es zu erkennen, werde ich es Ihnen sagen. Und ich spreche jetzt zu dem Sohn eines alten Freundes, nicht zu einem jungen Leutnant. Die Admiralität weiß sehr gut, daß der Kommandant der *Triton* Scharfsinn und Geistesgegenwart besitzen muß, wenn es ihm gelingen soll, die Brigg aus dem Spithead zu holen. Vielleicht muß er sogar irreguläre Methoden wählen, die zur Gewalttätigkeit führen könnten und die, wenn die Öffentlichkeit davon erfährt, die Admiralität veranlassen könnte, jenen Kommandanten fallenzulassen."

Er hob die Hand, als Ramage ihn unterbrechen wollte, und fuhr fort: „Die Admiralität weiß auch, daß es leichter ist, fünfzig Seemännern Vernunft beizubringen als zweihundert, deshalb hat sie eine Brigg ausgewählt und keine Fregatte. Und warum sie einen Leutnant als Kommandanten ausgesucht hat ... Nun, sie kannte nur einen einzigen Mann, der Junior-Leutnant einer Fregatte war, in einer Schlacht bewußtlos geschlagen wurde, dann aufwachte, um das Kommando zu übernehmen, und große Tapferkeit und Entschlußkraft bewies. Und es gab nur einen Leutnant, der rasch genug begriff, daß es nur einen Weg gab, die Flucht mehrerer spanischer Linienschiffe zu verhindern. Er mußte das führende Schiff mit dem winzigen Kutter rammen, den er befehligte. Daß Sie zufällig dieser Leutnant sind, ist ein sehr glücklicher Umstand."

Aber Ramage hatte bereits erkannt, in welche Falle er da tappen konnte. „Wenn irgend etwas im Spithead schiefläuft, werde ich den Sündenbock abgeben müssen", sagte er bitter. „Ganz der Sohn des alten Blazey ..."

„Sündenbock — ja, wenn Sie erfolglos operieren", entgegnete Spencer gelassen. „Und Sie werden auch keine öffentlichen Lorbeeren ernten können, wenn Sie Erfolg haben. Denn niemand außer der Admiralität kennt die Probleme, die Sie lösen müssen."

„Ich verstehe, Mylord."

„Sie halten nicht viel von uns Politikern, Ramage, und in Anbetracht der Erfahrungen, die Ihre Familie machen mußte, kann ich Ihnen das nicht übelnehmen. Aber vielleicht sollten Sie doch etwas mehr Zutrauen zur Admiralität haben. Immerhin hat sie diese schwierige Aufgabe dem Mann übertragen, in den sie die größten Hoffnungen setzt. Es liegt nur im Interesse der Admiralität, daß Sie Erfolg haben. Aber natürlich kann der Mann, den sie ausgewählt hat, auch versagen und zum Sündenbock degradiert werden." Er hob den Zeigefinger und fügte langsam hinzu, indem er jedes einzelne Wort betonte: „Wir müssen unsere Politik vor der Öffentlichkeit verantworten. Im Falle eines Mißerfolgs würden wir uns gezwungen sehen, Sie vor ein Kriegsgericht zu stellen. Aber wir müßten dann auch die Gründe anführen, warum wir Sie mit dieser schweren Aufgabe betraut haben. Wir würden Ihre bisherigen Verdienste anführen — und natürlich Ihre Neigung, gelegentlich Befehle zu ignorieren, unter den Tisch fallen lassen. Welcher junge Leutnant ist schon in der Lage, für die Lauterkeit seines Charakters so hervorragende Bürgen zu nennen wie Sir Horatio Nelson und Lord St. Vincent? Abgesehen von den Seemännern, die an Bord der *Kathleen* waren, als Sie die *San Nicolas* rammten ..."

Ramage war beinahe überzeugt und dem Ersten Lord für seine Offenheit sehr dankbar. Er wollte eben antworten, als Spencer leise fortfuhr: „Wir setzen großes Vertrauen in Sie, Ramage. Es ist lebenswichtig, daß die drei Admiräle erfahren, was im Spithead vorgeht. Nehmen wir einmal an, die Meuterei dehnt sich auf die Flotte Admiral Duncans aus, der die Holländer beobachtet — oder auf Sir Richard Curtis' Flotte vor Brest oder die Lord St. Vincents, der die Spanier vor Cadiz in Schach hält, auf die Schiffe Admiral Robinsons bei den Windward und den Leeward Islands, auf die Flotte Sir Hayde Parkers bei Jamaica ... Die Royal Navy ist die einzige Streitmacht, die uns vor einer Niederlage bewahren kann. Das wissen Sie, Ramage. Die Brotpreise steigen, das Volk beginnt zu murren, weil die Börsen und die Bäuche leer sind. Das Parlament wird ungeduldig, da die Regierung immer neue Schlappen melden muß — und den Abfall unserer Verbündeten auf dem Kontinent. Und jeder verdammte Krämer in London schreit, daß er ruiniert ist. Manchmal frage ich mich, wie und wo das alles enden soll, Ramage. An das ‚Wann' will ich gar nicht denken."

Ramage wußte über die Meuterei nur das, was in den Zeitungen stand, und so fragte er: „Was wollen die Aufständischen eigentlich, Sir?"

„Mehr Geld, mehr Heimaturlaub. Besseren Proviant, frisches Gemüse und frisches Fleisch statt Mehlpampe, wenn die Schiffe im Hafen liegen, eine bessere Krankenversorgung. Die Verwundeten sollen Renten erhalten, bis sie ins Pensionsalter kommen ... Es ist eine lange Liste."

Es war schwierig, aus Spencers Tonfall herauszuhören, welche Haltung er in dieser Sache einnahm. Ramage fragte sich, ob der Erste Lord die Ansichten kannte, die in jungen Offizierskreisen weitverbreitet waren. Sicher kannte er die Meinungen der Admiräle, falls die noch genug Luft hatten, sich zu explizieren. Aber wußte er auch, daß viele Offiziere sich schon seit Jahren für bessere Arbeitsbedingungen an Bord der Kriegsschiffe einsetzten? Nun, jetzt war die Zeit reif . . . „Ich glaube, daß gewisse Kreise in der Navy die Meuterei gerechtfertigt finden, Sir“, entgegnete er mit ruhiger Stimme.

„Natürlich“, sagte Spencer. „Aber wir können nur das Geld ausgeben, das uns vom Parlament zugebilligt wird. Die Summe beträgt ohnehin schon mehr als zwölf Millionen Pfund pro Jahr. Die Sekretäre haben ausgerechnet, daß wir im Jahr eine halbe Million mehr brauchen würden, um die Forderungen der Leute zu erfüllen.“

„Aber wenn man den Männern nach einem Jahr auf hoher See wenigstens ein paar Urlaubstage gewährte . . .“

„Ausgeschlossen. Sie würden scharenweise desertieren.“

„Nicht die guten Männer“, beharrte Ramage. „Und wenn — dann desertieren sie nur, weil sie Sehnsucht nach ihren Familien haben.“ Er sah, daß Spencer ungeduldig mit den Fingern auf den Schreibtisch klopfte, beschloß aber trotzdem, noch einen letzten Vorstoß zu wagen. „Und die Schiffsrationen, Sir — ich kann verstehen, daß die Leute dagegen meutern. Bevor dic Männer zur See gingen, dachten sie, daß ein Pfund Gewicht aus sechzehn Unzen besteht. Aber wenn ein Pfund Fleisch von sechzehn Unzen an Bord geschickt wird, bekommen die Männer nur vierzehn Unzen davon. Und es wird trotzdem als ‚Pfund‘ bezeichnet . . .“

„Ramage, Sic wissen doch genausogut wie ich, daß Fleisch verderben kann“, fiel ihm Spencer ins Wort, „genauso, wie Brot verschimmelt, wie die Bierfässer lecken, wie sich Würmer ins Mehl fressen. Wenn der Zahlmeister nicht ein bißchen mit den Gewichten jonglieren würde, könnte er die Differenz in seinen Rechnungsbüchern niemals ausgleichen.“

Ramage wußte, daß jede weitere Diskussion über dieses Thema sinnlos war. Spencer war von Clerks und Aktenbergen umgeben. Er hatte noch nie einem unehrlichen

Zahlmeister über die Schulter geschaut. Er hatte nie miterlebt, wie so ein niederträchtiger Kerl seine Bücher frisierte, sobald ein Seemann gestorben war, wie er ihm Kleider und Tabak verkaufte, die der Tote niemals gesehen hatte, damit nichts von der Heuer für die arme Witwe übrigblieb . . .

Spencers nächste Frage traf ihn unvorbereitet.

„Glauben Sie, daß Sie sechzig Meuterer dazu bringen können, mit der *Triton* in See zu stechen?"

„Nein, Sir", erwiderte er und erkannte plötzlich, daß dies seine Chance war, die Maßstäbe zurechtzurücken. „Niemand kann an Bord einer Brigg gehen, auf der eine meuternde Besatzung sitzt, und die Leute zu irgend etwas zwingen — nicht einmal, wenn fünfzig Seesoldaten hinter ihm stehen."

Genausogut hätte er dem Ersten Lord ein Tintenfaß ins Gesicht werfen können.

„Mein Gott, Ramage! Begreifen Sie denn nicht, was auf dem Spiel steht? Jetzt sagen Sie, daß Sie es nicht schaffen — gerade Sie, wo Sie doch vor zwei Minuten erklärt haben . . ." Er schob seinen Stuhl zurück, offenbar in der Absicht, aufzustehen und den Saal zu verlassen.

„Sir."

Spencer blieb sitzen. „Ja?"

„Ich fürchte, Sie haben mich mißverstanden. Ich meinte, ich könnte eine Besatzung, die ich nicht kenne, zu nichts zwingen. Aber wenn ich um einen Gefallen bitten könnte . . ."

„Reden Sie weiter, Mann!"

„Nun, Sir, ich dachte an meine Kathleens . . ."

„Aber der Kutter ist doch gesunken. Die Leute sind auf die Schwadron Lord St. Vincents verteilt worden."

„Nein, Sir. Fünfundzwanzig kamen mit mir auf die *Lively*, die damals unterbemannt war, und kehrten nach England zurück.

„Gute Männer?"

„Die besten, Sir. Ich habe sie selbst ausgesucht."

„Aber die *Lively* liegt vor Poutsmouth im Spithead. Sie ist vielleicht von der Meuterei infiziert."

„Ich weiß, Sir. Aber wenn die Hälfte der gegenwärtigen *Triton*-Besatzung gegen die fünfundzwanzig Ex-Kathleens ausgetauscht werden könnte, die zur Zeit an Bord der *Lively* sind, dann hätte ich zumindest eine halbe Besatzung — die — vielleicht ..."

„Die Ihnen gehorchen würde, weil Sie Lord Ramage heißen." Spencer schnitt eine Grimasse. „Also gut, ich schicke einen Boten mit der entsprechenden Order nach Portsmouth."

„Darf ich noch um etwas bitten, Sir?"

Spencer nickte.

„Es geht um den Schiffsführer, Sir. Ich bin überzeugt, daß die *Triton* einen guten Navigationsoffizier hat, aber Henry Southwick von der *Kathleen* könnte mir helfen, die Leute umzustimmen."

„Gut. Haben Sie noch einen Wunsch, Sir?"

„Nein, Sir. Alles andere liegt an mir."

„Sehr schön. Aber eins muß ich Ihnen noch klarmachen, Ramage. Sie wissen genausogut wie ich, daß Sie Ihr eigener Herr sind, bevor Sie die Westindischen Inseln erreichen und sich unter Admiral Robinsons Kommando stellen. Aber Sie werden trotzdem keine Schiffe kapern — ganz einfach, weil kein Admiral da ist, der den achten Teil der Beute bekommen würde." Ramages Miene mußte seinen Unwillen verraten haben, obwohl er sich bemühte, seine Gefühle nicht zu zeigen. Denn Spencer fügte mit kalter Stimme fort: „Sie sind verdammt empfindlich, junger Mann. Ich wollte nicht andeuten, daß Sie geldgierig sind. Ich wollte Ihnen nur sagen, daß die Admiralität Ihren Hang zur Unabhängigkeit nicht tolerieren kann. Und ich wäre ein schlechter Freund Ihrer Familie, wenn ich Ihnen nicht riete, diese

Neigung zu unterdrücken. Sie darf nicht zur Gewohnheit werden. Das ist so ähnlich wie beim Duellieren. Ein Mann fordert einen Gegner heraus, gewinnt das Duell. Gut — vielleicht war es eine Ehrensache. Aber mit der Zeit kommt er auf den Geschmack und duelliert sich immer öfter, sieht in jedem schiefen Blick eine Beleidigung, die eine Herausforderung rechtfertigt. Ein solcher Mann ist in meinen Augen nicht besser als ein Mörder."

„Ich verstehe, Sir."

„Gut. Sie fahren heute abend noch nach Portsmouth. Ich werde Ihnen in allen Einzelheiten erklären, was im Spithead vorgeht, wie die Admiralität und das Parlament dazu stehen, damit Sie die Fragen der Admiräle beantworten können. Hier, nehmen Sie Feder, Tinte und Papier, machen Sie sich Notizen, während ich spreche."

2

Ramage hatte die Nacht in der Postkutsche verbracht. Staubig und müde ging er durch die große Werft von Portsmouth, nachdem er dem Büro des Admirals Superintendent einen Besuch abgestattet hatte. Diese Pflicht hatte er mit dem gleichen Enthusiasmus erfüllt, mit dem sich ein Todeskandidat an die Wand stellt.

Normalerweise war in den Straßen von Portsmouth mehr los als in der Innenstadt von London. Normalerweise ging es in der Werft lebhafter zu als auf dem Billingsgate-Fischmarkt, und man mußte aufpassen, daß man nicht von übermütigen Schiffszimmermannslehrlingen umgerannt wurde, die ihre Holzkarren vor sich herschoben.

Normalerweise hörte man das dumpfe Dröhnen unzähliger Breitbeile, die sich in solides englisches Eichenholz gruben, Decksbalken und Auflanger für neue Kriegsschiffe zimmerten. Man hörte das Klirren der Schmiedehämmer, die glühendes Metall formten, das Kratzen zweischneidiger Sägen, die in den Sägewerkstätten die Planken durchtrennten.

Seemänner von den verschiedensten Schiffen hievten Vorratskisten und Fässer auf ihre Handwagen. Auf den Masten und Segelstangen der Schiffe, die zwischen den Werftgebäuden zu sehen waren, kletterten die Leute umher, um neue Segel anzubringen oder die Takelage auszubessern.

Seesoldaten bewachten die Tore und salutierten forsch, Musketen klapperten in weißen Pfeifentonwolken.

Aber heute war die Werft so verlassen, als sei alles vor einem herannahenden Feind geflohen. Kein Beil war an der Arbeit, kein Schmiedehammer, keine Säge, kein Schmelzofen glühte. Die Meuterer hatten die Handwerker so eingeschüchtert, daß sie daheimgeblieben waren. Die Masten und Segelstangen waren leer.

Die Seeleute lungerten untätig herum, gingen gelegentlich unverschämt langsam aus dem Weg, um einen Offizier vorbeizulassen, natürlich, ohne zu salutieren.

Zum erstenmal in seinem Leben fühlte Ramage, daß er nicht hierhergehörte — nicht in die Werft, nicht zu den Schiffen. Das alles war ihm fremd — Gebilde aus Ziegel oder Holz, von bösen Geistern umschwebt.

Und der Hafenadmiral... Er hatte geschimpft und die respektlosen Meuterer verflucht. Aber er war nicht in der Lage gewesen, Ramage zu berichten, was im Hafen vorging. Ramage hatte das Gespräch sogar mit dem unangenehmen Gefühl beendet, daß der Admiral seine Fragen lästig und merkwürdig fand. Es war ihm viel wichtiger, daß Ramage eine Kopie der ‚Hafenordnung' in Empfang nahm und quittierte, eine Broschüre, in der detailliert erklärt wurde, wie die tägliche Hafenroutine auszusehen hatte.

Wut stieg in Ramage auf, als er sich an die Unterredung erinnerte. Als er sich erkundigt hatte, ob die *Triton* genug Proviant für die Fahrt zu den Westindischen Inseln hätte und seetüchtig sei, hatte der Admiral die Frage beiseitegewischt und das erste der Hafengesetze vorgelesen. „Der Empfang jeder Order oder dienstlicher Briefe ist sofort schriftlich zu bestätigen . . .“

Er schien die Meuterei zu ignorieren — abgesehen von einer Schimpftirade, die der Besatzung der *Royal George* gegolten hatte. Diese Männer hatten es nämlich gewagt, eine rote Flagge zu hissen — eine ‚Blutflagge‘.

Immerhin hatte Ramage schließlich herausgefunden, daß Southwick bereits an Bord der *Triton* war. Das war wenigstens ein Anfang, wenn der Admiral auch schadenfroh hinzugefügt hatte, die Meuterer hätten Southwick inzwischen sicher in Ketten gelegt und würden das gleiche mit Ramage tun, wenn er seinen Fuß an Bord setzte.

Ramage erinnerte sich an Spencers Reaktion, als das Gespräch auf die Haltung der Offiziere gekommen war, die alle Forderungen der Seemänner für gerechtfertigt hielten. Jetzt verstand Ramage, warum der Erste Lord so wenig Interesse gezeigt hatte. Er verließ sich auf die Ratschläge der Admiräle. Er verließ sich auf Männer wie den Hafenadmiral — auf Männer, die ihren eigenen Proviant, ihren eigenen Koch und ihre eigene Dienerschaft mitnahmen, wenn sie zur See fuhren, die aufgrund ihrer Stellung keinen Kontakt mit den Seemännern hatten. Kein Wunder, daß der Erste Lord so wenig Sympathie für die Leute entwickelte.

Und plötzlich erkannte er, daß die Anführer der Meuterer dies schon lange gewußt haben mußten. Sie wußten auch, daß offene Meuterei die einzige Möglichkeit war, bessere Bedingungen zu erzwingen. Da die Männer dem

König Treue gelobt und geschworen hatten, sie würden sofort in See stechen, wenn die französische Flotte ausrückte, bestand kein Zweifel daran, daß der Aufstand von Revolutionären ausgegangen war.

Aber warum konnten Leute vom Kaliber Spencers nicht verstehen, daß die Zustände wirklich katastrophal sein mußten, wenn diese Leute es sogar riskierten, aufgehängt zu werden — nur um ein bißchen mehr Geld, zwei Unzen mehr Proviant, gelegentlich Urlaub und eine bessere Versorgung der Kranken und Verwundeten zu erreichen? Weil die Admiräle sich scheuten, dem Ersten Lord unangenehme Nachrichten zu bringen, weil sie die Loyalität vergaßen, die sie ihren Leuten schuldeten, weil sie dem Ersten Lord nur das erzählten, was er gern hören wollte?

Wer zum Teufel winkte denn da aus dieser Tür? Und plötzlich erkannte Ramage die schlaksige Gestalt des Amerikaners Thomas Jackson, ehemals Bootsführer auf der *Kathleen*. Jackson hatte ihm geholfen, die Marchesa zu retten, hatte ihm auch zur Flucht aus spanischer Gefangenschaft verholfen. Mehr als einmal hatten sie sich gegenseitig das Leben gerettet, und das Band geteilter Gefahren, geteilter Erfolge und Mißerfolge hatte ihre Freundschaft gefestigt.

Ramage blickte nach allen Seiten, um sich zu vergewissern, daß kein Seemann ihn beobachtete. Dann ging er auf das Gebäude zu, in dem Jackson verschwunden war.

Er betrat ein Böttchereilager, vollgeräumt mit leeren Fässern und Tonnen, mit mannshohen Haufen von Dauben und Tonnenbändern.

„Guten Morgen, Sir. Tut mir leid, daß ich gewinkt habe, aber ..."

„Freut mich, Sie wiederzusehen, Jackson. Sind Sie in die Musterrolle der *Triton* eingetragen worden?"

„Aye, Sir. Alle Kathleens sind von der *Lively* zur *Triton* gegangen, und Mr. Southwick auch. Deshalb bin ich hier.

Nun, Sir, wir Kathleens waren nicht begeistert von der *Triton*, weil die *Lively* nämlich bald überholt werden soll. Aber dann tauchte Mr. Southwick auf, und da begannen wir nachzudenken. Die Tritons wollten ihn nicht an Bord lassen, aber wir schafften ihn hinauf. Als er erfuhr, daß Sie ankommen würden, meinte er, ich sollte an Land gehen und die Augen offenhalten."

„Gut. Wie sieht es aus an Bord?"

„Schlimm, Sir. Die Tritons unterstützen die Meuterei. Aber sie sind nicht gewalttätig. Im Grunde sind es nette Kerle."

„Haben Sie einen Anführer?"

„Ja."

„Und wenn er nicht an Bord wäre?"

„Keine Ahnung, Sir. Dann würde wahrscheinlich ein anderer seinen Platz einnehmen."

„Gibt es bevorzugte Kandidaten?"

„Nein, ich glaube nicht. Aber ich bin noch nicht lange an Bord der *Triton*. Ich habe nicht den richtigen Überblick."

„Und die Kathleens?"

Jackson zuckte verlegen mit den Schultern.

„Reden Sie Jackson! Die ganze verdammte Flotte meutert, mich kann nichts mehr überraschen."

„Es ist so schwer zu erklären, Sir, weil die Forderungen der Männer . . ."

„Wir reden nicht über die Zustände in der Navy, weil ich die nicht ändern kann, Jackson. Also — wo stehen die Kathleens?"

„Nun, Sir . . ."

Ramage hatte Verständnis für Jacksons Dilemma. Diese fünfundzwanzig Männer gehörten zu den Besten der Navy — sie waren tüchtig, loyal und diszipliniert. Als die *Kathleen* gesunken war, hatte er die Leute ausgesucht, die an Bord der *Lively* kommen sollten, und die Wahl war ihm schwergefallen.

Was für eine Ironie — hier stand Jackson, ein Amerikaner und als solcher neutral, und versuchte ihm zu erklären, wieso britische Seeleute der Royal Navy die Loyalität schuldig blieben.

„Es ist so, Sir", begann Jackson endlich, strich sich durch das schüttere Haar und rieb sich dann die Nase. „Die Abgesandten von den Linienschiffen haben den kleineren Schiffen gesagt, sie sollen sich aus der Meuterei raushalten. Aber das wurde ignoriert, denn alle Leute finden, daß die Forderungen der Flotte vernünftig sind. Wir Kathleens von der *Lively* sind ja nur eine kleine Gruppe, und alle anderen sind auch dafür . . . Und so stehen wir eben auch auf der Seite der Meuterer . . . Die Abgesandten von den großen Schiffen haben alles organisiert. Sie laufen herum und schreien und schicken die Offiziere an Land und hissen die Blutflagge. Auf den Fregatten sieht es anders aus. Die Leute haben nur die Arbeit niedergelegt, spielen Karten und so . . ."

„Hören Sie auf, herumzureden", unterbrach ihn Ramage, „kommen Sie zur Sache."

„Auf der *Lively* hätten Sie nicht viel mit den Kathleens anfangen können, weil sie dort in der Minderzahl waren. Auf einen Kathleen kamen fünf Livelys. Aber auf der *Triton* stehen sich fünfundzwanzig Kathleens und sechsunddreißig Alteingesessene gegenüber. Die Frage ist nur, ob die Tritons versuchen werden, die Kathleens von der Arbeit abzuhalten."

„Sie glauben, daß sie es versuchen werden, Jackson?"

„Ja. Zumindest dieser Bursche, von dem ich Ihnen erzählt habe."

„Und die Kathleens würden ihm gehorchen?"

„Das weiß ich nicht, Sir. Stafford, Fuller, Rossi, Maxton — die würden für Sie persönlich alles tun, Sir. Aber — nun, diese Meuterei ist die einzige Chance der Flotte, bessere Arbeitsbedingungen zu erzwingen."

„Die Leute glauben also, sie müssen den Meuterern Loyalität beweisen, und es wäre unfair, von ihnen zu verlangen, daß sie auch mir gegenüber loyal sein sollen."

„So ist es — mehr oder weniger, Sir", gab Jackson zu.

„Ich frage mich, ob die Leute wissen, daß in der französischen Flotte im Fall einer Meuterei jeder dritte Mann erschossen würde."

„Ich weiß", sagte Jackson ernst. „Deshalb habe ich ja..."

Er ließ den Satz unvollendet, und Ramage wußte, daß der Amerikaner ihm nicht mehr erzählen konnte. Die Aufgabe war nahezu unlösbar. Welcher Mann, der nichts zu bieten hatte, konnte ehrliche Leute dazu überreden, ihre Loyalität entzweizuteilen?

„Gehen Sie zurück an Bord, Jackson. Und sagen Sie Mr. Southwick, ich würde in einer Stunde kommen. Aber den anderen sagen Sie bitte nichts."

Der kleine Kutter durchschnitt die bewegte See und brachte Ramage zu der Brigg, die außerhalb des Hafens vor Anker lag, in der Nähe des Spit Sand. Der Bootsführer an der Ruderpinne war genauso redselig und neugierig, wie sein Maat schweigsam und desinteressiert war. „Die *Triton*, sagten Sie, Sir?"

„Ja."

„Hübsches kleines Schiff. Gerade erst überholt, habe ich gehört."

Ramage nickte.

„Und Sie sind wohl der neue Captain, Sir?"

Ramage ignorierte diese Frage für den Fall, daß der Mann ein Spion der Meuterer war, und erkundigte sich. „Was ist denn mit dem derzeitigen Captain der *Triton* geschehen?"

„Die Meuterer haben ihn an Land geschickt, wie die meisten Offiziere der Linienschiffe. Gestern habe ich den neuen Schiffsführer hinausgerudert."

Wieder nickte Ramage und klopfte auf den Lederbeutel, der auf seinen Knien lag. „Ich bin nur ein Bote."

Der Bootsführer blickte auf die Seemannskiste, die unter einer Segeltuchdecke lag, damit die Gischt sie nicht naßspritzen konnte. „Aye", sagte er mit der ganzen Insolenz eines Mannes, der einen Schutzbrief und deshalb keine Angst vor Preßgängen hatte. „Das dachte ich mir schon."

Er spuckte leewärts, stemmte die Hüfte gegen die Pinne, holte ein Messer und ein Stück Kautabak aus der Hosentasche. Er schnitt einen Streifen ab, steckte ihn in den Mund und begann zu kauen.

Die *Triton* lag vor dem Fort Monckton vor Anker, gerade weit genug entfernt von Spit Sand, der großen Untiefe an der Gosport-Seite, die den V-förmigen Eingang zum Portsmouth-Hafen fast abschnitt. Die Untiefe ließ nur einen schmalen Kanal für große Schiffe frei. Als sich in Ramages Hirn ein Gedanke zu formen begann, stellte er fest, daß bei Halbebbe und Halbflut die Strömungen hier sehr stark sein müßten.

Die Gosport-Küste schützte den Hafeneingang vor dem starken Westwind. Aber als der Kutter über die Hamilton-Untiefe glitt, waren die Wellen kurz und hoch, und dichte Gischt spritzte achtern auf. Ramage wickelte sich enger in seinen Mantel.

Als der Kutter parallel zur Küste fuhr, konnte er die *Triton* deutlicher sehen. Und als der Kutter nach Nordwest strebte, rief der Bootsführer: „Passen Sie auf Ihren Kopf auf. Sir! Sei vorsichtig mit den Schoten, Bert!"

Er drehte die Pinne herum, das Segel schwang seitwärts, füllte sich neu, als der Kutter über Stag gegangen war. Dann fuhr er direkt auf die Brigg zu.

Sie zeichnete sich vor dem flachen Land südlich von Haslar Hospital ab und sah seetüchtig und kriegerisch aus. Die beiden Masten waren genau gleich hoch. Der Rumpf glänzte schwarz, ein weißer Streifen verlief ein paar Zoll unterhalb des Schwanzkleides, ein bißchen breiter als die Stückpforten, die als fünf schwarze Vierecke gähnten. Sie lag tief im Wasser, ein Zeichen, daß sie für mehrere Monate mit Proviant versorgt war, und die Segelstangen standen vierkant.

Ramage bemerkte, daß der Bootsführer zur Backbordseite steuerte, um dort anzulegen. Eine absichtliche Beleidigung, da Offiziere von der Steuerbordseite her an Bord zu gehen pflegten.

„Fahren Sie nach Steuerbord, verdammt!" stieß Ramage hervor. „Das kostet Sie Ihr Trinkgeld."

„Verzeihen Sie, Sir. Ich wollte Sie nicht kränken. Ich habe nicht überlegt . . ."

„Lügen Sie nicht! Glauben Sie, ich kann einen ehemaligen Kriegsschiffmatrosen nicht erkennen?"

Es war ein Schuß ins Blaue gewesen, aber ein Treffer, wie dem abrupten Schweigen des Bootsführers zu entnehmen war.

Der Maat griff nach den Fallen und ließ sie wieder los, als der Bootsführer den Kutter anluvte. Beide hielten das Segel fest, und einen Augenblick später hatte der Maat den Kutter längsseits der Brigg festgemacht. Ramage bezahlte den Bootsführer, hing sich den Lederbeutel über die linke Schulter und stieg über die Schalkleisten hinauf.

Kein Ruf klang an Bord der *Triton* auf, aber er wußte, daß viele Augenpaare auf ihn gerichtet waren. Wenige Sekunden später stand er an Deck, direkt vor dem Großmast. Ein paar Matrosen lungerten untätig herum. Aber Southwick stand da und salutierte, mit einem breiten Grinsen auf dem roten Gesicht. Weißes langes Haar flatterte unter seinem Hut hervor. „Willkommen an Bord, Sir!"

Ramage salutierte gleichfalls, dann schüttelte er seinem alten Schiffsführer die Hand. „Danke, Mr. Southwick. Wie schön, Sie wiederzusehen! Sind noch andere Deckoffiziere an Bord?"

Southwick begriff, was Ramages Frage zu bedeuten hatte, und erwiderte rasch: „Nein, Sir, nur ich."

„Sehr gut." Ramage öffnete den Lederbeutel, nahm ein großes Blatt Papier heraus und faltete es auseinander. Dann stellte er sich so, daß die Männer an Deck ihn hören konnten, und begann laut zu lesen. Der Wind riß ihm einzelne Worte von den Lippen.

„Die Admiralität des Vereinigten Königreichs und Irlands... Leutnant Lord Ramage — an Bord der königlichen Brigg *Triton* zu gehen — sofort das Kommando zu übernehmen. Befehlen Sie den Offizieren und der Besatzung, ihre Pflicht zu tun und Ihnen den nötigen Respekt zu zollen... Sie werden die Instruktionen ausführen und jede weitere Order, die sie erhalten... Nur Sie allein werden die Verantwortung für die Brigg tragen..."

Er faltete das Papier wieder zusammen und steckte es in den Lederbeutel zurück. Indem er die Order der Admiralität verlesen hatte, hatte er auf legale Weise das Kommando an Bord übernommen. In glücklicheren Zeiten hätte die Besatzung Aufstellung an Deck genommen, und er hätte eine kleine Rede gehalten, um den Leuten Gelegenheit zu geben, ihn besser kennenzulernen.

Jackson, Stafford und Fuller standen nun neben der Laufbrücke, und Ramage war dem Amerikaner für seine Voraussicht dankbar. Nun würde wenigstens die erste Order, die er den Leuten durch den Schiffsführer erteilte, befolgt werden. Der erste Eindruck war immer wichtig. „Mr. Southwick, lassen Sie bitte meine Kiste an Bord bringen. Den Bootsführer habe ich schon bezahlt. Dann kommen Sie bitte zu mir in die Kabine."

Mit diesen Worten ging er langsam zur Heckreling, drehte sich um und überblickte die gesamte Länge des Decks. Jede Person, die er sah, jeder Gegenstand war seinem Kommando unterstellt. Er hatte sogar mehr Macht über diese Männer als der König selbst. Er konnte sie in eine Schlacht schicken, von der sie vielleicht nicht lebend zurückkehren würden. Und da der König das Schiff nicht kommandierte, konnte er das nicht tun.

Aber, so dachte Ramage wehmütig, genauso wenig, wie ein König vor Revolutionen sicher war, so wenig war ein Captain vor Meuterern sicher. Und vielleicht würde sich sein Kommando als großer Reinfall erweisen . . .

Er ging zur Kajütentreppe, sprang die Stufen hinab und wandte sich nach achtern zu den beiden Kabinen, die für die nächsten paar Monate sein Zuhause sein würden. Sie nahmen die volle Breite des Rumpfes ein, sie lagen hintereinander und bildeten das Heck des Schiffes. Davor lagen drei kleinere Kabinen zu beiden Seiten am Schiffsrumpf, der Raum in der Mitte war für die Offiziersmesse vorgesehen. Jede dieser Kabinen maß sechs Fuß im Quadrat. Darin wohnten Southwick, der Schiffsarzt, der Zahlmeister und die anderen ranghöchsten Offiziere.

Ramage sah sich in der Hauptkabine um. Sie war größer, als er erwartet hatte, und er mußte den Kopf nur leicht neigen, um nicht an die Deckenbalken zu stoßen. Die Tür war in die Mitte des Schotts eingelassen, eine ähnliche Tür im anderen Schott führte in seine Schlafkabine.

Die Hauptkabine war gut eingerichtet. Der Schreibtisch an der Steuerbordseite war an das vordere Schott gerückt und wurde durch das Deckfenster beleuchtet. Daneben stand eine Kommode mit einem verglasten Aufsatz. An der Backbordseite stand ein gut gepolstertes, dreiseitiges Sofa. Ein Tisch war so darvorgestellt, daß vier bis fünf Personen an drei Seiten daran sitzen konnten, während der Steward an der vierten Seite servierte.

Ramage ging in die Schlafkabine und stellte fest, daß sie klein, dunkel und dumpfig war. Der Rumpf bog sich so stark nach innen, daß der Raum nicht einmal fünf Fuß breit war. Die Koje, die mit Stricken an den Deckenbalken befestigt war, hatte gerade genug Platz, um mit dem schaukelnden Schiff mitzuschwingen, ohne an die Backbordplanken des Rumpfes zu stoßen. An der Steuerbordseite standen ein Schränkchen und ein Tisch mit einer Waschschüssel, über der ein Spiegel hing. Das einzige Licht fiel durch die offene Tür herein. Die Schlafkabine hatte kein Deckfenster.

Ramage kehrte in die Hauptkabine zurück, setzte sich an den Schreibtisch und leerte den Inhalt des Lederbeutels auf die Tischplatte. Sein Offizierspatent, eine Kopie des ‚Signalbuchs für Kriegsschiffe', die Briefe für Admiral Curtis, Lord St. Vincent und Admiral Robinson, ein schmales, flaches Päckchen, die Kopie der Order, die er von der Admiralität erhalten hatte.

Nachdem er das Signalbuch und die Briefe, die wichtigsten Gegenstände an Bord, in der obersten Schublade des Schreibtisches verstaut hatte, öffnete er das Päckchen. Es enthielt ein kleines Porträt in einem einfachen Goldrahmen. Es war dem Maler gut gelungen, einzufangen, wie unvermutet sich Giannas Gesichtsausdruck ändern konnte. Sie konnte sehr hoheitsvoll aussehen — und schon in der nächsten Sekunde herausfordernd und verführerisch. Der Maler hatte auch die Glanzlichter in ihrem pechschwarzen Haar gut dargestellt, die kleine Nase, die hohen Wangenknochen, den schöngeschwungenen Mund.

Obwohl das Porträt nur den Kopf und die Schultern zeigte, konnte der Beschauer feststellen, daß Gianna sehr klein war — kaum fünf Fuß groß. Und sogar ein fremder Betrachter konnte ihrem Gesicht ansehen, daß sie zu herrschen gewohnt war. Wie lange würde es dauern, überlegte Ramage, bis sie in ihr kleines Reich Volterra zurückkehren konnte, dessen zwanzigtausend Bewohner nun Napoleons Untertanen waren?

Würde sie jemals wieder die Herrscherin von Volterra sein und mit einer Handbewegung ihre Minister entlassen können? Ramage rief sich die Abschiedsszene im Blazey

House in der Palace Street in die Erinnerung zurück. Da Gianna im Haus seiner Eltern wohnte, hatte sie darauf bestanden, ihn zu pflegen, bis seine Wunde verheilt war. Sie hatten beide keine Neigung gezeigt, die Rekonvaleszenz zu beschleunigen.

Wie lebhaft waren die Erinnerungsbilder ... Die Tür seines Schlafzimmers schwang auf, Gianna kam mit einem Tablett herein, stellte es auf den Tisch, schloß die Tür und flog in seine Arme. Er grinste, wenn er an die kalten Mahlzeiten dachte. Denn das Tablett hatte meist sehr lange auf dem Tisch gestanden, bis Gianna endlich einfiel, warum sie eigentlich ins Krankenzimmer gekommen war.

Als es Zeit wurde, der Admiralität seine Genesung zu melden, hatte Gianna geheime Pläne geschmiedet, wie man seinen Dienstantritt verhindern könne. Sein Vater hatte sie, wie Ramage erst später erfuhr, unmißverständlich gebeten, sich nicht einzumischen. Aber seine Eltern hatten Gianna bald liebgewonnen, und sie wurde die Tochter, die Ramages Mutter sich immer gewünscht hatte. Aber als sie angedeutet hatte, Gianna wäre eine geeignete Schwiegertochter, hatte der alte Admiral erklärt, Volterra würde sich in einem chaotischen Zustand befinden, wenn Bonaparte aus Italien vertrieben worden sei. Der Geist der Revolution würde noch spürbar sein, und das Volk würde nur widerstrebend zum alten Feudalsystem zurückkehren. Es würde Gianna nicht leicht fallen, ihre Stellung als Landesherrin zurückzuerobern, und ein ausländischer Ehemann würde sie in diesem Kampf nur behindern.

Polternde Schritte auf der Kajütentreppe unterbrachen seine Gedanken. Die Leute brachten seine Kiste herab.

Stafford betrat als erster die Kabine. Er hielt das eine Ende der Kiste, während Fuller, der hagere Fischer aus Suffolk, das andere schleppte. Jackson bildete die Nachhut, mit scharfen, aber gutmütigen Befehlen. „Paßt auf den Tisch auf! Vorsicht, Fuller, du Tolpatsch!“

Ramage zeigte zur Achterkabine. Er würde feststellen müssen, ob der Captain's Steward an Bord war. Falls ja, wollte er ihn vorerst nicht herumkommandieren, solange er sich noch nicht von der Loyalität des Mannes überzeugt hatte.

Nachdem sie die Kiste abgestellt hatten, kamen Fuller und Stafford grinsend zurück und erinnerten Ramage an eifrige Spaniels.

„Freut mich, euch zwei wiederzusehen."

„Das war eine Überraschung, Sir", sagte Fuller, und Stafford fügte mit seinem treuherzigen Cockney-Akzent hinzu: „Wir dachten, wir würden nie mehr die Ehre haben, unter Ihnen zu dienen, Sir."

„Wie ich gehört habe, legt die übrige Besatzung keinen Wert darauf, dieser Ehre teilhaftig zu werden", entgegnete Ramage trocken.

„Nun ja, Sir ...", begann Stafford, und Fuller knetete verlegen seine knochigen Finger. Die paar gelben Zähne, die ihm noch verblieben waren, blitzten auf, als er den Mund öffnete. Aber kein Wort kam über seine Lippen.

„Schon gut", sagte Ramage grinsend. „Schicken Sie bitte Mr. Southwick zu mir, Jackson."

„Da kommt er schon, Sir."

Ramage hörte die raschen Schritte auf der Kajütentreppe, und als die drei Männer die Kabine verlassen hatten, stürzte Southwick herein. „Himmel, was bin ich froh, daß Sie da sind, Sir!" Er schloß die Tür hinter sich. „Was für ein Durcheinander das ist!"

Ramage nickte. „Hatten Sie einen schönen Urlaub?"

„Sehr schön. Aber ich bin froh, daß ich wieder ein paar schwankende Planken unter den Füßen habe. Und Sie, Sir?"

„Mir geht es genauso."

„Darf man nach dem werten Befinden der Marchesa fragen?"

„Sie fühlt sich wohl, und es gefällt ihr in England. Sie hat mich gebeten, Ihnen schöne Grüße zu bestellen.“ Er wies auf das Porträt. „In gewisser Weise ist sie immer noch bei uns.“

Southwick lächelte erfreut. „Nett, daß sie an mich gedacht hat, Sir. Ein schönes Bild ... Und wie geht es Ihrem Vater, Sir?“

„Sehr gut. Die Geschichte von unserem Husarenstück vor dem Cape St. Vincent hat ihm großen Spaß gemacht.“

„Das kann ich mir vorstellen. Wenn er nur bei uns wäre ...“

„Kommen wir zur Sache“, fiel ihm Ramage ins Wort. „Danke, daß Sie Jackson an Land geschickt haben. Wie stehen die Dinge?“

„Jackson war der einzige, den ich gefahrlos in die Werft schicken konnte. So steht's ...“

„So schlimm?“

„Jedenfalls stand es so, bevor Sie an Bord kamen.“

„Und welchen Einfluß hat meine Ankunft auf die Situation?“

Southwick strich sich durch das Haar und wählte seine Worte sehr sorgfältig. „Die Tritons sind gute Jungs, die eben einfach mit dem Rest der Flotte mitlaufen, genauso, wie sich die Kathleens von den Livelys beeinflussen ließen. Die sechsunddreißig Tritons kennen Sie nicht, Sir, aber die fünfundzwanzig Kathleens kennen Sie. Sie wären eine üble Bande, wenn sie jemals vergäßen, was Sie für sie getan haben.“

„Ich habe nur gelegentlich versucht, sie umzubringen.“

„Aber, aber, Sir!“ Southwick war überrascht, als er hörte, wie bitter Ramages Stimme klang. „Es ist nun einmal so, daß der Krieg Todesopfer fordert. Das wissen die Leute. Trotzdem ...“

„Was?“

„Nun, Sie wollen sicher wissen, ob die Kathleens diese

Brigg in Fahrt bringen werden, auch wenn die Tritons keinen Finger rühren."

„Mehr noch — werden die Tritons versuchen, die Kathleens aufzuhalten?"

„Ich habe versucht, das herauszufinden, und um ehrlich zu sein, ich bin mir nicht sicher. Jackson weiß es auch nicht. Die Kathleens fühlen sich hin und her gerissen zwischen der Loyalität, die sie Ihnen schulden, und ihrer Loyalität den Meuterern gegenüber. Das kann man verstehen, obwohl ich diese verdammten Abgesandten lieber heute als morgen an der Fockrah baumeln sehen würde."

„Und was würde geschehen, wenn beide Loyalitätsgefühle gleichzeitig beansprucht würden?"

Southwick sah ihm in die Augen. „Das hängt von Ihnen ab, Sir, von Ihnen allein. Das ist Jacksons Ansicht — und auch die meine."

Ramage hatte es nur zu gut gewußt. Das hatte ihm Lord Spencer nicht erst bestätigen müssen. Aber daß Southwick es auch noch aussprach, einfach so ... ‚Es hängt von Ihnen ab, Sir, von Ihnen allein.' Das war die Einsamkeit des Kommandanten. Vom Ersten Lord und vom alten Schiffsführer der *Triton* hatte er die gleichen Worte gehört.

„Haben Sie eine Ahnung, was ich tun soll?"

„Leider nicht, Sir. Ich habe eine halbe Nacht lang mit Jackson über dieses Thema gesprochen."

„Aber Sie müssen doch eine ungefähre Vorstellung haben ... Harte Drohungen, freundliche Appelle an die Loyalität der Leute ..."

„Ich will mich nicht der Verantwortlichkeit des Ratgebers entziehen, Sir. Ich weiß es wirklich nicht. Ich habe noch nie zuvor eine offene Meuterei miterlebt."

„Ich auch nicht ... Jackson hat einen Anführer an Bord erwähnt."

„Nun, er ist nicht direkt der Anführer, eher eine Art Sprecher."

„Wie heißt er? Ist er ein Meuterer mit Leib und Seele?“

„Harris? Nein, er ist kein echter Meuterer. Er ist eher ein Mann, den man in ein paar Monaten zum Unteroffizier befördern könnte. Intelligent und gebildet. Die anderen bitten ihn, Briefe für sie zu schreiben und ihnen die Briefe von daheim vorzulesen.“

Ramage grinste. „Fein, Southwick. Wissen Sie Bescheid über die Order, die ich von der Admiralität erhalten habe?“

Der Schiffsführer schüttelte den Kopf, und Ramage klärte ihn in kurzen Worten auf. „Morgen früh müssen wir in See stechen“, fügte er hinzu. Um sechs Uhr steht die Flut am höchsten. Eine Stunde vorher will ich den Anker lichten, dann können wir die Ebbe am besten umgehen. Den Rest des heutigen Tages werde ich dazu nutzen, mich an Bord umzusehen. Versuchen Sie nicht, die Leute zur Disziplin zu zwingen, lassen Sie sie in Ruhe. Dann kann ich mir am besten ein Bild machen. Wie steht es mit den Seesoldaten?“

„Wir haben keine Sergeanten, nur einen Corporal und sechs Mann. Sie sind in Ordnung, aber sie können nichts unternehmen, selbst wenn sie es wollten, denn sie haben keine Waffen. Die Matrosen haben die Schlüssel zu den Waffenschränken, allerdings nicht für die in meiner Kabine.“

Nachdem der Schiffsführer sich zurückgezogen hatte, ging Ramage in die Schlafkabine, öffnete seine Kiste und nahm ein Paar Halbstiefel heraus. Er sah nach, ob das Messer in der Scheide im Schaft des rechten Stiefels steckte, dann zog er seine Schuhe aus und schlüpfte in die Stiefel.

Es gab noch viel zu tun. Bevor die Brigg in See stach, mußte er die Papiere des ehemaligen Captains durchsehen. Er mußte Inventarlisten prüfen und unterzeichnen, Briefe und Instruktionen durchlesen. Es gab ein Dutzend Pflichten, die ein neuer Captain erledigen mußte, sobald er ein Kommando übernommen hatte, um den unersättlichen bürokratischen Appetit der Clerks zu befriedigen, die der Admiralität dienten.

Und dann mußte er mit Southwick das Schiff besichtigen — die Masten, die Segelstangen, die Segel, den Rumpf, die Lagerräume, die Munition, das Pulver, den Proviant ... Kein Wunder, daß die arme alte *Triton* so tief im Wasser lag. Sie hatte genug Nahrungsmittel und Wasser an Bord, um sechzig Mann ein halbes Jahr lang durchzufüttern. Genug Pulver und Munition, um ein Dutzend Schlachten durchzustehen. Genug Segel und Taue, um gegen die Schäden anzukämpfen, die der Krieg und die Natur ihr zufügen würden.

An diesem Abend ging er früh schlafen. Nachdem er ein paar Stunden an Deck verbracht hatte, war ihm klargeworden, daß er wenig unternehmen konnte, solange sich die *Triton* im Blickfeld der anderen Schiffe befand. Sein Steward fürchtete sich so sehr, daß er nicht einmal Ramages Kiste auspacken und seine Sachen verstauen wollte. Die Marinesoldaten wagten nicht, ihre Pflicht zu tun, und so schlief er ohne Wachtposten vor der Tür. Um neun Uhr, nachdem er Southwick eine halbe Stunde lang Instruktionen erteilt hatte, lag Ramage in seiner Koje und durchdachte seinen Plan noch einmal in allen Einzelheiten.

Es ging um alles oder nichts. Wenn er versagte, würde die ganze Navy über ihn lachen, und da er die Order vom Ersten Lord erhalten hatte, würde er auf jede weitere Beförderung verzichten müssen. Wahrscheinlich würde man ihn an Land festnageln. Er würde zum komischen Helden vom Spit Sand avancieren.

3

Southwick weckte ihn lange vor Tagesanbruch. In der einen Hand hielt er eine Laterne, mit der anderen klopfte er an die Koje und wisperte: „Halb vier, Sir! Frischer Wind von Nordwest. Das Stundenglas ist ein bißchen gefallen, sonst nichts von Bedeutung. Jackson bringt Ihnen gleich das Rasierwasser und einen heißen Drink. Alles, was Sie erwähnt haben, ist bereits versteckt."

Der fröhliche Optimismus des alten Mannes war ansteckend und tröstlich, aber um diese frühe Stunde auch ermüdend. Ramage kroch aus der Koje, und hing die Laterne an ein Schott. Schläfrig stellte der Captain fest, daß die *Triton* heftig schwankte. Die Koje schaukelte so stark, daß sie ihm in die Knie fuhr und er beinahe umkippte.

„Die letzten Ausläufer der Flut, Sir", sagte Southwick. „Ziemlich hoher Wellengang."

„Gut. Und ein Nordwestwind ... Könnte nicht besser sein."

Als Southwick verschwand, kam Jackson mit einem Krug voll heißem Wasser und einer dampfenden Teekanne herein.

„Wie sieht's aus, Jackson?"

„Unsere Kathleens sind still, aber die Tritons haben sich die Köpfe heiß geredet. Ich wollte nicht zu interessiert wirken, um nicht Harris' Mißtrauen zu erregen. Ich hatte nämlich keine Lust, mit einem Messer zwischen den Rippen aufzuwachen. Auf Stafford, Fuller und Evans können Sie sich verlassen, Sir. Ich habe mit ihnen gesprochen.

Rossi ist auch auf Ihrer Seite, da Sie Ihr Leben für die Marchesa gewagt haben. Gestern abend hat er den Tritons lang und breit erzählt, wie wir die Marchesa gerettet haben. Und dann schilderte er auch, wie wir die *San Nicolas* rammten."

„Wie haben sie reagiert?"

„Sie waren tief beeindruckt. Ich glaube, das war auch der Grund, warum dann das große Gerede begann. Wenn ich das sagen darf, Sir ... Ich habe so das Gefühl, daß jetzt alles nur von Ihnen abhängt."

Mit diesen Worten zog sich Jackson zurück, und während Ramage sein Rasiermesser schärfte, ging ihm die letzte Bemerkung des Amerikaners nicht aus dem Sinn. Er trank seinen Tee, goß heißes Wasser in die Waschschüssel und schäumte sich das Gesicht ein. Er wischte den Dunstbelag vom Spiegel und war nicht überrascht, als er sah, daß seine Hand, die das Rasiermesser hielt, ein wenig zitterte. Es hängt alles von Ihnen ab, Sir ...

Verdammt, daß Jackson ihn ausgerechnet jetzt wieder daran erinnern mußte ... Hat sich je ein Mann zu einer so frühen Morgenstunde unbezwingbar gefühlt — außer vielleicht Southwick? Am liebsten würde er es allen dreien sagen, daß alles von ihnen abhing — Jackson und Southwick und dem Ersten Lord.

Er begann sich zu rasieren und starrte in den Spiegel auf sein Gesicht, das langsam aus der Anonymität des Seifenschaums auftauchte. Als er den Dampf ein zweitesmal von der Glasscheibe wischte, wurde ihm bewußt, daß in der nächsten halben Stunde alles von dem Eindruck abhing, den dieses Gesicht auf die Tritons machen würde.

Um die Ex-Kathleens machte er sich keine Sorgen, weil jeder, wie Jackson gesagt hatte, mit einem Triton in der Nachbarkoje schlief. Jeder der Männer war realistisch genug, um einzusehen, daß sein Captain ihn nicht vor einem Messerstich im Dunkeln bewahren konnte.

Er schob die Nase hoch, um sich die Oberlippe zu rasieren, und dachte spöttisch: Dann hängt also alles von diesem Gesicht und von dieser Zunge ab. Er streckte letztere wie ein kleiner ungezogener Junge heraus und fluchte, als er den Seifenschaum schmeckte.

Zehn Minuten später war er rasiert und angezogen, hatte sein Inneres mit dem restlichen Tee erwärmt, schlüpfte in die Stiefel und vergewisserte sich, daß das Messer im rechten Schaft steckte. Dann nahm er die Mahagonikassette, die zwei Pistolen, Pulver, Patronen und Ladepfropfen enthielt, aus seiner Kiste und stellte sie auf den Tisch. Sollte er den Deckel öffnen oder schließen? Er ließ ihn lieber geschlossen, es sollte ja nicht allzu offensichtlich sein . . .

Er sah auf seine Uhr. Fünfzehn Minuten vor vier. Fünfzehn Minuten, die er noch totschlagen mußte. Nun, er konnte anfangen, sein Logbuch zu schreiben. Das hätte er schon gestern tun sollen. Er holte ein großes, dünnes Buch aus der untersten Schreibtischschublade, schraubte das Tintenfaß auf und schrieb in kühnen Großbuchstaben auf den Buchdeckel: ‚Die königliche Brigg Triton'. Darunter setzte er in kleineren Buchstaben: ‚Logbuch des Captains, 18. April 1797 — 17. Juni 1797.'

Nach den ‚Gesetzen und Instruktionen' der Admiralität mußte das Logbuch nach zwei Monaten an die Admiralität geschickt und ein neues begonnen werden. Wenn er sein Kommando so lange behielt . . .

Er schlug das Buch auf und starrte auf die erste Seite, die in mehrere Spalten unterteilt war. Dann schrieb er in die erste Spalte: ‚Bericht über die Geschehnisse an Bord der königlichen Brigg Triton, Nicholas Ramage, Leutnant und Kommandant, zwischen dem 18. und dem 19. April.'

Da die nautischen Daten immer vom Mittag des einen Tages bis zu dem des nächsten gemessen wurden, war die Navy auf dem Meer den Landratten stets um einen halben Tag voraus. Und soweit es das Logbuch betraf, war jetzt immer noch der Tag, an dem er die *Triton* betreten hatte, und der würde auch noch acht Stunden dauern. Er trug das Datum und die Windrichtung in die dafür vorgesehenen Spalten ein, und unter ‚Bemerkungen' schrieb er: ‚Laut Order an Bord der Brigg gegangen. Order auf Achterdeck verlesen. Schiffsbesatzung offenbar im Zustand der Meuterei.'

Er klappte das Logbuch ungeduldig zu und stellte sich vor, daß er nun monatelang täglich diese lästige Pflicht erfüllen mußte. Dann holte er einen ähnlichen Band aus einem Schubfach und schrieb auf den Deckel: ‚Journal des Captains, an Bord der königlichen Brigg Triton.' Auch dieses Buch mußte er zwei Monate lang Tag für Tag mit Daten füllen. Er trug das Datum und die Windrichtung auf der ersten Seite ein und machte jeweils einen Strich in die Spalten: ‚Kurs', ‚Seemeilen', ‚Längengrad', ‚Breitengrad'. Die letzte Spalte war mit dem Titel ‚Bemerkenswerte Beobachtungen und Zwischenfälle' überschrieben.

‚An Bord der Brigg gegangen, Order verlesen', begann Ramage zu schreiben. ‚Schiffsführer berichtete, Besatzung befinde sich im Zustand nicht gewalttätiger Meuterei. Einzige Order des Kommandanten, seine Kiste möge unter Deck gebracht werden, von drei Mann befolgt, die am vergangenen Tag von der Lively auf die Triton transferiert worden waren. Abends erteilte der Captain dem Schiffsführer gewisse Instruktionen, betreffend die Abfahrt der Brigg am nächsten Morgen. Keine Seesoldaten im Dienst, aber an ihrer Loyalität ist nicht zu zweifeln. Offenbar fürchten die Seesoldaten, sechs Mann und ein Corporal, ebenso wie die fünfundzwanzig Mann, die von der Lively an Bord der Triton transferiert wurden, Repressalien durch die ursprüngliche Besatzung.'

Er wischte die Feder ab, verschloß das Tintenfaß und blickte auf die Schriftzüge. Wenn jetzt irgend etwas schiefging, wenn sein Plan ins Wasser fiel, würde das Kriegsgericht seine Eintragungen im Logbuch und im Journal so sorgfältig durchkauen wie ein hungriger Hund, der an einem frischen Knochen nagt.

Zu jedem Wort, zu jedem Komma würde man Fragen stellen, jeden Satz würde man auf verschiedene Arten auslegen. Er würde sich nicht damit herausreden können, daß er diese Eintragungen vor Tagesanbruch vorgenommen habe und noch nicht ganz wach gewesen sei. Sein Plan ... Nun, obwohl er der einzige erfolgversprechende Plan war, würde er als Wahnsinn bezeichnet werden, weil die sechs Captains, die über ihn zu Gericht sitzen würden, diesen Plan niemals begreifen konnten.

Während sie erwarteten, daß er mit Feuer und Schwefel arbeitete, setzte er auf seine Männer, besonders auf die Intelligenz eines gewissen Harris, des Sprechers der Tritons, den er nicht kannte. Und er setzte auf die Gefühle der ehemaligen Kathleens, die er gut genug kannte.

Er nahm an, daß er die Reaktionen aller Männer vorausberechnen konnte, die Reaktionen der Kathleens und der Tritons gleichermaßen. Er glaubte zu wissen, wie sie auf die Überraschung reagieren würden, die ihr Captain ihnen bereiten wollte. Wenn er etwas tat, das sie niemals erwartet hatten, würden sie nicht wissen, wie sie sich verhalten sollten ...

Er schlang die Säbelkoppel um die rechte Schulter und sah auf seine Uhr. Drei Minuten vor vier. Er nahm die Laterne vom Schott und ging an Deck.

Der Wind war frisch, aber nicht stark genug, um in Masten, Segelstangen und Takelage zu kreischen, die Ramage nur als schwarzes Spinngewebe vor dem dunklen Nachthimmel ausmachen konnte. Aber der Wind war stark genug, um wie ein leidender Mensch zu stöhnen, unwirklich und fast geisterhaft. Und er begann an der Zuversicht zu zerren, die eben erst über Ramage gekommen war.

In zehn Minuten müßte es hell genug sein, um mit einer Pistole zu zielen, da bereits ein grauer Schleier im nächtlichen Dunkel lag. Nach wenigen Minuten kam Southwick mit einer Laterne zu ihm und verkündete: „Ich gehe jetzt nach unten, Sir."

„Gut. Fangen Sie achtern an, damit Sie sehen, was passiert, wenn Sie zurückgehen."

Als der Schiffsführer auf der Kajütentreppe verschwunden war, lag eine fast unheimliche Atmosphäre über dem Deck. Nun fehlte nur noch ein Eulenschrei, um die Illusion zu vervollkommnen, daß Ramage auf einem Friedhof stand. Kein Mann außer ihm selbst war an Deck. Es war die erste Nacht, die er jemals an Bord eines ankernden Schiffs verbracht hatte, ohne einem Mann zu begegnen, der Ankerwache hielt, ohne einen Wachtposten mit geladener Muskete zu sehen, einen Midshipman oder einen anderen Deckoffizier, der auf den Planken hin und her wanderte.

Aber die *Triton* lag seit einer Woche hier vor Anker, ohne daß zumindest der Schiffskochsmaat an Deck Wache hielt, und so wäre es sinnlos gewesen, daß Ramage oder Southwick sich die Nacht um die Ohren geschlagen hätten, noch dazu, wenn sie an diesem Morgen ihre Kräfte brauchten. Die Lordschaften von der Admiralität wären natürlich nicht damit einverstanden. Aber da sie die Navy verwalteten, konnten sie ja nicht einsehen, daß ein Mann seinen Schlaf brauchte und manchmal auch unorthodoxe Methoden anwenden mußte, um ihre Befehle auszuführen.

Plötzlich klang unter Deck Southwicks Stentorstimme auf. „Wacht auf! Raus aus den Matten! Matten aufrollen und wegstauen! Die Sonne verbrennt euch schon die Augäpfel!"

In Abständen von wenigen Sekunden wiederholte der Schiffsführer die Befehle, die sonst die Bootsmannsmaate riefen, von schrillen Pfeifentönen begleitet. Und wenn die Männer den Befehl hörten, sprangen sie aus den Hängematten, rollten diese mitsamt dem Bettzeug zu wurstförmigen Gebilden zusammen und banden sie fest. Dann kamen sie an Deck, um die Hängematten im Netzwerk entlang der Reling wegzustauen. Dort wurden sie mit Segeltuch verhüllt, damit sie trocken blieben, und bildeten eine Barrikade gegen feindliches Musketenfeuer.

„Matten aufrollen und wegstauen . . .“

Die Stimme drang nun schwächer ans Deck herauf. Southwick mußte nun im Bug der Brigg angelangt sein. Bald würde er umkehren, um nachzusehen, wie viele der einundsechzig Männer seinen Befehl befolgt hatten. Dies war der erste der vielen kritischen Augenblicke, die Southwick und Ramage in den nächsten zwanzig Minuten bewältigen mußten.

Der Schiffsführer kam zurück an Deck und schwang seine Laterne. „Die Kathleens und die Seesoldaten rollen alle ihre Hängematten zusammen. Die anderen haben sich nicht gerührt. Harris’ Matte ist die erste, wenn Sie nach vorn gehen.“

„Das ist besser, als ich gedacht habe. Wir warten noch ein paar Minuten.“

Das erste halbe Dutzend Matrosen kam die Kajütentreppe herauf, rannte mitschiffs zu den Relings und staute die Matten weg. Normalerweise wurde diese Aktion von Befehlen begleitet, aber es waren keine Unteroffiziere da, die Befehle hätten geben können. Noch mehr Männer kletterten an Deck. Ramage zählte sie nicht, das konnte Southwick besorgen.

„Neunundzwanzig sind noch unter Deck, Sir“, flüsterte der Schiffsführer.

Es war nicht anzunehmen, daß diese Männer nur trödelten.

„Geben Sie mir die Laterne!“

„Seien Sie vorsichtig, Sir! Soll ich mitkommen?“

„Nein, bleiben Sie hier und beschäftigen Sie die Leute.“

Ramage spürte die Kälte der Morgendämmerung und die noch schlimmere Kälte der Angst. Rasch wandelte sich die Schwärze der Nacht in ein trübes Grau. In ein paar Minuten würde man keine Laternen mehr an Deck brauchen.

Er stieg die Kajütentreppe hinab, wandte sich zum Vorderteil der Brigg, ging an kleinen Kabinen vorbei. Als er durch die Tür des Schotts trat, das die Offizierskabinen von der Matrosenunterkunft trennte, hielt er die Laterne höher, um sein Gesicht zu beleuchten. Er mußte sich ducken, da der Raum nur fünf Fuß hoch war. Aber er hatte gelernt, mit gebeugten Knien zu gehen und gleichzeitig den Rücken gerade und den Kopf hoch zu halten.

Die Luft war schal. Sie war zu oft von einundsechzig Männern ein- und ausgeatmet worden, und sie stank nach Schweiß und Schlagwasser.

Dann stand er vor der ersten Hängematte, in der ein Körper lag, sanft geschaukelt vom Wellengang. „Harris", sagte Ramage.

Der Mann setzte sich rasch auf und zog den Kopf ein, um nicht gegen die Decksbalken zu stoßen. Er befand sich, wie Ramage es geplant hatte, in einer unbequemen und würdelosen Position. „Sir?"

„Harris, ich kann mich noch an die Zeit erinnern, als ich Midshipman war . . ."

Er machte eine Pause und zwang Harris zu der Frage: „Ja, Sir?"

„Ja, Harris, ich erinnere mich, wie sich ein armer Midshipman den Schädel brach. Er starb fünf Tage später. Wenn er das Bewußtsein noch einmal erlangt und erzählt hätte, wer es getan hat, wäre das sehr unangenehm gewesen. Aber er tat es nicht, und so vertauschten wir die abgeschnittene Hängematte mit einer neuen . . ."

Wieder machte er eine Pause, und er spürte, daß jeder Mann, der hier unten in seiner Matte lag, ebenso nervös war wie Harris. Da Ramages Stimme erneut erstarb, sah sich Harris noch einmal zu einer Frage gezwungen. „Ja, Sir?“

Plötzlich klirrte Metall, als Ramage seinen Säbel zog. Der Lärm war unmißverständlich, und als Ramage die Blicke des Mannes sah, die der aufblitzenden Schneide folgten, wuchs seine Zuversicht. „Wahrscheinlich haben Sie erraten, welchen Trick wir damals anwandten, Harris. Wir schnitten die Hängematte ab. Aber wir machten einen Fehler — weil es so dunkel war. Wir schnitten das Kopfende ab statt des Fußendes, und so landete der arme Kerl nicht auf den Füßen — sondern auf dem Kopf.“

Harris sagte nichts. Er beobachtete die Säbelklinge, die im Laternenlicht schimmerte, als Ramage sie wie einen Gehstock hin und her schwang. Ramage fühlte, daß nun der entscheidende Augenblick gekommen war, und stieß heiser hervor: „Matte aufrollen und wegstauen, Harris! Wenn ihr nicht in drei Minuten an Deck seid, schneide ich jede einzelne Hängematte ab. Bringen Sie die Laterne mit, Harris!“

Er stellte die Laterne auf den Boden und ging zur Kajütentreppe zurück. Aus einem Impuls heraus hatte er Harris befohlen, die Laterne an Deck zu bringen, aber er verfolgte einen ganz bestimmten Zweck damit. Er hoffte nur, der Klang seiner Stimme hatte den Männern bewiesen, daß er nicht mit der Möglichkeit rechnete, sie könnten seine Befehle mißachten.

An Deck war es nun hell genug, um die Männer zu sehen, die sich entlang der Reling bewegten — hellere graue Flecken vor der dunkleren Morgendämmerung. Southwick kam Ramage entgegen. „Die meisten sind sehr verdrossen, Sir. Jackson, Evans, Fuller und Rossi tun ihr Bestes, aber sie müssen auf jeden Schritt achten, den sie tun. Wie sieht es unten aus?“

„Das werden wir in ein paar Minuten wissen.“

„Wo ist die Laterne, Sir?“

„Ich habe sie bei Harris gelassen. Er soll sie an Deck bringen.“

„Aber . . .“

„Zum Teufel mit dem verdammten Reglement, Southwick, ich habe meine Gründe.“

„Aye, aye, Sir.“

Ramage wußte, daß sein rauher Ton die Gefühle des alten Mannes verletzt hatte. Aber er stand unter einer zu großen Anspannung, um jetzt erklären zu können, was seiner Ansicht nach offensichtlich war. Keine Laterne ohne Wachtposten, der daneben stand, lautete das Gesetz, das der Feuergefahr vorbeugen sollte. Aber im Augenblick wog die Gefahr, daß ein Feuer an Bord ausbrach, gering gegen die Notwendigkeit, Harris und seine Konsorten an Deck zu holen. Er trat zur Seite, so daß der Großmast ihm nicht die Sicht auf die Vorderluke versperrte, die er vierzig bis fünfzig Fuß entfernt als viereckiges schwarzes Loch in den Decksplanken ausmachte.

Er starrte auf dieses Loch, bis seine Augen zu tränen begannen. Was . . . Er blinzelte ein paarmal. Tatsächlich, der Süll der Luke umrahmte einen schwachen Lichtschein. Southwick versuchte zu erkennen, was der Captain so angespannt beobachtete. Ramage blinzelte noch einmal, und jetzt war er nicht mehr so sicher. Die Luke war so schwarz wie eh und je. Doch plötzlich leuchtete sie auf, der Schatten eines Mannes mit einer Hängematte über der Schulter zeichnete sich vor dem hellen Viereck ab. Natürlich war der Lichtschein für wenige Sekunden erloschen, weil der Körper des Mannes die Laterne verdeckt hatte, als er die Schiffstreppe heraufgestiegen war.

„Da kommt Harris.“

„Dann ist er doch vernünftiger, als ich dachte. War das wahr, was Sie ihn da von dem toten Midshipman erzählt haben, Sir?“

„Nein, aber als ich ihm die Geschichte erzählte, habe ich sie beinahe selbst geglaubt.“

Die Laterne schaukelte, als Harris zur Reling ging. Ramage sah, daß die anderen ihm folgten. Einer nach dem anderen verstaute seine Matte in den Netzen. Harris sagte etwas Unverständliches zu dem Matrosen an seiner Seite.

„Sehr gut“, flüsterte Southwick.

Ramage wartete, bis die Hängematten entlang der ganzen Reling unter ihrer Segeltuchhülle verschwunden waren, dann befahl er. „Rufen Sie bitte die Männer hierher!“

Der Schiffsführer schrie den Befehl, und die Matrosen kamen nach achtern. Sie näherten sich sehr langsam dem Achterdeck, und dieses Zögern verriet Ramage, was er befürchtet hatte. Sie hatten seinem Befehl gehorcht und die Matten weggestaut, aber sie meuterten noch immer, zumindest die Mehrheit. Er stellte sich auf die Gangspill und rief: „Hierher, Leute!“

Widerwillig gruppierten sie sich in einem Halbkreis um die Gangspill und blickten nach achtern. Außer dem leisen Stöhnen des Windes, dem Rattern der Fallen an den Masten, den Wellen, die klatschend an den Rumpf schlugen, war nichts zu hören. Eine dumpfe, drohende Stille lag über dem Deck, das drückende Schweigen einer unzufriedenen, gefährlichen Masse, ein Schweigen, das Ramage wie feuchter, kalter Nebel unter die Haut ging.

Er hatte sich keine Ansprache zurechtgelegt, da er ein schlechtes Gedächtnis besaß und die Worte ohnedies wieder vergessen hätte. Er pflegte sich deshalb stets immer nur die wesentlichen Punkte einzuprägen, wenn er seiner Mannschaft etwas mitteilen wollte. An diesem Morgen waren es fünf Punkte.

„Ihr wißt, daß ich euer neuer Captain bin, und Mr. Southwick ist der Schiffsführer. Ein paar von euch kenne ich, weil wir gemeinsam auf der *Kathleen* gesegelt sind. Die anderen werde ich bald näher kennenlernen. Ich habe

Neuigkeiten für euch alle — Neuigkeiten, wie die Flotte sie lange nicht gehört hat. Vor zwei Tagen habe ich im Sitzungssaal der Admiralität von Lord Spencer meine Order erhalten. Er sagte mir, ich solle euch mitteilen, daß die Regierung die Forderungen eurer Delegierten nach mehr Lohn, mehr Nahrung und besseren Arbeitsbedingungen sehr wohlwollend aufgenommen hat. Weil das Parlament jede Veränderung erst billigen muß, wird die Regierung so schnell wie möglich einen neuen Erlaß entwerfen."

Ende von Punkt eins . . . Die Männer zeigten keine Reaktion, aber sie hatten gespannt zugehört.

„Die Delegierten der Flotte werden die Interessen der Tritons vertreten, und ich bin sicher, sie werden ihre Sache gut machen. Ihr könnt euch nicht selbst darum kümmern — weil die *Triton* sofort in See stechen wird, um nach Brest und Cadiz zu segeln. Ich habe den Admirälen, die dort stationiert sind, wichtige Nachrichten zu überbringen."

Am Ende des zweiten Punkts begannen die Männer zu murmeln — es war ein böses Murmeln, das wie das Summen aufgestörter Bienen klang. Ramage wußte, jetzt war der Augenblick gekommen, wo der Anführer der Meuterer vortreten, die Leute anstacheln und die Offiziere, in diesem Fall ihn selbst und Southwick, an Land verbannen könnte. Mit ruhigen Worten kam er also nicht voran. Er mußte bluffen.

„Ich möchte euch daran erinnern", fuhr er fort, und seine Stimme klang nur unmerklich lauter, weil der Tonfall genügte, um die Bedeutung der nächsten Worte herauszustreichen, „ich möchte euch daran erinnern, daß der Ordnung auf dieser Brigg die Kriegsgesetze und -instruktionen zugrundeliegen. Nicht mehr und nicht weniger. Keiner soll seine Pflicht vernachlässigen, denn das würde nur Mehrarbeit für seinen Kameraden bedeuten. Und vergeßt eins nicht — wenn ihr in Bonapartes Flotte wärt, würdet ihr längst alle hängen."

Das war Punkt drei gewesen. Die Männer zeigten keine Reaktion — er hatte auch keine erwartet.

„O ja“, fügte er hinzu, als sei ihm eben erst ein Gedanke gekommen. „Wer schwimmen kann, hebt die Hand.“

Ein paar Arme hoben sich, und Ramage begann sie laut zu zählen. „Neunzehn von einundsechzig — hm. Zweiundvierzig können also nicht schwimmen. Harris!“

Er stieß den Namen mit scharfer Stimme hervor, und die jahrelang geübte Disziplin bewirkte, daß Harris unwillkürlich einen Schritt vortrat.

„Harris — ich möchte mit Ihnen allein sprechen. Gehen Sie unter Deck und warten Sie in der Kabine. Nehmen Sie die Laterne mit.“

Harris brauchte ein paar Minuten, um die Laterne aufzuheben und dann die Kajütentreppe hinunterzusteigen. Alle Mann an Deck starrten ihm nach und wunderten sich.

Ramage nahm an, daß Harris an sich keine Bedrohung darstellte. Er war nur ganz einfach zum Sprecher der Männer geworden, weil er gebildeter war als die anderen und sich besser artikulieren konnte. Von Natur aus war er kein Revolutionär und Aufwiegler. Ramage hatte viel über den Mann erfahren in jenen kurzen Minuten, als er ihn in der Hängematte beobachtet hatte.

Plötzlich rief Ramage mit schneidender Stimme: „Jeder Mann an seinen Platz! Anker lichten — Segel beisetzen!“

Das war der kritische Augenblick. Hoch aufgerichtet stand er vor den Männern, versuchte ihnen seinen Willen aufzuzwingen. Alles hing jetzt von ihm allein ab . . . Diese Worte, die Lord Spencer und Southwick und Jackson ausgesprochen hatten, dröhnten in seinem Kopf.

Acht oder neun Männer, ehemalige Kathleens, wandten sich um und gingen zum Vorderteil der Brigg. Aber alle anderen blieben reglos stehen. Einige begannen aufgeregt aufeinander einzureden, ein Dutzend, offenbar die restlichen Kathleens, schwieg.

„Also gut“, stieß Ramage hervor. „Vergeßt nicht, daß zweiundvierzig von euch nicht schwimmen können. Die Ebbe setzt ein, dort drüben, leewärts, könnt ihr die See über das Ende des Spit Sand schwappen sehen.“

Das Gemurmel verstummte, verwirrt sahen die Männer ihn an, wußten nicht, was er meinte, ob sie soeben eine grausige Drohung gehört hatten, die sie nicht begriffen. Ramage wußte, daß er wieder Herr der Lage war. Er sprang von der Hangspill, trat mitten unter die Männer, bahnte sich einen Weg durch die Gruppe. Vor dem Großmast blieb er stehen und wandte sich um. „Mr. Southwick, bitte, die Axt!“

Southwick, der unbemerkt neben den Männern gewartet hatte, ging auf den Captain zu, mit einer großen Axt in der Hand. Es war eine Axt, wie man sie zum Holzfällen brauchte, wenn ein paar Matrosen auf einen verlassenen Strand geschickt wurden, um die Holzvorräte aufzufüllen.

Ramage nahm die Säbelkoppel von der Schulter, reichte sie dem Schiffsführer und nahm dafür die Axt entgegen. Die Männer beobachteten ihn, standen da wie versteinert, ein Eindruck, der durch das graue Licht der Morgendämmerung noch verstärkt wurde. Aber Ramage hatte das Gefühl, aus feuchtem Brotteig zu bestehen.

Er trat vor, mit der Axt in der Hand, kam sich elend vor in seiner Enttäuschung, seiner Anspannung, mit dem Geschmack des schwachen, zu süßen Tees im Magen. Seine Worte hatten keinen Erfolg erzielt, aber er wußte, daß es immer gefährlich war zu reden. Die Matrosen würden sanfte Worte als Zeichen der Schwäche interpretieren, harte Worte als Herausforderung. Sie beurteilten einen Mann nach seinen Taten, nicht nach seinen Worten. Wie er es beinahe erwartet hatte, hatte seine Ansprache zu einem Kompromiß geführt und den Augenblick des Handelns nur hinausgezögert. Parlamentarier und Bürokraten, paßt jetzt gut auf, ihr könnt was lernen, dachte er säuerlich und wünschte sich, er hätte den faden Tee nicht getrunken, der nun in seinem Magen umherschwappte.

Und dann stand er neben dem straff gespannten Ankertau, das drei Fuß über dem Deck an der H-förmigen hölzernen Beting festgemacht war. Es war das dickste Kabel an Bord, eine solide Masse aus Tauwerk von dreizehn Zoll Umfang. Zwei weitere Kabel von derselben Stärke waren unter Deck verstaut, jedes war siebenhundertzwanzig Fuß lang und wog mehr als zwei Tonnen.

Ramage umklammerte die Axt mit festem Griff und bemerkte, daß der Wind die Richtung nicht verändert hatte, aber er wehte stärker und der Spit Sand lag immer noch leewärts. Ramage spreizte die Beine. Hatten die Männer erraten, was er vorhatte? Schwer zu glauben, daß sie es immer noch nicht begriffen hatten ... Jedenfalls mußte er jetzt wie ein manierierter Schauspieler auf einen effektvollen Höhepunkt hinarbeiten. Er warf einen Blick über die Schulter und rief: „Ist achtern alles in Ordnung, Mr. Southwick?“

„Alles in Ordnung, Sir.“

Der Schiffsführer hätte ihn gewarnt, wenn sie versucht hätten, sich auf ihn zu stürzen. Seltsam, wie schnell die Zeit verstrich ... Es war nun hell genug, daß er die einzelnen Gesichter erkennen konnte. Und was noch wichtiger war, es war hell genug, daß sie alle seine Bewegungen beobachten, daß Sie die Wellen sehen konnten, die sich weißschäumend an der Untiefe brachen.

Er hob die Axt über den Kopf, ließ sie herabsausen auf das Tau, auf die Stelle, wo sich die erste Windung um die breite, feste Beting legte. Der Aufprall lähmte beinahe seine Hände. Die Schneide der Axt grub sich durch ein Viertel des Taus, die durchtrennten Stränge begannen sich aufzudrehen. Ein zweiter Hieb, ein dritter, ein vierter. Das Tau begann zu zittern, als die gesamte Last der Brigg, an der ein auffrischender Wind zerrte, an den restlichen Strängen hing. Ramage trat einen Schritt zurück, um zum letzten Schlag auszuholen.

Die Axt sauste hinab. Als hätte eine Riesenhand an einer Harfensaite gezupft, schnellte das Ende des durchtrennten Kabels von ihm weg, peitschte auf die Decksplanken, bevor es wie eine flüchtende Schlange durch die Klüse verschwand.

Einen Augenblick später verriet ihm ein Klatschen, daß das Tau mit dem Buganker am einen Ende im trüben Wasser des Spithead versank.

Die *Triton* trieb ohne Anker auf dem Wasser. Als Ramage sich nach achtern wandte, trieb der Wind ihren Bug leewärts. Da das Wasser hoch stand und von keiner Gezeitenströmung bewegt worden war, hatte die Brigg vor dem Anker aufgedreht gelegen, mit dem Bug nach Nordwest. Jetzt kehrte sie die Breitseite dem Wind zu, und in einer Minute würde die Brise sie auf das östliche Ende der Untiefe zutreiben. Die wenigsten Männer an Bord würden wissen, daß es dort einen Kanal gab, den Swatchway, der die Untiefe diagonal durchschnitt, nach Westen zu, wo die See tobte.

Ramage warf die Axt auf die Decksplanken und ging nach achtern. Die Angst hatte ihm kalten Schweiß aus allen Poren getrieben, nicht die körperliche Anstrengung. Es war vollbracht. Er hatte die Herausforderung vor die Füße der Meuterer geschleudert. Sie hatten die Wahl zwischen zwei Möglichkeiten — die Segel zu setzen oder zu ertrinken, wenn die *Triton* gegen die Untiefe prallte und entweder krängte oder auf den Wellen tanzte, bis der Kies sie in Stücke schlug. Sein Plan hatte nur einen Haken, und er hoffte, daß die Tritons das nicht merkten. Es war möglich, daß die anderen Schiffe Rettungsboote zu der Brigg schickten.

Die Männer begannen zu schreien und zu gestikulieren, nicht in Ramages Richtung. Sie zeigten auf die beiden

Boote, die zwischen den beiden Masten weggestaut waren. Drei Männer liefen darauf zu, aber Southwick, der an Ramages Seite stand, hob eine Muskete, eine großkalibrige Waffe, deren Mündung sich trompetenförmig öffnete.

Ramage riß ihm die Muskete aus der Hand. „Halt!"

Der Ruf stoppte die drei Männer mitten in der Bewegung, ließ die Schreie verstummen. Ramage spannte den Hahn der Muskete, das Klicken durchbrach die Stille wie ein Schmiedehammer, der einen Amboß trifft. „Wenn einer diese Boote anrührt, schieße ich Lecks in die Böden. Nun habt ihr noch drei Minuten Zeit, die Segel zu setzen, bevor wir auf den Kies stoßen."

Würden sie den Mut haben, ihn anzugreifen?

Keiner rührte sich. Hatten sie Angst, oder weigerten sie sich immer noch, seine Befehle auszuführen? Diese Frage war schwer zu beantworten, aber er mußte das erstere annehmen. Eine allgemeine Verwirrung würde dem einen Mann, der klare Vorstellungen hatte, die Gelegenheit geben, die Situation unter Kontrolle zu bringen.

„Weiter, Southwick, das ist unsere Chance!" sagte er leise. „Gehen Sie nach achtern, teilen Sie das erste Dutzend, dem sie begegnen, als Vortoppgasten ein, das zweite Dutzend als Großmarsgasten, dann ein halbes Dutzend als Achterwache. Den Rest teilen wir ein, wenn wir in Fahrt sind. Stafford und Jackson übernehmen das Steuer."

Southwick gab ihm den Säbel zurück, rannte dann gestikulierend durch die Gruppe. Ramage sah zu, hielt die Muskete immer noch im Anschlag, mit angespannten Nerven.

Ja! Ein Dutzend Mann gingen zum Vorderteil der Brigg, sechs zur Backbord-, sechs zur Steuerbordseite — die Vortoppgasten. Ein anderes Dutzend lief zu den Wanten des Großmars. Eine kleine Gruppe wandte sich nach achtern.

Ein Blick zur Backbordseite verriet Ramage, daß er die Mannschaftskrise vielleicht überwunden hatte, daß er nun aber einer neuen Krise begegnen mußte, die er selbst geschaffen hatte. Denn dort bäumte sich eine Reihe grauweißer Wellen auf.

„Entert auf!“ schrie er.

Sofort begannen die zwei Dutzend Männer die Webeleinen beider Masten hinaufzuklettern. Er ging zum Achterdeck, dem traditionellen Zentrum aller Befehle, aller Disziplin, wo Southwick ihn bereits ängstlich erwartete.

„Hoffentlich schaffen wir's, in den Swatchway zu kommen“, sagte der Schiffsführer.

„Wenn nicht, sind wir verloren.“

Die Brigg war noch etwa hundert Yards von der Untiefe entfernt — sechs Schiffslängen. Sie würde gerade eben das Westende umsegeln, wenn keiner der Männer einen Fehler beging.

„Jackson, Stafford, ans Ruder! Southwick, das Sprachrohr!“

Er gab dem Schiffsführer die Muskete, legte das schwarzlackierte Sprachrohr an die Lippen, erteilte die Befehle, die notwendig waren, um die *Triton* in Fahrt zu bringen. Der dreieckige Klüver schnellte hoch, als die Männer an den Fallen zogen, die Schoten wurden getrimmt. Fast im gleichen Augenblick fiel das Vormarssegel von der Rah, hing wie ein großer Vorhang herab, gefolgt vom Großmarssegel. Er sah, daß die Männer nun blitzschnell arbeiteten. Der Selbsterhaltungstrieb hatte die revolutionären Ideen besiegt.

Rasch wurden die Segelstangen aufgehißt, gebraßt und die Segelleinen niedergeholt, so daß die Segel jeden Windhauch einfangen konnten. Aber die Brigg lag noch lange Zeit träge im Wasser, nur der Wind schob sie seitwärts auf die Untiefe zu.

Dann gewann sie langsam, unmerklich zuerst, an Fahrt, und Ramage rief Stafford und Jackson am Ruder die nötigen Befehle zu. Erst wenn sie zwei oder mehr Knoten machte, würde sie dem Steuer gehorchen. Bis dahin würde sie sich im Krebsgang leewärts bewegen.

Ramage beobachtete die Gebäude an der Küste am Gilkicker Point und sah, daß der Bug der *Triton* allmählich auf sie zuschwang, dann wies er in Steuerbordrichtung. Endlich Steuerfahrt!

Ein Blick zur Backbordseite zeigte ihm, daß die Untiefe weniger als vierzig Yards leewärts lag. Noch während er hinübersah, begannen die Wellen den Spit Sand freizugeben. Ein weiterer Blick zeigte ihm die Lage der Brigg, den Eingang des Kanals.

Die *Triton* begann in stärkeren Windstößen zu krängen, und langsam gelang es Ramage, sie aufzurichten. Der Kanaleingang lag nun am Backbordbug, er konnte gefahrlos die Brassen und Segelleinen lockern und abdrehen, um in den Swatchway zu steuern.

Ramage überließ es Southwick, die letzten Befehle zu geben, um jedes Segel perfekt trimmen zu lassen, und beobachtete die dichte Reihe der Schlachtschiffe, die im Süden des Spithead vor Anker lagen, jenseits des Spit Sand. Der Hafenadmiral war überzeugt gewesen, daß sie auf die *Triton* feuern würden, wenn sie an ihnen vorbeisegelte. Aber Ramage hoffte, daß er sie überrumpelt hatte, indem er unerwartet durch den Swatchway fuhr, statt den Hauptkanal zu benutzen. Wenn er dann unterhalb des Gilkicker Point die Küste entlangfuhr, würde er außerhalb ihres Schußfeldes sein, selbst wenn sie rasch genug die Kanonen luden und ausfuhren.

Kein Anzeichen wies darauf hin, daß Alarm geschlagen wurde. Keine Flagge wurde gehißt, keine Kanone abgefeuert, um die allgemeine Aufmerksamkeit auf die *Triton* zu lenken.

„Da hat ein kleiner Kutter unseren Wimpel gehißt und versucht uns einzuholen, Sir!“ rief Southwick.

Neue Befehle? Oder kamen da der Schiffsarzt, der Midshipman, der Bootsmann und der Sergeant an, die der Hafenadmiral zusammengetrommelt hatte? Nun, sie würden sich noch ein paar Minuten anstrengen müssen, bis er außerhalb des Schußfeldes Fahrt wegnehmen und auf sie warten konnte. Schließlich sagte er: „Wir drehen bei und warten, Southwick. Ich gehe jetzt in die Kabine."

Als er die Schiffstreppe hinabstieg, war es taghell, aber die dicke graue Wolke, die über den Porchester Hills lag, würde den Sonnenaufgang verdecken. Bis jetzt war er Sieger geblieben, wenn er auch Gewalt hatte anwenden müssen, wie er sich bitter eingestand. Es war ihm nicht gelungen, die Männer zum Gehorsam zu überreden. Immerhin, der Effekt blieb der gleiche.

Ob er auch die letzte Schlacht gewann, das würde von den Karten abhängen, die der Matrose Harris in der Hand hielt, der Mann, der in der Kabine auf ihn wartete. Dieser eine Mann hatte die Macht, während der nächsten Stunden zu verhindern, daß die *Triton* den Admirälen Curtis und St. Vincent die wichtigen Botschaften überbrachte und dann den Atlantik überquerte, um Admiral Robinson zu warnen, der in der Karibik stationiert war.

Es war eine verrückte Situation, überlegte er. Daß die Befehle des Ersten Lords erfolgreich ausgeführt, daß die Absichten der Admiralität verwirklicht wurden, daß die *Triton* den Admirälen die Nachricht von der Meuterei im Spithead überbrachte — all dies hing in diesem Augenblick nicht von den atlantischen Stürmen und auch nicht von den navigatorischen Fähigkeiten Lord Ramages ab, sondern einzig und allein vom Matrosen Harris, der in der Musterrolle der *Triton* aufgeführt war.

Er stand neben dem Tisch, als Ramage die Kabine betrat, und salutierte. Ramage nickte und hing die Säbelkoppel an einen Haken neben dem Schreibtisch. Dann setzte er sich und nahm die Musterrolle aus einem Schubfach. Das Tageslicht, das durch das Deckfenster fiel, war kalt und grau und stärker als der gelbe, warme Schein der Laterne, deren Docht einen dumpfen Geruch verströmte.

Ramage wandte sich zu Harris und fragte mit ruhiger Stimme: „Wann sind Sie an Bord gekommen?“

„Im letzten Jahr, Sir.“

Ramage blätterte im Musterbuch und fand die Eintragung. Alfred Harris, einunddreißig Jahre alt, geboren in Basingstoke, Hampshire, Freiwilliger, seit drei Jahren in der Navy.

Ramage wählte seine Worte sehr sorgfältig. Harris war schon seit einiger Zeit hier unten in der Kabine, er wußte nur, daß die *Triton* unterwegs war, mußte also annehmen, daß die Besatzung Ramages Befehle befolgt hatte. Wie es dazu gekommen war, konnte er allerdings nicht wissen. Auf jeden Fall mußte jede Erwähnung der Meuterei in der Vergangenheitsform erfolgen, da die Revolution an Bord der *Triton* ja nun offensichtlich beendet war.

„Harris — waren Sie der Anführer der Meuterer an Bord oder nur ihr Sprecher?“

„Der Sprecher, Sir.“

„Wer war der Anführer?“

Er wußte, daß Harris keinen Namen nennen würde. Aber vielleicht würde er ihm etwas verraten, das zumindest ebenso wichtig war.

„Es gab keinen Anführer, Sir. Nachdem das erste Linienschiff sich geweigert hatte, den Befehl des Admirals auszuführen und in See zu stechen, kamen Delegierte an Bord und erzählten uns, daß die ganze Flotte meutert. Wir hatten uns das ohnehin schon gedacht als wir das Geschrei hörten und die roten Fahnen sahen.“

„Und Sie waren der Sprecher der Meuterer von der *Triton.*“

„Ganz so war es nicht Sir.“

„Wie war es denn dann? Die Männer haben gemeutert und Sie als Anführer betrachtet.“

„Nun, Sir, wir haben ja nicht wirklich gemeutert. Wir haben — nun ja, wir haben eben nichts getan — nichts getan wie die anderen kleineren Schiffe der Flotte. Die Delegierten kamen alle vom ersten Linienschiff. Sie sagten, die kleinen Schiffe sollten alles ihnen überlassen. Und als Mr. Southwick plötzlich an Bord kam, überließen es die Männer mir, ihm zu erklären, wie die Dinge standen."

„Und bevor er an Bord kam?"

„Da war ich ein Matrose wie alle anderen, Sir."

Ramage überlegte, daß ein Bluff ihm vielleicht weiterhelfen könnte. „Warum haben die Leute Sie ausgesucht? Dafür muß es doch einen Grund geben. Ich habe gehört, daß Sie sich selbst zum Anführer ernannt haben."

„Nein, Sir!" rief Harris. „Wer Ihnen das erzählt hat, ist ein Lügner."

„Haben Sie Feinde an Bord?"

„Nein, Sir."

„Warum sollte mir dann irgend jemand Lügen über Sie erzählen?"

„Das weiß ich nicht, Sir. Ich habe nur . . ."

„Ja?"

„Ich habe nur die Briefe für die Leute geschrieben, dio nicht schreiben können, und ich habe ihnen die Briefe von daheim vorgelesen. Die Leute . . . Nun, sie wissen, daß sie sich auf mich verlassen können."

Es war so simpel und entsprach ganz offensichtlich der Wahrheit. Es war nur natürlich, daß der gebildete Harris zum Sprecher der Besatzung avanciert war. Die Leute hatten ihn nicht direkt ausgesucht, sie hatten ihm einfach alles überlassen. Und doch, wenn die Admiralität die Kriegsgesetze in einer gewissen Weise auslegte . . . „Wissen Sie, daß Sie gehängt werden könnten?"

„Gehängt, Sir? Ich? Warum, ich . . ."

Der Mann war untersetzt, hatte ein rundes, fröhliches Gesicht und blondes Haar, das nach allen Richtungen vom

Kopf abstand. Er hätte ebensogut Metzgerlehrling oder Bäcker oder Gemüsehändler wie Matrose sein können. Er war ruhig, ehrlich und freundlich. Und jetzt war das gutmütige Gesicht voller Angst. Schweißtröpfchen bildeten sich auf der Oberlippe, die Finger schlangen sich ineinander, die Schultern sackten nach vorn, er zog den Kopf ein, als würde er eine Ohrfeige erwarten. Und Ramage wußte, daß der Mann sich rasch die Kriegsgesetze ins Gedächtnis zurückrief, die er oft genug gehört hatte, weil sie jeder Captain mindestens einmal im Monat an Deck vorlas.

Ramage ließ Harris eine Weile nachdenken, dann sagte er: „Ich werde Ihrem Gedächtnis auf die Sprünge helfen. Artikel drei lautet zum Beispiel: ‚Jeder, der mit Feinden oder Rebellen sympathisiert‘, und so weiter, ‚soll zum Tod verurteilt werden.‘ Im Artikel vier heißt es: ‚Jeder, der es verabsäumt, einem vorgesetzten Offizier von Briefen oder Botschaften der Feinde oder Rebellen innerhalb von zwölf Stunden zu berichten, wird zum Tod verurteilt.‘ Und Artikel fünf: ‚Jeder, der sich korrumpieren läßt . . .‘ Dieselbe Strafe. Artikel neunzehn: ‚Die Einberufung einer meuternden Versammlung, Respektlosigkeit einem vorgesetzten Offizier gegenüber‘ — ebenfalls die Todesstrafe. Artikel zwanzig: ‚Jede verräterische oder meuternde Aktion . . .‘ Im Artikel einundzwanzig heißt es, daß Klagen über den Proviant in ruhiger Form dem Vorgesetzten vorgetragen werden müssen, um keinen Aufruhr in der Besatzung hervorzurufen. Im Artikel zweiundzwanzig geht es um den Ungehorsam einem Vorgesetzten gegenüber, in Nummer dreiundzwanzig um respektlose, provokative Reden und Gesten . . .“

„Aber Sir, ich habe doch nur . . .“

„Die Delegierten sind Rebellen, Harris. Sie rebellieren gegen ihre Offiziere und den Captain, gegen die Admiräle und den König. Sie haben mit ihnen in Verbindung gestanden, haben ihnen zugehört, haben Ihrem Vorgesetzten nicht innerhalb von zwölf Stunden Meldung erstattet und haben sich den Meuterern angeschlossen. Und indem sie mit den anderen Tritons darüber sprachen, haben sie eine meuternde Versammlung einberufen. Sie erzählten den fünfundzwanzig Männern, die von der *Lively* herüberkamen, daß Sie meutern, und Sie und Ihre Kameraden jagten ihnen solche Angst ein, daß sie sich gezwungen sahen, mitzumachen. Harris, Sie können nach einem guten halben Dutzend Artikel der Kriegsgesetze gehängt werden."

„Aber ich habe Mr. Southwick doch nur gesagt . . ."

„Und den Männern von der *Lively*."

„Nun — ja. Ich sagte ihnen nur . . . Aber sie wußten es ja ohnehin schon."

„Was?"

„Daß die Flotte meutert."

„Sie wußten nicht, daß auch die Tritons meutern. Das haben sie erst von Ihnen erfahren. Nach Artikel neunzehn sind Sie schuldig, und nach den Artikeln zwanzig und einundzwanzig . . ."

„Aber ich habe Ihnen doch schon gesagt, Sir — ich habe sie nicht dazu überredet, sich den Meuterern anzuschließen. Daß gemeutert wird, das hätte ihnen jeder erzählen können. Zufällig war ich es . . ."

„Harris, die Mahagonikassette — vor Ihnen auf dem Tisch."

„Ja, Sir?"

„Heben Sie den Deckel hoch."

Vorsichtig öffnete der Mann die Kassette.

„Was sehen Sie?"

„Zwei Pistolen, Schießpulver, Patronen und Ladepfropfen, Sir."

„Nehmen Sie eine Pistole heraus und laden Sie sie."

Harris zitterte am ganzen Körper, aber der Gedanke, daß er die schönste Pistole handhaben durfte, die er wahrscheinlich jemals gesehen hatte, faszinierte ihn. Er schüttete Pulver in die Mündung, nahm einen Ladepfropfen aus dem Schächtelchen und steckte ihn in den Lauf, dann legte er eine Patrone hinein und rammte sie fest.

„Das Zündpulver ist in der kleineren Flasche."

Harris füllte Zündpulver in die Mündung.

„Nun laden Sie auch die andere Pistole."

Die Zuversicht des Matrosen wuchs, und er lud die zweite Waffe schneller als die erste. Als er fertig war und ehe er noch Zeit fand, sie in die Kassette zurückzulegen, sagte Ramage: „Nehmen Sie auch die andere."

Harris stand vor ihm, leicht gebeugt mit einer Pistole in jeder Hand.

„Spannen Sie die Hähne."

Ein Klicken von rechts, ein Klicken von links.

„Sie haben vielleicht schon festgestellt, Harris, daß diese beiden Duellpistolen Stecher haben. Mit keiner anderen Pistole kann man genauer zielen."

„Gewiß nicht, Sir", sagte Harris verwirrt.

„Jetzt heben Sie die rechte Hand, Harris — noch höher, zielen Sie auf mich. Los!"

Die Hand des Matrosen zitterte so stark, daß Ramage nur hoffen konnte, er würde sich an die Warnung bezüglich der Stecher erinnern. „Nun können Sie mich erschießen, Harris, und mit der anderen Pistole können Sie Mr. Southwick ausschalten. Dann können Sie das Kommando auf der *Triton* übernehmen. Sie können nach Boulogne oder Calais oder Cherbourg segeln, sogar nach Le Havre de Grace, Bonaparte wird Ihnen ein gutes Prisengeld für die Brigg bezahlen. Ihr werdet alle euren Anteil bekommen — genug, um in Frankreich ein Luxusleben zu führen, bis zum Ende eurer Tage. Natürlich vorausgesetzt, daß Bonaparte den Krieg gewinnt."

„Aber Sir!" jammerte Harris und ließ die Pistolen sinken. „Das wollen wir doch gar nicht."

Ramage bedeutete ihm, er möge die Waffen auf den

Tisch legen. „Aber Harris! Wenn Sie Mr. Southwick und mich erschießen, machen Sie sich nicht schuldiger, als Sie es ohnehin schon sind. Mehr als einmal können Sie nicht aufgehängt werden. Meuterei, gemeinsame Sache mit Rebellen, Verrat — zwei Morde würden die Sache nicht schlimmer machen."

Sogar im schwachen Licht konnte Ramage sehen, daß der Mann beinahe in Ohnmacht fiel.

„Setzen Sie sich!"

Harris ließ sich auf die Sofakante sinken und stützte den Kopf in beide Hände. Er zitterte am ganzen Körper. Ramage bedauerte es sehr, daß er den Mann so hart anfassen mußte. Aber nun begriff wenigstens der intelligenteste der ursprünglichen Tritons, was für eine Bedeutung der Flotte und ihren Aktionen zukam. Und er begriff auch zum erstenmal, daß sein Hals schon fast in der Schlinge gesteckt hatte. Vielleicht stellte er sich in diesem Augenblick gerade vor, wie sich ein rauhes Seil an der Kehle anfühlte, ein Knoten an der Seite des Halses. Er stellte sich den lauten Befehl vor, das plötzliche Musketenfeuer, wie sich die Schlinge um seinen Hals zusammenzog, während die Männer am anderen Ende des Seils zogen, wie er an der Fockrah baumelte . . .

„Harris, nur wenige Menschen kennen meine genaue Order", fuhr Ramage fort. „Der Erste Lord der Admiralität, der Hafenadmiral und Mr. Southwick. Aber soviel kann ich Ihnen erzählen — wir haben eine lange Fahrt vor uns. Sie kennen bereits fast die Hälfte der Besatzung, die vorher unter mir gedient hat, Harris. Noch vor wenigen Wochen mußte ich den Männern Befehle geben, die fast dazu geführt hätten, daß sie von der Hand der Spanier gefallen wären. Schon zuvor haben viele an meiner Seite ihr Leben aufs Spiel gesetzt. Sie haben nie gezögert, nie den Gehorsam verweigert. Sie haben meine Befehle immer bereitwillig ausgeführt. Wußten Sie das?"

„Teilweise, Sir. Die Männer haben gestern abend davon gesprochen."

„Nun, jetzt befehlige ich diese Brigg. Mehr als die Hälfte der Besatzung hat noch nie unter mir gedient. Ich könnte wieder ähnliche Befehle erteilen, Harris ..."

„Ja, Sir?"

„Und diese Befehle müssen befolgt werden."

„Gewiß, Sir, soweit es an mir liegt ..."

„Und doch wurde mein erster Befehl, den Anker zu lichten, nicht ausgeführt. Kein sehr guter Anfang."

„Aber Sir ..."

„Das ist alles, Harris. Gehen Sie an die Arbeit."

Der Mann wollte noch etwas sagen, aber Ramage deutete auf die Tür.

Wie viele solcher Männer gab es in der Flotte? Vielleicht war einer von hundert ein echter Unruhestifter, und die übrigen neunundneunzig Harrisse waren alle schuldig vor dem Gesetz, in Wirklichkeit bestand ihre Schuld jedoch nur darin, daß sie Hitzköpfen vertraut hatten. Sie hatten sich in die Irre führen lassen, hatten geglaubt, daß ihre Klage berechtigt war, daß die Admiralität alles in Ordnung bringen würde, wenn sie erst einmal davon erfuhr ...

Ramage zog den Mantel aus. Der Morgen war kalt, aber der Mantel war schweißdurchtränkt. Und als er auf seine zitternden Hände blickte, wußte er, daß er kein geborener Spieler war. Er konnte sich zurücklehnen, das Spiel planen, die Chancen abwägen, seinen Einsatz bestimmen. Aber er verlor die Nerven, noch bevor die Karte umgedreht wurde, und was noch wichtiger war, er empfand keine Freude an so riskanten Spielen, empfand nur Angst.

Und die Angst war wie eine Nebelbank. Sie durchdrang alles und dehnte sich aus in ungewisse Fernen. Sie konnte eine Woche lang oder noch länger anhalten, und kein Mann, der in diesem Angstnebel gefangen war, konnte sich daraus befreien.

4

Southwick beobachtete Ramages Hand. Die beiden Männer beugten sich über die Karte, die auf dem Tisch in Ramages Kabine ausgebreitet lag. Die *Triton* hatte längst die Männer aus dem Kutter an Bord genommen, war an der Mündung des Beaulieu River vorbeigesegelt, wo sie vor vier Jahren unter der Aufsicht des alten Henry Adams in Buckler's Hard gebaut worden war.

Während der Schiffsführer darauf wartete, daß der Kommandant zu sprechen beginnen möge, fragte er sich, ob der alte Adams noch lebte. Wenn man den Plunder ansah, den sie heute zusammenzimmerten und als Schiffe bezeichneten, dann war es doch ein schönes Gefühl, auf einer Brigg zu sein, die der alte Harry noch begutachtet hatte. Planken aus Eichen, die im New Forrest gefällt worden waren, Eisenzeug, das aus den Schmieden von Sowley Pond stammte — aye, was den Rumpf der *Triton* betraf, brauchte man sich keine Sorgen zu machen. Und noch ein oder zwei Tage, dann würden ihm auch Masten, Spieren und Takelage keine Sorgen mehr bereiten.

Ramages Hand griff nach dem Teilzirkel. Er öffnete ihn an der Breitengradskala, dann ließ er das Instrument über die Karte wandern, von den Needles bis nach Ushant, der Insel direkt vor der nordwestlichen Landspitze Frankreichs.

Eine Zirkelspitze bohrte sich in die Insel. Southwick sah, daß Ramages Hand nicht mehr zitterte. „Hundertachtzig Meilen von den Needles bis Ushant", sagte der Kommandant.

„Aye, Sir, und ich verwette mein ganzes Hab und Gut darauf, daß wir weiterhin Nordwestwind haben werden."

Ramage nickte. „Die Wolken haben sich aufgelöst, und wir können noch einige Stunden mit der Ebbe segeln."

Eigentlich müßte diese Hand ein wenig zittern, dachte Southwick nervös. Der Junge hatte eine Order erhalten, die einen erfahrenen Fregattenkommandanten aus der Fassung gebracht hätte, und die *Triton* war unter Bedingungen losgesegelt, die ein Admiral nur mit der Unterstützung einiger loyaler Seesoldaten verkraftet hätte.

Wer wäre schon auf die Idee gekommen, eine meuternde Besatzung zum Gehorsam zu zwingen, indem er das Ankertau zerhackt und sie vor die Wahl stellt, entweder zu ertrinken oder loszusegeln? Und jetzt trat Ramage eine Fahrt von viertausend Meilen an, mit einer immer noch mürrischen, unwilligen Besatzung. Er konnte nicht einmal sicher sein, ob er die Nacht noch erleben würde. Was sollte die Leute schon daran hindern, ihm die Kehle zu durchschneiden, sobald es dunkel war, und Kurs über den Kanal nach Cherbourg oder Le Havre zu nehmen? Das war nur sechzig Meilen, und der Wind war großartig ...

„Der Wind könnte umspringen", sagte Ramage. „Wir müssen unsere Chance wahrnehmen, solange er von Norden kommt, und vom Cape Lizard aus losfahren. Das sind ..." Wieder ließ er den Zirkel über die Karte wandern ... „etwa hundertfünfzig Meilen."

„Schade, daß wir bei diesem guten Wind nicht geradewegs nach Süden segeln können."

„Da haben Sie recht. Aber es wäre Wahnsinn, zu nah an Ushant heranzukommen. Dort treiben sich sicher ein paar französische Kaperschiffe herum, die auf einen guten Fang warten. Die Feinde wissen, daß immer wieder Kutter und ähnliche Schiffe unterwegs sind, um den Schwadronen Depeschen zu überbringen. Und sie wissen auch, daß kleinere Schiffe nicht gern Umwege machen."

„Ja, das stimmt", sagte Southwick seufzend. „Aber das Cape Lizard ist neunzig Meilen von Ushant entfernt. Die müssen wir zusätzlich zurücklegen — und noch mehr, wenn uns ein strammer Südwind Ärger macht."

„Da wir ohnehin viertausend Meilen segeln müssen, soll es uns auf neunzig mehr nicht ankommen."

„So habe ich das nicht gemeint", versicherte Southwick hastig. „Ich dachte an die Zeit. Das könnte uns einen Tag kosten, und wir würden die Schwadronen vor Brest und Cadiz auch einen Tag später als vorgesehen erreichen."

„Wenn wir versuchen, diesen Tag einzusparen, werden wir wahrscheinlich in Brest als Kriegsgefangene landen und die *Triton* an die Franzosen verlieren."

„Da ist was dran", gab Southwick zu.

„Und bis wir vom Lizard aus losfahren, haben wir vielleicht auch die Besatzung besser kennengelernt", meinte Ramage beiläufig.

„Sie meinen, wir könnten Plymouth anlaufen, wenn sie immer noch meutern?"

„Ja — und sie werden uns weniger Schwierigkeiten machen, solange sie wissen, daß die englische Küste in der Nähe ist. Außerdem müssen sie damit rechnen, daß jederzeit eine Fregatte oder sogar ein Linienschiff am Horizont auftaucht, mit Kurs auf Plymouth oder den Spithead. Aber wenn sie wissen, daß die französische Küste nur wenige Meilen leewärts liegt . . ."

„Sicher. Aber wenn ich ein Meuterer wäre, würde ich heute nacht ausbrechen. Ich würde lieber Cherbourg oder Le Havre ansteuern statt Brest. Trotzdem — ich muß zugeben, daß mir der Gedanke, zu nah an Ushant heranzusegeln, nie besonders gut gefallen hat. Das schlimmste Gewässer, das die christliche Seefahrt kennt, jeden Augenblick können Stürme aufkommen." Sein Zeigefinger klopfte auf die Karte zwischen Ushant und Brest. „Und hier gibt es Untiefen und Felsen dutzendweise."

Ramage ließ den Zirkel zuschnappen. „Wir müssen heute nacht gut aufpassen, Mr. Southwick. Ihr Maat soll immer in Ihrer Nähe bleiben. Gut, daß Appleby noch mit dem Kutter gekommen ist.“

„Und Jackson wird doch hoffentlich bei Ihnen sein, Sir?“

„Ja. Ich muß noch die Wachen einteilen.“

„Bisher haben wir keine gebraucht — was wir Ihren gekonnten Axthieben zu verdanken haben“, bemerkte Southwick lachend.

„Ein Wunder, daß sie mich nicht zusammengeschlagen haben“, sagte Ramage. Er verließ die Kabine und stieg die Treppe hinauf. Dann ging er an der Luvseite des Achterdecks auf und ab und war froh, ein paar Minuten lang mit sich allein zu sein. Es war schön, endlich wieder die frische Seeluft einzuatmen.

Die *Triton* hatte, unterstützt von der Ebbe, zehn Knoten geschafft, als sie an Hurst Castle am westlichen Ende des Solent vorbeigesegelt war. Nun begann sie auf der Dünung der offenen See zu schaukeln. Aber der Wind wehte von der Küste her, und so kräuselten sich nur wenige kleine Wellen auf der Dünung, der Bug rutschte nur gelegentlich vom Gipfel einer Woge ab, um eine Gischtwolke hochzuwirbeln.

Ramage sah sich um und nickte Appleby zu, der seine Nervosität zu verbergen suchte. Er hatte sich keineswegs wohl in seiner Haut gefühlt, als er das Schiff leiten mußte, während Captain und Schiffsführer unter Deck gewesen waren. Er hatte erleichtert aufgeatmet, als die beiden wieder nach oben gekommen waren. Ramage konnte es eher spüren als sehen, daß die Männer immer noch meuterten. Zumindest die meisten. Nicht die ehemaligen Kathleens — die schienen eher Angst zu haben. Die armen Teufel — die Tritons, konnten sie leicht im Dunkeln überwältigen.

Er zählte die Männer, auf die er sich verlassen konnte, was immer auch passieren würde. Southwick, Jackson, Will

Stafford, Fuller, der Fischer aus Suffolk ... Ja, und der Genueser Alberto Rossi und dieser trübsinnige walisische Bootsmannsmaat Evan Evans. Vielleicht auch Maxton aus Westindien. Der junge Appleby war erst zwei Stunden an Bord und wirkte ziemlich unsicher. Aber da er nur auf seinen einundzwanzigsten Geburtstag wartete, um endlich das Leutnant-Examen abzulegen, konnte man auf seine Loyalität bauen. Acht Männer ...

Und je länger er darüber nachdachte, desto klarer erkannte er, daß Southwick recht hatte. Heute nacht würden die französischen Hafenstädte Le Havre und Cherbourg leewärts liegen. Die Meuterer konnten beide finden, ohne auf eine Karte zu schauen. Wenn er ein Meuterer wäre ...

Jackson und Stafford standen wie unabsichtlich zwischen der ersten und der zweiten Karronade an der Backbordseite und starrten zur englischen Küste. Sie unterhielten sich leise und erweckten den Anschein, als wollten sie nichts weiter als einen letzten Blick zum Land werfen, bevor die Sonne unterging.

„Was meinst du, Jacko?"

„Wenn sie was vorhaben, dann wird es heute nacht passieren."

„Warum heute nacht? Wir sind doch gerade erst von Spithead losgesegelt. Ich glaube, sie werden bis morgen abend oder noch länger warten — bis wir mitten in der Mündung des Kanals sind."

„Aber heute sind wir näher bei den französischen Häfen. Cherbourg liegt siebzig Meilen leewärts. Leicht zu finden, leicht anzulaufen, keine Blockade. Und dann Le Havre ... Danach müßten sie Brest ansteuern, und das würden sie nicht erreichen, ohne an den Felsen zu zerschellen."

„Aber Mr. Ramage wird sicher verdammt gut aufpassen heute nacht."

„Was macht das schon für einen Unterschied? Nur er, Mr. Southwick und der Schiffsführersmaat . . . Und Appleby ist doch noch ein Kind. Der neue Arzt wird sich ansaufen. Er hatte schon das Zittern, als er an Bord kam. Drei Mann gegen sechzig . . ."

„Was sollen wir tun, Jacko?"

Jackson sah, wie die Knöchel des Cockney-Manns weiß hervortraten. „Ich weiß es nicht", sagte er. „Ich denke schon den ganzen Tag lang nach, und ich weiß es einfach nicht."

„Hast du mit Mr. Ramage gesprochen?"

„Nein — ich will nicht mit ihm gesehen werden."

Der Cockney stieß mit harter Stimme einen Fluch hervor. „Und die anderen Kathleens?"

„Rossi ist loyal, kann uns aber nicht viel nützen, weil sie wissen, daß er keinen Aufstand dulden wird. Das hat er ihnen gesagt. Das heißt also, daß er als erster sterben wird, wenn sie rebellieren. Für Evans, Fuller und Maxton lege ich die Hand ins Feuer."

„Und wir beide sind auch noch da."

„Ja — wir sind sechs, wenn Rossi am Leben bleibt. Neun mit dem Captain, Mr. Southwick und Appleby."

„Den Jungen brauchst du nicht mitzuzählen. Der hat von nichts eine Ahnung. Was sollen wir nur tun, Jacko? Das ist unsere letzte Gelegenheit, miteinander zu reden, bevor wir in die Matten geschickt werden."

Jackson sagte nichts, und Stafford fuhr fort: „So hilf mir doch! Verdammter Mist! Ich dachte nie, daß ich ein meuterndes Schiff sehen würde — geschweige denn eine ganze Flotte. Die Forderungen sind berechtigt, zweifellos. Aber hier stehen wir auf der Seite der Offiziere . . ."

„Nicht auf der Seite der Offiziere", fiel ihm Jackson ins Wort. „Nur auf Mr. Ramages und Mr. Southwicks Seite. Wenn es nicht die beiden wären, wir würden ganz anders denken."

„Ja, du hast wahrscheinlich recht. Aber was ist nun mit

den anderen Kathleens? Warum können sie sich nicht entscheiden, zum Teufel?"

„Sie haben sich für Ramage entschieden. Aber sie können auch rechnen. Sie wissen, daß auf einer Seite ein paar Mann stehen und auf der anderen drei Dutzend. Jeder muß erst einmal an den Burschen in der Nachbarmatte denken, wenn der ein Triton ist. Jeder weiß, daß ein Triton im Dunkeln nur mit einem Messer rüberzulangen braucht . . ."

„Sieht so aus, als sollten wir beide und Rossi heute nacht nicht schlafen gehen."

„Die Tritons würden doch sofort sehen, daß wir nicht in unseren Matten liegen, und wissen, daß wir mit einem Aufstand rechnen. Wir müssen auf alle Fälle einen blutigen Kampf vermeiden."

„Nun, dann denk dir doch was anderes aus", sagte Stafford ungeduldig.

„Ich versuche es ja, aber du störst mich ja immer wieder mit deinem Gerede . . . He! Weißt du noch, was Mr. Ramage immer gesagt hat? Man muß den Gegner überraschen. So hat er es damals mit der *San Nicolas* gemacht — und heute, als er das Ankertau zerhackte."

„Ja, aber er hatte eine Axt und ein Ankertau. Und was haben wir?"

„Ich weiß nicht, aber unsere Überlegungen gehen jedenfalls in die falsche Richtung. Wir zerbrechen uns die Köpfe, wie wir das Achterdeck gegen diese verrückten Bastarde verteidigen. Wir müssen angreifen."

„Großartig! Das eine Ende des Unterdecks greift das andere an. Wir schneiden ihnen die Zehen und die Finger ab und sagen ihnen, sie sollen sich anständig benehmen. Ein verdammt guter Plan, Jacko, meine Hochachtung."

„Ja, ja, schon gut", sagte Jackson müde. „Aber sie sind doch ein wilder Haufen. Ohne Anführer können sie ja nicht einmal reden, geschweige denn etwas tun. Und sie haben nur eine Führerpersönlichkeit — diesen Harris."

„Noch zwei andere.“
„Oh. Wen denn?“
„Den Schiffskochsmaat und den Vormarsmeister.“
„Über die habe ich mir auch schon Gedanken gemacht. Sonst noch jemand?“
„Ich weiß es nicht, aber auf die drei kommt es jedenfalls an. Ich habe sie beim Essen miteinander flüstern sehen. Sie sind alle in der Backschaft Nummer sechs.
„Nur drei“, sagte Jackson nachdenklich. „Wir haben also die besseren Chancen — wenn wir nicht zu lange warten.“
„Was redest du denn da?“
„Wir sind sechs, und sie sind zu dritt.“
„Zu dritt — oh, ich verstehe. Jacko, du bist ein Teufelskerl ...“
„Schrei doch nicht so!“
„Schon gut. Hör zu, Jacko, vielleicht ist es leichter, als wir glauben. Dieser Rossi ist geschmeidig wie eine Katze und kann mit seinem Messer umgehen wie ein Straßenräuber. Und Maxton ebenso. Wenn er von der Luvseite her angreift und Rossi von leewärts, wenn sie den Jungs jeweils ein Messer an die Rippen halten und sie beschwören lassen, daß ...“
„Was? Damit können wir wohl kaum einen Aufstand verhindern. Harris und seine beiden Spießgesellen sollen schwören, schön brav zu sein? Glaubst du denn, daß sie ihr Wort halten werden?“
„Nein. Wir können keinem trauen. Das ist das Problem. Also gut. Was hast du vorhin mit Chancen gemeint?“
Jackson betrachtete seine Fingerspitzen und kratzte sich dann am Kopf. „Nimm doch einmal an, du wärst ein Triton. Und du merkst plötzlich, daß die drei Oberrevolutionäre bei Einbruch der Dunkelheit verschwunden sind. Einfach so — wie durch Zauberei. Gerade waren sie noch da, im nächsten Augenblick sind sie weg, haben sich wie Rauchwolken verflüchtigt. Was würdest du tun?“

„In meiner Matte bleiben und meinen Schädel eingraben", erwiderte Stafford prompt.

„Ich auch. Also müssen Bruder Harris und die beiden anderen verschwinden."

„Sollen wir sie über Bord werfen?"

„Wir wollen doch nicht unmenschlich sein, Staff. Wir haben eine lange Reise vor uns. Und sobald wir diesen Ärger überstanden haben, wollen wir doch mit den drei Witzbolden gut auskommen. Sie werden alles vergessen haben, wenn sie erst einmal im sonnigen Süden sind. Nein, sie müssen nur für eine Weile verschwinden — so lange, bis auch alle anderen Kathleens wissen, wo sie stehen, und die Tritons begriffen haben, daß die Meuterei keinen Sinn hat."

„Aber sie werden eine weitere Chance haben, wenn wir Harris wieder freilassen."

„Nein. Alles weitere überlassen wir dann Mr. Ramage."

„Und was wird er tun?"

„Keine Ahnung. Er wird schon irgend etwas tun."

Und dann begann der Amerikaner mit leiser Stimme zu erklären, was er vorhatte.

Während Southwick Wache hielt, saß Ramage an seinem Schreibtisch und hatte ein großes, liniertes Blatt Papier vor sich liegen, das in viele Spalten eingeteilt war. Die Musterrolle lag aufgeschlagen daneben. ‚Wachtrolle' hatte er auf das Blatt geschrieben, und jetzt mußte er in die Spalten eintragen, welche Männer wann die Wachen übernehmen sollten, obwohl er den Großteil der Besatzung gar nicht kannte.

Er brauchte mehr als eine Stunde, um das Blatt vollzuschreiben, denn jeder Mann hatte mehrere verschiedene Aufgaben, je nachdem, ob das Schiff den Anker lichtete, Segel setzte, reffte oder festmachte, eine Schlacht schlug oder einen Hafen anlief. Jeder Mann hatte eine Nummer, und auf der vollständigen Wachtrolle waren alle Aufgaben eingetragen, die im Lauf der verschiedenen Manöver übernommen werden mußten, und ebenfalls mit Nummern versehen.

Um sich zu vergewissern, daß er keinen Fehler begangen hatte, suchte sich Ramage eine beliebige Nummer aus und sah auf der Wachtrolle nach — Nummer acht — Backbordwache. Während einer Schlacht war dieser Mann einer der beiden Stückmeister an der Karronade Nummer fünf an der Backbordseite. Er gehörte zur Entermannschaft, hatte einen Säbel und eine Axt. Wenn Segel gerefft oder festgemacht wurden, arbeitete er am Vormarssegel. Aber wenn befohlen wurde, die Segel loszumachen, wozu weniger Leute gebraucht wurden, mußte er Stellung an der Schiffswinde beziehen, um den Anker zu lichten. Wenn die Brigg über Stag ging, mußte er an Deck sein, um an den Bulinen zu ziehen und die Segel zu trimmen.

Ramages Blick wanderte die Linie entlang. Nein, Nummer acht mußte nicht an drei Stellen zu gleicher Zeit sein — der übliche Fehler, der immer wieder passierte, wenn man eine neue Wachtrolle zusammenstellte. Er überprüfte auch noch andere Nummern und stellte fest, daß alles seine Richtigkeit hatte. Also konnte Southwick den Männern die Wachtrolle vorlesen, bevor sie in die Matten geschickt wurden... Nein, überlegte er dann. An diesem Abend würde er sie nicht in die Matten schicken. Vorläufig würde er es unterlassen, der gesamten Besatzung Befehle zu erteilen, denn er wollte ihr keine Gelegenheit geben, sich diesen Befehlen zu widersetzen. Ein paar Männern konnte man Befehle geben — aber nicht der ganzen Mannschaft. Er würde Kopien von der Wachtrolle anfertigen und sie an verschiedenen Stellen anschlagen lassen, damit die Leute sie lesen konnten.

Er rief seinen Schreiber, gab ihm die nötigen Anweisungen, und dann lehnte er sich in seinem Stuhl zurück, legte die Beine auf den Schreibtisch und strich über die Narbe an seiner Schläfe.

Southwick hatte recht. Wenn die Männer irgend etwas vorhatten, dann würde es heute nacht passieren. Es würde lautlos und schnell geschehen. Southwick, Appleby und er selbst würden getötet werden. Die Meuterer würden nicht wagen, sie am Leben zu lassen. Es wäre auch zu gefährlich, sie den Franzosen als Gefangene zu übergeben, denn Gefangene wurden oft ausgetauscht. Ein paar Meuterer könnten von den Engländern eingefangen werden — wenn sie zum Beispiel auf einem gekaperten französischen Schiff gedient hatten. Und dann würden die Aussagen der ausgetauschten Gefangenen vor dem Kriegsgericht schwer ins Gewicht fallen.

Aber er könnte doch zusammen mit Southwick und Appleby — nein, er konnte nicht. Man konnte keine Karronade nach vorn richten, denn der Rückstoß würde sie durch den Heckbalken in die See schleudern. Und gerade das Achterdeck mußte verteidigt werden. Nicht weil sie das Schiff steuern konnten, wenn die Meuterer das verhindern wollten. Die Männer brauchten in diesem Fall ja nur die Steuerleinen durchzuschneiden, die Segelstangen zu brassen und die Segel festzumachen. Aber solange Ramage in der Lage war, das Ruder und den Kompaß zu vernichten, konnten die Meuterer Frankreich nicht ansteuern, ohne vorher komplizierte Reparaturen vornehmen zu müssen. Aber, aber, aber ... Er hielt sich selbst zum Narren. Drei Männer konnten nichts ausrichten. Nichts, was die Meuterer nicht innerhalb weniger Stunden wieder aus der Welt schaffen konnten.

Ramage zuckte zusammen, dann erkannte er Southwicks charakteristisches Rat-tat-tat-tat-tat-Klopfen an der Tür. Als der Schiffsführer eingetreten war, wies Ramage auf einen Stuhl.

„Es gibt Ärger, Sir“, verkündete der alte Mann und strich

sich mit beiden Händen durch das weiße Haar, das nun, vom einengenden Hut befreit, wie ein Staubwedel vom Kopf abstand. „Ich weiß nicht, was es ist, aber ..." Er sprang auf, öffnete plötzlich die Tür, um nachzusehen, ob draußen jemand lauschte. Dann setzte er sich wieder. „Tut mir leid, Sir. Aber Jackson hat mir eine sehr sonderbare Nachricht für Sie gegeben. Sie sollen heute abend die Leute von der Kajütentreppe fernhalten, Sir. Die Tür der Offiziersmesse soll geschlossen bleiben, und alle, auch Sie selbst, Sir, sollen nicht in die Nähe der Brotraumluke gehen. Weil der Brotraum heute nacht drei Gäste aufnehmen soll. Und er wäre sehr dankbar, wenn Sie die drei am Morgen dort ‚finden' und die nötigen Vorkehrungen treffen würden. Das klingt alles sehr seltsam, Sir, aber er ist nicht betrunken. Zumindest glaube ich das nicht. Und da fällt mir ein — er hat gesagt, Sie könnten eine oder zwei Flaschen Rum und eine Laterne bei der Brotraumluke aufstellen."

„Ist das alles?"

„Ja, Sir, das ist alles, was er mir gesagt hat." Southwick zupfte an seiner Nase. „Als ich ihn fragte, wovon er überhaupt rede, wisperte Stafford, der mit ein paar anderen neben uns stand, der Schiffskochsmaat sei in der Nähe und könne alles hören. Deshalb könnten sie jetzt nicht mehr sagen."

„Gießen Sie sich einen Drink ein", sagte Ramage und deutete auf die Anrichte.

„Ich nehme gern einen Drink mit Ihnen, Sir."

„Ich nicht, danke."

„Dann trinke ich auch nichts. Wir müssen heute nacht unsere fünf Sinne beisammenhaben. Ja, noch etwas ... Stafford hat gesagt, die Leute wären uns dankbar, wenn wir den Arzt betrunken machen könnten. Und nach dem Befehl ‚Lichter aus' sollen wir möglichst viel Lärm machen."

Ramage griff nach der Feder und kratzte sich mit dem

Ende des Kiels an seiner Narbe. Offiziersmessentür geschlossen — damit die Seesoldaten und die Leute, die im vorderen Schiffsteil in ihren Hängematten lagen, nicht in die Offiziersmesse sehen konnten, wo sich die Luke zum Brotraum befand. Gäste im Brotraum ... Ein oder zwei Flaschen Rum neben der Luke ... Wollten sich Jackson und Stafford dort verstecken? Aber warum?

Southwick hieb mit der Faust auf den Tisch. „Warum können sie uns denn nicht klipp und klar sagen, was sie vorhaben?“

„Dafür haben die beiden einen guten Grund, wenn ich mir auch nicht vorstellen kann, welchen. Offenbar soll ich nichts wissen, bevor ich die ‚Gäste‘ morgen früh ‚finde‘. Vielleicht wären Stafford und Jackson in Gefahr, wenn die Meuterer vermuteten, daß ich etwas wissen könnte. Oder sie könnten dann ihren Plan nicht durchführen.“

„Hoffentlich haben die wirklich gute Gründe. Rumflaschen ... Wollen sie denn da unten eine Party feiern?“

Ramage lachte. „Mit ein oder zwei Flaschen kann man kaum drei ‚Gäste‘ bewirten.“

„Aber warum ausgerechnet der Brotraum?“

„Wo sonst könnte man Leute einsperren, deren Gebrüll nicht von der ganzen Besatzung gehört werden soll? Das Bootsmannslager und die vorderen Segellager liegen direkt unter der Stelle, wo die Leute, die vorn schlafen, ihre Matten aufhängen. Dasselbe gilt für den Trockenraum und das Kohlenlager. Und jeder kann hören, was im großen Segelraum mittschiffs passiert. Der Kugelraum ist zu klein, und man kann ihn auch nicht abschließen. Außerdem liegt er direkt unter den Seesoldaten. Das Rumdepot — kaum geeignet. Die Pulverkammer — kein sehr sicherer Ort von Ihrem Standpunkt aus, denn sie liegt großteils unter Ihrer Kabine. Aber der Brotraum — der liegt direkt hier drunter.“ Ramage zeigte nach unten. „Niemand, der in den Brotraum gesperrt wird, würde schreien und den Captain aufwecken, was? Noch ein Vorteil — man kann den Brotraum nur durch die Luke erreichen, die sich in der Offiziersmesse befindet. Und Luke und Brotraumtür können abgeschlossen werden. Und wenn dieser verdammte Arzt mit einer Rumflasche im Arm gröhlt, wird kein Mensch an Bord hören ..."

„Hm. Ja, das ist mir klar. Trotzdem — warum der Rum? Als Belohnung?"

„Das verstehe ich auch nicht. Jackson und Stafford trinken nur selten. Aber zwei Flaschen will ich gern opfern."

Der Schiffsführer stand auf, um wieder an Deck zu gehen.

„Übrigens, Mr. Southwick, keine Musterung heute abend. Essen wie gewöhnlich." Er sah auf seine Uhr. „In einer halben Stunde. Um sieben pfeifen Sie die Leute in die Matten, um halb acht werden die Lichter ausgemacht — eine Stunde früher als üblich."

„Aber — keine Musterung, Sir ... Finden Sie das richtig? Ich meine ..."

„Ich will den Männern keine Gelegenheit geben, den Gehorsam zu verweigern. Wenn die Lichter eine Stunde früher als gewöhnlich gelöscht werden, könnte das ihre Pläne durcheinanderbringen. Jedenfalls werden sie einigermaßen verwirrt überlegen, was wir vorhaben könnten. Vor allem, da wir ja gar nichts vorhaben."

„Ja, da ist was dran", gab Southwick zu. „Haben Sie noch besondere Befehle?"

„Nein, nur das übliche — gut aufpassen! Melden Sie es mir sofort, wenn der Wind umspringt. Ich werde mit Ihnen an Deck bleiben, bis die ‚Gäste' im Brotraum eingetroffen sind. Tragen Sie Ihre Pistolen nicht allzu offensichtlich mit sich herum. Und ich würde mich freuen, wenn Sie mir morgen beim Frühstück Gesellschaft leisten. Laden Sie Appleby auch ein."

5

Rossi und Maxton lauschten aufmerksam in die Dunkelheit, als Jackson ihnen den Plan erklärte. Die drei Männer saßen auf dem Süll der Vorderluke, und Stafford hockte unten am Fuß der Schiffstreppe neben einer trüben Laterne und flickte sein Hemd.

„Wird mir ein Vergnügen sein", sagte Rossi, als Jackson geendet hatte. „Aber ich finde, wir sollten es gleich richtig machen. Tote machen keinen Ärger mehr."

„Ja, Rossi, ich weiß", erwiderte Jackson geduldig. „Aber ich bin überzeugt, daß sie das Meutern vergessen werden, sobald wir den Kanal verlassen haben. Wir haben eine lange Fahrt mit den Tritons vor uns. Wir wollen uns nicht mit ihnen verfeinden."

„Also gut", sagte Rossi widerstrebend. „Hast du alles begriffen, Maxie?"

Der Westinder nickte grinsend.

„Dann ist ja alles klar", sagte Jackson. „Ihr kümmert euch um Harris und den zweiten — wie heißt er doch gleich? Ah ja, Brookland. Gleich nach der Wachablöse, verstanden? Vergeßt nicht, Harris ist Ausluger in den Steuerbordketten, Brookland sitzt an der Backbordseite. Wir brauchen nur zu warten, bis Dyson, der Schiffskochsmaat, an Deck kommt, um mit den beiden zu reden. Ich werde dafür sorgen, daß am Absatz der Kajütentreppe die Luft rein ist."

„Ja, Jacko", sagte Maxton mit seiner weichen, singenden Stimme. „Wir werden auf Dyson aufpassen. Wenn man eine dunkle Haut hat, wird man im Dunkeln nicht gesehen. Das ist ein großer Vorteil.“

„Mach nur den Mund nicht auf!“ sagte Jackson. „Deine Zähne sehen bei Nacht aus wie zwei Reihen weißer Grabsteine.“

Stafford fluchte wütend, als hätte er sich in den Finger gestochen, und die drei Männer verstummten sofort bei diesem verabredeten Warnzeichen. Jackson blickte nach unten und sah, daß Dyson an Stafford vorbeiging und die Treppe heraufzuklettern begann. Er wich lautlos zurück, zeigte hinab und zischte: „Dyson. Schnappt ihn!“

Es gefiel dem Amerikaner gar nicht, daß er seine Pläne in letzter Sekunde ändern mußte. Aber Dyson war als Freiwächter nicht zur Wache eingeteilt worden und arbeitete nur tagsüber. Er hatte keinen Grund, nach Einbruch der Dunkelheit noch einmal an Deck zu kommen, und so ergab sich jetzt vielleicht die einzige Chance, ihn zu fangen. Noch bevor der Kopf des Mannes auf gleicher Höhe mit dem Süll war, schleuderte Jackson nach achtern, und die nervöse Spannung, die ihn erfaßt hatte, strafte seine gemächlichen Schritte Lügen. Er mußte sichergehen, daß sich keine Leute zwischen der Vorderluke und der große Kajütentreppe herumtrieben.

Verdammt! Die zwei Männer am Steuerrad . . . Sie waren Tritons, und sie standen keine zwölf Fuß von der Kajütentreppe entfernt. Jackson beschleunigte seine Schritte und betete, daß der Schiffsführer oder Mr. Ramage in der Nähe des Steuerrads sein würden. Er holte eine Belegklampe aus seiner Hosentasche.

Da waren zwei schattenhafte Gestalten am Steuerrad. Matrosen — nein, jetzt erkannte er Mr. Ramages Dreispitz, dessen Silhouette sich vor dem helleren Horizont abzeichnete.

„Captain, Sir!“ rief er, als er auf gleicher Höhe mit der Ankerwinde war.

Ramage erkannte Jacksons Stimme sofort und erriet, daß es einen besonderen Grund haben mußte, wenn der Mann ihn ansprach, obwohl er noch einige Fuß von ihm entfernt war. Sofort ging er dem Amerikaner entgegen, dicht gefolgt von Southwick. „Hier ist der Captain! Sind Sie das, Jackson?"

„Aye, Sir. Ich dachte, ich hätte was da drüben am Steuerbordbug gesehen . . ." Als er Ramage erreichte, schob er ihn sanft nach achtern zurück. „Ein Fischerboot oder so was Ähnliches."

Ramage packte Southwicks Arm, zog ihn nach hinten und nahm die Position ein, die Jackson für richtig hielt. Der Schiffsführer erinnerte sich, daß Jackson zur Zeit keine Wache hatte.

„Das haben die Ausluger noch gar nicht gemeldet", sagte er dröhnend. „Wahrscheinlich hast du dich nur ganz einfach über die Reling gehängt, an irgendeine Hure in Porthmouth gedacht und dabei Halluzinationen gehabt. Ich kann jedenfalls nichts sehen."

Ramage und Southwick spürten, daß Jackson sie warnend an den Ärmeln zupfte, und sahen, wie er sich zu der herannahenden Gruppe umwandte.

„Der verdammte Kerl ist wahrscheinlich stockbesoffen", sagte Ramage mit durchdringender Stimme. „Ich kann auch nichts sehen."

„Unverschämtheit!" schimpfte Southwick. „Es ist gefährlich, so einen Burschen, der sich alles mögliche einbildet, an Bord herumlaufen zu lassen. Ich kann mich erinnern, daß ein betrunkener Matrose einmal am Ende des Bugspriets saß, sich als Commodore Nelson ausgab, der auf einem anderen Schiff sei, und dazu schrie er, wir würden kollidieren. Hat die Stimme des Commodore verdammt gut nachgemacht, der Bastard, und mich ganz schön zum Narren gehalten. Beinah wäre ich über Stag gegangen, um den Zusammenprall zu vermeiden."

„Mich hat er damals auch ins Bockshorn gejagt“, sagte Ramage. „Langweilen Sie mich doch nicht mit dieser alten Geschichte, Mr. Southwick. Sie vergessen, daß ich jenes Schiff kommandiert habe.“

„Ach ja, tatsächlich!“ rief Southwick. Und Ramage fragte sich, ob der Schiffsführer nur einfach von sich gab, was ihm gerade einfiel, um die Männer am Steuerrad abzulenken und Jackson Deckung zu geben. Oder hatte er wirklich vergessen, daß jener betrunkene Matrose am Bugspriet der *Kathleen* Stafford gewesen war?

Albert Dyson war seit elf Monaten Schiffskochsmaat auf der *Triton* und seit drei Jahren bei der Navy. Die Aufgabe des Schiffskochsmaat bestand darin, Feuer in der Kombüse zu machen, die Asche wegzuräumen, die großen Kupferkessel zu polieren, in denen das Essen gekocht wurde, und das Fett von der Wasseroberfläche abzuschöpfen, wenn Pökelfleisch gegart wurde. Das Entfernen dieses Fetts stellte die einzige Anforderung an seine Kochkünste dar. Mit anderen Feinheiten brauchte er sich nicht abzugeben. Das Fett konnte er meist sehr günstig an seine Schiffskameraden verkaufen, die es mit Vorliebe auf die sonst geschmacklosen, steinharten Biscuits schmierten.

Dyson war wütend, als er ein Bein über den Hocker schwang und aufstand. Die anderen blieben am Tisch sitzen, und es ärgerte ihn, daß sie mit gedämpften Stimmen durcheinanderredeten. Der Plan war einfach genug und immer noch streng geheim. Und jetzt, eine halbe Stunde, bevor die Meuterei ausbrechen sollte, fingen sie zu argumentieren an. Obwohl alle gesagt hatten, der Plan sei wirklich simpel und vor allem erfolgversprechend, hatte er erwartet, daß ein paar Leute dagegen sein würden. Es gab ja immer solche Besserwisser. Aber diesmal hatte sich keiner zu Wort gemeldet.

Und jetzt gab es in letzter Minute Ärger. Ausgerechnet der Mann, der sich zum Sprecher der Tritons aufgeschwungen hatte, machte Schwierigkeiten. Zugegeben, Harris war sehr still gewesen, seit die *Triton* losgesegelt war, hatte kaum ein Wort gesprochen. Erst jetzt sagte sich Dyson, daß ihn das sofort hätte mißtrauisch machen müssen.

Und was noch wichtiger war, Dysons Gefühle waren verletzt. Er hatte Harris stets bewundert, weil er trotz seiner Belesenheit die Nase nicht höher trug als die anderen. Er war immer bereit gewesen, seinen Kameraden Briefe vorzulesen oder Briefe für sie zu schreiben, ohne einen Penny dafür zu verlangen. Aber jetzt hatte er sich sehr zu seinem Nachteil verändert.

Dyson wurde nicht gern ‚stinkender Fettfleck' genannt. Sollte doch Harris einmal dieses verdammte Fett abschöpfen und versuchen, daß nichts davon auf die Kleider tropfte. Als Schiffskochsmaat mußte man eben stinken, da blieb einem gar nichts anderes übrig. Und obwohl das Fett so stank, wollten sie alle immer wieder ein paar Löffel umsonst haben — auch Harris. Und er hatte ihnen oft genug Fett geschenkt — obwohl der Schiffskoch ihm mit seinem großen Schöpflöffel eines über den Schädel schlagen würde, wenn er das wüßte. Denn der Koch bekam drei Viertel des Verkaufserlöses, zahlbar in Rum, Geld oder Schuldscheinen.

Dyson trabte nach achtern, um an Deck zu klettern. Er wollte frische Luft schnappen und in Ruhe nachdenken. Sie würden noch alles verderben mit ihrem Gerede. Sie hatten ihre Ansprüche, natürlich hatten sie die — würde denn sonst die ganze Flotte meutern? Hunderte und Tausende von Matrosen wußten, daß sie gewisse Ansprüche hatten. Und deshalb meuterte die Flotte, deshalb hatten manche Schiffe die rote Flagge gehißt, die Blutflagge, von der Dyson allerdings nicht viel hielt, weil sie nach französischen Revolutionären roch.

Mit einem wütenden Schnaufen ging er an einem Lively vorbei, der am Fuß der Treppe saß und an einem Hemd stichelte. Dann begann er die Treppe hinaufzuklettern. Zwei andere lungerten am Süll herum. Das ganze Schiff brachten sie durcheinander. Bildeten sich weiß Gott was ein, weil sie schon früher unter dem neuen Captain gedient hatten.

Er war kein übler Bursche, das mußte man zugeben, überlegte Dyson, als er nach den obersten Sprossen griff. Einfach auf das Ankertau einzuhacken ... Aber das machte keinen Unterschied, wenn Dyson auch hoffte, daß der Bursche nicht verletzt wurde. Nach dem, was die Livelys erzählt hatten, mußte er verdammt tapfer sein. Wenn Dyson auch nicht viel von tollkühnen Kämpfen mit spanischen Linienschiffen hielt. Er grinste vor sich hin. Heute nacht würden sie schon dafür sorgen, daß so etwas nicht passieren konnte.

Schwarze Schatten neben ihm, ein Stechen zu beiden Seiten der Rippen, ... Seine Arme wurden gepackt, nach hinten gedreht. Messer! Diese mörderischen Bastarde ...

„Still! Keinen Laut! Geh weiter!"

Dieser verfluchte Italiener! Sie zwangen Dyson, weiterzugehen, und er warf einen Blick auf die andere Seite. Natürlich, der Westinder.

„Schon gut, schon gut, steckt die Messer ein ..."

„Halt den Mund!" zischte Maxton und bohrte die Messerspitze zwischen die Rippen des Schiffskochsmaats.

Die Muskeln in Dysons Beinen schienen sich aufzulösen, sein Magen drehte sich um. Sicher würde er jeden Augenblick in Ohnmacht fallen. O Gott, dachte er, wenn ich ohnmächtig werde, falle ich auf die Planken, und sie werden mich erstechen, bevor die anderen was merken. Er schloß die Augen und zwang sich, bei Bewußtsein zu bleiben. Ja, jetzt war es besser. Tief einatmen ... Au! Er konnte sich gerade noch beherrschen, um nicht gellend aufzuschreien. Der tiefe Atemzug hatte das Mißtrauen der beiden Männer geweckt, und die Messerspitzen bohrten sich noch schmerzhafter zwischen seine Rippen.

Dyson schluckte und begann wieder normal zu atmen, und der Druck der Messer ließ nach. Er kniff die Augen noch fester zusammen. Jetzt würde er sicher bald das Bewußtsein verlieren ... Sie blieben stehen. Plötzlich hatte er das Gefühl, in einen Abgrund zu stürzen. Er war überzeugt, daß er jetzt in Ohnmacht fiel — bis sein Kopf auf einer Planke aufschlug und er erkannte, daß man ihn durch eine Luke geworfen hatte.

Maxton sprang nach unten und landete neben Dysons verkrümmter Gestalt, die schwach von der Laterne am vorderen Ende der Offiziersmesse beleuchtet wurde. Und Rossi ließ sich auf die andere Seite des Schiffskochsmaats fallen.

„Kalt wie eine Hundeschnauze", sagte Maxton, bevor er aufsprang und den Mann zu der kleinen Luke in der Mitte der Offiziersmesse schleifte.

Sie brauchten nicht einmal vier Minuten, um Dyson durch die Brotraumluke zu schieben, dann durch eine schmale Passage in den Brotraum selbst. Die Tür war zu, aber unversperrt, der Schlüssel steckte im Schlüsselloch. Sie hievten den Mann auf ein paar Brotsäcke hinauf, dann verließen sie den Raum und drehten den Schlüssel herum.

„Sehr gut, Maxie", wisperte Rossi. „Jetzt gehen wir an Deck und erstatten Bericht."

Ramage und Southwick gingen vor dem Steuerrad auf und ab und unterhielten sich animiert. Ramage hatte eine skurrile Geschichte über einen unbeliebten Admiral erfunden, der vor zwei Jahren gestorben war — eine Geschichte, von der er annehmen konnte, daß sie die Männer am Ruder in ihren Bann ziehen würde. Er konnte also gewiß sein, daß ihm die ungeteilte Aufmerksamkeit der beiden galt. Southwick ergänzte die Geschichte mit einigen Nebenepisoden, und dann sah Ramage zwei schwarze Schatten nach vorn gleiten. Er legte eine Hand auf Southwicks Arm, und sie gingen ein paar Yards an der Luvseite entlang.

„Ich glaube, unser erster Gast ist in seinem Nachtquartier eingetroffen. Haben Sie ihn erkannt?“

„Nein, ich habe ihn ja kaum gesehen“, flüsterte Southwick. „Dieser verdammte Doktor! Ausgerechnet dann, wenn er gröhlen soll, schweigt er wie ein Grab.“

„Oder wie eine leere Flasche“, meinte Ramage. „Wahrscheinlich ist er eingeschlafen. Wir hätten ihn vom Schauplatz entfernen sollen. Aber wir hatten ja keine Ahnung ... Verflucht, wenn ich nur wüßte, was da eigentlich vorgeht!“

„Nun, unsere Burschen scheinen ja sehr gut ohne uns zurechtzukommen“, wisperte Southwick fröhlich. „In ein paar Minuten ist Wachablösung.

Harris stand an den Großmastketten und starrte in die Dunkelheit. Er betätigte sich gern als Ausluger, denn auf diesem Posten hatte man genug Ruhe und Muße, um seinen Gedanken nachzuhängen. Er sagte sich immer wieder alles vor, was er in der Schule gelernt hatte, und manchmal bereute er es, daß er seinem Lehrer damals nicht besser zugehört hatte. Lernen, das war etwas Wunderbares. Und es gab so viel zu lernen, so viel, was er wissen wollte. Und er hatte so wenig Gelegenheit zum Lernen. Er beneidete die Midshipmen, und es ärgerte ihn, wenn er sie auf den größeren Schiffen rund um den Schiffsführer sitzen und herumalbern sah, statt begierig seinen Worten zu lauschen.

Ein stechender Schmerz an jeder Niere, verrenkte Arme, das Wissen, daß er zwischen zwei Männern im Dunkeln stand ... Es geschah so plötzlich, daß seine Gedanken eine Weile brauchten, bis sie aus dem Schulzimmer seiner Kindheit in die Gegenwart zurückkehrten. Eine harte Stimme flüsterte in die Stille hinein: „Sei still, Harris! Kein Wort, keine Bewegung ...“

„Was ...?“

Die Messerspitzen, die sich in seinen Rücken bohrten, brachten ihn zum Schweigen. Die beiden Männer schienen auf irgend etwas zu warten. Dann sagte dieselbe Stimme, die zuvor schon gesprochen hatte: „Wenn du am Leben bleiben willst, dann geh mit uns und schrei nicht um Hilfe. Sonst . . .“ Das Messer an seiner rechten Seite verlieh der Drohung deutlich Nachdruck.

Harris nickte zustimmend. Die Arme wurden ihm auf den Rücken gedreht, dann wurde er nach achtern geschoben. Der eine Mann war Italiener. Er hatte den Akzent erkannt. Der andere war der Westinder.

Und da Harris ein intelligenter Mann war, versuchte er nicht, den beiden zu erklären, daß sie einen Fehler machten. Eine Minute später wurde er die Kajütentreppe hinabgestoßen, dann spürte er, wie Maxton hart auf seinem Rücken landete. Schmerzhaft wurde die Luft aus seinen Lungen gepreßt, halb benommen fühlte er, daß sie ihn an den Füßen durch die Offiziersmesse schleiften. Dann der Gestank von verfaultem Brot, Hände packten seine Arme und Füße, er landete auf weichen Brotsäcken. Bevor er das Bewußtsein verlor, hörte er wie aus weiter Ferne, wie eine Tür zufiel, hörte das Klirren eines Schlüssels, der sich im Schloß drehte.

Er kam gerade zu sich, als sich die Tür wieder öffnete. Im schwachen Laternenschein sah er, wie Brookland in den engen Raum flog, blutend und winselnd vor Angst. Als Maxton und Rossi den Vormarsmeister im Dunkeln gepackt hatten, hatte er tief Luft geholt, um einen Hilfeschrei auszustoßen. Sofort hatte ihn Rossi in die Schulter gestochen und eine Hand auf den Mund gepreßt.

Brookland spürte, wie sein Hemd warm und feucht wurde und begab sich dann in Todesgefahr, indem er in Ohnmacht fiel. Denn als er plötzlich zusammensackte, glaubten die beiden Männer, daß er sich losreißen wollte. Sie hätten ihn beinah erstochen, aber dann merkten sie gerade noch rechtzeitig, was geschehen war.

Im Gegensatz zu Dyson erlangte Brookland das Bewußtsein wieder, als er am Fuß der Kajütentreppe landete. Halb betäubt versuchte er herauszufinden, was eigentlich los war, und da sein Gehirn voller Meutergedanken war, nahm er zuerst an, die Seesoldaten seien zu den Offizieren übergelaufen. Dann fühlte er, wie er hochgezerrt und über die Decksplanken geschleift wurde. Wieder ein plötzlicher Sturz, und er lag da mit dröhnendem Kopf. Eine Laterne beleuchtete einen fremdartigen Teil des Schiffs. Nein — er war an der Tür des Brotraums, und der verdammte Italiener schloß die Tür auf, und der Westinder hielt die Laterne in der Hand — und das Licht fiel auf glänzenden Stahl ...

Da Brookland ein Katholik war, begann er hastig und laut zu beten, und Maxton machte eine blitzschnelle Bewegung mit dem glänzenden Stahl, um ihm zu bedeuten, daß er den Mund halten sollte. Brookland mißverstand die Geste und nahm an, daß er ermordet werden sollte. Er wimmerte wie ein Kind und rief alle Heiligen an.

Er hatte keine Schmerzen, spürte, wie sein Körper durch die Luft glitt, und es wunderte ihn, daß der Tod so schmerzlos war. Das Staunen war nur von kurzer Dauer. Maxton und Rossi hatten ihn in den Brotraum geworfen, er fiel bäuchlings auf Dyson, dessen linker Fuß seinen Solarplexus traf. Er krümmte sich zusammen vor Schmerz, rang röchelnd nach Luft.

Die Tür fiel zu, und es war wieder dunkel. Im gleichen Augenblick kam Dyson zu sich. „Hilfe!“ jammerte er. „Was ist denn passiert? Wer ist da?“

„Ich — Harris.“

„Harris? Geht's dir gut?“

„Ja, aber ich glaube, Brooky ist übel dran.“

„Das muß wohl Brooky, sein, was da auf mir liegt und wie ein abgestochenes Schwein blutet. Ich kann ihn nicht von mir runterheben.“

„Dann rutsch unter ihm weg“, sagte Harris und kroch auf die beiden zu. „Bist das du oder Brooky?“

„Ich — Brooky ist da. Spürst du ihn. Er blutet an der Schulter. Augenblick mal, ich habe die Wunde gefunden ... Nein, das war's nicht, nur eine kleine Vertiefung ... He, Brooky!"

Er schüttelte den Vormarsmeister, der wieder zu Atem gekommen war und zu schluchzen begann. „Brooky, reiß dich doch zusammen! Was ist denn geschehen?"

„Sie haben mich gepackt und erstochen. Gott, mindestens zehn- oder zwanzigmal haben sie auf mich eingestochen. Ich verblute."

Zwei Paar Hände tasteten über seinen Körper.

„Nein, du hast nur eine Schnittwunde an der Schulter", sagte Harris. „Wer hat das getan?"

„Dieser verdammte Italiener und der Nigger. Und was ist mit dir?"

„So ungefähr das gleiche. Und du, Albert?"

„Mich haben sie auch geschnappt", erwiderte Dyson.

„Zum Teufel, wohin bist du denn gegangen?" fragte Harris. „Du bist einfach aus der Messe gestürmt. Wir haben dich überall gesucht. Dann war Wachablösung, und wir mußten auf unsere Stationen."

„Ich ging nur an Deck, um ein bißchen frische Luft zu schnappen", erwiderte Dyson mürrisch. „Ihr seid mir so auf die Nerven gegangen."

„Und was ist dann passiert?"

„Die beiden haben sich auf mich gestürzt, kaum daß ich an Deck war."

„Hast du Mr. Ramage oder Mr. Southwick gesehen? Waren sie an dem Überfall beteiligt?"

„Ich glaube nicht", sagte Dyson.

„Ich habe die beiden auch nicht gesehen", fügte Brookland hinzu. „Nur den Italiener und den Nigger."

Harris schwieg eine Weile, und dann sagte er: „Was hat das zu bedeuten? Großer Gott — soll das etwa heißen, daß die Livelys meutern? Vielleicht versuchen diese Hurensöhne, das Schiff in einen französischen Hafen zu steuern. Rasch, wir müssen den Captain warnen!"

„Der kann mir den Buckel runterrutschen!" stieß Dyson wütend hervor. „Sollen sie ihn doch umbringen! Lang genug haben sie mit ihm angegeben. Ich kann seinen Namen nicht mehr hören."

„Denk doch einmal nach, du Narr!" sagte Harris. „Wenn die *Triton* einen französischen Hafen anläuft, sind wir Kriegsgefangene. Die Franzosen haben für Meuterer sicher nicht viel übrig, weil sie befürchten, daß sich so freiheitliche Ideen ausbreiten könnten. Willst du für den Rest deines Lebens in einem französischen Kerker verrotten?"

„Um Gottes willen!" rief Dyson. „Daran habe ich nicht gedacht . . ."

In diesem Augenblick hörten sie, wie sich ein Schlüssel im Schloß drehte, die Tür schwang auf, und sie starrten Rossi an, der eine Laterne in der Hand hielt. Und im Türrahmen stand Jackson, eine Belegklampe in der einen und eine Rumflasche in der anderen Hand. Normalerweise würde Jackson in einer größeren Menschenmenge nicht auffallen. Sein Gesicht war dünn und durchschnittlich. Aber weil Rossi die Laterne so tief hielt, wirkten die Schatten unter Jacksons Wangenknochen drohend und unheimlich. Sein Kopf sah aus wie ein Totenschädel. Und als er auf die drei Männer herabsah, die auf den Brotsäcken lagen, schien er kalten Zorn auszustrahlen, wie ein Vollmond, der durch tiefhängende schwarze Sturmwolken blickt.

Harris starrte von der Belegklampe zur Rumflasche und wieder zurück und verspürte nackte Angst. Und Dyson und Brookland begannen zu wimmern, als ahnten sie ihr Schicksal — daß Jackson sich betrinken würde, und während er trank, würde er sie zum Zeitvertreib mit der Belegklampe totschlagen, weil sie versucht hatten, seinen Plänen in die Quere zu kommen.

Jackson sah die drei angstvollen Augenpaare auf sich

gerichtet, erriet die Gedanken seiner Gefangenen und mußte beinahe lachen. Er bedeutete Maxton und Rossi, in den Brotraum zu gehen, dann wandte er sich um und rief: „Staff! Komm herunter und schau dir unsere drei Chorknaben an!"

Ein paar Sekunden später kam Stafford herein und schloß die Tür. „O Gott! Was hast du denn gemacht, Brooky? Du blutest ja. Das ist doch hoffentlich nicht dein eigenes Blut? Und Harris, unsere Intelligenzbestie! Und Dyson, der Stinker! Was macht ihr denn alle hier? Ihr wollt uns doch nicht das ganze Brot wegessen?" Er drehte sich zu Jackson um. „Jacko, weißt du, was ich glaube?"

Der Amerikaner schüttelte den Kopf.

„Ich glaube ... Oh, daß dieses böse Wort über meine Lippen kommen muß! Aber die Wahrheit muß heraus. Jacko, ich glaube, sie spielen."

„Nein!" rief Jackson in gemimtem Entsetzen. „Doch nicht im Ernst?"

Rossi schwang die Laterne hin und her. „Glücksspiele! Auf einem königlichen Schiff! Was würde Seine Majestät dazu sagen?"

„Nein!" stieß Maxton so heftig hervor, daß die drei Gefangenen zusammenzuckten. „Sie spielen nicht an Bord eines königlichen Schiffes, sie spielen mit einem königlichen Schiff."

„Ja, das stimmt", sagte Jackson. „Halt die Laterne ein bißchen höher, Rossi, damit wir einen letzten Blick auf diese Bastarde werfen können."

Maxton warf sein Messer von einer Hand in die andere. „Staub wird zu Staub, und auch Dyson der Stinker wird wieder zu Staub werden", intonierte er mit seiner weichen Stimme.

Stafford hob die Hände. „Halt, Maxie, der Stinker gehört mir!"

„Nein, ich will ihn haben."

„Du kannst ihn aber nicht haben, Maxie. Such dir einen anderen aus. Was hältst du von Brooky?“

„Den hat schon jemand in der Mangel gehabt. Ich nehme keine gebrauchte Ware. Ich will was Neues.“

„Und Harris? Hast du an dem auch was auszusetzen?“

„Ja, ja, ihr hackt auf mir herum, weil ich kein weißer Gentleman bin. Ihr sucht euch die fetten Bissen aus, und ich darf mir nehmen, was übrigbleibt.“

„Beruhigt euch, Leute“, sagte Jackson, der spürte, daß die drei Gefangenen jedes Wort ernst nahmen. „Es gibt ja genug von diesen Bastarden. Wir können mehr als zwei Dutzend unter uns aufteilen.“

Brookland kreischte auf, als Harris plötzlich hochschnellte. Kaum war er auf den Beinen, als Maxton ihm auch schon sein Messer an die Kehle hielt. Verschreckt blinzelte er in das grinsende, glänzende dunkle Gesicht, dann sah er verzweifelt zu dem Amerikaner hinüber.

„Jackson, um Himmels willen, ihr habt das alles mißverstanden. Was ihr da macht — das ist ja verrückt ...“

Es gelang Jackson, seine Überraschung zu verbergen. „Verrückt? Vielleicht steht es nicht in den Kriegsgesetzen, aber verrückt ist es nicht.“

„Aber ihr werdet mit eurer Meuterei niemals durchkommen.“

„Setz dich, oder Maxton schneidet dir die Gurgel ab!“

Harris ließ sich auf die Brotsäcke zurückfallen und stieß hervor: „Aber das ist doch Meuterei, Jackson, so wahr mir Gott helfe! Gegen den Captain rebellieren, das Schiff in einen französischen Hafen steuern ... Wie soll man das denn sonst nennen? Was glaubst du wohl, was die Franzosen tun werden? Sie werden euch keinen großen Sack voll goldener Louis zur Belohnung schenken. Das würden sie nicht wagen — denn dann würde sofort jedes französische Schiff meutern. Verstehst du das denn nicht, du Narr?“

Einen Augenblick lang verspürte Jackson echte Angst — Angst, daß er einen Fehler begangen haben könnte. Doch dann glaubte er die Bedeutung von Harris' Worten zu verstehen. Bezüglich der Einzelheiten war er sich nicht sicher. Dysons Gesichtsausdruck gab ihm zu denken — und auch der Brooklands. Die beiden hätten nicken, Harris' Aussage bestätigen müssen, wenn sie seiner Meinung und gegen die Meuterei waren. Aber sie schwiegen und starrten dumpf vor sich hin. Entweder waren sie anderer Ansicht als Harris, oder es war ihnen alles gleichgültig. Jackson beschloß, herauszufinden, was hier wirklich los war.

„Maxie", sagte er und zeigte auf Harris, „der Bursche ist mir zu respektlos. Bring ihn mal für ein paar Minuten hinaus, ja?"

Sobald sich die Tür hinter den beiden geschlossen hatte, trat Jackson einen Schritt vor, packte Dyson am Kragen und zerrte ihm auf die Beine. Er schlug ihm ins Gesicht, rammte ihm ein Knie in den Magen, bevor er ihn auf die Planken fallen ließ. Das alles geschah so blitzschnell, daß Rossi glaubte, Dyson hätte zuerst angegriffen. Er duckte sich und zückte das Messer.

Dyson lag wie ein geprügelter Hund in einer Ecke und starrte Jackson an.

„Steh auf!" befahl der Amerikaner.

„Nein, ich werde mich hüten. Du wirst keinen Mann schlagen, der am Boden liegt."

„Da wäre ich an deiner Stelle nicht so sicher." Jackson trat ihn in die Rippen. Es war eher ein sanfter Fußtritt, aber Dyson hatte wenig Fleisch an den Knochen. Taumelnd kam er auf die Beine. „Was willst du denn überhaupt von mir?" jammerte er.

„Dyson, du wirst jetzt reden. Wir werden uns in aller Ruhe unterhalten. Du wirst mir einen Teil deiner Lebensgeschichte erzählen und mit dem Zeitpunkt anfangen, als ich mit den anderen Livelys an Bord kam."

„Nein!“

Jackson hielt zuerst die Rumflasche und dann die Belegklampe hoch. „Willst du einen Drink, Dyson?“

Der Schiffskochsmaat schüttelte den Kopf.

„An deiner Stelle würde ich schon trinken, Dyson. Das hilft gegen die Schmerzen.“

„Ich habe keine Schmerzen“, entgegnete Dyson trotzig.

„Jetzt noch nicht ...“, sagte Jackson gedehnt. „Aber in einer Stunde wirst du solche Schmerzen haben, du fettige kleine Ratte, daß du mich anwinseln wirst, ich soll dich endlich umbringen und deinem Elend ein Ende bereiten.“

„Warum ausgerechnet ich?“ rief Dyson. „Es war Brooky — erstich lieber ihn und nicht mich! Brooky hat angefangen — es war seine Idee.“

Jackson überlegte. Brookland? Er war sicher, daß Dyson nicht den Vormarsmeister erwähnt hatte, um Harris zu schützen. Er hatte solche Angst, daß er gar nicht nachgedacht und wahrscheinlich den Namen des wirklichen Anführers genannt hatte, um seine eigene Haut zu retten. Aber wie paßte Harris ins Spiel? Warum hatte Harris von den Gefahren der Meuterei gefaselt? Ausgerechnet Harris?

Aber wenn Brookland der Anführer war, würde er nichts sagen, womit er sich selbst belastete. Und alles, was Harris zu sagen hatte, würde die Situation nur noch mehr verwirren. Nein, Dyson war der Mann, der ihm die ganze Geschichte erzählen mußte.

„Dyson, mein kleiner Fettfleck, es spielt keine Rolle, wo wir anfangen, weil du so oder so ins Jenseits hinübergehen wirst. Also zier dich nicht lange und mach den Mund auf.“

Der Mann wischte sich über die Stirn. Sein schweißüberströmtes Gesicht war aschgrau geworden. Er hob den Kopf, sah die Augen des Amerikaners, begann etwas Unverständliches zu stammeln, dann breitete er hilflos die Arme aus und ließ den Kopf wieder sinken.

„Rossi, stell die Laterne da hin!“ befahl Jackson.

Dyson sah zu, wie der Italiener in die bezeichnete Ecke ging, die Laterne abstellte und sich dann zu Jackson umwandte. „So, und jetzt schneid ihm das oberste Glied seines Zeigefingers ab, Rossi."

Dyson stieß einen dünnen Schrei aus und setzte sich auf beide Hände, als Rossi auf ihn zukam.

„Wart einen Augenblick", sagte Jackson. Er hob seine linke Hand, und mit dem Zeigefinger der rechten strich er über die Gelenke. „Das sind vierzehn Schnitte an jeder Hand, Rossi. Im ganzen achtundzwanzig ..." Er sah auf seine Füße hinab. „Und wenn man die Zehen auch noch mitzählt — achtundvierzig. Wird ziemlich lange dauern. Gib ihm lieber erst mal einen Drink. Nun, hast du es dir anders überlegt, Dyson?"

Aber der Mann war in Ohnmacht gefallen. Jackson ging zur Tür und rief nach Maxton. „Bring Harris herein, Maxie, und nimm Brooky mit hinaus!"

Während er wartete, musterte Jackson den Vormarsmeister im blutbefleckten Hemd. In Brooklands Augen stand Angst — namenlose Angst, die Art von Angst, die nur ein Feigling empfinden kann, eine lähmende Angst. Er konnte keinen Muskel mehr rühren, konnte nicht einmal versuchen, sein Leben zu retten.

Maxton mußte ihn aus dem winzigen Raum zerren. Jackson befahl Harris, sich wieder auf die Brotsäcke zu setzen, und stieß Dyson, der sich zu rühren begann, mit der Schuhspitze an. Sobald er sicher sein konnte, daß Dyson wieder wahrnahm, was rings um ihn vorging, sagte er zu Harris: „Ich habe dich hereinholen lassen, damit du zusehen kannst, wie ein Schiffskochsmaat geschlachtet wird. Das ist sicher sehr interessant. Denk doch einmal an all die Hühner, denen er die Hälse umgedreht hat, an alle Schweine und Kühe, die er geschlachtet hat, und jetzt ..."

Da es auch zu den Aufgaben eines Schiffskochsmaats gehörte, den lebenden Fleischvorrat eines Schiffes zu schlachten, war die Ironie dieser Bemerkung an Harris keineswegs verschwendet. Er wollte etwas sagen, doch Jackson hob die Hand. „Du wirst deine Abschiedsrede schon noch halten können, Harris. Wenn du vorher auch nur ein Sterbenswörtchen sagst, wird sich Maxie deiner annehmen. Nun, Dyson, fühlst du dich jetzt besser?"

Dyson nickte, dann schüttelte er heftig den Kopf. Zu heftig, denn er mußte die Augen schließen, als sich der Brotraum zu drehen begann. Jackson zog ihn auf die Beine und schleuderte ihn neben Harris auf die Brotsäcke. „Da du offenbar ein bißchen verwirrt bist, gebe ich dir noch eine letzte Chance, mit deiner Geschichte anzufangen. Aber wenn du jetzt nicht endlich den Mund aufmachst, wird Rossi an deinen Fingern zu schnipseln beginnen."

Der Schiffskochsmaat starrte ihn an und flüsterte einen schmutzigen Fluch. Jackson nickte Rossi zu, aber bevor der Italiener einen Schritt tun konnte, hob Dyson beide Hände und jammerte: „Schon gut, schon gut, laßt mir etwas Zeit!"

Er holte tief Atem, starrte auf die Decksplanken, und sagte: „Also — im Spithead haben wir Tritons nichts anderes getan als der Rest der Flotte. Wir haben gemeutert, weil wir bessere Arbeitsbedingungen durchsetzen wollten. Das haben die Livelys auch getan. Dann wurde die Hälfte der Tritons auf die *Lively* geschickt, und ihr kamt zu uns. Das war egal, weil die ganze Flotte ja zusammenarbeitete. Und dann tauchte dieser Mr. Southwick auf. Nun gut, wir ließen ihn an Bord kommen. So was hätten nicht viele Schiffe getan. Aber wir dachten, er sei eine harmlose alte Ratte. Das war unser Fehler, denn am nächsten Tag kam Mr. Ramage an. Wir schöpften noch immer keinen Verdacht. Wir hatten von Mr. Ramage und der *Kathleen* und seinen Heldentaten am Cape St. Vincent gehört und dachten, die Admiralität hätte ihm zur Belohnung das Kommando der *Triton* geschenkt. Was dann passiert ist, wißt ihr ja. Er befahl uns, den Anker zu lichten, und wir wollten nicht. Kein Mann in der gesamten Flotte hätte diesen Befehl befolgt, das ist euch wohl klar. Da begann er plötzlich das Ankertau zu zerhacken, und wir mußten lossegeln, um von dieser Untiefe wegzukommen. Das war unfair. Er hatte nicht das Recht, so etwas zu tun — unser Leben aufs Spiel zu setzen. Als wir herausfanden, daß wir eine lange Reise vor uns haben, dachten wir, es sei das Beste, das Schiff zurück in den Spithead zu bringen — zu unseren Kameraden."

Jackson nickte und wartete, daß Dyson weitersprach.

„Nun, das ist alles."

„Nein, das ist nicht die ganze Geschichte, Dyson. Waren alle an Bord eurer Meinung?"

„Nein, nicht alle. Du, Rossi, Stafford, Evans, Fuller und dieser Westinder — ihr hättet ja nicht mitgemacht. Deshalb haben wir euch nichts gesagt."

„Und die anderen Livelys? Habt ihr die nach ihrer Meinung gefragt?"

„Nicht alle", gab Dyson zu.

„Habt ihr überhaupt einen einzigen gefragt?"

Dyson rutschte unbehaglich hin und her. „Sie hätten sicher nicht versucht, uns an unserem Vorhaben zu hindern."

„Wie habt ihr denn eure Frage formuliert?"

„Wir haben sie eben ganz einfach gefragt."

„Habt ihr nicht vielleicht gesagt: ‚Wenn ihr uns nicht helfen wollt, dann geht uns aus dem Weg — oder wir erstechen euch, wenn ihr friedlich in euren Matten liegt?'"

„Wir mußten uns doch vorsehen — wir konnten nicht zulassen, daß einer zum Captain läuft und ihm alles brühwarm erzählt", verteidigte sich Dyson.

„So, ihr habt also gedroht, eure Schiffskameraden in ihren Hängematten zu ermorden, wenn sie ihrem Captain die Treue halten sollten. Dem großartigsten Captain der ganzen Navy."

Dyson sagte nichts, und Jackson wirbelte zu Harris herum. „Du weißt es besser. Du bist gebildet, kein Ignorant wie Dyson. Warum hast du das alles geplant?"

Die plötzlich gestellte Frage hatte genau die Wirkung, die Jackson sich erhofft hatte.

„Aber das habe ich doch gar nicht getan, du verdammter Narr!" protestierte Harris. „Ich wollte sie doch zurückhalten, ich . . ."

„Red weiter, Harris."

„Ich habe nichts zu sagen. Nur daß ihr noch schlimmer seid als wir. Du solltest nicht von Loyalität reden. Für uns ist Mr. Ramage ein Fremder. Aber von euch sollte man doch annehmen, daß ihr auf seiner Seite steht, auf seiner Seite kämpft. Aber was tut ihr? Ihr meutert und segelt nach Frankreich." Er gab sich keine Mühe, die Verachtung zu verbergen, die er für Jackson empfand. „Ihr seid schlimmer als Meuterer — ihr seid Verräter — Landesverräter. Ihr verratet den Mann, der euch vertraut. Einen guten Mann — einen Mann, der Verständnis für seine Mitmenschen hat."

Obwohl Jackson nicht wußte, was Harris mit seinen letzten Worten gemeint hatte, war ihm doch klar, daß er der Sache endlich auf den Grund gekommen war. Nun fehlten nur noch ein paar Einzelheiten, um das Bild zu vervollständigen. „Dyson, du bist ein toter Fisch, aber ich gebe dir noch eine Chance. Ich töte dich rasch und schmerzlos, wenn du mir zwei Fragen wahrheitsgemäß beantwortest. Wenn du lügst, wirst du in ein paar Minuten zu sterben anfangen, und morgen bei Sonnenaufgang werden Rossi und Maxton mit dir fertig sein."

„Was willst du wissen?" krächzte Dyson.

„Wer sind die wirklichen Anführer dieser Meuterei?"

„Brookland kam als erster auf die Idee zu meutern. Aber ich war das Gehirn des Aufstands — ich, der einzigartige Albert Dyson. Das ist die Wahrheit, wenn sie Harris auch nicht gefallen mag. Ich, Albert Dyson, der weder lesen noch schreiben kann, ich habe alles geplant. Brookland weiß ja nicht einmal, wie man achtundfünfzig Stück Pökelfleisch in achtundfünfzig Säcken verteilt."

Jackson nickte. „Und nun die zweite Frage. Sind noch andere Männer an Bord, die du als Anführer bezeichnen würdest? Nein, laß mich die Frage anders stellen. Wenn ihr beide, du und Brookland, aus dem Weg geräumt seid, würde es dann immer noch eine Meuterei auf der *Triton* geben?"

„Ganz sicher nicht", stieß Dyson verächtlich hervor. „Das sind ja alles Schafe. Du kannst Brookland freilassen, ihr könnt alle zur Küste schwimmen, und es würde ohne mich noch immer keine Meuterei geben."

„Du bist ein kluger Junge, Dyson."

„Nein, nicht klug. Aber ich habe das Pökelfleisch satt, das wir kriegen, wenn wir vor Anker liegen, wo wir doch frisches Fleisch und frisches Gemüse haben könnten. Ich habe es satt, jahrelang an Bord eines Schiffes festzusitzen, keinen einzigen Tag Urlaub zu haben. Drei Jahre lang habe ich meine Frau und meine Kinder nicht gesehen. Und eins der Kinder hat mich noch nie gesehen. Es wurde vierzehn Tage, nachdem mich das Preßkommando geschnappt hatte, geboren. Vier Töchter haben wir — sieben Jahre lang hoffe und bete ich, daß ich endlich einen Sohn bekomme. Und dann werde ich an Bord eines Kriegsschiffs geschleppt, bevor mein Sohn auf die Welt kommt. Hör zu, du dürrer Yankee — du weißt nicht, wie das ist. In den letzten zwei Jahren habe ich fünf Monate, zwei Wochen und drei Tage in Portsmouth verbracht. Meine Frau und meine Kinder leben in Bristol. Habe ich einmal eine Woche frei bekommen, um sie in Bristol zu besuchen? Nein — nur ein einzigesmal durfte ich für vier Stunden an Land gehen. Und hast du jemals versucht, eine sechsköpfige Familie mit der Heuer eines Schiffskochsmaats zu ernähren. Bevor mich das Preßkommando holte, hatte ich eine Bäckerei. Ich habe gutes Geld verdient. Was meine Alte sich wünschte, bekam sie — in gewissen Grenzen natürlich. Als das Mehl teurer wurde, stiegen auch meine Preise. Ebenso stiegen die Löhne der Farm- und der Bauarbeiter und so weiter. Aber was ist mit den Seeleuten? Ihre Heuer wurde seit den Tagen Charles II. nicht mehr erhöht, und wenn du das Datum nicht weißt, ich kann es dir sagen. Das war im Jahr 1650. Vor fast hundertfünfzig Jahren. Wann sind denn die Mehl- und Brotpreise zum letztenmal gestiegen? Vor sieben Wochen — und das zum achtenmal seit dem Beginn des Kriegs. Nennst du das wirklich Meuterei, Jackson? Ehrlich? Machst du den Männern vom Spithead Vorwürfe? Willst du es mir verübeln, daß ich die *Triton* in den Spithead zurückbringen will, damit wir alle mit vereinten Kräften unseren Forderungen Nachdruck verleihen können? Willst du mir das wirklich zum Vorwurf machen? Aber was du davon hältst, ist mir ohnehin egal. Bring mich um, segle nach Frankreich, richte Boney schöne Grüße von mir aus und sag ihm, ich hoffe, daß er euch alle guillotiniert, sobald ihr einen Fuß an Land gesetzt habt. Und noch etwas ... Ich nehme an, ihr werdet Mr. Ramage umbringen. Wahrscheinlich habt ihr das schon getan — und Mr. Southwick auch ... Sonst müßten die beiden längst hier unten sein. Jedenfalls hat nun die Stunde der Kathleens geschlagen, aber ich sage euch mit dem letzten Rest meines sterbenden Atems, daß unsere Hände nicht so schmutzig sind wie die euren. Wir hätten Mr. Ramage und Mr. Southwick nämlich kein Haar gekrümmt. Und jetzt ..."

Er riß sein Hemd auf und wandte sich zu Rossi, der immer noch sein Messer zückte. „Los, bringen wir's hinter uns!"

Jackson schwang seine Belegklampe, und Dyson brach bewußtlos zusammen. „Hol Brookland!" befahl er Stafford.

Sobald der wimmernde Mann in den Brotraum gezerrt

worden war, warf ihn ein zweiter Schlag mit der Belegklampe neben Dyson auf die Brotsäcke.

„Maxie, Rossi — ihr bewacht die beiden. Harris und Staff, ihr kommt mit mir."

Er verließ den Brotraum, tastete sich durch den engen Gang zu der Treppe, die durch die Brotraumluke führte, und stieg in die Offiziersmesse hinauf.

6

Ramage drehte den Sessel herum, ließ sich mit einem müden Seufzer darauf fallen und stüzte einen Arm auf den Schreibtisch. Die Sonnenbräune aus den Mittelmeertagen war geschwunden. Nun war sein Gesicht bleich, und die Blässe unterstrich noch die dunklen Ringe unter seinen Augen. Die frische Narbe über der rechten Braue war immer noch brennend rot und verblaßte auch nicht, da er die Gewohnheit hatte, ständig daran zu reiben und zu kratzen. Jackson sah, daß er heute nacht sehr lange daran gekratzt haben mußte, während er versucht hatte, herauszufinden, was da unten im Brotraum geschah.

Der Amerikaner musterte seinen Captain zum erstenmal seit dem Wiedersehen etwas genauer und stellte fest, daß Ramage viel älter aussah als in den Tagen der *Kathleen*. Im Mittelmeer war er noch ein Junge gewesen. Jetzt war er ein junger Mann. Eine Veränderung war mit ihm vorgegangen, er war reifer geworden.

Aber was ihn jetzt verwirrte und beunruhigte, war das Gefühl, daß Ramage irgend etwas verloren hatte. Vielleicht die Bravour, die ihn früher so ausgezeichnet hatte? Bevor er noch länger darüber nachdenken konnte, sagte Ramage mit ruhiger Stimme: „Nun, Jackson, ich warte auf deinen Bericht."

„Heute abend müssen wir keine Meuterei mehr befürchten, Sir. Da bin ich ziemlich sicher. Und in den nächsten Nächten wird auch alles ruhig bleiben."

„Warum bist du so sicher?"

„Wir haben die beiden Anführer unter Kontrolle."

Ramage fand kaum den Mut, nach ihren Namen zu fragen. Er war überzeugt gewesen, daß er Harris zur Vernunft gebracht hatte. Aber offenbar hatte der Mann ihn zum Narren gehalten. Ramage fühlte sich elend — nicht weil ein Matrose ihn verraten hatte, sondern weil es ihm nicht gelungen war, Harris' Charakter richtig einzuschätzen. Einen solchen Fehler durfte sich ein guter Captain nicht leisten — höchstens wenn er einen Bootsführer wie Jackson hatte, dachte er mit einem Anflug von Galgenhumor. „Ich nehme an, die Gäste sind komfortabel im Brotraum untergebracht?"

„So komfortabel, wie es eben möglich ist, Sir."

Irgendwann mußte er es ja erfahren, und so fragte Ramage: „Was sind das für Leute?"

„Der eine ist Schiffskochsmaat und heißt Albert Dyson, der andere, ein gewisser Brookland, ist Vormarsmeister."

„Nur zwei? Ich habe doch gesehen, daß du drei Männern — eh — die Treppe hinuntergeholfen hast."

Jackson grinste. „Der eine war ein Irrtum, Sir."

„Wer war es?"

„Harris, Sir, der Mann, mit dem Sie gestern morgen gesprochen haben."

Erst gestern morgen? Seit jenem Gespräch schienen Monate vergangen zu sein. „Warum hast du ihn verdächtigt? Und warum bist du jetzt so sicher, daß er unschuldig ist?"

Jackson schilderte in allen Einzelheiten, was in der letzten Stunde geschehen war. Er machte kein Geheimnis daraus, daß er Harris falsch beurteilt hatte, und Ramage lachte herzlich, als er erfuhr, daß Harris die Kathleens für Meuterer hielt. Fast wörtlich gab er Harris wütende Anklage gegen die Kathleens wieder, die ihren guten, tapferen Captain hintergingen.

Ramage nickte, verwirrt und auch beeindruckt. „Da sitzen wir ganz schön in der Klemme, Jackson."

„Wieso, Sir?"

Ramage war zu müde, um das Problem zweimal zu besprechen, und so bat er: „Meine Empfehlungen an Mr. Southwick, Jackson, und wenn Mr. Appleby die Leitung des Schiffs übernehmen könnte, wäre ich Mr. Southwick dankbar, wenn er zu mir käme. Übrigens — wo ist Harris?"

„Vorn in der Offiziersmesse, er kann nichts hören. Stafford paßt auf ihn auf."

Bald saß Southwick am Tisch und blinzelte ins Laternenlicht. In kurzen Worten berichtete Ramage, was geschehen war. Als er geendet hatte, sah Southwick zu Jackson auf, und seine Stimme klang so herzlich, daß seine Taktlosigkeit nicht so ins Gewicht fiel. „Du bist zwar nur ein Yankee, aber du hast der Navy einen großen Dienst erwiesen, mein Junge."

„Der Meinung bin ich auch", sagte Ramage, „aber im Augenblick haben wir andere Probleme."

„Vielleicht Probleme", meinte Southwick fröhlich, „aber keine Meuterei."

„Trotzdem, die Probleme sind diffizil. Dyson und Brookland sind Meuterer, daran ist nicht zu rütteln. Kriegsgericht, Todesstrafe ... Jackson, Rossi, Stafford, Maxton und auch wir beide können bezeugen, daß sie gemeutert haben. Die Verhandlung wird in Plymouth stattfinden, und das bedeutet einen Zeitverlust von einigen Tagen. Und wir können nicht wissen, ob danach nicht eine neue Meuterei ausbricht, die uns daran hindert, in See zu stechen. Und Harris ..."

„Aber Harris hat doch nicht . . .“, wollte Jackson einwenden, doch Ramage hob die Hand und brachte ihn zum Schweigen.

„Harris wußte, daß eine Meuterei im Gange war. Er wußte, daß die Männer geplant hatten, das Schiff heute nacht in ihre Gewalt zu bringen. Er kam weder zu mir noch zu Mr. Southwick, um uns zu warnen. Erinnerst du dich an den Wortlaut des betreffenden Kriegsgesetzes, Jackson?“

Der Amerikaner nickte düster.

„Auch Harris kennt dieses Gesetz — ich habe ihn ausdrücklich darauf hingewiesen.“

„Heißt das, daß alle drei baumeln müssen, Sir?“

„Natürlich — wenn sie vor ein Kriegsgericht gestellt werden.“

„Aber . . .“ sagten Jackson und Southwick wie aus einem Mund, und dann verstummten sie.

„Sprechen Sie weiter, Mr. Southwick“, bat Ramage.

„Ich wollte nur sagen, daß man zwar die Kriegsgesetze beachten soll, aber daß Harris doch wohl ein besonderer Fall ist, Sir.“

„Nicht anders als Dyson, der eine Frau und mehrere Kinder hat. Seine Familie kann sich kaum ernähren von dem Hungerlohn, den die Navy bezahlt und der seit eineinhalb Jahrhunderten nicht mehr erhöht wurde. Und Brookland? Hat er auch Familie? Keiner der beiden kann lesen und schreiben — aber Harris kann es.“ Ramages Stimme klang eiskalt, und Southwick und Jackson konnten ihr Unbehagen nicht verbergen.

„Ich sollte vielleicht nicht darauf hinweisen, Sir“, sagte Jackson schließlich, „aber als Sie damals die Marchesa retteten . . .“

Ramage war neugierig, was Jackson zu sagen hatte, und so verbesserte er, um die gespannte Atmosphäre etwas aufzulockern: „Als wir die Marchesa gerettet haben . . . Zier dich nicht, Jackson, spuck’s aus.“

„Danke, Sir... Ich kann mir nicht helfen, aber ich finde, was Harris auch immer getan hat, er hat es gut gemeint, und die Tritons respektieren ihn, obwohl er vielleicht im Sinn der Gesetze falsch gehandelt hat...“

„Was hat das eine mit dem anderen zu tun?“

„Nun, Sir, die Besatzung ist immer noch in zwei Lager gespalten. Die Kathleens halten zusammen, wie damals, als wir die Marchesa gerettet haben, und die Tritons halten auch zusammen. Sie können den Kathleens erzählen, daß sie jetzt Tritons sind, und sie werden es akzeptieren, weil Sie es sagen. Aber Harris ist der einzige, zu dem die Tritons Vertrauen haben, der sie überreden könnte...“

„Seit wann müssen Seeleute überredet werden, Jackson? Die Kriegsgesetze sorgen doch für Disziplin, oder?“

Southwick sah auf, als hätte er Geisterstimmen gehört. Jackson ließ beschämt den Kopf hängen. Und beide Männer blinzelten verwirrt, als Ramage plötzlich zu lachen begann. „Warum hört ihr mir eigentlich nicht richtig zu? Ich habe doch nur gesagt, daß die drei baumeln müssen, wenn sie vor ein Kriegsgericht gestellt werden.“

„Ah, wenn...“ Southwick bemühte sich vergebens, seine Erleichterung zu verbergen. Einen Augenblick lang hatte er geglaubt, der Captain hätte so große Angst vor einer Meuterei, daß er zu heftig und bösartig reagieren würde. Er hatte das bei anderen Captains erlebt, und er fand es verständlich, aber unverzeihlich, wenn man andere Leute für die eigenen Fehler bestrafte. Furcht, gepaart mit Feigheit, das war in Southwicks Augen ein schwerwiegender Fehler.

„Genau. Aber nun sag mir als Sprecher der loyalen Besatzungsmitglieder, Jackson — sollen diese beiden Männer, die das Schiff heute nacht in ihre Gewalt und nach Spithead bringen wollten, straffrei ausgehen? Und Harris, der es versäumt hat, mir Bericht zu erstatten? Der soll auch nicht bestraft werden?“

„Doch, Sir — aber aufhängen . . .“

„Das wäre ein bißchen zu endgültig. Aber hast du vielleicht eine andere Idee?“

„Wieso wissen Sie das, Sir?“ fragte Jackson verblüfft.

„Weil ich für den Rum bezahle. Zwei Flaschen, erinnerst du dich? Dazu alles, was der Arzt versäuft . . .“

Ramage kleidete Jacksons Idee in Worte und dann fragte er: „Habe ich richtig geraten?“

„So ziemlich, Sir.“ Der Amerikaner grinste verlegen.

„Danach werden Dyson und Brookland unter Arrest stehen und an Bord des nächsten Schiffes mit Kurs auf England verfrachtet, das uns über den Weg segelt.“

„Ein weiser Entschluß, Sir“, meinte Southwick. „Und Harris wollen Sie behalten?“

„Ja. Aber wozu er nach einer saftigen Rutenstrafe noch taugen wird, weiß ich nicht. Er ist intelligent und sensibel. Wenn ich ihn auspeitschen lasse, könnte ich ihm das Rückgrat brechen. Wenn ich ihn nicht züchtigen lasse, untergrabe ich die Disziplin an Bord der *Triton.* Und wenn die Admiralität davon erfährt, werde ich für den Rest meines Lebens an Land verbannt. Verdammt will ich sein, wenn ich's tu, und zweimal verdammt, wenn ich's nicht tu.“

Jackson begann zu verstehen, warum der Captain einen Teil seiner ehemaligen Bravour verloren hatte. Es würde die erste Rutenstrafe sein, die er jemals angeordnet hatte, und sie würde nicht nur Narben auf Harris' Rücken, sondern auch in Ramages Seele hinterlassen.

„Sir“, begann Jackson vorsichtig, „wenn ich vielleicht mit Harris sprechen könnte, bevor er seine — eh — Medizin bekommt. Ich würde dafür sorgen, daß er es versteht. Und vielleicht könnte er ein Dutzend Streiche weniger kriegen?“

„Wie denn — ohne den Rest der Besatzung mißtrauisch und zu Sympathisanten von Dyson und Brookland zu machen?“

„Nun, vielleicht könnten wir Dysons und Brooklands Vergehen ein bißchen erschweren. Sie sehen beide ziemlich mitgenommen aus, als ob sie gekämpft hätten. Ihr Äußeres könnten wir morgen früh noch besser hinkriegen. Und Harris können wir uns auch vornehmen."

„Du hast einen ausgeprägten Sinn für Gerechtigkeit, Jackson, allerdings von sehr individuellem Charakter."

Die drei Männer standen vor ihm. Zu seiner Rechten stand der Corporal der Seesoldaten, und sechs Seesoldaten hatten sich mit geschulterten Musketen hinter den Gefangenen postiert, die ihn aus angstvollen, vom Alkohol geröteten Augen anstarrten. Als die Sonne durch eine Wolke brach, mußten sie alle drei blinzeln. Ihr Schädel dröhnte vom ausgiebigen Rumgenuß, und das grelle Licht mußte ihnen schmerzhaft in die Augen stechen, nachdem sie aus dem stockdunklen Brotraum unsanft an Deck geschleift worden waren.

Er sah sie an, dann sah er sich um und stellte fest, daß die meisten Matrosen an Deck Tritons waren. Jackson und seine Konsorten ließen sich nicht blicken.

Southwick kam mit dem Schiffskoch an, der ein Pflaster auf einer Schnittwunde am Kopf kleben hatte und sich links neben die Gefangenen stellte.

„Nun, Mr. Southwick, was haben Sie mir zu berichten?"

„Ich ging mit dem Koch in den Brotraum, um die Brotvorräte zu inspizieren, Sir. Ich öffnete die Tür, und als der Koch hineinging, fand er diese drei Männer, bis zur Bewußtlosigkeit betrunken. Der ganze Raum stank nach Rum. Und neben den drei Männern lagen zwei leere Flaschen."

Plötzlich erkannte Ramage, daß er einen Fehler begangen hatte. Die Tür des Brotraums war von außen versperrt gewesen. Hatte der Schiffskoch das bemerkt? Southwick offensichtlich schon, nach dem Wortlaut zu schließen, den er gewählt hatte.

„Wie sind sie zu dem Rum gekommen?"

„Das kann ich nicht sagen, Sir. Und die drei wollen es nicht sagen."

„Wer sind die beiden?" Ramage zeigte auf Dyson und Brookland. „Warum sind sie denn mit Blut beschmiert? Haben sie gekämpft? Und sie sind ja triefnaß."

„Ja, Sir. Sie kämpften, als sie angetrunken waren. Ich befahl den Leuten, die sie an Deck brachten, ihnen an der Pumpe den Dreck runterzuwaschen, und da prügelten sie sich auch noch mit den Matrosen. Sie heißen Dyson und Brookland."

Ramage hütete sich zu fragen, warum es zu der ersten Rauferei gekommen war. Sein Vorgehen war nicht gerecht, aber auch nicht ungerecht. Was immer er diesen Männern antat, es war nicht so schlimm wie eine Verhandlung vor dem Kriegsgericht und die Todesstrafe.

„Harris, was haben Sie zu sagen?"

Ramage spürte die angespannte Atmosphäre ringsum und wußte, daß alle Tritons mit gespitzten Ohren auf Harris' Antwort warteten. Sie mußten alle wissen, daß er gegen die Meuterei war. Sie wußten, daß Harris, Dyson und Brookland während der Nacht verschwunden waren. Und es müßte sie einigermaßen verwirrt haben, nun zu erfahren, daß Harris und die beiden Männer, die den Aufstand inszenieren wollten, die Nacht im Brotraum verbracht und sich betrunken hatten.

„Nichts, Sir. Es tut mir leid. Ich habe nur getrunken."

„Nur getrunken ...", wiederholte Ramage höhnisch. „Ich verordne Ihnen ein Dutzend Peitschenhiebe. Das wird Ihnen den Alkoholdunst aus dem Kopf treiben. Bringt ihn weg!"

Der Corporal brüllte zwei Seesoldaten an, und Harris wurde unter Deck geschafft. Dyson und Brookland blieben in einer Pfütze stehen, die sich ständig vergrößerte. Southwick war es gelungen, sie einigermaßen zu ernüchtern. Sie waren nicht mehr stockbetrunken, aber noch nicht ganz klar im Kopf.

„Brookland, Sie sind der ältere. Was haben Sie getan?"

„Ich habe nur getrunken, Sir."

„Und was ist dann passiert? Offenbar ist eine Flasche hochgeflogen und hat Sie am Kopf getroffen." Er hörte, wie die Tritons das Lachen unterdrückten. Bis jetzt funktionierte alles großartig. Als er Harris abführen ließ, waren keine Proteste laut geworden.

„Los, Mann! Ich habe Ihnen eine Frage gestellt."

„Ich erinnere mich nicht mehr so genau. Sir. Ich habe mit irgend jemand gekämpft."

„Mit wem denn?"

„Ich glaube, mit Dyson. Und dann war der Koch da. Und der Schiffsführer. Und viele, viele Seesoldaten."

„Und Sie haben mit allen gekämpft?"

„O nein, Sir!" rief der Mann. „Nein, ich meinte, als ich kämpfte . . . Tut mir leid, Sir, ich weiß wirklich nicht mehr, was passiert ist. Ich weiß nur mehr, daß ich mit Dyson gekämpft habe."

„Dyson — was haben Sie zu sagen?"

Dyson schüttelte den Kopf und verlor beinahe das Gleichgewicht. Dann richtete er sich auf und versuchte angestrengt, Ramage zu fixieren. „Wir haben gekämpft, Sir — Brookland und ich. Es war meine Schuld. Ich glaube, ich habe mich auch mit einem Seesoldaten herumgeschlagen. Und dann habe ich dem Koch mit der leeren Flasche eins über den Schädel gegeben und . . ."

„Oh — warum haben Sie das getan?"

„Ich verstehe mich nicht besonders gut mit ihm, Sir", sagte Dyson mit jener Ehrlichkeit, die alkoholisierte Menschen oft auszeichnet. „Aber es war kein geplanter Angriff."

„Es geschah also ganz impulsiv?"

„Ja, Sir", entgegnete Dyson dankbar.

„Sehr gut. Zwei Dutzend Peitschenhiebe für jeden von euch. „Bringen Sie die beiden nach unten, Corporal. Das Achterdeck sieht so schmutzig aus, wenn sie draufstehen."

Der Corporal blähte sich auf und begann wieder zu brüllen, und die restlichen Seesoldaten stampften und fuhren in einer Wolke von weißem Pfeifenton herum. Ramage ging zur Heckreling und starrte in das Kielwasser der *Triton*.

Es hängt immer von den Umständen ab, ob man sich schuldig macht oder nicht, überlegte er, ebenso von der Notwendigkeit. Soeben hatte er die Admiralität verraten, weil er drei Meuterer wegen Trunkenheit bestraft hatte und nicht wegen ihres eigentlichen Vergehens. Und ebenso war er der Admiralität in den Rücken gefallen, weil er eine fast gefährlich milde Strafe angeordnet hatte. Offiziell durfte kein Captain, ob er nun eine winzige Brigg oder ein 74-Kanonen-Schiff befehligte, einen Mann mit mehr als einem Dutzend Peitschenhieben bestrafen. Wenn das Vergehen mehr als ein Dutzend rechtfertigen würde, mußte der Betreffende vor ein Kriegsgericht gestellt werden. Das Kriegsgericht konnte so viele Peitschenhiebe verhängen, wie es wollte. Es gab keine Begrenzung nach oben. Für Deserteure waren fünfhundert Hiebe die Regel, wenn sie nicht gehängt wurden. Aber an diese Order hielten sich nur wenige Captains.

Manche ignorierten sie zum Vorteil ihrer Besatzung. Besser eine Regel nicht zu befolgen und einem Mann rasch zwei Dutzend Peitschenhiebe verpassen, als ihn vor ein Kriegsgericht zu stellen, wo ihn eine weitaus schlimmere Strafe erwartete. Aber Ramage machte sich keine Illussionen über jene Captains, die Rutenstrafen verhängten, weil es ihnen Spaß machte, zuzusehen, wie die Leute ausgepeitscht wurden. Vor einigen Jahren gab es den Fall Captain Bligh. Und man erzählte sich, daß ein Captain in den Westindischen Inseln, Hugh Pigot, der Sohn des alten Admirals Pigot, jedesmal vor Freude strahlte, wenn er einen blutigen Rücken sah. Sekundenlang beneidete er den Mann. Es war doch besser sich zu freuen, statt mit leerem Magen dazustehen, weil man wußte, daß einem speiübel würde, wenn man etwas zu sich genommen hätte, tief durchzuatmen und sich auf die Zehenspitzen zu stellen, weil man sonst in Ohnmacht fallen würde.

Aber Ramage erkannte die Symptome des Selbstmitleids und sagte sich, daß er ein Schiff kommandierte und genau wußte, was von ihm erwartet wurde. Er mußte dutzendweise Formulare für die Admiralität ausfüllen, mußte störrische oder dumme Leute drillen, so gut füttern und fit halten, trotz des schlechten Essens und der oft unerträglichen Arbeitsbedingungen.

Ich muß sie führen und sie bestrafen, wenn es nötig ist, dachte er. Manchmal, wenn wir mit dem Feind kämpfen, muß ich Befehle geben, die für einige den Tod bringen werden. Wenn ich meine Aufgabe richtig erfülle, muß ich ihr Lehrer und Anführer sein und auch ihr Richter. Ebenso ihr väterlicher Freund und Vertrauter. Was die Admiralität betrifft — ob ich nun befördert werde oder nicht, hängt kaum von meinen Erfolgen ab. Dazu müßte ich einflußreiche Gönner haben. Der schnellste Weg zur Beförderung führt über einen Verwandten oder Freund, der Sitz und Stimme im Parlament hat. Aber ob dieses System gut oder schlecht ist — wir müssen damit leben. Weder ich noch ein anderer können es ändern, ob nun . . .

„He, Deck!“

Der Ruf kam vom Ausluger am Fockmast, und Southwick riß das Sprachrohr an die Lippen und antwortete.

„Land, Sir!“ schrie der Mann zurück. „Ich glaube, eine Landzunge. Zwei Strich am Steuerbordbug. In dem Dunst kann man nicht viel sehen.“

Southwick drehte sich zu Appleby um. „Würden Sie das Lizard erkennen?“

„Ja, Sir, ich habe es schon ein paarmal gesehen.“

„Gut. Steigen Sie in die Takelung.“

Ramage sah dem jungen Mann nach, als er nach vorn rannte. Das Cape Lizard ...

Der blaugraue Fleck am Steuerbordbug begann sich langsam aufzulösen und hinter dem Horizont zu verschwinden. Ramage beobachtete den Bootsmannsmaat, der auf dem Süll der Großluke kauerte.

Jede Bewegung, die der Mann machte, irritierte ihn. Alles an ihm war irritierend.

Evan Evans war ein großer, dürrer Waliser, der die Welt, wenn er nüchtern war, mit schmerzlicher Mißbilligung betrachtete. Seine Nase, die wie eine große rote Gurke aussah, hatte die fatale Neigung, immer wieder in Rumflaschen zu versinken. Früher war er einer der beliebtesten Unteroffiziere der *Kathleen* gewesen.

Und jetzt bereitete er drei neunschwänzige Katzen für die Rutenstrafe vor, die morgen stattfinden sollte. Es war Tradition, oder vielleicht gab es dafür auch ein Gesetz der Admiralität, wenn Ramage es auch nicht kannte, daß ein Mann nie am gleichen Tag ausgepeitscht werden durfte, an dem ein Captain die Strafe verhängte. Sie wurde immer erst am nächsten Tag vollstreckt.

Zweifellos war diese Tradition entstanden, um den Opfern Gelegenheit zu geben, Angst vor der Peitsche zu entwickeln. Aber Ramage nahm an, daß der Brauch auch den Zweck hatte, dem Captain noch einmal Zeit zum Nachdenken zu geben, zu der Überlegung, ob er in der Hitze des Augenblicks nicht vielleicht zu hart geurteilt hatte. Die Verzögerung brachte den Verurteilten meist nur Vorteile. Wenn sie beliebt waren, horteten ihre Schiffskameraden ihren wertvollsten Besitz, nämlich die morgendlichen und abendlichen Rumrationen. Die bekamen die Gefangenen entweder, wenn sich eine Gelegenheit dazu ergab, bevor sie an Deck marschierten. Oder sie tranken den Rum hinterher, um die Schmerzen zu lindern. Wenn die Strafe am selben Tag vollstreckt wurde, konnte man keinen Rum horten.

Evan Evans arbeitete langsam und sorgfältig. Es lag eine grausige Faszination darin, ihn zu beobachten, wie Ramage feststellte. Kein Matrose ging vorbei, ohne Evans einen Blick zuzuwerfen. Aber der Mann arbeitete methodisch weiter, ohne auf die allgemeine Aufmerksamkeit, die er erregte, zu achten, und er überhörte die bissigen Bemerkungen.

Drei dicke Stricke lagen neben ihm auf dem Deck. Jeder war etwa einen Fuß lang und einen Zoll dick. Sie sollten als Griffe dienen. Aus einer Rolle geflochtenem Seil hatte Evans bereits siebenundzwanzig Stücke geschnitten. Jedes war über zwei Fuß lang und einen Viertelzoll dick. Diese Stricke würden als Schwänze fungieren.

Bekümmert ging Ramage auf der Luvseite des Achterdecks auf und ab, warf gelegentlich einen Blick auf die Segel und kontrollierte den Kurs, den die Steuermänner nahmen. Evans arbeitete unermüdlich weiter. Er legte ein dickes Seil auf die Knie, zog eine Segelmachernadel aus der Krempe seines teerbeschmierten Huts und fädelte einen Zwirn ein.

Sorgfältig vernähte er die Enden des Stricks, um zu verhindern, daß sie zerfransten, dann bearbeitete er alle anderen sechsundzwanzig Stricke auf die gleiche Weise — geduldig und gründlich.

Cape Lizard war immer noch ein Fleck am Horizont, als er den letzten Strick aufs Deck warf und die Nadel in den Hut zurücksteckte. Er legte sich einen Griff auf die Knie, steckte neun Stricke zwischen die Stränge dieses Griffs, dann zog er die Nadel wieder aus dem Hut und begann die Schwänze festzunähen — jeden einzelnen mit vielen Stichen.

Nachdem er die neunschwänzige Katze sorgsam inspiziert hatte, legte er sie auf die Decksplanken und griff nach einem roten Wollstoffballen. Mit einer großen Segelmacherschere schnitt er einen Streifen ab. Und mit der Sorgfalt einer Schneiderin, die ein Ballkleid für ihre zahlungskräftigste Kundin anfertigt, wickelte er den Stoffstreifen um den Griff und nähte ihn zusammen. Nachdem er den Faden abgebissen und die Nadel wieder in den Hut gesteckt hatte, betrachtete er sein Werk.

Sogar aus fünf Yards Entfernung sah die neunschwänzige Katze unheimlich und grotesk aus — wie eine giftige tropische Pflanze oder ein deformierter Polyp. Die steifen Schwänze wuchsen wie tastende Tentakel aus dem roten Griff.

Ramage war froh, daß die drei Gefangenen sich nicht des Diebstahls schuldig gemacht hatten, denn dann hätte Evans noch Knoten in die Schwänze gemacht, drei Knoten in jeden. Meuterei, Ungehorsam, Desertation, Trunkenheit, Brutalität — für diese Vergehen waren keine Knoten vorgesehen. Nur für Diebstahl.

Und doch war diese offenkundige Sinnwidrigkeit irgendwie gerechtfertigt. Die Männer wurden zusammen mit zahllosen Ratten auf ein Schiff gepfercht, und da waren Würmer in dem Brot, das sie mit Ratten und Mäusen teilen mußten, und doch gab es kein widerlicheres Tier an Bord als den Dieb, der seine Kameraden bestahl.

Ramage sah zu, wie Evans einen Beutel mit einem Durchzugsband nähte, die Katze darin verstaute und dann mit der Herstellung der zweiten Katze begann. Es war eine Tradition, ein Ritual, dessen Ursprünge wahrscheinlich in graue Vorzeit zurückreichten. Und obwohl Ramage schon oft mitangesehen hatte, wie ein Mann ausgepeitscht wurde, wußte er noch immer nicht, was für eine Wirkung der Anblick eines Bootsmannsmaats, der eine neunschwänzige Katze anfertigte, auf die übrige Besatzung hatte. Vielleicht wußte er es nicht, weil er noch nie zuvor eine Rutenstrafe angeordnet hatte, überlegte er grimmig. Vielleicht war dieser Anblick noch abschreckender als der eigentliche Strafvollzug. Für jede Züchtigung wurde eine neue neunschwänzige Katze angefertigt, jeweils am Vortag. Und immer wurde sie mit einem roten Wollstoffgriff versehen und in einen Beutel aus rotem Wollstoff gepackt.

Rot — um die Blutflecken zu verstecken? Wohl kaum, da die gesamte Besatzung zusehen und beobachten mußte, wie sich die neun Schwänze während der Züchtigung immer roter färbten, bis sie schließlich vor Blut trieften. Nach jedem Hieb verwickelten sie sich ineinander und der Bootsmannsmaat mußte sie durch die Finger ziehen, um sie zu glätten. ‚Die Katze kämmen', nannte man das. Und ein Blick auf den Rücken des Opfers nach vollzogener Strafe machte es völlig überflüssig, mit roter Farbe das Blut zu bemänteln.

Nein, wahrscheinlich war der Griff rot, weil Rot die Farbe der Warnung war. Weil die Besatzung sehen sollte, wie die Bootsmannsmaate dastanden, während das Opfer einen Lederschurz umgebunden bekam, damit Leber, Milz und Nieren nicht in Mitleidenschaft gezogen wurden. Weil sie sehen sollte, wie die Bootsmannsmaate die roten Beutel hielten, wie ein drohendes Fanal.

Ein Beutel pro Opfer ... Wenn der Gezüchtigte mehr als ein Dutzend Hiebe erhielt, wechselte sich der Bootsmannsmaat, der die Katze schwang, mit einem Kollegen ab. Und so standen so viele Bootsmannsmaate an Deck, wie man sie je nach Anzahl der Opfer und der Hiebe brauchte.

Ramage hatte von einem Captain gehört, der immer dafür sorgte, daß er wenigstens einen Linkshänder als Bootsmannsmaat an Bord hatte. Wenn der Bootsmannsmaat Rechtshänder war, verliefen die Striemen des Gezüchtigten immer von der rechten Schulter schräg nach unten.

Und jenem Captain machte es besondere Freude, wenn sein linkshändiger Bootsmannsmaat die Striemen ‚durchkreuzte'.

Ramage schüttelte den Kopf, wie um seine Gedanken von der morgigen Rutenstrafe loszureißen. Er wandte sich um und sah zum Lizard zurück. Der Wind kam von Norden, eine steife Brise. Sie würden in großem Bogen um Ushant herumsegeln können. In fünfzehn Minuten würde die Landzunge verschwunden sein. Er peilte die Lage, notierte die Daten auf der Schiefertafel.

Als er die Schiefertafel auf das Kompashaus sinken ließ, überlegte er, wie viele Tausende von Seefahrern schon vor ihm die Lage des Lizard gepeilt hatten.

Der verdammte Herzog von Medina Sidonia mit der spanischen Armada — das Lizard war das erste gewesen, was er von England gesehen hatte, das er auf Wunsch seines Herrn, Philip II., erobern sollte. Es war das letzte gewesen, was die Pilgerväter von England sahen, als sie nach Amerika segelten. Auch Sir Francis Drake hatte es gesehen, bevor er vor fast zwei Jahrhunderten vor Portobello gestorben war. Und wie erregt mußte er gewesen sein, als er das Cape zuvor zum erstenmal seit drei Jahren wiedergesehen hatte — damals, als er von seiner Weltumseglung heimkehrte.

Ramage vergaß auch nicht, daß das Lizard zu Cornwall gehörte. An seiner windgeschützten Seite lag Landewednack, dessen Kirche die südlichste Englands war. Die Fischer, die im Dorf Coverack beheimatet waren, benutzten den steinernen Kai oft, um unter dem Deckmantel der Nacht seltsame Güter an Land zu schaffen. Denn die meisten fingen mehr Fässer und Flaschen als Fische. Fässer und Flaschen, randvoll mit geschmuggeltem Brandy. Frankreich mochte Krieg mit England führen, aber nichts konnte Cornwalls gewinnträchtigstes Gewerbe untergraben — den Schmuggel.

Ramage hatte die Karte studiert und wußte, daß die *Triton* einen Kurs steuerte, der durch das Lizard und diagonal durch Cornwall gehen würde, wenn man die verlängerte Linie ihres Kielwassers auf einer Karte einzeichnen würde — bis nach Tintagel an der Westküste Cornwalls, dem Geburtsort König Arthurs.

Aber in diesem Augenblick gönnte Ramage dem sagenumwobenen König kaum einen Gedanken. Denn die verlängerte Kurslinie ging, fünf Meilen, bevor sie Tintagel erreichte, durch St. Kew, dem Ort, wo die Ramages jahrhundertelang gelebt hatten. Er stellte sich vor, wie ein Vogel über das Lizard und nach St. Kew fliegen mochte, zählte im Geist alle Orte auf, die dieser Vogel überfliegen würde, freute sich am cornischen Klang ihrer Namen, die sich so auffallend von den Ortsnamen des übrigen Landes unterschieden. Die meisten Bewohner Cornwalls betrachteten sich immer noch als Ausländer.

Hinter dem Lizard lag das kleine Dorf Gunwalloe in einer Bucht zwischen hoch aufragenden Klippen, zwischen Klippen, an deren Fuß die *St. Andrew* des portugiesischen Königs zerschellt war, ein Schiff, reich mit Schätzen beladen. Ein Südweststurm hatte es vor über zweihundertfünfzig Jahren auf die Klippen zugetrieben. Der Sage nach hatten die Bewohner von Gunwalloe achtzehn große Silberbarren und vier Rüstungen erbeutet, die in Flandern für den König hergestellt worden waren.

Feock, Old Kea und Malpas, Penkevil, Probus und Sticker und Polgooth ... Die letzten beiden Orte lagen allerdings zu weit von der Kurslinie entfernt, und der arme Vogel konnte sie nicht sehen, das mußte Ramage zugeben. Aber er freute sich am Klang der Namen. Und Veryan, in der Nähe St. Austells, wo angeblich ein König in seiner Rüstung begraben lag — und neben ihm ein goldenes Schiff, in dem er am Tag seiner Wiederauferstehung davonsegeln würde.

Und dann Castle an Dinas, das nach Ramages Meinung viel eher als Geburtsort König Arthurs in Frage kam. Denn ein König der in Tintagel geboren war, wo die See gegen die Klippen donnerte, wäre sicher ein großer Seefahrer gewesen. Nach Talskiddy und Bilberry Bugle würde der Vogel über zerklüftetes Land fliegen, das von Schafsspuren durchzogen war, durchbrochen von felsigen Bergen und sanfteren grünen Grashügeln. Ramages Heimat ...

In den Friedhöfen der Kirchen dieses Landes lagen Dutzende längst verstorbener Ramages. Ehrenwerte Männer, die im Kampf, an Krankheiten oder Altersschwäche gestorben waren. Und manche waren auch in Schande gestorben. Auch Ramages Familie hatte ihre schwarzen Schafe. Einige Ramages waren im Kampf gegen die Royalisten gefallen, an der Seite Sir Bevil Grenviles oder Sir Nicholas Slannings und Sir John Trevanions — aye, sie alle und fast jeder cornische Aristokrat oder Bauer hatten erbittert gegen Cromwells Truppen gekämpft.

Und auf jenen Friedhöfen lagen auch Ramages begraben, deren Leichen von fernen Schlachtfeldern heimgebracht worden waren. Und die Namen der Ramages, die im Dienst des Königs auf hoher See gestorben waren, standen auf den Gedenktafeln in den Kirchen.

Wenn er an seine Vorfahren dachte, so sagte er sich immer wieder, daß der eigentliche Zeitpunkt des Todes bedeutungslos war. Man starb erst dann, wenn die Lebenden vergaßen, daß man existiert hatte. Düstere Gedanken ... Und er stellte sich vor, wie der Vogel über den River Camel flog, der zum Hafen von Padstow strömte. Einst war er einer der größten Häfen von Cornwall gewesen. Aber jetzt versperrte eine Sandbank seinen Eingang, das Werk einer eifersüchtigen Meerjungfrau, wie die Bewohner von Padstow behaupteten. ‚Grenze des Verderbens' nannten sie diese Sandbank sehr treffend, denn jedes Schiff, das an ihrer Westseite den kleinen Kanal verfehlte, der hindurchführte, war dem Untergang geweiht. Wenn man durch den Kanal segelte, kam man so dicht an den Klippen vorbei, daß die Rahnocks sie beinahe streiften.

Ramage erinnerte sich, wie er zugesehen hatte, als die Flut die Sandbank überschwemmte, die Sandstreifen verschwinden ließ, die die Ebbe freigelegt hatte, wie sie die Schoner überspülte, die vor Wadebridge lagen, die Enten erfreute, die Granitpfeiler der alten Brücke umtanzte. Eine Meile das Tal hinauf, und man kam nach Egloshayle, wo die Dörfler in mondhellen Nächten einen weiten Bogen um die Kirche machten, weil sie den weißen Hasen mit den roten Augen nicht sehen wollten. Der Mann, der ausgezogen war, um ihn zu erlegen, war tot neben der Kirche gefunden worden, mit der ganzen Ladung seiner Muskete, die für den Hasen bestimmt gewesen war, in der Brust.

Und ganz in der Nähe lag Tregeagle. Dort wurde ein Haus regelmäßig vom Geist eines Kavaliers mit klirrenden Sporen und lockigem, schulterlangem Haar heimgesucht.

Von Egloshayle führte die Straße nach Nordosten zum Kew Highway, St. Kew selbst lag abseits der Straße. Und in einem Umkreis von etwa zehn Meilen lagen die Dörfer, durch die Ramage als kleiner Junge in der Kutsche seines Vaters gefahren, durch die er später geritten war — Blisant, Penpont, Michaelstow, Camelford, alle rings um das Bodmin Moor. Er erinnerte sich, daß er oft von Camelford aus über das Moor geritten war, zu den Gipfeln des Roughtor und des Brown Willy, die fast eintausendvierhundert Fuß hoch aufragten, wie Wächter, die Cornwall schützen wollten.

Und in wenigen Tagen würde Gianna in St. Kew sein, bei seinen Eltern . . .

Southwick, der vor ihm stand, hatte offenbar soeben eine Frage gestellt, die er nun wiederholte, weil Ramage ihn geistesabwesend anstarrte. „Am Gitter oder an der Schiffswinde, Sir?“

„Was?“

Der Master hatte das Lizard zu oft aus dem Blickfeld schwinden sehen, um nicht zu erraten, daß Ramages Gedanken nun jenseits des Capes waren, daheim oder bei der Marchesa. Und so stellte er die Frage ein drittesmal. „Die Rutenstrafe morgen, Sir — sollen wir ein Gitter benutzen oder die Schiffswinde?“

„Die Schiffswinde“, erwiderte Ramage automatisch, und Southwick bedankte sich und ging davon.

Warum die Schiffswinde? Er hatte gesprochen, ohne zu überlegen. Aber er konnte sich die Frage nach dem Warum sofort beantworten. Auf größeren Schiffen lehnte man ein Lukengitter vertikal gegen eine Reling. Der Mann, der ausgepeitscht werden sollte, wurde an das Gitter gebunden, mit ausgestreckten Armen und gespreizten Beinen. Er konnte sich nicht rühren, konnte der Gewalt der Schläge nicht ausweichen.

Aber wenn man die Schiffswinde benutzte, eine Praxis, die auf kleineren Schiffen üblich war, fand der Gezüchtigte eher die Möglichkeit, die Wucht der Schläge zu mildern. Die Spaken, je sechs Fuß lang, ragten in horizontaler Richtung aus der Schiffswinde, wie die Speichen eines Rads, das auf der Seite liegt. Sie befanden sich in Brusthöhe. Wenn ein Mann ausgepeitscht werden sollte, steckte man nur eine Spake in die Winde. Der Mann wurde mit ausgestreckten Armen an diese Spake gebunden. Der Rest des Körpers konnte sich frei bewegen und war auf diese Weise nicht der vollen Wucht der Hiebe ausgesetzt.

Evan Evans legte einen roten Beutel auf das Deck, nachdem er die zweite Katze hergestellt hatte, und faßte nach dem dritten Griff. Und Dyson, Brookland und Harris saßen unter Deck, von Seesoldaten bewacht . . . Ramage begann wieder auf und ab zu gehen, an der Reling entlang, und er wünschte sich, Southwick möge neben ihm gehen und über Belanglosigkeiten reden.

7

Am nächsten Morgen erklang der schrille Befehl des Bootsmanns, dem die gesamte Besatzung gehorchte — „Alle Mann nach achtern, um die Rutenstrafe mitanzusehen!“ Ramage ging in seiner besten Uniform an Deck, den Säbel an der Seite, und wurde von Southwick begrüßt, der ähnlich gekleidet war.

Die Schiffswinde befand sich zwischen Großmast und Steuerrad, nicht im Vorderteil, wie auf größeren Schiffen. Wenn sie weiter achtern eingebaut war, bedeutete dies, daß man mit ihrer Hilfe auch die unteren schweren Segelstangen bewegen und nicht nur den Anker lichten konnte.

Die Seesoldaten standen bereits in zwei Reihen an Deck, zu beiden Seiten der Schiffswinde. Um diese herum bildete die Besatzung drei Seiten eines Quadrats, dessen vierte Seite das Achterdeck darstellte. Ramage inspizierte gemeinsam mit Southwick die Besatzung und war überrascht, als er sah, daß sie sauber getakelt waren, mit frischgewaschenen Hemden und Hosen, mit gekämmten Haaren und rasierten Gesichtern. Dann inspizierte er auch die Seesoldaten, gemeinsam mit dem Corporal. Die roten Röcke waren makellos sauber, die Patronengurte starrten vom Pfeifenton, die Messingknöpfe und -schnallen schimmerten, ebenso die sorgfältig gereinigten Musketen.

Ramage bezog Stellung vor dem Steuerrad. Eine helle Sonne schien zwischen zerrissenen Wolken hindurch, sanft schaukelte das Schiff. Die Steuerreeps knarrten leise, als die Männer das Rad um eine Spake in diese, dann wieder in die andere Richtung drehten, um die *Triton* auf dem Kurs zu halten, der sie zu Admiral Curtis' Schwadron führen sollte. Der Schreiber überreichte Ramage ein Blatt Papier und eine Kopie der Kriegsgesetze, der Corporal, der nun keine Muskete trug, weil er an diesem Morgen als Schiffsprofoß fungierte, stand neben den Gefangenen.

Einen Mann auszupeitschen — das war mehr als eine Bestrafung. Es war ein Ritual, verbunden mit einem langen, komplizierten Gerede, das Ramage weder ändern noch abkürzen konnte, gleichgültig, was er persönlich davon hielt. Und als er auf dem Achterdeck stand, die linke Hand an der Scheide des Säbels, die Kriegsgesetze in der rechten, die Gefangenen vor sich, über sich die Segel, die sich im Nordwestwind blähten, im Bewußtsein, daß in seiner Schreibtischschublade dringende geheime Briefe des Ersten Lords an drei Admiräle lagen — da erinnerte er sich an den Brief, mit dem sein Vater ihm zum bestandenen Leutnant-Examen gratuliert hatte. An den genaueren Wortlaut konnte er sich nicht mehr erinnern, aber die Bedeutung jenes Briefs war ihm immer noch gegenwärtig.

‚Wenn Du ein wahrer Führer sein willst, ein Mann, dem die anderen folgen, weil er der geborene Führer ist, nicht nur aufgrund seiner Beförderung, dann wirst Du manchmal auch Befehle erteilen müssen, die Deinen Zorn erregen. Du wirst das Gefühl haben, daß die Kriegsgesetze und die Gesetze der Admiralität nicht flexibel genug sind, daß sie Dich zu Ungerechtigkeit und Unvernunft zwingen. Vergiß aber nicht, daß jene Gesetze sich seit der Gründung der Navy stetig entwickelt haben. Keine Gesetzsammlung kann die richtige Lösung für jeden einzelnen Fall bieten, sonst wären die Anwälte brotlos. Es wird immer wieder Ungerechtigkeiten geben. Aber wenn Du Dein Schiff kommandierst, wird die Besatzung Dich beobachten. Die Männer wissen, ob die Bestrafung eines Kameraden gerechtfertigt ist oder nicht. Wenn sie berechtigt ist, wird keiner murren. Wenn nicht, werden sie Dich das bald in vielen kleinen Belangen spüren lassen. Eines mußt Du stets bedenken — wenn Du irgendwelche Anzeichen von Schwäche zeigst, werden sie Dich ungerecht behandeln, und das wirst Du Dir selbst zuzuschreiben haben. Ein schwacher Captain liefert die Besatzung der Gnade oder Ungnade seiner Offiziere aus. Ein guter Captain verlangt von seinem Stellvertreter denselben Gehorsam, den er auch vom Kajütenjungen erwartet...‘

Wie recht der alte Mann hatte... Gestern hatte die Besatzung noch gemeutert, in der vorletzten Nacht hätte sie beinahe die *Triton* in ihre Gewalt gebracht, wenn Jackson und seine Gefährten es nicht verhindert hätten. Und doch herrschte heute morgen aus Gründen, die sich Ramage nicht erklären konnte, eine ganz andere Atmosphäre an Bord. Die Männer hatten zwar nicht gesungen oder gelacht, bevor sie an Deck gerufen worden waren. Aber er spürte, daß die Atmosphäre irgendwie angenehmer war, daß die bedrohlichen Spannungen verschwunden waren.

Vielleicht war es besonders bezeichnend, daß jeder einzelne sich große Mühe mit seinem Äußeren gegeben hatte. Sie waren alle rasiert, obwohl Dienstag war und sie sich nur zweimal wöchentlich rasieren mußten, an Sonn- und Donnerstagen. Und Ramage hatte ihnen nicht befohlen, in frischgewaschenen Kleidern an Deck zu erscheinen.

Alle Augen waren auf ihn gerichtet, Sekundenlang hatte er auf die geschnitzte Krone an der Spitze der Schiffswinde gestarrt — wahrscheinlich sogar mehrere Minuten. Er fragte sich, was sie wohl denken würden, wenn er ihnen erzählte, daß er sich soeben an jenen Mahnbrief seines Vaters erinnert hatte. Vor fünf Minuten hatte ihm der Gedanke, nun eine Rutenstrafe mitansehen zu müssen, noch Übelkeit bereitet. Jetzt, nachdem er sich wieder einmal den Inhalt jenes Briefes vorgesagt hatte, wußte er, daß es notwendig und richtig gewesen war, diese Strafe anzuordnen.

Plötzlich wußte er, warum sich die Atmosphäre verändert hatte. Die Männer hatten es schon die ganze Zeit gewußt. Drei Kameraden waren ertappt worden, als sie einen Aufstand geplant hatten. Natürlich mußten sie bestraft werden. Er kam sich wie ein unerfahrener Narr vor, als er einen hastigen Blick auf das Blatt Papier warf und mit dem Ritual begann.

„Albert Dyson!"

Der Schiffsprofoß glitt geschmeidig an Dysons Seite, als dieser drei Schritte vortrat.

„Aye aye, Sir."

Ramage sah den Mann überrascht an. Auch er war rasiert, trug saubere Hosen und ein frischgewaschenes Hemd. Vielleicht war seine Haltung ein bißchen herausfordernd ... Aber Ramage kannte ihn nicht gut genug, um das beurteilen zu können.

„Albert Dyson, der Schiffsführer hat Anklage gegen Sie erhoben. Sie sind in den Brotraum eingebrochen, haben sich dort betrunken, sich mit ihren Kameraden geprügelt und sich der Verhaftung widersetzt." Ramage wandte sich an den Corporal. „Fesseln!"

Zwei Seesoldaten legten ihre Musketen auf die Decksplanken. Der eine hob eine Spake auf, die neben dem Süll der Kajütentreppe lag und steckte sie in die Schiffswinde. Der andere führte Dyson zu der Winde, zog ihm das Hemd aus, band ihm einen Lederschurz um die Körpermitte. Dysons Arme wurden an die Spake gebunden, und nun konnte man mit dem Strafvollzug beginnen.

Aber vorher mußte das Ritual zu Ende geführt werden. Ramage war dankbar für den Artikel Nummer sechsunddreißig, dessen Wortlaut so abgefaßt war, daß man ihn bei jeder Schurkerei anwenden konnte, die sich ein erfinderischer Matrose ausdachte.

Als Ramage seinen Hut abnahm, brüllte Southwick: „Kappen ab!"

„‚Artikel Nummer sechsunddreißig'", begann Ramage mit klarer Stimme, sobald alle barhäuptig vor ihm standen. „‚Alle anderen Verbrechen nicht kapitaler Natur, die von Mitgliedern der Flotte begangen und in dieser Akte nicht erwähnt werden oder für die hier keine Bestrafung vorgeschrieben wird, sollen nach den Gesetzen und Gebräuchen gehandhabt werden, wie sie auf See in solchen Fällen üblich sind.' Zwei Dutzend Peitschenhiebe... Bootsmannsmaat, vollziehen Sie die Strafe!"

Nach zwölf Hieben, die Dyson klaglos hinnahm, befahl Ramage, den Strafvollzug für ein paar Minuten zu unterbrechen, und bat Dr. Bowen, den Schiffsarzt, den Mann zu untersuchen. Wenn mehr als ein Bootsmannsmaat an Bord der *Triton* wäre, hätte nun ein anderer Mann Evans' Werk fortgesetzt.

Der Schiffsarzt hatte nur einen kleinen Schwips. Nachdem er auf den Schiffskochsmaat zugestolpert war, in sein Gesicht geblinzelt und ihm den Puls gefühlt hatte, lallte er: „Tauglich für den weiteren Strafvollzug, Sir."

„Machen Sie weiter, Bootsmannsmaat!"

Die Schwänze der Katze waren blutig, und vor den letzten Streichen mußte der Bootsmannsmaat die Finger hindurchgleiten lassen, um die Stränge zu entwirren. Vor dem letzten Hieb sagte Ramage leise zu Southwick: „Lassen Sie ihn in den Krankenraum bringen. Ich schicke den Arzt unter Deck, sobald ich ihn hier entbehren kann."

Der Bootsmannsmaat trat zurück und der Corporal meldete: „Vierundzwanzig, Sir."

„Gut. Bindet ihn los und bringt ihn unter Deck."

Als die Seesoldaten Dysons Arme von der Spake losbanden und ihn den Lederschurz abnahmen, sah Ramage zu Brookland und Harris hinüber. Der erstere spürte offenbar immer noch die Wirkung jener durchzechten Nacht, aber Harris stand hochaufgerichtet da, in steifer Haltung, mit bleichem Gesicht.

Dyson trat von der Schiffswinde zurück. Plötzlich bückte er sich, hob sein Hemd auf, schlüpfte hinein. Da sein Rücken eine einzige offene Wunde war, mußte ihm die Bewegung höllische Schmerzen bereiten. Zwei Seesoldaten, die nicht sofort begriffen, was er da machte, traten vor und richteten ihre Musketen auf ihn.

Dann drehte sich Dyson völlig unerwartet zu Ramage um, dessen Herz schneller zu schlagen begann. O Gott, betete er, jetzt keine Beleidigung, kein herausfordernder Trotz, sonst muß ich ihm noch ein Dutzend Hiebe verpassen lassen . . .

„Erlauben Sie mir bitte, etwas zu sagen, Sir?"

Ramage nickte.

„Ich möchte mich für mein Benehmen entschuldigen, Sir."

„Sehr schön, ich akzeptiere die Entschuldigung", sagte Ramage mit ruhiger Stimme. Er wußte, daß Dyson auf die geplante Meuterei anspielte — nicht auf die Nacht im Brotraum. „Sie können unter Deck gehen und sich waschen."

Zehn Minuten später verschwand Brookland unter Deck, nachdem er seine Strafe erhalten hatte, und Harris wurde an die Spake gefesselt. Zum drittenmal las Ramage den Artikel sechsunddreißig vor, der Bootsmannsmaat öffnete den dritten roten Beutel und zog eine neue neunschwänzige Katze hervor. Und wieder sagte Ramage: „Ein Dutzend Streiche, Bootsmannsmaat, vollziehen Sie die Strafe."

Wieder schwirrten die Schwänze durch die Luft, wieder erklang das Stöhnen des Mannes, als ihm die Hiebe die Luft aus den Lungen preßten, wieder zählte der Corporal: „Eins — zwei — drei . . ."

Dann kam ein Ruf aus der Takelung. „He, Deck!"

„Warten Sie, Bootsmannsmaat!" stieß Ramage hervor.

„Hier das Deck!" schrie Southwick. „Was haben Sie gesehen?"

„Ein Schiff direkt vor uns. Ich kann nur die Bramsegel sehen."

Southwick wandte sich zu Appleby um, gab ihm das Teleskop und wies auf den Großmast. Ramage sagte zum Schiffsprofoß: „Binden Sie ihn los und schicken Sie ihn hinunter! Mr. Southwick — alle Mann auf ihre Posten!"

In Kriegszeiten mußte jedes Schiff damit rechnen, plötzlich einem Feind zu begegnen. Aber im Augenblick galten Ramages Gedanken vor allem der Tatsache, daß sich nun eine Gelegenheit ergeben hatte, Harris' Bestrafung abzubrechen und später fortzusetzen.

„Halten Sie unseren Wimpel bereit, Mr. Southwick", sagte er völlig unnötigerweise.

Southwick erteilte bereits seine Befehle, und die Männer rannten zu ihren Stationen. Der kleine Trommler begann mit mehr Eifer als Geschick auf sein Instrument einzuhämmern. Der Corporal zerrte hastig an Harris' Fesseln, begierig, aus der Rolle des Schiffsprofoß wieder in die des Soldaten zurückzuschlüpfen. Die Seesoldaten standen immer noch in Habtachtstellung da, offenbar unsicher, ob sie den Trommelklängen folgen oder erst auf die Befehle ihres Corporals warten sollten. Ramage sah, daß der Schiffsarzt zur Kajütentreppe schlurfte, und rief ihm zu, er solle sich um Dyson, Brookland und Harris kümmern. Aber der Mann blieb nicht stehen und ließ Ramage im Ungewissen, ob er den Befehl richtig verstanden hatte. Zumindest wußte der Captain, daß Bowen sein nächstes Problem sein würde — wenn das Schiff da vorn kein französisches Linienschiff war.

Was immer das auch für ein Schiff war, es segelte leewärts, und Ramage wollte nicht den Vorteil einbüßen, mit dem Wind und zwischen der englischen Küste und dem fremden Schiff zu segeln. Er befahl Southwick, abzufallen. Und während die Männer zu den Schoten und Brassen liefen und der Schiffsführer bei den Steuermännern stand, sah

Ramage zu Appleby hinauf, der hoch am Mast hing und sich bemühte, sein Gleichgewicht zu halten im stetigen Schaukeln des Schiffs, das da oben durch das Schwingen des Masts noch verstärkt wurde. Der Schiffsführersmaat schrie, daß das fremde Schiff drei Masten habe, nach Nordosten segle und ziemlich groß aussähe.

Ramage rief Jackson zu sich, zeigte in die Takelung, und eine Sekunde später stieg der Amerikaner die Wanten hinauf. Wenn Appleby auch gute Augen hatte, er besaß nicht die Erfahrung Jacksons, wenn es darum ging, ein Schiff zu identifizieren.

Ramage stellte fest, daß die Leute rasch ihre Positionen eingenommen hatten, ohne die aufgeregte Hektik, die so oft Verzögerungen hervorrief. Die Geschützmannschaften standen bereit, bewaffnet mit Ladestöcken, warteten nur noch auf das Pulver, das aus der Pulverkammer geholt werden mußte. Über die Decksplanken lief bereits Wasser, damit sich kein verirrtes Pulverstäubchen durch Reibung entzünden konnte, ein paar Männer streuten Sand, damit die nackten Füße nicht ausglitten.

Es wurde Zeit für Ramage, in seiner Kabine zu sehen, welches Geheimsignal für diesen Tag vorgesehen war, ein vereinbartes Zeichen, auf das eine bestimmte Antwort erfolgen mußte. Auf diese Weise konnten die Schiffe der Royal Navy Freund oder Feind unterscheiden.

Die Signale waren auf mehreren Blättern verzeichnet, die von einem schweren Bleisiegel zusammengehalten wurden. Allein dieses Siegel verriet schon, wie wichtig die Signale waren, ebenso die zweimal unterstrichene Aufschrift auf der ersten Seite, die besagte, daß die Captains die ‚strikte Order hatten, sie stets unter Verschluß zu halten und sie mit einem ausreichenden Gewicht zu beschweren, damit sie auch sicher versanken, wenn es nötig werden sollte, sie über Bord zu werfen.‘ Jeder Offizier, der diese Gesetze mißachtet, würde vor ein Kriegsgericht gestellt werden, denn es könne gefährliche Konsequenzen für die Flotte Seiner Majestät haben, wenn der Feind in den Besitz der geheimen Signale gelangte.

Ramage hatte eine Schublade seines Schreibtisches aufgesperrt und das Heftchen herausgenommen. Die Signale waren einfach zu verstehen. Die Flaggen waren verzeichnet, die vom Topp der Vorstange und des Großmasts flattern mußten, ebenso die Flaggen, die man als Antwort auf den Ruf des anderen Schiffes hissen mußte. Da beide Signale gegeben werden mußten, spielte es keine Rolle, welches Schiff zuerst seine Flaggen setzte.

Vor allem kam es auf das Datum an. Nur zehn Anrufe und Antworten waren verzeichnet. Die letzte Zahl des Datums war die wesentliche. In der ersten Spalte, überschrieben mit ‚Tag des Monats', standen untereinander die Zahlen 1, 11, 21, 31. Darunter befand sich eine zweite Gruppe — 2, 12, 22, gefolgt von der Gruppe 3, 13, 23, und so ging es weiter, bis man zu 10, 20, 30 kam. Neben jeder Gruppe waren die Flaggen bezeichnet, die an den betreffenden Tagen gehißt werden mußten. Der neue Tag begann in diesem Fall jeweils um Mitternacht.

Da heute der 20. April war, glitt Ramages Finger über die letzte Zahlenreihe — 10, 20, 30. Daneben stand das erste Signal, das gegeben werden mußte, sowie, welche Flaggen das andere Schiff als Antwort hissen mußte. Nachdem er sich die Signale eingeprägt hatte, kehrte Ramage an Deck zurück, wo Southwick ihn erwartete.

„Rot-Weiß am Großmast", sagte Ramage. „Weiß mit blauem Kreuz am Fockmast. Die Antwort muß folgendermaßen aussehen — Blau-Weiß-Blau am Großmast, Blau-Weiß-Rot am Fockmast."

Nach wenigen Augenblicken waren mehrere Matrosen damit beschäftigt, die Flaggen an den Fallen zu befestigen, um sie hochzuziehen. Und dann rief Jackson, daß er glaube, das Schiff sei eine britische Fregatte.

Rasch hoben sich ihre Segel über den Horizont, als sie auf die *Triton* zukam. Bald konnte man sie erkennen.

„Signale hissen, Mr. Southwick!"

Der dreieckige rotweiße Wimpel schnellte den Großmast hinauf, die weiße Flagge mit dem blauen Kreuz schmückte den Fockmast. Nur wenige Sekunden, nachdem die Flaggen im Wind zu flattern begonnen hatten, rief Jackson: „He, Deck! Die Fregatte hat Wimpel gehißt! Blau-Weiß-Rot am Fockmast . . . Und Blau-Weiß-Blau am Großmast!"

Southwick befahl, die Flaggen wieder herunterzuholen.

„Geben Sie unsere Nummer bekannt, Mr. Southwick", befahl Ramage.

Ein paar Sekunden später flatterte die Union Flag mit den drei Flaggen darunter, die die Nummer der *Triton* in der Navy-Liste repräsentierten, vom Topp des Großmasts.

Die Fregatte *Rover* kam von der Schwadron Lord St. Vincents und steuerte Portsmouth an. Ramage hatte nur fünfzehn Minuten gebraucht, um an Bord zu gehen und dem Captain Bericht zu erstatten, um ihn zu warnen, daß die Flotte im Spithead meuterte, und um ihn dazu zu überreden, Brookland und Dyson an Bord zu nehmen, ohne viele Fragen zu stellen. Nur wenige Captains weigerten sich, zusätzliche Matrosen aufzunehmen.

Beide Männer hatten darum gebeten, mit Ramage sprechen zu dürfen, bevor sie die *Triton* verließen, und zu seiner Überraschung hatte Dyson gefragt, ob er nicht an Bord bleiben könne. Ramage wäre beinahe weich geworden. Doch dann dachte er an seine Besatzung. Wenn er auch sicher war, daß Dyson keinen Unsinn mehr anstellen würde, so bedeutete doch seine Anwesenheit auf der *Triton* eine ständige Erinnerung an die geplante Meuterei. Die ehemaligen *Kathleens* würden ihm gewiß niemals trauen, sein Leben an Bord wäre unerträglich, und das würde zu neuen Problemen führen.

Bevor er die beiden Männer entließ, versicherte er ihnen, der Captain der *Rover* würde nichts weiter in ihnen sehen als zwei Matrosen, die wegen Trunkenheit ausgepeitscht worden waren. Und damit sagte er die Wahrheit — denn zu seinem eigenen Vorteil wollte Ramage verhindern, daß die *Rover* mit der Nachricht in Portsmouth eintraf, die *Triton* sei beinah in die Gewalt ihrer meuternden Besatzung geraten. Der Captain hatte auf Ramages Bitte ziemlich verwirrt reagiert und hätte sie bestimmt nicht erfüllt, wenn er sich nicht erinnert hätte, was für eine hervorragende Rolle der junge Offizier bei der Schlacht vom Cape St. Vincent gespielt hatte.

Am späten Nachmittag verschwanden die Bramsegel der *Rover* hinter dem nordöstlichen Horizont. In ein paar Stunden würde sie das Lizard passieren und den Kanal hinaufsegeln. Um diese Zeit würde die *Triton* bereits zu Admiral Curtis' Schwadron stoßen.

8

Die Tropen — für Ramage war das immer schon ein magisches Wort gewesen. Aber als er an der Heckreling stand und das Kielwasser der Brigg beobachtete, wußte er, daß die heiße Sonne, die blaue See, der wolkenlose Himmel und die angenehmen Passatwinde zum Glück der *Triton* beigetragen hatten. Wenn man den Männern zusah, die fröhlich ihrer Arbeit nachgingen, wenn man hörte, wie sie bei Sonnenuntergang zu den Klängen einer Fidel sangen, konnte man unmöglich mehr feststellen, wer ursprünglich ein Kathleen und wer von Anfang an ein Triton gewesen war. Sie sahen gesund und zufrieden aus, hatten lachende, von der Sonne gebräunte Gesichter — und sie waren diszipliniert. Was konnte ein Captain mehr von seiner Besatzung verlangen?

Nachdem die *Triton* vor Brest die Schwadron Admiral Curtis' getroffen hatte, stieß sie zwanzig Meilen vor Cadiz auf Lord St. Vincents Schwadron. Ramage hatte die Briefe des Ersten Lords abgeliefert, zehn knappe Fragen beantwortet, und der Admiral hatte ihm in bärbeißigem Ton eine gute Reise gewünscht. Er nahm Kurs auf die Kanarischen Inseln, geriet in die Zone der nordöstlichen Passatwinde, die seine Brigg nun dreitausend Meilen weit, in einem großen Bogen, über den Atlantik tragen würden, bis er den Ragged Point sichten würde, dic östlichste Spitze von Barbados.

Nachdem er Lord St. Vincents Schwadron verlassen hatte, war das Cape Spartel, die Nordwestecke der Barbary Coast, das letzte Stück Land gewesen, das sie vorerst zu sehen bekamen. Ein steifer, beständiger Nordwind trieb sie rasch nach Süden. Ramage wollte nicht auf diesen guten Wind verzichten, und so steuerte er geradewegs die Kanarischen Inseln an und nahm das Risiko auf sich, einem der spanischen Kriegsschiffe zu begegnen, die zwischen den atlantischen Inseln Seiner Katholischen Majestät patrouillierten. Er wagte es auch, dicht an Teneriffa, der imposantesten dieser Inseln, heranzusegeln.

Sie war über dem Horizont aufgetaucht, wie eine Reihe steiler, sturmgepeitschter Wellen, die durch eine Laune der Natur erstarrt waren. Sofort hatten sich die Gipfel, überragt vom Vulkan Teide, scharf und klar vor dem blauen Himmel abgezeichnet, statt sich in Dunst zu verstecken. Durch sein Fernrohr sah Ramage breite schwarze Bänder, die sich den Berghang hinabzogen, festgewordene Lavaströme, nach dem letzten Vulkanausbruch entstanden.

Danach war die *Triton* einen Tag und eine Nacht lang

nach Süden gesegelt, immer noch von einer steifen Nordbrise getragen. Dann hatte sich der Wind langsam fast unmerklich nach Nordosten gedreht, und die *Triton* war ihm gefolgt und nahm nun Kurs auf Südwest, segelte hinaus in den offenen Atlantik, ohne die Cape Verde-Inseln zu sichten, die im Süden lagen.

Und dann war der Wind stärker geworden, und jeder an Bord wußte, daß sich die *Triton* nun im Bereich der Passatwinde befand. Allmählich wuchsen die Wellen immer höher aus der See, Wolken zogen über den Himmel. Ramage wußte, daß er in einer Stunde in seine Kabine gehen mußte, um die erforderlichen Eintragungen ins Logbuch zu machen. Aber jetzt stand er noch in der Sonne und bewunderte, wie geschmeidig die *Triton* mit dem Passatwind segelte.

Eine Welle nach der anderen — tiefes Blau, gekrönt mit weißem Schaum, helles Türkisgrün, wo die Sonne durch niederstürzende Wogen schimmerte — wanderte an der Brigg vorbei nach achtern. Und sie gierte im Wellengang wie eine dicke Fischverkäuferin, die eine Straße hinabgeht. Eine große Welle warf sie zur Seite, hievte ihr Heck herum, und als die Steuermänner das Rad herumgeschwungen hatten, um sie wieder auf den richtigen Kurs zu bringen, war eine Welle von der anderen Seite gekommen, um ihr einen respektlosen Stoß zu versetzen. Und die fröhlich fluchenden Steuermänner mußten das Manöver von neuem durchführen.

Ramage wünschte sich, er könnte den Rest der Reise in Ruhe genießen. Es würde ihm genügen, ganz einfach nur die Wolken zu beobachten.

Wenn achtern die Dämmerung einbrach, zeigte sich täglich eine Wolkenbank im Osten, auch wenn der Nachthimmel klar war, übersät von so vielen Sternen, daß es aussah, als würde es Diamanten regnen. Sobald die Sonne dann über der Wolkenbank auftauchte, zerteilte sich die graue

Masse. Winzige Wolken, wie schimmernde Schneebälle, sprenkelten das Blau, waren scheinbar aus dem Nichts gekommen. Nach einer halben Stunde wuchsen sie, fast unmerklich, begannen sich in regelmäßige Formationen zu ordnen, wie Tänzer in einem riesigen Ballsaal.

Um zehn Uhr, wenn die Leute zu den Waffenübungen gerufen wurden, hatten die Wolken etwa ein Dutzend Linien gebildet, und es sah aus, als würden ganze Heerscharen von Schwänen zu einem Punkt am westlichen Horizont fliegen. Abgesehen von den Linien, die diese Wolken bildeten, fand Ramage die Form jeder einzelnen faszinierend. Die Basis war fast immer flach, darauf erhob sich eine unregelmäßige Anschwellung, deren Front wie ein ausgestreckter Hals wirkte. Seltsame Launen des Windes verwandelten die Spitzen der Wolkenberge immer wieder, so daß sich Schwadronen fliegender weißer Drachen bildeten. Andere Wolkenreihen sahen aus, als wären die marmornen Standbilder von den Gräbern längst verstorbener Ritter in den Himmel gestiegen. Und manche Wolken wirkten wie menschliche Gesichter, die ins blaue Himmelsgewölbe starrten — ein jovialer, dicker Falstaff, der den Rausch einer durchzechten Nacht ausschlief, oder ein magerer, halbverhungerter Cassius.

Aber wie immer sie auch geformt waren, sie glitten alle nach Westen, wie von einer unerbittlichen Macht angezogen. Und unter den Wolken bewegten sich die niederstürzenden Wellen nach Westen, wie die *Triton* vom Wind getrieben.

Alles strebte dem Westen entgegen — alles außer den fliegenden Fischen, die immer wieder hochsprangen, ganz plötzlich, wie winzige Silberlanzen, sekundenlang über den Wellenkämmen zu schweben schienen, um dann genauso schnell im Wasser zu verschwinden, wie sie aufgetaucht waren.

Manchmal schrie einer der Männer auf, dann rannten

sie alle an eine Seite der Brigg, um Delphine zu beobachten, die vorbeirasten, dicht unter dem schwankenden Bug hinweg. Blitzschnell drehten sie sich im Wasser, in einem Wirbel aus Weiß und Stahlblau, schossen wieder so rasch unter dem Bug davon, daß man meinte, der Steven müsse sie treffen.

Ein paar Minuten vor Mittag pflegten Ramage und Southwick mittschiffs zu stehen, wo das Schaukeln der Brigg nicht so stark zu spüren war, maßen mit ihren Quadranten den Stand der Sonne. Minutenlang stieg das reflektierte Bild der Sonne, bis es zum Stillstand zu kommen schien, wenn die Sonne im Zenit stand. Ramage und der Master nahmen mit Hilfe des Quadranten die Winkelmessungen vor und beobachteten dann, wie die Sonne im Spiegel des Instruments zu sinken begann. Das Ritual dieser Messungen, verbunden mit ein paar Additionen und Subtraktionen, verriet ihnen, an welchem Breitengrad sich die *Triton* gerade befand.

Und dann war Nachmittag. Die Sonne stand hoch am Himmel, weil sie tief im Süden waren, und brannte so heiß herab, daß sie ein Sonnensegel auf dem Achterdeck setzen mußten. Die Sonnenuntergänge boten jeden Abend ein anderes Schauspiel und waren immer phantastisch. Die Wolken hatten sich zusammengeballt, oder ihre Formationen waren zerflossen, und die Sonne schien wie eine wütende Malerin wahllos mit den verschiedensten Farben zu klecksen, die Wolken zu seltsamen Gebilden von strahlendem Gelb mit roten Rändern zusammenzuschieben. Oder sie formte eine rosa Masse mit dunkelrotem Saum. Und darüber und dahinter leuchtete der Himmel in tiefem Dunkelblau, das zum Horizont hin allmählich in zartes Blaßblau überging.

Rasch erloschen die Farben, ließen die Wolken in dumpfem Grau zurück, die nun unheimlich und drohend wirkten. Und dann brach plötzlich das Dunkel herein, überraschend für den Beobachter, der an die langen Dämmerzeiten nördlicher Breitengrade gewohnt war. Später lösten sich die Wolken auf, um dem funkelnden Licht der Sterne nicht den Weg zu versperren. Achtern stieg langsam der Mond auf, verwandelte das Kielwasser der *Triton* in einen blubbernden Silberstreifen.

Und noch später, wenn Ramage in seiner Koje lag, sanft geschaukelt vom Wellengang, lauschte er dem Wasser, das am Rumpf vorbeiströmte, dröhnend und gurgelnd. Er spürte, wie die Brigg sekundenlang ihre Fahrt verlangsamte, wenn sie sich in einem Wellental befand, wie die nächste Welle sie weitertrieb, wie der Wellenkamm unter dem Kiel hinwegglitt.

Jedes Glas und jede Flasche, alle Löffel, Gabeln und Messer klirrten und ratterten im Sideboard. Alles, was sich auch nur einen Achtelzoll bewegen konnte, tat dies und machte dabei möglichst viel Lärm. Und der Schiffsrumpf stöhnte und ächzte, als die Wellenkämme ihn immer wieder hochhoben und fallenließen. Stringer, Auflanger und Decksbalken knarrten protestierend. Eine Landratte mußte glauben, das Schiff würde jeden Augenblick auseinanderbrechen. Aber dem Seemann sagte dieser Lärm, daß das Schiff seine Kraft zeigen wollte, daß es sich geschmeidig bog, wie ein flexibles Schilfrohr, um sich dem Anprall der Wellen anzupassen, statt sich stocksteif dagegenzustemmen.

Aber Ramage mußte sich eingestehen, daß es auch schlimme Tage gab — Tage, wo die Passate plötzlich verebbten, die *Triton* auf einer bewegten See zurückließen, und der Wind war zu schwach, um in die Segel zu greifen und das Schlingern zu beenden. An solchen Tagen war die Luft feucht und drückend. Die See verflachte rasch. Die weißen Schneeballwölkchen verschwanden, an ihrer Stelle erschienen graublaue Flecken am Horizont, die sich rasch zu einer fast schwarzen Wolkenmasse verdichteten. Und sie näherte sich rasch und schweigend dem Schiff, wie ein Habicht, der sich auf seine Beute stürzt.

Gerade noch hatte die *Triton* geschlingert, in einem Wind, der zu schwach war, um eine Kerze zu löschen. Und im nächsten Augenblick wurde sie von einer Sturmbö getroffen, einer dunklen Masse, mit schmalem weißem Saum, und die Steuermänner kämpften mit dem Rad, um die Brigg mit gerefftem Vormarssegel in Fahrt zu bringen.

Prasselnder Regen, heulender Wind, das Wissen, daß sowohl die Menschen wie auch das Schiff um das nackte Leben kämpften ... Das Deck war überspült von Regenwasser und hoch aufspritzender Gischt, die Angst, ein Mast könnte über Bord gehen — und dann plötzlich wieder Sonnenschein. Der Wind und die schwarzen Wolken waren so plötzlich verschwunden, wie sie gekommen waren. Und noch bevor man das Sprachrohr an die Lippen setzen konnte, um die nötigen Befehle zu geben, dampfte das Deck, trocknete die Sonnenhitze die Planken. Die Matrosen streiften ihre Hemden ab, wrangen das Wasser heraus, zogen sie wieder an. Ein paar Glückliche hatten Regenwasser aufgefangen, um ihre Kleider darin zu waschen.

Die Nächte waren gefährlich, wenn sich die Passatwinde launisch zeigten. Manchmal segelte die *Triton* vor einem stetigen Wind, unter funkelnden Sternen, und plötzlich stieß ein Ausluger einen warnenden Ruf aus — oder Ramage und Southwick sahen es selbst — ein Himmelsfleck achtern, auf dem keine Sterne schienen. Keine Wolke war zu entdecken — nur die Sterne waren verschwunden. Eine Minute, um festzustellen, welche Sterne von dem Fleck verdeckt wurden, oder den Kurs der Sturmbö festzustellen, dann ein hastiger Befehl an die Leute, alles außer dem Vormarssegel festzumachen, das doppelt gerefft wurde ...

Ramage überlegte gerade, ob er unter Deck gehen sollte, als Southwick auf ihn zukam. Der Schiffsführer hatte gerade Wache und war taktvoll auf der anderen Seite des Achterdecks geblieben, um den Captain mit seinen Gedanken allein zu lassen. Jetzt berichtete er: „Der Knochensäger hatte eine schlechte Nacht, Sir." Die Stimme des alten Schiffsführers klang höflich, aber auch energisch. Ramage wußte, daß Southwick ihm nun sagen würde, man müsse sich endlich um den stets betrunkenen Schiffsarzt kümmern und eine Lösung dieses Problems finden.

Ramage nickte. „Ich habe ihn gehört. Er hat ein paarmal nach seinem Steward gerufen, um sich eine neue Flasche bringen zu lassen."

„Genau viermal", sagte Southwick grimmig. „Ich habe es gezählt. Gibt es denn keine Rcgel, nach der Sie ihm das Trinken verbieten könnten, Sir?"

Ramage wußte das ‚Sie' zu schätzen. Southwick war über fünfzig, Ramage gerade einundzwanzig geworden. Southwick stünde durchaus das Recht zu, so oft wie möglich ‚wir' zu sagen, um den Captain wissen zu lassen, wie abhängig er von seinem Schiffsführer war. Nicht so Southwick — er war zufrieden und akzeptierte die Situation so, wie sie war, und vielleicht wußte er auch, daß Ramage ihm dafür dankbar war. Ganz bestimmt wußte er, daß Ramage den Ersten Lord gebeten hatte, ihn als Schiffsführer auf der *Triton* einzusetzen, da die Schiffsführer zur Zeit dutzendweise unbeschäftigt umherliefen.

Aber diese Überlegungen hatten nichts mit Bowens Trunksucht zu tun.

Ramage schüttelte den Kopf. „Ich glaube nicht, daß ich mich in diesem Fall auf ein Gesetz berufen kann. Ich könnte ihn vom Dienst suspendieren, aufgrund einer noch nicht abgeschlossenen Untersuchung. Aber damit wäre uns nicht geholfen."

„Nein."

„Wir könnten ihn loswerden, sobald wir Barbados angelaufen haben. Aber ich weiß nicht, woher wir einen anderen Schiffsarzt nehmen sollen. In den Westindischen Inseln werden wir einen brauchen."

„Daran habe ich auch schon gedacht. Gelbfieber, Pokken ... Es ist schon schwierig, mit einem guten Knochensäger alle diese Krankheiten zu überstehen. Im letzten Jahr ist es noch schlimmer geworden, wie ich aus einem Brief erfahren habe."

„Inwiefern?"

„Allein die Anzahl der Toten, Sir. Ich habe den Brief aufgehoben. Er stammt vom Schiffsführer der *Hannibal*." Southwick wühlte in seinen Taschen und zog ein zusammengefaltetes Blatt Papier hervor. „Das sind die Zahlen, Sir. Ich hoffe, sie werden Ihnen nicht den Mut nehmen ..."

„Nein", entgegnete Ramage trocken. „Ich segle nicht zum erstenmal zu den Westindischen Inseln."

„Fangen wir mit den Soldaten an. Von sechzehntausend weißen Soldaten, die zu jenem Zeitpunkt dort stationiert waren, sind sechstausendvierhundertachtzig in dem Jahr, das im letzten April zu Ende ging, an fiebrigen Erkrankungen gestorben. Das sind vierzig Prozent. In der Santo-Domingo-Kampagne von 1794 starben sechsundvierzig Kommandanten von Transportschiffen und elftausend Mann. Die *Hannibal* mußte in einem Monat hundertsiebzig Leute bestatten und verlor zweihundert in sechs Monaten. Port au Prince ist nur dreihundert Meilen von Jamaica entfernt, aber die Fregatte *Raisonable* hatte das Gelbfieber an Bord und mußte unterwegs sechsunddreißig Mann bestatten — ein Drittel der Besatzung ..."

Ramage hob eine Hand, um Southwick zu unterbrechen. Wenn sechzehntausend Soldaten in eine Schlacht geschickt und sechstausendfünfhundert getötet wurden, so bedeutete das eine katastrophale Niederlage. Ein Linienschiff, das in einem Kampf zweihundert von siebenhundert Mann verlor, wäre vernichtend geschlagen und würde wahrscheinlich sinken ...

„Schicken Sie Bowen in meine Kabine."

„Wahrscheinlich ist er nicht nüchtern, Sir."

„Ich will ihn trotzdem in fünfzehn Minuten sprechen. Versuchen Sie ihn möglichst nüchtern zu kriegen.“

„Ich verstehe, Sir. Ich werde ihn für fünfzehn Minuten unter die Pumpe stellen.“

9

Ramage sah von seinem Schreibtisch auf, als sich die Tür öffnete. Von draußen sagte eine Stimme: „Sie wollen mich sprechen, Sir?“

Der verdammte Kerl hatte seine falschen Zähne vergessen.

„Kommen Sie herein, Bowen.“

Wie ein Schlafwandler schlurfte der Arzt in die Kabine, auf verhältnismäßig geradem Kurs, aber nur, weil das Schaukeln der *Triton* seine Schwankungen nach rechts und links ausglich. Bowen war einmal ein hochgewachsener, gutaussehender Mann gewesen, trotz des zu weichen Munds. Und wie Southwick berichtet hatte, war der Mann in London ein exzellenter Arzt gewesen, mit einer langen Liste vornehmer Patienten. Und plötzlich, aus Gründen, die niemand kannte, hatte Bowen festgestellt, daß seine Hand lieber zum Gin griff als zum Skalpell.

Ramage sah den Mann an, und es fiel ihm schwer zu tun, was er tun mußte. Bowens Haltung war früher sicher stolz und gerade gewesen. Aber nun hingen seine Schultern stärker nach vorn, als es die niedrige Decke der Kabine erforderte, und der Kopf lag dwars dazwischen, als hätte der Hals es längst aufgegeben, seine Pflicht zu tun. Die Arme hingen lose herab, mit schlaffen Muskeln, und da sie sehr lang waren, sah Bowen wie ein Affe aus. Seine Kleidung und sein Gesicht verrieten nur zu deutlich, wie tief er gesunken war. Das schmutzige Hemd hatte er offenbar schon seit vierzehn Tagen nicht mehr ausgezogen. Der Rock und die Hosen waren voller Alkoholflecken, voll Rum, aus einem Glas verschüttet, das die zitternde Hand nicht mehr festhalten konnte. Auf dem feuchten Stoff hatte sich Schimmel gebildet.

Sein Gesicht hatte nicht die Blässe eines Menschen, der zu selten an die frische Luft kam — es war die Blässe eines Kranken. Die Wangen hingen herab, der Mund stand offen, mit schlaffen Lippen, die offenbar so durchtränkt von Schnaps waren, daß sie das Fleisch nicht am richtigen Platz festhalten konnten. Der linke Mundwinkel schien immer noch sein Bestes zu versuchen, denn der rechte hing noch tiefer nach unten. Der schiefe Effekt wurde noch verstärkt durch die Neigung des Kopfes, immer wieder nach rechts zu fallen. Das graue Haar war fettig und ungekämmt und sah aus wie ein feuchter Scheuerwisch.

Ramage dachte angewidert, daß Bowen eine dieser besoffenen, verkommenen Gestalten sein könnte, die vor den Londoner Schnapshöhlen herumlungerten, den Wirt um ein Gläschen anbettelten oder die Gäste um einen Penny, damit sie sich einen Tropfen Alkohol kaufen konnten. Und doch hatten diese langen, immer noch feingeformten Finger, die jetzt zitterten, sich immer wieder konvulsivisch zusammenballten, einst zu geschickten Chirurgenhänden gehört. Dieses Gehirn, das nun vom Schnaps umnebelt war, konnte komplizierte Krankheiten diagnostizieren und behandeln. Wenn auch der Tod jedes Menschen traurig war — die Art, wie manche lebten, war noch viel trauriger.

„Setzen Sie sich, Bowen."

Der Mann nickte dankbar, griff nach dem Stuhl und ließ sich darauffallen. Dann hob er langsam den Kopf und versuchte seinen Captain zu fixieren. In diesem Augenblick erkannte Ramage, daß es ihm in den vergangenen Tagen nicht nur mißlungen war, eine Lösung des Problems zu finden, er hatte sich auch nicht zurechtlegen können, was er dem Mann sagen würde. Ironischerweise sah er sich in der Rolle eines Arztes. Er kannte die Krankheit seines Patienten, aber weder er noch die gesamte medizinische Welt würden sie heilen können, wenn ihre Ursache unbekannt blieb. Was hatte diesen Mann in die Arme des Alkohols getrieben?

„Ich hatte leider noch keine Gelegenheit, Sie näher kennenzulernen, Bowen."

„War mein Fehler, Sir", lallte der Arzt. „Ich war zu betrunken, um einen angenehmen Gesellschafter abzugeben."

Die Antwort war so ehrlich, daß Ramage Mitleid und Sympathie zu fühlen begann. „Vielleicht. Wie alt sind Sie?"

„Fünfzig, Sir. Alt genug, um es besser zu wissen, und zu alt, um was dagegen tun zu können."

Offenbar hatte er den Kampf längst aufgegeben. Ramage spürte, daß Bowen gar nicht mehr den Wunsch hatte, sich zu ändern. „Und wie lange sind Sie bei der Navy?"

Bowen dachte sichtlich angestrengt nach. „Zwei Jahre, Sir." Er sprach das S zischend und pfeifend aus, weil er keine Zähne im Mund hatte, und das zerrte noch mehr an den Nerven des jungen Captains, dem diese Unterhaltung ohnehin schon schwer zu schaffen machte. „Wachtposten! Schicken Sie mir bitte meinen Steward! Wo, zum Teufel, haben Sie Ihre Zähne gelassen, Bowen?"

„Ich — ich kann mich nicht erinnern, Sir."

„Denken Sie doch nach, Mann! Beim Frühstück hatten Sie die Zähne doch noch?"

„Nein ... Ich habe nicht gefrühstückt."

„Dann gestern beim Abendessen?"

„Ich habe auch nicht zu Abend gegessen."

Douglas, der Steward, erschien im gleichen Augenblick,

als es Ramage klar wurde, daß sein Schiffsarzt wahrscheinlich seit Tagen oder Wochen nichts Vernünftiges mehr in den Magen bekommen hatte. „Douglas, Mr. Bowen hat seine Zähne verlegt. Sie müssen irgendwo in seiner Kabine sein. Suchen Sie sie, bitte."

Als Douglas gegangen war, wandte sich Ramage wieder an den Arzt. „Seit wann trinken Sie so viel?"

„Wie-wieso, Sir?"

Der Klang seiner Stimme verriet, daß er sich schämte. Also war doch noch ein Rest von Stolz in ihm, und Ramage betete, daß dieser Rest nicht allzusehr verschüttet war.

„Spielen Sie nicht den Narren!" stieß er hervor. Er hoffte, daß Bowen allmählich wieder nüchtern wurde und daß ein paar rauhe Worte diesen Vorgang beschleunigen würden. „Sie sind ein schnapsdurchweichtes Wrack, sie saufen wie ein Schwein am Trog. Wie lange schon?"

Bowen preßte die Hände an die Schläfen, als wollte er das Dröhnen seines Schädels dämpfen. Er starrte vor sich hin, dann flüsterte er: „Seit drei Jahren, Sir."

„Sie haben ein Jahr, bevor Sie zur Navy gingen, zu trinken angefangen?"

„Ja . . ."

„Mit anderen Worten, Ihr erstes Säuferjahr hat Ihr Leben ruiniert. Wahrscheinlich konnten Sie nur mehr bei der Navy als Doktor unterkommen."

„Ja, so wird's wohl gewesen sein, Sir."

Douglas klopfte an die Tür, trat ein und übereichte dem Schiffsarzt diskret das Gebiß. Dann verließ der Steward die Kabine wieder, und Ramage beschäftigte sich mit einigen Papieren, während Bowen sich mit zitternden Händen die Zähne in den Mund steckte.

„Danke, Sir."

Ramage nickte und hob den Kopf. „Als Sie Arzt in London waren", begann er in beiläufigen Konversationston,

„hatten Sie doch sicher oft Patienten, die zuviel tranken und sich deshalb von Ihnen behandeln ließen."

„Ja, leider, Sir. Die Trunksucht ist ein Fluch, der die Reichen und die Armen gleichermaßen befallen kann. Billiger Schnaps oder teurer Brandy — der Effekt ist, medizinisch gesehen, immer derselbe."

„Und wenn der Patient nicht von der Trunksucht geheilt wird, muß er sterben?"

„Ja, früher oder später. Die Leber kann auf die Dauer die schädliche Einwirkung des Alkohols nicht verkraften."

Ramage erkannte, daß Bowen nun ein wenig Sicherheit gewonnen hatte. Er war wieder ein Arzt, der über ein medizinisches Problem sprach. Nun, dachte Ramage grimmig, vielleicht funktionierte sein Plan, daß der Arzt sich selbst kurieren sollte.

„Und wie beurteilen Sie die Chancen, daß Alkoholiker geheilt werden sollen? Wie viele Heilungen gibt es in — sagen wir — hundert Fällen?"

„Ob ein solcher Patient geheilt werden kann — das hängt nur von ihm selbst ab, Sir. Und von seiner Familie und seinen Freunden. Gegen den Alkoholismus gibt es kein Geheimmittel. Manche Modeärzte verordnen teure Medizinen und wenden komplizierte Therapien an, aber die Patienten sterben oder verfallen dem Wahnsinn, und die Quacksalber werden reich ..."

„Aber warum beginnen manche Leute so übermäßig zu trinken? — Ich meine — nicht jeder, der gern einmal ein Gläschen trinkt, wird alkoholsüchtig."

„Nun, das ist schwer zu sagen. Manche Leute trinken ab und zu ein Glas Claret, einen Sherry, einen Portwein oder einen guten Brandy nach dem Dinner. Oder einen Grog an einem kalten Abend. Sie trinken, weil's ihnen schmeckt, weil es die Lebensgeister weckt."

„Aber in diesem Fall ist man doch noch kein Alkoholiker."

„Nein, aber das ist ja das Verwirrende. Die meisten Mediziner leugnen es zwar, aber ich bin überzeugt, daß die Trunksucht eine Krankheit ist, wie ein Fieber. Manche werden davon befallen, andere nicht. Den einen bringt der Alkohol um, den anderen verschont er."

Bowens Stimme klang nun klarer und sicherer, obwohl er manche Worte immer noch lallend vorbrachte, da er noch nicht ganz nüchtern war. Daß Ramage ihm Gelegenheit gab, ein wenig zu fachsimpeln, schien die Alkoholnebel aus seinem Gehirn zu vertreiben.

„Wenn zwei Männer dieselbe Menge trinken, Wein zu Mittag, Wein und Brandy zum Dinner, wird der eine das ohne Schwierigkeiten verkraften und nicht das Bedürfnis haben, noch mehr zu trinken. Aber der andere . . ." Bowens Augen begannen zu glänzen, und er unterstrich seine Ausführungen mit erhobenem Zeigefinger. „Der andere wird bald merken, daß er abends ein Gläschen mehr braucht — und dann noch eins mehr. Er ist nicht direkt betrunken — aber eines Abends ärgert er sich über irgend etwas oder streitet mit seiner Frau. Dann besäuft er sich. Und am nächsten Morgen . . ."

Ramage nickte. Er kannte dieses Gefühl, weil er einmal an einem Abend mehr getrunken hatte als in all den vorangegangenen Monaten.

„Am nächsten Morgen fühlt er sich schrecklich", fuhr Bowen fort. „Zu Mittag hat er es überstanden. Aber ein paar Tage später passiert es von neuem — und dann immer wieder. Und eines Morgens, wenn er sich besonders elend fühlt, bieten ihm irgendwelche Leute einen Drink vor dem Frühstück an. Sie versichern ihm, er würde sich danach besser fühlen. Der Gedanke an Alkohol in diesem Zustand ist ekelerregend, denn sein Magen dreht sich, sein Kopf dröhnt, sein Mund ist staubtrocken. Aber er trinkt, und er fühlt sich tatsächlich besser." Er schlug sich mit den Fäusten auf die Knie. „Das ist der Augenblick, in dem die Krankheit beginnt. Das ist der Punkt, wo der Alkohol das Wesen dieses Mannes bereits so durchdrungen hat, daß er verloren ist. Aber das weiß er natürlich nicht. Im Gegenteil, er glaubt, daß er eine großartige Entdeckung gemacht hat. Er kann sich jeden Abend sinnlos besaufen, und am nächsten Morgen braucht er nur einen Drink zu nehmen, um sich wieder wie neugeboren zu fühlen."

„Und er nimmt wirklich nur einen Drink?" fragte Ramage ungläubig.

„Zuerst ja. Aber dann gerät er ins zweite Stadium der Krankheit. Da genügt ihm ein Drink nicht mehr. Er braucht zwei, um das Kopfweh zu vertreiben, die Galle zu beruhigen, klarer zu sehen, das Zittern seiner Hände zu unterbinden. Und im Lauf der Wochen braucht er immer mehr Drinks an den Vormittagen, vier oder fünf, und schließlich ist er jeden Mittag schon betrunken."

„In diesem Stadium kann er nicht mehr geheilt werden?"

Bowen zuckte mit den Schultern. „In diesem Stadium ruiniert er sein Leben — außer er ist ein Privatier. Aber wenn er einen Beruf hat, zum Beispiel, wenn er Arzt ist, beginnen sich seine Patienten zu beschweren, weil er schon um zehn Uhr morgens in der Sprechstunde betrunken ist. Er trinkt Lakritzensaft, damit man seine Alkoholfahne nicht so stark riecht. Seine Frau fängt zu jammern an, er wird wütend auf sie. Und so nach und nach suchen seine Patienten andere Ärzte auf."

„Aber werden seine Fähigkeiten denn vom Alkohol beeinträchtigt?"

„Das weiß ich nicht", gab Bowen zu. „Wahrscheinlich — weil seine Aufmerksamkeit nachläßt, weil die Sorgen an ihm fressen. Denn wenn er weniger Patienten hat, verdient er auch weniger Geld. Jedenfalls beginnt er sich in diesem Stadium zu schämen. Er hält irgendwo eine Flasche versteckt, damit er die ersten Drinks an jedem Morgen heimlich nehmen kann. Aber er findet bald heraus, daß alle

Bescheid wissen. Da schämt er sich schon mehr. Dann schwört er, er würde vormittags nie mehr trinken. Aber der Mittag kommt an jedem Tag früher, ebenso der Abend, wenn er seine Aperitifs und den Wein zum Essen und den Brandy danach nimmt. Er stellt fest, daß er nicht mehr aufhören kann. Er trinkt und trinkt und trinkt ... Heimlich oder voller Trotz in aller Öffentlichkeit. Er ist von einem Teufel besessen. In lichten Momenten erkennt er, daß seine Familie, seine Karriere, sein ganzes Leben ruiniert sind. Und er glaubt, ein Drink, nur ein einziger, könnte diesen Gedanken für eine Weile verdrängen. Aber dieser eine Drink ist schon zuviel — und tausend Drinks sind ihm nicht genug. Wohlmeinende Freunde, Priester und Ärzte sprechen ihm Mut zu, bitten ihn, das Trinken aufzugeben. Er verspricht es bereitwillig — er tut alles, damit er seine Ruhe hat, damit sie ihn allein lassen, damit er sich die Flasche holen kann, die er irgendwo versteckt hat."

„Und sein Versprechen?" fragte Ramage.

„Oh, in dem Augenblick, in dem er sein Wort gibt, meint er es ernst. Das ist so demütigend, denn einen Augenblick später hat ihn das Fieber schon wieder gepackt. Er weiß, daß nichts ihn retten kann — er ist zum Trinken verdammt, bis er stirbt oder sich selbst tötet."

„Warum töten sich diese Trinker dann nicht?" fragte Ramage brutal.

„Sie haben auch ihren Stolz", entgegnete Bowen. „Keiner will sich nach seinem Tod nachsagen lassen, er hätte sich in sinnloser Trunkenheit umgebracht."

Ein Bleistift rollte auf dem Schreibtisch hin und her, bewegt vom Schaukeln der Brigg. Gläser und Karaffen klirrten in der Anrichte. Das helle Licht, das durch das Deckfenster fiel, ließ seltsame Schatten durch die Kabine tanzen. Ramage wußte, daß Bowen ihm geholfen hatte, das Problem besser zu verstehen, aber er hatte ihm keine Lösung angeboten.

„Nun, Bowen, dieser imaginäre Mann, von dem wir sprechen, sind natürlich Sie selbst. Aber ich bin kein wohlmeinender Freund, auch kein Priester oder Doktor. Ich kommandiere die *Triton* und bin Gott und der Admiralität gegenüber für das Leben ihrer Besatzung verantwortlich, für jedes Stück Holz oder Eisen, das in ihr steckt. In etwa einer Woche werden wir die Westindischen Inseln erreichen. Die *Hannibal* hat kürzlich zweihundert Mann verloren, die am Gelbfieber gestorben sind. Die Fregatte *Raisonable* mußte ein Drittel ihrer Besatzung auf hoher See bestatten, während einer Fahrt von nur dreihundert Meilen. Das gelbe Fieber, ein Mast, der in einem Sturm über Bord geht, ein paar Breitseiten von einer französischen Fregatte — das alles kann uns passieren. Stellen Sie sich einmal vor, Sie haben dreißig Mann zu versorgen, Mr. Bowen. Ein Drink wäre schon zuviel, um Sie auf die Beine zu bringen." Er schüttelte ärgerlich den Kopf. „Und tausend Drinks wären nicht genug."

Wieder preßte Bowen die Hände an die Schläfen. Die selbstsichere Haltung des fachkundigen Mediziners war geschwunden, er war wieder ein zusammengesunkenes, vom Alkohol zerstörtes menschliches Wrack. Hilflos starrte Ramage ihn an. Brauchte der Mann Mitleid? Nein, das hatten ihm seine wohlmeinenden Freunde zur Genüge geschenkt. Mußte er hart angepackt werden? Das hatte seine Frau sicher getan. Disziplin? Wie könnte sich dieses Häufchen Elend zur Disziplin zwingen?

Und doch gab es gewisse Anhaltspunkte. Die Drinks am Morgen, die Heimlichkeit ... Bowen gab zu, daß in jenem Stadium die Krankheit eingesetzt hatte. Die Krankheit, die Scham, ein letzter Rest von Stolz ...

Aber wo sollte man beginnen? Dieser verdammte Kerl, dachte Ramage. Als ob er nicht schon genug am Hals hätte ... Nun mußte er auch noch einen Arzt verarzten. Was brachte einen Mann dazu, bis zum Exzeß zu trinken?

Wenn man die Trinker in zwei Typen einteilte — in jene, die sich an einem geselligen Abend dem Alkoholgenuß hingaben, und in solche, die bereits halbbetrunken auf der Party eintrafen ... Warum? Vielleicht, weil sie zu schüchtern waren, um nüchtern anzukommen. Sie brauchten einen oder zwei Drinks, weil sie es sonst nicht schafften, fremden Menschen gegenüberzutreten ... War das ein Anhaltspunkt? War es im Berufsleben vielleicht ähnlich? Betranken sich manche, weil sie sich ihren Aufgaben sonst nicht gewachsen glaubten?

„Bowen, geben Sie mir bitte eine ehrliche Antwort. Haben Sie zu trinken begonnen, weil Sie sich einbildeten, Sie hätten Ihre Fähigkeiten eingebüßt?"

Der Arzt nickte. „Ein paar erfolglose Operationen — einige Patienten starben. Zwei waren Freunde. Ich verlor mein Selbstvertrauen. Und jedesmal, wenn einer starb, brauchte ich einen Drink."

„Denken Sie nach! Hat es wirklich so angefangen? Weil Sie Ihr Selbstvertrauen verloren haben?"

Bowen wich dem Blick seines Captains aus. „Ja, so hat es begonnen", bestätigte er leise. „Anfangs genügte mir ein Drink, dann brauchte ich zwei. Dann drei. Aber zwischen den Drinks blieb immer weniger von meinem Selbstvertrauen übrig. Das war das Problem."

„Jetzt haben wir also die Ursache. Sie hatten ihr Selbstvertrauen verloren. Warum? Hatten Sie Fehler begangen?"

„Ich glaube nicht."

„Sie müßten es doch mittlerweile wissen, Bowen."

„Nein, ich habe keine Fehler gemacht. Ich habe das Unmögliche versucht. Ich dachte, ich könnte Wunder vollbringen. Ich versuchte Kranke zu heilen, die andere Ärzte schon aufgegeben hatten."

Sie wissen also jetzt, daß Sie einer Selbsttäuschung zum Opfer gefallen sind. Sie haben nichts von Ihrer ärztlichen Kunst eingebüßt.

„Ja, jetzt weiß ich es", entgegnete Bowen unglücklich. „Aber jetzt ist es zu spät."

„Nein!" rief Ramage. „Um Ihrer selbst willen — es darf nicht zu spät sein." Aber was sollte er tun? Der Mann hatte sich trotz allem ein Restchen von Stolz bewahrt. Und der gesunde Menschenverstand sagte Ramage, daß der Stolz eine gute Grundlage war, wenn man einen Mann zu neuen Leistungen anspornen wollte. Deshalb haßte er auch die Rutenstrafen so sehr — weil sie einen stolzen Mann erniedrigten und einen schlechten noch schlechter machten. Zu einem guten Seemann gehörte Stolz. Er mußte stolz darauf sein, als erster eine Segelstange oben in den Wanten zu erreichen, ein Tau noch sorgfältiger als seine Kameraden zu spleißen.

„Bowen", sagte er mit ruhiger Stimme, „ich glaube, daß Sie vor vier Jahren einer der besten Ärzte Londons waren."

Der Mann nickte, aber er hielt den Blick gesenkt.

„Deshalb freut es mich, daß Sie jetzt Schiffsarzt auf der *Triton* sind. Mein Leben hängt von Ihrem Geschick ab, ebenso das Leben der Besatzung. Aber wir sind jetzt nicht mehr im Kanal, wo es genügen würde, Verstopfung oder Rheuma zu behandeln. Bald werden wir im ungesündesten Teil der Welt sein. Dieses Schiff ist andern gegenüber im Vorteil — es hat einen guten Arzt. Aber bevor Sie uns nützen können", fügte er in schärferem Tonfall hinzu, „müssen wir Sie erst einmal kurieren. Sie sind beliebt bei den Männern, Bowen. Southwick und ich wissen, daß Sie ein geschätzter Arzt waren. Sie haben keinen Grund, sich zu schämen — vorausgesetzt, Sie hören auf zu trinken."

„Aber das kann ich nicht. Es hätte keinen Sinn, Versprechungen zu machen — ich könnte sie nicht halten. Ich habe es meiner Frau tausendmal versprochen. Und jedesmal habe ich mein Wort gebrochen. Wie sollte es mir da gelingen, ein Versprechen zu erfüllen, das ich Ihnen gebe?"

Hatte Bowen da soeben die einzig wirksame Therapie gefunden? Ramage sagte rasch: „Ich nehme Ihnen kein Versprechen ab, Bowen. Das ist ganz einfach ein Befehl. Ich weiß, es klingt hart — aber vergessen Sie nicht, ich bin für das Leben von sechzig Männern verantwortlich und für die Sicherheit dieses Schiffs. Mit der Hilfe meiner Männer muß ich die Instruktionen befolgen, die ich bekommen habe. Wenn auch nur ein Mann auf diesem Schiff durch Ihre Trunksucht zu Schaden kommt ...“ Er ließ die Drohung unvollendet. „In den nächsten vier Tagen werden Sie jeweils nur eine Viertelpinte Rum bekommen, die eine Hälfte um elf Uhr, die andere zum Abendessen. Southwick wird Ihnen die Rationen zuteilen. An den folgenden vier Tagen erhalten Sie jeweils eine Achtelpinte, ebenfalls aus Southwicks Hand. Und danach gibt es keinen Tropfen mehr.“

„O Gott“, jammerte Bowen, „Sie haben ja keine Ahnung, was Sie da tun ...“ Schweiß trat auf seine Stirn, seine Hände zitterten unkontrolliert.

„Ich habe keine Ahnung, wie die private Hölle aussieht, in der Sie leben — das gebe ich zu. Aber ich weiß, in welche Hölle Sie meine Leute schicken können, wenn Sie unnötigerweise an ihnen herumschnipseln oder ihnen unsachgemäß Beine amputieren. Oder wenn Sie einen Mann töten, weil Sie in Ihrem Suff nicht fähig sind, sein Gelbfieber zu behandeln.“

Bowen zitterte jetzt am ganzen Körper. Scin Blick hing an den Karaffen, die in der Anrichte hinter einer Glasscheibe standen.

„In ein paar Minuten werde ich Mr. Southwick die entsprechenden Befehle geben. Ein Seesoldat wird vor Ihrer Kabine Wache halten. Sie werden die Kabine nicht ohne meine Erlaubnis verlassen, Bowen. Aber Sie werden nicht viel Zeit unter Deck verbringen. Sie werden gemeinsam mit Mr. Southwick Wache an Deck stehen. Mit anderen Worten,

Sie werden nur in Ihrer Kabine sein, wenn ich oder Appleby an Deck sind.“

„Aye, Sir.“ Bowen stand auf, und Ramage sah einen verschlagenen Ausdruck in seinen Augen.

„Übrigens“, fügte er gelassen hinzu, „ich werde Ihre Kabine durchsuchen lassen, bevor Sie hineingehen dürfen. Und wenn Sie zusätzlich zu Ihren Tagesrationen auch nur an einem Korken schnüffeln, lasse ich Sie in Ketten legen.“

„Aber ich bin doch der Schiffsarzt“, protestierte Bowen mit schwacher Stimme. „Sie können mich doch nicht wie einen gewöhnlichen Matrosen in Ketten legen. Ich werde mich beim Admiral beschweren, ich bringe Sie vor ein Kriegsgericht — wegen Mißachtung der Gesetze...“

„Zum Teufel mit den Gesetzen, wenn Sie nicht gehorchen, lasse ich Sie in Ketten legen. Und was Ihre Beschwerde beim Admiral betrifft, wenn Sie gefesselt sind, wird es Ihnen kaum gelingen, auf das Flaggschiff zu kommen. Und jetzt gehen Sie an Deck, während der Fusel aus Ihrer Kabine geräumt wird.“

Bowen schlurfte hinaus, und Ramage kam sich vor, als hätte er einen streunenden Hund mit einer Reitpeitsche geschlagen. Er ließ Southwick rufen, und der alte Mann kam so schnell in die Kabine, als hätter er die ganze Zeit auf diesen Befehl gewartet, weil er seine Neugier nicht mehr bezähmen konnte.

Er nickte, als Ramage ihm Bericht erstattete, dann wiegte er skeptisch den Kopf, als er von den Maßnahmen seines Captains hörte. Und dann nickte er wieder, als er erfuhr, der Arzt würde sich mit ihm die Wache teilen. „Aye“, sagte er, „vielleicht kann ihn das kurieren. Wenn ja, dann haben Sie ihm genauso das Leben gerettet, als hätten Sie ihn aus dem Wasser gefischt. Ich glaube, Sie haben die richtige Methode gewählt, Sir. Man muß ihn stets beschäftigen, wenn er nicht gerade schläft. Ich habe gehört, daß er ein guter Schachspieler ist.“

Die Bemerkung erschien Ramage so unpassend, daß er ärgerlich hervorstieß: „Der Rum hat ihn längst schachmatt gesetzt.“

Der Schiffsführer grinste. „Ich dachte, daß ihn ein gelegentliches Spielchen von seinem Problem ablenken könnte. Spielen Sie Schach?“

„Miserabel. Aber ich weiß, welche Figuren man auf welche Felder setzt.“

„Ich bin auch nicht viel besser. Aber vielleicht hilft es seiner Selbstachtung, wenn er uns zwei besiegt. Denn nur seine Selbstachtung kann ihn noch retten.“

„Gibt es ein Schachspiel an Bord?“

„Ja, ich habe ein hübsches Spiel, das ich vor Jahren in der Levante gekauft habe. Früher habe ich oft gespielt.“

„Sehr gut, Mr. Southwick. Sorgen Sie vor allem dafür, daß Bowen ordentlich ißt. Und wenn er an dem Schlangenfraß erstickt. Und es wird zu seiner Behandlung beziehungsweise Bestrafung gehören, daß er jeden Vormittag mit Ihnen und jeden Abend mit mir Schach spielen muß. Sicher wird ihn das tödlich langweilen — aber vielleicht gewinnen wir beide die diesjährige karibische Schachmeisterschaft.“

Vier Tage später kam Southwick zu Ramage auf das Achterdeck und wies auf die Männer, die in Hörweite am Steuerrad standen. „Ich müßte mit Ihnen sprechen, Sir.“ Sein sonst so fröhliches Gesicht wirkte verstört. Nicht verärgert oder deprimiert — eher verwirrt. Die beiden Männer gingen zur Heckreling, und Ramage sah seinen Schiffsführer fragend an.

„Es geht um Bowen, Sir.“

„Es geht ja immer um Bowen. Aber ich fand, daß er heute morgen besser aussah.

Die Falten auf Southwicks Stirn glätteten sich. „Das ist es ja, Sir. Heute morgen kam er gar nicht zu mir, um sich seine Ration abzuholen. Und jetzt um vier Uhr kam er auch nicht. Gerade habe ich an seiner Leeseite angeluvt, und sein Atem roch nicht nach Alkohol. Ich glaube", fügte er fast ehrfürchtig hinzu, „er hat den ganzen Tag noch nichts getrunken."

Ramage starrte ihn an. Southwick starrte zurück. Es war, als würden sie ein Meeresungeheuer oder einen Geist anstarren, etwas, an dessen Existenz sie kaum glauben konnten. Ramage fragte sich, ob dies das Ende eines Alptraums war, der vor drei Tagen begonnen hatte. An dem Tag, nachdem er seine Order erteilt hatte, war Bowen halbwahnsinnig geworden, hatte getobt und gebrüllt. Sie hatten ihn auf dem Deck der Offiziersmesse festgehalten, ihn auf die Planken gedrückt, und er hatte so geschrien, daß das Blut in Ramages Adern geronnen war. Ein Fernrohr in einem Gestell über der Tür zu Southwicks Kabine war in Bowens gestörter Phantasie zu einem Piratensäbel geworden, der sein Leben bedrohte. Dann hatte er in dem mondgesichtigen Seesoldaten, der ihn bewachte, einen wilden Löwen gesehen, in der Offiziersmesse einen Dschungel, in dem er sich verirrt hatte. Die Decksbalken über ihm hatten sich plötzlich in den Oberteil einer gewaltigen Presse verwandelt, die jeden Augenblick herabsinken würde, um ihn zu zermalmen. Der rote Rock des Seesoldaten wurde zu einer lodernden Flamme, die das Schiff in Brand setzte.

Als es Ramage, Southwick und dem Soldaten endlich mit vereinten Kräften gelungen war, den Mann zu beruhigen, zitterten sie alle am ganzen Körper. Nicht weil es so anstrengend gewesen war, ihn festzuhalten, sondern weil sie am Ende ihrer Nerven waren. Bowens Ängste waren in seiner gepeinigten Phantasie erschreckend wirklich gewesen, und seine warnenden Schreie hatten seinen Illusionen eine grausige Realität verliehen. Sein Gebrüll, als der Piratensäbel vor ihm in der Luft zu tanzen schien, ließ die eingebildete Szene so echt wirken, daß sie beinahe selber glaubten, in einen Piratenkampf verwickelt zu sein. Und als er mit weit aufgerissenen Augen auf die Decksbalken starrte, blickten sie ebenfalls nach oben und meinten, das Holz müßte jede Sekunde herabkommen.

In jener Nacht hatten ihn zwei Seesoldaten bewacht, und zu Bowens eigener Sicherheit hatte Ramage ihn in eine Zwangsjacke stecken lassen. Am nächsten Morgen waren die Wahnvorstellungen verschwunden, und er erinnerte sich, daß Southwick ihm nun bald einen Drink geben mußte. Die Seesoldaten mußten ihn festhalten, bis es endlich elf Uhr war. Nach dem Drink war er fast den ganzen Nachmittag ruhig gewesen, aber eine Stunde, bevor die Abendration fällig war, hatte er wieder zu toben begonnen. Später war Southwick mit ihm auf dem Achterdeck auf und ab gegangen. Und danach hatte Ramage ihn gezwungen, auch noch mit ihm zusammen Wache zu halten, bis der Mann physisch so erschöpft war, daß er darum bat, in seine Kabine gehen und schlafen zu dürfen.

Am nächsten Morgen hatten sie ihn wieder an Deck beordert, und Southwick hatte unermüdlich auf ihn eingeredet, ihn zum Sprechen gebracht. Schließlich hatte er das Thema Schach angeschnitten, einen Streit vom Zaun gebrochen und verächtlich erklärt, er würde Bowen besiegen, auch wenn er von Spielbeginn an auf einen Läufer und einen Turm verzichtete.

Daraufhin war Bowen so wütend geworden, daß er die Herausforderung angenommen hatte. Aber nur zu der Bedingung, daß Southwick seinen Läufer und den Turm behielt. Nach der Wachablöse waren sie in die Offiziersmesse gegangen, und Bowen hatte vergessen, daß seine Abendration fällig war. Wie Southwick dem Captain später berichtete, war das Spiel mörderisch gewesen. Er kam schon nach fünf Zügen in Schwierigkeiten. Da schon nach zehn Minuten eine katastrophale Niederlage drohte und er doch geplant hatte, Bowen mindestens eine Stunde lang zu fesseln, war er mit einer Ausrede aufgestanden und hatte dabei das Schachbrett umgeworfen. Bowen ließ sich dadurch nicht aus der Fassung bringen und stellte die Figuren wieder auf, um ein neues Spiel zu beginnen. Nach zehn Minuten war Southwick schachmatt.

Er verlor auch die nächsten Spiele, bei denen Bowen mit nur einem Läufer und einem Turm antrat. Und dann gewann der Arzt auch noch, obwohl er auf seine Dame verzichtete. Danach verlangte Bowen seine Abendration und auch noch die vom nächsten Morgen, aber er protestierte nicht, als er nur eine bekam.

An jenem Abend spürte Ramage, daß die Schachsiege seinem Schiffsarzt neue Lebensfreude gaben. Etwas später hörte er, wie Bowen seinem Partner gutmütig vorschlug, er solle doch die Läufer als zusätzliche Damen einsetzen.

Und jetzt war Southwick gekommen, um Bericht zu erstatten, an einem Tag, wo mehrere Böen die Besatzung in Atem gehalten hatten. Ständig mußten Segel festgemacht, gesetzt und gerefft werden. Man hatte wenig Zeit gefunden, an das Schachspiel zu denken, und Bowen hatte völlig vergessen, seine Rumrationen zu verlangen.

„Ich würde mich freuen, wenn Sie mir beim Abendessen Gesellschaft leisten würden“, sagte Ramage. „Laden Sie auch Bowen ein. Nehmen Sie Ihr Schachspiel mit, und warnen Sie Appleby, er soll sich auf eine späte Wachablöse gefaßt machen.“

Southwick grinste, ging nach vorn, um Bowen zu suchen, und ließ einen verwirrten Captain auf dem Achterdeck zurück. Es war zu früh, um von einer völligen Heilung zu sprechen. Aber zumindest glaubte er, daß Bowen die richtige Behandlung zuteil wurde.

Als der Steward an diesem Abend das Geschirr abräumte und das Tischtuch entfernte, stellte er nicht wie sonst eine Karaffe und Gläser auf die blanke Tischplatte in Ramages Kabine. Statt dessen sah der Captain seinen

Schiffsarzt an und sagte unschuldig: „Ich habe gehört, Sie haben Southwick eine vernichtende Schachniederlage beigebracht."

Bowen lachte ein wenig verlegen. „Southwick hat nicht so viel Praxis wie ich."

„Kommt es wirklich nur auf die Übung an?"

Der Schiffsarzt war offensichtlich hin- und hergerissen zwischen seiner Wahrheitsliebe und dem Wunsch, Southwicks Gefühle nicht zu verletzen. „Hauptsächlich, Sir. Es gibt ein paar Grundsituationen, die man sich einprägen kann. Man kann lernen, wie man sie herbeiführt oder vermeidet."

„Ich habe leider kein gutes Gedächtnis", sagte der Schiffsführer seufzend.

„Das Gedächtnis ist dabei nicht so wichtig — nur wenn man ein paar stereotype Eröffnungszüge anwenden will, die allgemein bekannt sind. Auf diese Weise wird das Spiel aber sehr langweilig."

Ramage beugte sich interessiert vor. Bisher hatte er sein schlechtes Schachspiel stets seinem schwachen Gedächtnis zugeschrieben und war nun überrascht, als sich neue Perspektiven anboten. „Aber Bowen! Ein gutes Erinnerungsvermögen ist doch wohl unerläßlich, wenn man in diesem Spiel Erfolg haben will."

„Nein, Sir", protestierte der Arzt. „Das ist ein weitverbreiteter, aber falscher Standpunkt. Es ist viel wichtiger, die Augen offenzuhalten, damit man nicht in eine Falle tappt, und einen unbedingten Angriffswillen zu entwickeln."

Southwick sah Ramage an. „Dann müßten Sie ein Schach-Champion sein, Sir."

„Ja", sagte Bowen eifrig, bevor der verwirrte Ramage widersprechen konnte. „Nachdem, was ich von Ihnen gehört habe, müßten Sie ein erstklassiger Schachspieler sein."

„Auf See hat man zu wenig Zeit zum Spielen."

„Das schon, aber . . ."

„Nun, jetzt haben wir ja Zeit, um ein paar Spielchen zu wagen. Aber ich warne Sie, ich bin ein hoffnungsloser Fall. Southwick, Sie können als Fregatte agieren — halten Sie Ausschau nach feindlichen Fallen. Einverstanden, Bowen?"

„Gewiß, aber das wäre sicher nicht notwendig."

„Ich habe schon seit zwei Jahren nicht mehr gespielt. Ich weiß kaum noch, wozu die einzelnen Figuren da sind."

Douglas, der zuvor instruiert worden war, trat mit dem Schachbrett und einer Intarsienschachtel vor, die die Figuren enthielt. Bowen nahm zwei Figuren heraus, rollte sie unter dem Tisch zwischen beiden Händen, legte dann die Fäuste auf den Tisch und ließ Ramage seine Wahl treffen.

Der Captain hatte auf die Faust gezeigt, in der ein weißer Bauer versteckt war, und sie stellten die Figuren auf. Ramage erinnerte sich vage, daß man den Bauern vor dem König um zwei Felder nach vorn schieben durfte, daß dies ein anerkannt guter Eröffnungszug war, und entschloß sich dazu. Danach hatte er das Gefühl, er müßte zwei Dutzend Enterer mit einer Hand im dicken Pulverrauch von Bord werfen. Obwohl Southwick jeden gegnerischen Zug mit Argusaugen verfolgte und auf zwei oder drei bedrohliche Situationen aufmerksam machte, waren Bowens Läufer, Springer und Türme überall und schienen sich zeitweise sogar zu verdoppeln. Drei von Ramages Bauern, ein Läufer und ein Turm waren bereits in die Kassette zurückgewandert. Ein Springer und der zweite Turm folgten ihnen bald. Bowen fegte die Dame vom Tisch und warf sie in die Kassette, und erst als er seinen Läufer auf ihr Feld stellte und „Schach" sagte, begriff Ramage, was geschehen war, wenn auch noch nicht in voller Tragweite. Er wollte seinen König aus der Gefahrenzone rücken, aber da sagte Bowen höflich: „Ich fürchte, das ist schachmatt, Sir."

„Tatsächlich!" rief Southwick. „Da soll mich doch . . ."

„Mich auch", fügte Ramage schmerzlich hinzu. „Ich bin nur froh, daß wir nicht um eine Guinee gespielt haben."

„Ich spiele nicht gern um Geld, Sir“, sagte Bowen. „Wenn es nicht nur um die Ehre, sondern auch um den schnöden Mammon geht, wird das Spiel oft genug zum blutigen Ernst, die Spieler werden zu erbitterten Gegnern, die sich womöglich duellieren. Und die Qualität des Spiels wird dadurch auch nicht besser.“

„Sehr richtig“, meinte Southwick. „Wie wäre es mit einem zweiten Spiel? Aber Sie müßten die Dame und beide Läufer im Kästchen lassen, Mr. Bowen.“

Der Arzt zögerte und sah Ramage an. Offenbar hielt er es für unklug, den Captain zu oft verlieren zu lassen. „Und einen Springer und einen Turm auch noch“, befahl Southwick.

„Das wäre sicher nicht nötig“, sagte Bowen verwirrt. „Immerhin spiele ich schon seit ...“

„Jedenfalls haben Sie schon Schach gespielt, als der Captain noch gar nicht auf der Welt war, fiel ihm Southwick fröhlich ins Wort.

„Ja, aber ...“

Diesmal unterbrach ihn Ramage. „Da habe ich wenigstens eine gute Entschuldigung, warum ich jedes Spiel verliere. Sie fangen an, Bowen. Und jetzt passen Sie gut auf, Southwick! Wenn ich jemals Admiral werden und meine eigene Schwadron kommandieren sollte, müßte ich es mir sehr überlegen, ob ich Ihnen eine Fregatte anvertrauen würde.“

Nach neun Zügen hob Bowen den Kopf, und Ramage sagte seufzend: „Sie brauchen es nicht auszusprechen, schachmatt.“

Das dritte Spiel dauerte etwas länger, und Ramage konnte den Arzt unauffällig beobachten. Er stellte fest, daß Bowens Hände immer noch zitterten, aber die Augen waren klarer.

Seine Haut war immer noch blaß, aber die Gesichtsmuskulatur hatte sich gestrafft und die Mundwinkel hingen nicht mehr schlaff nach unten. Ein sauberes Hemd, eine sorgfältig geknotete Halsbinde. Bowen schien ein neuer Mensch geworden zu sein, betrachtete seine Umwelt mit wachen Augen, hatte sich und die Situation unter Kontrolle. Sein Blick wanderte drei- oder viermal über das Schachbrett, dann schnellte seine Hand vor, packte ohne Zögern eine Figur mit Daumen und Zeigefinger — und leider allzuoft eine der Figuren des Captains mit Ringfinger und kleinem Finger. Dann wartete er geduldig, während Ramage versuchte, mit Southwicks Hilfe einen Gegenangriff zu planen. Als das Spiel zu Ende war, erklärte Bowen auf Ramages Bitte, welche Fehler zur Niederlage geführt hatten.

Schließlich sagte der Schiffsführer: „Jetzt muß ich aber meinen Maat ablösen. Sonst glaubt er womöglich, er muß die ganze Nacht Wache halten. Wenn Sie mich bitte entschuldigen ..."

Ramage nickte, aber der Arzt machte keine Anstalten, sich ebenfalls zu verabschieden. Statt dessen räumte er langsam und umständlich die Figuren in die Kassette, nachdem Southwick die Kabine verlassen hatte. Ramage überlegte, ob er etwas sagen sollte, aber da ergriff Bowen das Wort, den Blick auf die Tischplatte gerichtet. „Das ist der erste Tag seit drei Jahren ..."

Ramage sagte noch immer nichts. Wenn Bowen den Wunsch hatte, sich auszusprechen, wollte er ihn gewähren lassen.

„Ich habe es mir gewünscht, weiß Gott ... Aber vielleicht hat Gott mir auch die Kraft gegeben, nicht in Southwicks Kabine zu gehen und zu betteln ..."

Es dauerte ein paar Augenblicke, bis Ramage die Bedeutung des Wortes ‚Betteln' erkannt hatte. Bowen hatte seinen Stolz wiedergewonnen. Einen Drink zu bekommen, das hieß nun, einen von dem Mann erbetteln zu müssen, den er so klar am Schachbrett geschlagen hatte.

„Nicht nur Gott muß ich danken . . .", fuhr Bowen stokkend fort. „Ich glaube, die letzten Tage waren für Sie und Southwick ebenso schlimm wie für mich."

Er schwieg ein paar Minuten lang, und Ramage sagte: „Nicht so, wie Sie denken. Wir hatten nur Angst vor einem Mißerfolg."

„Sie meinen, daß ich einen Mißerfolg erleiden würde", verbesserte Bowen sanft.

„Nein. Wir alle waren an den Vorgängen der ersten drei Tage beteiligt. Von nun an liegt es allein bei Ihnen."

„Ich kann nur beten, daß ich die Kraft haben werde. Ich werde Ihnen nichts versprechen, Sir, und ich hoffe, Sie verlangen das auch nicht von mir."

Ramage schüttelte den Kopf.

10

Als Southwick die Lage peilte, befand sich die *Triton* etwa dreihundert Meilen nordnordöstlich von Barbados. Er teilte Ramage diese Tatsache mit, und im gleichen Augenblick verkündete der Ausluger am Fockmast, daß sich am Steuerbordbug ein Segel über den Horizont schob.

Der junge Schiffsführersmaat wurde mit einem Fernrohr in die Wanten geschickt und schrie bald aufgeregt, das Schiff hätte eine seltsame Takelung und scheine nach Nordwesten zu steuern. Southwick äußerte seine Zweifel. Dieser Kurs würde bedeuten, daß das Schiff von Westafrika käme, die nördlichen Antillen umrunde und nach Amerika segle. Dann berichtete Appleby zögernd, das Schiff hätte seinen Großmast verloren. Ein paar Augenblicke später verkündete er mit etwas festerer Stimme, es hätte Schratsegel. Wahrscheinlich sei es ein Schoner, der seinen Großmast eingebüßt habe, denn der einzige stehende Mast sei so weit vorn, daß es sich nicht um einen Kutter handeln könne.

Ramage hatte dem Steuermannsmaat bereits aufgetragen, einen konvergierenden Kurs zu nehmen, und Southwick hatte ein paar Männer zu den Brassen und Schoten geschickt. Der Captain reichte Jackson das Fernrohr, befahl ihm, in die Wanten zu klettern und nachzusehen, ob die gesichteten Segel einem Sklavenschiff gehören könnten.

„Das habe ich mir auch schon gedacht, Sir", sagte Jackson, „weil es sich von den Inseln fernhält und offenbar Amerika ansteuert." Mit diesen Worten war er bereits in die Wanten gesprungen.

Southwick beugte sich zum drittenmal über den Kompaß und stöhnte, als er sich wieder aufrichtete. „Wenn der Kahn mehr als zwei Knoten macht, würde es mich überraschen. Seine Lage hat sich kaum verändert."

Bowen, der neben dem Master stand, sagte mehr zu sich selbst: „Wenn das Schiff den Großmast schon vor ein paar Tagen verloren hat, könnte es in großen Schwierigkeiten sein."

„Aye", stimmte Southwick seufzend zu. „Es ist nie besonders angenehm, einen Mast zu verlieren — vor allem bei diesem Wellengang. Das Schiff schlingert ja wie ein Faß."

„Ich dachte eher an die Vorräte", sagte Bowen. „Ein paar Hundert Sklaven... Ich könnte mir vorstellen, daß sie mit einer schnellen Überfahrt gerechnet und deshalb nur ein Minimum an Proviant mitgenommen haben."

Ramage hatte zugehört und nickte. Aus ähnlichen Überlegungen heraus hatte er Jackson in die Wanten geschickt. Die Schoner des westafrikanischen Sklavenhandels pflegten auf dem schnellsten Kurs von Guinea über Westindien nach

Amerika zu segeln. Ein Zeitverlust von einer Woche müßte bedeuten, daß die Wasser- und Nahrungsvorräte gefährlich knapp würden.

„He, Deck!"

„Ja, Jackson?"

„Es ist wirklich ein Sklavenschiff, Sir. Den Hauptmast hat es verloren, aber der Fockmast steht, mit Stagfock, Marssegel und Focksegeln."

Zum erstenmal in den zwei Jahren, die er nun schon in den Diensten der Navy stand, genoß Bowen sein Leben. Zuvor war er zu umnebelt von Alkohol gewesen, um sich dafür zu interessieren, daß er auf immer kleinere Schiffe beordert worden war. Die *Triton* war nichts weiter für ihn gewesen als ein Zufluchtsort, wo er sich ausstrecken konnte, eine Flasche und ein Glas neben sich. In den vergangenen zwei Jahren war er kaum jemals an Deck gegangen, und wenn, dann nur, weil der Captain ihn gerufen hatte.

Aber seit er sich gezwungen sah, mit Southwick an Deck umherzuspazieren, entwickelte er ein wachsendes Interesse an den Segelmanövern der Brigg. Ein Großteil der Vorgänge war ihm immer noch unverständlich — dieses Gewirr von Tauen! Und er begriff nicht viel von den Befehlen, die immer wieder über das Deck hallten. Aber allmählich erkannte er, daß die Bewegungsabläufe, die ihm stets als heilloses Durcheinander erschienen waren, in Wirklichkeit einem wohldurchdachten System folgten.

Und nun, da er zum erstenmal seit Jahren wieder klar denken konnte, denn er hatte seit vier Tagen keinen Tropfen Alkohol mehr angerührt, versuchte er zu analysieren, warum der Captain der *Triton* ein so bemerkenswerter junger Mann war.

Als Bowen ihn beobachtete, wie er mit Southwick sprach, fiel ihm zum erstenmal auf, was für ein merkwürdiges Paar die beiden waren. Der Schiffsführer war alt genug, um der Vater des Captains zu sein, und doch war er dem Burschen treu ergeben und bezeugte ihm großen Respekt. Und Bowen erkannte, daß diese Ergebenheit sowohl der beruflichen wie auch der privaten Hochachtung entsprang, die der alte Master vor Ramage empfand.

Der Leutnant war nicht so groß, wie er aussah. Es waren die breiten Schultern, der schlanke Körper, das schmale Gesicht, die ihn so groß wirken ließen. Aber da war noch etwas mehr — vielleicht Haltung? Auch wenn Ramage keine Uniform trüge — Bowen war überzeugt, daß jeder Fremde, der an Bord der *Triton* kam, sofort erkennen würde, wer ihr Captain war.

Aber es lag nicht nur an der äußeren Erscheinung. Nein, man konnte die Kraft dieses jungen Mannes mehr spüren als sehen. Wie eine Uhr ... Bowen grinste, weil ihm dieser Vergleich gefiel. Eine Uhr in einem eleganten Gehäuse ... Eine Uhr, die gut aussah, ob sie nun in einem Salon oder in einer Schiffskabine tickte. Eine Uhr, die das Leben aller Männer an Bord lenkte, ohne viel Aufhebens davon zu machen, beinahe, ohne daß die anderen es merkten. Und da die Uhr so genau ging und so perfekt funktionierte, vergaß man, daß mehr dahinter steckte als ein hübsches Zifferblatt und ein schmuckes Gehäuse. Man vergaß, daß ein kraftvolles Triebwerk einen komplizierten Mechanismus kontrollierte, daß von diesem Triebwerk alles ausging.

Und so viele Menschen wurden ohne ein so hervorragendes Triebwerk geboren, dachte Bowen. Vielleicht nur einer unter Tausenden — und nur einer unter Zehntausenden hatte ein Triebwerk, das niemals ausfiel.

Seltsam, wie er immer wieder über die ältere Narbe an der Schläfe rieb — niemals an der frischeren. Und wie rasch er immer die Hand sinken ließ, wenn es ihm zu Bewußtsein kam, als würde er sich dieser Angewohnheit schämen. Da, jetzt machte er es schon wieder, und Bowen sah, daß es ganz instinktiv geschah. Er rieb über die Narbe, wenn er scharf nachdachte, und vielleicht auch, wenn er nervös war, obwohl der Bursche Nerven aus Drahtseilen zu haben schien. Und jetzt ließ er die Hand hastig sinken, verschränkte beide Hände auf dem Rücken.

Ein gutgezeichnetes Profil . . . Ein schmales Gesicht, von halbverhungertem, aristokratischem Schnitt, und das ließ die Kinnlinie härter wirken, als sie in Wirklichkeit war. Aber die Augen — Bowen fröstelte beinahe. Dunkelbraun, tiefliegend unter dichten schwarzen Brauen, spiegelten sie die Stimmungen des jungen Mannes wider. Diese Augen hatten gelacht, als er ihn zum fünftenmal schachmatt gesetzt hatte, daran konnte Bowen sich gut erinnern. Aber, bei Gott, ein paar Tage zuvor hatten sie ihn wie zwei Dolche durchbohrt — damals, als Ramage herauszufinden versucht hatte, warum sein Schiffsarzt zum Trinker geworden war. Und sie waren kalt und hart gewesen, als er ihm befohlen hatte, das Trinken aufzugeben.

Und Bowen erkannte, daß er bis zu diesem Augenblick niemals richtig akzeptiert hatte, wie jung der Captain noch war — kaum einundzwanzig. Ja, er hatte jene bohrenden Fragen gehaßt, ebenso den Befehl, auf den Alkohol zu verzichten. Und er hatte auch Ramage gehaßt. Aber der Haß war gegen die Autorität gerichtet gewesen, gegen eine Person, die die Macht hatte, ihm das Trinken zu verbieten. Nie hatte er sich gegen die Tatsache gewehrt, daß der Mann, der ihm Befehle gab, noch ein junger Bursche war.

Bowen überlegte angestrengt, warum er diese Tatsache einfach akzeptiert hatte. Nun, jetzt wußte er es. Ramage strahlte eine natürliche Autorität aus, er besaß nicht nur die Autorität, die ihm die Kriegsgesetze verliehen hatten. Dies hatte Bowen in den letzten Tagen erkannt, denn in den ersten Wochen, nachdem Ramage das Kommando der *Triton* übernommen hatte, war er zu betrunken gewesen, um zu begreifen, daß an Bord die Gefahr einer Meuterei herrschte, geschweige denn, daß sich die Besatzung im Spithead geweigert hatte, den Anker zu lichten.

Bowen gestand sich nun ein, wie sehr es ihn beschämte, daß er zu umnebelt vom Schnaps gewesen war, um diesen Willenssieg mitzuerleben. Es wäre faszinierend gewesen zu beobachten, wie ein Mann allein aus der Kraft seines Charakters heraus, denn die Kriegsgesetze waren in solchen Situationen wirkungslos, sechzig Männern seinen Willen aufzwang. Er hatte erreicht, daß die Brigg aus dem Kanal gesegelt war, und als sie Cadiz passiert hatte, war es ihm gelungen, die divergierenden Teile der Besatzung miteinander zu verschmelzen, die ursprünglichen Tritons und die fünfundzwanzig Mann von der *Lively*. Er hatte sie zu einem Ganzen verschmolzen, und nun arbeiteten sie fröhlich zusammen, waren stolz auf ihr Schiff und stolz auf ihren Captain.

Natürlich war ihm Southwick eine große Hilfe gewesen. Wenn man den untersetzten Schiffsführer beobachtete, mit dem dichten weißen Haar, das unter dem Hut hervorwehte, und dem rotem Gesicht, dann wußte man sofort, daß Southwick und der Captain ein bemerkenswertes Paar waren. Southwick war zwar nicht mit hervorragender Intelligenz gesegnet, aber er besaß ein großzügiges Gemüt, war ein guter Seemann und ein furchtloser Kämpfer. Bowen hatte noch nie erlebt, daß das Temperament mit Southwick durchging. Wenn ein Seemann nicht recht wußte, wie dies oder das getan werden sollte, sorgte Southwick dafür, daß er es schnell begriff. Auch dieser Wesenszug gehörte zur Führernatur und war selten, denn auf den meisten Schiffen bekam ein zögernder Matrose sofort den Knüppel des Bootsmannsmaats zu spüren.

Bowen kannte die Navy gut genug, um zu wissen, daß Southwick vor Jahren die Gelegenheit versäumt hatte, sich die Protektion eines bedeutenden Captains oder Admirals zu verschaffen und Schiffsführer eines Linienschiffes zu werden. Statt dessen hatte er immer auf viert- oder fünftklassigen Schiffen gedient, auf Briggs oder Kuttern. Aber in gewissem Sinn war dies sogar ein Vorteil. An Bord der *Triton* mit ihrer Besatzung von etwa sechzig Mann übten Southwicks fröhliche Art und seine hervorragende Seefahrerkunst einen guten Einfluß aus. Auf einem Linienschiff mit drei oder vier Leutnants zwischen ihm und dem Captain kämen seine Vorzüge nicht so zur Geltung.

Der wichtigste Faktor war, daß es Southwick Freude bereitete, unter einem Captain zu dienen, dessen Vater er sein könnte. Ein älterer Schiffsführer, der einem jungen Captain untergeordnet war, konnte das Leben an Bord durch seine Eifersucht oder sein vielleicht gerechtfertigtes Mißtrauen gegenüber den Fähigkeiten des Jüngeren vergiften. Dergleichen geschah oft genug, wenn ein junger Captain seine schnelle Beförderung nur dem Einfluß eines prominenten Verwandten verdankte.

Im Fall der *Triton* war die Kombination sehr interessant — ein alter Schiffsführer, klug genug, um zu wissen, wann sein Rat erforderlich war, und ein junger Captain, der genug Selbstvertrauen besaß, um auf diesen Rat zu hören.

Und doch sah Bowen, wie einsam das Leben eines Captains war. Traditionsgemäß war er an Bord isoliert. Er nahm alle seine Mahlzeiten allein ein, wenn er nicht einen seiner Offiziere einlud, und das bedeutete auf der *Triton*, daß er Southwick oder den Schiffsarzt einladen müßte. Und allein auf seinen Schultern lag die Verantwortung für die Sicherheit des Schiffs, für das Leben und das Wohlergehen der Besatzung.

Ob es nun stürmte oder ob die Sonne schien, ob die Besatzung krank oder gesund war, glücklich oder in Meuterlaune, ob das Schiff gut oder schlecht navigiert wurde — für alles war der Captain verantwortlich. Er brauchte nur einen einzigen Fehler zu begehen, und das Schiff konnte sinken, die ganze Besatzung konnte den Tod finden. Bowen schauderte bei diesem Gedanken und war dankbar, daß er selbst nur die Verantwortung für die Gesundheit der Leute trug — eine Verantwortung, die letzten Endes ebenso auf den Schultern des Captains lastete.

Bowen war so vertieft in seine Gedanken gewesen, daß er nun überrascht war, als er sah, wie nah die *Triton* an das andere Schiff herangekommen war. Es sah verdammt seltsam aus mit einem Mast anstatt zweien, aber der Rumpf war hübsch geformt, nicht so plump wie bei Kriegsschiffen. Bowen sah, wie Jackson von den Wanten an Deck sprang, um Bericht zu erstatten, und ging hinüber, um zuzuhören.

„Das ist kein amerikanisches Schiff, Sir, darauf könnte ich schwören."

„Aber es hat eine amerikanische Flagge gehißt", sagte Ramage mit mildem Lächeln.

„Aye, Sir, und es ist auch nicht spanisch, obwohl es vor ein paar Minuten noch die spanische Flagge gehißt hatte, bevor es die amerikanische hochzog."

Bowen hörte aufmerksam zu, als ihm nun bewußt wurde, daß er die Meldung bezüglich der Flaggen überhört hatte.

„Nach dem Kurs zu schließen, den es steuert, nehme ich an, daß es einen Hafen in Carolina anlaufen soll", sagte Southwick. „Es befindet sich jedenfalls weit genug seewärts. Ich möchte wetten, es soll Antiqua und Barbuda umsegeln und dann geradewegs Charleston ansteuern."

„Es mag dahin unterwegs sein", warf Jackson respektvoll ein, „aber es ist kein amerikanisches Schiff, Sir."

Ramage war verwirrt, weil das fremde Schiff in seinen Augen amerikanisch aussah — breit, niederer Freibord, geschwungene Linien, Schonertakelung. Offenbar war es sehr schnell und speziell für den Sklavenhandel gebaut worden.

„Was macht Sie so sicher, Jackson?"

„Schwer zu sagen, Sir! Nichts Besonderes. Es sieht eben nicht aus wie ein amerikanisches Schiff."

„Sein Äußeres wirkt verändert, weil es keinen Großmast

hat“, meinte Southwick. „Und die Reelings mittschiffs sind zerquetscht. Deshalb sieht es so merkwürdig aus.“

Während der letzten Monate hatte er den Amerikaner schätzen gelernt. Sonst wäre es undenkbar gewesen, solche Probleme mit einem gewöhnlichen Matrosen zu diskutieren.

„Nun, wir werden es ja bald wissen“, sagte Ramage. „Vor allem würde es mich interessieren, warum sie die Flaggen ausgetauscht haben.“

„Könnte ein Irrtum gewesen sein“, meinte Southwick. „Die spanische Flagge war nicht lange oben.“

Ramage nickte und rieb sich über die Schläfe. „Das stimmt. Und offensichtlich müssen sie das Signal an einem Fall hissen. Geben Sie jedenfalls dem Feuerwerksmaat den Schlüssel zur Pulverkammer, Mr. Southwick, und machen Sie das Schiff bitte klar zum Gefecht. Die Relings sind zwar ein bißchen eingedrückt, aber das fremde Schiff da drüben hat immerhin fünf Kanonen auf einer Seite.“

Das Schiff sah wirklich seltsam aus mit nur einem Mast, aber Bowen entdeckte noch etwas anderes. Die Art, wie es gestrichen war. Der untere Teil des Rumpfes war schwarz, der obere, die Relings miteingeschlossen, grün. Aber der Fockmast war weiß und hob sich kaum von dem hellen Himmelsblau ab. Der grüne Streifen auf dem Rumpf war dunkel. Es war nicht das Grün nördlicher Gewässer, eher das Grün tropischer Vegetation. Und da die meisten Schiffe schwarze und dunkle Masten hatten, überraschte es das Auge des Betrachters, einmal etwas anders zu sehen. Er machte Ramage darauf aufmerksam, und der Captain nickte.

„Das Zeichen der Sklavenschiffe“, erklärte er. „Sie müssen auf breiten Flüssen zum Golf von Guinea segeln, und unsere Schiffe halten nach ihnen Ausschau. Aber es ist fast unmöglich, einen schwarzen Rumpf mit grünem Streifen zu sehen, der sich in einem Fluß neben einem Mangrovenwäldchen versteckt. Und weil die Masten weiß gestrichen sind, zeichnen sie sich nicht am Horizont ab. Man würde erwarten, daß Hellblau noch wirksamer wäre, aber das ist ein Irrtum."

Vage erinnerte sich Ramage an die heftigen Kampagnen gegen die Sklaverei, die vor etwa einem Jahr ganz London bewegt hatten. Aber damals war er zu alkoholisiert gewesen, um sich an Einzelheiten zu erinnern.

„Wie steht es denn nun mit der Sklaverei?" fragte er.

Ramage lächelte bitter. „Irgendwo in der Mitte. Das Unterhaus hat 1791 Wilberforces Forderung, die Sklaverei abzuschaffen, zugestimmt. Seither sind sechs Jahre vergangen. Der Sklavenhandel sollte allmählich nachlassen und im Januar des letzten Jahres zum Stillstand kommen."

„Wir haben also die Sklaverei verboten?"

„Nein. Als der Gesetzentwurf vor das Oberhaus kam, blieben die Lords darauf sitzen. Wilberforce versuchte das Gesetz durchzubringen, aber die Revolution in Frankreich hatte viele seiner Anhänger kopfscheu gemacht. Als Wilberforce das Unterhaus im Januar letzten Jahres daran erinnerte, daß das Datum, an dem der Sklavenhandel beendet sein sollte, bereits verstrichen sei und das Oberhaus noch immer nichts unternommen hätte, geschah das, was passieren mußte. Da sie Politiker sind, stimmten sie dafür, die Entscheidung um sechs Monate zu verschieben. Das ist das letzte, was ich davon gehört habe. Aber es gibt natürlich noch den Gesetzvorschlag von 1788."

Bowen, der sich bisher weder für Politik noch für die Gegner des Sklavenhandels interessiert hatte, schüttelte den Kopf. „Ich erinnere mich nicht an die Einzelheiten. Was war das für ein Gesetzvorschlag?"

„Viel wurde dadurch nicht gewonnen. Aber immerhin mußten sich die britischen Sklavenschiffe gewissen Regeln beugen. Zum Beispiel muß mindestens fünf Fuß Abstand zwischen den Decks sein. Und ein Schiff mit einer Tragfähigkeit von hundertsechzig Tonnen darf nur fünf Sklaven pro drei Tonnen an Bord nehmen. Und drei pro zwei Tonnen, wenn die Tragfähigkeit weniger als hundertfünfzig Tonnen beträgt."

„Und wie ernst nimmt die Navy die Vorschriften?"

„Oh, sehr ernst. Wenn ein Schiff gefunden wird, das dieses Gesetz bricht. Das geschieht nicht sehr oft, und die betreffenden Schiffe bezahlen eine geringe Geldstrafe. Das macht diesen Burschen nichts aus."

Als Bowen noch eine weitere Frage stellen wollte, befahl Ramage, ein Boot mit einer bewaffneten Entermannschaft auszusetzen. Dann konnte Bowen ein hübsches Beispiel von beinahe offenem Ungehorsam beobachten, vorgetragen von Southwick, und er nahm an, daß es zwischen den beiden schon oft zu ähnlichen Meinungsverschiedenheiten gekommen war. Nachdem Southwick die nötigen Befehle erteilt hatte und die Enterer unterwegs waren, um ihre Messer und Pistolen zu holen, sagte er in beiläufigem Ton zu Ramage, er werde nun unter Deck gehen, um seine Uniform zu wechseln.

Als der Captain die Brauen hob, erklärte Southwick in einem Ton, als sei das ohnehin jedem an Bord klar, daß seine Uniform zu schäbig sei. Der Captain meinte mit Unschuldsmiene, Southwick hätte die Uniform doch wochenlang getragen, warum wollte er ausgerechnet jetzt eine neue anziehen, wo ihn doch ohnehin niemand zu Gesicht bekäme. Aber vielleicht hätte Mr. Southwick die Güte, die Leitung des Schiffs für ein paar Minuten zu übernehmen, da Ramage selbst nach unten gehen würde, um die Uniform zu wechseln.

Nun hob Southwick seinerseits die Brauen, und Bowen sah überrascht, daß sie fast bis zum Haaransatz hinaufschnellten.

„Aber Sie wollen doch sicher, daß ich den Schoner entere, Sir?"

Bowen wußte, daß er in Gelächter ausbrechen würde,

wenn er Ramage und Southwick noch weiter beobachtete, und wandte sich ab. Wenn die beiden so geschickt Schachspielen könnten, wie sie höflich mit Worten kämpften ... Schließlich erklärte Ramage in knappen Worten, er werde nun unter Deck gehen, und damit war die Sache erledigt. Southwick erwiderte: „Aye aye, Sir", und zuckte seufzend mit den Schultern.

Die Karronaden der Brigg waren geladen und ausgefahren. Das Deck war naß und mit Sand bestreut. Aber Bowen sah, daß das Wasser auf den heißen Planken rasch verdunstete. Aber da befahl der Schiffsführer den Leuten auch schon, das Deck noch stärker zu befeuchten. Sie liefen noch emsiger umher und verspritzten großzügig Wasser aus ihren Ledereimern.

Und Bowen genoß das Leben in vollen Zügen. Noch nie hatte er einen so blauen Himmel gesehen, noch nie eine so lebhafte, funkelnde See. Die plumpen Karronaden wurden nun zu drohenden Kriegswaffen. Die Jungen, sonst stets in lärmender Bewegung und zu Streichen aufgelegt, saßen mucksmäuschenstill auf den Patronenkästen entlang der Mittellinie, je einer zu beiden Seiten eines Geschützes. Plötzlich erschien ihm ihr Spitzname ‚Pulveräffchen' gerechtfertigt.

Dann hörte Bowen wieder die Stimme des Captains hinter seinem Rücken. „Der Schoner könnte einen Schuß vor den Bug vertragen", sagte er zu Southwick.

„Nein, Sir", hörte Bowen den Schiffsführer erwidern. Er wandte sich um und sah, daß Southwick den Schoner durch sein Fernrohr betrachtete. „Nein, da tummeln sich ein paar Leute rings um den Mast. Wahrscheinlich haben sich die Fallen in der Nottakelung verfangen, die sie gebastelt haben, um den Mast zu halten."

Noch während er sprach, begann der Klüver zu flattern, kam herab und begrub ein paar Männer am Bugspriet unter sich. Die Piek der Fockgaffel zitterte, dann sank sie ein paar Fuß nach unten. Plötzlich drehte sich der Schoner nach Steuerbord in den Wind, die Gaffel fiel herab, das große Segel blähte sich, bevor es rasch wieder straffgezogen wurde. Nach ein paar Minuten rollte das Sklavenschiff mit festgemachten Segeln auf der Dünung.

„Offenbar brauchen sie unsere Hilfe", sagte Southwick. Bowen sah seine Chance und nutzte sie. „Der Großmast muß viele Männer verletzt haben, als er herabkam", sagte er zu Ramage, der ihn nachdenklich musterte und dann lächelnd nickte.

„Ja, ich nehme Ihren Maat mit." Bowen war die Enttäuschung deutlich anzumerken, und Ramage lachte. „Schon gut, Bowen, packen Sie Ihr Metzgerwerkzeug ein."

Fünf Minuten, nachdem die *Triton* auf der Windseite des Sklavenschiffs beigedreht hatte, in vierhundert Yards Entfernung, hielt die Jolle darauf zu. Jackson hatte das Ruder, Bowen und Ramage saßen auf den Achtersitzen. Mit seinen festgemachten Segeln hatte der Schoner so viel Wind an Fockmast und Bugspriet, daß er dem rasch näherkommenden Boot nun die Steuerbordseite zukehrte.

Bowen sah erstaunt, wie hoch die Wellen waren. Vom Deck der *Triton* aus hatte er sie tagelang nach achtern rollen sehen. Aber vor dem leeren Horizont war nichts gewesen, woran er ihre Höhe hätte messen können. Die *Triton* lag nur zwei Kabellängen weiter windwärts, aber schon nachdem sie die Hälfte der Strecke zurückgelegt hatten, verschwand sie hinter hohen Wogen, wenn die Jolle in ein Wellental fiel.

Jackson steuerte das Boot am Heck des Schoners vorbei, und als Ramage sich umwandte und einen Blick auf das Sklavenschiff warf, sog er scharf die Luft ein. Bowen sah ihn fragend an.

„Vermeiden Sie es, darauf zu zeigen oder zu starren, wenn wir näherkommen. Aber der Name ist vor kurzem geändert worden."

„Wieso wissen Sie das, Sir?"

„Sehen Sie doch, wie die Farbe am Heckbalken glänzt."

Bowen las den Namen des Schoners — ‚The Two Brothers' war auf einen Farbstreifen gemalt, der nicht nur frischer aussah als der restliche Anstrich, sondern auch um einiges breiter war als die Aufschrift. Und vor den Worten ‚The' und ‚Brothers' war jeweils ein Fußbreit frei.

„Sie meinen, daß die neue Farbe den ehemaligen Namen überdeckt!" rief er aufgeregt. „Ja, natürlich! Die ursprünglichen Buchstaben — oh, verdammt, jetzt kann ich sie nicht mehr sehen. Aber sie sind etwas größer als die neuen."

Ramage nickte. „Der Captain wird uns natürlich erzählen, daß die *Two Brothers* aus Charleston ist, und Papiere haben, um es zu beweisen."

Seine Stimme klang dünn, und Bowen wußte nicht recht, was er von alldem halten sollte. Ramage wandte wieder den Kopf, um den Schoner im Auge zu behalten, ohne sein Interesse allzu deutlich zu zeigen. Sie waren jetzt bis auf vierzig oder fünfzig Fuß an das Sklavenschiff herangekommen. Bowen konnte das laute Klatschen hören, jedesmal, wenn die Gillung des stampfenden Schoners unterging.

Ramage sagte zu Jackson, ohne die Lippen zu bewegen: „Zusätzlich zu den Breitseitengeschützen hat er noch zehn 1-Pfund-Drehbrassen an den Relings, innenbords versteckt. Es ist einfach, sich auf die Relings zu hocken und auf das Deck zu feuern. Sehr nützlich, wenn die Sklaven Ärger machen. Sehen Sie, bei jeder Drehbrasse lungern zwei Mann herum . . . Hören Sie das Gebell? Das sind große, brutale Hunde, darauf gedrillt, alles anzugreifen, was schwarz ist . . . Da! In der Pfortluke . . . Haben Sie das Messing blitzen sehen? Eine riesengroße Donnerbüchse aus Messing. Von der Sorte wird es eine ganze Menge an Bord geben."

Noch während er sprach, hatten die restlichen Männer in der Jolle, Ruderer und Enterer, zu stöhnen begonnen, und

Bowen fühlte, wie Übelkeit in ihm aufstieg. Sie waren nun im Lee des Schoners und nur mehr dreißig Fuß entfernt, und der Wind trug einen Geruch heran, so bestialisch, daß im Vergleich dazu eine Jauchegrube wie ein Korb voll frischem Lavendel duften mußte.

Der Arzt stellte fest, daß die Männer nicht nur stöhnten, sondern auch protestierten, und das mit Recht, denn der Schoner stank wie ein gigantischer Misthaufen. Und obwohl er an den Gestank von Krankenhäusern und schmalen Straßen gewöhnt war, deren Schmutz nur vom Regen weggewaschen wurde und streunende Hunde und Ratten anlockte — diesen Geruch fand er noch schlimmer, denn er ging von zwei- oder dreihundert Menschen aus, die im Unterdeck des Schoners in Ketten lagen.

In diesem Augenblick erkannte Bowen, daß kein Seemann den Anblick eines Sklavenschiffes ertragen konnte. Eigentlich seltsam, überlegte er, denn einer Landratte mußte das Leben eines Matrosen an Bord eines Kriegsschiffs, welcher Nation es auch angehörte, sklavisch vorkommen.

Plötzlich gab Jackson eine Reihe von Befehlen, die Riemen wurden gepiekt, die Jolle hatte längsseits des Schoners angelegt, und der vorderste Ruderer hakte sie fest. Ramage hatte sich bereits erhoben, wartete, bis das Boot sich auf einen Wellenkamm hob, dann sprang er in die hölzernen Sprossen der Strickleiter, die von der Reling des Schoners hing. Einen Augenblick später kletterte er hinauf, und Bowen betete, daß es ihm gelingen möge, die Sprossen zu erwischen, gar nicht zu reden von der Eleganz, mit der Ramage das geschafft hatte. Das Boot sank in ein Wellental, und Jackson sagte leise: „Wenn Sie mich bitte entschuldigen wollen, Sir — nur für den Fall, daß es da oben Ärger gibt . . .“

Mit diesen Worten drückte er sich an Bowen vorbei, sprang hoch und war nach wenigen Sekunden hinter der

Reling verschwunden. Bowen kam sich gräßlich ungelenk und schwerfällig vor. Er wartete, bis die Jolle sich auf den nächsten Wellenkamm hob, dann sprang er und klammerte sich verzweifelt an die Leiter. Als er mühsam hinaufstieg, erinnerte er sich an seine Arzttasche, drehte sich um und sah einen Matrosen, der sie hochhielt und ihm bedeutete, er möge weiterklettern. Er hatte gerade noch Zeit, zu überlegen, daß Seefahrer ein Gehirn haben mußten, das alles ringsumher erfaßte wie ein Polyp mit fünfzig Fangarmen. Und dann hatte er auch schon das Deck erreicht.

Als er sich umsah, hatte er das Gefühl, hinter einer Bühne zu stehen und die Kostümprobe vor einem Premierenabend mitzuerleben. Man sprach bereits den Text mit voller Stimme, aber die Bretter wimmelten noch von Bühnenarbeitern, die letzte Hand an den szenischen Aufbau legten. Die Reste des Großmasts lagen auf dem Deck, umgeben von Spänen und Werkzeug. Die Reling auf der anderen Seite, die Planken starrten vor Schmutz.

Ramage stand in steifer Haltung vor einem sehr großen, sehr dünnen Mann mit Glatze. Bowen sah, daß sein Captain die ausgestreckte Hand des Kahlkopfs ignorierte.

Der Mann trug ein Hemd aus verwaschener roter Wolle, schmutzige, ehemals weiße Baumwollhosen und eine rote Binde um die Stirn, die verhindern sollte, daß der Schweiß in die Augen tropfte. Er ließ die Hand wieder sinken. Ramage hatte sich bereits vorgestellt und fragte nun: „Was ist das für ein Schiff?“

„Sie haben doch den Namen gelesen, nicht wahr?“ entgegnete der Mann mit amerikanischem Akzent.

„Das ist keine Antwort auf meine Frage.“

„Ich glaube schon, Leutnant, denn das sind wir — die *Two Brothers*.“

„Ich möchte die Papiere sehen.“

„Aber gern, Leutnant. Wenn Sie mir bitte unter Deck folgen würden . . .“

„Sind Sie der Captain?“

„Ja, zu Ihren Diensten — Leutnant — Ebenezer Wheeler.“ Er machte eine übertrieben tiefe Verbeugung, und als sein Hemd auseinanderklaffte, sah Bowen, daß er nicht nur eine Glatze, sondern überhaupt keine Körperbehaarung hatte. Die typische Folge eines Dschungelfiebers . . .

„Vielleicht würden Sie mir Ihre Offiziere vorstellen.“

„Das wird nicht nötig sein, Leutnant. Kommen Sie bitte mit nach unten und inspizieren Sie meine Papiere. Außerdem möchte ich Sie um einen Gefallen bitten.“

Er zeigte nach achtern, und Bowen sah, daß Ramage Jackson einen Blick zuwarf, bevor er sich umwandte. Der amerikanische Captain hatte nichts davon bemerkt. Aber Bowen wußte, daß Ramage soeben einen Befehl erteilt hatte. Als der junge Mann zur Kajütentreppe ging, gefolgt von dem amerikanischen Captain, beobachtete der Schiffsarzt Jackson. Dieser stellte sich so an die Reling, daß er die Enterer der *Triton* sofort leise instruieren konnte, wenn sie an Bord kamen.

Während Ramage auf die Kajütentreppe zuging, faßte er in Gedanken hastig zusammen, was er bisher gesehen hatte. Seine Augen hatten Dinge erblickt, die sein Verstand noch nicht registriert hatte, weil er sich auf das Gespräch mit dem Amerikaner konzentrieren mußte. Der Großmast war acht bis zehn Fuß über dem Deck abgebrochen, und es war der Besatzung gelungen, ihn an Bord zurückzuholen, wo er nun diagonal über dem Deck lag. Die Stenge war nicht zu sehen. Wahrscheinlich war sie mitsamt der Gaffel verloren gegangen. Auf dem Deck waren genug Holzspäne verstreut, um ein Dutzend Säcke zu füllen. Die Leute hatten die Splitter abgeschabt, um den Stumpen des Masts und den abgebrochenen Teil wieder aneinanderzufügen, aber die Zimmermannswerkzeuge lagen umher, als wären sie seit mindestens einem Tag nicht mehr verwendet worden. Das einzige Breitbeil, das zu entdecken war, wies rostrote

Flecken auf der Schneide auf. Und frische rote Flecken schimmerten an drei Sägen. Warum arbeitete man nicht weiter? Es war doch relativ unproblematisch, einen Mast zusammenzuflicken. Allerdings würde es nicht einfach sein, den Mast aufzustellen, wenn auch der Fockmast stand. Nicht einfach, aber nicht unmöglich, da sie Scherenkräne verwenden konnten. Sie würden etwa ein Dutzend Planken brauchen, vier Zoll lang und zwei Zoll breit, um sie als Schienen für die Bruchstelle zu benutzen. Aber er hatte keine einzige Planke an Deck gesehen ...

Und was war ihm sonst noch aufgefallen?

Vier große, scheckige Hunde, die von einem Matrosen an der Leine gehalten wurden, Männer, die scheinbar untätig herumstanden, mit Messingmusketen bewaffnet. Und noch ein Geruch — ein seltsamer vertrauter Geruch, der nichts mit dem Gestank des Sklavenschiffs zu tun hatte, den er aber zunächst nicht definieren konnte. Und von unten ein rhythmisches Stöhnen, wie Mönche, die in einem Kloster auf einem fernen Hügel psalmodierten. Das Klagen der Sklaven ... Ein kleiner Stapel von Peitschen am Fuß des Fockmasts — brutale Peitschen, mit Griffen von acht Fuß Länge und ebensolangen Schwänzen, die in Abständen von wenigen Zoll verknotet waren. Als er sich umwandte, um die Kajütentreppe hinabzusteigen, sah Ramage, daß Jackson den Blick vorhin richtig gedeutet hatte. Die zehn Matrosen, die die Entermannschaft formierten, schienen ebenfalls untätig herumzustehen — aber sie hatten zwischen der Schonerbesatzung und der Treppe, die zur Kabine des Captains führte, Stellung bezogen.

Die Kabine nahm die volle Breite des Schoners ein und war überraschend groß. Dafür war sie sehr niedrig. Außerdem hübsch eingerichtet — ein silberner Teekessel, gutes Porzellan in einem Gestell hinter einem schönen Tisch aus glänzend poliertem Mahagoni. Ein Kavallerieschwert mit einem seltsamen silbernen Schraubenmuster auf der Seite hing in einem Ständer an der Steuerbordseite. Vier oder fünf funkelnde Kristallkaraffen in einer verglasten Anrichte. Und ein Bücherregal, gefüllt mit abgegriffenen Lederbänden, voll dunkler Schimmelflecken. Ein Kleidungsstück lag über dem Regal und hing tief genug herab, um die Buchtitel zu verdecken. Seltsam, denn davon abgesehen herrschte in der Kabine peinliche Ordnung. Ramage konnte sich kaum vorstellen, daß der amerikanische Captain Bücher las. Und wieder dieser seltsame Geruch ...

Der Amerikaner wies auf einen Stuhl und ging zu dem kleinen Schreibtisch, der unter dem Deckfenster stand. Sein Kopf war klein, die Nase schmal und spitz. Die Ohrläppchen hingen lang herab. Auch das Kinn war schmal und lang. Die Glatze gab dem Profil scharfe Züge, die an einen Geier erinnerten.

Er nahm eine Mappe aus einem Schubfach, legte sie auf die Schreibtischplatte, und als er grinste, entblößte er eine Reihe gelber Zähne. „Was wollen Sie trinken, Leutnant?"

Ramage schüttelte den Kopf.

„Aber, aber! Ich kann doch nicht zulassen, daß die Navy uns Amerikaner für ungastlich hält!"

„Sie haben mir Ihre Gastfreundschaft bewiesen, aber die Sonne steht noch nicht einmal über der Fockrah."

„Gewiß, gewiß. Hier, sehen Sie ..." Er öffnete die Mappe und entnahm ihr einige Papiere. „Das Zertifikat der amtlichen Registrierung, unterschrieben und gestempelt in Charleston ... Die Liste der Frachtgüter ... Ein Vertrag mit Benson and Company in Charleston, unterschrieben, vor Zeugen ... Alles hat seine Ordnung."

Ramage griff nach dem Zertifikat und faltete es auseinander. Er sah auf Wheelers Hände und stellte fest, daß sie schmutzig waren — was sie vermutlich immer waren. Aber das Zertifikat war makellos sauber. Das starke Papier war zweimal gefaltet gewesen. Ramage inspizierte das Dokument, faltete es wieder zusammen und legte es auf den Schreibtisch zurück. Die obere Seite hob sich langsam. Auf dem Zertifikat stand, daß der Schoner vor fünf Jahren in Charleston gebaut worden war. Aber das Papier, auf dem das geschrieben stand, war höchstens fünf Monate alt.

„Die Musterrolle?"

Ramage beobachtete den Captain scharf. Die Augen des Amerikaners glitten für einen Sekundenbruchteil zu der Anrichte hinüber, dann hefteten sie sich wieder auf die Mappe. „Um die Wahrheit zu sagen, Leutnant, ich weiß nicht genau, wo sie gerade ist. Aber ich verstehe auch nicht, warum sich die britische Navy dafür interessiert."

„Sie interessiert sich sehr dafür. Wenn Sie nämlich britische Seeleute an Bord haben, kann ich sie pressen."

„Wir haben keine, da können Sie ganz beruhigt sein."

„Ich möchte trotzdem die Musterrolle sehen. Vielleicht könnten Sie sie aus der Anrichte nehmen."

Wheeler hob verwirrt den Kopf, dann verengten sich seine Augen. „Hören Sie, Leutnant, ich bin es nicht gewohnt, auf meinem Schiff herumkommandiert zu werden. Gehen Sie, und sagen Sie das Ihrem Captain."

„Ich bin der Captain. Und Sie wollten mich um einen Gefallen bitten."

„O ja", sagte Wheeler mit einem dünnen Grinsen. „Sie haben ja gesehen, was noch von unserem Großmast übrig ist. Wir haben ihn vor acht Tagen verloren — nachdem wir dreizehn Tage lang in einer Flaute im Middle Passage festgesessen hatten. Dreizehn Tage! Ich habe dort noch nie zuvor eine Flaute erlebt, die länger als drei Tage gedauert hätte. Und dann traf uns diese verdammte Bö im Dunkeln. Wir brauchten drei Tage, um den Mast an Bord zurückzuholen und den Fockmast mit einer Nottakelage zu versehen, damit war wenigstens ein paar Segelfetzen setzen konnten."

„Sie haben also für drei Wochen zusätzlich Vorräte verbraucht. Das Wasser und die Nahrungsmittel sind nun wohl ziemlich knapp geworden."

„So ungefähr. Wir haben noch ein paar Säcke voll Yamswurzeln und Kokosnüssen. Und ein bißchen Reis und Bohnen. Palmenöl haben wir massenhaft, und wir fangen Fische. Die schmecken den Leuten. Glücklicherweise haben wir auch noch ein großen Vorrat an Brandy. Wenn man die Leute glücklich macht, spüren sie den Hunger nicht so intensiv. Aber das alles ist nicht so wichtig. Wir haben kein Holz, um den Großmast zu reparieren und eine Gaffel zu setzen, ohne das Schiff auseinanderzunehmen. Ich brauche sechs zehn Fuß lange Hölzer, zwei bis vier Zoll breit, und eine Spiere für die Gaffel. Ich würde gut dafür bezahlen. Können Sie mir helfen?"

Plötzlich wußte Ramage, was hier so merkwürdig roch. Knoblauch. Das ganze Schiff stank nach Knoblauch. Auch die Kabine. Aber nicht Wheelers Atem . . .

„Sechs Hölzer, zehn Fuß lang und zwei bis vier Zoll breit, haben Sie gesagt?"

„Genau, Leutnant — Captain — und die Gaffel."

„Und vielleicht noch eine Rahsegelstange, um Scherenkräne herzustellen?"

Wheeler starrte ihn verwirrt an. „Ja, darauf wollte ich gerade kommen. Wir haben die Vormarssegelstange, aber wie die Focksegelgaffel sieht sie übel aus. Ich bezweifle, ob uns die beiden bis Charleston begleiten werden."

„Zusätzliche Segelstangen sind teuer — und in der Karibik schwer zu bekommen."

Wheeler lächelte schmerzlich. „Vor allem, wenn man einige Meilen von Barbados entfernt ist."

Ramage wartete noch ein paar Minuten, bevor er seine Breitseite abfeuerte. Er wollte sicher zielen, damit es kein unnötiges Blutvergießen gab. „Ist das alles, was Sie wollen?"

„Wasser, Captain, wenn Sie welches übrig haben. Und Brot — ich würde Ihnen gern ein paar Säcke abkaufen. Wir haben eine hungrige Ladung."

„Wie hungrig?"

„Halbverhungert. Wir haben so wenig Lebensmittel, daß sie schon seit zwei Wochen auf Viertelrationen gesetzt sind."

Ramage nickte mit gespieltem Mitleid, und Wheeler fuhr seufzend fort: „Das wird uns um den ganzen Profit dieser Fahrt bringen. Um diese Zeit verdoppeln wir sonst immer die Rationen, damit sie schön fett werden, bevor wir den Hafen anlaufen und sie versteigern lassen."

„Wie Rindvieh", bemerkte Ramage verständnisvoll.

„Genau, Captain, wie Rindvieh. Kein Farmer treibt seine Herde zum Markt und verkauft sie noch am selben Tag. Erst einmal läßt er sie noch einen Tag lang grasen oder Heu fressen, damit das Fell wieder schön glänzt. Mit Sklaven ist das genauso."

„Das kann ich mir vorstellen."

„Wenn sie krank oder ausgehungert sind, sieht man das sofort an ihrer Haut. Sie wird stumpf und glänzt nicht mehr. Aber wenn man ihnen ein paar Tage lang Brot mit Palmenöl bestrichen gibt, fangen sie wieder an zu funkeln."

Plötzlich stieß Ramage hervor: „Holen Sie *m'sieur capitain!*"

Wheeler zuckte zusammen und stützte automatisch eine Hand auf die Tischplatte, um aufzustehen, aber dann hatte er sich wieder in der Gewalt und lehnte sich in den Stuhl zurück. Unter der braunledernen Haut war er blaß geworden. Die Augen glitten hin und her. „Tut mir leid, Captain, ich kann nicht Spanisch. Oder war das Französisch?"

Der Geruch, das Täuschungsmanöver, das Wissen um das Grauen, das unter dem Deck verborgen lag — das alles zerrte an Ramages Nerven. Er rieb an seiner Schläfe, konnte Wheeler nur noch durch rote Wutschleier sehen. Er wußte, daß er den Mann ohne Gewissensbisse erschießen könnte, und war froh, daß er nur seinen Säbel bei sich trug.

„Dieses Schiff ist eine Prise der königlichen Brigg *Triton*, Wheeler. Sie ist ein französisches Schiff. Sie sind wahrscheinlich der Maat oder der Bootsmann. Jedenfalls sind Sie für mich ein Franzose, obwohl ich aufgrund Ihres gespielten Yankee-Akzents annehme, daß Sie Engländer sind und somit ein Verräter. Wie dem auch sei, ich bin überzeugt, daß Sie mich sehr gut verstanden haben . . ."

„Keine Bewegung, oder Ihr Leben ist keine Kerzenflamme mehr wert!" Wheelers rechte Hand schnellte hoch, mit einer Pistole. Der Daumen bewegte sich, es klickte. „Und auch nicht den Atemzug, um die Kerzenflamme auszupusten!"

Ramage schüttelte den Kopf. „Tut mir leid, Wheeler, es nützt Ihnen nichts. Seien Sie kein Narr . . ."

„Ich habe nichts zu verlieren!" schrie Wheeler. Sein Akzent klang nun nicht mehr amerikanisch, sondern eher nach Mittel-England. „Ich werde schon seit Jahren von der Royal Navy gesucht!"

Ramage sprach laut und deutlich. „Aber wenn Sie mir mit einer Pistole drohen, werden Sie auch nichts gewinnen."

„Nein?" stieß Wheeler spöttisch hervor. „Das ist keine leere Drohung. Sie haben es erraten, Mr. Leutnant, ich bin nicht der Captain dieses Schoners. Ich bin der Maat, aber ich habe einen Anteil an dem Schiff. Es ist tatsächlich ein französisches Schiff. Die Papiere sind gefälscht. Und jetzt ist es eine Prise Seiner königlichen Majestät, König George des Zweiten . . ."

„Des Dritten", korrigierte Ramage mit sanfter Stimme und sah zum Deckfenster hinauf, versuchte Zeit zu gewinnen.

„Also, des Dritten. Das macht ohnedies keinen Unterschied für Sie. Sicher, ich bin Ihr Gefangener. Und ich gehe noch weiter — wenn man mich vor ein Kriegsgericht stellt, werde ich an einer Rahnock baumeln. Also habe ich nichts zu verlieren. Aber Gott helfe mir, ich werde nicht allein von dieser schönen Welt abtreten, Mr. Leutnant. Ich nehme Sie mit. Wenn Sie nicht gekommen wären, ich hätte meinen Lebensabend in Wohlstand genießen können. Ich habe ein Haus in Charleston — jeder Ziegelstein ist bezahlt. Nicht schlecht für einen Mann, der erst vor sechs Jahren von einem britischen Kriegsschiff desertiert ist, was? Sprechen Sie Ihre Gebete, Mr. Ramage. Ihr alter Vater wird sehr um Sie trauern. Ja, ich erinnere mich an ihn. Ich habe einmal auf seinem Schiff gedient. Ich zähle jetzt bis fünf, Mr. Ramage. Fangen Sie zu beten an, denn wenn ich ‚fünf' sage, sind Sie tot! Und es ist einem Todeskandidaten noch so viel Zeit zu lassen, daß er seinen Frieden mit Gott schließen kann."

Er hob die Pistole, und Ramage starrte in die Mündung, die mit jeder Sekunde zu wachsen schien. Wheeler hielt die Waffe ein wenig nach links gerichtet, um sicherzugehen, daß das Pulver genau das Zündloch abdeckte und die Gefahr eines Fehlschusses ausgeschaltet war. „Eins, Mr. Ramage", sagte er, und das erste Glied seines Zeigefingers färbte sich weiß, als es sich um den Abzug spannte. „Zwei . . . Aber ich sehe diese Augen nicht im frommen Gebet geschlossen . . ."

Und plötzlich empfand Ramage panische Angst. Er würde sterben — und einen unwürdigen Tod erleiden. Er würde von der Hand eines gefangenen Deserteurs sterben . . .

„Drei . . ."

Nach all dem — nach Giannas Rettung, nach der Affäre *Belette*, nachdem er die spanische Fregatte gekapert, die große *San Nicolas* vor dem Cape St. Vincent gerammt hatte . . .

„Vier . . ."

Nur noch ein paar Sekunden. Gianna würde . . .

Eine ohrenbetäubende Explosion, splitterndes Glas, aber wunderbarerweise kein Schmerz.

Wheelers Hand, die immer noch die Pistole umklammerte, fiel auf den Tisch, sein Kopf sank auf die Arme, als sei er sehr müde. Plötzlich sah Ramage, daß die Pistole nicht abgefeuert worden war. Eine Gesichtshälfte war voller Blut... Und dann fielen Glasscherben aus dem Deckfenster. Zwei Beine glitten durch das Loch, und dann sprang Jackson auf den Schreibtisch.

„Alles in Ordnung. Sir?"

„Sie kommen verdammt spät, Jackson!"

Der Amerikaner senkte zerknirscht den Kopf. „Ich dachte nicht, daß er ernst machen würde, Sir. Ich nahm an, er würde bei ‚Drei!' aufhören und versuchen, mit Ihnen zu verhandeln. Und ich mußte ja so um das Deckfenster herumschleichen, daß er meinen Schatten nicht sehen konnte..."

„Verhandeln!" schrie Ramage wütend. „Was gab's da zu verhandeln? Wo er die Pistole auf meine Brust gerichtet hat..." Er brach ab, als ihm bewußt wurde, daß die Nachwirkung des Schocks seine Selbstkontrolle ins Wanken brachte.

„Ich hatte auch einige Schwierigkeiten an Deck, Sir", sagte Jackson und sprang vom Schreibtisch. „Sobald ich gehört hatte, wer er in Wirklichkeit ist, gab ich den Tritons das Zeichen, ihre Waffen auf die Frenchies zu richten. Ich hatte schreckliche Angst, daß ein Schuß fallen könnte, denn dann..."

Dann hätte Wheeler ihn sofort erschossen, dachte Ramage. „Sehr gut, Jackson, machen wir weiter. Sammeln Sie diese Papiere zusammen und bringen Sie sie an Bord der *Triton.* Aber passen Sie auf, daß keine Blutflecken draufkommen! Die echten Papiere sind in der Anrichte versteckt, aber räumen Sie den Schreibtisch auch aus."

11

Ramage saß in seiner Kabine an Bord der *Triton* und trug in das Logbuch ein, was in den letzten beiden Stunden geschehen war. Ihm war bewußt, daß dieser knappe Bericht Admiral Robinson nur eine schwache Vorstellung von der Wirklichkeit geben würde. Denn wenn man noch nie an Bord eines Sklavenschiffs gewesen war, konnte man nicht wissen, wie es dort aussah.

Die *Merlette* stammte aus Rouen. Ihre Eigentümer besaßen einen zynischen Sinn für Humor, denn ‚Merlette' bedeutete ‚Schwarzdrossel'. Sie war vor zehn Jahren erbaut worden, besaß eine Tragfähigkeit von zweihundertsechzig Tonnen, das Deck maß der Länge nach neunzig Fuß, und sie hatte dreihundertfünfundsiebzig Sklaven an Bord. Der Captain war ebenfalls in Rouen beheimatet, ein kleiner, dicker, fröhlicher Mann, der sofort auf der Bildfläche erschienen war und seine Identität enthüllt hatte, nachdem Wheelers Mission mißlungen war.

Er war stolz auf sein Schiff und bedauerte es sehr, daß das Täuschungsmanöver nicht geglückt war. Als er mit Ramage eine Besichtigungstour unternahm, betonte er immer wieder, wie gut für die Sklaven gesorgt sei. Ramage fühlte sich an einen Weinbauern erinnert, der voller Stolz die Kostbarkeiten seines Kellers vorzeigte.

Dieser Vergleich war durchaus zutreffend, denn das Unterdeck der *Merlette* sah wie ein langer, schmaler Keller mit niederer Decke aus. Das Schiff war in fünf Abschnitte geteilt. Vorn in der Back hausten die Matrosen. Jeder hatte eine Koje, aber da der Raum nur vier Fuß hoch war, schliefen sie in den tropischen Nächten lieber an Deck, wie der Captain erklärte. Achtern vom Matrosenquartier waren die männlichen Sklaven untergebracht, in einem vierzig Fuß langen Raum, der die Breite des Schoners hatte. Ramage konnte es kaum glauben, obwohl er mit eigenen Augen sah, wie die Sklaven da lagen, kauerten oder saßen. Der Raum war nicht einmal fünf Fuß hoch, und er mußte sich bücken, als er eintrat. Zu beiden Seiten befanden sich je zwei Bretter, das erste war etwa einen Fuß über dem Deck angebracht, das zweite zweieinhalb Fuß darüber. Jedes Brett war nur um wenige Zoll breiter, als es der Körperlänge der Sklaven entsprach. Die Sklaven lagen Seite an Seite nebeneinander, die Füße außenbords, die Köpfe dem Mittelgang zugewandt.

Ramage sah sich die ersten Sklaven näher an — die einzigen, die er genau erkennen konnte, denn das Licht, das durch die Luke fiel, drang nur wenige Fuß weit. Um ihre Hälse lagen Metallringe, die miteinander verbunden und zwischen den Köpfen jeweils an den Brettern befestigt waren. Die Sklaven konnten Arme und Beine frei bewegen, aber das nützte ihnen nicht viel, da sie zwischen ihren Leidensgenossen eingepfercht lagen. Ein Segel war vor die Achterluke gespannt, um den Wind abzuhalten, die Vorderluke war offen, wodurch ein ständiger Luftzug durch den kleinen Raum ging.

Zwischen den Brettreihen stand eine niedere, breite Bank, auf der drei Reihen von Sklaven saßen, die Gesichter der Steuerbordseite zugewandt. Sie hatten die Knie hochgezogen, und Ramage sah, warum. Die Füße waren festgekettet. Die Männer an der Steuerbordseite konnten nicht nach hinten rücken, um die Beine auszustrecken, denn dicht hinter ihnen kauerte die Mittelreihe. Die Sklaven der dritten Reihe, die Rücken nach Backbord gewandt, würden von der Bank fallen, wenn sie sich aufrichteten.

Die Fußfesseln waren simple, U-förmige Metallriemen, die genau um die Fußknöchel paßten. Ein Metallstab mit einem Knauf an einem Ende ging durch Löcher zu beiden Seiten des Eisens und war durch einen Ringbolzen mit der Bank verbunden. Der Knauf verhinderte, daß der Stab herausgezogen werden konnte. Ein Vorhängeschloß sicherte das Loch an der anderen Seite, so daß der Stab auch hier nicht durchgezogen werden konnte.

Mit ängstlichen Augen verfolgten die Sklaven, wie Ramage, der französische Captain und zwei Tritons durch den Mittelgang gingen. Der Gestank war atemberaubend — Bilgenwasser, Schweiß, Urin ... Und doch war das Sklavenquartier sauber, wie der französische Captain stolz betonte. Es wurde jeden Tag geschrubbt, während sich die Sklaven an Deck die Beine vertraten. Aber die Neger seien es gewohnt, immer, wenn sie gerade den Drang verspürten, ihre Notdurft zu verrichten, wie sie es im Dschungel praktiziert hatten. Es sei unmöglich, ihnen beizubringen, sie sollten damit warten, bis sie an Deck geführt wurden.

Die Sklaven, nur junge Männer oder Knaben, gaben keinen Laut von sich, wirkten aber nicht abgestumpft. Eher ängstlich, da das ständige Rauschen der See, die gegen den Schiffsrumpf schlug, von den Passatwinden bewegt, unheimlich klang. Und der unheimliche Effekt mußte sich verzehnfachen, wenn man gefesselt war. Ramage überlegte, daß der Krach, als der Mast über Bord gegangen war, hier unten wie das Tosen des Weltuntergangs geklungen haben mußte.

Alle Männer hatten Narben an den Wangen, die verschiedenen Stammesmerkmale, geschnitten von den Medizinmännern bei seltsamen, fremdartigen Einweihungsriten. Manche hatten zwei, drei oder sogar vier senkrechte Narben auf jeder Wange, andere verliefen in waagrechter Richtung. Und viele der Sklaven, die auf der Bank saßen, hatten Stammesmerkmale auf den Rücken, die noch beängstigender aussahen. Sie wirkten wie parallel angeordnete, gleichmäßig gedrehte Stricke.

Als Ramage diese Narben sah, erinnerte er sich an seine erste Fahrt zu den Westindischen Inseln. Damals hatte ihm der Aufseher einer Plantage erklärt, wie diese Narben entstanden. Der Prozeß begann mit der Pubertät. Der Rücken wurde mit einer oder mehreren Schnittwunden durchzogen, dann wurde Erde hineingerieben, so daß Erhöhungen entstanden, wenn die Wunden verheilten. Diese Narben wurden wieder aufgeschnitten, noch mehr Erde wurde darauf gestrichen, und diesen Vorgang wiederholte man so lange, bis die Narben fingerdick waren. Sie zogen sich wie lange, dünne braune Würste über die Rücken der Neger und sahen weitaus schlimmer aus als alle Wunden, die eine neunschwänzige Katze auf einem Matrosenrücken hinterlassen konnte.

Die meisten Sklaven waren unter vierundzwanzig Jahre alt, da nur junge Arbeitskräfte gefragt waren. Ramage erinnerte sich, daß man auf Jamaica für jeden Sklaven, der an Land ging und älter als vierundzwanzig war, zehn Pfund Zoll bezahlen mußte.

Er inspizierte auch das Frauenquartier, das achtern vom Männergefängnis lag. Es war fünfzehn Fuß lang und nahm ebenfalls die gesamte Schiffsbreite ein. Der Raum war ebenso eingerichtet wie der Männerraum, und der Anblick war zuviel für Ramage, so daß er hastig hindurchging und durch die Luke nach oben kletterte, unfähig, in die angstvollen Augen zu sehen, die ihn flehend anstarrten. Es waren nur junge Mädchen, kaum über achtzehn Jahre alt.

Die Frauenabteilung war durch zwei Schotten von der Kabine des Captains getrennt, die zu Schränken umgebaut waren. Ramage sah überrascht, daß hinter der Kabine des Captains noch eine weitere lag, mit mehreren Kojen ausgestattet. Auf seine Frage erwiderte der Franzose, er würde sich allein in seiner Kabine unbehaglich fühlen, da er durch die Sklavenquartiere von seiner Besatzung getrennt sei. Deshalb hätte er in der Nebenkabine ein paar Unteroffiziere untergebracht.

Ramage versuchte die Erinnerung an das Unterdeck der *Merlette* zu verdrängen und trug in seinem Logbuch ein, wann und unter welchen Witterungsbedingungen der Schoner gesichtet worden war. Dann schrieb er in knappen Worten nieder, wie der Mann, der sich als Captain des Sklavenschiffs ausgegeben hatte, den Tod gefunden hatte. Schließlich fügte er Einzelheiten über die Tragfähigkeit und die Fracht der Prise hinzu. Auf einem Blatt Papier rechnete er den Wert der Fracht aus. Auf Jamaica brachten Sklaven einen hohen Preis ein, und die *Merlette* hatte dreihundertfünfundsiebzig Neger an Bord genommen. Elf waren seither gestorben. Ein Durchschnittspreis von fünfundsiebzig Guineen pro Kopf bedeutete, daß die gegenwärtige Fracht mehr als siebenundzwanzigtausend Guineen wert war. Dazu kam noch der Wert des gutgebauten, schnellen Schoners ...

Und dieser Gedanke erinnerte ihn wieder an die nächste Entscheidung, die er treffen mußte. Southwick und der Zimmermannsmaat waren drüben gewesen, um die *Merlette* zu inspizieren. Beide waren der Meinung, daß es sinnlos sei, sofort mit der Reparatur des Großmast zu beginnen, da man erst auf eine Flaute warten müsse. Außerdem würde es weitere drei Tage dauern, die Takelung zu erneuern und Segel zu setzen. Wie lange würden sie auf eine Flaute warten müssen? Zwei Tage — oder zwei Wochen?

Noch ein Faktor mußte berücksichtigt werden. Die Besatzung des Schoners war groß und bestand aus hartgesottenen Burschen. Sie mußten hart und grausam sein, da sie stets mit einem Sklavenaufstand rechnen mußten. Sie dienten auf einem Sklavenschiff, weil sie die hohe Heuer reizte, trotz der Gefahr, sich ansteckende Krankheiten zu holen. Ramage erinnerte sich an ein altes Seemannslied, dessen Wahrheitsgehalt er nicht bezweifelte.

Hab acht vor der Bucht von Benin!
Einer kommt raus, und vierzig bleiben drin.

Er wußte, daß er zwanzig Tritons auf den Schoner beordern müßte, wenn er ihn als Prise mitnehmen wollte. Zwanzig Mann, die zwanzig wütende Franzosen in Schach halten und dazu noch die Sklaven bewachen müßten ... Und die Order des Ersten Lords verbot es ihm, Zeit zu verlieren, indem er den Schoner nach Barbados eskortierte.

Er hatte keine Wahl. Er mußte die Franzosen als Gefangene an Bord der *Triton* nehmen. Appleby und zwanzig Tritons würden die *Merlette* übernehmen müssen. Das bedeutete, daß vierzig Mann auf der *Triton* übrigblieben, und die mußten die Arbeit an Bord der Brigg verrichten und außerdem noch zwanzig gefährliche Gefangene bewachen. Er konnte nur beten, daß weder die *Triton* noch die Prise einem französischen Kaperschiff begegnen würden. Der französische Captain war immer noch optimistisch und bildete sich ein, die *Merlette* könne mit ihrem Fockmast die Windseite der Inseln erreichen. Barbados lag zwei Tage entfernt vom derzeitigen Standort der *Triton* und des Schoners und direkt leewärts. Der junge Appleby müßte es schaffen, auch wenn die Prise nur mit Focksegeln dahinschlich.

Trotzdem wäre es einfacher, die *Merlette* der französischen Besatzung zu überlassen. Ihr Captain konnte es bis Guadeloupe schaffen, das er planmäßig anlaufen wollte, bevor er nach Haiti weitersegelte. Aber diesen Gedanken ließ Ramage sofort fallen. Der Admiral wäre mit Recht ärgerlich, wenn ein britischer Captain sich eine solche Prise entgehen ließe.

Ramage blickte zum Deckfenster auf und dann auf seine Uhr. In zwei Stunden würde die Nacht hereinbrechen. Er hatte seine Entscheidung getroffen. Es war an der Zeit, die französischen Gefangenen auf die *Triton* zu transferieren und Proviant zum Schoner hinüberzuschicken. Appleby würde sich sehr geehrt fühlen, weil er die *Merlette* mit nur einem einzigen Mast nach Barbados navigieren durfte. Daß er eine Prise mit einer Fracht im Wert von siebenundzwanzigtausend Guineen einbrachte, würde ihm Admiral Robinsons Protektion sichern. Und die konnte er bei seinem Leutnant-Examen dringend brauchen, denn anders würde er es nie schaffen. Ramage wußte, daß der Schiffsführersmaat das Gehirn eines Spatzen besaß.

Da Wheeler tot war, brauchte sich Ramage nur um zwei französische Offiziere zu kümmern — um den Captain und noch einen Mann. Sie konnten Applebys Kabine haben. Dort würden sie leichter zu bewachen sein. Er befahl den Wachtposten, Southwick zu holen, damit er die nötigen Befehle erteilen konnte.

Die französischen Gefangenen waren unter Deck geführt worden, ein Seesoldat war zu ihrer Bewachung abkommandiert. Sie hatten Nahrungsmittel und Wasser auf die *Merlette* geschafft, die Prisenbesatzung war an Bord gegangen. Ramage hatte auch Harris auf den Schoner geschickt, da er ein erfahrener Seemann war. Auch Stafford und Fuller würden Appleby unterstützen. Da die *Triton* auf ihre besten Männer verzichtete, hatte es sich Appleby selbst zuzuschreiben, wenn irgend etwas schiefging.

Ramage stand an der Fallreepstreppe, als Appleby an Deck kam, eine zusammengerollte Karte unter dem Arm.

„Haben Sie nichts vergessen?"

„Ich glaube nicht, Sir", erwiderte Appleby unbekümmert und vergaß, daß sein Captain eine ausgeprägte Abneigung gegen vage Antworten hegte.

„Entweder haben Sie etwas vergessen oder nicht. Karte, Sextant, Tabellen, Kalender?"

„Ich habe alles, Sir."

„Die letzte Position von Mr. Southwick? Den Kurs, den Sie steuern müssen? Haben Sie den Chronometer mit dem der *Merlette* verglichen?"

„Ja, Sir."

„Flagge, Signalflagge, Raketen, Munition?"

„Alles an Bord, Sir."

„Sehr gut. Während der Nacht werden wir in Sichtweite bleiben, also feuern Sie ruhig eine Rakete ab, wenn Sie etwas vergessen haben oder nicht zurechtkommen."

„Aye aye, Sir", antwortete Appleby geduldig, und Ramage merkte, daß er sich wie eine Mutter aufführte, deren Sohn zum erstenmal zur Schule ging.

„Also, dann viel Glück. Und vergessen Sie nicht, Salutschüsse abzufeuern, wenn Sie das Flaggschiff vor Barbados sehen."

Eine halbe Stunde später war die Jolle der *Triton* zurückgekehrt und wurde an Bord gehievt. Die *Merlette* begann Segel zu setzen, und dann fuhr sie ab. Als Ramage das Manöver beobachtete, trat Bowen an seine Seite und bemerkte: „Applebys erstes Kommando. Sicher ist er schrecklich aufgeregt."

„Ich nehme es an", sagte Ramage seufzend. „Der dümmste Kerl, der mir je begegnet ist . . . Er hat — keinen — Schwung, wenn Sie verstehen, was ich meine."

Der Arzt nickte. „Aber er bemüht sich. Und er ist noch sehr jung."

„Ja, etwa vierzehn Monate jünger als ich."

„Ich bitte um Verzeihung, Sir, ich wollte nicht . . ."

Ramage lachte. „Ich habe das als Kompliment aufgefaßt, Bowen."

Bowen wechselte hastig das Thema. „Der französische Captain — was ist das nur für ein Mensch? Ich meine — wie kann man mit Menschen handeln? Das scheint doch gegen alles zu verstoßen, was sie mit ihrer Revolution erreichen wollten."

„Diese Frage habe ich mir auch schon gestellt. Er erinnert mich an einen typischen französischen Krämer — fröhlich, fett und durchtrieben."

„Ich muß zugeben, daß ich ein Gegner der Sklaverei bin, Sir. Ich habe Wilberforces Bestrebungen nie unterstützt, aber ich bewundere ihn."

„Ich auch. Und in diesem Augenblick wäre ich sogar geneigt, den Dienst zu quittieren und Wilberforce meine Hilfe anzubieten."

„Eine lobenswerte Regung, wenn ich mir diese Bemerkung erlauben darf, Sir. Aber zur Zeit hat unser Land schlimmere Feinde als die Sklavenhändler. Und wenn wir einen grausamen Sklavenjäger verdammen, müssen wir stets daran denken, daß in den ersten drei Jahren der Französischen Revolution in den Pariser Straßen mehr Grausamkeit geübt wurde, von Franzosen gegen Franzosen, als in der Bucht von Benin während der letzten fünfzig Jahre."

Ramage nickte und dachte an die vielen Tausend Menschen, die man zur Guillotine geführt hatte, nur weil sie der oberen oder der mittleren Klasse angehörten — nicht weil sie Gegner der Revolution waren. Und Hunderte waren ihnen gefolgt, weil persönliche Feinde sie beim Direktorium denunziert hatten, um alte Rechnungen zu begleichen.

„Nun, wir können herausfinden, was für ein Mensch der Franzose ist, weil ich ihn heute abend zum Essen einladen werde. Ich würde ihn lieber über Bord werfen, aber es gehört nun einmal zu den Pflichten eines Captains eine solche Einladung auszusprechen. Auch wenn der Gefangene ein Sklavenhändler ist."

Der Arzt versuchte gar nicht erst, sein Interesse zu verbergen.

„Vielleicht möchten Sie auch kommen, Bowen. Southwick kann ich nicht einladen, weil er Wache hat."

Jean-Louis Marais, der französische Captain, sprach gut englisch, aß mit Appetit, wenn er auch andeutete, daß ein Hauch von Knoblauch das Fleisch verbessert hätte, und schnüffelte mit Kennermine an seinem Brandy-Glas. „Nicht schlecht, Monsieur Ramage. Ich hoffe, Sie halten mich nicht für unhöflich, wenn ich es bedauere, daß ich vergaß, Ihnen ein Geschenk aus meinem Spirituosenschränkchen an Bord der *Merlette* mitzubringen?“

Ramage gewann allmählich Gefallen an der ungebrochenen guten Laune des Franzosen. Der Mann lächelte immer noch, obwohl sein Schiff innerhalb weniger Stunden gekapert und er selbst gefangengenommen worden war. Ramage grinste und konnte sich nicht verkneifen zu erwidern: „Ich hoffe, Sie halten mich nicht für unhöflich, Monsieur Marais. Aber in der knappen Zeitspanne, die Ihnen blieb, um die *Merlette* zu räumen ...“

„Touche! Aber Ihr König hätte mein Geschenk bestimmt nicht verachtet.“

„Ganz bestimmt sogar. Denn seine Gesetze verbieten es, irgend etwas von einem gekaperten Schiff zu entfernen, bevor es von der Admiralität als rechtmäßige Prise anerkannt wurde ...“

„Ein barbarisches Gesetz!“ rief Marais. „Warum ...“

„Ein weiteres Gesetz besagt, daß keine Offiziere, Seesoldaten oder sonstige Personen an Bord der Prise ihrer Kleider entledigt oder sonstwie bestohlen werden dürfen“, fügte Ramage trocken hinzu. „Das finde wiederum ich barbarisch.“

„Mein Hemd ist von geringem Wert, aber mein Herz ist aus Gold.“

„Dann werden wir uns Ihr Herz nehmen. Einverstanden, Bowen?“

Der Arzt nickte. „Ja. Ich kann es herausoperieren, ohne das Hemd schmutzig zu machen.“

„Ah, was für ein Abend!“ sagte Marais und schnüffelte wieder an seinem Brandyglas. „Ein gutes Essen, angenehme Gesellschaft — und ein guter Arzt, der alles tut, was der Gastgeber verlangt — schnell und schmerzlos.“

„Da Sie ein Sklavenschiff besessen haben, könnte ich

mir vorstellen, daß nicht nur ihr Herz aus Gold ist", sagte Bowen in gleichmütigem Ton.

„Sie überschätzen den Profit", entgegnete Marais sanft, „und schmeicheln mir. Ich bedaure, daß ich nicht der Eigentümer bin — war", verbesserte er sich. „Ich war nur der Captain."

„Aber Sie gehen doch sicher einträglichen Geschäften nach", sagte Ramage.

„Es ist ein Spiel. Wenn man gewinnt, kann man viel gewinnen. Wenn man verliert, sind die Verluste beträchtlich. Es gibt keinen goldenen Mittelweg."

„Aber nach einer geglückten Reise sind Sie doch sicher um einiges reicher geworden", meinte Ramage. „Sie verdienen an den Waren, die Sie von Frankreich zur Cape Coast transportieren, Sie verdienen an dem Zucker, an dem Rum und den Gewürzen, die Sie von den Westindischen Inseln nach Frankreich schaffen. Das Risiko besteht doch nur darin, die Sklaven unversehrt von der Cape Coast zu den Westindischen Inseln zu bringen."

„Das stimmt", sagte Marais. „Aber wenn alles gutgeht, verdienen wir an den Sklaven das meiste Geld. Und vergessen Sie nicht — diese Schiffe sind schnell, gut ausgerüstet, hervorragend gebaut. Die Besatzung muß groß sein und wird sehr gut bezahlt — doppelt so gut wie auf einem Handelsschiff. Obwohl während zwei Drittel der Fahrt — zwischen Frankreich bis zur Cape Coast und dann zwischen den Inseln und Frankreich — nur die Hälfte der Leute gebraucht werden."

„Was kann man an einem Sklaven verdienen?" fragte Bowen geradeheraus.

Marais zuckte mit den Schultern. „Monsieur Bowen, seien Sie froh, daß Sie in der Welt der Medizin niemals mit den Worten ‚netto' und ‚brutto' konfrontiert werden. Aber eine klare Frage verdient eine klare Antwort. Wir bezahlen die Sklaven nicht mit Geld. Wir kaufen sie mit den Handelsgütern, die wir aus Frankreich mitbringen. Aber der Gewinn beläuft sich auf — Verzeihung, ich muß das erst in die englische Währung umrechnen — ja, auf etwa fünfundzwanzig Guineen pro Sklave — das bezahlen die Händler für einen Mann — und fünfzehn für eine Frau. Und wenn wir unter den ersten Sklavenschiffen sind, die nach dem Ende der Hurrikane ankommen, oder unter den letzten, bevor die Stürme einsetzen, können wir männliche Sklaven um fünfzig bis sechzig Guineen verkaufen. Unser Bruttoverdienst beträgt also zwischen fünfundzwanzig und fünfunddreißig Guineen pro Sklave. Aber während der Fahrt sterben durchschnittlich zehn Prozent — oder wir treffen eine Woche nach einem anderen Sklavenschiff auf dem Markt ein. Dann sind die Preise natürlich niedrig."

Bowen war offensichtlich entsetzt und fasziniert zugleich von der Art, wie Marais über die Sklaven sprach — als wären sie Zuckersäcke oder Rumfässer. „Ich sehe nicht, wo das Risiko liegt. Sie können doch nur gewinnen."

Marais warf einen Blick zum Deckfenster hinauf, hob die Schultern und breitete die Arme aus. „Monsieur Bowen, einen Teilhaber wie Sie würde ich mir wünschen. Wenn ich ein Schiff hätte, aber kein Geld, um die Fahrt zu finanzieren, dann würde ich Sie gern dazu überreden, sich an dem Geschäft zu beteiligen."

„Warum?" fragte Bowen unschuldig.

Marais war sehr ernst geworden. Die stechenden kleinen Augen richteten sich auf den Arzt, die Hände lagen flach auf dem Tisch, die Schultern neigten sich vor. Die Lampe, die an ihrem Bügel am Schott hing und hin- und herschwang, warf Schatten auf sein Gesicht. Und der fröhliche Krämer verwandelte sich in den Captain eines Sklavenschiffs, der es gewöhnt war, in verzweifelten Situationen zu verzweifelten Maßnahmen zu greifen. „Sie sind Mediziner, Monsieur Bowen. Vielleicht wissen Sie, daß die Cape Coast zu den ungesündesten Orten der Welt zählt. Ich muß oft dreißig Meilen den Fluß hinauffahren, um meine Fracht einzusammeln, die an sich schon eine große Gefahr für das Schiff darstellt. Auf jenem Fluß habe ich mehr Leute bestatten müssen als jemals auf hoher See. Ich verlasse Frankreich mit einer Besatzung von fünfunddreißig Mann — weil ich zwanzig Überlebende für die Fahrt von der Cape Coast bis zu den Westindischen Inseln brauche. Ich habe diese Strecke schon oft genug mit nur einem Dutzend zurückgelegt. Die anderen sind an Krankheiten gestorben, für die es keine Heilung gibt, die in jedem Fall mit einem grausamen, schmerzhaften Tod enden." Er wandte sich an Ramage. „Als Ihre Brigg in Sicht kam, waren von den fünfunddreißig Männern, die Frankreich mit mir verlassen hatten, nur noch fünfzehn am Leben. Die anderen sind in der Bucht von Benin gestorben — einer wurde von einem verräterischen Sklavenhändler erstochen, die anderen erlagen ihren Krankheiten."

„Aber es bedeutet doch keinen finanziellen Verlust, wenn ein Teil der Besatzung stirbt", entgegnete Ramage mit einem vielsagenden Lächeln.

Marais grinste. „Ich weiß, worauf Sie hinauswollen. Aber die Männer, die sich auf einem Sklavenschiff verdingen, sind keine Spieler. Sie wollen ihr Geld nicht erst am Ende der Fahrt haben. In diesem Fall könnte der Schiffseigentümer von ihrem Tod profitieren, wie Sie angedeutet haben. Aber diese Leute wollen einen großen Vorschuß haben, bevor sie Frankreich verlassen. Ich ..."

„Kommen Sie!" unterbrach ihn Ramage. „Wenn Sie den Leuten so große Summen im voraus zahlen, desertieren sie doch, bevor Sie den Anker lichten."

Marais sprach es nicht aus — aber seine Hände und ein leichtes Schulterzucken brachten deutlich zum Ausdruck, dieser Einwand sei ein klarer Beweis, wie sehr sich doch die rauhen britischen Seefahrer von den cleveren französischen unterschieden. „Mein Agent zahlt die Vorschüsse, meist die Heuer für vier Monate, den Personen aus, deren Namen die Matrosen angegeben haben, eine Woche, nachdem wir in See gestochen sind."

„Und womit kaufen Sie die Sklaven?" fragte Bowen.

„Mit diversen Handelswaren. Mit Stoffen und Kleidungsstücken, je bunter, desto besser, mit Kochtöpfen aus Messing und Eisen, mit Perlen, Messern, Spiegeln — die sind sehr beliebt. Mit Alkohol, Musketen, Patronen, Schießpulver, Säbeln . . ."

„Mit Musketen und Pulver?" rief Bowen.

„Natürlich — dafür zahlen die Häuptlinge einen hohen Preis. Natürlich sind das ganz billige Waffen, für den Schützen selbst gefährlicher als für sein Ziel."

„Und was passiert, wenn Sie an der Küste ankommen?"

Marais grinste den Captain an. „Zunächst stellen wir fest, ob britische Kriegsschiffe in der Nähe sind. Und dann läuft alles nach Plan. Die Handelsniederlassungen an der Küste und die einheimischen Häuptlinge sind auf unsere Ankunft vorbereitet. Sie wissen, daß wir nicht während der Hurrikane in der Karibik ankommen wollen. Sie haben also rechtzeitig Sklaven eigesammelt. Wenn genug Sklavenschiffe eingetroffen sind, werden die Sklaven auf den Markt gebracht, und die Captains begutachten sie. Wenn sich ein Captain für einen bestimmten Sklaven interessiert, verhandelt er mit dem Eigentümer, das ist meist ein Sklavenhändler oder ein Abgesandter eines Stammeshäuptlings."

„Woher nehmen diese Häuptlinge ihre Sklaven?"

„Von überall. Zum Beispiel verkauft er die jungen Männer seines Stammes, die sich schlecht benommen haben. Das müssen nicht unbedingt Verbrecher sein. Wenn der Stamm groß ist und der Häuptling viele Musketen braucht oder bunte Kleider für seine Frauen, ist er sogar bereit, seine eigenen Söhne zu verschachern. Natürlich überfallen die Stämme auch fremde Dörfer, um Neger zu fangen, die sie als Sklaven verkaufen können. Das kommt oft vor, und an den Stammesnarben in den Gesichtern kann man leicht erkennen, welche Häuptlinge auf fremden Weiden gegrast haben. Wenn ein Häuptlingsagent mit senkrechten Narben einen Mann mit waagrechten Narben anbietet, dann weiß man, daß sein Stamm ein fremdes Dorf geplündert hat."

Ramage erinnerte sich an die Bemerkung des Franzosen, er müsse oft meilenweit den Fluß hinauffahren. „Aber Sie bekommen doch nicht alle Ihre Sklaven in den Handelsniederlassungen? Die meisten dieser Siedlungen sind doch an der Küste, nicht wahr?"

„Die Hälfte bekommen wir in den Handelsniederlassungen — die besten und teuersten. Den Rest finden wir an den Flüssen — in kleinen Dörfern."

„Sie fangen sie ein — wie Tiere?" fragte Bowen tonlos.

„Aber nein! Es wäre viel zu gefährlich, eine Matrosenmannschaft an die Küste zu schicken. Wir lassen sogar Tag und Nacht ein Patrouillenboot um das Schiff kreisen. Nein, hundert Matrosen würden im Dschungel keine Stunde überleben. Die Eingeborenen würden sich keine drei Yards von meinen Leuten entfernt im Busch verstecken und sie mit Pfeilen und Speeren durchlöchern. Oder sie würden todkrank an Bord zurückkommen. O nein, Monsieur Bowen, wir segeln zu einem Dorf und warten. Nach einer Weile kommt ein Abgesandter oder vielleicht sogar der Häuptling selbst in einem Kanu an, um mit uns zu palavern. Er sagt uns, wie viele Sklaven er hat und was er dafür verlangt. Einer meiner Männer, für gewöhnlich der Maat, begleitet ihn ins Dorf und sieht sich die Sklaven an. Wenn sie zurückkommen, einigen wir uns über den Preis. Und dann kommen nach Einbruch der Dunkelheit die Kanus mit den Sklaven aus den umliegenden Dörfern."

„Woher kommen alle diese Sklaven?"

„Danach frage ich nicht." Marais zuckte mit den Schultern. „Wenn ein Mann zwei Söhne und sechs Töchter hat, dann muß er sechs nutzlose Mäuler stopfen. Er legt nur

Wert auf seine Söhne. Also verkauft er ein paar von seinen Töchtern. Wenn er wenig Land und viele Söhne hat, dann kann er auch auf einige Söhne verzichten. Besonders, wenn er den einen oder anderen nicht leiden kann."

Bowen seufzte tief auf.

„Mein Freund", sagte Marais, „Sie dürfen nicht schokkiert sein. Sie dürfen diese Menschen nicht nach Ihren Maßstäben beurteilen. Sie haben eine andere Lebensart als wir und folgen anderen Gesetzen. Sie sind glücklich und arbeiten gerade nur so viel, daß sie nicht verhungern müssen. Es ist schwierig zu verhungern, weil viele Früchte und Gemüsesorten wild im Dschungel wachsen und der Fluß sehr reich an Fischen ist. Und eine Familie ist nicht das, was ein Europäer unter diesem Begriff versteht. Bevor ich jenen Landstrich kennenlernte, wäre ich entsetzt gewesen, wenn ich das erfahren hätte, was ich Ihnen jetzt erzähle. Nach zwanzig Jahren weiß und verstehe ich alles. Betrachten wir einmal die Regierungsform der Neger. Wenn ein Häuptling stirbt, wählen die Ältesten des Stammes einen neuen — den Mann, der ihrer Meinung nach am ehesten dazu fähig ist, seine Untertanen in den Krieg zu führen, Recht zu sprechen — und so weiter. Sie finden das europäische System lächerlich. Ein König, der den Thron von seinem Vater erbt, könnte dumm oder verrückt oder aus anderen Gründen regierungsunfähig sein." Er warf Ramage einen spöttischen Blick zu. „Und drei- oder vierhundert ‚Unterhäuptlinge' ohne besondere Qualifikationen werden von Narren gewählt, die wahrscheinlich mit ein paar Pinten Ale bestochen wurden ... Sie müssen doch zugeben, daß als Resultat dieses Systems unmögliche Situationen in Europa entstanden sind, daß die ‚Unterhäuptlinge', Ihre Parlamentarier und die französischen Senatoren, nichts weiter tun, als Reden zu halten. Wer kann schon sagen, welches System das beste ist? Nach meiner Ansicht paßt das eine System nach Europa, das andere an die Cape Coast."

„Und wenn die Sklaven an Bord sind — wie werden sie versorgt?“ fragte Bowen. „Was essen sie — wie können sie sich Bewegung verschaffen?“

Marais hob die Brauen. „Monsieur, ich glaube, Sie sind ein Anhänger von diesem Monsieur Wilberforce. Aber vergessen Sie nicht — ein Captain eines Sklavenschiffs müßte wahnsinnig sein, wenn er nicht gut für die Sklaven sorgen würde. Wenn ein Sklave stirbt, gehen fünfundzwanzig Guineen Investition und weitere fünfundzwanzig Guineen Profit über Bord. Wenn Sie Hunderte von Guineen in eine Firma investieren, werden Sie doch dafür sorgen, daß die Güter dieser Firma in gutem Zustand bleiben. Aber um Ihre Frage zu beantworten — auf der *Merlette*, die in dieser Hinsicht als beispielgebend bezeichnet werden kann, bekommen die Sklaven drei Mahlzeiten am Tag und genau die Art von Lebensmittel, an die sie gewöhnt sind. Sobald wir auf hoher See sind, verbringen sie mindestens fünf Stunden täglich an Deck. Sicher, jeweils zwei Männer sind mit Eisenketten aneinander gefesselt. Aber sie können sich genügend bewegen, sogar tanzen. Während sie an Deck sind, wird ihr Quartier gesäubert, und sie bekommen jeden Tag Brandy.“

Ramage schüttelte den Kopf. So logisch Marais' Argumente auch teilweise klangen, an Ramages Standpunkt änderte sich nichts. Er war ein Gegner der Sklaverei. Daß die Häuptlinge ihre eigenen Söhne verkauften, rechtfertigte noch lange nicht, daß die Sklavenhändler sie ihnen abkauften. Und es gab auch den Plantagenbesitzern nicht das Recht, Sklaven von den Händlern zu kaufen. Marais schien seine Gedanken zu erraten.

„Was bezahlt die Royal Navy zur Zeit als Werbegeld für Matrosen, Monsieur?“

„Das ist kaum relevant.“

„Nein? Die Marine Ihres Landes wird auf die gleiche Weise bemannt wie die Frankreichs. Die Gefängnisse werden ausgeräumt, Leute werden auf die Kriegsschiffe getrieben, wo sie jahrelang schuften müssen, für Hungerlöhne, ohne an Land gehen zu dürfen. Oder man lockt einen Halbverhungerten mit einer Brotrinde an Bord. Damit er am Leben bleibt, nimmt er das Brot — und ehe er weiß, wie ihm geschieht, ist er ein Sklave Ihres Königs — oder, auf französischen Schiffen, ein Sklave des Direktoriums. Es muß nicht immer ein Hungerleider sein. Ein Farmarbeiter besäuft sich — und erwacht in einem Boot, das ihn zu einem Kriegsschiff bringt, nachdem ihm ein Preßgang eins auf den Schädel gegeben hat. Er läßt zu Hause Frau und Kinder zurück, die ohne ihn verhungern müssen. In Frankreich und England steigt der Preis für Brot und Kartoffeln alle paar Wochen. Die Stadtbewohner können die Grundnahrungsmitel nicht selbst erzeugen, Monsieur Ramage, ebensowenig wie ein Großteil der Landbevölkerung. Deshalb müssen die Ärmsten der Armen verhungern. Glauben Sie, daß ein Plantagenbesitzer einen Sklaven verhungern läßt, den er für fünfzig Guineen gekauft hat?"

„Aber diese armen Menschen bleiben lebenslang Sklaven", wandte Bowen ein. „Ein Matrose dient nur bis zum Kriegsende."

„Und wenn der Krieg zu Ende ist? Dann wird er aus dem Kriegdienst entlassen, wie Tausende anderer Seeleute oder Soldaten. Er kann keine Arbeit finden, denn er kann nichts außer zur See fahren. Er weiß nicht, woher er seine nächste Mahlzeit nehmen soll. Vielleicht hat er sogar einen Arm oder ein Bein verloren. Der Kriegsdienst in ungesunden Klimazonen hat ihn körperlich ruiniert. Der Skorbut hat ihm die Zähne weggefressen, immer wieder wird er von bösartigen Fieberanfällen geplagt. Ja, ein Sklave bleibt Sklave für den Rest seines Lebens, und das bedeutet, daß er bis zu seinem Lebensende ordentlich zu essen bekommt. Ihr Monsieur Wilberforce meint es gut, ebenso wie Sie beide,

Gentlemen. Aber sollten wir nicht berücksichtigen, wie viele Menschen in den engen Straßen unserer Städte ein sklavenähnliches Leben führen, bevor wir die Sklaverei verdammen? Billiger Schnaps oder Wein, der sie im Winter warm hält — kein Feuer, fast nichts zu essen ..."

„Tut mir leid, Monsieur Marais", fiel Ramage ihm scharf ins Wort. „Diese Diskussion führt zu nichts. Können Sie Schach spielen?"

Marais' Augen leuchteten auf. „Ah, Schach! Wie sehr habe ich mich nach einem schönen Spiel gesehnt! Wenn ich meine Offiziere aussuche, frage ich sie immer, ob sie Schach spielen können. Aber ich habe noch nie ..."

Ramage warf seinem Schiffsarzt einen Blick zu. „Ich glaube, Sie werden genug Zeit zu einigen interessanten Spielen finden, bevor wir Barbados erreichen. Ich werde den Steward beauftragen, das Schachspiel in Ihre Kabine zu bringen, Mr. Bowen. Übrigens, Monsieur Marais, um Ihnen die Verlegenheit zu ersparen, mit einem Wachtposten im Rücken spielen zu müssen — wenn Sie mir Ihr Ehrenwort geben ..."

„Mit Vergnügen", sagte Marais. „Wenn ich fliehe, müßte ich nach Guadeloupe schwimmen. Wenn ich Ihnen mein Ehrenwort gebe, kann ich in aller Ruhe Schach spielen. Vielen Dank für den reizenden Abend."

Bowen verließ die Kabine, begleitet von dem Gefangenen, und Ramage suchte nach seinem Hut, um noch einen Rundgang an Deck zu machen. Noch zwei Nächte in den Passatwinden, dann Barbados — und dann mußte er sich dem Kommando des Admirals unterstellen ... Plötzlich wurde ihm bewußt, daß er überglücklich wäre, wenn er noch mindestens zwei Monate lang über den Atlantik segeln könnte. Er fühlte sich wohl auf seiner kleinen schwimmenden Welt. Es war eine wunderbare Aufgabe gewesen, eine meuternde Besatzung in eine loyale umzuformen, und es beschämte ihn nicht, daß er auf seine Leistung stolz war.

12

Ramage saß auf der Heckkarronade an der Steuerbordseite, auf seinem Lieblingsplatz, den ein kleines Sonnensegel vor der sengenden Hitze schützte. Barbados lag nur noch ein paar Meilen weit entfernt im Westen. Er überlegte, wie wenige Tage erst verstrichen waren, seit Southwick ihm nahegelegt hatte, das Problem Bowen in Angriff zu nehmen.

Die Fahrt war beinahe zu Ende. Ob Bowen nun endgültig kuriert war oder nicht, jedenfalls hatte er seit über einer Woche keinen Alkohol mehr angerührt. Er konnte zusehen, wie andere tranken, ohne daß ihm der Schweiß ausbrach, während er stumm gegen den Drang ankämpfte, nach einem Glas zu greifen.

Die Tropen — noch immer freute sich Ramage am Klang dieses Wortes. Aber jetzt, wo er sich den Inseln näherte, die sich in halbmondförmiger Reihe von der östlichsten Spitze Venezuelas bis Florida erstreckten, wußte er, daß das Wohl der Besatzung mehr von Bowens Fähigkeiten abhängen würde als von seinen eigenen Seefahrerkünsten. Dutzende von Inseln zogen sich vom nördlichen Kuba aus sechshundert Meilen weit über das Meer, oft öde Felsen, manchmal kaum eine Meile breit. Auf allen diesen Inseln waren Extreme zu finden — atemberaubende Schönheit, grausige Häßlichkeit. Frieden und Gewalttätigkeit. Freude und Elend.

Manchmal milderten die Passatwinde die Hitze und die Luftfeuchtigkeit, schufen ein angenehmes Klima. Aber wenn der Wind sich legte, wurde es feucht und unerträglich heiß, das Wetter sog die letzten Energien aus dem menschlichen Körper, untergrub Gesundheit und Verstand.

Ein starker, gesunder Mann konnte den Frangipan bewundern, seine zarten weißen Blüten, die eine goldene Mitte umkränzten, sich um unbelaubte Bäume auf hohen Klippen rankten. Er konnte ungläubig auf dunkelrot blühende Bäume starren, die wie überdimensionale Flammenkugeln aussahen. Und wenn er all diese Schönheit entzückt betrachtet hatte, konnte ihn schon in der nächsten Nacht das gelbe Fieber niederwerfen, und er lag sterbend da, übersät von Insekten, die das letzte bißchen Leben aus ihm herausfraßen.

Inseln, die kein Maß kannten ...

Am ersten Tag der Regenzeit verwandelten sich die sonnenversengten braunen Hänge in grüne Gärten, voller winziger Schößlinge. Die Sonne nährte die Pflanzen, und sie wuchsen rasch, und wenn sie groß und stark waren, versengten die Sonnenstrahlen sie zu Tode. Und während Sonne und Regen die Pflanzenreste vernichteten, gingen Ameisen und Skorpione, Eidechsen und große, summende Fliegenschwärme auf die Jagd.

Der Stamm eines gefallenen Baumes sieht fest und stark aus — bis man ihn anrührt und er zerfällt, weil er von Termiten zerfressen ist ... Und zwischen verrottendem Holz wachsen Poinsettien, Weihnachtssterne — wild und üppig, jeder schlanke Stiel von Blüten gekrönt, die wie die Zacken eines leuchtend roten Sterns herabhängen.

Das dunkle Grün des Lignum-Vitae-Baums, dessen Holz so schwer war, daß es im Wasser versank ... Aber seine winzigen, hellblauen Blüten, nicht größer als Knöpfe, ließen nicht ahnen, wie stark er war ...

Ramage erinnerte sich an die Pelikane, plump, mit breiten Flügeln, mit langen Schnäbeln und wippenden Säcken darunter, wie sie auf Korallenriffen standen, wie eine

Schar alter Männer mit faltigem Doppelkinn, die über Politik und längstvergangene Tage schwatzten. Offenbar konnten sie sich nur unter großen Schwierigkeiten in die Luft erheben, aber wenn sie einmal oben waren, dann glitten sie lässig und mühelos dahin. Und wenn sie mit ihren kleinen Knopfaugen einen Fisch erspähten, ließen sie sich so plötzlich und ungeschickt fallen, daß man glauben könnte, der Flug hätte sie völlig erschöpft.

Der kleine weiße Reiher hingegen stelzte durch tiefe, stinkende Sümpfe am Rand eines Mangrovenhains, so zierlich wie eine kleine Prinzessin, die einen Ballsaal betritt und weiß, daß sie von zahlreichen Gästen beobachtet wird.

Der Fischadler hing in einer Luftströmung im Lee eines Hügels, um blitzschnell hinabzugleiten, wenn er einen ahnungslosen Fisch unten in der Lagune erspäht hatte. Und fröhliche bunte Papageien plapperten im Dschungel. Winzige Vögel summten wie große Bienen, die schrille Pfiffe der Spottdrosseln klangen wie geheime Signale.

Immer lebhafter kamen die Erinnerungen, und keine war verwischt vom Nebel der Zeit. Die Marayllis mit ihren trompetenförmigen Blüten, der lange silbrige Barrakuda, der durch die See schnellte mit seinem häßlichen Pfeilkopf und den rasiermesserscharfen Zähnen. Haie mit blaugrauen Rücken und weißen Bäuchen, die Geier des Meeres. Papaya-Bäume mit ihren köstlichen orangegelben Früchten, die in Büscheln in den Wipfeln wuchsen. Tamarinden mit harten bunten Samen, die von den Eingeborenen zu Perlenketten verarbeitet wurden. Die Nachtschattengewächse, die ihre weißen Blüten bei Einbruch der Dunkelheit öffneten, um sie bei Sonnenaufgang für immer zu verschließen ...

Die Korallenriffe, die darauf warteten, die Schiffsböden aufzureißen, umschwärmt von Fischen in den buntesten Farben, in so seltsamen Mustern, daß ein betrunkener

Maler sie entworfen haben könnte. Lange Sandbänke, bestanden mit Palmen verschiedenster Art, und am Strand die Höhlen der Krebse, die die Eingeborenen bei Nacht mit Fackeln anlockten und fingen ...

Und über alle Inseln zogen Moskitoschwärme dahin, surrten und bissen, hinterließen Blutflecken auf der Haut, wenn man sie erschlug. In der Regenzeit erhielten sie Verstärkung von den Sandflöhen, die so klein waren, daß man sie kaum sah. Sie warteten heimtückisch, bis die Sonne hinter dem Horizont verschwunden war, dann kamen sie und gingen zum Angriff über. Ihre Bisse waren wie Nadelstiche und hinterließen schmerzhafte, juckende Schwielen. Glänzende, kleine schwarze Skorpione, Tausendfüßler, die sich unter Steinen oder Zweigen versteckten. Oder sie lauerten unter Dachbalken, fielen plötzlich herab und bissen einen in den Arm. Zurück blieb eine Schwiele, die wie ein Fleischpudding aufquoll.

Freche Schwarzdrosseln mit langen Schwänzen stolzierten umher wie junge Midshipmen auf dem Achterdeck eines Flaggschiffs, nur das Teleskop fehlte unter dem Flügel.

Die Kleider verschimmelten, verrotteten, zerfielen. Eisen rostete, krustete sich schichtweise ab, bis nur mehr ein roter Fleck übrigblieb. Nichts bewegte sich, und doch herrschte niemals völlige Stille. Wie zerklüftete Felsen, die aus einem Teich ragen, erhoben sich die Kleinen Antillen aus dem südlichen Ende der Karibik. Die Menschen bauten Häuser auf diesen Inseln, und die Hurrikane zerstörten sie. Die Korallenriffe wuchsen hoch hinauf, dann starb die Koralle, die Brandung zerschmetterte sie, wirbelte die Teilchen über den Strand, wo sie sich mit Muscheln vermischten, wo die Wellen sie immer tiefer in den glänzenden Sand gruben.

Im Dschungel starben Bäume und stürzten zu Boden, um den Termiten neues Leben zu geben. Tiere starben, und ihre Kadaver ernährten die Käfer und Maden. Seefahrer starben und — dieser Gedanke erfüllte Ramage mit Bitterkeit — gaben den Beamten ihre Daseinsberechtigung, die für die Admiralität die nötigen Formulare ausfüllten.

Southwick kam aus seiner Kabine, wo er die Mittagsposition der *Triton* bestimmt hatte, und blinzelte in die grelle Sonne. „Wenn dieser Wind anhält, müßten wir morgen vormittag den Ragged Point sichten."

„Um wieviel Uhr?"

„Zwischen zehn und zwölf."

„Hm . . ."

Southwick wußte, daß der Captain überlegte, wie riskant es war, die Insel bei Dunkelheit anzulaufen. „Ich glaube nicht, daß wir heute nacht beidrehen müssen, Sir. Wir hatten in den letzten fünf Tagen keine Nordströmung."

Jeder Captain und jeder Navigationsoffizier, der den Atlantik überquerte, mußte fürchten, daß seine Standortbestimmung nicht genau genug war, daß er ein paar Meilen weiter gesegelt war, als er angenommen hatte, und im Dunkeln an die tiefliegende, felsige, wellengepeitschte Ostküste von Barbados stieß. Wenn man zu weit nach Norden oder Süden abgekommen war, konnte man nachts vorbeisegeln und auf den Felsen der winzigen Grenadines auflaufen.

Ramage wußte, daß Southwick ein guter Schiffsführer war, aber auf diesem Teil der Strecke versuchten alle Captains und alle Schiffsführer Zuversicht zu zeigen und waren doch, zumindest wenn sie gewissenhaft waren, von Zweifeln geplagt.

Ein Fehler im Quadranten oder Chronometer, eine unerwartete nächtliche Strömung zwischen zwei Positionsbestimmungen — und schon lief man auf Grund am Strand von Barbados, wo die Brandung auch an windstillen Tagen zwischen vorgelagerten Felsen donnerte und feine Gischt mehrere hundert Yards weit ins Land schickte, einen fast unsichtbaren Nebel.

Man konnte sich nicht darauf verlassen, daß im Leuchtturm ein Licht brannte. Und selbst wenn man eins sah, konnte man nicht wissen, ob es ein Strandräuber angezündet hatte, der das Schiff zu gefährlichen Felsen locken wollte. Die Strandräuber auf diesen Inseln waren reich geworden. Allein auf Barbados hatten zwei oder drei der führenden Familien angeblich ihre Hand mit im Spiel.

Im Morgengrauen des nächsten Tages schien jeder Mann an Bord zu schrubben, zu bohnern, zu malen. Ramages Steward konnte es kaum erwarten, bis sein Captain endlich die Kabine verließ, damit er endlich die Wäsche bügeln konnte, die er tags zuvor an Deck aufgehängt hatte. Mehrere Matrosen rieben alle Messingteile emsig mit Lappen und Ziegelmehl ab, bis sie um die Wette glänzten. Das Deck war bereits gescheuert und gewaschen worden. Der Feuerwerksmaat rieb, unterstützt von zwei Männern, jede einzelne Karronade sorgfältig mit geölten Tüchern ab. Schon vor zwei Tagen hatte er Rostflecken entfernt und die fleckigen Stellen mit einer geheimnisvollen Mischung aus Lampenruß und Essig bestrichen.

Ein penetranter Geruch lag über der *Triton,* denn in den vergangenen zwei Tagen hatten die Männer die stehende Takelage mit einer Mischung aus Stockholm-Teer, Kohlenteer und Salzwasser beschmiert, die sie in einem Fischkochtopf erhitzt hatten. Und während sie ihre Pinsel schwangen, war Southwick unter Deck umhergesprungen und hatte geflucht, weil sie dunkle Tropfen verspritzten, obwohl sie alte Segel über das Deck gebreitet und sie als zusätzliche Vorsichtsmaßnahme mit Sand bestreut hatten.

Am Bug bemühten sich drei Mann, die Galionsfigur der *Triton* zu verschönern. Die hölzerne Nachbildung von Poseidons und Amphitrites Sohn war klein und hübsch geschnitzt. Sein Kopf war leicht vorgeneigt, als wollte er das Bugspriet stützen. Sein Fischschwanz wand sich den Steven hinab, und das Schwanzende war mit Blattgold überzogen.

Das Gesicht war, wie Ramage schon vor Wochen bemerkt hatte, ‚für einen Griechen freundlich genug'. Aber das Tritonshorn, das er traditionsgemäß in der Hand hielt, war schon vor langer Zeit abgebrochen. Man hatte es durch ein neues aus grünem Holz ersetzt, das in der heißen Sonne rissig geworden war.

Die Sache würde Ramage eine Guinee kosten. Dazu kam noch das Geld für das Blattgold, das er aus eigener Tasche zahlen mußte, denn die Admiralität stellte für derlei Zwecke nur gelbe Farbe zur Verfügung. Ramage hatte dem Schiffsführer gegenüber beiläufig bemerkt, das Tritonshorn oder die Trompetenschnecke würde in den Westindischen Inseln tatsächlich existieren. Zu Ramages Überraschung hatte sich Southwick sehr interessiert gezeigt. Offenbar hatte er geglaubt, daß dieses Tier wie Triton selbst nur ein Symbol sei.

Offenbar hatte Southwick seine neue Weisheit an den Schiffsführersmaat weitergegeben, der es wiederum dem Steuermannsmaat erzählt hatte. Bald kam eine Anfrage von seiten der Besatzung. Wenn man ein echtes Tritonshorn fände, dürfe man es dann an Stelle des alten hölzernen anbringen?

Wie Ramage rückblickend überlegte, war dies der erste Beweis gewesen, daß die ehemaligen Tritons und die Kathleens zu einer Besatzung zusammengewachsen waren. Sie hatten einen gemeinsamen Stolz auf ihre Brigg entwickelt. Und er wußte aus Erfahrung, daß ein Schiff, das seine Besatzung mit Stolz erfüllte, ein glückliches Schiff war. Und so hatte er zugestimmt und dem Mann, der ein Tritonshorn von passender Größe finden würde, eine Guinee versprochen.

Die Männer waren begeistert gewesen. Eine Guinee war für die meisten ein Monatsgehalt. Aber der Mann, der das Tritonshorn fand, würde sich das Geld ehrlich verdienen. Denn Ramage wußte, daß die echten Schneckengehäuse nur selten länger als acht oder neun Zoll wurden, während das hölzerne einen Fuß maß. Er wußte auch, daß der Mann, der das Tritonshorn fand, der stolzeste an Bord der Brigg sein würde.

Manchmal stapfte Southwick mit flatternden weißen Haaren zum Bug, um die Vergolder zu beobachten. Die Arbeit war mühsam, aber faszinierend. Nachdem man das Schnitzwerk mit frischem Wasser und Seife abgewaschen hatte, um das Salz und den Schmutz zu entfernen, ließ man es trocknen. Einer der Männer hatte dabeigesessen und zugesehen, für den Fall, daß die Gischt den hölzernen Meeresgott mit einer neuen Salzschicht überzog. Abends hatten sie die Figur mit Segeltuch abgedeckt und am nächsten Morgen den Bootsmannsmaat so lange gequält, bis er ihnen einen Tiegel mit gelber Farbe gab. Das dicke Öl, das sich auf der Farbe gebildet hatte, konnten sie als Grundierung für das Blattgold verwenden.

Während sie das Öl in einem Topf eindicken ließen, bemalten sie die Figur mit den passenden Farben. Als sie getrocknet waren, trugen die Künstler die Grundierung an den Stellen auf, die mit Blattgold verziert werden sollten. Dann warteten sie, bis das Öl fast trocken war. Inzwischen war es ihnen gelungen, Southwick ein feines Ledertuch abzuschwatzen, aus dem sie einen kleinen Flicken schnitten. Mit jungenhafter Begeisterung rannten sie zum Bug zurück, wanden sich Sicherheitstaue um die Hüften, damit sie nicht ins Wasser fallen konnten, und obwohl die See nur ein paar Fuß unter ihnen gurgelte und spritzte, schafften sie es, das Blattgold Stück für Stück auf den Lederflicken zu applizieren.

Einer der Männer hatte offenbar früher als Vergolder gearbeitet, denn er verstand es meisterlich, den Lederflicken mit einer kurzen raschen Handdrehung auf die jeweils richtigen Stellen zu pressen, so daß das Blattgold auf der Grundierung haften blieb. Da jedes Goldblättchen nur zwei Zoll lang und einen Zoll breit und so leicht war, daß ein Hauch genügte, um es davonzuwehen, war Ramage sehr froh, als er hörte, daß in plötzlichen Windstößen nur drei Blättchen verloren gegangen waren.

Kurz nach neun Uhr erstarrten alle, die sich gerade in Hörweite des Fockmastauslugers befanden, mitten in der Bewegung. „He, Deck!“ hatte er geschrien und fügte nun aufgeregt hinzu: „Land in Sicht, Sir! Von zwei Strich am Steuerbordbug bis einen Strich an Backbord!“

„Du blinder Affe!“ brüllte Southwick. „Warum hast du das nicht schon früher gesehen! Wie weit ist es noch?“

„Etwa sieben Meilen. Da vorn lag gerade noch dichter Nebel, Sir. Muß sich eben erst aufgelöst haben.“

Southwick sah seinen Captain an. Er fand, daß man die Entschuldigung des Mannes gelten lassen konnte. Die Sonne brannte mittlerweile heiß herab, und es war nicht ungewöhnlich, daß die Nebelschleier der frühen Morgenstunden sich erst zerteilten, wenn das Land sich erwärmt hatte.

„Wir sind wohl ein bißchen weiter gesegelt, als wir aufgrund Ihrer Positionsbestimmungen angenommen hatten — eh, Mr. Southwick?“ konnte Ramage sich nicht verkneifen zu bemerken. „Sie sagten doch, wir würden zwischen zehn und zwölf Uhr Land sehen. Oder war es zwischen neun und zwölf?“

„Zehn, Sir“, gestand Southwick unglücklich. „Aber . . .“

Als Ramage sah, daß der Schiffsführer die Sache bitter ernst nahm, fiel er ihm ins Wort. „Wenn der Nebel nicht gewesen wäre, hätten wir das Land schon um halb acht sehen müssen.“

„Aber Sir, nachdem wir zweitausendneunhundert Meilen weit geloggt haben . . .“

Ramage lachte. „Ja, es war ein weiter Weg vom Spithead bis hierher.“

Zuerst war die Ostseite der Insel nur ein purpurroter Streifen, tief am Horizont. Allmählich nahm sie Gestalt an, wechselte langsam die Farbe, als die *Triton* näherkam, sich um ein paar Grad nach Backbord drehte, um die Südspitze anzusteuern. Eine steife Brise trug die Brigg schnell voran, und sie schaffte mehr als acht Knoten.

Das Purpurrot verwandelte sich in Hellbraun, als sich die Konturen der Hügel allmählich klarer abzeichneten. Dazwischen zeigten sich seichte Täler. Als die Sonne noch höher stieg, wechselte das Braun zu Grün über, zum satten Grün eines wohlbebauten Landes. Die großen Felder mit den verschiedenen Weizenarten bildeten ein Schachbrett, zusammengesetzt aus mehreren Farbnuancen.

Das Land war flacher, als Bowen erwartet hatte. Statt aufragender Felsen, von Palmen gekrönt, statt überhängender Klippen, von der Brandung unterhöhlt, sah er nun sanft gewellte Hügel, die ihn an die Küste von Sussex erinnerten. Als er sich zu Southwick wandte und seiner Verwunderung Ausdruck gab, meinte der Schiffsführer: „Alle Leute, die zum erstenmal in die Tropen kommen, sind von Barbados enttäuscht. Ich finde, daß es vom Meer aus betrachtet wie die Ostseite der Isle of Wight aussieht. Aber warten Sie nur, bis Sie die anderen Inseln sehen — Grenada, St. Lucia, Martinique. Die sind genauso, wie Sie es sich vorgestellt haben — bergig, dichter Dschungel, tiefe Buchten, zahllose Palmen. Aber Barbados ist zivilisierter als die anderen, abgesehen von Jamaica."

Aber als die *Triton* näher heransegelte, mußte Bowen zugeben, daß die Insel einen schönen Anblick bot. Das tiefe Blau der See ging in helles, funkelndes Grün über, wo die Wellen Korallenriffe und Untiefen überspülten. Das Grün endete in einem schmalen Band aus weißer Gischt vor einem silbernen Sandstreifen. Hinter dem Sandstrand entdeckte er sanft ansteigende Felder, aber nur wenige Bäume, kleine Pinien, die sich nach links neigten.

„Der Wind“, erklärte Southwick lakonisch. „Er weht immer von Osten — deshalb wachsen die Bäume so schief. Ah — da haben Sie ja auch ein paar Palmen.“

Bowen griff nach dem Teleskop, das der Schiffsführer ihm reichte. Tatsächlich, da standen ein paar Palmengruppen am Strand, die einzigen, die meilenweit zu sehen waren. Er gab Southwick das Fernrohr zurück, der die Enttäuschung des Arztes zu spüren schien. „Im Lee von der Südspitze werden Sie mehr Palmen finden. Wir werden sie umsegeln und auch noch die nächste Landspitze und in der Carlisle Bay vor Anker gehen. Die Windseiten dieser Inseln sind immer ziemlich öde. Sie sind dem vollen Ansturm des Windes ausgesetzt, da es zwischen diesem Fleckchen Erde und Afrika kein weiteres Land gibt. An den Leeseiten wächst dichter Dschungel. Völlig geschützt und von häufigen Regenfällen bewässert.“

„Was sind das für braune Flecken im grünen Wasser?“

„Korallenköpfe. Lebende Korallen, meist nur wenige Fuß unter der Wasseroberfläche. Sie sind gefährlich, denn sie können die Schiffsböden aufreißen. Das hellgrüne Wasser zeigt an, wo Sandgrund zu finden ist.“

Bowen wies auf mehrere Windmühlen entlang der Küste, die genauso geformt waren wie die englischen.

„Darin wird das Zuckerrohr verarbeitet“, erklärte Southwick. „Statt der runden Mühlsteine, die wir für unser Korn benutzen, werden hier Walzen verwendet. Das Zuckerrohr sieht aus wie überdimensionaler Weizen, acht Fuß hoch und fast so dick wie Ihr Handgelenk. Es wird zwischen den Walzen zermalmt, der Saft fließt in eine Bleirinne und von dort in Tröge, in denen er gekocht wird.“

„Und was passiert dann damit?“

„Dann wird er in Fässern nach England verschifft. Eine stinkende Fracht . . . Ein Schiff, das Sirup geladen hat, findet keine Passagiere.“

Die *Triton* passierte die Südspitze, und bald kam die

schlangenförmige Carlisle Bay in Sicht, an deren Westseite sich Bridgetown ausbreitete. Ramage sah das Flaggschiff des Admirals, das in der Bucht vor Anker lag, das 98-Kanonen-Schiff *Prince of Wales*. Die *Triton* hatte ihre Nummernflaggen bereits gehißt, die Männer standen an den Karronaden, die schon geladen waren, um einen Salut von siebzehn Schüssen abzufeuern.

Der Feuerwerksmaat stand am Fockmast und wartete auf Ramages Zeichen, um den Feuerbefehl zu geben. Die Pulverjungen standen neben den zusätzlichen Munitionskisten, bereit, sieben Geschütze nachzuladen, damit der Salut vollendet werden konnte.

Nur zwei Fregatten und ein paar plumpe, häßliche Transportschiffe lagen in der Nähe des Flaggschiffs im Hafen, ein kleiner Schoner näherte sich von Westen her. Der Rumpf lag noch unter dem Horizont, die Segel wirkten wie winzige Visitenkarten.

Die Nachricht von der Ankunft der *Triton* war die Küste entlang weitergegeben worden und mußte das Flaggschiff vor etwa einer Stunde erreicht haben. Nun würden alle Mann an Bord genauso gespannt und aufgeregt auf Post und Zeitungen warten wie die Menschen, die sich auf dem Hafendamm versammelt hatten.

Ramage gab dem Feuerwerksmaat ein Zeichen, und der Mann schrie: „Geschütz Nummer eins — Feuer!"

Noch während die Karronade an der Steuerbordseite im Rückstoß nach hinten sprang, während das Echo der Explosion über die Bucht hallte und dichter Rauch aufquoll, hatte der Feuerwerksmaat begonnen, auch den übrigen Geschützführern in den jeweils richtigen Zeitabständen die Feuerbefehle zu geben. Die ersten Worte der Floskel murmelte er vor sich hin, nur die letzten vier Worte stieß er mit lauter Stimme hervor. „Wenn ich kein Kanonier wäre, ich wäre nicht hier — Geschütz Nummer zwei — Feuer!"

Die erste Karronade an der Backbordseite sprang nach

hinten, die Geschützbedienung begann sofort nachzuladen.

„Wenn ich kein Kanonier wäre, ich wäre nicht hier — Geschütz Nummer drei — Feuer!"

Ramage sah, daß Southwick flüsternd mitzählte. Es war immerhin schon öfter vorgekommen, daß sich ein Feuerwerker oder sein Maat verzählt hatten.

Fünfzehn — sechzehn ... Der Rauch wanderte zum Achterdeck, juckte und kratzte in allen Kehlen. Siebzehn ... Der Feuerwerksmaat ging nach achtern, die Männer reinigten die Karronaden mit Würmern und Schwämmen, dann wurden die Geschütze sofort gesichert.

Während der erste Schuß des Antwortsaluts über das Wasser hallte, hißte das Flaggschiff bereits mehrere Signalflaggen. Southwick betrachtete die erste Flagge durch sein Fernrohr und stöhnte. „So einer ist das also ... Das habe ich befürchtet."

Noch bevor Jackson begonnen hatte, seinem Captain die Signale vorzulesen, erriet Ramage, was die erste Flagge zu bedeuten hatte. Sie würde der Brigg mitteilen, wo sie vor Anker zu gehen hatte. Aber wenn der Admiral ein vielbeschäftigter Mann war, würde er den Captain der *Triton* sicher nicht sofort empfangen ...

Jackson unterbrach seine Überlegungen. „Der Captain soll zum Admiral kommen, Sir! Die Kranken sollen zum Lazarettschiff gebracht werden, Sir ..."

„Verdammt, schreiben Sie das alles auf!" schrie Ramage den Amerikaner an. „Jetzt müssen wir erst einmal vor Anker gehen."

Er beugte sich über das Kompaßhaus und stellte die Position des Flaggschiffs fest. Mehrere Männer standen an den Schotten und Brassen bereit. Die Topgasten warteten am Fuß der Wanten, bereit, hinaufzuklettern und auf die Segelstangen hinauszukriechen, um die Segel festzumachen. Auf dem Vorkastell warteten ein paar Männer auf den Befehl, der den schweren Anker in die See schicken würde. Und dann würde das Tau so schnell durch die Klüse rasen, daß Funken sprühen und der Brandgeruch bis zum Achterdeck ziehen würde.

In der Kabine warteten zwei Lederbeutel und eine funkelnagelneue Uniform auf Ramage. Der kleine Beutel war mit Blei beschwert und würde sofort sinken, wenn er ihn über Bord würfe. Glücklicherweise hatte er das nicht tun müssen, da sie auf der Fahrt von England nach Barbados nicht gekapert worden waren. Der Beutel enthielt die geheimen Briefe, die der Erste Lord an Admiral Robinson geschrieben hatte. In dem größeren Beutel befand sich all der prosaische Papierkram, den der Admiral inspizieren würde — das Logbuch der *Triton*, die wöchentlichen Aufzeichnungen, die ihren jeweiligen Zustand beschrieben, das Krankenbuch, das eine Liste aller während der Überfahrt Erkrankten und der Behandlungstherapien enthielt. Dazu kamen Berichte von den Bootsmanns-, Feuerwerks- und Schiffszimmermannsmaaten. Eine Liste der restlichen Vorräte, mehrere Berichte über Messungen, die Ramage und Southwick vorgenommen hatten, ein Bericht über lekkende Bierfässer, über Pökelfleischbehälter, die weniger Fleisch enthielten, als die Aufschrift versprochen hatte, über ein Segel, das so zerrissen war, daß sich eine Reparatur nicht mehr lohnte.

Und am allerwichtigsten war natürlich Ramages Bericht über die gekaperte *Merlette*, dem er alle erforderlichen Dokumente, die echten und die gefälschten, beigelegt hatte.

Seufzend überlegte er, daß er wohl nur zehn Minuten an Bord des Flaggschiffs verbracht haben würde, bis der verdammte Sekretär des Admirals triumphierend verkündete, daß Ramage, sein Schreiber und Southwick irgendein widerliches, lästiges Formular vergessen hätten ...

Die Brigg war nur noch hundert Yards von der Stelle entfernt, wo sie vor Anker gehen sollte. Ramage konnte nur hoffen, daß die Leute auf seine Handzeichen achten würden. Er freute sich, daß ihm der Admiral einen Ankerplatz in direkter Nähe des Flaggschiffs zugewiesen hatte. Wenn alles nach Plan lief, sollte die *Triton* alle Segel festmachen, den Anker werfen und ein Boot aussetzen, ohne daß ein einziges Wort gesprochen wurde. Ramage wollte alle seine Befehle in der Zeichensprache erteilen.

Er gab das erste Zeichen, indem er den rechten Arm hob. Nach wenigen Sekunden schien es, als würden alle Mann an Bord entweder an Seilenden ziehen oder in die Takelung klettern. Segelstangen schwangen herum, die eben noch geblähten Segel glätteten sich, begannen dann zu flattern. Die Männer krochen auf die Segelstangen hinaus, um die Segel sorgsam festzumachen und sie mit Beschlagzeisingen zu sichern. Währenddessen gab Ramage bereits dem Steuermannsmaat das nächste Zeichen, und die Brigg glitt dem Wind gerade entgegen, wobei sie langsam an Fahrt verlor. Das Geräusch des Wassers, das der Steven durchschnitt, das zu beiden Seiten vorbeiflutete und unter der Gillung gurgelte, dieses Geräusch, das die Tritons so viele Wochen lang begleitet hatte, erstarb allmählich, hinterließ dann eine Stille, die fast unheimlich wirkte.

Southwick stand an der Heckreling und hob die Hand, als die Brigg nach achtern drehte, und Ramage gab den Männern auf dem Vorkastell ein Zeichen, und Sekunden später verriet ihm ein lautes Klatschen, daß der Anker geworfen war. Und dann sah er das Tau, das sich aus der Klüse schlängelte, sah die blauen Rauchwolken, die sich rasch im Wind auflösten.

Von seinem Standort aus konnte Ramage den Kompaß sehen, ohne sich zu bewegen. Noch einmal stellte er die Position des Flaggschiffs fest. Wenn die *Triton* so weit nach achtern gefahren war, wie es die Länge ihres Ankertaus zuließ, würde sie die richtige Position einnehmen. Southwick gestikulierte heftig, sorgte dafür, daß alle Segelstangen vierkant gebraßt waren, an keinem Ende durften sie auch nur um einen Zoll tiefer liegen, mußten genau waagrecht sein, die richtigen Winkel zu den Masten bilden. In ein paar Minuten würden die Leute das Boot aussetzen. Ramage sah zu Southwick hinüber und zeigte nach unten, womit er verkünden wollte, daß er nun unter Deck gehen würde, um sich umzuziehen. Vielleicht hat einer der Männer einen Fluch vor sich hingeflüstert, dachte er, aber sonst war kein Wort gefallen. Nun, vielleicht hatte der Admiral ohnehin geschlafen und gar nichts von dem großartigen Manöver bemerkt ...

Aber der Admiral hatte nicht geschlafen. Als sich Ramage in der großen Kabine der *Prince of Wales* meldete, wurde er mit den fröhlichen Worten begrüßt: „Macht immer wieder Spaß, einem Captain zuzusehen, der sein Schiff gut im Griff hat, mein Junge!" Seine Hand wurde von kräftigen Fingern gepackt und herzhaft geschüttelt.

Admiral Robinsons äußere Erscheinung und sein Benehmen straften die Befehle Lügen, die das Flaggschiff der *Triton* signalisiert hatte. Er war groß und fast plump, hatte die Figur eines einstigen Athleten, dessen Muskeln sich mit der Zeit in Fett verwandelt hatten. Ansonsten hätte er Southwicks jüngerer Bruder sein können. Sein rundes Engelsgesicht war freundlich und offen. Seine Nase war allerdings etwas größer als die des Schiffsführers und gerötet, was wohl eher dem reichlichen Genuß von Claret zuzuschreiben war als der Tropensonne. Die Augen waren von klarem Blau, die Sonne hatte das blonde Haar, das von weißen Strähnen durchzogen war, hellgelb gebleicht.

Nachdem er Ramage gefragt hatte, wie die Überfahrt gewesen war, nickte er beifällig, als er von der Aufbringung der *Merlette* erfuhr. Er erkundigte sich, wie es Ramages Eltern ginge, und der junge Mann fragte sich, ob der Admiral damit wohl andeuten wollte, daß er keinen Groll gegen den Earl hege.

„Ich hatte Sie nicht erwartet, junger Freund. Ich habe die Admiralität um fünf weitere Fregatten gebeten.“

„Von diesen Fregatten weiß ich nichts, Sir. Ich habe Briefe von Lord Spencer mitgebracht.“ Ramage fischte in seiner Tasche nach dem Schlüssel, der in rotes Wachs eingebettet war, geschmückt mit dem Siegel der Admiralität. Er übergab den Schlüssel und den Beutel mit dem Schloß dem Admiral, der daraufhin seinen Sekretär rief und diesem den Wachsklumpen in die Hand drückte.

„Brechen Sie den Schlüssel heraus, aber nicht hier drinnen. Ich will nicht alles voller Wachskrümel haben.“ Als der Sekretär gegangen war, wandte sich der Admiral wieder an Ramage, „Sie hatten Glück mit der *Merlette.* „Da Sie unter der Order der Admiralität gesegelt sind, werde ich natürlich keinen Anteil am Prisengeld beanspruchen. Der diebische alte Oberbefehlshaber wird sich sein Achtel nicht nehmen — was in meinem Fall schade ist. Aber wenn der Schoner so gut ist, wie Sie sagen, werde ich ihn kaufen. Ich brauche alle kleinen Schiffe, die ich nur zwischen die Finger kriegen kann. Oberbefehlshaber auf dieser Station zu sein — das ist fast schlimmer, als ein Postkutschenunternehmen zu leiten. Zu wenig Kutschen und Pferde, zu viele Passagiere, die gleichzeitig in verschiedene Richtungen fahren wollen. Ah, Fanshaw, da ist ja der magische Schlüssel — vielen Dank.“

Als er den Beutel aufschloß, erhob sich Ramage, um ihn die Briefe allein lesen zu lassen. Aber der Admiral blickte auf und schüttelte den Kopf. „Bleiben Sie nur, mein Junge. Ein Drink? Sagen Sie Fanshaw, was Sie möchten, und entschuldigen Sie mich für einen Augenblick.“ Er griff nach der Brille, die an einem Band um seinen Hals hing, setzte sie auf die Nase und brach das Siegel des ersten Briefs.

Ramage schüttelte den Kopf, als Fanshaw ihn fragend ansah, lehnte einen Drink ab. Er beobachtete das Gesicht des Admirals, in dem sich kein Muskel bewegte, als er das Blatt umwandte und weiterlas, dann den ganzen Brief ein zweitesmal studierte. Aber der erste Brief war zweifellos der wichtigste.

„Schlimme Nachrichten, Ramage. Wissen Sie, was das alles soll?“ Er wedelte mit dem Brief durch die Luft. „Seine Lordschaft behauptet, Sie könnten mir alle Fragen beantworten. Sagen Sie, stecken etwa die Jakobiner dahinter? Die Iren? Diese verdammten Vereinigungen? Oder alle drei?“

„Nein, Sir, soweit ich es beurteilen kann. Ich glaube, die Männer spüren eben ganz einfach, daß die Meuterei das einzige Mittel ist, ihre Forderungen durchzusetzen. Zumindest war das auf der *Triton* der Fall.“

„Was, die haben auch gemeutert. Seine Lordschaft meint...“ Er schwenkte wieder den Brief. „... daß das Ende der Meuterei nicht abzusehen ist. Dann ist sie also noch nicht beendet?“

„Als wir in See gestochen sind, war sie noch in vollem Gang. Auch die Tritons haben gemeutert.“

„Und wie sind Sie dann von Spithead weggekommen?“

Der Admiral feuerte eine Frage nach der anderen ab. Offenbar pflegte er sehr schnell zu denken, zu sprechen und zu handeln. Seine Stimme hatte einen entschlossenen Klang, der Ramage gefiel. Obwohl seine Augen sich kaum bewegten, hatten sie einen wachen, scharfen Ausdruck. Ramage erkannte, daß er einen Mann vor sich hatte, der keine unnötigen Bewegungen vollführte — abgesehen von der Neigung, gelegentlich mit dem Brief zu wedeln.

„Wir lagen in einem starken Wind vor Anker, mit einer Untiefe an der Leeseite, Sir. Als die Leute sich weigerten, den Anker zu lichten, durchschnitt ich das Kabel mit einer Axt und befahl ihnen, die Segel beizusetzen. Sie hatten keine Wahl. Wir wären in drei oder vier Minuten auf der Untiefe aufgelaufen...“

Der Gesichtsausdruck des Admirals änderte sich nicht, aber seine Augen verengten sich. „Das war alles, was Sie unternommen haben?"

„Ja — um abfahren zu können. Aber glücklicherweise hatten einige Männer, die auf die *Triton* versetzt worden waren und zuvor unter mir gedient hatten, entdeckt . . ." Einen Augenblick später hätte er die ganze Verschwörung verraten, die Verschwörung, die er weder im Logbuch noch in seinem Journal erwähnt hatte.

„Was haben sie entdeckt?"

„Daß es keinen Sinn hatte zu meutern", antwortete Ramage lahm.

Der Admiral lächelte. „Das scheint ja ein sehr interessantes Seemannsgarn zu sein. Sie werden heute abend mit mir essen und mir mehr darüber erzählen. Ich habe ein Haus gleich am Hafendamm. Wir essen schon früh, um vier Uhr, also in einer Stunde. Da sie mir auf dieser Station unterstellt sind, kann ich Ihnen heute abend gleich auch Ihre Order geben, denn Sie werden sofort abfahren, sobald die *Merlette* mit Ihren restlichen Leuten eingetroffen ist."

„Aye aye, Sir."

„Sie scheinen gar nicht enttäuscht zu sein, Ramage. Die meisten Offiziere, die von England hierherkommen, würden fünfzig Gründe erfinden, warum sie frühestens in drei Wochen lossegeln können."

„Das gesellschaftliche . . ." Er brach gerade noch rechtzeitig ab, um die taktlose Bemerkung zu unterdrücken, die ihm auf der Zunge gelegen hatte. Aber der Admiral vollendet den Satz.

„Das gesellschaftliche Leben interessiert Sie nicht?"

Ramage wurde rot. „Nein — in gewissem Sinne nicht, Sir."

Der Admiral lachte. „Aber Sie sind bereit, diverse Einladungen von Flaggoffizieren und Oberbefehlshabern über sich ergehen zu lassen?"

Es hatte keinen Sinn, sich verlegen zu winden, und da der Admiral die Sache mit Humor nahm, lachte auch Ramage. „Ja, Sir. Aber ich habe ein gutes Schiff und eine gute Besatzung, und jetzt, wo ich weiß, wie beide mit einer langen Überfahrt fertig werden, möchte ich Sie auch auf einer anderen Strecke erproben."

„Ja, Ihre nächste Überfahrt wird ganz anders sein, das kann ich Ihnen versprechen", sagte der Admiral, und seine Stimme klang plötzlich ernst. „Aber jetzt beeilen Sie sich, sonst kommen Sie zu spät zum Dinner. Wenn Sie Post an Bord haben, sagen Sie meinem Sekretär Bescheid, er wird ein Boot hinüberschicken, um sie abholen zu lassen. Sie brauchen keine neuen Vorräte und Wasser, da Sie nicht weit segeln werden. Und versuchen Sie die Londoner Sitten zu vergessen — die Frauen werden ganz schrecklich neugierig sein.

Sobald sich die drei Ehefrauen zurückgezogen hatten, wandte sich der Admiral an Ramage und sagte: „Ihre schriftliche Order wird morgen früh bereitliegen. Aber ich will Ihnen das Wesentliche schon jetzt mitteilen, damit Sie Fragen stellen können. Captain Chubb und Captain Dace hatten kürzlich genau dieselben Instruktionen erhalten, also können Sie von den Erfahrungen der beiden profitieren."

Die Captains sahen verlegen zu Boden, aber da der Tonfall des Admirals sich nicht verändert hatte, nahm Ramage einen Augenblick an, dies sei ein Ausdruck natürlicher Bescheidenheit. Doch dann wurde ihm klar, daß es den beiden nicht gelungen war, die Befehle auszuführen.

„Auf Grenada hat es vor zwei Jahren einen heftigen Aufstand gegeben. Wissen Sie darüber Bescheid?"

Ramage schüttelte den Kopf. Er erinnerte sich nur an eine kurze Zeitungsnotiz.

„Sie werden alle Einzelheiten herausfinden, wenn Sie dort angekommen sind. Jetzt nur so viel — ein Mann namens Fedon führte eine Revolte an, die uns alle beinahe von den Inseln vertrieben hätte. Natürlich wurden die Aufständischen von den Franzosen unterstützt, und Dutzende von unschuldigen Menschen wurden ermordet. Wir erhielten Verstärkung aus England, und die Revolte konnte niedergeschlagen werden. Jetzt herrscht Ruhe auf der Insel, sie versucht sich von den Wirren des Aufstands zu erholen. Haben Sie hierzu irgendwelche Fragen?"

„Besteht die Möglichkeit, daß eine weitere Revolte ausbricht, Sir?"

„Nein. Aber das will nicht heißen, daß es keine Leute auf der Insel gibt, die eine Machtübernahme der Franzosen begrüßen würden. Aber vorläufig haben sie nichts unternommen. Nun zu Ihrem Auftrag, Ramage . . . Grenada ist eine reiche Insel — Zucker, Sirup, Rum, Baumwolle, Kakao, ein bißchen Kaffee. Aber sie ist nicht sehr groß. Die Bewohner importieren nicht viel, und das bedeutet natürlich, daß nur selten englische Handelsschiffe dorthin segeln. Statt dessen bringen die Inselschoner die Produkte nach Martinique, wo sie verschifft werden.

Ramage nickte. Bisher sah er noch immer nicht, was die *Triton* mit Grenada zu tun haben sollte.

„Etwa vier Schoner segeln pro Woche von Grenada zu den nördlichen Inseln, und mindestens zwei segeln nach Martinique mit Fracht an Bord, die nach England verschifft werden soll. Die übrigen Schiffe wickeln den lokalen Handelsaustausch ab und segeln nicht weiter als bis St. Vincent. Können Sie nun erraten, wie Ihre Order lauten wird?"

Ramage ließ sich nicht anmerken, wie sehr ihn die plötzliche Frage überrascht hatte, und dachte blitzschnell nach.

Legte der Admiral besonderen Wert auf die Schoner, die Martinique anlaufen sollten? Aber er hatte nur von ‚Kurs nehmen' gesprochen. Nun, diese Überlegung war einen Versuch wert. „Kommen die Schoner, die nach Martinique segeln, auch immer dort an, Sir?"

Der Admiral warf einen Blick zu Chubb und Dace hinüber, dann sah er Ramage in die Augen. „Haben Sie geraten oder überlegt — oder wußten Sie bereits etwas darüber?“

„Ich habe halb geraten, halb überlegt, Sir.“

„Jedenfalls haben Sie den Nagel auf den Kopf getroffen. Sie segeln von Grenada aus los, und manche kommen niemals in Martinique an, das nur etwa hundertsechzig Meilen entfernt liegt. Und wir haben alle Inseln, die dazwischenliegen, besetzt. Die Grenadines — lauter Felsenklumpen. Nicht einmal ein Ruderboot könnte sich dazwischen verstecken. Und dann Begunia — dort hatte die Army eine kleine Garnison. Auf St. Vincent und St. Lucia treiben sich zahllose Truppen herum. Die längste offene Wasserstrecke liegt zwischen St. Lucia und Martinique — nur etwa zwanzig Meilen. Aber trotz allem verschwinden die Schoner immer wieder.“

„Vielleicht sind die Captains Verräter, Sir?“

„Nein. Daran haben wir auch schon gedacht. Das sind lauter loyale Männer. Sie hätten zuviel zu verlieren. Jedenfalls verschwinden die Schoner mitsamt ihren Captains. Wir haben von keinem einzigen Schiff, das nicht im Hafen von Martinique angekommen ist, eine Spur gefunden, die Besatzungen blieben ebenso spurlos verschwunden. Auch später ist kein einziger der Schoner wieder aufgetaucht, auch nicht mit triumphierend flatternder Trikolore. Das ist alles, was wir wissen. Ich beauftrage Sie nun, nach Grenada zu segeln, herauszufinden, was dort vorgeht, und der Sache ein Ende zu bereiten, Ramage.“

„Darf ich fragen, welche Maßnahmen bisher getroffen wurden, Sir?“

„Sagen Sie’s ihm“, befahl der Admiral den beiden Captains.

Sie wechselten einen Blick, dann räusperte sich Dace und begann mit monotoner Stimme, ohne Ramage anzusehen:

„Wir haben keine Begleitschiffe, also können wir den Handelsschiffen kein Schutzgeleit geben. Und selbst wenn wir Begleitschiffe hätten — die Schoner ziehen es vor, allein und nicht im Konvoi zu segeln. Nur so können sie ihren Bestimmungsort schnell erreichen, und darauf kommt es an, da sie wertvolle Fracht geladen haben. Wenn sie nicht gekapert werden, können sie drei Hin- und Rückfahrten schaffen, in der gleichen Zeit, die ein Konvoi brauchen würde, um einmal hin- und herzusegeln. Vor allem, da es doppelt so lange dauert, zehn Schiffe auszuladen, die gleichzeitig in einem Konvoi ankommen, als zehn Schiffe, die in regelmäßigen Abständen kommen . . .“

„Das weiß er alles“, unterbrach der Admiral ungeduldig.

„Nun — Captain Chubb und ich begannen zwischen Martinique und Grenada zu patrouillieren. Er nahm sich die Windseite der Inseln vor, ich die Leeseite. Wir sind zwei Monate lang in diesen Gewässern umhergesegelt und haben nichts gesehen.“

„Und die Schoner werden immer noch gekapert?“

„Ja“, gab Dace zu und sah unbehaglich zu Admiral Robinson hinüber.

„Hat irgendeines der Schiffe die Windseite gewählt oder haben sich alle im Lee gehalten?“

Dace schien erneut in Verlegenheit zu geraten, und an der Art, wie der Admiral die Brauen hob, erkannte Ramage, daß noch keiner seiner drei Gesprächspartner auf diesen Gedanken gekommen war. Was als harmlose Frage beabsichtigt gewesen war, ließ den Admiral und die beiden Captains nun reichlich dumm erscheinen.

„Würde das denn einen Unterschied machen?“ fragte Admiral Robinson.

Dace schüttelte den Kopf. „Und ich bezweifle, ob sie es versuchen würden. Sie müßten einen langen Umweg nach Osten machen, um von St. Vincent und St. Lucia klar zu kommen.“

„Gibt es irgendeinen Punkt auf der Strecke, den die Schoner immer sicher passieren?“ fragte Ramage.

Chubb nickte. „Sie segeln an Bequia vorbei. Was danach passiert, wissen wir nicht. Vielleicht St. Vincent . . . Aber wenn sie dort vorbeifahren, ist es meist schon dunkel.“

„Werden die Schoner aus St. Vincent auch gekapert?“

„Nein.“

„Besserte sich die Situation, als sie zu verschiedenen Zeiten von St. George absegelten?“

„Nein, denn sie müssen eine Nacht auf See verbringen, wann immer sie auch St. George's verlassen . . .“

„Verdammt!“ rief der Admiral aus. „Wie oft muß ich das noch sagen? Die Hauptstadt von Grenada heißt St. George. Das steht deutlich genug auf der Karte. Warum müßt ihr sie unbedingt immer St. George's nennen? Sie ist nach dem Heiligen benannt, aber sie gehört ihm nicht.“

„Verzeihung, Sir. Nun, wir haben versucht, die Schoner im Morgengrauen, zu Mittag, in der Abenddämmerung und um Mitternacht loszuschicken. Das machte keinen Unterschied.“

Ramage sagte sich, daß er klüger sein würde, wenn er in St. George ankam. Keiner der beiden Captains konnte ihm nennenswerte Informationen liefern. Es würde nur böses Blut verursachen, wenn er weiterhin Fragen stellte, auf die keiner der beiden befriedigende Antworten geben konnte. Auf diese Weise würde er nur die Tatsache betonen, daß nun ein Leutnant mit einer Brigg einen Auftrag erhielt, den zwei Fregattenkommandanten mit amtlicher Captain-Würde nicht hatten erfüllen können.

„So stehen die Dinge, Ramage“, sagte der Admiral, und Ramage hatte das unangenehme Gefühl, daß Robinson seine Gedanken erraten hatte. „Aber nun wollen wir uns wieder zu den Damen gesellen, sie wollen sicher die jüngsten Klatschgeschichten aus London hören und wissen, wie die neue Mode aussieht.“

13

Southwick hörte mit düsterer Miene zu, als Ramage ihm von der Order des Admirals erzählte, und rief dann ärgerlich: „Dann sollen wir also eine Stecknadel im Heuhaufen suchen! Wie sollen wir das schaffen, wenn zwei Fregatten versagt haben?“

Ramage zuckte mit den Schultern und sagte ohne große Überzeugung: „Wir haben nicht so viel Tiefgang. Wir können in Gewässern segeln, die für Fregatten unzugänglich sind.“

Southwick schüttelte den Kopf. „Ich kenne diese Inseln, Sir. Das Wasser ist überall tief genug, auch für Fregatten. Zumindest können sie nah genug an die Untiefen heransegeln, um sich umzusehen. Nein, Sir ... Aber ich glaube, ich weiß, was passiert ist.“

Ramage beobachtete, wie Grenada in der Ferne auftauchte. „Dann heraus mit der Sprache!“

„Da alle diese Schoner verschwinden, werden die Pflanzer sicher jammern, weil ihre Produkte am Kai verrotten und weil die Frachtgebühren steigen. Und die Schiffseigentümer regen sich auf, weil die Versicherungsprämien astronomisch werden. Und ich kann beinah das Geschrei der Versicherungsagenten in London hören, die eine verschwundene Fracht nach der anderen ersetzen müssen. Würde mich nicht wundern, wenn sie sich mit der Zeit weigern sollten, überhaupt noch Policen zu unterschreiben.“

Southwick hatte recht. Die Pflanzer besaßen großen Einfluß im Parlament, ebenso die Versicherungsgesellschaften.

In absehbarer Zeit würde Admiral Robinson die deutliche Aufforderung erhalten, den Freibeutern das Handwerk zu legen.

„Wissen Sie, was ich denke, Sir?“

Ramage wußte es. Deshalb hatte er die Order zwei Tage lang für sich behalten. Aber es konnte nicht schaden, jetzt Southwicks Schlußfolgerungen zu hören.

„Ich glaube, daß folgendes geschehen ist, Sir — als die Admiralität dem Oberbefehlshaber auf den Pelz rückte, schickte er zwei Fregatten los, aber die haben innerhalb von zwei Monaten keinen einzigen Freibeuter gefangen. Der Admiral weiß genau, wie übel es ihm ergehen wird, wenn man in London erfährt, daß sich die Situation nach drei Monaten noch immer nicht gebessert hat. Er will sich selbst und seine beiden Captains schützen.“

Ramage nickte. Daran hatte er auch schon gedacht und erkannt, daß der Admiral nicht nur schlauer war, als er anfangs geglaubt hatte, sondern auch skrupelloser.

„Er weiß auch, daß Sie nach der Aktion von Cape St. Vincent hoch im Kurs stehen, Sir“, fuhr Southwick fort. „Und gerade, als er sich fragt, wie er der Admiralität beibringen kann, daß er die Freibeuter immer noch nicht erwischt hat, und wie er sich und seine Captains schützen soll, kommt die *Triton* an, um sich seinem Kommando zu unterstellen. Und Sie haben den unangenehmen Job am Hals. Wenn Sie versagen — sehr schlimm. Wenn Sie Erfolg haben, können Sie wenig Lorbeeren ernten, denn was Sie geschafft haben, das gelingt den Jamaica-Fregatten an der Küste von Haiti jeden Tag.“

Ramage nickte und stellte sich vor, wie Dace und Chubb jetzt über ihn lachen würden. Zehn Minuten Verlegenheit, während ein Leutnant ihnen Fragen stellte, war ein kleiner Preis, den sie gern zahlten, um diese Verantwortung loszuwerden.

Zwei Stunden später segelte die *Triton* in schneller

Fahrt an der Küste von Grenada entlang, unterstützt von den Strömungen, die vom Atlantik ins südliche Ende der Karibik flossen.

Die Insel sah wie eine Pyramide aus. Die hohen Berge in der Mitte waren umgeben von konzentrischen Ringen aus immer kleineren Hügeln, deren Ausläufer kaum fünfzig Fuß hohe Klippen am Strand bildeten. Wie große schwarze Finger ragten viele Halbinseln im Süden ins Wasser. Die Passatwinde schufen eine starke Brandung, die das Felsgestein immer wieder peitschte, bis große Brokken in die See stürzten. Zwischen den Landzungen lagen schmale Buchten mit stillem Wasser, reichten oft über eine Meile weit ins Land hinein und endeten in Mangrovensümpfen.

Ramage zeigte auf zwei dieser Buchten und sagte zu Southwick: „Sehen Sie — das ist die Chemin Bay zwischen dem Westerhall Point und dem Fort Jeudy Point. Sie würden niemals glauben, daß sich am Ende der Bucht eine Lagune befindet, die groß genug ist, um drei Fregatten aufzunehmen. Und bei Egmont gibt es eine ähnliche Lagune."

„Die besten Schlupfwinkel für Freibeuter."

Ramage nickte. „Glücklicherweise haben die anderen Inseln nicht solche Buchten."

„Ein paar Kanonen auf den Landzungen — und man kommt niemals hinein."

An der Südwestecke der Insel, die ungefähr wie ein Rechteck geformt war und sich von Norden nach Süden erstreckte, dehnte sich eine große Bucht aus, an deren Ende St. George lag, der Hafen und die Hauptstadt. Die *Triton* steuerte am Point Saline vorbei, an der Südwestspitze der Insel, dem letzten Stückchen Land, das die Schiffe mit Kurs auf Trinidad und die südamerikanische Küste sahen. Gleich würde die Brigg an den Wind holen und den Hafen von St. George anlaufen.

„Dieser Küstenstrich erinnert mich an Cornwall", bemerkte Southwick. „Nackte Klippen und Felsen, so viel Wind, daß keine vernünftigen Bäume wachsen können. Sehen Sie sich doch diese kleinen Gewächse an! Scheint eine Föhrenart zu sein. Und alle neigen sich leewärts."

Aber Ramage wollte nicht an Cornwall erinnert werden. Die Gedanken an Gianna quälten ihn bereits in den langen tropischen Nächten. Wenn er in seiner Koje lag, trieben ihn die Phantasiebilder fast zum Wahnsinn. Vor allem, wenn er an die langen Monate dachte, die noch vergehen würden, bis seine Phantasie Wirklichkeit werden konnte, bis er Gianna wiedersah.

Er blickte auf die kleine Skizze in seiner Hand, die den Hafen und die Lagune von St. George zeigte, dann sah er hinüber zum Point Saline und nickte Southwick zu. Der Schiffsführer stieß die Befehle hervor, die alle Mann an die Schoten, Brassen und Bulinen schickten. Alles war bereit für die Drehung, die die Brigg um die Landspitze herumführen und St. George in Sicht bringen würde.

St. George lag auf mehreren Hügeln mit steil abfallenden Klippen an der Seeseite. Die Hafeneinfahrt war eine schmale Kerbe, die sich zwischen die Klippen grub, und führte geradewegs auf die Hafendämme zu, die wie drei Seiten eines Rechtecks angelegt waren. An den West- und Nordseiten des Rechtecks breitete sich die Stadt auf ihren Hügeln aus. Im Osten lag, von der See aus nicht zu sehen, eine große, fast runde Lagune, der mit Meereswasser gefüllte Krater eines erloschenen Vulkans. Die steil ansteigenden Berge rings um den Krater bildeten ein natürliches Amphitheater.

An der Stelle, wo der Rand der Lagune sich mit der Ostseite des Hafens verband, war ein Korallenriff entstanden und versperrte den Kanal für größere Wasserfahrzeuge. Nur Boote konnten hindurchfahren.

„Eine Schande ist das", sagte Southwick seufzend. „Das

könnte einer der bestgeschützten Ankerplätze für die Hurrikanzeiten sein. Es würde sich doch lohnen, ein paar Tonnen Pulver zu opfern, um die Korallen zu sprengen."

Das Fort George schützte die Stadt und den Hafen vor allen Angriffen, die von der Seeseite her erfolgten. Es lag hoch oben auf einem Hügel an der Westseite der Hafeneinfahrt. Von dieser Stelle aus konnte man die ganze Bucht überblicken.

Das Fort, aus massivem Stein erbaut, war das Hauptquartier Colonel Humphrey Wilsons. Er kommandierte die Landstreitmächte Seiner Majestät, die auf Grenada stationiert waren, und er war der Mann, dem Ramage seinen ersten offiziellen Besuch abstatten mußte.

Ein paar Minuten lang stand er neben einer der 18-Pfund-Kanonen, die ihre Mündungen durch Schießscharten in den massiven Wänden rings um den Turm des Forts steckten. Er genoß die frische Brise, die nach der drückenden Hitze unten auf den Kais erholsam und belebend wirkte.

Mehrere kleine Ruderboote lagen auf der Lagune verstreut. Die meisten befanden sich in der Nähe des Korallenriffs, und in jedem saßen zwei oder drei Fischer in tropischer Lethargie, vor der Sonnenhitze durch breitrandige Strohhüte oder improvisierte Sonnensegel aus Sackleinwand geschützt. Die gelegentlichen Bewegungen, die diese Männer vollführten, und ein silbernes Aufblitzen im Wasser zeigten an, wenn ein Fisch gefangen wurde.

Ramage beobachtete zwei Boote der *Triton*, die dem Riff zustrebten, mit Fässern beladen. Southwick ergriff die Gelegenheit, um frisches Wasser aus der großen Zisterne zu holen, die am anderen Ende der Lagune lag.

Auf dem Strand in der Nähe des Riffs lagen zwei Inselschoner auf der Seite wie gestrandete Wale, kielgeholt, damit die Rümpfe gereinigt werden konnten. Der Rauch, der von einem der Schoner aufstieg, verriet Ramage, daß er nach der alten Methode reingebrannt wurde. Die Männer strichen mit flammenden Fackeln aus Schilfrohr über die Flammen, schmolzen die alte Teerschicht, verbrannten den Tang und die Muscheln, die am Holz hafteten. Der andere Schoner war bereits gesäubert, und Ramage konnte sich vorstellen, daß die Besatzung nun eine dünne Schicht von neuem Teer auf den Rumpf strich. Darüber kam dann eine Mischung aus Schwefel und Talg. Sie sollte die zähen Schiffsbohrwürmer bekämpfen, die die Planken als Zuhause und lebenslängliche Verpflegung betrachteten.

Zwei kleine Kutter luden ihre Fracht an den Kais ab. Ein dritter lag längsseits eines Schoners, auf den er eine Fracht umlud. Offenbar sammelten die Kutter die Frachten der kleineren Buchten und Häfen rund um die Insel und brachten sie dann nach St. George, wo sie auf die größeren Schoner umgeladen wurden, die zwischen den Inseln verkehrten.

Ein zweiter Schoner weiter unten am Kai nahm eine Fracht an Bord, die von mehreren Wagen zum Hafen gebracht worden war. Mit Hilfe eines Flaschenzugs, der am Mast befestigt war, hievte die Besatzung die Lasten hoch. Ein dritter Schoner dahinter war schon fast voll beladen. Sogar aus fünfhundert Yards Entfernung konnte Ramage das Geschrei der Männer hören, die an den Flaschenzügen zogen, Säcke an Bord schoben oder zerrten. Als er sich abwandte, überlegte er, daß alle drei Schoner in kurzer Zeit lossegeln würden.

Das grelle Sonnenlicht zwang ihn beinahe die Augen zu schließen, als er den Hut abnahm, um sich den Schweiß von der Stirn zu wischen. Dann rückte er an seinem Säbelgürtel, strich die Halsbinde gerade und ging auf das Office des Kommandanten zu.

Der Wachtposten, der den Auftrag hatte, Ramage von der Wachstube am Eingang zum Office des Colonels zu eskortieren, atmete hörbar auf. Offenbar hatte er nicht viel

Geduld mit jungen Seeoffizieren, die dumm genug waren, minutenlang in der Prallsonne zu stehen.

Colonel Wilson, auf dessen Ratschläge der Gouverneur großen Wert legte, haßte die Tropen, sein Office im Fort George und Grenada. Und er war nahe daran, auch alle Offiziere der Royal Navy zu hassen, weil sie sich, im Gegensatz zu ihm selbst, immer nur kurz auf der Insel aufhielten.

All das hatte Ramage bereits auf Barbados erfahren, und es wurde nun wenige Augenblicke, nachdem er das Office betreten hatte, offenkundig. Der Wachtposten hatte ihn angemeldet, ein grober Affront, denn es wäre ein Gebot der Höflichkeit gewesen, ihm einen Adjutanten zur Verfügung zu stellen, von dem Augenblick an, wo die *Triton* vor Anker gegangen war, nachdem sie ihre Salutschüsse abgefeuert hatte.

„Wie heißen Sie?" bellte der Colonel statt einer Begrüßung. „Was wollen Sie?"

Offenbar gab es in der Army genauso wenige Gentlemen wie in der Navy.

„Ramage, Sir, Leutnant, derzeit Kommandant der königlichen Brigg *Triton.* Sie haben sicher die Antwortschüsse Ihrer Kanonen gehört, nachdem wir nach unserer Ankunft unseren Salut abgefeuert hatten."

„Was wollen Sie?"

Er hatte ein rundes Gesicht mit roten Flecken, blutunterlaufene, wäßrige Augen und eine Knollennase. Seine großen Ohren sahen wie die Henkel eines Kochtopfs aus. Ein Rasiermesser schien er ein paar Tage lang nicht angerührt zu haben. Die Unterlippe hing schlaff und verdrießlich herab. Die großen Hände mit den schwarzen Fingernägeln lagen flach auf dem Schreibtisch. Die Manschetten des Hemds waren schmutzig, die der Uniform abgewetzt. Der Waffenrock zeigte Spuren von Schnupftabak. Eine halbleere Rumflasche, über die ein umgedrehtes Glas gestülpt war, schien das wichtigste Utensil auf dem Schreibtisch zu sein. Die Schultern, vor langer Zeit militärisch straff, wie Ramage annahm, hingen nun müde vornüber. Der Mann wirkte wie eine symbolhafte Verkörperung tropischer Langeweile und jener schlechten Kondition, die so typisch für viele weiße Inselbewohner war. Offenbar hatte er drei Viertel seines Regiments dahinsiechen sehen und ertränkte nun seine Enttäuschung über die vergeblich erwartete Beförderung im Rum.

Aber die dunklen Ringe unter den Augen und die tiefen senkrechten Falten zu beiden Seiten des Mundes waren nicht allein dem Alkohol zuzuschreiben. Wahrscheinlich gab es irgendwo im Hintergrund noch eine nörgelnde Ehefrau, deren gesellschaftlicher Ehrgeiz größer gewesen war als die Fähigkeit ihres Mannes, eine Beförderung zu erhalten oder zu kaufen. Für all das hatte der Colonel mit seiner Gesundheit bezahlen müssen.

Aber Ramage wußte, daß er mit diesem Mann zusammenarbeiten mußte. Admiral Robinson hatte die Order, vielleicht mit Absicht, so formuliert, daß Ramage zwar die Schoner schützen und sich mit den Freibeutern abgeben sollte, aber der militärische Kommandant war für alles verantwortlich, was im Hafen geschah. Das bedeutete auch, wie Ramage plötzlich erkannte, daß der Colonel bestimmen konnte, wann die Schoner in See stachen.

„Von Admiral Robinson, Sir", sagte Ramage und legte einen versiegelten Umschlag auf den Tisch.

„Warten Sie draußen, während ich den Brief lese."

Ramage lief rot an, zögerte sekundenlang, dann drehte er sich auf dem Absatz um und schloß lautlos die Tür hinter sich. Er beschloß, Konzessionen zu machen, denn immerhin hatte der Mann drei Jahre lang auf Grenada Dienst getan. Wenige Minuten später rief ihn die bellende Stimme des Colonels ins Office zurück.

„Was bildet sich der Admiral eigentlich ein? Schickt mir

ein Kind mit einer Brigg!“ Er faltete das Schreiben zusammen und fügte mürrisch hinzu. „Ich kann Ihnen diese Order nicht zeigen, sie ist geheim, aber . . .“

„Ich kenne sie bereits“, konnte sich Ramage nicht verkneifen zu bemerken. „Der Admiral hat sie mir gezeigt, bevor sie versiegelt wurde.“

„Aber das ist doch irregulär . . .“ Der Colonel brach ab, weil ihm offenbar klar wurde, daß es unklug war, einen Oberbefehlshaber der Navy zu kritisieren. „Also gut, Sie segeln morgen sofort los und beginnen mit Ihren Patrouillen. Ich will nicht, daß Ihre verdammten Matrosen die Stadt unsicher machen . . .“

„Ich denke nicht, Sir . . .“

„Unterbrechen Sie mich nicht — und denken Sie nicht! Hier denke ich. Ich gebe die Befehle.“

Die Beleidigung war fast unerträglich, aber wichtiger war die Erkenntnis, daß der Colonel offenbar wußte, wie sehr er seine Machtbefugnisse überschritt, und nun testete, wie weit er gehen konnte. Ramage begriff, daß es nun an der Zeit war, Initiative zu zeigen, wenn er in den nächsten paar Wochen Erfolge erzielen wollte. „Ich habe meine Order vom Admiral, Sir. Ein Teil davon wird in dem Brief erwähnt, den ich Ihnen soeben übergeben habe.“ Ramage machte eine kleine Pause, damit der Colonel diese Erklärung verdauen konnte. Dann fügte er mit ruhiger Stimme hinzu: „Der Rest meiner Order, auf die in dem Schreiben an Sie nicht eingegangen wird, bezieht sich auf die Kampfmaßnahmen, die ich gegen die Freibeuter ergreifen soll. Wenn Sie mich jetzt entschuldigen wollen — ich möchte mich verabschieden und . . .“

„Aber Leutnant! Sie sollten nichts überstürzen. Es ist doch viel zu heiß.“ Er nahm das Glas vom Flaschenhals, holte ein weiteres aus der Schreibtischschublade und begann einzugießen. „Ein Drink? Ich würde gern hören, was es daheim Neues gibt. Haben Sie Post und Zeitungen mitgebracht? Die Damen wollen doch sicher erfahren, wie die Londoner Mode aussieht."

Der plötzliche Stimmungswechsel war zuviel für Ramage. „Ich habe weder Post noch Zeitungen, Sir. Und ich pflege um diese Tageszeit noch nicht zu trinken. Wenn Sie mich also entschuldigen wollen ..."

„Nein, das werde ich nicht tun. Setzen Sie sich wieder. Tut mir leid, daß vorhin mein Temperament mit mir durchgegangen ist. Ich hatte noch nie besonders gute Nerven, und diese verschwundenen Schoner werden mich noch zur Verzweiflung treiben. Dieser verdammte Gouverneur schreibt mir tagtäglich kurze Briefchen. Für heute nachmittag hat sich eine Delegation der Schiffseigentümer angesagt — die fünfte in fünf Wochen. Die Pflanzer marschieren täglich zum Regierungssitz, und da ich nur ein Soldat bin, kann ich nichts weiter tun, als mir immer wieder dieselben Geschichten anzuhören und dieselben Ausreden vorzubringen. Diese verflixten Fregatten sind zwei Monate lang zwischen den Inseln herumpatrouilliert und haben keine Spur von den Freibeutern entdeckt. Die Captains haben sogar angedeutet, daß die Schoner davonsegeln und zu den Spaniern oder den Franzosen überlaufen. Und wenn ich den Admiral persönlich mit seiner Schwadron erwartet, dann kommen Sie an! Das ist natürlich nicht Ihre Schuld, mein Junge."

Er machte eine Pause, um Atem zu holen und einen großen Schluck Rum zu nehmen. An den dunklen Flecken des Waffenrocks sah Ramage, wie stark der Colonel schwitzte. Der Schweiß rann ihm auch in Strömen über die Stirn und dann zu beiden Seiten der Knollennase hinab. Und doch war es im Fort kühl, da eine angenehme Brise über den Hügel wehte. Ohne es zu wollen, begann Ramage Mitleid mit dem Mann zu empfinden, auf dem alle anderen offenbar nach Herzenslust herumtrampelten.

„Der Admiral hat keinen bestimmten Plan erwähnt?"

„Nein, Sir.“

„Er überläßt alles Ihnen?“

„Das nehme ich an, Sir.“

„Aber Sie haben doch Ihre Order, nicht wahr?“

„Die ist geheim.“ Ramage wußte, daß er unfair war, aber er konnte der Versuchung nicht widerstehen.

„Ganz recht. Wenn ich Ihnen irgendwie helfen kann . . .“

„Ich hätte gern ein paar Angaben über die Schoner, die kürzlich verschwunden sind, Sir.“

„Ich fürchte, da kann ich Ihnen nicht viel sagen.“

„Sie haben eine Delegation der Schiffseigentümer erwähnt. Gibt es einen Mann, der als Sprecher dieser Delegation fungiert?“

Wilsons wäßrige Augen leuchteten auf. „Beim Jupiter, natürlich — Rondin! Die Hälfte der Schoner gehört ihm. Ein kalter Fisch — und er hat großen Einfluß auf den Gouverneur. Rondin ist Ihr Mann.“

„Wenn ich mit ihm sprechen könnte . . .“

„Darum werde ich mich kümmern, Ramage. Ich werde für heute nachmittag eine Zusammenkunft zwischen Ihnen und Rondin arrangieren. Damit halte ich mir gleichzeitig auch die Delegation vom Hals. Ich werde ihn benachrichtigen. Wollen Sie ihn besuchen? Er hat ein schönes Haus auf der anderen Seite der Lagune.“

„Um vier Uhr, Sir?“

„Das wird sicher möglich sein.“

Mr. Rondins Haus war sehr groß und so luxuriös, wie es einem der führenden Geschäftsmänner auf Grenada zukam. Es war sehr kühl mit seinen hohen Decken. Aber der Überfluß an Silber, teurem Porzellan und Kristall, der in allen Ecken und Enden zur Schau gestellt wurde, verriet deutlich, daß die Rondins Neureiche waren. Rondin begrüßte Ramage mit sonderbarer Unterwürfigkeit in einem achteckigen Salon, der an fünf Seiten Fenster hatte. Er war ein großer Mann mit eckigen Bewegungen und weißem Haar, das unmodisch flach an seinem Kopf klebte. Ebenso unmodisch war seine Sonnenbräune.

Er verbeugte sich ungeschickt. „Mein Name ist Rondin, Mylord."

Da er im Kriegsdienst nicht daran gewöhnt war, mit seinem Titel angesprochen zu werden, war Ramage sekundenlang verwirrt. Dann sagte er sich, daß Colonel Wilson dafür verantwortlich war. Offenbar wollte er das meiste aus der Unterstützung herausholen, die Admiral Robinson ihm geschickt hatte. Mit einem Leutnant und einer kleinen Brigg konnte man wenig Eindruck machen. Aber wenn man einflocht, daß der Leutnant ein Lord und der Erbe einer der ältesten Grafschaften des Landes war... Nun, damit konnte man vielleicht von der Tatsache ablenken, daß er nur eine kleine Brigg befehligte.

Als sie sich die Hände schüttelten, bemerkte Ramage, daß Rondins Augen nichts entging. Und doch machte er keinen neugierigen Eindruck. Als sie in bequemen Rohrstühlen saßen und der dunkelhäutige Butler Drinks eingegossen hatte, sagte Rondin: „Wird der Admiral noch weitere Schiffe zu Ihrer Verstärkung schicken, Mylord?"

Ramage warf einen Blick zu dem Butler hinüber, und Rondin nickte fast unmerklich und wechselte sofort das Thema. „Hatten Sie eine angenehme Überfahrt?"

„Ja, danke. Wir hatten meist gutes Wetter, abgesehen von den üblichen Stürmen in der Bucht von Biscaya."

„Ah — die Alpträume der Versicherungsagenten! Ich würde gern wissen, wieviel sie diese Bucht schon gekostet hat."

Ramage lachte. „Jedenfalls nicht genug. Sonst hätten sie es längst abgelehnt, das Risiko für diesen Teil der Strecke zu tragen."

„Ja, das stimmt. Sie jammern, sie erhöhen die Prämien, aber sie machen kaum Bankrott."

„Das ist das Erfolgsgeheimnis der Versicherungen. Sie schaffen es immer, sich mit irgendwelchen Deckungsgeschäften abzusichern, genau wie die Buchmacher."

„Da haben Sie recht." Rondin entließ den Butler mit einer knappen Handbewegung. Als sich die Tür hinter dem Mann geschlossen hatte, fuhr er fort: „Ich verstehe Ihre Bedenken, Mylord. Der Mann steht zwar schon seit zwanzig Jahren in meinen Diensten, aber auch die Wände haben Ohren."

Ramage sagte sich, daß sein Mißtrauen gegenüber den Hausangestellten seinen Gastgeber gekränkt haben könnte. Er wollte sich entschuldigen, aber Rondin winkte ab. „Sie hatten völlig recht. Ich glaube, ich kann erraten, was Sie denken, aber ich werde es in absehbarer Zeit wissen. Nun sagen Sie mir bitte — erwarten Sie Verstärkung?"

„Nein. Das bedeutet nicht, daß der Admiral den Ernst der Lage verkennt. Aber er kann keine weiteren Schiffe entbehren." Ramage überlegte, daß in dieser Situation eine Notlüge gerechtfertigt war. „Außerdem frage ich mich, ob ein Dutzend Fregatten von großem Nutzen wären. Ich würde gern Ihren Standpunkt hören."

Rondin hob sein Glas, hielt es gegen das Licht und betrachtete die braune Flüssigkeit. „Ich würde annehmen, daß ein Dutzend Fregatten gerade ausreichend wären, aber . . . Aber verzeihen Sie mir, ich verstehe nichts von der Kriegführung auf hoher See, ich bin nur ein armer Schiffseigner, der von Woche zu Woche noch ärmer wird."

„Vielleicht habe ich die Situation mißverstanden, Sir", bemerkte Ramage unschuldig. „Die Schoner verschwinden doch zwischen Grenada und Martinique?"

Rondin nickte.

„Und die Freibeuter tauchen aus dem Nichts auf, kapern die Schoner und lösen sich damit in Luft auf?"

Wieder nickte der Schiffseigentümer.

„Es ist also ungefähr so, als würde ein Bauer seine Rinder irgendwo auf dem Weg zwischen dem Bauernhof und der Weide verlieren. Er sieht, wie sie seinen Hof verlassen, sieht auch noch, wie sie in Richtung Weide trotten — aber abends, wenn er sie melken will, kommen sie nicht zurück."

„Ja, so ist die Situation, etwas vereinfacht dargestellt."

„Und obwohl Martinique nur hundertsechzig Meilen entfernt liegt und zwei Fregatten auf dieser Route patrouillieren, werden immer noch Schoner gekapert — auch wenn sie die meiste Zeit in Sichtweite der Fregatten sind."

„Ja, zumindest bei Tageslicht. Aber vergessen Sie nicht, daß die Schoner einen Teil der Strecke nachts zurücklegen."

„Nein, das habe ich nicht vergessen. Deshalb würde ein Dutzend Fregatten auch nicht genügen, um den Freibeutern das Handwerk zu legen. In einer mondlosen Nacht kann man nur eine halbe Meile weit sehen. Also müßten Sie eine Fregatte für jede Meile haben. Zehn Stunden Dunkelheit bei, sagen wir, fünf Knoten — fünfzig Fregatten ..."

Rondin drehte sein Glas zwischen den Fingern und schwieg volle zwei Minuten lang, den Blick auf Ramages Säbelscheide gerichtet. Ramage wartete und fragte sich, ob der Schiffseigner auf den richtigen Gedanken kommen würde. Sicher würde Rondin besser mit ihm zusammenarbeiten, wenn er dachte, er selbst hätte diesen Plan entwickelt.

Schließlich begann Rondin zu sprechen, fast wie zu sich selbst. „Der Wolf versteckt sich ganz in der Nähe des Bauernhofs. Vielleicht so nahe, daß niemand auf die Idee kommt, in seinem Schlupfwinkel nachzusehen. Er hat gute Ohren und scharfe Augen und eine gute Nase... Oder vielleicht ist sein Maat noch näher beim Bauernhof — und warnt ihn ..."

Ramage erkannte dankbar an, daß Rondin klug war. Aber wie nahe beim Bauernhof durfte der Wolf versteckt sein? Würde Rondin es auch akzeptieren, wenn das Versteck noch näher lag, als er glaubte? Ramage beschloß, den Gedanken erst einmal reifen zu lassen, bevor er ins Detail ging, und fragte: „Könnten Sie mich bitte noch mit ein paar Einzelheiten vertraut machen, Mr. Rondin? Wie viele Schoner sind verschwunden? Wann? Welche Fracht hatten sie geladen? Die Nationalität der Captains? Welche Häfen sollten sie anlaufen?"

Rondin erhob sich und ging zu einem Schreibtisch. „Ich habe alle Daten hier. Vor kurzem habe ich für den Gouverneur einen Bericht mit einer Liste aller verschwundenen Schoner geschrieben." Er nahm fünf Papierbogen aus einer Schublade, warf einen kurzen Blick darauf und reichte sie Ramage.

„Sind nur Schoner verlorengegangen, die Kurs auf Martinique genommen haben?"

„Ja."

„Keine Schoner, die St. Lucia oder St. Vincent angesteuert haben?"

„Zu diesen Inseln fahren nur wenige. Der Großteil der Frachten wird auf Martinique umgeladen. Dort versammeln sich die Handelsschiffe, die nach England segeln wollen, um auf einen Konvoi zu warten."

„Sind die Verluste auf ein bestimmtes System zurückzuführen? Bevorzugen die Freibeuter eine bestimmte Art von Fracht? Sind immer dieselben Eigentümer betroffen?"

„Nein, das habe ich überprüft."

„Und liegt ein System in der Reihenfolge der verschwundenen Schoner? Werden zum Beispiel drei Schoner hintereinander gekapert? Und kommen dann die beiden nächsten unbehelligt an ihr Ziel?"

Rondin schüttelte den Kopf.

„Und die Schoner, die in Martinique ankommen? Ist jemals einer auf der Rückfahrt gekapert worden?"

Rondins Gesicht hellte sich auf. „Das ist seltsam — daran habe ich noch gar nicht gedacht. Nein, kein Schoner, der Martinique erreicht hat, ist jemals während der Rückfahrt verschwunden — mit anderen Worten, wenn der Laderaum leer war. Das ist doch sicher sehr bedeutsam?“

„Zumindest wissen wir nun, daß für die Freibeuter nur die Fracht interessant ist. Ein Schoner, der nur in Ballast segelt, ist für sie wertlos. Der Schoner allein bringt ihnen keinen Gewinn, sie können ihn nicht als Prise verkaufen.“

„Aber was tun sie dann mit den Schonern?“

„Ich weiß es nicht. Vielleicht werden sie versenkt oder nach Venezuela gebracht. Das wäre eine Möglichkeit, aber dazu würden sie viele Besatzungen brauchen. Und wie sollten die wieder hierher zurückkommen?“

„Sie halten diese Möglichkeit für unwahrscheinlich?“

„Ja — vorläufig. Aber bevor ich meine nächste Frage stelle, gehen wir noch einmal die Fakten durch, die wir bisher haben. Einige Schoner mit Kurs auf Martinique kommen niemals im Fort Royal an, und es gibt auch keinerlei Anzeichen, daß sie daran vorbeisegeln. Sie müssen also irgendwo zwischen Grenada und dem Süden von Martinique gekapert werden. Aber alle Inseln zwischen Grenada und Martinique sind britisches Eigentum, und nur St. Vincent und St. Lucia sind von nennenswerter Größe. Keine französischen oder spanischen Inseln liegen auf der Leeseite — nur spanisches Festland, Venezuela. Und die Freibeuter wollen die Frachten haben — nicht die Schiffe.“

„Ich glaube, ich kann Ihre nächste Frage erraten“, sagte Rondin leise. „Wenn ich früher daran gedacht hätte, wir hätten das Problem schon längst gelöst. Aber dazu brauchen wir einen jungen Leutnant der Royal Navy, der erst seit wenigen Stunden auf Grenada ist.“

Ramage lächelte. „Ich finde, Sie sollten sich die Frage lieber erst anhören, um sicherzugehen, ob wir auch wirklich dasselbe meinen.“

„Davon bin ich überzeugt. Es ist die Lösung des Rätsels. Bitte stellen Sie die Frage.“

„Also gut. Wo werden die Freibeuter die Fracht los, wenn wir nur von britischen Inseln umgeben sind?“

Der Schiffseigner nickte. „Und die ganze Zeit haben wir nur an unsere verschwundenen Schoner gedacht. Wir sind zum Gouverneur gegangen, und der Gouverneur hat an Admiral Robinson geschrieben, und der Admiral hat uns zwei Fregatten geschickt — wenn ich mich doch nur ein einzigesmal hingesetzt und nachgedacht hätte!“

„Könnten wir den England-Export jeder Insel während der letzten Monate vergleichen und feststellen, welche Insel einen plötzlich ansteigenden Export hatte.“

Rondin stand auf, ging zu einem der Fenster, starrte auf die Lagune hinaus, in die sinkende Sonne. Dann stieß er ärgerlich hervor: „Wir können nicht für jeden einzelnen Monat die genauen Ziffern bekommen, aber wir werden die Antwort finden und den Schuldigen entlarven. Was für ein Narr ich doch bin! Zahllose Tonnen unserer Produkte verlassen die Insel — und dann verschwinden sie. Aber sie können nicht verschwinden. Ich hätte es wissen müssen — keine Ware ist von kommerziellem Wert, wenn kein Markt dafür vorhanden ist. Irgendwo, irgendwie werden diese Tonnen gestohlener Produkte verkauft und nach England verschifft. Aber wer verkauft sie — und an wen?“ Er wandte sich zu Ramage um. „Halten Sie das für die einzige Möglichkeit? Daß die Güter, nachdem sie gestohlen wurden, eine oder mehrere der Inseln auf dem normalen Handelsweg verlassen? Unter dem Deckmantel der Legalität? Daß diese Diebe die Möglichkeit haben, sich der Pflanzer zu bedienen, um ihre Beute loszuwerden?“

Ramage nickte. „Das nehme ich an. Wie Sie bereits sagten — nichts ist von Wert, wenn kein Markt dafür vorhanden ist. Zumindest nicht in diesem Sinne. Wer würde systematisch etwas stehlen, das er nicht zu Geld machen kann?“

Rondin ließ sich in seinen Stuhl fallen, leerte sein Glas mit fast verzweifelter Hast. Dann rief er den Butler, um es neu füllen zu lassen. „Das bedeutet also, daß unsere eigenen Leute uns verraten. Pflanzer auf irgendeiner anderen Insel . . ."

„Nur einer oder zwei", meinte Ramage. Er brach ab, als der Butler hereinkam, um Rondins Glas nachzufüllen. Der Mann warf einen Blick auf Ramages Glas, sah, daß es noch unberührt war, und ging wieder hinaus. „Aber da wir keine genauen Handelsbilanzen der einzelnen Inseln haben", fuhr Ramage fort, „stehen wir beinah dort, wo wir angefangen haben. Wir sehen den Schonern nach, die den Hafen verlassen — und dann verschwinden sie."

„Ja. Das ist ein harter Schlag für einen Mann in meiner Position, Mylord. Geschäftskonkurrenz — das ist nur fair, und damit rechnet jeder Kaufmann. Aber Verrat . . ."

An Bord der *Triton* las Ramage die Papiere durch, die Rondin ihm gegeben hatte. Und obwohl die Hitze ihn schläfrig machte, las er die Aufzeichnungen ein zweitesmal durch.

Die Verluste waren genau beziffert. In den vergangenen vier Monaten waren einunddreißig Schoner von Grenada mit Kurs auf Martinique abgefahren und einundzwanzig gekapert worden. Als er die Namen und die Daten noch einmal durchlas, war er plötzlich wieder hellwach. Da war ein System zu erkennen.

Wenn ein Schoner mehrere Tage nach einem anderen lossegelte, wurde er gekapert. Wenn ein dritter zwei Tage später den Hafen von St. George verließ, kam er sicher in Martinique an. Aber ein vierter, der zwei Tage später in See stach, wurde gekapert. Wenn der fünfte und der sechste fast sofort danach lossegelten, kamen sie unbehelligt durch. Aber der siebente nicht mehr, wenn er zwei bis drei Tage wartete.

Er rieb sich über die Schläfe, erregt und auch verwirrt. Ein System — ja. Aber welche Bedeutung hatte es? Nachdem er ein paar Minuten lang überlegt hatte, wußte er es. Das System wurde von der Zeit bestimmt, die man dazu brauchte, einen Schoner auszuladen. Ihn auszuladen und die Fracht abzusetzen, um es präziser auszudrücken.

Wieder sah er die Liste der Schoner und die Daten durch. Die Freibeuter hatten keinen einzigen Schoner gekapert, der innerhalb von vier Tagen, nachdem sie ihren letzten Fang gemacht hatten, von Grenada aus losgesegelt war. Die Schoner, die innerhalb dieser vier Tage gefahren waren, hatten alle Martinique sicher erreicht.

Vier Tage ... Und doch hatte Rondin ihm versichert, daß es keine Schwierigkeiten bereite, einen Schoner in einem Tag auszuladen, wenn es bei den meisten auch zwei Tage dauern würde. Warum dann vier Tage? Die Freibeuter hatten doch sicher genug Leute zur Verfügung? Ramage stellte sich vor, wie sie die Säcke voll Kakaobohnen und die Sirupfässer aus den Laderäumen und auf den Hafendamm schwangen ... Der Hafendamm! Hatten sie überhaupt einen Hafendamm? Einen Hafendamm mit einer Straße, auf der Lastkarren fahren und die gestohlene Fracht wegbringen konnten?

Vielleicht nicht, dachte er erregt. Angenommen, sie mußten die gekaperten Schoner an einem einsamen Ort ausladen, zu dem nur schmale Pfade führten — Pfade, auf denen sich nur Packesel bewegen konnten? Ein oder zwei Säcke für jedes Tier ... Säcke, die in den schweren tropischen Regengüssen verderben würden, wenn man sie zu lange auf einem Haufen im Freien liegen ließ ... Sirupfässer, die in der Hitze bald splitterten und leckten ... Das könnte die Zeit, die sie zum Ausladen brauchten, auf vier Tage ausdehnen — vier Tage, in denen sie es nicht wagten, eine weitere Prise aufzubringen.

Wieso wagten sie es nicht? Die Fracht war in Sicherheit,

sobald sie den Laderaum des Schoners verlassen hatte. Damit stellte sich eine weitere Frage. Wenn eine Prise an jenem geheimen Ort ausgeladen wurde — warum ließen sie sich vier Tage lang weitere Prisen entgehen? Warum kaperten sie nicht auch die anderen Schoner, ließen die Luken der Laderäume geschlossen und luden die Fracht erst dann aus, wenn sie wieder Zeit dazu hatten?

Wieder ließ er seiner Phantasie freien Lauf. Er stellte sich Kriegsschiffe vor, die vor Anker lagen und warteten, bis Lichterschiffe mit Pulver an Bord längsseits anlegten. Oder Dutzende von Handelsschiffen, die in der Themse ankerten, nachdem ein großer Konvoi eine Fahrt um die halbe Welt im Londoner Fluß beendet hatte. Sie warteten, bis ein Platz am Hafendamm frei war.

Hatten die Freibeuter an dem versteckten Ort, wo sie die Prisen ausluden, nur Platz für einen einzigen Schoner? Oder gab es einen anderen Grund, warum dort nicht zwei Schoner gleichzeitig ankern konnten? Ja, das ergab einen Sinn.

Angenommen, ein Schoner war mit hundert Tonnen von Säcken beladen, die je hundert Pfund wogen. Das wären zweitausend Säcke. Ein Maultier konnte vielleicht vier Säcke tragen, ein Esel zwei, ein Mensch einen. Fünfhundert Maultiere wären erforderlich, Tausend Esel ... Woher, zum Teufel, bekamen die Freibeuter, auch wenn sie mit allen Pflanzern im Bunde waren, so viele Maultiere, Esel oder Sklaven, um all diese Säcke transportieren zu können? Sicher mußte die Fracht eine Strecke zurücklegen, bevor sie einen Hafen erreichte, wo sie umgeladen werden konnte. Außer ...

Er griff nach den Karten, die zusammengerollt in dem Gestell über seinem Kopf steckten, suchte die Karte hervor, auf der die Inseln zwischen Grenada und Martinique eingezeichnet waren, und sah sich alle Buchten an. Es gab Dutzende. Die Umrisse der Inseln waren sehr unregelmäßig, wie abgebrochene Käsestücke, und die Buchten sahen aus, als hätten die Ratten kleine Happen herausgebissen.

Er beschloß, die Ostküsten der Inseln auszuklammern, wo die Buchten und Lagunen der vollen Kraft der atlantischen Dünung ausgesetzt waren. Kein Freibeuter würde es wagen, diese Buchten zu benutzen. An diesen Küsten wuchsen zu viele Korallenriffe, und die Buchten waren so schmal, daß die Freibeuter in den vorherrschenden Ostwinden kaum luvwärts hinaussegeln konnten, um ihre nächste Prise zu erbeuten.

Also mußten die Schlupfwinkel im Süden liegen, im Norden oder, was am wahrscheinlichsten war, im Westen der Inseln. Die Bucht, die Ramage suchte, müßte fast völlig abgeschlossen sein, um ein gutes Versteck zu bieten. Voraussichtlich war das Wasser bis fast zum Strand hin sehr tief, damit die Schoner ausgeladen werden konnten. Und die Bucht war sicher nicht weit entfernt von einem größeren Hafen, weil man die gestohlene Fracht auf dem Landweg zu Handelsschiffen befördern mußte.

Vor allem kam es darauf an, daß die Bucht versteckt lag. Die gestohlenen Schoner und die Freibeuter mußten darin so gut verborgen sein, daß sie vom Meer aus nicht gesehen werden konnten, ebensowenig vom Land aus. Nachdem er die Karte eine halbe Stunde lang studiert hatte, wußte er, daß es nur einen Weg gab, eine solche Bucht zu finden. Er mußte die Inselküsten mit der *Triton* abfahren. Noch hatte er dem Gouverneur keinen Höflichkeitsbesuch abgestattet, aber das konnte warten. Er rief nach dem Seesoldaten, der vor seiner Kabine Wache stand, und ließ den Schiffsführer zu sich kommen.

14

Als die *Triton* von Martinique zurücksegelte und die Westseite von Grenada passierte, stand Ramage an der Backbordseite, sah zu den Bergen der Insel hinüber und gestand sich mißmutig ein, daß er nicht klüger war als zu Beginn der Fahrt.

Viele breite, offene Buchten, fast eingeschlossene Buchten, große und kleine Buchten. Aber nirgends hielt sich ein Freibeuter versteckt. Nördlich von Grenada hatte er die kleinen Felseninseln gesehen, darunter Kick 'em Jenny, umgeben von einer wilden, wirbelnden See, gepeitscht von den Passatwinden und den Strömungen, die in die Karibik flossen. Dann die große, schmale Insel Carriacou, auf der etwa tausend Menschen lebten, und zwei unbewohnte, öde Inseln östlich davon.

Beide Inseln hatten Buchten an den Leeseiten, die als Ankerplätze benutzt werden konnten. Tatsächlich hatte er kleine offene Fischerboote darin entdeckt. Die Buchten waren sehr malerisch, mit überraschend klarem Wasser. Aber von den Freibeutern hatte er keine Spur gefunden, und die Fischer hatten auch geschworen, sie hätten keinen einzigen gesehen. Maxton, der die Leute befragt hatte, war überzeugt gewesen, daß sie die Wahrheit sagten.

Dann hatte die *Triton* das größere Union Island nördlich von Carriacou besucht, mit der Chatham Bay an der Leeseite und mehreren kleinen Buchten an den anderen drei Seiten. Auch hier gab es genug Ankerplätze, aber alle waren zu offen, um als heimliche Schlupfwinkel zu dienen.

Dann Mayero und die Tobago Cays, weitere Inseln im Norden und Cannouan, das größer und gebirgig war, aber wegen der Dünung ungeeignet, um in den Buchten Schoner auszuladen.

Weiter ging es nach Bequia, mehr hügelig als gebirgig, mit starken Strömungen, einem großen offenen Ankerplatz, der Admiralty Bay, und einer florierenden Walfischfangindustrie, die hauptsächlich von Schotten betrieben wurde. Ramage unterhielt sich mit einigen und erfuhr, daß sie Abkömmlinge jener Schotten waren, die im Kampf gegen Cromwells Reitertruppen während des Bürgerkriegs von 1648 gefangengenommen worden waren. Cromwell hatte keine Gnade gekannt. Diese Männer, die erfolglos für Prinz Charles gekämpft hatten, waren auf die Westindischen Inseln verschifft und wie Sklaven behandelt worden. Nun hatten sich die meisten ihrer Nachkommen, mit rotverbrannter Haut und rotem Haar, dem Fischfang verschrieben, oder sie arbeiteten auf Plantagen.

Auch die Frauen, die zu Cromwells Zeiten die gefangenen Schotten zu den Westindischen Inseln begleitet hatten, waren wie eingeborene Sklavinnen behandelt worden. Sie lehnten es ab, sich mit den Farbigen einzulassen, mit denen sie auf den Plantagen zusammenarbeiteten, und so war das schottische Blut rein erhalten worden. Allerdings gab es bereits Anzeichen von Inzucht.

Ob es nun seinerzeit richtig oder falsch gewesen war, die Schotten auf die Westindischen Inseln zu bringen, Ramage sah jedenfalls keinen Grund, an ihrer Behauptung zu zweifeln, daß kein einziger Freibeuter jemals in der Admiralty Bay gewesen sei.

St. Vincent, ein paar Meilen jenseits des Kanals nach Norden, war sehr groß — viel größer als Grenada. Am Südwestende der Insel lag die Hafen- und Hauptstadt Kingston. St. Vincent war gebirgig, fruchtbar, hatte zahllose grüne Hügel, Terrassen und Wälder und viele Buchten — darunter Wallilabu, Cumberland, Chateau Belaire mit einem kleinen Hafen. Aber in keiner einzigen Bucht konnte sich ein Freibeuter verstecken.

Bis jetzt war Ramage nicht enttäuscht gewesen. Er war überzeugt, er würde die Lösung des Rätsels auf St. Lucia finden, der größten Insel vor Martinique. Vom Nordende St. Vincents aus konnte man St. Lucia, das vierundzwanzig Meilen entfernt lag, deutlich sehen. Die Insel war gebirgiger als St. Vincent und schien allen Regen der Karibik anzuziehen, obwohl sich Ramage erinnerte, daß eigentlich Dominika, nördlich von Martinique, als schlimmstes Regenloch galt. Am Südende von St. Lucia ragten die Pitons wie riesengroße Daumen in die Luft, wie kegelförmige Zwillingsberge. Und entlang der Westküste bis hinauf zur Hauptstadt Castries und auch noch dahinter lagen zahlreiche Buchten.

Noch bevor er von Grenada aus losgesegelt war, hatte Ramage gehofft, er hätte auf der Karte das Versteck der Freibeuter entdeckt — die Marigot Bay von St. Lucia. Sie war wie der Glasstöpsel einer Karaffe geformt. Die Einfahrt der Bucht war eine zweihundert Yards breite Spalte zwischen hohen Klippen. Sie reichte sechshundert Yards tief ins Land hinein, bevor niedere Sandbänke zu beiden Seiten den Kanal auf etwa fünfzig Yards verengten. Hinter den Sandbänken öffnete sich die Bucht plötzlich zu einer runden Lagune.

Die Marigot Bay lag keine zehn Meilen südlich des Hafens von Castries und war umgeben von hohen Bergen. Sie schien ein idealer Schlupfwinkel für Freibeuter zu sein, und als sich die *Triton* der Bucht näherte, hatte Ramage befohlen, die Brigg gefechtsklar zu machen. An der Südseite der Einfahrt befand sich eine natürliche Plattform innerhalb der sonst zackigen, steilen Klippen. Zwei Kanonen, auf dieser Plattform montiert, könnten verhindern, daß unerwünschte Schiffe in die Bucht segelten. Auch an der Nordseite gab es mehrere Stellen, wo man versteckte Geschütze montieren konnte.

Aber die *Triton* war zur Einfahrt gesegelt und hatte beigedreht, alle Karronaden der Steuerbordbreitseite auf die südliche Plattform gerichtet. Ramage und Southwick hatten sorgfältig Ausschau gehalten, hatten dann durch die Einfahrtsspalte gespäht, zu den beiden Sandbänken, die die Lagune von der Bucht beinahe abschlossen.

Doch die Sandbänke waren tief, dicht mit Palmen bewachsen, und Ramage und Southwick hatten keine Masten aus der Lagune ragen sehen. Einige Palmen auf der nördlichen Sandbank waren vertrocknet, die Wedel von der sengenden Sonne braun gefärbt. Vielleicht war der Fluß, der in die Lagune strömte, kürzlich überflutet gewesen, hatte Erde und Sand aus den Wurzeln gewaschen. Oder vielleicht hatten irgendwelche Tiere die Rinde gefressen. Eine abgestorbene Palme entdeckte man nur selten. Die meisten dieser Gewächse schienen ewig zu leben.

Die Marigot Bay diente den Freibeutern also nicht als Versteck. Und als Ramage befohlen hatte, die Segelstangen zu brassen, um die *Triton* wieder in Fahrt zu bringen, wußte er, warum die beiden Fregatten versagt hatten.

Die *Triton* segelte nach Castries, der Hauptstadt von St. Lucia, um dann vor der Weiterfahrt nach Martinique die Nordseite der Insel zu inspizieren.

In Castries und in Fort Royal auf Martinique hatte Ramage keinerlei Hinweise gefunden. Er sprach mit den Gouverneuren beider Inseln, mit Schiffseignern und Captains. Man kritisierte die Royal Navy heftig, aber man hatte keine brauchbaren Ideen anzubieten. Die Leute schienen die Freibeuter für böse Geister zu halten, die im Dunkel tropischer Nächte aus nebligen Regenwäldern auftauchten. Und das war in einer Atmosphäre, die von Voodoo-Zauber, Aberglauben, Medizinmännern und Ignoranz belastet war, nicht weiter verwunderlich.

Southwick war ungewöhnlich schweigsam gewesen, als die *Triton* nach St. George zurücksegelte. Die Landzunge Point Saline hob sich am Steuerbordbug über den Horizont, aber nur die Gipfel der runden Hügel waren zu sehen, so daß die Halbinsel an ein Meeresungeheuer erinnerte, das sich durch die Wellen schlängelte. Southwick zog sich den Hut tiefer in die Stirn, um seine Augen vor der Sonne zu schützen, und ergriff zum erstenmal seit Stunden wieder das Wort. „Reine Zeitverschwendung — diese Fahrt . . .“

Ramage zuckte mit den Schultern. „Es gab nur einen Weg, ganz sicherzugehen. Wir mußten uns mit eigenen Augen überzeugen. Jetzt wissen wir, wie die Inseln aussehen.“

„Ich war so sicher, daß wir sie in der Marigot Bay finden würden.“

„Ich auch.“

„Oder die Freibeuter sind nördlich von Martinique stationiert.“

Das war Southwicks Lieblingsidee. Die Freibeuter hatten nördlich der Insel ihr Hauptquartier, segelten an Fort Royal vorbei, kaperten die Schoner und brachten sie dann zu ihrem Stützpunkt, zu einem isolierten Ankerplatz in irgendeiner Bucht von Dominica, Guadeloupe oder einer der kleineren Inseln, die sich bis Antiqua hinaufzogen. Aber das hielten die Behörden von Martinique für ausgeschlossen. Der einzige Beitrag, den sie zu Ramages spärlicher Information geleistet hatten, war die Feststellung gewesen, nördlich von Fort Royal seien Tag und Nacht viele Fischer unterwegs. Die hätten es bestimmt bemerkt, wenn Freibeuter vorbeikämen.

„Und was nun, Sir?“

„Wir können nur noch beten“, entgegnete Ramage verdrossen.

Doch im gleichen Augenblick sah Southwick, wie sein junger Captain zusammenzuckte, als sei er in den Rücken gestochen worden. Er begann an seiner Narbe zu reiben, wandte sich ab und ging nach achtern zur Heckreling. Der Schiffsführer beobachtete ihn angespannt. Er hatte kein Geheimnis daraus gemacht, daß ihn die Order des Admirals mit Sorge erfüllte. Wenn Mr. Ramage die Sache auch bagatellisierte, für Southwick war es klar, daß der Admiral einen Sündenbock gesucht und diesen im Captain der *Triton* gefunden hatte. Und die Familie Ramage hatte doch wirklich schon genug ertragen müssen, seit die Regierung den alten Earl als Sündenbock mißbraucht hatte.

Southwick hatte genug Erfahrungen gesammelt, um zu wissen, wie sinnlos es war, auf Gerechtigkeit oder Fairplay zu hoffen. Er wünschte sich nur noch, daß sich die Ungerechtigkeiten innerhalb des Kriegsdienstes und des politischen Lebens in vernünftigen Grenzen hielten. Aber man mußte auch dem Admiral gegenüber fair sein. Die beiden Fregatten-Captains, denen es nicht gelungen war, die Freibeuter zu schnappen, hatten vielleicht schon als Leutnant unter ihm gedient. Deshalb schuldete er ihnen eine gewisse Loyalität.

Wenn man vor einer offensichtlich unlösbaren Aufgabe stand, war es wohl nur natürlich, daß man sie einem anderen aufhalste, dem man keine Loyalität schuldig war — Mr. Ramage. Pech für Mr. Ramage, der andererseits Glück gehabt hatte, als er in Commodore Nelson einen loyalen Verbündeten fand. Das würde ihm in der Navy weiterhelfen — wenn er bei der Admiralität nicht wieder in Ungnade fiel, weil er sich nicht an den exakten Wortlaut der einen oder der anderen Order hielt.

In diesem Augenblick kam Ramage zu Southwick zurück. Sein Gesichtsausdruck war eine seltsame Mischung aus Wut, Verlegenheit und glückseligem Staunen — als wäre er ein Kind, das gerade noch eine ungerechte Tracht Prügel eingesteckt hatte und im nächsten Moment ein unerwartetes Geschenk erhielt.

„Ich glaube, wir haben am falschen Ende angefangen“, sagte er.

„Wie das, Sir?“

„Nun, wir haben versucht, den Stützpunkt der Freibeuter zu finden. Aber da sie sich niemals auf dem Meer blicken lassen, patrouillieren sie offenbar nicht, um Ausschau nach den Schonern zu halten.“

„Aber wie finden sie denn dann ihre Beute?“ fragte Southwick verwirrt.

„Sie wissen genau, wann sie wo sein müssen.“

„Ich kann Ihnen nicht ganz folgen, Sir.“

„Wachen Sie doch auf, Southwick! Die Freibeuter bekommen geheime Informationen. Sie wissen, wann ein Schoner an einer bestimmten Landzunge vorbeisegelt. Dort lauern sie ihm im Dunkeln auf. Sie brauchen nur eine kurze Strecke zu segeln und können dann blitzschnell zuschlagen. Deshalb werden sie nie gesehen.“

„Beim Jupiter!“ rief Southwick. „Das ist die einzige Möglichkeit. Das bedeutet, daß auf Grenada ein Spion am Werk ist. Aber . . .“ Er brach ab, seine Stirn runzelte sich, und die Nase bebte wie eine witternde Hasenschnauze. „Aber wenn sie im Dunkeln von Grenada lossegeln — bis Martinique sind es hundertsechzig Meilen, bis St. Lucia hundertfünfzehn. Wie, zum Teufel, kann der Spion sie schnell genug informieren? Verzeihen Sie, Sir — das ist doch undenkbar.“

„Offenbar ist es trotzdem möglich, Southwick. Ich bin verdammt sicher, daß sie auf diese Weise operieren. Und weil die Freibeuter annehmen, daß wir das für unmöglich halten, sind sie so erfolgreich. Der Überraschungseffekt, Mr. Southwick . . . Tun Sie etwas Unerwartetes, und Sie werden fast immer gewinnen, so groß die Hindernisse auch erscheinen mögen.“

Diesen Grundsatz hatte Southwick oft genug von seinem Captain gehört und auch erlebt, wie er in die Praxis umgesetzt wurde. „Haben Sie deshalb den Schiffsführersmaat und ein paar Leute auf Carriacou zurückgelassen? Damit sie vielleicht herausfinden, auf welche Weise die Informationen weitergegeben werden?"

„Ja und nein", erwiderte Ramage. „Ich hatte das Gefühl, daß wir vertrauenswürdige Beobachtungsposten irgendwo entlang der Strecke brauchen könnten. Und Appleby kann uns mit einem einheimischen Kutter in fünf oder sechs Stunden erreichen."

„Wenn seine Männer nüchtern bleiben."

„Ich habe ihnen gesagt, was passieren würde, wenn sie auch nur einen Tropfen Alkohol anrühren."

„Ja, aber was immer Sie diesen Seeleuten auch androhen — für einen zünftigen Rausch nehmen sie alles in Kauf."

„Aber Appleby wird zumindest nüchtern bleiben. Und er hat genug Guineen in der Tasche, um eine Kutterbesatzung anzuheuern."

Sir Jason Fisher, der Gouverneur von Grenada, repräsentierte einen neuen Typ von Kolonialverwalter. Aber Ramage war weit davon entfernt zu glauben, daß dieser neue Typ besser sei als der alte. Sir Jason kam aus kleinen Verhältnissen. Das merkte man an seinem Benehmen, an jedem Satz, den er mit seinem wimmernden Midland-Akzent formulierte.

Colonel Wilson machte aus seiner Abneigung gegen den Gouverneur keinen Hehl und hatte erzählt, Sir Jason hätte als junger Mann mit viel Glück eine Stelle als Schreiber in der ‚John Company' bekommen und sich dann emporgearbeitet. Wie viele clevere Männer im Dienst der ‚Honourable East India Company' hatte er eine ausgezeichnete Ausbildung erhalten und war bald ausgeschieden, um ein eigenes Geschäft zu gründen. Zwanzig Jahre in Indien hatten einen cleveren, aber armen und schüchternen Schreiber in einen Nabob verwandelt, der sich mit vierundvierzig in England zur Ruhe setzen konnte.

Ramage erriet, daß Sir Jasons hart verdientes Geld ihn vor ungeahnte Probleme gestellt hatte, als er sein Vermögen nutzen wollte. Er war reich, aber er hatte keine gesellschaftliche Position. Die Nabobs, die mit einem unermeßlichen Vermögen nach England zurückkehrten, konnten sich eine irdische Pairswürde kaufen. Und dann gelang es ihnen mit Hartnäckigkeit oder der Einheirat in eine verarmte Adelsfamilie, deren Luxusbedürfnis stärker war als die Abneigung gegen geschäftlich erworbenen Reichtum, in gesellschaftliche Höhen vorzustoßen. Dort wurden sie zwar nicht akzeptiert, aber immerhin toleriert.

All das hatte Sir Jason offenbar erst nach seiner Rückkehr in die Heimat herausgefunden. Gleichzeitig erkannte er, daß er zwar reich, aber nicht reich genug war. Mit seinem Geld konnte er, unterstützt durch Protektion, einen Sitz im Unterhaus kaufen, aber das Oberhaus würde ihm für immer verschlossen bleiben. Sogar eine irische Pairswürde lag jenseits seiner finanziellen Möglichkeiten, da die Konkurrenz anderer, viel reicherer Nabobs zu groß war.

Aber Fisher war schlau gewesen. Er hatte das Problem erkannt und geglaubt, eine Lösungsmöglichkeit gefunden zu haben — eine Vernunftehe. Er heiratete die jüngere Tochter eines verarmten Aristokraten und kehrte die übliche Prozedur um, indem er dem Vater eine ‚Mitgift' in Form einer ansehnlichen Summe schenkte. Aber diese Heirat öffnete ihm nicht die Tür zur Londoner Gesellschaft. Sein Klopfen verhallte ungehört, weil die Familie seiner jungen Frau zwar arm, aber keineswegs von nennenswertem Adel war.

Wilson kicherte hämisch, als er Ramage das alles erzählte. Der junge Mann hörte nur zu, weil er einen Einblick in das Innenleben des Mannes gewinnen wollte, mit dem er bald zu tun haben würde. Zu seinem Entsetzen hatte Fisher herausgefunden, daß sein Schwiegervater nur ein Baronet war, und in London waren Baronets genauso alltäglich wie Kohlengruben in Lancashire. Aber immerhin war sein Schwiegervater mit der Kusine eines Marquis verheiratet, der mehrere Wahlkreise verwaltete. Der Marquis war ein netter Mensch und sagte sich, daß der arme Jason eine Belohnung verdiente, weil er eine entfernte Verwandte geheiratet hatte, die man sonst nicht an den Mann gebracht hätte. Sie wäre ohne ihn eine alte Jungfer und eine unangenehme Belastung der Familie geworden.

Und konnte man den armen Jason besser belohnen als mit der Ritterwürde? Außerdem bekam er einen Wahlkreis und konnte sich als Abgeordneter bezeichnen. Für den Marquis spielte es keine Rolle, wer in den Abstimmungssaal des Unterhauses schritt. Hauptsache, der Mann wählte so, wie der Marquis es für richtig hielt.

Zwei Jahre Ehe, zwei Jahre Unterhaus im Schatten des Marquis und sein vergebliches Bemühen um den gesellschaftlichen Aufstieg hatten Jason die Augen geöffnet. Den Anstoß dazu hatte seine verbitterte Frau gegeben, die seine Ambitionen teilte.

Wie viele andere in seiner Situation hatte er erkannt, daß die Londoner Gesellschaft mächtig, stolz und uneinnehmbar war. Der älteste Sohn eines Vetters eines Earls stand auf der gesellschaftlichen Rangliste viel höher als ein Ritter, der mit schnöden Handelsgesellschaften eine Viertelmillion verdient. Warum also sollte man sich nicht anderswo umsehen? In Gesellschaftskreisen, wo sich ein reicher Ritter, der mit der entfernten Verwandten eines Marquis verheiratet war, Geltung verschaffen konnte?

Und so hatte Jason dem Marquis um den Gouverneursposten von Grenada gebeten und ihn auch bekommen. Natürlich hatte dieser unmögliche Sir Jason wieder einmal einen großen Fehler gemacht, wie Wilson verächtlich berichtete. Die meisten Gouverneure kamen nur für ein paar Monate auf ihre Inseln, während der trockenen Jahreszeit, und überließen die Arbeit einem Stellvertreter. Aber Sir Jason war mit dem ersten besten Schiff gekommen und hatte Grenada seither nicht mehr verlassen. Er war mit seiner verbitterten Frau angekommen, mit seiner Dienerschaft, die eine Heidenangst vor den Inselkrankheiten hatte, und mit einem Haufen Möbel, um die Termiten zu füttern.

Ramage war der Klatschgeschichten müde und hörte sich den Rest des Berichts mit geteilter Aufmerksamkeit an. Innerhalb von zwei Jahren war es Jason gelungen, sich zu etablieren. Er hielt Hof wie ein Florentiner Herzog. Der Vize-Gouverneur, der Gerichtsvorsitzende, der Kronanwalt, sämtliche Justizbeamten, der Generalprofoß, der Verwalter des Vizeadmiralitätsgerichtshofs und verschiedene andere Beamte, bis hinunter zum Fort-Adjutanten, zum Kaserneninspektor, zum Feldprediger und zum Zolleinnehmer — sie alle waren Jason ehrerbietig ergeben.

Ebenso hatte er sich den unversöhnlichen Haß all jener Inselbeamter zugezogen, die in London befördert worden waren und sofort Stellvertreter ernannt hatten. Diese Stellvertreter arbeiteten auf Grenada für die Hälfte des Gehalts, während ihre Vorgesetzten in London die andere Hälfte ihren übrigen Einkünften hinzufügten. Aber Sir Jason hatte dem ein Ende gesetzt. Das Schiff, das ihn nach Grenada gebracht hatte, war mit strengen Ermahnungen, gerichtet an die Abwesenden, nach London zurückgekehrt. In Kriegszeiten sei es die Pflicht aller Beamten, sich auf der Insel aufzuhalten, und es sei verwerflich, Stellvertreter vorzuschieben. Als ein oder zwei Beamte sich nicht einmal die Mühe machten, auf die Briefe zu antworten, schrieb Jason direkt an den Staatssekretär. Und der hatte, wie Wilson seufzend erklärte, sich sofort überlegt, wie er die meisten Leute am empfindlichsten ärgern konnte, alle säumigen Beamten eingesammelt und sie auf die Insel verschifft.

Aber der arme Sir Jason — als Wilson bei diesem Punkt seines Berichts angelangt war, tat der Gouverneur dem jungen Captain der *Triton* bereits mehr als leid ... Nach sechs Monaten hatte Jason erkannt, daß die Gesellschaft von Grenada nicht nur aus Butlern und Dienern bestand, die in uneleganten Häusern wohnte, sie war auch dementsprechend dumm, langweilig und bösartig. Seine Frau, die das schon vierzehn Tage nach der Ankunft bemerkt hatte, versäumte es nicht, ihn täglich daran zu erinnern.

Vor Sir Jasons Ankunft hatte ein blutiger Sklavenaufstand die Insel erschüttert, vom März 1795 bis zum März 1796, unter der Führung des Franzosen Fedon. In den Wirren danach hatte sich erwiesen, daß Sir Jason die Qualifikation zum Gouverneur fehlte, mochte er auch ein noch so guter Geschäftsmann gewesen sein. Das war einer der Gründe gewesen, warum man Wilson als Militärkommandanten eingesetzt hatte. Man hatte dem Colonel, wie er verbittert betonte, die Verantwortung für die Verteidigung der Insel übertragen, aber nicht die Macht, irgendwelche Maßnahmen zu ergreifen.

Da die Fehler und die Wankelmütigkeit des Gouverneurs keine Reaktionen in London hervorriefen, betrachtete Sir Jason den Colonel nicht als Militärkommandanten, sondern als den Mann, der dafür zu sorgen hatte, daß die Truppen bei jeder passenden und unpassenden Gelegenheit zu Ehren des Gouverneurs hübsch aussahen. Im lokalen Sprachgebrauch hießen die Soldaten ‚Fishers Füsiliere'.

„Keine Manöver sind erlaubt", bemerkte Wilson säuerlich. „Eine Order des Gouverneurs — sonst könnten sie sich ja die Uniformen zerreißen. Die Leute sind in den letzten zwölf Monaten keine fünf Meilen marschiert — außer bei den Paraden während der Gouverneursempfänge."

Von alledem interessierten Ramage nur zwei Fakten. Erstens, daß Sir Jasons gesellschaftliche Unsicherheit ihn zu einem Snob gemacht hatte, so daß der ‚Royal Kalender' sein ständiger Begleiter war, wie Wilson behauptete. Die Seiten jenes Bandes waren völlig zerfleddert, weil Jason sehr lange gebraucht hatte, um die Wappen und Leitsprüche der Pairs, ihre Familiennamen und die sämtlicher Erben auswendig zu lernen. Und zweitens interessierte es Ramage, daß dieser Snobist sich auch noch zum Querulanten entwickelt hatte. Dies war auf die völlige Verständnislosigkeit zurückzuführen, die er seinen Funktionen als Gouverneur entgegenbrachte.

Einen Augenblick später faßte der Colonel Ramages Befürchtungen auch schon in Worte. Er beklagte es, daß Sir Jason völlig unfähig sei, die wichtigen Entscheidungen zu treffen, die nur der Gouverneur allein treffen könne. Aus Angst vor Fehlentscheidungen faßte er überhaupt keine Beschlüsse und tat, als wären die Probleme, die an ihn herangetragen wurden, von so niedriger Natur, daß sie seiner nicht würdig wären. Aber wie Wilson verbittert bemerkte, diese Untätigkeit war oft schlimmer als Fehlentscheidungen.

Wilson hatte die Lebensgeschichte Sir Jasons in der Kutsche zu erzählen begonnen, in der die beiden Männer zum Gouverneurspalast fuhren. Der letzte Teil war in einem der herrschaftlichen Salons beendet worden. Ramage stand am Fenster und blickte auf den Hafen und auf die Lagune hinab. Dann sah er auf die Uhr und auf Wilson, der in einem Lehnstuhl lümmelte und schon seine zweite Zigarre rauchte.

Ramage war sofort von Bord gegangen, nachdem die *Triton* vor St. George ihren Anker geworfen hatte. Er hatte Wilson aufgesucht, der offenbar während Ramages viertägiger Abwesenheit einen bemerkenswerten Sinneswandel durchlebt hatte. Wo Ramage Grobheiten erwartet hatte, fand er nun aufrichtige Höflichkeit. Kein Wort mehr von ‚hier gebe ich die Befehle'. Statt dessen war Wilson geradezu begierig, Ramages Meinung, seine Vorschläge, seine Pläne zu erfahren. Nachdem er sich Ramages Theorie angehört hatte, daß auf Grenada ein Spion sein Unwesen treiben müsse, war der Colonel fünf Minuten lang in seinem Office auf und ab marschiert, mit knirschenden Sohlen auf dem Steinfußboden. Dabei bediente er sich einer Ausdrucksweise, wie sie eher bei Reitknechten in der Privatsphäre ihres Pferdestalls üblich war.

Als Wilson stehenblieb, weil die Anstrengung ihm den Schweiß aus allen Poren trieb und den Atem nahm, entdeckte Ramage zu seiner Überraschung, daß der Zorn des Colonels nicht den Freibeutern galt, sondern Sir Jason Fisher. Der Grund hierfür war noch erstaunlicher. Nachdem die *Triton* abgesegelt war, hatte Sir Jason noch lauter gejammert als sonst, was in eingeweihten Kreisen bisher als unmöglich gegolten hatte. Erstens, weil Ramage nach Martinique gefahren war, ohne ihn vorher aufzusuchen, zweitens, weil Ramage mit Wilsons Genehmigung die Order hinterlassen hatte, die beladenen Schoner müßten im Hafen auf die Rückkehr der *Triton* warten. Wilson wurde in den Gouverneurspalast befohlen, wo Sir Jason den Militärkommandanten Grenadas eine Stunde lang wie einen Stiefelputzer traktiert hatte. Aber Wilson hatte sich geweigert, die Segelorder zu widerrufen. Zuvor hatte er im Gesetzbuch geblättert und festgestellt, daß er selbst in dieser Angelegenheit zwar keine Machtbefugnisse hatte, sondern ‚der dienstälteste Offizier der Navy auf der Station'. Und auch der Gouverneur hatte in dieser Sache nichts zu sagen. Ein ausnahmsweise glückliches Versehen der konstitutionellen Gesetzgebung.

Nachdem er dies Sir Jason klargemacht hatte, war der Gouverneur sehr wütend geworden und hatte erklärt, er könne auch dem Admiral Befehle erteilen, von einem kleinen Leutnant gar nicht zu reden. Er könne es, und, verdammt, er würde es auch tun. Nachdem Wilson gegangen war, hatte Sir Jason aber zum Glück seine Gewohnheit, Entscheidungen aus dem Weg zu gehen, wieder aufgenommen. Und so waren die Schoner nicht abgesegelt. Inzwischen hatte Wilson die betreffende Seite aus dem Gesetzbuch kopieren lassen und sie Ramage später ausgehändigt.

Und nun, als Ramage zusammen mit Wilson auf den Gouverneur wartete, wurde er allmählich ungeduldig. Sir Jason hatte sie mit kalter Höflichkeit oder mit dem, was der arme Kerl dafür hielt, empfangen und hatte sich dann ‚für ein paar Minuten' entschuldigt — kaum daß sie Platz genommen hatten. Er hätte ‚dringende Arbeiten zu erledigen'. Nur schade, wie Wilson sofort bemerkte, nachdem sich die Tür hinter Sir Jason geschlossen hatte, daß das eher so geklungen habe, als würde sich ein Butler entschuldigen, weil er den Kohleneimer nachfüllen müsse.

Schon fast dreißig Minuten — und Ramage hatte eine Menge zu tun. Es war fast drei Uhr, und in weniger als vier Stunden würde es dunkel sein. Ein weiterer Schoner hatte inzwischen seine Fracht an Bord genommen, und Wilson hatte ihn bereits gewarnt, daß Rondin Schwierigkeiten machen würde. Offenbar war der Schiffseigner gekränkt, weil Ramage ihn nicht über sein Vorhaben, nach Martinique zu segeln, informiert hatte.

„Wie lange will er uns denn noch warten lassen?" stieß Wilson ärgerlich hervor.

Statt einer Antwort ging Ramage quer durch das Zimmer und zog an einem roten Glockenstrang. Zum Teufel mit allen Gouverneuren. Seine Order kam vom Admiral, und die Zeit war viel zu knapp, um mit den Sir Jasons dieser Welt verschwendet zu werden.

„Darf ich Ihre Kutsche benutzen?" fragte er den Colonel. „Ich schicke sie sofort zurück, wenn sie mich zum Kielholplatz gebracht hat."

„Aber Sie können doch dem Gouverneur nicht einfach davonlaufen."

„Kann ich das nicht. Sir? Die Sicherheit der Schoner ...“

Er brach ab, als der Butler klopfte und eintrat. Ramage sah Wilson fragend an, und der Colonel nickte.

„Bitte, lassen Sie die Kutsche des Colonels vorfahren“, sagte Ramage. Der Butler blinzelte verwirrt, weil er wußte, daß die beiden Männer auf den Gouverneur warteten, und so fügte Ramage mit scharfer Stimme hinzu: „Sofort!“

Der Mann verließ hastig den Raum, und Ramage grinste den Colonel an. „Ich wette eine Guinee gegen einen Penny, daß der Gouverneur in zwei Minuten hier sein wird.“

„Die Wette nehme ich nicht an.“

Keine zwei Minuten waren vergangen, als sich die Tür öffnete und Sir Jason hereinrat. Wenn der Karikaturist Gillray einen knochigen, seines Priesterrocks entkleideten Geistlichen gezeichnet hätte, der die Garderobe eines reichen dicken Onkels geerbt hatte — dieses Bild würde auf Seine Exzellenz, den Gouverneur von Grenada zutreffen. Ramage überlegte, daß der Mann seinen Schneider zum Wahnsinn treiben mußte. Offenbar hatte die Natur in Sir Jason ein warnendes Zeichen geben wollen, was aus einem Mann werden konnte, der sich ständig und über alles Sorgen machte. Er hatte einen außergewöhnlichen Gang. Sein linker Arm schwang gleichzeitig mit dem linken Bein, die rechte Hand hatte er ins Revers gesteckt, als wolle er sich vergewissern, daß sein Herz noch schlug.

Überraschenderweise war sein Gesicht rund — ein Teigklumpen, der darauf wartete, daß man ihn in den Ofen schob. Aus der Mitte des Teigklumpens ragte eine dünne, erstaunlich spitze Nase, die ständig zuckte. Die kleinen, eng beieinanderstehenden Augen irrten rastlos und mißtrauisch umher.

Bei der ersten Begegnung vor einer halben Stunde hatte Ramage gedacht, die Nase würde nach links zucken, wenn die Augen nach rechts blickten, und nach rechts, wenn sie nach links schauten. Jetzt entdeckte er, daß dies purer Zufall gewesen war. Offenbar hatte Sir Jason deshalb so wenige Freunde und eine verbitterte Frau, weil ihn niemand je gewarnt hatte zu lächeln. Wenn er nämlich lächelte, verschwanden seine schmalen Lippen wie Vorhänge und entblößten gelbe, unregelmäßige Pferdezähne.

„Ah — Wilson. Mylord! Tut mir leid, daß ich Sie warten ließ. Aber Sie können sich ja nicht vorstellen, wie das Leben eines vielbeschäftigten Gouverneurs aussieht."

„Doch, das kann ich", entgegnete Ramage. „Deshalb habe ich eben noch zu Colonel Wilson gesagt, wie unfair es wäre, Ihre kostbare Zeit mit eitlem Geschwätz zu vergeuden, und nach der Kutsche geläutet."

Die Lippen, die für einen Augenblick zusammengeklappt waren, glitten wieder auseinander. „Geschwätz?" jammerte er. „Dafür habe ich natürlich keine Zeit."

„Eben, Exzellenz", sagte Ramage höflich. „Wenn Sie mich also entschuldigen wollen . . ."

„Aber Sie sind doch eben erst gekommen."

Ramage zog absichtlich langsam seine Uhr hervor und ließ den Deckel aufspringen. Nachdem er mit gerunzelter Stirn auf das Zifferblatt geblickt hatte, schnappte der Deckel wieder zu, und er steckte die Uhr in die Tasche zurück. Der Gouverneur schwang den linken Arm. „Nun — eh — also Colonel Wilson — Sie — eh . . ."

Der Colonel zuckte verwirrt zusammen, da er eben noch, völlig hingerissen vor Bewunderung, Ramages kleine Pantomime verfolgt hatte. Offenbar hatte der Gouverneur angenommen, daß die beiden Offiziere eine Stunde nach der Ankunft der *Triton* in sein Haus gekommen waren, um Bericht zu erstatten und die Erlaubnis für die Durchführung weiterer Pläne einzuholen. Nachdem er sie absichtlich hatte warten lassen, um seine Wichtigkeit zu demonstrieren, war er nun völlig am Boden zerstört, als er herausfand, man habe nur einen Höflichkeitsbesuch machen wollen. Und indem er über seinen Zeitmangel klagte, schlug er sie nun in die Flucht, weil sie ihn nicht mit ihrem ‚eitlen Geschwätz' belästigen wollten.

Sehr gut, dachte Wilson. Ramage hatte nichts gesagt, was Seine Exzellenz beleidigen könnte. Trotzdem war Sir Jason nun in einer demütigenden Position. Er mußte nicht nur fragen, was eigentlich vorging. Da Wilson ihm von Ramages Autorität als ‚dienstältester Offizier der Royal Navy auf dieser Station' erzählt hatte, riskierte er es auch noch, angeschnauzt zu werden.

„Exzellenz . . .“, begann Wilson.

„Oh — nun — wollen Sie nicht noch einen Drink nehmen? Und Sie, Mylord? Sie können doch sicher zehn Minuten erübrigen?“

Wilson sah den Leutnant an, dem er nicht die Schau stehlen wollte, und Ramage sagte höflich: „Würden Sie es uns verzeihen, wenn wir wirklich nur mehr zehn Minuten bleiben, Exzellenz? Wir haben sehr viel zu tun.“

„Natürlich, natürlich.“

Er schlurfte durch das Zimmer, nahm die rechte Hand von der Brust, wo er den Herzschlag kontrolliert hatte, und zog so heftig am Glockenstrang, daß das seidene Geflecht entzweiriß. „Verdammt!“ stieß er hervor und starrte angewidert auf das Stück Schnur in seiner Hand. „Diese Tropen! Alles verrottet in dieser feuchten Hitze.“

„Glauben Sie, daß die Glocke geläutet hat, Sir?“ fragte Ramage unschuldig.

Sir Jason lächelte tapfer. „Da bin ich ganz sicher — wahrscheinlich hat sie so laut geläutet, daß der Klöppel abgebrochen ist.“

Ramage erwiderte das Lächeln, und Wilson, fasziniert von der gewandten Selbstsicherheit des jungen Mannes, beobachtete ihn mit großen Augen. Sir Jason lernte seine Lektion rasch. Mit einem verschüchterten Blinzeln wandte er sich von Ramage ab und fragte Wilson: „Sie kommen doch heute abend zu meinem Ball, Colonel?“

„Natürlich Exzellenz. Das ist doch das gesellschaftliche Ereignis des Jahres."

„Nett, daß Sie das sagen, Colonel. Ich will doch hoffen, daß das Orchester fleißig geübt hat?"

„Aber sicher Exzellenz. Der Kapellmeister hat die Leute in den letzten vierzehn Tagen hart herangenommen — seit Sie die entsprechenden Befehle erteilt haben."

„Noch eins, Colonel — ich hoffe, die Leute betrinken sich nicht wieder. Es war so peinlich im letzten Jahr und — Lord Ramage! Gerade fällt mir ein, daß Sie ja gar keine Einladung bekommen haben. Sie sind so schnell davongesegelt, und ich hatte ja keine Ahnung, wann Sie zurückkommen würden. Heute abend findet der Jahresball im Gouverneurspalast statt. Sie haben ja gehört, daß Colonel Wilson gesagt hat, das sei das gesellschaftliche Ereignis des Jahres. Kann ich Sie dazu überreden, Ihr Schiff für ein paar Stunden zu verlassen?"

Ramage überlegte, daß dies eine gute Gelegenheit sei, die führenden Männer der Insel kennenzulernen. Und je betrunkener sie waren, dachte er grimmig, desto mehr würde er von ihnen erfahren. Er verbeugte sich leicht. „Ich fühle mich sehr geehrt, Exzellenz."

„Dann darf ich Sie um sieben Uhr erwarten."

„Vielen Dank, Exzellenz." Er ergriff die Gelegenheit, um hinzuzufügen: „Da die Einladung unerwartet kommt und die Zeit knapp wird, werden Sie mir doch verzeihen, daß ich sofort auf mein Schiff zurückkehre? Ich muß noch verschiedenes erledigen, Colonel Wilson . . .?"

„Ich muß mich nun auch verabschieden." Wilson hievte sich aus seinem Sessel hoch. „Habe gar nicht bemerkt, wie die Zeit vergangen ist."

„Aber so laufen Sie doch nicht davon!" protestierte der Gouverneur. Es irritierte ihn, daß fast jede Bemerkung, die er machte, als Schlußpunkt der Audienz aufgefaßt wurde.

Wieder lächelte Ramage. „Die Pflicht ruft, Sir. Wenn wir alle auch nicht die Verantwortung tragen, die auf den Schultern Eurer Exzellenz ruht, unsere Vorgesetzten in Whitehall . . ."

„Natürlich, ich verstehe. Also — bis heute abend."

Damit waren sie verabschiedet, und als die Kutsche den Hügel hinabholperte, sagte Wilson: „Das ist ja besser gegangen, als ich erwartet habe."

Ramage lachte wie ein erleichterter Schuljunge, der soeben der Bestrafung seines Lehrers entgangen war. „Alles Ihr Verdienst, Sir."

„Meiner?" Wilson schüttelte den Kopf.

„Sie fanden heraus, daß wir ein As im Ärmel haben — den ‚dienstältesten Offizier der Navy auf dieser Station'. Und Seine Exzellenz mußte aufpassen, daß ich dieses As nicht ausspielte."

Wilson schwieg, bis die Kutsche den Kielholplatz erreicht hatte, wo ein Boot der *Triton* wartete. Dann fragte er unvermittelt: „Haben Sie jemals überlegt, wer in Kriegszeiten unsere schlimmsten Feinde sind?"

„Ja", erwiderte Ramage prompt. „Die Politiker, die billige Siege suchen, um sie im Parlament verkünden zu können. Siege, die finanziell betrachtet billig sind, aber viele Menschenleben kosten. Dann die Bürokraten — unter anderem die Kolonialgouverneure. Alte Generäle und Admiräle, die schon seit Jahren in den Ruhestand treten müßten. Aber sie klammern sich an ihrer Macht fest, weil sie auf die Chance, Ruhm zu ernten, nicht verzichten wollen. Dafür nehmen sie sogar verlorene Schlachten in Kauf. Es gibt noch andere Feinde. Die Franzosen stehen etwa an zehnter Stelle auf meiner Liste, die Spanier an fünfzehnter."

Wilson stieß das erste echte Gelächter aus, das Ramage von ihm gehört hatte, ein Lachen, das unter dem glänzend polierten Ledergurt begann, sich durch den Magen kämpfte und dann in der Kehle explodierte. Er schlug mit der Faust auf Ramages Knie. „Was für aufrührerische Worte in Gegenwart eines älteren Offiziers, mein Junge! Aber mir macht's Spaß. Ich wette, Sie werden diese Freibeuter innerhalb weniger Tage fangen. Tut mir in gewisser Hinsicht fast leid, denn dann werden Sie uns wieder verlassen. Sie sind wie ein frischer Wind auf dieser gottverlassenen Insel."

Die Kutsche hielt neben dem Boot der *Triton,* und als Ramage sich dem Colonel zuwandte, um ihm zu danken, sah er in das fleckige Gesicht mit der Trinkernase und den wäßrigen Augen und fragte sich, ob er jemals zuvor in seinem Leben einen Menschen so falsch eingeschätzt hatte.

Jackson wartete auf dem Kai, ein paar Yards von dem Boot entfernt. Offenbar hatte er etwas zu sagen, was seine Kameraden nicht hören sollten. Ramage sah ihn fragend an.

„Guten Abend, Sir. Ich wollte wegen Maxton mit Ihnen sprechen . . ."

Ramage runzelte verwirrt die Stirn, dann erinnerte er sich, daß er den dunkelhäutigen Seemann vor Monaten gefragt hatte, wo er geboren sei, und Maxton hatte geantwortet, er stamme aus Belmont auf Grenada. Er sah zur Bootsbesatzung, sah Maxton, der auf einem der Sitze kauerte. Er hatte seine Familie seit vielen Jahren nicht mehr gesehen, und er hatte weder um Urlaub ersucht, noch war er desertiert. Plötzlich war Ramage wütend auf sich selbst. Er nickte Jackson zu und rief Maxton zu sich, der auf den Kai sprang. „Sir?"

„Wo lebt Ihre Familie?"

Maxton zeigte auf ein paar Hütten an der anderen Seite der Lagune. „Dort drüben, Sir."

„Wollen Sie Urlaub haben?"

Maxton nickte, zu aufgeregt, um zu sprechen.

„Dann gehen Sie, aber melden Sie sich morgen bei Tagesanbruch wieder an Bord. Sie können im Moment nicht länger frei haben, denn vielleicht müssen wir ganz plötzlich lossegeln.

Maxton fehlten noch immer die Worte, Ramage holte eine Guinee aus seiner Tasche. „Das werden Sie brauchen.“

15

Stimmengemurmel erfüllte den Saal, man schien die feuchte, heiße Luft fast greifen zu können. Schweißperlen glänzten auf den geröteten Gesichtern der Männer, die sonst blassen Wangen der Damen waren nun rosig angehaucht, trotz der unablässig flatternden Fächer. Ramage beneidete das helläugige Chamäleon, das neben ihm an der Wand hing, mit vorgerecktem Kopf und steifem Schwanz, und alles mit kühler Gelassenheit beobachtete.

Das Orchester, mit Blech- und Schlaginstrumenten sehr stark, aber mit Streichern beklagenswert schwach besetzt, hatte eine kurze Ruhepause eingelegt, das Blech erholte sich bei großen Bierkrügen. Und Ramage, eingeengt in der steifen, warmen Uniform, mit vom vielen Laufen angeschwollenen Füßen in plötzlich viel zu kleinen Schuhen, fühlte sich nach der nahrhaften Suppe keineswegs besser. Der Gouverneur drängte seine Gäste, doch noch kalten Truthahn zu nehmen, von dem sie bereits genug hatten, und noch zwei Gläser Champagner mehr zu trinken, als es ratsam war.

Ramage hatte angenommen, daß er sich schon fünfzehn Minuten nach seiner Ankunft auf dem Ball langweilen würde. Aber der Gouverneur behandelte ihn wie einen

Ehrengast. Er war eine halbe Stunde später gekommen, als es das Gebot der Höflichkeit verlangt hätte, denn Southwick hatte ihn noch mit diversen Problemen an Bord der *Triton* festgehalten. Der Gouverneur war ihm nicht böse gewesen, hatte seinen Arm gepackt und mit ihm einen Rundgang durch den überdimensionalen Salon gemacht, aus dem man Möbel entfernt hatte und der nun als Tanzsaal diente. Jedem Gast hatte er Ramage mit den Worten vorgestellt: „Ich möchte Sie mit meinem jungen Freund Lord Ramage bekannt machen — Sie wissen ja — der Sohn des Earl of Blazey."

Ramage wußte nicht, worüber er sich mehr ärgern sollte — über den erlogenen ‚jungen Freund' oder über das ‚Sie wissen ja'. Was wohl andeuten sollte, daß der Gouverneur sehr wohl Bescheid wußte, die angesprochene Person aber nicht. Aber es sollte sich als nützlich erweisen, daß der Gouverneur ihn als gesellschaftliche Trophäe präsentiert hatte. Nach zwanzig Minuten kannte er den Vizegouverneur, den Richter, die führenden Plantagenbesitzer und Schiffseigner, darunter Rondin, kühl und zurückhaltend, reich und intelligent genug, um Einzelgänger zu bleiben. Die Frauen und Töchter hatten einiges gemeinsam — ein irritierend geziertes Lächeln, und wenn sie angesprochen wurden, hatten sie die ebenso irritierende Angewohnheit, schüchterne Seitenblicke auf Mütter und Schwestern zu werfen. Genau die Art von Leuten, die man auf Gouverneursbällen zu treffen erwartet, dachte Ramage. Man konnte stets genau vorhersagen, was sie bei dieser oder jener Gelegenheit sagen oder wie sie sich benehmen würden.

Das Bemühen der Gäste, frisch zu bleiben, war erfolglos. Die Luft war zum Ersticken. Ramage sagte sich, daß der Unterschied zwischen einem Gouverneursball und einem Londoner Ball wohl darin bestand, daß hier die Transpiration die Persönlichkeit ersetzte. Ramage wünschte sich, er könnte ein halbes Dutzend Matrosen hereinschicken, die den Raum und die Gäste mit ein paar Gallonen Eau de Cologne bespritzen würden. Das Licht war zu grell für die Gesichter der älteren Damen und trug noch bei zu der atemberaubenden Hitze. Zusätzlich zu den großen Lüstern, die von der Decke hingen und mit Kristallaugen zwinkerten, wenn die Kerzen flackerten, standen noch genug Silberkandelaber auf Seitentischchen, um jedes Piratenherz höher schlagen zu lassen.

Moskitos summten um Ramages Gesicht, flirrten um die Kerzen und fielen gelegentlich zu Boden, wenn ihre Flügel den Flammen zu nahe kamen. Und immer mehr Chamäleons und Eidechsen rannten mit geschmeidiger Grazie über die Wände und Kandelaber. Ganz im Gegensatz zu den Offizieren der Army in ihren protzigen und unpraktischen Uniformen, die nun nicht mehr gingen, sondern betrunken stolperten und einen oder zwei Schritte nach vorn riskierten, wenn sie sich verbeugten.

Das Orchester stimmte die Instrumente, die Geigen intonierten das Vorspiel zum nächsten Tanz. Ramage stand neben dem Gouverneur und lächelte höflich eine weitere dicke Pflanzersfrau an und stellte gleichzeitig fest, daß es nur noch eine Person im Saal gab, der er nicht vorgestellt worden war. „Mylord", sagte der Gouverneur und zupfte an Ramages Ärmel, „wenn Mrs. Bends uns entschuldigen will, ich möchte Sie mit der Gesellschafterin und Privatsekretärin meiner Frau, Miß de Giraud, bekannt machen."

Ramage schenkte Mrs. Bends ein letztes Lächeln und wandte sich dem Gouverneur und der hochgewachsenen Frau an dessen Seite zu. Sekundenlang war sie nur ein verschwommener Fleck, und Ramage sah sicherheitshalber erst einmal Sir Jason an, um das Feuer niederzukämpfen, das plötzlich durch seinen Körper zu rasen schien, und die Benommenheit. Während die gelben Zähne des Gouverneurs auf und zu klappten, wie Pferdezähne, die an einem

Grashalm kauten, konnte Ramage nur an diese goldene Haut, die hohen Wangenknochen, die großen schwarzen Augen, die vollen Lippen und an das liebenswürdige Lächeln denken — oder war es spöttisch? Und wenn, verspottete es ihn oder den Gouverneur? Oder war sie ... Nun, solange er kein zweitesmal hinsah, konnte er nicht sicher sein. Aber er war schon jetzt beinah überzeugt, daß sie die schönste Frau war, die er je gesehen hatte.

Sie wußte, daß sie schön war, und akzeptierte diese Tatsache ohne Arroganz. Dieses Wissen gab ihr eine gewisse Würde. Oder war es Heiterkeit? Oder vielleicht nur einfaches Vertrauen in ihre Weiblichkeit, so daß sie im Gegensatz zu diesen anderen dummen Frauen einem Mann gerade in die Augen schauen konnte, ohne schüchtern zu erröten und einfältig zu lächeln.

Er merkte, daß es fast völlig still im Saal geworden war. Nicht nur der Gouverneur hatte zu reden aufgehört, auch alle anderen schwiegen. Ramage spürte, daß alle ihn beobachteten. Dann flatterte etwas Weißes von Miß de Girauds linker Hand und fiel zu Boden. Der Gouverneur bewegte sich, aber Ramage war schneller, hob den Seidenhandschuh auf und gab ihn Miß de Giraud.

„Danke, Mylord." Sie knickste graziös. Und doch waren die Augen spöttisch — aber nur ein wenig. Ihr Akzent war englisch, ohne den schleppenden Singsang der Westindischen Inseln, und ihre Stimme klang warm und tief. Irgendwo in ihrer Ahnenreihe hatte es vielleicht Indianerblut gegeben. Kamen daher die langen, glatten Haare, die hohen Wangenknochen, die dunklen, strahlenden Augen?

Ramage stand da, seine Zunge war wie gelähmt, er dachte gerade noch rechtzeitig daran, sich zu verbeugen. Ohne es zu wissen, kam ihm der Gouverneur zu Hilfe. „Miß de Giraud ist seit einem Jahr die Gefährtin meiner Frau, Mylord. Aber ich fürchte, ich nehme ihre Dienste zu sehr für mich in Anspruch. Sie ist unsere Oberzeremonienmeisterin geworden und führt auch unseren Haushalt. Ich bezweifle, ob es einen Gouverneur im Dienst des Königs gibt, der mich nicht um sie beneiden würde."

„Kein einziger Mann würde Sie nicht beneiden, Exzellenz — von den Gouverneuren gar nicht zu reden."

„Ja, sie ist einfach großartig. Sie kann meine Depeschen viel besser abfassen als ich selbst. Als ich in Indien war, brauchte ich zehn Sekretäre, die mir den Papierkram vom Schreibtisch räumten. Aber Miß de Giraud schafft das alles allein und kümmert sich außerdem noch um den Haushalt."

Immer noch das Lächeln. Kein bescheidenes Erröten, keine schwachen Proteste ... Aber Ramage bedauerte den Gouverneur — er war ein unglücklicher Mann, wenn er in Miß de Giraud nur die tüchtige Sekretärin bewundern konnte.

„Seine Exzellenz macht ja eine Art positiven Drachen aus mir."

Bevor Ramage über eine passende Antwort nachdenken konnte, rief der Gouverneur fröhlich: „Jetzt wollen wir aber tanzen!"

Sir Jason gab dem Zeremonienmeister ein Zeichen und sah sich nach seiner Frau um. Er winkte ihr zu und verabschiedete sich von Ramage mit den Worten: „Ich überlasse Miß de Giraud Ihrer Obhut, Mylord."

Sie sahen zu, wie der Gouverneur durch den Saal schritt. Als er bei seiner Frau ankam, die inmitten einer Gruppe von Freundinnen saß und hinter wedelnden Fächern tratschte, klang Tanzmusik auf. Der Zeremonienmeister schrie: „Bitte, nehmen Sie Ihre Plätze ein — Kotillon!"

Das war ein ziemlich trostloser Tanz, aber einige Damen gehorchten sofort den Anordnungen des Zeremonienmeisters, nahmen Aufstellung an einer Seite des Saals, während die Herren sich an die andere Seite stellten. Ramage bedauerte es zum erstenmal in seinem Leben, daß er ein schlechter Tänzer war. Sicher konnte diese Frau hervorragend tanzen und war an Partner gewöhnt, die jeden Abend in Tanzsälen verbrachten.

„Werden Sie von einer Partnerin erwartet, Mylord?"

Ramage dachte einen Augenblick lang schuldbewußt an Gianna, aber dann hörte er sich sagen: „Ich hatte gehofft, Sie würden meine Partnerin sein. Aber ich bin ein schrecklich schlechter Tänzer und kenne den Kotillon kaum. Aber ich nehme an, Sie haben für diesen Tanz bereits einen Partner vorgemerkt?"

Sie schwenkte ihr Programm und entgegnete mit entwaffnender Offenheit: „Nein. Als Sir Jason mir sagte, daß Sie kommen würden, beschloß ich, mir mehrere Tänze freizuhalten."

Ramage spürte, wie sein Selbstvertrauen langsam zurückkehrte. Er durfte ihr nur nicht allzuoft in die Augen sehen, dann war er verloren. „Aber Sie konnten doch nicht wissen, daß ich so spät kommen würde."

„Nein?" Sie lachte und zeigte ihm ihr Programm. Hinter dem ersten halben Dutzend Tänze, die Ramage wegen seiner Verspätung versäumt hatte, standen Namen geschrieben. Hinter den weiteren Tänzen stand nichts.

„Da haben Sie aber ein großes Risiko auf sich genommen. Ich hätte ja ein Holzbein haben können."

„Irrtum, Mylord. Ich sah Sie heute nachmittag im Gouverneurspalast." Keine Spur von Koketterie — oder gar Aufdringlichkeit — nur Offenherzigkeit. Warum war das so überraschend? Nur weil es so ungewöhnlich war?

„Ich muß mit geschlossenen Augen herumgelaufen sein, denn ich habe Sie nicht gesehen."

„Nein, Sie waren in ein Gespräch mit Colonel Wilson vertieft. Aber kommen Sie jetzt ... Oh, es ist zu spät." Sie wies auf den Zeremonienmeister. „Henry fällt in Ohnmacht, wenn wir uns erst jetzt in die Reihe stellen."

Ramage hatte bereits durch die großen Glastüren gesehen, daß mehrere Stühle auf dem Balkon standen, der sich an der Vorderfront des Hauses entlangzog. „Ich bin fremd in Grenada. Wollen Sie mir nicht die Schönheiten der Stadt vom Balkon aus zeigen?"

Sie nickte, und er bot ihr seinen Arm.

Der Blick auf die kleine Stadt und die Lagune war bei Nacht ebenso schön wie bei Tag. Vor den Hütten der Eingeborenen schimmerten rote Feuerstellen. Ruderboote glitten über die Lagune. In jedem Bug stand ein Mann mit hocherhobenen Fackeln, um die Fische anzulocken, neben ihm stand ein zweiter, der reglos einen langen Dreizack in der Hand hielt. Ein dritter saß an den Riemen. Feuerfliegen schwirrten rings um das Haus und über dem Berghang, helle blaue Lichtpunkte, die sekundenlang aufflackerten. Hier draußen verschluckte das unablässige Quaken der Frösche beinahe die Tanzmusik. In der klaren tropischen Nacht leuchteten die Sterne so hell, daß sie unwirklich erschienen. Über dem Berg an der Ostseite der Hafeneinfahrt sah Ramage den obersten Stern des südlichen Kreuzes, und der Sirius und der Jupiter zu seiner Linken waren die grellsten Sterne am ganzen Himmel.

Er bemerkte, daß Miß de Giraud ihren Arm nicht aus dem seinen gelöst hatte. „Gefällt Ihnen Grenada, Mylord?"

„Ja — obgleich ich bisher nicht viel davon gesehen habe."

„Natürlich. Sie haben uns ja sofort nach Ihrer Ankunft wieder verlassen, um nach Martinique zu segeln. Wie hat es Ihnen dort gefallen?"

„Martinique ist französischer als Frankreich."

„Und die Damen sind sehr schick." Sie neckte und lockte — und ihre Stimme klang faszinierend.

„Das hat man mir erzählt. Aber ich war nur ein paar Stunden dort und habe keine gesehen."

„Eine Schande! In Fort Royal könnte man Wurzeln schlagen — wie bei einem guten Glas Brandy."

Plötzlich stieß einer der Männer in den Booten mit seinem Dreizack zu, und einen Augenblick später hielt er einen großen Fisch hoch. Das Licht der Fackel spiegelte sich in dem zuckenden, glänzenden Körper.

„Seemänner können leider nirgends Wurzeln schlagen."

„Eine Frau in jedem Hafen?"

„Ein bösartiges Gerücht, das von neidischen Soldaten ausgestreut wird."

Sie lachte. „Wieder einmal eine Illusion zerstört ... Aber diese Vorstellung ist doch hübsch, n'est-ce pas?"

„Ja. Obwohl ich mir keine Frau vorstellen kann, die ihren Mann mit anderen teilen möchte", entgegnete Ramage trocken.

„Oh, ich weiß nicht ... Eine Frau würde ihren Mann eher mit einer anderen teilen, wenn sie ihn liebt, als ein Mann seine Frau mit einem Nebenbuhler."

„Tatsächlich? Wie interessant!" neckte Ramage. „Ist dies eine alte karibische Sitte?"

Wieder dieses natürliche Lachen — und wie durch Zufall bewegte sich ihr Arm, so daß er an seinem Handrücken ihre Brust fühlte. Der Stoff ihres Kleids war sehr dünn, und als sie lachte, spürte er, daß sie nichts darunter trug. Er wandte den Kopf und sah sie an. Das Kleid war tief ausgeschnitten. Das kleine Tal zwischen ihren Brüsten ...

„Ah, da sind Sie ja!"

Mit einem unterdrückten Fluch drehte sich Ramage um und sah in Colonel Wilsons strahlendes Gesicht.

„Entschuldigen Sie, mein lieber Junge, aber der Gouverneur will mit Ihnen sprechen. Ich fürchte, es ist sehr dringend. Die beiden sind hier, Exzellenz!"

Sir Jason folgte dem Colonel auf den Balkon heraus. „Tut mir leid — verzeihen Sie, Miß de Giraud — aber diese verdammten Schiffseigner sind mir gerade auf die Nerven gefallen, Mylord. Eine Unart, einen Ball auf diese Weise zu stören! Sie wollen, daß die Segelorder widerrufen wird. Sie behaupten, die Fracht in den Schonern würde verderben und sie würden den nächsten englischen Konvoi verpassen, der von Jamaica aus lossegelt, wenn die Schoner nicht in ein paar Tagen in Martinique eintreffen."

„Wenn sie jetzt lossegeln, werden sie nicht einmal Martinique erreichen", entgegnete Ramage ärgerlich, „und sie werden die Fracht nicht einmal in den nächsten Konvoi umladen können."

„Das haben wir ihnen gesagt", berichtete Wilson. „Aber sie meinen, dieses Risiko würden sie lieber in Kauf nehmen als eine verdorbene Fracht."

„Sie würden auch ihre Schoner verlieren. Bald werden sie überhaupt keine Schiffe mehr haben."

„Sie können ja ihre Versicherung kassieren", hob Wilson seufzend hervor.

Ramage stellte fest, daß sich die Haltung des Gouverneurs verändert hatte. Er wollte ihn überreden, die Schoner segeln zu lassen, würde ihn aber keinesfalls wie kürzlich Wilson abkanzeln und behaupten, er könne die Schoner abfahren lassen, ob es anderen Leuten nun passe oder nicht. Eine plötzliche Idee schoß Ramage durch den Kopf, aber er ließ sie sofort wieder fallen. „Ist irgendeiner der Schiffseigner besonders erpicht darauf, seine Schoner abfahren zu sehen."

„Zwei machen besonders große Schwierigkeiten."

„Aber drei Schoner sind beladen. Was ist mit dem dritten Schiffseigner?"

„Das ist Rondin. Hat nicht viel gesagt. Anscheinend ist er geneigt, Sie gewähren zu lassen. Zumindest war das mein Eindruck. Was meinen Sie, Wilson?"

Der Colonel nickte. „Hat mehr Verstand als die anderen zusammen."

Ramage zuckte mit den Schultern. „Es wäre Wahnsinn, jetzt abzusegeln." Er fragte Wilson. „Haben Sie mit dem Gouverneur über unsere Vermutungen gesprochen?"

Wieder nickte der Colonel.

„Sehr interessant“, sagte Sir Jason mit einer tonlosen Stimme, die seine Worte Lügen strafte. „Aber das alles hilft uns in der augenblicklichen Situation nicht weiter.“

„Wenn Sie mir verzeihen, Exzellenz — ich finde, diese Vermutung ist eine sehr schlüssige Antwort auf alle bisher ungeklärten Fragen.“

„Leider nicht. Zwei der Gentlemen bestehen darauf, daß ihre Schoner noch heute absegeln.“

Noch heute abend! Ramage konnte seine Wut nur mühsam unterdrücken. Es war geradezu komisch, daß man zwei Männer dazu zwingen mußte, ihre Schiffe im Hafen ankern zu lassen, um sie vor Verlusten zu schützen.

Wilson hüstelte, um Ramages Aufmerksamkeit auf sich zu lenken. „Leutnant — Seine Exzellenz hat sicher nichts dagegen, wenn ich Ihnen mitteile, daß der eine Eigentümer seinen Schoner so oder so heute lossegeln lassen will — egal, was Sie oder der Gouverneur anordnen . . .“

„Ja, das stimmt“, fiel ihm Sir Jason ins Wort.

„Also gut“, stieß Ramage hervor, als jene Idee ihn erneut und diesmal noch intensiver bewegte. „Nur um wenigstens den Schein von Autorität zu wahren, werde ich diesem einen Schoner die Erlaubnis erteilen, loszusegeln.“

„Großartig!“ rief der Gouverneur. „Ich wußte ja, daß Sie vernünftig sein würden.“

„Aber nur unter zwei Bedingungen“, fügte Ramage hinzu und sah auf seine Uhr. Es war soeben acht geworden.

Sir Jason seufzte wie ein ungeduldiges Kind, das sich über verständnislose Eltern ärgert.

„Die eine Bedingung lautet, daß sie um zehn Uhr in See sticht und daß niemand außer dem Schiffseigner und dem Captain davon erfahren. Die beiden müssen ihr Wort geben, daß sie Stillschweigen bewahren werden. Nicht einmal die Besatzung darf Bescheid wissen, bevor sie den Befehl erhält, den Anker zu lichten. Zweitens — der Eigentümer muß in Ihrer Gegenwart ein Dokument unterzeichnen, Sir Jason. Darin muß er erklären, daß er das Risiko selbst trägt, daß sein Schoner gegen meinen Willen und gegen mein besseres Wissen den Hafen verläßt."

„Auch gegen mein besseres Wissen — wenn das irgendwie relevant sein sollte", fügte der Colonel hinzu.

„Also gut", sagte der Gouverneur. „Ich werde mit ihm sprechen, und dann wird er das Dokument in meinem Arbeitszimmer unterzeichnen."

„Noch etwas, Sir Jason. Ich muß leider darauf bestehen . . ." Erst jetzt bemerkte er, daß Miß de Giraud taktvoll ein paar Schritte den Balkon entlanggeschlendert war und den Männern den Rücken zukehrte. „Ich muß auf absoluter Geheimhaltung bestehen. Keiner von den anderen Schiffseignern darf davon erfahren, Exzellenz. Auch nicht Ihre Beamten, ebensowenig Colonel Wilsons Stab. Nur der Schiffseigner und der Captain des Schoners."

„Aber mein lieber Junge, wollen Sie etwa andeuten . . ."

„Andernfalls kann der Schoner nicht abfahren, Sir. Ich werde an Bord aller drei Schiffe ein paar meiner Männer postieren. Die beiden anderen Eigentümer dürfen nur erfahren, daß ihre Schoner vorläufig nicht lossegeln können. Morgen werden wir ihnen erklären, warum der eine Schoner den Hafen verlassen hat."

„Das ist irregulär!" stieß Sir Jason hervor. „Die beiden werden glauben, daß mich der eine Bursche bestochen hat."

„Daß er mich bestochen hat", korrigierte Ramage. „Ich erlaube dem Schoner, abzusegeln. Sie haben nichts damit zu tun, Exzellenz."

„Also gut. Kommen Sie, Wilson, gehen wir mit dem Mann in mein Arbeitszimmer. Wir sehen uns später noch, Ramage."

Ramage blickte nachdenklich vor sich hin. Hatte er sich zu einer unvernünftigen Entscheidung hinreißen lassen? Er konnte nicht leugnen, daß er sich ärgerte. Doch dann lächelte er. Es war kein liebenswürdiges Lächeln, es war kalt und zynisch. Vielleicht war es sehr gut, daß es so gekommen war ... Einen Spion konnte man nur auf frischer Tat ertappen — wenn er Informationen weitergab. Vielleicht brauchte dieser spezielle Spion nur eine einzige Information — den Zeitpunkt, wann ein Schoner in See stach.

Vielleicht wäre er gezwungen gewesen, einen Schoner als Köder lossegeln zu lassen, im Bewußtsein, daß dieses Schiff mit fast absoluter Sicherheit gekapert werden würde. Das würde der Preis für den Versuch sein, den Spion in eine Falle zu locken. Ein hoher Preis, denn wenn der Eigentümer erfuhr, daß sein Schoner als Köder benutzt worden war, würde er die Hölle und alle Teufel in Bewegung setzen. Ramage konnte sich die erbosten Briefe vorstellen — vom Llloyd's-Versicherungscomitee, vom West India Comitee, von zahllosen anderen Leuten, die sich bemüßigt fühlen würden, ihre Feder auf Papier zu wetzen. Alle diese Briefe würden bei der Admiralität eingehen, jedermann würde die ganze Schuld auf Leutnant Ramage von der königlichen Brigg *Triton* schieben.

Aber nun war ein unvorhergesehener Glücksfall eingetreten. Ein Schiffseigner bestand darauf, daß sein Schoner lossegelte, und war vermutlich auch bereit dazu, im Beisein des Gouverneurs ein Dokument zu unterschreiben, daß das Schiff auf seine Verantwortung den Hafen verließ. Ramage lachte kurz und bitter auf, dann blickte er sich suchend nach Miß de Giraud um. Aber der Balkon war leer. Anscheinend konnten manche Frauen diskreter sein als Männer.

Er stellte einen Fuß auf einen Stuhl, beugte sich vor und starrte auf die andere Seite der Lagune. Die Flammen vor den Hütten erloschen allmählich. Wenn die Leute ihr Abendessen gekocht und gegessen hatten, würden sie schlafengehen, um im ersten Morgengrauen wieder aufzustehen und ihr Tagewerk zu beginnen. Nur ein einziges Boot glitt immer noch über das Wasser, mit brennender Fackel.

Am Kielholplatz war kein Anzeichen von Bewegung zu entdecken — nur die dunklen Umrisse der drei befrachteten Schoner. Ob der Spion jetzt irgendwo im Dunkeln auf der Lauer lag und die Schoner beobachtete?

Moskitos summten in seinen Ohren, geistesabwesend hob er eine Hand, um sie wegzuwischen. Ein Jucken an seinen Handgelenken verriet ihm bald, daß die Biester eine üppige Mahlzeit genossen hatten.

Er überlegte, daß St. George einer der schönsten kleinen Häfen der Welt sein mußte. Hier draußen war die Brise kühl und angenehm, und die Klänge des Orchesters drangen nur gedämpft zu ihm. Auch das Geschwätz der Gäste wurde von Quaken der Frösche übertönt. Und doch fand er diese Tropennächte immer irgendwie bedrohlich, erfüllt von dunklen Geheimnissen. Seltsame, fast menschliche Tierlaute kamen aus dem Dschungel, dazu das hysterische Wimmern der Insekten ... Skorpione, die nach rückwärts krochen, Tausendfüßler, die mit täuschender Geschwindigkeit dahinliefen, eine Eidechse, die einem plötzlich über den Schuh glitt ... Das Knacken der Totenwürmer, die sich unablässig einen Weg durch die Dachbalken des Gouverneurspalastes fraßen ... Hinter all den tropischen Üppigkeiten war immer wieder Tod und Verfall zu spüren.

Und was machte Gianna in diesem Augenblick? In Cornwall war es vier Stunden später als auf dieser Insel. Gianna würde im Bett liegen und schlafen. Aber heute konnte er sich nicht so deutlich an sie erinnern wie noch am vergangenen Abend. Seltsam, ihr Bild war verschwommen, und er hatte nicht einmal den Klang ihrer Stimme im Ohr. Er mußte ihr schreiben, wenn auch nur Gott allein wußte, wann ein Schiff mit Post an Bord in See stechen würde. Und ihre Briefe ... Schrieb sie ihm Briefe in Tagebuchform, die sie dann rechtzeitig aufgab, damit sie das West India-Postschiff in Falmouth erreichten? Würde sie regelmäßig schreiben, auch wenn seine Briefe nur gelegentlich in Cornwall eintrafen?

Das Rascheln von Seide unterbrach seine Gedanken, und ohne sich umzudrehen, wußte er, daß Miß de Giraud zurückgekommen war und nun hinter ihm stand. Sie legte eine Hand auf seine Schulter und flüsterte: „Heimweh? Sie sehen so traurig aus — wie Sie da allein stehen und aufs Meer hinausblicken ..."

„Nein, nicht Heimweh ... Ich habe nur über dies und das nachgedacht. Die Aussicht, wie die Flammen vor den Eingeborenenhütten ausgehen ..."

„Ja, es ist sehr schön. Ich werde nie müde, mir das alles anzusehen."

„Aber Sie haben es schon oft gesehen — ein Jahr lang?"

„Von hier aus ein Jahr lang. Von anderen Orten rings um die Lagune schon viel länger."

„Aber Sie stammen nicht aus Grenada?"

„Nein."

Er wartete, und da sie offenbar nicht bereit war, seine Neugier zu befriedigen, sagte er: „Der Abschied von Grenada wird mir schwerfallen ..."

Er brach ab, als in den Bergen hinter dem Gouverneurspalast rhythmische Trommelschläge aufklangen. Nein, es war kein Rhythmus — die Schläge kamen unregelmäßig, gingen erst allmählich in einen seltsamen, fremdartigen Rhythmus über — tum-dee-dee-tum-tum ... Tum-dee-dee-tum ... Tum ... Tum ...

„Zum erstenmal, seit ich auf Grenada bin, höre ich Tamtam-Trommeln", sagte er.

„Oh? Aber die Eingeborenen schlagen ihre Trommeln sehr oft."

Die Schläge verstummten, doch Ramage lauschte immer noch. Plötzlich trat er an die Brüstung des Balkons, beugte sich darüber, so daß die Geräusche aus dem Haus sein Gehör nicht mehr beeinträchtigen konnten. In weiter Ferne, irgendwo im Norden, klang eine andere Trommel auf, sehr schwach, kaum wahrzunehmen im lärmenden Quaken der Frösche.

„Was tun sie? Geben sie irgendwelche Botschaften weiter?“

„Nein — ich glaube nicht. Irgendein Voodoo-Zauber, schwarze Magie . . .“

„Eine Art Zeremonie?“

„Ja. Vielleicht ist irgend jemand krank geworden, und sie rufen auf diese Weise einen Medizinmann. Obwohl die Medizinmänner offiziell gar nicht existieren. Sie haben irgendwelche Rituale, mit denen sie die kranken Eingeborenen behandeln.“

„Und werden sie dann gesund?“

Sie zuckte mit den Schultern. „Das weiß ich nicht. Zumindest scheint sich ihr Zustand dadurch nicht zu verschlechtern.“

Ramage sah, daß sie nicht mehr allein auf dem Balkon waren. Vereinzelte Paare waren durch die offenen Glastüren aus dem Saal gekommen. „Wir sind schon ziemlich lange hier draußen. Wollen Sie tanzen?“

„Haben Sie Angst um meinen guten Ruf?“ Sie lachte leise, als sie Ramages Verwirrung bemerkte. „Machen Sie sich deshalb keine Sorgen, Mylord. Wir haben ja die ganze Zeit vor der Tür gestanden.“

„Nicholas — nicht Mylord.“

Sie knickste, und wieder lag leichter Spott in ihren Augen. Oder hatte er sich das nur eingebildet?

„Und ich heiße Claire — Mylord.“

„Darf ich Sie um den nächsten Tanz bitten, Claire?“

„Ich muß erst auf meinem Programm nachsehen.“ Sie tat, als würde sie das Blatt studieren. „Zufällig habe ich den nächsten Tanz noch niemandem versprochen, Leutnant.“

Sie tanzten, dann legten sie eine Pause ein, um Erfrischungen zu sich zu nehmen, dann tanzten sie noch fast zwei Stunden lang. Mittlerweile hatte Ramage es aufgegeben zu verbergen, wie sehr sie ihn erregte. Die Seide ihres Kleides bewegte sich so weich unter seiner Hand, daß er manchmal das Gefühl hatte, sie sei nackt. Sie wußte es, sie akzeptierte es, sie kam ihm entgegen. Er vergaß die Zeit — bis ein Pflanzer, der mit seiner dicken, langweiligen Frau tanzte, grollend ausrief: „Was? Es ist ja schon zehn Uhr vorbei! Jetzt brauche ich aber einen Drink."

Mit einem Ruck riß sich Ramage von der gefühlvollen kleinen Welt los, die er für kurze Zeit mit Claire geteilt hatte. Verdammt! War der Schoner schon losgesegelt?

Plötzlich merkte er, daß die anderen Paare an ihm vorbeiwirbelten, daß er wie erstarrt vor Claire stand, die besorgt zu ihm aufsah.

„Was haben Sie?"

„Die Hitze ... Ich würde gern ein wenig frische Luft schnappen. Glauben Sie, daß wir noch einmal auf den Balkon gehen können? Oder würde man sich die Mäuler zerreißen?"

Sie lachte, schien erleichtert über seine Antwort zu sein. „Das Gerede der Leute interessiert mich nicht." Sie gingen langsam zu einer der Türen. „Außerdem bin ich wohl kaum so wichtig, daß man über mich klatschen würde."

„Die Oberzeremonienmeisterin des Gouverneurs ist viel zu bescheiden."

Als sie die Brüstung des Balkons erreichten, sah er, daß der Schoner den Hafen verlassen hatte. Das letzte Feuer jenseits der Lagune war erloschen, der letzte Fischer war nach Hause gegangen. Die Lagune und das Wasser des Hafens sahen aus wie Glas. Nur ein Windhauch bewegte sanft die Oberfläche und ab und zu spritzte es grünlich auf, wenn ein Fisch in die Luft sprang. Ramage zog seine Uhr hervor und sah, daß es elf Minuten nach zehn war.

Und eine Tamtam-Trommel, deren Schläge leise gedröhnt hatten, als sie auf den Balkon getreten waren, verstummte.

„Die Tamtam-Trommeln klingen melodischer als das Orchester des Gouverneurs“, sagte er.

Plötzlich erschauerte sie. „Es ist kalt hier draußen.“

„Bleiben Sie doch noch ein wenig! Sie genießen diesen Anblick jeden Tag, Jahr für Jahr. Aber ich bin vielleicht in zwei Monaten mitten in einem Schneesturm vor Neufundland.“

Niemand sonst war auf dem Balkon, und er küßte sie. Als sie nach einer halben Ewigkeit flüsterte: „Wirst du mich auch nicht vergessen, wenn der Schnee fällt?“, war die ferne Tamtam-Trommel, die irgendeinem heidnischen Gott eine Botschaft sandte, längst verstummt.

16

Der Ruf eines Wachtpostens weckte Ramage vor Tagesanbruch. Ein paar Augenblicke später, als weitere Rufe erklangen, offenbar aus einem herannahenden Boot, als Schritte über die Decksplanken trabten, war er hellwach. Er sprang aus der Koje und griff nach zwei Pistolen. Dann stieß er die Kabinentür auf, im selben Moment, als der Wachtposten schrie: „Captain — Sir!“ Er erreichte das Achterdeck gerade, als Jackson nach achtern lief, um Bericht zu erstatten. „Es ist Mr. Appleby, Sir. Er ist soeben von Carriacou zurückgekommen.“

Ein paar Minuten später lag das Boot, ein halbgedeckter Fischerkahn, an der Leeseite der *Triton* vor Anker, und

Appleby kletterte am Fallreep hoch. Southwick erschien, offenbar noch im Halbschlaf, ebenso der Corporal der Seesoldaten mit vier Männern, die mit Laternen herumstanden und nicht wußten, was sie tun sollten.

Appleby erreichte das Deck, sah Ramage im Lampenlicht und salutierte.

„Guten Morgen, Appleby! Was führt Sie zu uns? Haben Sie etwas Interessantes zu berichten?"

Appleby grinste unsicher. „Guten Morgen, Sir. Ja — zumindest hoffe ich, daß Sie es interessant finden werden."

„Sehr gut. Ich nehme an, Sie haben noch nichts gegessen? Nein? Steward — Tee sofort und Frühstück in zehn Minuten!"

In der Kabine ging Ramage auf und ab, mit vorgeneigten Schultern, damit er mit dem Kopf nicht gegen die niederen Balken stieß. Appleby saß nervös am Tisch. Ramage hatte zwei oder drei Minuten gebraucht, um Appleby zum Reden zu bringen. Der Junge hatte offenbar in letzter Minute befürchtet, Ramage würde seinen Bericht lächerlich finden und ihm Vorwürfe machen, weil er Carriacou wegen einer solchen Nichtigkeit verlassen hatte.

„Wir haben die Inseln und die Nordseite von Grenada scharf beobachtet, wie Sie es uns aufgetragen hatten, Sir. Gestern abend, genau um acht Uhr zweiundvierzig, sahen wir plötzlich ein Feuer auf einem Hügel über Levara aufleuchten — das ist auf der Nordseite von Grenada."

„Ich weiß", sagte Ramage. „Wie groß war das Feuer?"

„Durch das Teleskop sah es aus, als würden mehrere große Bäume brennen."

„Und dann?"

„Ich hätte mir weiter keine Gedanken gemacht — das Feuer konnte ja auch zufällig entstanden sein. Aber zehn Minuten später brannte es auch auf der Insel Kick 'em Jenny. Das Feuer war nicht so groß, aber gut zu sehen, weil es viel näher war."

„Das Feuer von Levara — hätten Sie es von Carriacou aus auch ohne Fernrohr sehen können?“

„Nicht unbedingt, Sir. Wahrscheinlich wäre es mir entgangen, wenn ein Dunstschleier über der Insel gelegen hätte.“

„Und das Feuer auf Kick ’em Jenny?“

„Das konnte ich auch ohne Fernrohr ganz deutlich erkennen.“

Ramage nickte und rief sich in die Erinnerung zurück, was gestern abend im Gouverneurspalast geschehen war.

„Dann begannen die Trommelschläge“, fügte Appleby hinzu.

„Die — was?“ Ramage schrie beinahe.

„Die Trommel, Sir — Tamtam-Trommeln. Am Südende von Carriacou. Etwa fünf Minuten, nachdem das Feuer auf Kick ’em Jenny aufflammte, hörte ich Trommelschläge. Als sie verstummten, klang in etwa sechs Meilen Entfernung eine andere Trommel auf, irgendwo im Innern der Insel. Ich glaube, es war beidesmal derselbe Rhythmus. Und als die zweite Trommel verstummte, glaubten wir noch eine dritte am Nordende der Insel zu hören. Aber wir waren uns nicht sicher.“

„Kein Feuer im Norden?“

„Das ist es ja, Sir. Das war das erste, woran ich dachte, als mir klar wurde, daß diese Trommeln vielleicht eine Botschaft über die Inseln weitergaben. Wir rannten den Hügel hinauf und sahen einen roten Schein am Nordende von Carriacou, ganz deutlich. Und fünf Minuten später glaubte ich einen roten Schimmer an der Nordseite von Union Island zu erkennen. Sie erinnern sich doch, Sir — das ist die Insel zwischen Carriacou und Bequia. Aber um ehrlich zu sein, ich war mir nicht absolut sicher. Wir waren inzwischen alle ziemlich aufgeregt, und ich könnte es mir auch eingebildet haben. Die Männer waren sich auch nicht sicher. Ich fürchte, wir haben Sie sehr enttäuscht, Sir.“

Ramage schüttelte den Kopf. „Machen Sie sich deshalb keine Sorgen. Es ist mir lieber, Sie sagen mir die Wahrheit und behaupten nicht, Sie seien sicher, wenn Sie es nicht sind. Sprechen Sie weiter."

„Dann nahmen wir uns ein Boot und segelten hierher."

Der Steward klopfte an die Tür und trat mit zwei vollen Teetassen ein. „Das Frühstück ist gleich fertig, Sir."

„Sehr schön — bitten Sie Mr. Southwick, uns Gesellschaft zu leisten."

Sobald der Schiffsführer heruntergekommen war, befahl Ramage dem jungen Mann, seinen Bericht zu wiederholen. Währenddessen nippte der Lord an seinem Tee und erinnerte sich mit einer Mischung aus Scham, Wut und Verwirrung an den Verlauf des gestrigen Abends. Statt jede Minute seiner kostbaren Zeit zu nutzen, um die Gäste des Gouverneurs zu beobachten und zu belauschen, hatte er mit einer Frau geflirtet — mehr als geflirtet, gestand er sich ein, und sein Herz begann schneller zu schlagen. Wie ein ganz gewöhnlicher Matrose, der eine Nacht lang Landurlaub hat. Als er versuchte, die Erinnerung an jene Umarmung auf dem Balkon zu verdrängen, dachte er plötzlich wieder an den Schoner.

„Haben Sie einen Schoner mit Kurs nach Norden gesehen, als Sie hierher gesegelt sind?" unterbrach er den Schiffsführersmaat.

„Ja, Sir, etwa um zwei Uhr morgens trafen wir einen vor Kick 'em Jenny."

„Was für ein Wind?"

„Streife Brise aus Osten, Sir — aber die Insel dämpfte ihn, sobald wir im Lee waren."

Bedrückt wandte sich Ramage wieder seinem Tee zu und stellte sich bildlich vor, was in der vergangenen Nacht auf den Inseln geschehen war. Während er im Gouverneurspalast getanzt hatte, hatte irgend jemand nach einem Feuer auf der südlichen Nachbarinsel Ausschau gehalten. Sobald man es gesehen hatte, gab man die Nachricht ans Nordende der eigenen Insel weiter, wo andere Männer warteten, bereit, ein weiteres Signalfeuer anzuzünden. Kein Wunder, daß sich in dieser Gegend interessante Neuigkeiten so rasch verbreiteten.

Er dachte immer noch angestrengt nach, als das Frühstück serviert wurde, und Southwick sah, daß sich sein Captain immer wieder über die Schläfe rieb, und schwieg wohlweislich. Als er seine Mahlzeit beendet hatte, blickte Ramage auf und sagte: „Sie wollen sich jetzt sicher waschen und rasieren, Appleby."

Der Schiffsführersmaat verstand den Wink, bedankte sich bei Ramage und verließ die Kabine. Sobald sich die Tür geschlossen hatte, fragte Southwick: „Was halten Sie davon, Sir?"

„Es ist doch offensichtlich, oder?"

Southwick ließ sich durch Ramages scharfen Tonfall nicht aus der Ruhe bringen. „Es ist offensichtlich — bis zu dem Punkt, wenn die Nachrichten das Nordende von St. Vincent erreicht haben, Sir. Aber der Weg von dort bis St. Lucia ist weit. Vierundzwanzig Meilen. Das muß schon ein sehr großes Feuer sein, wenn man es auf St. Lucia sehen soll."

„Es muß kein Feuer sein. Appleby brauchte fünf Stunden, um mit seinem Fischkahn von Carriacou hierherzusegeln. Also hatte er eine Geschwindigkeit von fast sechs Knoten. Nichts hält ein Fischerboot auf, das St. Vincent verläßt und den Kanal nach St. Lucia in vier oder fünf Stunden überquert. Dann geben die Trommeln die Nachricht auf die andere Seite von St. Lucia weiter. In der Zwischenzeit kann der Schoner Bequia kaum erreicht haben."

Aber Ramage wußte, daß er die wesentliche Frage noch immer von sich schob. Wahrscheinlich hatte sich Southwick diese Frage bisher noch gar nicht gestellt. In kurzen Worten erzählte er dem Schiffsführer von seinen gestrigen Gesprächen mit dem Gouverneur und von dem Schiffseigner, der darauf bestanden hatte, seinen Schoner absegeln zu lassen.

„Der würde es verdienen, daß sein Kahn gekapert wird", sagte Southwick ärgerlich. „Wenn die Versicherungsagenten das erfahren, werden sie niemals bezahlen."

„Sie werden es wahrscheinlich erfahren."

„Mißtrauen Sie diesem Mann, Sir? Will er die Versicherung betrügen?"

Ramage schüttelte den Kopf. „Das würde keinen Sinn ergeben. Überlegen Sie doch, was Grenada innerhalb eines Jahres exportiert — etwa zwölftausend Tonnen Zucker, über eine Million Gallonen Rum, zweihundert Tonnen Baumwolle, hunderttausend Gallonen Sirup. Die Frachtschiffe sind so schnell und gut, daß der Besitzer eines Schoners in sechs Monaten weit mehr verdienen kann, als er im Fall eines Totalverlustes von der Versicherung bekäme."

„Aber sie verdienen nicht, weil die Schoner verschwinden."

„Ja, aber sie würden sicher lieber an ihren Produkten verdienen als die Versicherungssumme kassieren. Deshalb bin ich überzeugt, daß kein Versicherungsbetrug vorliegt."

„Aber wo, zum Teufel, sind denn dann die Freibeuter zu finden?" rief Southwick verzweifelt. „Solange wir ihr Nest nicht aufstöbern, können wir doch nichts unternehmen."

„Wir müssen herausfinden, auf welche Weise der Spion erfährt, daß die Schoner lossegeln."

Southwick zuckte mit den Schultern. „Unzählige Leute können gesehen haben, wir er den Hafen verlassen hat."

„Ja, um zehn Uhr!" stieß Ramage hervor. „Aber Appleby sagte uns, er hätte das erste Feuersignal bereits um acht Uhr zweiundvierzig gesehen. Also wußte der Spion schon vorher Bescheid. Und in St. Vincent wußte man es um neun Uhr."

„Ich verstehe nicht, warum das so wichtig sein soll, Sir",

sagte Southwick störrisch. „Wenn wir die Freibeuter fangen, spielt der Spion doch ohnehin keine Rolle mehr."

„Ja", entgegnete Ramage geduldig. „Aber wir kennen ihren Stützpunkt nicht, und kein Mensch hat sie jemals gesehen."

„Das stimmt", gab der Schiffsführer zu und kratzte sich am Kopf. „Aber ich glaube trotzdem . . ."

„Sie schauen durch das falsche Ende des Teleskops."

Southwick starrte ihn verwirrt an. „Wie meinen Sie das?"

„Nun — der Spion hat sich selbst verraten."

Southwick schüttelte ungläubig den Kopf.

„Natürlich hat er sich verraten", sagte Ramage. „Warum hat er mit dem Signal nicht gewartet, bis der Schoner abgefahren ist?"

„Ich verstehe nicht, wieso das so bedeutsam sein soll."

„Ich auch nicht — aber es ist immerhin ein Anhaltspunkt.

Der Spion gab das Zeichen gestern abend kurz nach acht, und der Schoner verließ den Hafen um zehn Uhr. Also hatte der Spion zwei Stunden gewonnen. Aber diese zwei Stunden können für die Freibeuter keine Rolle spielen."

„Aber ich weiß noch immer nicht . . ."

„Genau! Diese zwei Stunden konnten keine Rolle spielen. Warum also hat der Spion nicht gewartet?"

Darauf wußte Southwick nichts zu sagen.

„Weil er viel zu zuversichtlich war", fuhr Ramage fort. „Er glaubte nicht, daß wir ihm jemals auf dic Schliche kommen würden. Der Spion und die Freibeuter konnten monatelang ungestört operieren. Tamtam-Trommeln und Signalfeuer — und kein Mensch hat jemals etwas davon bemerkt.

Southwick nickte. „Das verstehe ich — aber ich verstehe nicht, wieso er sich jetzt verraten hat, indem er das Signal vor der Abfahrt des Schoners gab."

„Offenbar haben Sie nicht genau zugehört, als ich Ihnen

erzählte, was gestern abend im Gouverneurspalast geschehen ist." Es war unfair, das zu sagen, und Ramage wußte es, denn er selbst hatte die Zusammenhänge erst vor wenigen Minuten erkannt.

„Was ist mir denn entgangen?" fragte Southwick beinahe kriegerisch.

„Daß nur vier Leute von der bevorstehenden Abfahrt des Schoners wußten."

„Nur vier? Dann ist es ja ganz einfach ..."

„Nein", fiel Ramage ihm verbittert ins Wort. „Diese vier sind der Gouverneur, Colonel Wilson, der Eigentümer des Schoners und der Captain, der allerdings erst später als die anderen eingeweiht wurde. Vier Männer. Welchen würden Sie verdächtigen?"

„Verdammt! Der Gouverneur, der Colonel, der Schiffseigner ... Nun sind wir ja beinah wieder dort, wo wir angefangen haben."

„Ja. Wir haben zehn Schritte nach vorn und neun zurück gemacht."

„Es muß der Schiffseigner sein — ein Versicherungsbetrug."

„Nein. Dann wären alle Schiffseigner, die bisher Verluste erlitten haben, an diesem Betrug beteiligt. Und sie würden sich ins eigene Fleisch schneiden, denn bald werden keine Schoner mehr übrig sein. Außerdem hat jener Schiffseigner gestern abend ein Dokument unterzeichnet, das besagt, daß er die volle Verantwortung trägt. Das schließt einen Versicherungsbetrug aus, denn in einem solchen Fall würde die Versicherung keinen Schadenersatz leisten. Er will an der Fracht verdienen — und ist bereit, dafür ein großes Risiko einzugehen."

„Ja, da haben Sie wohl recht", gab Southwick widerwillig zu. „Aber Sie verdächtigen doch nicht etwa den Gouverneur oder Colonel Wilson?"

„Nein. Das meinte ich ja, als ich sagte, wir hätten neun

Schritte zurück gemacht." Er spielte mit einem Messer, das auf dem Tisch lag. Der dunkle Himmel, der durch das Deckfenster zu sehen war, färbte sich allmählich grau. Ein Gedanke kreiste in Ramages Kopf, ein Gedanke, dessen Konturen vorerst noch verschwommen waren. „Übrigens, ich habe Maxton gestern abend freigegeben. Hat Jackson Ihnen das gesagt?"

„Ja, Sir. Maxton soll sich im Morgengrauen wieder an Bord melden, nicht wahr?"

Ramage nickte.

„Ich bin gespannt, ob er desertieren wird."

„Halten Sie das für möglich?" fragte Ramage.

„Nein, eigentlich nicht. Zumindest hoffe ich, daß er es nicht tun wird."

Der Gedanke nahm Gestalt an, und Ramage rieb sich über die Schläfe. Southwick deutete die nachdenkliche Stimmung seines Captains falsch. „Ich wäre sehr enttäuscht von ihm — nach allem, was er mit Ihnen auf der *Kathleen* erlebt hat . . ."

„Daran habe ich jetzt nicht gedacht. Hören Sie, Southwick — diese verdammten Tamtam-Trommeln reden — aber wer kann verstehen, was sie sagen? Ob Maxton es kann?"

„Ist das denn wichtig? Sicher können wir erraten, welche Nachricht die Trommeln gestern abend weitergegeben haben — daß ein Schoner absegeln würde."

Ramage grinste. „Haben Sie schon jemals über eine Tamtam-Trommel nachgedacht?"

„Nein", entgegnete der Schiffsführer verwirrt. „Das ist ein Schlaginstrument, und diese Burschen benutzen es, um sich Signale zu geben. So als würde man jemandem auf weite Distanz etwas zurufen."

„Ja, und darin liegt der Unterschied. Eine Menschenstimme kann man erkennen, wenn sie schreit, eine Trommel bleibt anonym, auch wenn ein ganz bestimmter Mann darauf schlägt. Oder klingen die einzelnen Trommeln verschieden?“

Southwick zuckte mit den Schultern. „Für mich klingen sie alle gleich.“

„Genau. Aber ich frage mich, ob sie für Eingeborenenohren auch so gleich klingen.“

„Beim Jupiter!“ Southwick schlug mit der Faust auf den Tisch. „Sie meinen, wir könnten einen Eingeborenen veranlassen, falsche Signale zu geben? Und damit das ganze System der Freibeuter durcheinanderzubringen? Ja, damit könnten wir diesen Spion fertigmachen. Stellen Sie sich das doch vor — er hört unser Trommelsignal, mit dem wir eine Falschmeldung über einen Schoner übermitteln. Er sagt seinem Trommler, er soll signalisieren: ‚Vorangegangenes Signal annullieren.‘ Und wir trommeln wieder: ‚Zweites Signal annullieren.‘“ Er lachte laut auf, trommelte in einem Phantasierhythmus auf die Tischplatte. Doch dann wurde sein Gesicht wieder ernst. „Aber damit hätten wir die Freibeuter immer noch nicht geschnappt.“

„Nein, aber die Idee ist gut. Wir könnten auf diese Weise vorgehen — wenn wir jemanden finden, der die Sprache der Trommeln spricht. Schicken Sie Maxton zu mir, sobald er an Bord kommt. Vielleicht weiß er irgend etwas.“

Als der Himmel immer heller wurde, schrubbte die Besatzung der *Triton* das Deck, polierte die Geschützbronze, erledigte all die vielen Pflichten, die bei jedem Tagesanbruch auf jedem britischen Kriegsschiff getan werden mußten. Ramage rasierte sich und ließ sich absichtlich Zeit dabei. Er versuchte einen Fehler in seinen Schlußfolgerungen zu finden. Sie waren so simpel, daß es ganz einfach irgendwo einen Fehler geben mußte.

Erstens war der Spion viel zu sicher, daß man seiner Signalfeuer- und Trommelmethode niemals auf die Spur kommen würde. Deshalb hatte er schon vor der Abfahrt des Schoners sein Wissen enthüllt. Gut, das war vielleicht übertriebenes Selbstvertrauen. Tamtam-Trommeln klangen in jeder Nacht über die Inseln, und die beiden Fregatten hatten die Signalfeuer eben nicht entdeckt.

Zweitens ... Angenommen, der Spion würde geschnappt werden. Wahrscheinlich bezahlten ihn die Freibeuter gut für seine Dienste. Oder er war Franzose und wollte mit seinen Aktivitäten eine neue Revolution entfachen. Grenada erholte sich gerade erst von der Fedon-Revolte. Wenn er erst einmal gefangen war, konnte man ihn dann zwingen, den Schlupfwinkel der Freibeuter zu verraten? Das war durchaus möglich. Aber welchen Nutzen hätte man davon, wenn man die Freibeuter allein mit der *Triton* angreifen mußte? Die Kaperschiffe waren bestimmt die schnellsten Wasserfahrzeuge im gesamten Inselgebiet. Wenn gegen den Wind gesegelt wurde, gelang es ihnen sicher, die *Triton* zu umzingeln. Und doch ... Er strich sich mit einer Hand über das Kinn. Das Rasiermesser war schon stumpf ... Vielleicht konnte man sie an ihrem Stützpunkt überrumpeln. Die Tatsache, daß der Schlupfwinkel gut versteckt war, bedeutete auch, daß es schwierig war, herauszukommen. Vielleicht brauchten die Freibeuter Boote, um ihre Kaperschiffe herauszuschleppen.

Es klopfte an der Tür, und Southwick rief: „Maxton ist wieder da, Sir!"

„Schicken Sie ihn herein!"

Ramage wischte den Rasierschaum weg und betrachtete sein Gesicht im Spiegel. Seine Augen schienen noch tiefer in den Höhlen zu liegen als sonst, die Wangen wirkten eingefallen. Das bedeutete wohl, daß er sich größere Sorgen machte, als es ihm bewußt war. Ein paar schlaflose Nachtstunden allein konnten das nicht ausmachen. Er mußte mindestens sechs oder sieben Pfund abgenommen haben.

Er verließ die Schlafkabine, ging in den Wohnraum hinüber. Maxton stand neben der Tür, offenbar sehr eingeschüchtert, weil dies sein erster Besuch in der Kabine des Captains war.

„Wie geht es der Familie, Maxton?"

„Sie haben sich sehr gefreut, mich wiederzusehen, Sir."

„Leben Ihre Eltern noch?"

„Ja, Sir. Mein Vater ist ein freigelassener Sklave."

„Haben Sie auch Brüder und Schwestern?"

„Vier Brüder und drei Schwestern, Sir. Und siebenundzwanzig Neffen und Nichten."

„Gratuliere", sagte Ramage lächelnd. „Maxton — ich brauche Ihre Hilfe."

„Ja, Sir?"

„Haben Sie gestern abend die Tamtam-Trommeln gehört?"

Maxtons Augen wurden plötzlich ausdruckslos, dann wich er Ramages Blick aus. „Nein, Sir, ich habe keine Trommeln gehört."

„Wirklich nicht?"

„Nein, Sir." Maxton fuhr sich mit der Zunge über die wulstigen Lippen, schlang die Finger ineinander, Schweiß glänzte auf seiner Stirn.

„Irgend jemand hat aber gestern abend Trommeln geschlagen, Maxton."

„Wenn Sie es sagen, wird es wohl so gewesen sein, Sir."

„Und die Trommeln haben gesprochen, Maxton."

„Ja, Sir."

„Aber Sie haben sie nicht gehört?"

„Nein, Sir, ich habe nichts gehört."

„Aber ich, Maxton. Soll ich Ihnen sagen, was die Trommeln erzählt haben?"

Maxton streifte seinen Captain mit einem schnellen Blick, dann sah er wieder weg. Er hatte Angst, das war offensichtlich, wenn Ramage auch weder den Grund dieser Angst erraten noch die Gedanken des Mannes lesen konnte.

„Die Trommeln haben ein Signal weitergegeben, Maxton. Sie teilten irgend jemandem mit, daß ein Schoner von St. George nach Martinique segeln würde."

Ramage überlegte einen Augenblick lang, und plötzlich fiel ihm etwas auf, dem er zuvor keine Beachtung geschenkt hatte. Ein gewöhnliches Feuer konnte nur eine einzige Tatsache signalisieren — außer man deckte es kurz ab und ließ es dann wieder aufleuchten, wie es die Indianer taten. Aber Appleby hatte berichtet, daß mehrere Bäume gebrannt hatten, also war es unmöglich gewesen, dieses Feuer abzudecken. Halt — wurden die Signalfeuer etwa zu einer bestimmten Zeit angezündet? Zwei Stunden, bevor ein Schoner den Hafen verließ? War das ein verabredetes Zeichen? Der Gedanke war einen Versuch wert.

„Die Trommeln sagten auch, daß der Schoner um zehn Uhr abfahren würde, Maxton. Und Sie haben die Schläge gehört, Sie wußten auch, was sie zu bedeuten hatten."

„Nein, Sir!" rief der Mann und streckte die Hände aus, als wollte er Ramage anflehen, ihm zu glauben. „Ich habe nichts gehört."

„Sie hörten die Trommeln, Sie wußten, was sie sagten und warum sie es sagten, aber Sie haben mich nicht gewarnt. Sie wußten, daß diese Trommeln einem Feind helfen, Maxton. Einem Feind, den wir daran hindern wollen, die Schoner zu kapern. Derselbe Feind hat uns mehrmals zu töten versucht, als wir noch auf der *Kathleen* dienten." Ramage machte eine kleine Pause. „Und jetzt versucht er mich zu töten, Maxton."

„O nein, Sir. Er will doch nur die Schoner kapern. Sehen Sie, die Freibeuter . . ." Er brach ab, weil er erkannte, daß er sich verraten hatte.

„Maxton, ich muß Sie wohl nicht an die Kriegsgesetze erinnern", sagte Ramage mit ruhiger Stimme. „Sie wissen, welche Strafen für jene Männer vorgesehen sind, die dem Feind helfen, indem sie den Offizieren wichtige Informationen vorenthalten. Ich bin traurig, daß Sie sich so wenig aus mir und Ihren Schiffskameraden machen, daß Sie uns alle in eine tödliche Falle laufen lassen wollen."

Maxton zitterte nun am ganzen Körper. Der Schweiß lief in Strömen über sein Gesicht, in seinen weit aufgerissenen Augen stand namenlose Furcht. Dann schien er alle seine inneren Energien zu mobilisieren. Nach einigen Minuten hatte er sich wieder in der Gewalt, hörte auf zu zittern, und es gelang ihm mit äußerster Willenskraft zu sagen: „Wenn ich Sie informierte, werden sie meine Familie und auch mich töten, Sir."

„Wer würde das tun?"

„Die Loupgarous natürlich", entgegnete Maxton und war offenbar sehr überrascht, weil Ramage das nicht wußte.

Die ‚Loupgarou' — die Vampire. Ramage erinnerte sich, daß sich die Einheimischen vor allem vor zwei übernatürlichen Wesen fürchteten — vor den Jumbys und vor den Vampiren. Die Jumbys waren die harmloseren der beiden — böse Geister, denen man mit Jumby-Perlen beikommen konnte. Man konnte sie auch mit anderen Talismanen, zum Beispiel mit Amuletten, bekämpfen oder sie mit Geld oder Geschenken bestechen, damit sie einen in Ruhe ließen. Die Jumbys waren eher boshaft als gefährlich.

Ganz anders die Vampire ... Sie trieben nur nachts ihr Unwesen, flogen unsichtbar durch das Dunkel, um ahnungslose Menschen anzugreifen, ihr Blut zu trinken und sie dann tot oder schwerverwundet liegen zu lassen. Und niemand wußte, wer sie waren, denn sie waren menschliche Wesen, deren Geister den schlafenden Körpern entstiegen und sich in Vampire verwandelten. Bei Nacht verrichteten sie ihr grausiges Werk, bei Tagesanbruch kehrten sie in die schlafenden Körper zurück, und jene Menschen wußten nicht einmal, daß sie im Schlaf zu Vampiren wurden. Nur der Medizinmann konnte die Vampire seinem Willen unterwerfen, ihnen befehlen, eine bestimmte Person anzugreifen. Aber was nach Ramages Meinung viel wichtiger war

— kein Weißer konnte einem Farbigen ausreden, daß die Vampire existierten, daß dies alles abergläubischer Unsinn war, den die Medizinmänner erfunden hatten. Der Voodoo-Zauber war in Afrika jahrhundertelang praktiziert und dann auch auf den Westindischen Inseln heimisch geworden. Die Farbigen hielten an ihrem heidnischen Glauben unwandelbar fest.

Trotz allem brauchte Ramage die Information. Er brauchte sie so dringend, daß er zu fragwürdigen Mitteln greifen mußte, um sie zu erhalten.

„Maxton, Sie glauben, daß der Medizinmann den Vampiren befehlen kann, Sie und Ihre Familie zu töten. Deshalb haben Sie natürlich Angst vor ihm."

Der West-Inder nickte, und Ramage stieß in plötzlich sehr scharfem Ton hervor: „Haben Sie auch Angst vor mir?"

Der Mann schüttelte überrascht den Kopf. „Nein, Sir."

„Warum nicht? Auch ich kann Sie töten — Sie haben ein Kriegsgesetz gebrochen, und dafür kann ich Sie hängen lassen. Und der Gouverneur kann Ihre Familie aufhängen, weil sie Sie zum Hochverrat angestiftet hat."

Maxton fiel auf die Knie, begann ein Gebet zu stammeln — in schlecht akzentuiertem Latein, wie Ramage erkannte — ein katholisches Gebet.

Er erkannte, in was für einer schrecklichen Lage sich Maxton befand, und es fiel ihm unendlich schwer zu tun, was er tun mußte. Die katholische Kirche hatte Maxton in seiner Kindheit mit Visionen von Höllenfeuer und ewiger Verdammnis erschreckt. Gleichzeitig hatten ihm die Medizinmänner mit ebenso gräßlichen Voodoo-Schikanen gedroht — mit Vampiren und Jumbys, mit dem namenlosen Bösen des Dunkels und der Ignoranz, in einem Ausmaß, das Ramage nur erahnen konnte.

Maxtons Lage war in der Tat noch schlimmer, als Ramage annahm. Bald nachdem er die Trommeln gehört und festgestellt hatte, was sie sagten, war ein Medizinmann zu ihm gekommen. Jener Mann hatte erfahren, daß Maxton von der *Triton* stammte, und hatte ihm befohlen, Stillschweigen zu bewahren. Aber Maxton hatte schon zuvor geplant, einen weißen Priester aufzusuchen, um eine routinemäßige Beichte abzulegen. Es wurde eine lange Beichte, die erste seit zwei Jahren. Er hatte viele Sünden begangen, die ihm sehr schlimm erschienen, und von deren Last er nun befreit sein wollte — er hatte seine Feinde getötet, hatte geflucht und getrunken und Gott geschmäht. Dem Priester, einem Mann von sehr weltlichem Geist, waren diese Vergehen gering erschienen im Vergleich zu dem, was er hier täglich zu hören bekam — Messerstechereien, verprügelte Ehefrauen, Mord und Raub.

Maxton hatte seine Ängste so weit überwunden, um seine Beichte mit einem Bericht von den Drohungen des Medizinmanns abzuschließen, mit dem er am früheren Abend gesprochen hatte. Er gestand, daß er es nicht wage, seinem Captain von der Trommelbotschaft zu erzählen. Aber der Priester, der die Bedeutung der Trommelschläge nicht kannte und zu faul war, danach zu fragen, hatte sich nicht dafür interessiert. Er hatte Maxton ermahnt, nicht mehr so viel zu fluchen und regelmäßig zu beten, und damit war der Fall für ihn erledigt gewesen.

So hatte Maxton das Priesterhaus verlassen, nicht klüger als zuvor, die Ohren voller Ermahnungen. Er wußte nur, daß der Priester die Trommelschläge als unwichtig abgetan, während der Medizinmann ihm mit dem Tod gedroht hatte, falls er etwas verriete. Während seiner Abwesenheit hatte der Medizinmann auch noch Maxtons gesamte Familie in Angst und Schrecken versetzt. Ein Bruder und zwei Schwestern waren so durcheinander, daß sie sogar behaupteten, sie hätten Vampire fliegen sehen. Und die Wesen der Finsternis würden nur darauf warten, bis die Familie schlafen ginge, um dann ihr blutiges Werk zu vollbringen.

Aber weder der Priester noch der Medizinmann, weder die Eltern noch die Brüder und Schwestern hatten an den dritten Faktor gedacht. Maxton fürchtete sich vor dem Gott des Priesters. Er tat, was der Priester ihm befahl, denn als Alternative gab es nur die ewige Verdammnis im Höllenfeuer. Und ebenso fürchtete er die Götter des Medizinmanns.

Als Ramage den Farbigen beobachtete, erkannte er, in welchem Dilemma sich der Mann befand und nahm an, daß Maxton die Gebote des Medizinmanns befolgen würde, aus einem sehr einleuchtenden Grund. Der Priester drohte nur mit ewiger Verdammnis, nicht mit dem sofortigen Tod. Aber der Medizinmann drohte ihm, er werde jetzt gleich von der Hand eines Vampirs sterben, ebenso die ganze Familie.

Aber weder der Medizinmann noch der Priester und schon gar nicht Ramage wußten, daß es noch einen dritten Faktor in Maxtons Leben gab. Beinahe einen dritten Gott, einen Mann, dessen Anordnungen er befolgte, nicht weil diese von Drohungen begleitet waren, sondern weil er sie ganz einfach befolgen wollte. Und dieser Mann war Leutnant Ramage.

Und als er nun in der Kabine seines Captains auf den Knien lag, tobte in seinem Gehirn ein Chaos widerstreitender Ängste und Loyalitätsgefühle. Maxton fürchtete nicht nur um sein Leben, er sorgte sich auch um seine Familie und Ramage, die von denselben unheilvollen Mächten bedroht wurden.

Ramage sah auf den Mann hinab. Er erinnerte sich, wie Maxton beim Anblick der spanischen Flotte vor dem Cape St. Vincent gegrinst hatte. Und er hatte ebenso gegrinst, als Ramage den kleinen Kutter *Kathleen* geradewegs auf die *San Nicolas* zugesteuert hatte. Und Ramage wußte, daß alles, was den West-Inder jetzt ängstigte, jenseits des europäischen Begriffsvermögens lag.

„Maxton", sagte er sanft, aber er sprach sehr langsam und deutlich. „Es gibt einen Ausweg, der uns alle retten kann. Sagen Sie mir ehrlich — wissen Sie, was die Trommelschläge bedeuten?"

Maxton nickte wie betäubt.

„Sehr gut. Ist es schwierig, die Trommelsprache zu erlernen?"

Der Mann schüttelte den Kopf.

„Könnte Jackson sie gut genug erlernen, um heute nachmittag eine bestimmte Botschaft auszusenden?"

Wieder neigte Maxton den dunklen Kopf.

„Der Medizinmann hat Ihnen doch nicht verboten, Jackson die Trommelsprache beizubringen?"

„Nein, Sir."

„Würden Sie ihm zeigen, wie man eine Tamtam-Trommel schlägt?"

Maxton rappelte sich auf. Die Angst war aus den schwarzen Augen verschwunden, sie glühten jetzt vor Eifer. So schnell, wie ein karibischer Gewittersturm einem wolkenlos blauen Himmel weicht, so schnell hatte Maxton zu zittern aufgehört.

„Ja, Sir." Noch ein kurzes Zögern. „Aber der Medizin..."

„Der Medizinmann wird nichts erfahren und auch nichts erraten. Und glauben Sie mir, Maxton, mein Ju-ju ist viel stärker als seiner. Und jetzt melden Sie sich bei Mr. Southwick."

Ramage beschaffte ein Faß für Maxton, das er als Trommel verwenden konnte, und dann verschwanden der Farbige und Jackson im Raumdeck, wo sie mit ihren geheimen Übungen begannen. Der Amerikaner benutzte die Trommel des Tambours.

Ramage ging unterdessen an Land, um das Fort George zu besuchen. Der Colonel saß in seinem Office und begrüßte Ramage mit großer Begeisterung und einem dicken Kopf, der vom Gouverneursball herrührte.

Ramage hatte lange überlegt, wie er dem Spion beikommen sollte. Er hatte auch sehr intensiv über Wilson nachgedacht. Der Colonel hatte sehr freizügig über den Gouverneur gesprochen. Hatte er das getan, weil er ein altes Klatschmaul war oder weil er wußte, daß Ramage alles über Sir Jason wissen mußte, wenn er mit ihm zurechtkommen sollte? Ramage entschied sich für die zweite Möglichkeit.

Ramage bat den Colonel, er möge einen vertrauenswürdigen Soldaten veranlassen, möglichst diskret eine gegerbte Ziegenhaut zu erwerben. Maxton hatte ihm erklärt, wie groß und von welcher Beschaffenheit die Haut sein mußte, die er für die Trommel brauchte, und Ramage gab diese Informationen an den Colonel weiter. Aus Gründen der Geheimhaltung erklärte er nicht, warum er diese sonderbare Bitte äußerte. Wilson stellte keine Fragen, ließ einen alten Corporal kommen, der mit einer Eingeborenen verheiratet war, und erteilte ihm die nötigen Befehle.

„Nun haben wir den besten Mann meiner Army auf die Suche nach einer Ziegenhaut geschickt“, sagte der Colonel zu Ramage. „Und was macht die Navy an diesem strahlenden Morgen? Schon den Rausch von gestern abend ausgeschlafen?“

„Die Navy bringt schlimme Nachrichten. Die Freibeuter werden den Schoner innerhalb der nächsten zwölf Stunden kapern.“

„Beim Jupiter! Und warum können Sie das nicht verhindern?“

„Weil sie einen Vorsprung von einigen Trommelschlägen und Signalfeuern haben. Und einen Spion, der wahrscheinlich gestern zu Gast im Gouverneurspalast war.“

Wilson sah Ramage in die Augen, um sich zu vergewissern, daß der junge Mann nicht scherzte. Er entdeckte, daß in den braunen Augen Wut oder Erregung leuchtete, aber keinesfalls Belustigung. „Nun, ich bin schon so lange auf dieser verdammten Insel, daß mich nichts mehr überraschen kann. Aber ich muß schon sagen, daß die Feinde des Königs seltsame Verbündete haben."

Ramage berichtete, wie er die Tamtam-Trommeln gehört hätte, während die Gäste des Gouverneurs tanzten. Dann erzählte er von Applebys Beobachtungen. Während er sich auf den Bericht konzentrierte, sah er Wilson nicht an. Und als er geendet hatte, erstaunte es ihn, wie sehr sich das Gesicht des Colonels verändert hatte. Die sonst so stumpfen wäßrigen Augen blickten scharf, verschwunden war die Aura lässiger Langeweile. Jetzt war Wilson wieder Soldat, geistig und physisch aktiv. Und als er sprach, hatte seine Stimme einen neuen lebhaften Klang. „Ich bin froh, daß der Admiral Sie zu uns geschickt hat, mein Junge. Zuerst habe ich Sie falsch eingeschätzt — das gebe ich zu. Admiralssohn und so weiter. Ich dachte, Sie hätten Ihr Kommando nur wegen Ihrer guten Beziehungen erhalten. So etwas soll ja vorkommen."

Er grinste mit einem fast liebevollen Wohlwollen, was Ramages Aufmerksamkeit entging, und fuhr dann fort: „Nun haben Sie mir die Augen geöffnet. Sie waren clever genug, die Tamtam-Trommeln zu hören und einen Beobachtungsposten auf Carriacou zurückzulassen. Auf diese Idee wäre ich nie gekommen — und die beiden beschränkten Fregatten-Captains, die uns der Admiral zuvor geschickt hat, auch nicht."

Er nahm einen Federkiel, ein Messer, ein Tintenfaß und Papier aus einer Schreibtischschublade, schärfte den Kiel mit der Messerklinge, nicht weil er stumpf war, sondern offenbar, weil er Zeit zum Nachdenken brauchte. Dann tauchte er den Kiel in die Tinte, glättete die losen Blätter, schrieb mehrere Wörter untereinander und las sie laut vor: „Colonel Wilson ... Leutnant Ramage ... Sir Jason Fisher ... Edward Privett ... und der Captain des Schoners. Wer wußte außerdem noch, daß Sie dem Schoner gestattet hatten, um zehn Uhr den Hafen zu verlassen?"

„Niemand — wenn Edward Privett der Eigentümer des Schoners ist. Aber jenes Dokument, das Privett in Sir Jasons Gegenwart unterzeichnen mußte ... Hat der Gouverneur es selbst geschrieben oder einen Schreiber beauftragt?"

Wilson runzelte die Stirn. „Nein, ich war die ganze Zeit im Arbeitszimmer. Nur Sir Jason, Privett und ich waren anwesend. Sir Jason ... Ja, er setzte sich an den Schreibtisch und schrieb das Dokument selbst, dann las er es laut vor. Privett griff nach dem Kiel und unterzeichnete es. Die Tür war geschlossen."

„Und wo befindet sich das unterschriebene Dokument?"

„Sir Jason hat es in einer Schublade eingeschlossen."

„Was hat Privett danach gemacht?"

Wilson kratzte sich mit dem Federkiel an der Nase. „Wir haben uns noch ein paar Minuten unterhalten. Dann schrieb Privett einen kurzen Brief an seinen Captain, mit dem Auftrag, der Schoner solle um zehn Uhr lossegeln, und dem Hinweis, daß absolute Geheimhaltung erforderlich sei. Er las uns den Brief vor und versiegelte ihn dann. Ich ließ das Schreiben durch einen meiner Offiziere an Bord des Schoners bringen."

„Was ist das für ein Offizier?"

„Einer meiner Adjutanten. Er wußte nicht, was in dem Brief stand. Ich ließ ihn rufen, befahl ihm, dem Captain des Schoners den Umschlag auszuhändigen und eine Empfangsbestätigung mitzubringen. Eine halbe Stunde später kam er zurück, meldete, daß er den Auftrag ausgeführt hatte, und gab mir die Quittung."

„Nach einer halben Stunde?"

„Ja. Eine Kutschenfahrt zum Kielholplatz dauert fünfzehn Minuten."

Ramage rieb über seine Schläfe. „Das bedeutet, daß den Captain des Schoners keine Schuld trifft."

„Wieso wissen Sie das?"

„Die Tamtam-Trommelschläge waren bereits zehn Minuten, nachdem Sie mit dem Gouverneur ins Arbeitszimmer gegangen waren, zu hören gewesen. Nehmen wir an, es hat zehn Minuten gedauert, bis das Dokument geschrieben und unterzeichnet und bis der Brief an den Captain abgefaßt war. Vielleicht sogar länger. Dazu fünfzehn Minuten, die der Offizier brauchte, um den Brief abzuliefern. Das bedeutet, daß die Trommeln erst fünfundzwanzig oder dreißig Minuten, nachdem Sie mich auf dem Balkon zurückgelassen hatten ..."

„Damit wären wir also wieder im Gouverneurspalast."

„Was tat Privett, nachdem Sie den Adjutanten weggeschickt hatten?"

„Darüber denke ich gerade nach. Wir drei waren im Arbeitszimmer, das Dokument war unterzeichnet, der Brief geschrieben. Dann läutete ich nach dem Butler, um meinen Adjutanten kommen zu lassen. Er trat ein, ich gab ihm den Brief, und er ging wieder. Privett setzte zu einer blumigen Dankesrede an, der Gouverneur läutete und bestellte Drinks. Ja, beim Jupiter, wir haben noch mindestens fünfzehn Minuten lang im Arbeitszimmer gesessen und uns unterhalten. Vielleicht sogar fünfundzwanzig Minuten."

„Worüber?"

„Über Sie", erwiderte Wilson mit schöner Offenheit. „Privett äußerte Zweifel an Ihren Fähigkeiten. Er meinte, Sie seien viel zu jung. Wir haben ihm das ausgeredet. Nein, nein, erröten Sie nicht, weder der Gouverneur noch ich sind Ihretwegen zu Lügnern geworden."

Ramage verbeugte sich lächelnd, doch Wilson blieb ernst. „Ich vertraue Ihnen, weil die alleinige Verantwortung auf Ihren Schultern ruht, Ramage. Sie müssen dem Admiral Rede und Antwort stehen. Aber machen Sie keinen Fehler, Ramage. Sie wissen nun, daß wir Ihnen vertrauen. Aber es ist Ihre Pflicht, sich auch von meiner und Sir Jasons Vertrauenswürdigkeit zu überzeugen."

„Das habe ich bereits getan, Sir", erwiderte Ramage trocken.

„Tatsächlich? Beim Jupiter!"

„Ich kann mir Ihr Alibi vom Gouverneur bestätigen lassen, das wissen Sie. Auch von Privett. Sie waren alle drei noch im Arbeitszimmer, als die erste Trommel zu dröhnen begann. So sind Sie offenbar alle drei über jeden Verdacht erhaben. Sie konnten gar nichts verbrochen haben — auch wenn Sie gewollt hätten."

Wilson lehnte sich in seinen Stuhl zurück und lachte schallend. „Ihnen entgeht aber auch gar nichts, Ramage. Aber..." Seine Miene wurde wieder ernst. „Welche Schlüsse können wir aus alldem ziehen?" Er blickte auf seine Liste und schrieb noch einen Namen auf. „Mein Adjutant. Ich würde ihm mein Leben anvertrauen — habe es sogar schon oft genug getan. Natürlich könnte er den Brief geöffnet haben, aber..." Er schüttelte den Kopf. „Ihre zeitlichen Berechnungen verschaffen ihm ja ohnedies ein Alibi."

Ramage nickte. „Auch wenn er den Brief sofort, nachdem er Sie verlassen hatte, geöffnet hätte, er hätte die Informationen nicht weitergeben können. Die Trommeln haben schon vorher zu schlagen begonnen."

Die beiden Männer überließen sich ihren Gedanken. Wilson beobachtete den jungen Leutnant, der an seiner Schläfe rieb und auf die Tischplatte starrte. Der Junge sah bedrückt aus, und das war nicht verwunderlich. Diese ganze Sache roch nach Ju-ju und Voodoo. Wie sonst sollte eine geheime Information aus einem geschlossenen Raum gelangen? Bald würde Ramage dem Admiral einen Bericht schicken müssen — einen Bericht, in dem stehen würde, daß ein Schoner gekapert worden sei, dem er die Segelerlaubnis erteilt habe. Denn Wilson bezweifelte nicht, daß sich Ramages Prophezeiungen erfüllen würden. Und ein Admiral, der auf Barbados saß und von nichts eine Ahnung hatte, war gewiß nicht erfreut, wenn er solche Nachrichten erhielt. Schon gar nicht, wenn er, wie Wilson längst erraten hatte, Ramage dazu benutzte, die beiden erfolglosen Fregatten-Captains vor dem Zorn der Admiralität zu schützen.

Aber Ramage hatte weder an den Admiral noch an seine eigene Verantwortung gedacht, als er dem Schoner die Segelerlaubnis erteilt hatte. Er hatte den Schoner abfahren lassen, weil er ihn als Köder benutzen wollte. Die Freibeuter hatten angebissen, und das bedeutete, daß der Spion gestern abend den Gouverneursball besucht hatte.

Er war genug schwierigen Situationen in seinem Leben begegnet, um zu wissen, daß man die Lösung solcher Probleme nur selten fand, wenn man am Schreibtisch saß und nachzudenken versuchte. Viel öfter war er zu Ergebnissen gelangt, wenn er sich Bewegung verschaffte, zum Beispiel eine dunkle Straße hinabschlenderte ...

Aber es war so angenehm kühl in diesem Raum. Also beschloß er die Ereignisse des vergangenen Abends noch einmal an seinem geistigen Auge vorbeiziehen zu lassen. Um acht Uhr hatte er sich auf dem Balkon mit Cla- mit Miß de Giraud unterhalten. Dann war Wilson gekommen und hatte gesagt, der Gouverneur wolle ihn sprechen. Gleich darauf war Sir Jason selbst erschienen. Miß de Giraud hatte sich diskret entfernt. Er hatte dem Gouverneur gesagt, unter welchen Bedingungen der Schoner um zehn Uhr lossegeln könne. Hatte sich irgend jemand auf dem Balkon versteckt und das Gespräch belauscht? Nein, da waren nur er selbst und Claire gewesen. Nachdem die beiden Männer gegangen waren, hatte er sich wieder mit Claire unterhalten, die zurückgekommen war.

Plötzlich stand er auf. „Darf ich mir Ihre Kutsche ausleihen, Sir?“

Wilson starrte verwirrt in Ramages bleiches Gesicht, in die schmalen Augen, dann rief er nach seinem Burschen. „Was ist denn los, Ramage? Sie sehen ja aus, als hätten Sie einen Geist gesehen."

Wie benommen schüttelte Ramage den Kopf und wandte sich zur Tür.

17

Der Kutscher und der Soldat in der blaugoldenen Uniform der Freiwilligentruppe von Grenada, der mit einer Muskete bewaffnet war, saßen nebeneinander auf dem schwankenden Kutschbock und protestierten, während Ramage immer wieder fluchte und schimpfte und sie zu größerer Geschwindigkeit antrieb. Die Straße, die zum Gouverncurspalast hinaufführte, war sehr steil. Aber Ramage hatte die Selbstbeherrschung verloren, in dieser wirren Mischung von Wut und Unglauben, die ihn erfüllte.

Endlich erreichten die Pferde mit schweißüberströmten Flanken und Schaum vor den Mäulern die Auffahrt des Palastes. Die Kutsche hielt, und noch bevor die Lakaien Zeit gefunden hatten, die Trittleiter herabzulassen, war Ramage schon auf den Kies gesprungen und rannte die breite Steintreppe hinauf.

Die beiden Soldaten, die an der Tür Wache hielten, wußten nicht recht, ob sie salutieren oder den Offizier anhalten sollten, der auf sie zulief, die eine Hand am Schwertgriff, die andere am Dreispitz. Schließlich salutierten sie. Als Ramage die Halle erreichte, rief er einem Butler zu, er müsse sofort den Gouverneur sprechen. Als der Mann würdevoll fragte, worum es sich handle, erhielt er die ärgerliche Antwort, Ramage würde die Probleme des Königs nicht mit Bedienten diskutieren. Man möge ihn sofort zum Gouverneur bringen.

Doch der Lärm der Hufschläge und rollenden Räder hatte Sir Jason bereits in die Halle gelockt. Er hörte den letzten Teil des Wortwechsels, rief Ramage zu sich und führten ihn in sein Arbeitszimmer.

„Verzeihen Sie mein formloses Eindringen, Exzellenz, aber es ist sehr dringend."

„Tatsächlich?" entgegnete Sir Jason kühl. „Ich muß zugeben, ich bin es nicht gewöhnt, daß die Leute hier einfach hereinplatzen — unangemeldet."

„Fedon war auch nicht so pedantisch!" stieß Ramage gereizt hervor.

„Seien Sie nicht unverschämt, Ramage! Ich werde mich beim Admiral beschweren."

Ramage war viel zu wütend, mehr auf sich selbst als auf den Gouverneur, um diese Drohung in angemessener Form zu würdigen. Allerdings gestand er sich ein, daß seine überstürzte Ankunft Sir Jason mit Recht verwirrt hatte. Andererseits hätte ihn gerade Ramages offensichtliche Erregung vom Ernst der Lage überzeugen müssen — wäre er kein Kolonialbeamter gewesen. „Es ist Ihre Sache, bei wem Sie sich über was auch immer beschweren, Exzellenz. Ich bin gekommen, um Ihnen mitzuteilen, daß Sie höchstwahrscheinlich einen Spion in Ihrem Haushalt beschäftigen. Der Schoner, der gestern abend abgesegelt ist, wird sich sehr bald in den Händen der Freibeuter befinden."

„Aber — aber das ist doch absurd! Tun Sie doch irgend etwas, Mann! Sie müssen verhindern, daß der Schoner gekapert wird. Ich werde . . ."

„Wenn ich fliegen könnte, wäre es mir vielleicht möglich, den Schoner zu retten. Da ich das nicht kann, wird man ihn kapern — Sir."

„Und was soll dieser Unsinn, daß ich einen Spion in meinem Haushalt beschäftige? Damit beschuldigen Sie mich gewissermaßen des Hochverrats und . . .“

„Ich sagte, daß höchstwahrscheinlich ein Spion in Ihren Diensten steht, Sir. Ich sagte nicht, daß Sie darüber Bescheid wüßten.“

„Danke, daß Sie eine so gute Meinung von mir haben“, entgegnete Sir Jason grimmig. „Und was soll ich jetzt tun?“

„Nichts“, sagte Ramage hastig und beschloß, die gute Gelegenheit zu nützen. „Ich würde es vorziehen, in dieser Angelegenheit allein die Initiative zu ergreifen — natürlich mit Ihrer Erlaubnis.“

Der Gouverneur hatte offenbar jegliche Übersicht verloren und war nur zu gern bereit, auf diesen Vorschlag einzugehen. Aber er wollte wenigstens den äußeren Schein von Autorität wahren. „Sehr gut, Sie haben meine Erlaubnis. Aber ich werde Sie für alles verantwortlich machen.“

Ramage nahm sich nicht die Zeit zu fragen, wofür er verantwortlich sein sollte. Statt dessen fragte er: „Wo ist Miß de Giraud?“

„In Ihrem Zimmer. Sie hat Migräne. Wenn ich auch nicht verstehe, was sie mit dieser Sache zu tun haben soll . . .“

„Ich muß sofort mit ihr sprechen — allein. Wenn Sie mich allerdings in ihr Zimmer begleiten wollen, um sich zu vergewissern, daß sie bereit ist mich zu empfangen . . .“

„Verdammt!“ rief Sir Jason. „Das ist unmöglich. Sie wollen in die Privaträume meines Mitarbeiterstabs eindringen? Ich kann einfach nicht . . .“

„Die Konsequenzen Ihrer Weigerung wären schlimmer, als Sie es ermessen können, Sir.“ Ramage hatte versucht, mit feierlicher Grabesstimme zu sprechen und war sehr zufrieden mit seinem Erfolg.

„Also gut, dann kommen Sie. Wenn ich Ihren Wunsch auch nur unter Protest erfülle. Vergessen Sie das nicht, Ramage.“

„Ich werde es nicht vergessen, Sir."

Sie saß in einem Korbstuhl, als sie den Raum betraten, und trug ein strenggeschnittenes, limettengrünes Kleid. Ihr Gesicht war blaß. Sir Jason brachte stotternd eine vage Entschuldigung für den formlosen Besuch vor. Sie hielt ein Buch in den Händen, das wie eine Bibel aussah, und ihre Finger zitterten. Ihre Augen waren gerötet, als hätte sie eben erst geweint, und Ramage fragte sich, was ihr Kummer bereitet haben mochte.

„Natürlich bin ich bereit, die Fragen Seiner Lordschaft zu beantworten, Exzellenz", sagte sie leichthin. „Wenn er auf meine Antworten so großen Wert legt, fühle ich mich sehr geschmeichelt. Bisher hat er mich ja nur gefragt, ob ich mit ihm tanzen will."

Ihr Lächeln wirkte echt, aber Ramage vermutete, daß es sie große Anstrengung kostete, so gelassen zu erscheinen. Sir Jason, der einen ärgerlichen Protest erwartet hatte, war sichtlich verwirrt.

„Könnten Sie später in Ihrem Arbeitszimmer noch zehn Minuten für mich erübrigen, Sir?" fragte Ramage.

„Ja, sicher." Sir Jason verließ das Zimmer und schloß die Tür.

Ramage ging zum Fenster und blickte hinaus. Ein winziger Kolibri saß reglos auf einer goldenen Alamanda-Blüte. Ein Sonnenstrahl fing sich in seinem dunkelgrünen Gefieder. Ramage hörte, wie sich Sir Jasons Schritte auf dem Korridor entfernten, und wartete noch zwei oder drei Minuten. Immer noch beobachtete er den Kolibri, und obwohl das in diesem Augenblick völlig belanglos war, wurde ihm bewußt, daß er die Schönheit tropischer Blüten noch nie so richtig gewürdigt hatte.

Langsam drehte er sich um, sah sie an, wandte den Rükken absichtlich dem Licht zu, so daß sein Gesicht im Schatten war.

„Du hattest es wohl sehr eilig, Nicholas. Ich hörte dich

schon unten auf der Straße fluchen. Du solltest bei dieser Hitze die Pferde nicht so antreiben. Das ist grausam. Ich nehme an, es geht um eine sehr wichtige Angelegenheit?"

„Nein", erwiderte Ramage in gleichgültigem Ton. „Aber manchmal ist es nützlich, die Leute in Glauben zu lassen, daß man ein langsamer Reiter ist. Dann sind sie um so erstaunter, wenn man plötzlich galoppiert."

Sie schüttelte lächelnd den Kopf. „Ich fürchte, die Bedeutung dieser inhaltsschweren Bemerkung liegt jenseits des weiblichen Begriffsvermögens."

Ramage erwiderte das Lächeln, und es fiel ihm schwer zu heucheln. Doch es war unumgänglich. „Der Gouverneur sagte mir, daß du Migräne hast? Solltest du da nicht besser in einem abgedunkelten Zimmer liegen?"

„Ja. Aber sag es bitte nicht dem Governeur! Sonst würde er die Entschuldigung, warum ich heute der Arbeit fernbleibe, nicht gelten lassen. In Wirklichkeit hat mich der Ball gestern abend völlig erschöpft. Aber du leidest offenbar unter keinerlei Nachwirkungen."

Obwohl eine Welt versteckter Bedeutungen in den letzten beiden Sätzen lag, klang ihre Stimme weder verwirrt noch schüchtern. Sie hatte nur ganz simpel einen Sachverhalt dargelegt. Ramage fragte sich, ob sie wirklich glaubte, daß sie ihre kurze, leidenschaftliche Beziehung nun wiederaufnehmen würden. Die Hände, die das Buch hielten, zitterten immer noch. Warum legte sie es nicht einfach in den Schoß? Und auf ihrer Oberlippe hatten sich feine Schweißperlen gebildet, obwohl es kühl im Raum war.

„Oh, ich fand den gestrigen Abend keineswegs anstrengend — eher aufschlußreich."

Plötzlich hob sie den Kopf und sah ihm in die Augen. Noch immer las er keine Verlegenheit in ihrem Blick — aber versteckte Furcht? Er war sich nicht ganz sicher, weil er nie zuvor einer Frau wie Claire de Giraud begegnet war. Er nahm an, daß ihr der normale Ton politischer Konversation fremd war, ebenso die hübschen Lügen und sanften Heucheleien der guten Gesellschaft. Oder vielleicht war sie nur ganz einfach unverschämt — die geborene Schauspielerin. Die eine oder die andere Möglichkeit würde zutreffen — es gab keinen Mittelweg.

„Nicholas, sag mir, was du zu sagen hast", bat sie leise. „Denn solche Bemerkungen verletzen mich. Und du beobachtest mich wie ein Tiger auf dem Sprung."

Verwirrt wandte er sich wieder dem Fenster zu. Er hatte sie verletzt? Seine Hände umspannten das Fensterbrett, er starrte die goldene Blüte an, ohne sie zu sehen. Die Wut, die Bitterkeit, die er im Office des Colonels empfunden hatte, war plötzlich erloschen. Einerseits war er dankbar dafür, denn nun konnte er klarer denken. Doch andererseits erkannte er, daß die innere Ruhe seine Aufgabe erschwerte.

Obwohl sein Mißtrauen gewiß begründet war, fragte er sich nun, ob die Zusammenhänge wirklich so einfach waren, wie er geglaubt hatte. Er spürte, daß etwas Dunkles, Geheimnisvolles hinter alldem steckte, irgend etwas, das mit dem Voodoo-Zauber zu tun hatte und genauso grausig und unerklärlich war.

Oder hoffte er das, weil er sich in sie verliebt hatte? Weil er nicht wollte, daß sie schuldig war? Ungeduldig schob er seine Zweifel beiseite. Dafür war jetzt keine Zeit. Natürlich hatte er sich in sie verliebt. Natürlich hatte er gehofft zu hören, die Schuld läge anderswo. Deshalb war er so wütend gewesen. Er hatte sich benommen wie ein gehörnter Ehemann, der zur treulosen Gattin eilt, um sie zur Rede zu stellen. Und dabei war er nicht einmal verheiratet.

Er blickte auf seine Knöchel, die weiß hervortraten, weil seine Hände das Fensterbrett immer fester umspannten. Zumindest fühlte er sich nun ein klein wenig erleichtert, weil er endlich ehrlich zu sich selbst war. Er hatte sich eingestanden, daß er sie liebte. Und er sagte sich, daß private

Gefühle die Ausübung seiner Pflichten nicht beeinträchtigen durften.

Aber genau das taten sie. Es war sinnlos, es zu leugnen. Was sollte er nun tun? Wie sollte er ihr das Geheimnis der Trommeln entlocken? Sollte er sie einschüchtern? Ihr so große Angst einjagen, daß sie in Tränen ausbrach und ihm alles sagte, was sie wußte und getan hatte? Oder sollte er versuchen sie zu verführen, die Gefühle ausnutzen, die sie ihm offenbar entgegenbrachte, um alle Informationen zu bekommen, die er brauchte? Aber empfand sie wirklich etwas für ihn? Oder war sie eben doch nur eine hervorragende Schauspielerin?

Als er sich umwandte, sah er, daß sie lautlos weinte. Ihr Körper wurde von krampfhaftem Schluchzen geschüttelt. Er trat einen Schritt auf sie zu, wie um sie in die Arme zu nehmen, doch dann blieb er stehen. Erst einmal mußte er seine eigenen Gefühle beiseite schieben und herausfinden, ob die Tränen echt waren oder ob sie nur Theater spielte. Das mußte er aus zwei Gründen wissen — weil er auf Grenada die Interessen des Königs vertrat und weil er Clairc liebte.

Aber wo sollte er anfangen? Bist du eine Spionin? Liebst du mich? Wenn du eine Spionin bist, warum? Wenn du mich liebst . . . Oh, verdammt! Was für lächerliche Fragen — und doch mußte er die Antworten wissen.

Sie sah zu ihm auf und flüsterte: „Bitte, stell mir deine Fragen." Er wußte nicht, was er sagen sollte, und nach einer Weile fügte sie hinzu: „Du hast Angst vor den Antworten."

Er nickte.

„Oh, um Gottes willen, frag mich doch!" Ihre Stimme klang immer noch ruhig und war doch voller Bitterkeit und Selbstverachtung, wie Ramage staunend feststellte. „Wenn ich heute morgen nur die Kraft gehabt hätte — ich müßte mir deine Fragen nicht anhören."

„Wie meinst du das? Die Kraft?"

Verzweifelt schüttelte sie den Kopf. „Heute morgen versuchte ich all meinen Mut zusammenzunehmen, mein Leben zu beenden — aber ich konnte es nicht. Nun weißt du, warum ich mir diese Fragen anhören muß. Daß sie über deine Lippen kommen, ist wohl ein Teil meiner Strafe."

Ihre Worte trafen ihn wie betäubende Schläge und doch erkannte Ramage, daß sie ihm bereits alles außer den Einzelheiten gesagt hatte. Sie war eine Spionin, sie war keine raffinierte Schauspielerin — und vielleicht liebte sie ihn.

Er kniete neben ihr nieder, nahm ihre Hände in die seinen. „Sag mir, was geschehen ist."

„Nein! Du mußt mir deine Fragen stellen!"

Ihre Heftigkeit erschreckte ihn, sie wich seinem Blick aus.

„Wie kann ich fragen? Ich weiß nicht, wo ich beginnen soll."

„Oh, bitte! Zwing mich nicht, Geständnisse abzulegen, als würde ich hier in einem Beichtstuhl sitzen! Stell mir Fragen — dann wirst du allmählich alles verstehen lernen." Doch dann schüttelte sie den Kopf. „Nein, du wirst es nie verstehen."

Ramage blieb neben ihr auf den Knien liegen. Er wußte, es würde leichter für sie sein, wenn er nicht auf sie herabsah. Und er bezweifelte nicht, daß alles, was sie jetzt sagte, die reine Wahrheit sein würde. „Claire, wenn ich dir Fragen stellen muß — die erste müßte unweigerlich lauten: Hast du gestern abend gehört, wie ich dem Gouverneur sagte, daß jener eine Schoner um zehn Uhr in See stechen darf?"

„Ja, ich habe es gehört", flüsterte sie.

„Das war ungefähr um acht Uhr. Nicht wahr?"

„Ich weiß es nicht genau — aber ich nehme es an."

Während ich mit Sir Jason und Colonel Wilson sprach, hast du den Balkon verlassen."

„Ja."

„Du hast die Information weitergegeben?"

„Ja", flüsterte sie.

„Und die Tamtam-Trommel hat die Nachricht nach Norden signalisiert?"

„Ja."

„Was hat die Trommel gesagt — nur daß der Schoner um zehn Uhr abfahren würde?"

„Ja — daß er etwa zwei Stunden später den Hafen verlassen würde."

„Wem hast du die Information gegeben?"

Plötzlich spürte er, wie sich ihr Körper versteifte. Die Hände, die er festhielt, spannten sich an. Es schien kalt im Zimmer zu sein, als sei unsichtbarer Nebel durch das Fenster hereingedrungen. Es lag nicht an der Frage, die er gestellt hatte — es war etwas anderes. Er fühlte, wie seine Sinne sich schärften, die Farben wurden intensiver, er hörte die Geräusche deutlicher. Irgend jemand war ins Zimmer gekommen — jemand, vor dem sie Angst hatte. Jemand, der sie beide töten würde, um das Geheimnis zu wahren.

Ramages Gedanken rasten, und um kostbare Minuten zu gewinnen, sagte er mit gespielter Gleichgültigkeit: „Lassen wir das vorerst — viel wichtiger ist die Frage, ob du glaubst, daß der Schoner bereits gekapert wurde."

„Ja." Ihre Antwort war beinahe ein Schluchzen. Ihre Fingerspitzen bewegten sich leicht in seinen Händen, als wollte sie ihn warnen.

Ramage bewegte sich ein wenig, als wäre sein rechtes Bein vom Knien eingeschlafen. Scheinbar geistesabwesend rieb er sich das Schienbein. Gleichzeitig lockerte er das Messer, das in der Schaftscheide seines Stiefels steckte. Er versuchte mit Hilfe seines Instinkts zu erkennen, wo die Person stand. „Wird man auch den nächsten Schoner kapern, wenn ich ihm die Segelerlaubnis gebe?"

„Ich nehme es an." Als er sanft ihre Finger drückte, um

ihr mitzuteilen, daß er ihre Warnung verstanden hatte, fügte sie hinzu: „Ich bin sogar ganz sicher."

„Wir können also nichts mehr tun, um den ersten Schoner zu retten? Bitte, denk sorgfältig nach, bevor du antwortest."

Da war ein flüchtiger Schatten zu seiner Linken — der Schatten eines Männerkopfes — Ramage hatte der Tür den Rücken zugewandt, die Sonne schien durch das Fenster links von ihm, der Mann mußte also fast direkt hinter ihm stehen. Und ein Luftzug wehte durch den Raum. Der Mann war durch die Tür gekommen — deshalb hatte Ramage vor ein oder zwei Minuten jene plötzliche Kälte gespürt. Und das bedeutete auch, daß der Mann, wer immer er auch war, freien Zugang zum Gouverneurspalast hatte.

„Wir können nichts tun", sagte Claire. „Es ist bereits . . ."

Ramage schnellte hoch, wie eine Springfeder, die sich aus einer Umklammerung löst, zog das Messer, wirbelte herum. Sir Jasons Butler zielte mit einer Pistole auf seine Brust.

Du mußt ihn überrumpeln — diese Worte hämmerten hinter Ramages Stirn. Aber wie? Dann sagte er, ohne bewußt zu überlegen, mit kühlem Tadel: „Ich habe Sie nicht klopfen hören."

Sekundenlang war der Butler irritiert. Offenbar hatte er einen Angriff oder einen wütenden Schrei erwartet. Seine anerzogene Höflichkeit ließ ihn automatisch zu einer Entschuldigung ansetzen. „Nun, Sir . . ."

„Schließen Sie die Tür!"

Die Hand, in der die Pistole lag, bewegte sich unsicher, die Mündung schwang ein wenig nach links. Im gleichen Augenblick schnellte Ramages rechte Hand hoch, Metall blitzte auf, der Mann krümmte sich mit einem erstickten Schmerzenslaut zusammen. Die Pistole fiel zu Boden, und während die linke Hand des Mannes am schwarzen Griff des Messers zerrte, das in seiner rechten Schulter steckte, stürzte sich Ramage auf ihn und warf ihn auf den Rücken.

Er kniete sich auf die Brust des Mannes, riß ihm das Messer aus der Schulter, hielt ihm die Klinge an die Kehle und befahl Claire, die Pistole aufzuheben.

„Keine Bewegung, Mann! Bevor Sie sterben, werden Sie mir noch ein paar Fragen beantworten."

„Aber ich verblute", stöhnte der Mann. „Meine Schulter — um der Barmherzigkeit willen, Sir . . ."

„Es ist mir verdammt egal, ob Sie leben oder sterben", stieß Ramage hervor. „Ich weiß alles, was ich wissen muß — aber von Ihnen will ich noch alle Einzelheiten erfahren."

Plötzlich bäumte sich der Mann auf, um Ramage abzuschütteln. Die Bewegung kam so unerwartet, daß Ramage fast das Gleichgewicht verlor, unwillkürlich verlagerte er sein Gewicht auf die Hand, die das Messer umklammerte. Doch er ließ sich nicht abwerfen, fand sein Gleichgewicht wieder — und im selben Augenblick hörte er ein Gurgeln unter sich. Er blickte hinab — das Messer hatte die Kehle des Butlers durchschnitten. Ein roter Blutstrahl bildete auf den polierten Bodenbrettern eine Pfütze, die sich rasch vergrößerte.

Ramage fühlte kein Bedauern. Als die röchelnden Atemzüge verstummten, dachte er nur voller Bitterkeit, daß er nun immer noch nicht wußte, was er wissen mußte.

Er erhob sich und wandte sich zu Claire um. Sie war in Ohnmacht gefallen, die Pistole lag in ihrer schlaffen Hand.

18

Eine Stunde später entfernte sich eine Kutsche vom Gouverneurspalast, fuhr den Hang hinab. Auf dem Gestell an der Rückwand des Wagens stand eine große Truhe, in der die Leiche des Butlers lag. Im Innern der Kutsche saßen Ramage und Wilson, erschöpft und verschwitzt. Keiner der beiden Männer brach das Schweigen, bevor die Kutsche das Fort George erreichte, die Truhe abgeladen und ins Pulvermagazin gebracht worden war, bevor sie im Office des Colonels Platz genommen hatten. Bis jetzt hatte Wilson, der auf Ramages dringende Bitte hin in den Gouverneurspalast gekommen war, nur ganz einfach getan, was der Leutnant ihm sagte. Nun erst stellte er seine erste Frage. „Warum haben Sie keinen Wachtposten bei dieser verdammten Person zurückgelassen, Ramage? Womöglich richtet sie in eben dieser Minute noch mehr Unheil an."

„Solche Maßnahmen wären unnötig gewesen, Sir. Sie wurde erpreßt. Der Butler war unser Mann."

„Aber es müssen doch noch andere darin verwickelt sein. Was wird geschehen, wenn sie herausfinden, daß er tot ist?"

„Der einzige, auf den es außerdem noch ankam, war ein Gärtner. Er hat dem Trommler die diversen Botschaften des Butlers ausgerichtet."

„Und was ist mit diesem Gärtner?"

„Er wird keine Schwierigkeiten machen", entgegnete Ramage knapp.

„Und der Trommler?"

„Den müssen wir noch finden. Ich kenne seinen Namen, weiß aber nicht, wo er wohnt. Er kommt niemals in die

Nähe des Gouverneurspalasts und tritt mit dem Gärtner nur in Verbindung, wenn ein Signal übermittelt wird."

„Sir Jason war ziemlich durcheinander." Wilson versuchte gar nicht, seine Befriedigung zu verbergen.

„Das ist verständlich. Stellen Sie sich doch vor, wieviel Staub das in London aufwirbeln wird — der Butler Sir Jasons hat die Sekretärin seiner Frau erpreßt und ihr geheime Informationen entlockt."

„Nun, ich werde in meinem Bericht an den Kriegsminister gewiß nichts beschönigen. Ich war schon seit dem Aufstand davon überzeugt, daß es im Gouverneurspalast eine undichte Stelle gibt. Als Sir Jason hier ankam, bat ich ihn, das Personal zu entlassen, vor allem diesen verdammten Butler, den ich von Anfang an nicht ausstehen konnte, und neue Leute einzustellen. Aber Sir Jason wollte nichts davon hören. Er hielt sogar große Stücke auf den Butler."

„Ich möchte wissen, was der Mann im Lauf der Jahre sonst noch alles herausgefunden und den Franzosen verraten hat."

„Ich auch. Er ist bestimmt als steinreicher Mann gestorben, denn ich nehme an, er hat sich seine Dienste gut bezahlen lassen."

Ramage schüttelte den Kopf. „Er hat keinen Penny bekommen."

„Was?" rief Wilson. „Wollen Sie etwa behaupten, er hat ganz umsonst den Verräter gespielt?"

„Nein", sagte Ramage müde, denn die Hitze und die Aufregungen forderten ihren Tribut, „er war kein Verräter . . ." Er hob beschwichtigend die Hand, als er sah, daß Wilson zu einem Wutausbruch ansetzte. „Er war Franzose, hatte einen französischen Vater und eine britische Mutter. Er beherrschte beide Sprachen fließend."

„Woher wissen Sie das alles?"

„Von seiner Tochter."

Ramage hatte gehofft, daß in der allgemeinen Aufregung

niemand diese Frage stellen würde. Aber es ließ sich wohl nicht umgehen.

„Seine Tochter? Wer ...“ Wilson brach ab, als er die Verzweiflung in Ramages Augen las. „Oh, das tut mir verdammt leid, mein Junge, ich ... Wieviel weiß der alte Fisher von dieser Sache?“

„Nichts, Sir. Ich sprach sehr lange und ausführlich mit Miß de Giraud. Und Sie wissen, was ich hinterher dem Gouverneur erzählt habe, denn Sie waren dabei.“

„Sie und diese Dame sind also die einzigen, die Bescheid wissen?“

Ramage nickte. „Und jetzt haben Sie eine Pflicht zu erfüllen. Sir, deshalb ...“

„Hören Sie mal, Ramage. Ja, ich habe eine Pflicht zu erfüllen. Aber seien Sie jetzt bitte ehrlich ... Soweit ich es Ihrem bisherigen Bericht entnehmen kann, hat sie alle Ihre Fragen wahrheitsgemäß beantwortet?“

„Ja. Sie hat mich sogar gebeten, ihr Fragen zu stellen. Und heute morgen versuchte sie genug Mut aufzubringen, um Selbstmord zu begehen.“

„Das hat sie Ihnen gesagt?“ rief Wilson überrascht.

„Ja. Ich ersuchte sie, mir die ganze Geschichte zu erzählen, aber dazu konnte sie sich nicht aufraffen. Deshalb wollte sie, daß ich ihr Fragen stellte.“

„Ich verstehe. Und jetzt beantworten Sie mir bitte zwei Fragen. Vergessen Sie alle Gefühle, die Sie dieser Frau entgegenbringen ... Nein, werden Sie nicht verlegen, ich beneide Sie, Ramage ... Vergessen Sie Ihre Gefühle und sagen Sie mir als Offizier des Königs — sind Sie sicher, daß sie Ihnen die reine Wahrheit gesagt hat?“

„Ja. Und abgesehen davon stimmen alle Ihre Antworten genau mit dem überein, was wir bereits wissen.“

„Sehr gut. Die zweite Frage — wenn sie Ihre Fragen nicht beantwortet hätte, wäre es Ihnen dann möglich gewesen, den Butler zu entlarven?“

„Ganz bestimmt nicht. Wir sind ihr ja nur auf die Spur gekommen, weil wir alle anderen eliminiert haben. Aber bei ihr hätte die Spur geendet."

„So hat sie uns also geholfen, einen Feind des Königs unschädlich zu machen."

Plötzlich begriff Ramage, worauf der alte Colonel hinauswollte. „Ja, und sie hat mir bereitwillig alles gesagt, was ich wissen mußte." Dann fügte er nach kurzem Nachdenken hinzu: „Aber von Ihrem Standpunkt aus, Sir ... Sie sind für die Sicherheit dieser Insel verantwortlich, und Sie dürfen nicht vergessen — wenn sie sich heute morgen das Leben genommen hätte ..."

„Mich interessiert nur, was sie getan hat", fiel ihm der Colonel ins Wort, „nicht, was sie getan haben könnte. Übrigens, was hat der Gouverneur vor?"

„Als Sie die Truhe auf den Wagen verladen ließen, erklärte er mir, er würde sich bei Admiral Robinson und bei der Admiralität über mich beschweren."

„Warum denn?"

„Ich glaube, das wußte er selbst nicht genau", entgegnete Ramage trocken. „Wahrscheinlich wird er sich beklagen, weil ich seinen Butler ermordet habe."

Wilson lachte. „Ja, Sie haben ihm in der Tat übel mitgespielt. Aber nun noch eine Frage, die Miß Giraud betrifft — was hat sie dazu veranlaßt, ihrem Vater zu gehorchen und ihm geheime Informationen zu geben?"

„Nackte Angst. Er war ein fanatischer Revolutionär, einer der engsten Mitarbeiter Fedons. Während der Revolte nahm er Claire zu einem Voodoo-Ritual mit. Ein Neger, der als Freund der Briten galt, und seine Frau wurden fünf Stunden lang zu Tode gequält. Der Trommler war einer der Mörder. Als sie in den Gouverneurspalast kam, sagte ihr Vater, er würde sie jenem Mann überantworten, wenn sie sich seinen Befehlen widersetzte. Sie glaubte, daß er es wirklich getan hätte — und ich glaube es auch."

„Wußte der Gouverneur, daß sie die Tochter des Butlers ist?“

„Nein. Der Mann war auch kein echter Butler. Er stammte aus einer alten französischen Familie. Da er Schwierigkeiten mit dem König hatte, wurde er ins Exil geschickt. In seiner Verbitterung wurde er zum Revolutionär. Als der Krieg begann, wurde er wegen seiner hervorragenden Englischkenntnisse auf die Westindischen Inseln versetzt, ebenso seine Tochter.“

„Aber die Tochter ist keine Jakobinerin?“

„Ihre englische Mutter verließ ihn schon Jahre zuvor und nahm sie mit in ihr Heimatland. Nach der Revolution, aber noch vor Kriegsbeginn, zwang der Vater das Mädchen, nach Frankreich zurückzukehren, obwohl sie sich als Engländerin betrachtete.“

„Und der Gouverneur weiß von alldem nichts?“

„Er weiß nur, daß der Butler ein Spion war und daß die ganze Angelegenheit geheim bleiben muß.“

„Damit wäre dieser Teil der Affäre ja wohl erledigt. Was gedenken Sie jetzt zu tun?“

„Sie meinen, was ich mit den Freibeutern tun werde? Ehrlich gesagt, Sir, mein Kopf ist ein einziges Durcheinander. Es ist kein schönes Gefühl, einen Mann unabsichtlich erstochen zu haben ...“

„Sie würden sich viel schlimmer fühlen, wenn er sie erschossen hätte“, entgegnete Wilson grinsend. „Was er zweifellos getan hätte. Sie sollen nicht so werden wie manche Kameraden, die einen Feind genüßlich auf eine Meile Distanz mit einer Kanone niederknallen. Aber Sie sollten auch nicht zögern, einen Mann auf eine Distanz von einem Yard mit Ihrem Säbel zu töten.“

„Einen Feind im Kampf zu töten — das ist etwas ganz anderes. Aber ich habe den Mann in Gegenwart seiner Tochter erstochen. Wenn ich auch glaube, daß er imstande gewesen wäre, sein Kind zu töten ...“

„Ja, so etwas geht einem wohl an die Nieren“, gab Wilson zu, wenn auch ohne echte Überzeugung. „Aber was soll nun geschehen?“

„Ich glaube nicht, daß ich die Geduld haben werde, mich mit Sir Jason abzugeben, Sir. Es wäre unklug, ihm Einzelheiten mitzuteilen. Wenn er die ganze Wahrheit wüßte, er würde kaum den Mund halten können.“

„Überlassen Sie das mir. Ich werde mich um ihn kümmern. Und nun zu Miß de Giraud — ich möchte nicht, daß sie im Gouverneurspalast bleibt. Ein Schuß durch ein Fenster ... Auf dieser Insel leben viele Leute, die mit den Franzosen sympathisieren. Wir wissen nicht, wie viele Helfershelfer der Butler hatte. Jetzt ist er verschwunden, und die anderen könnten in Panik geraten und sich zu einer Verzweiflungstat hinreißen lassen.“

Ramage nickte. „Daran habe ich auch schon gedacht, aber ...“

„Sie kann in meinem Haus wohnen. Meine Frau hat sie sehr gern, und das Haus wird gut bewacht. Ich kann sie heute abend holen lassen. Mein weibliches Personal besteht aus Soldatenfrauen und ist absolut verläßlich.“

„Danke, Sir. Wenn Sie mich jetzt entschuldigen — ich muß zurück an Bord.“

„Natürlich. Wie gesagt, überlassen Sie mir den alten Fisher. Und hoffen wir, daß wir diese Freibeuter bald ausräuchern können. Schade, daß die *Triton* kein Trojanisches Pferd ist.“

Ramage entwarf gerade einen kurzen Bericht an den Admiral, als Jackson klopfte, eintrat und ihm das Messer übergab. „Sauber und neu geschärft, Sir. An der Spitze war ein häßlicher Knick. Muß einen Knochen getroffen haben.“

„Wahrscheinlich“, sagte Ramage, nicht bereit, die offensichtliche Neugier des Amerikaners zu befriedigen. „Machen Sie gute Fortschritte?“

„Maxton meint, daß ich sehr gelehrig bin, Sir. Er hat die Ziegenhaut für die Tamtam-Trommel weichgeknetet, und wir benutzen nun ein Butterfäßchen, nicht mehr das große Rumfaß. Er findet, daß das echter klingt. In einer Stunde werde ich soweit sein."

„Haben Sie auch den richtigen Rhythmus geübt?"

„Ja, zumindest bildet sich Maxton das ein. Wenn es auch angeblich schwierig ist, den Rhythmus aus einer Seesoldatentrommel zu imitieren, weil die anders bespannt ist als eine Tamtam-Trommel."

„Haben Sie aus Maxton herausbekommen, was das für ein Signal ist?"

„Ja. Offenbar übermitteln sie keine Wörter oder Zahlen, sondern zuvor verabredete Rhythmen, die ganz verschiedene Bedeutungen haben."

„Gut. Jetzt hören Sie genau zu, Jackson. Wenn Sie wieder mit Maxton üben, werden Sie eine ganz beiläufige Bemerkung machen und genau aufpassen, wie er darauf reagiert."

„Ich soll ihn ertappen, Sir?"

„Ja. Ich kenne den Namen des Mannes, der die Tamtam-Trommel schlägt, und diesen Mann müssen wir unschädlich machen. Ich weiß nicht, wo er wohnt, aber Maxton weiß es wahrscheinlich. Wenn er es weiß, wird er es Ihnen sagen — Sie brauchen ihn nur aufmerksam zu beobachten."

„Überlassen Sie das nur mir, Sir", sagte Jackson zuversichtlich. „Er ist ein guter Junge. Der Medizinmann hat ihm eine Riesenangst eingejagt."

„Ich verstehe. Also, dieser Trommler heißt Josiah Fetch."

Jackson wiederholte den Namen und verließ die Kabine, nachdem er verkündet hatte, Maxton werde ihm um zwei Uhr den nächsten Trommelunterricht erteilen.

Als Ramage Schritte auf der Kajütentreppe hörte und der Wachtposten vor der Tür die Haken zusammenschlug, wußte Ramage, daß Southwick seine Pflichten an Deck erfüllt hatte. Der alte Schiffsführer setzte sich auf das Sofa und berichtete. Ramage war überrascht, als er hörte, wie viel während seiner vierstündigen Abwesenheit an Bord geschehen war. Soviel Southwick bisher wußte, hatte Ramage in diesen vier Stunden nichts weiter getan, als mit dem Gouverneur und Colonel Wilson Rum zu trinken.

Er erzählte dem alten Mann in kurzen Worten, was geschehen war, verschwieg nur, daß Claire die Tochter des Butlers war. Als Ramage seinen Bericht beendet hatte, sagte Southwick langsam: „Bin ich froh, daß Sie nicht aus der Übung waren und immer noch so gut mit Ihrem Wurfmesser umgehen können. Aber jetzt ist der Butler tot, und wir sind in eine Sackgasse geraten. Wir müssen wohl noch einen zweiten Schoner losfahren lassen und ihn mit der *Triton* beschatten. Oder wir senden ein fingiertes Signal aus und hoffen, daß die Freibeuter nach dem Köder schnappen, und statt eines Schoners segelt die *Triton* los."

„Das würde niemals funktionieren. Sie wissen doch, wie gut die Kaperschiffe gegen den Wind segeln können. Außerdem würde man unsere Abfahrt bemerken. Der Butler, der Gärtner und der Trommler sind sicher nicht die einzigen, die in diese Affäre verwickelt sind."

Southwick seufzte. „Ich wußte ja, daß an der Sache irgend ein Haken ist. Habe ich es Ihnen nicht gesagt, Sir? Sobald ich erfuhr, daß die beiden Fregatten-Captains versagt und Sie diesen Auftrag bekommen hatten, wußte ich, daß der Admiral irgend etwas im Schilde führt."

„Glauben Sie etwa, ich hätte mir eingebildet, daß er mir mit dieser Order einen Gefallen tun wollte?" entgegnete Ramage verdrießlich.

„Hat Ihnen der Colonel keine Vorschläge gemacht, Sir?"

„Ich habe ihn nicht danach gefragt — das ist ja auch nicht seine Aufgabe. Er hat nur vom Trojanischen Pferd gesprochen."

„Wozu braucht er denn ein Pferd?“

Ramage blinzelte so verwirrt, daß Southwick hastig hinzufügte: „Oder handelt es sich etwa um ein bestimmtes Pferd?“

Ramage lachte und begann die Legende zu erzählen. Plötzlich brach er ab. „Das Ende der Geschichte erzähle ich Ihnen ein andermal — mir ist gerade etwas eingefallen. Lassen Sie die Jolle aussetzen. Ich gehe für ein paar Stunden an Land.“

Wilson hegte seine Zweifel an Ramages Plan. Er meinte, die Gefahr sei zu groß. „Vergessen Sie niemals, daß Ihr Risiko größer sein könnte, als Sie annehmen“, warnte er. „Auf diese Weise werden Sie niemals Enttäuschungen erleiden.“

Aber schließlich gab er doch zu, daß Ramages Plan im Augenblick der einzig mögliche Weg war. Wie Ramage hatte er gehofft, daß Claire den Schlupfwinkel der Freibeuter kannte. Aber sie hatte ihnen nur sagen können, daß der Stützpunkt auf einer der Inseln im Norden lag.

Wilson war wie Ramage der Meinung, daß Rondin der vertrauenswürdigste Schiffseigner sei, ebenso der intelligenteste. Zu Ramages Überraschung schlug der Colonel vor, Rondin im Fort zu empfangen. Es sei nicht ratsam, daß Ramage den Mann aufsuchte. „Wir kennen unsere Feinde nicht. Wenn irgend jemand Sie in Rondins Haus gehen sieht — wer weiß, welche Schlüsse man daraus zieht? Heute ist er auf seinen Feldern, aber ich werde ihn morgen früh zu mir bitten.“

Am nächsten Morgen brachte Wilsons Kutsche einen verwirrten Rondin zum Fort. Er hörte aufmerksam zu, als Ramage ihm sagte, der Schoner, der vorgestern abend losgesegelt sei, würde sich mit größter Wahrscheinlichkeit in den Händen der Freibeuter befinden. „Das überrascht mich nicht“, sagte Rondin. „Privett ist ein Narr. Den Gouverneur und Sie zu so einem Unsinn zu überreden — noch dazu während des Balls ... Wünschen Sie, daß ich irgendwelche Maßnahmen ergreife?"

Die direkte Art des Schiffseigners gefiel Ramage. Er stellte keine Fragen, hörte nur zu, als fühlte er, daß man ihm alles sagte, was er wissen mußte. Als Ramage ihm erklärt hatte, was er von ihm wolle, zuckte Rondin mit den Schultern und lächelte. „Sie erweisen mir eine große Ehre, indem Sie mir Ihr Vertrauen schenken. Aber diese Schoner sind teuer, und wenn einer verlorengeht ..."

„Er ist ja versichert", unterbrach ihn Wilson. „Und wenn wir die verdammten Freibeuter nicht fangen, werden Sie den Schoner ohnedies verlieren — und alle anderen auch."

Rondin nickte. „Natürlich ist er versichert. Allerdings nehme ich an, daß die Versicherung Ausflüchte machen wird, wenn sie erfährt, auf welche Weise ich den Schoner verloren habe. Aber deshalb zögere ich nicht."

„Warum dann?" fragte Ramage.

„Ich bin ein reicher Mann, Mylord. Ich könnte einige Schoner einbüßen, ohne mir Sorgen machen zu müssen. Aber ich mache mir Sorgen um Sie und Ihre Männer."

„Um mich und meine Männer?"

„Man wird kein erfolgreicher Plantagen- und Schiffsbesitzer, wenn man nicht seine Chancen abwägen und auf lange Sicht planen kann. Manchmal ist es nötig, einen geringen Verlust in Kauf zu nehmen, um einen großen Gewinn zu erzielen. Aber die Offiziere der Navy haben keine Wahl. Wenn Sie einen Feind sehen, haben Sie nur zwei Alternativen — Sie greifen an oder nicht. Und die Entscheidung muß innerhalb weniger Minuten fallen."

„Da sagen Sie uns nichts Neues, Mr. Rondin", meinte Wilson ungeduldig.

„Ich weiß, mein lieber Colonel. Ich erwähne das nur als Einleitung, bevor ich Ihnen erkläre, warum ich Ihren Plan bedenklich finde."

Auch Ramage verlor allmählich die Geduld. „Wenn Sie uns nicht helfen wollen, Mr. Rondin, dann bitte ich Sie nur, über alles, was Sie heute morgen gehört haben, Stillschweigen zu bewahren. Ich werde mich an jemand anderen wenden."

„Sie mißverstehen mich, Mylord. Ich zögere — aber ich habe nicht gesagt, daß ich Ihre Bitte nicht erfüllen werde."

„Erklären Sie sich bitte etwas deutlicher, Rondin", sagte Wilson und unterdrückte seinen aufsteigenden Ärger.

„Ich werde mich an Sie wenden, wenn ich den Grund meines Zögerns erkläre, Colonel, um den jungen Mann nicht in Verlegenheit zu bringen. Sie erinnern sich, daß Admiral Robinson zwei Monate lang zwei Fregatten zwischen den Inseln patrouillieren ließ. Ich will der Royal Navy ja nicht zu nahe treten — aber die Schoner verschwinden nach wie vor. Jene beiden Captains waren nicht gerade mit Verstand gesegnet. Sie dachten, sie könnten die Aufgabe ohne Schwierigkeiten lösen. Und als die Wochen verstrichen, ohne daß Erfolge erzielt wurden, dachten sie eben ganz einfach, sie hätten Pech gehabt. Sie erkannten nicht, daß es doch nicht ganz so simpel war. Sie dachten gar nicht daran, ihren ursprünglichen Standpunkt zu revidieren . . ."

„Reden Sie weiter", sagte Wilson ungeduldig.

„Ja, sicher. Wir sind wohl alle der Meinung, daß die beiden Captains dumm waren. Doch dann kam Lord Ramage und erkannte von Anfang an, daß die Sache doch nicht so einfach war, wie die Fregatten-Captains glaubten, weil er die Phantasie besitzt, die diesen beiden Männern fehlt. Wie ich hörte, bewies er sogar genug moralischen Mut, um sich gegen Seine Exzellenz zu stellen . . ."

Rondin hatte die Angewohnheit, seine Sätze leise verklingen zu lassen, so daß seine Zuhörer oft den Eindruck gewannen, als seien sie plötzlich schwerhörig geworden.

„Ich würde mir wünschen, der Gouverneur hätte vor mir

genausoviel Angst wie vor unserem jungen Leutnant“, sagte Wilson grinsend. „Aber nun sprechen Sie bitte endlich weiter, Rondin.“

„Haben Sie noch ein bißchen Geduld mit mir, Colonel. Ich habe nur einen einzigen Einwand zu erheben. Die Besatzungen der Kaperschiffe sind für gewöhnlich sehr groß. Zwei Kaperschiffe haben zusammen fast viermal soviel Männer wie die *Triton*. Sie müssen damit rechnen, daß auf einen Triton sieben Freibeuter kommen. Ich möchte wetten, daß jeder Triton mit zwei oder drei Gegnern fertig wird, aber was darüber hinausgeht ...“ Er zeigte mit dem rechten Daumen nach unten.

Wilson nickte. „Das habe ich ihm auch schon gesagt.“

„Das dachte ich mir, Colonel, denn Sie sind ein tapferer, verantwortungsbewußter Mann, der um die Sicherheit eines anderen tapferen, verantwortungsbewußten Mannes besorgt ist. Nein, erröten Sie nicht wie ein junges Mädchen, Mylord. Entweder ist man tapfer, oder man ist es nicht. So einfach und gleichzeitig kompliziert ist das. Und jetzt hören Sie sich bitte die Argumente eines Geschäftsmanns an. Wenn Sie Ihren Plan verwirklichen, haben Sie vielleicht eine Erfolgschance von zehn Prozent. Dieser Prozentsatz veranlaßt mich, den Plan abzulehnen.“

„Aber ...“, begann Ramage zu protestieren.

„Hören Sie mir bitte aufmerksam zu. Kein Geschäftsmann würde sein gesamtes Kapital für einen Gewinn von zehn Prozent aufs Spiel setzen. Wenn er verliert, dann verliert er alles. Sogar ein Spieler würde nur aufs Ganze gehen, wenn er eine Chance von hundert Prozent hätte.“

„Aber ich verstehe noch immer nicht ...“

„Sicher nicht, weil Sie kein Geschäftsmann sind. Um ehrlich zu sein, Sie sind unsere einzige Chance, nur Sie können die Freibeuter vernichten. Natürlich wünsche ich mir, daß Sie Erfolg haben. Abgesehen von der persönlichen Wertschätzung, die ich für Sie hege, würde sich mein Profit vervierfachen, wenn die Freibeuter endlich ausgeschaltet wären, und um drei Viertel verringern, wenn sie weiterhin ihr Unwesen treiben können. Deshalb wäre es mir lieber, wenn Sie auf eine bessere Chance warten würden. Wenn Sie getötet werden, müssen wir uns damit abfinden, daß wir noch sechs Monate oder ein ganzes Jahr lang Verluste erleiden werden. Das bedeutet den Ruin — wir haben nicht mehr viele Schoner. Wir können kaum mehr nach England exportieren. Grenada wird zusammenbrechen."

„Aber es gibt doch noch Fregatten", wandte Ramage ein. „Admiral Robinson . . ."

„Der kann gar nichts tun. Wir brauchen vor allem Männer, keine Schiffe. Kein Kriegsschiff ist besser als sein Captain."

Ramage hatte fast sein ganzes Leben in der Navy verbracht und war kaum mit Geschäftsmännern in Kontakt gekommen. Um so mehr faszinierte ihn nun die Ehrlichkeit, mit der Rondin persönliche und geschäftliche Gesichtspunkte gegeneinander abwog.

„Kommen wir endlich zum Ende", sagte Wilson. „Geben Sie uns den Schoner oder nicht?"

„Natürlich bekommen Sie ihn. Aber ich hoffe, ich habe Seine Lordschaft überreden können, auf eine günstigere Gelegenheit zu warten."

Ramage schüttelte den Kopf. „Es gibt einen großen Unterschied zwischen Geschäftsmännern und Kriegern, Mr. Rondin. Der Geschäftsmann kann seine Konkurrenten kaum überrumpeln. Er bekommt nur dann einen höheren Preis für seine Ware, wenn er den Markt als erster erreicht und etwas verkauft, das jeder haben will."

„Das stimmt", gab Rondin zu. „Und in Kriegszeiten, wenn das Konvoi-System Anwendung findet, kommen alle unsere Produkte gleichzeitig in England an. Über Nacht ist alles im Überfluß vorhanden, was vorher Mangelware war, und die Preise fallen."

„Genau, aber ein Krieger kann seine Feinde oft überrumpeln. Ich hoffe, der Überraschungseffekt wird uns genügend Vorteile bringen, so daß wir den Prozentsatz der Erfolgschancen erheblich steigern können."

Rondin lächelte. „Der Schoner gehört Ihnen, Mylord. Und jetzt erklären Sie mir bitte genau, was Sie vorhaben."

Jackson und Maxton meldeten sich bei Ramage auf dem Achterdeck.

„Nun, Maxton, macht Ihr Schüler Fortschritte?"

„Ja, er ist sehr geschickt", sagte der Westinder begeistert. „Wir haben die Trommel gebastelt, und sie ist genau richtig. Jacko hat fleißig geübt. Sie werden den Unterschied gar nicht merken, Sir."

Ramage wußte, daß die Westinder vor allem zwei Fehler hatten. Sie sagten gern das, was ihre Gesprächspartner hören wollten, und sie waren von einem unheilbaren Optimismus erfüllt. Und so sagte er in scharfem Ton: „Es ist unerheblich, ob ich den Unterschied feststellen kann, Maxton. Es kommt darauf an, ob sich der Bursche, der oben im Norden zuhört, täuschen läßt."

Maxton schüttelte den Kopf. „Nicht einmal ich würde was merken, Sir."

„Gut. Offensichtlich sind Sie ein guter Lehrer. Ich weiß das zu würdigen. Jackson, ich möchte Sie in fünf Minuten in meiner Kabine sprechen. Mr. Southwick! Hätten Sie ein bißchen Zeit für mich?"

In der stickigen Kabine hörte der alte Schiffsführer interessiert zu, als Ramage von den letzten Entwicklungen berichtete. Als er von dem bevorstehenden Kampf hörte, grinste er über das ganze runde Gesicht. „Sehr gut. Mein Säbel wird ohnehin schon ganz rostig."

„Ich hoffe, er wird auch rostig bleiben", sagte Ramage. „Ich führe die Entermannschaft an, und Sie übernehmen das Kommando der *Triton*."

„Aber Sir!“ Southwick sah aus wie ein enttäuschter Schuljunge. „Die Entermannschaft wäre doch wirklich mein Job. Immerhin“, fügte er mit einem schlauen Lächeln hinzu, „die *Triton* ist Ihr Kommando. Sie tragen die Verantwortung für die Brigg.“

„Wenn ich sie Ihnen anvertraue, kann ihr gar nichts passieren“, konterte Ramage.

„Anscheinend wollen Sie aus Ihrer Position Vorteile herausschlagen“, sagte Southwick mit gutmütigem Spott.

„Das ist der einzige Vorteil des würdigen Alters, Southwick. Der Premierminister schikaniert den Ersten Lord, und der schikaniert wiederum den Oberbefehlshaber der Flotte ...“

„Und geht hinunter bis zu den Leutnants, die auf kleinen Briggs Schiffsführer schikanieren“, ergänzte Southwick.

„Und die schikanieren wieder die Steuermannsmaate. Ich weiß gar nicht, warum Sie sich beklagen, Southwick.“

„Schon gut, Sir. Aber ich füge mich nur, weil ich weiß, daß Admiral Robinson Sie genauso schlecht behandelt wie Sie mich.“

„Ein Beweggrund ist so gut wie der andere.“

Es klopfte an der Tür, und der Wachtposten rief, daß Jackson um Einlaß bitte. Der Amerikaner trat ein und schlug mit eingezogenem Kopf die Hacken zusammen, damit er nicht gegen die Decksbalken stieß.

„Ah — Jackson! Was ist bei Ihrer Unterredung mit Maxton herausgekommen?“

„Viel, Sir. Er hatte große Angst, als er mir Unterricht gab. Andauernd murmelte und grunzte er Worte vor sich hin, die ich nicht verstehen konnte, und dann wieder bekreuzigte er sich. Aber heute hat er das nicht getan, und als ich ...“ Er sah den Schiffsführer an, und Ramage nickte. „Als ich sagte, ich hätte gehört, daß der beste Trommler Grenadas Josiah Fetch heißt, begann Maxton zu fluchen. So habe ich ihn noch nie fluchen gehört, Sir. Drei oder vier Minuten stieß er die wildesten Verwünschungen hervor . . ."

„Hat er sich auch bekreuzigt?"

„Kein einzigesmal. Als er sich beruhigt hatte, fragte ich ihn, warum er denn so aufgeregt gewesen sei. Da sagte er, dieser Fetch sei der bösartigste Mensch der ganzen Karibik, und er wünsche ihm den Tod an den Hals."

Ramage nickte. „Haben Sie den Eindruck gewonnen, daß er uns helfen würde?"

„Ja, Sir. Um ehrlich zu sein, Sir — ich hoffe, ich habe nicht übertrieben, aber ich dachte, Sie wären vielleicht auch auf diese Idee gekommen. Ich sagte Maxton, er würde eine Gelegenheit bekommen, den Mann umzubringen."

„Und was hat er darauf geantwortet?"

„Eine oder zwei Minuten lang war es ganz still, und seine Augen wurden glasig. Dann fragte er, ob ich mithelfen würde und ob Rossi und Stafford auch dabei sein würden, und ich sagte, ja, ganz sicher."

„Weiß Maxton, wo der Mann wohnt?"

„Ja. Offenbar ist er ein Medizinmann und terrorisiert alle Einheimischen, auch Maxtons Vater. Jede Woche müssen sie ihm einen großen Teil ihrer Ernte abliefern. Maxton sagt, Fetch sei vor etwa einem Jahr in den großen Aufstand verwickelt gewesen."

„Danke, Jackson. Das ist alles, was wir wissen müssen. Sagen Sie Rossi und Stafford über diesen Fetch Bescheid, aber gehen Sie nicht zu sehr ins Detail."

Als Jackson die Kabine verlassen hatte, fragte Southwick: „Wie viele Männer wollen Sie mitnehmen, Sir?"

„Zwanzig. Wasser und Nahrung für achtundvierzig Stunden. Säbel, Piken, Äxte und Pistolen. Keine Musketen — die brauchen wir im Nahkampf nicht."

„Zwanzig? Können Sie denn nicht mehr Leute in das Boot pferchen?"

„Das bezweifle ich. Aber lassen Sie weitere zwanzig bereitstehen, wenn wir uns treffen. Ein paar Granaten könnten ganz nützlich sein. Sehen Sie zu, daß ein halbes Dutzend Männer weiß, wie man damit umgeht. Vergewissern Sie sich, daß sie Flintsteine und Zündschnüre haben. Und ich brauche Leuchtfeuer und Raketen, von jedem mindestens ein Dutzend."

Southwick hatte sich bereits Papier und Feder genommen und notierte Ramages Wünsche. „Wollen Sie Freiwillige aufrufen, Sir?"

„Nein, sie würden sich alle melden. Suchen Sie zwanzig gute Leute für die Hauptmannschaft aus, zwanzig für die Reserve. Und passen Sie auf, daß Sie nicht zu wenig gute Leute übrigbehalten! Ich nehme Jackson, Maxton, Rossi, Stofford, Evans, Fuller, John Smith II mit . . . Sie behalten Appleby, den werden Sie vermutlich brauchen."

„Wenn Sie auch keine Musketen mitnehmen wollen, Sir — wir haben noch die sechs Musketons. Damit könnte man eine schöne Bresche in die feindlichen Reihen schlagen."

Ramage nickte. „Die Musketons hatte ich vergessen. Ja, die nehmen wir natürlich mit. Je eine für Jackson, Stafford, Evans, Fuller und Smith II . . . Den Mann, dem sie das letzte Musketon geben wollen, dürfen Sie sich aussuchen."

„Aye, Sir. Dann werde ich mich jetzt an die Arbeit machen. Die Wachtrolle muß auch noch geändert werden."

Mit diesen Worten rannte Southwick hinaus, und Ramage griff nach seiner Feder, tauchte sie in die Tinte und machte ein paar Eintragungen in sein Notizbuch. Es geschah so viel, ein Tag schien in den anderen überzugehen, und er würde die Notizen brauchen, wenn er seinen Bericht abfassen mußte.

Bevor er das Fort verlassen hatte, hatte der Colonel ihm noch einen Rat gegeben. Wilson begann mit einer Feststellung, die für Ramage nichts Neues war. Admiral Robinson hätte Ramage die Order aus einem ganz besonderen Grund gegeben. Denn wer immer diesen Auftrag erhielt, er würde höchstwahrscheinlich versagen und einen guten Sündenbock abgeben. Aber was der Colonel dann noch hinzufügte, überraschte Ramage.

„Angenommen, Sie werden die nächsten Tage nicht überleben, mein Junge ... Ich bin die einzige amtliche Person auf Grenada, die Ihre Pläne kennt. Warum schreiben Sie nicht einen Bericht für Seine Exzellenz, in dem sie genau erklären, was Sie warum tun? Sie können mir den Bericht geben, und ich werde ihn morgen nachmittag abliefern, wenn Sir Jason nichts mehr dagegen unternehmen und auch keine Geheimnisse mehr ausplaudern kann."

Ramage hatte dem Vorschlag wenig Bedeutung beigemessen, aber jetzt erkannte er doch, wie vernünftig Wilsons Rat war. Wenn er den Bericht nicht jetzt sofort schrieb, würde er keine Zeit mehr dazu finden. Er klappte sein Notizbuch zu, nahm ein Blatt Papier aus einem Schubfach und begann zu schreiben.

‚*Triton,* St.-George-Reede, 1. Juni 1797

Sir, nachdem die Patrouillen der königlichen Brigg *Triton* unter meinem Kommando ergebnislos geblieben sind und der Stützpunkt der Freibeuter immer noch unbekannt ist, konnte ich immerhin herausfinden, auf welche Weise die Nachricht von der bevorstehenden Abfahrt eines Schoners nach Norden zu den Freibeutern gelangt. Ich werde nun den Plan verwirklichen, der mir nach reiflicher Überlegung als der einzig richtige erscheint, wenn die Sicherheit der Schoner garantiert werden soll, die für die Handelsgeschäfte der Insel so wichtig sind.‘

Der Plan bestand aus vier Teilen, die Ramage kurz darlegte, dann schloß er mit den Worten: ‚Der Erfolg der Operation hängt vom Überraschungseffekt ab. Wenn wir die Freibeuter nicht überrumpeln können, wird die Operation mißlingen, denn unsere Feinde sind gegenüber meinen Leuten in der Überzahl. Doch gegen diesen Faktor kann man ohnehin keine detaillierten Gegenmaßnahmen planen. Ergebenst, Nicholas Ramage, Leutnant und Kommandierender Offizier.'

Er rief seinen Schreiber und trug ihm auf, eine Kopie für die Briefmappe der *Triton* und eine für Colonel Wilson anzufertigen. Dann ging er an Deck und atmete dankbar die frische Brise ein.

Am nächsten Nachmittag, als Ramage annahm, daß die Freibeuter ihre Prise ausgeladen hatten, wurde es Zeit für die *Triton,* den Anker zu lichten.

Southwick kam mit ernster Miene auf das Achterdeck und meldete seinem Captain, daß vier Männer desertiert waren.

„Desertiert? Wer zum Teufel . . ."

Southwick lachte, als er Ramages Entsetzen sah. „Es war ein bißchen schwierig, die Tamtam-Trommel an Land zu schmuggeln, Sir. Ich dachte, es wäre am besten, den Schiffsführersmaat mit einem Boot loszuschicken und die Wasserfässer füllen zu lassen. Jackson packte die Trommel in einen Eimer, und als Appleby ihm gerade den Rücken zuwandte, machte er sich mit Maxton und den beiden anderen aus dem Staub. Jeder, der das mitansah, mußte glauben, es handelte sich um eine ganz normale Desertation."

Ramage fühlte kindischen Ärger in sich aufsteigen. Er hatte völlig vergessen, die nötigen Vorkehrungen zu treffen, damit die vier Männer an Land gebracht werden und ihren Teil zu dem nächtlichen Werk beitragen konnten. Und er gestand sich ein, daß er wütend war, weil Southwick daran gedacht und auch noch eine geniale Lösung des Problems gefunden hatte. „Ich hoffe, Sie haben den Leuten erklärt, was sie tun müssen", sagte er bissig.

Southwick berichtete detailliert, was er den vier Männern aufgetragen hatte.

„Sehr schön. Hoffentlich haben sie nicht vergessen, das Pulver für die Leuchtfeuer mitzunehmen."

„Drei Beutel, Sir. Falls einer feucht wird."

„Hm . . ." Nun, wo Ramage nichts mehr zu tun hatte, wurde er nervös. Zuviel hing von zu vielen Leuten ab, die Dinge taten, von denen zuviel anderes abhing. Jackson war verläßlich, aber hatte Maxton ihm wirklich beigebracht, wie man mit dieser verdammten Trommel umging? Würden die vier alle ihre Befehle befolgen? Konnte man Rondin wirklich trauen, oder hatte er bereits die Freibeuter gewarnt?

Und . . . Er zwang sich jetzt, darüber nachzudenken, obwohl er diese Überlegungen in den vergangenen Stunden immer wieder von sich geschoben hatte . . . Konnte er Claire trauen? Er schämte sich seiner Zweifel. Aber er hatte sich verliebt, und das konnte seine Urteilskraft trüben, konnte ihn dazu verführen, das Leben seiner Männer leichtsinnig aufs Spiel zu setzen.

„Alles ist in Ordnung", sagte Southwick ruhig, als hätte er die Zweifel seines Captains gespürt. „Aber das Warten zerrt an den Nerven."

„An Ihren Nerven offenbar nicht."

„Täuschen Sie sich da nicht, Sir. Ich würde lieber eine Entermannschaft anführen, statt die *Triton* im Dunkeln um Korallenriffe zu steuern, in irgendeine verdammte Bucht, die ich nie zuvor gesehen habe und die auf keiner Karte eingezeichnet ist."

„Es ist besser, mit einem Schiff auf Grund zu laufen als eine Pike im Bauch zu spüren."

Southwick lachte und klopfte sich stolz auf den runden Bauch. „Nein, Sir. Wenn man so gebaut ist wie ich, läßt man sich lieber mit Piken ein als mit Korallenriffen."

In diesem Augenblick kam der Clerk mit den Briefen

an Deck, die für den Gouverneur und Colonel Wilson bestimmt waren. Beide waren mit rotem Lack versiegelt.

„Lassen Sie diese Briefe ins Fort bringen, Southwick", sagte Ramage, „und dann segeln wir los, sobald das Boot zurückgekommen ist."

19

Die *Triton* war im hellen Tageslicht abgefahren, mit dem Ritual, das für gewöhnlich einen endgültigen Abschied begleitete. Sie hatte sogar Salutschüsse zu Ehren des Gouverneurs abgefeuert und war dann um den Point Saline gesegelt. Ein zufälliger Beobachter oder ein aufmerksamer Spion mußte den Eindruck gewinnen, daß sie Kurs auf Barbados oder Trinidad nahm.

Als die Dunkelheit mit tropischer Plötzlichkeit hereinbrach, befahl Ramage, die Brigg zu wenden und zu dem Treffpunkt zu steuern, wo Rondins Schoner, die *Jorum*, warten würde — vier Meilen vor Gouyave, einem kleinen Dorf an der Nordwestseite von Grenada, zehn Meilen von St. George entfernt. Um Mitternacht sollten sich die beiden Schiffe treffen.

Vor zehn Uhr hatten Ramage und Southwick den Point Saline beobachtet und Ausschau nach den blauen Flammen einer Brandkugel gehalten. Zehn Minuten nach zehn klappte Ramage das Nachtfernrohr zu, nachdem er dreimal die Lage gepeilt hatte. „Mittlerweile muß Jackson es geschafft haben. Dann wird Fetch das Signal auch weitergegeben haben."

„Wenn sie sich nicht alle betrunken haben oder in eine

Falle geraten sind“, meinte Southwick. „Oder dieser Fetch war zu schlau für uns.“

Da diese Bemerkung seine eigenen unausgesprochenen Befürchtungen noch vertiefte und dieser Pessimismus dem Schiffsführer gar nicht ähnlich sah, stieß Ramage hervor: „Oder der Wind flaut ab, und wir verpassen unser Rendezvous.“

„Könnte durchaus sein“, sagte Southwick, dem Ramages Sarkasmus entgangen war. „Zwischen diesen Inseln flaut der Wind nachts oft ab.“

Ramage gab keine Antwort. Wenn er jetzt nicht sehr aufpaßte, würde er die Geduld verlieren und den alten Mann unbeherrscht anfahren. Er klappte das Nachtfernrohr wieder auseinander und betrachtete St. George. In dem kleinen Kreis, den die Linse des Teleskops umfaßte, war Claire, in Wilsons Haus. Wahrscheinlich machte sie gerade höflich Konversation mit Mrs. Wilson. Sir Jason würde wahrscheinlich Whist spielen. Ob er schon einen neuen Butler gefunden hatte?

Ramage erschauerte. Er hatte seinen Rock in der Kabine gelassen, und wenn es auch kalt war, es war nicht allein der Wind, der ihn frösteln ließ. Er dachte an Rondins Worte. Im Office des Colonels hatten ihn die kaltblütigen Überlegungen des Geschäftsmanns verwirrt und überrascht. Erst jetzt kam ihm die Bedeutung von Rondins Bedenken klarer zu Bewußtsein. Der Schiffseigner hatte versucht, ihn von seinem Vorhaben abzubringen, weil er glaubte, es werde eine bessere Gelegenheit kommen, die Freibeuter zu vernichten. Aber Ramage fühlte instinktiv, daß es dumm wäre, die Gelegenheit zu versäumen, die sich in dieser Nacht bot.

Obwohl der Spion im Gouverneurspalast außer Gefecht gesetzt war, stand für die Freibeuter viel zuviel auf dem Spiel, als daß sie einfach mit den Schultern zucken und ihren Stützpunkt woandershin verlegen könnten. Nein, sie würden rasch ein neues System entwickeln, und das wäre nicht einmal schwierig. Jemand sah einen Schoner abfahren, schlug eine Trommel irgendwo in den Bergen über dem Hafen und tauchte in den Regenwäldern unter, bis der nächste Schoner in See stach. Natürlich wäre das kein so tüchtiger Spion wie der Butler, der offenbar noch vielen anderen Geheimnissen auf die Spur gekommen war, aber immerhin würde er dafür sorgen, daß die Schoner weiterhin verschwanden.

Ramage wußte, daß dies seine einzige Chance war. Und die ganze Zeit saß Admiral Robinson auf Barbados und wartete. Die Admiralität in London, das West Indian Komitee und die Versicherungsagenten würden bald Sündenböcke brauchen, auf die sie die ganze Schuld häufen konnten. Rondin hatte sicher recht — aber er übersah, daß Ramage nicht die Zeit hatte, auf günstigere Gelegenheiten zu warten.

„Ich bilde mir immer wieder ein, daß ich Tamtam-Trommeln höre", sagte Southwick.

„Das ist Ihr Magen. Sie haben zuviel zu Abend gegessen."

„Ja, das fürchte ich auch", gab Southwick zu. „Aber es wird eine Weile dauern, bis ich mich wieder in aller Ruhe zum Essen setzen kann, ohne mich sorgen zu müssen, ob der Steuermannsmaat vielleicht inzwischen schlafen geht."

„Ihre Sorgen möchte ich haben", sagte Ramage mitleidlos. „Sie brauchen sich höchstens vierundzwanzig Stunden aufzuregen. Und ich — mindestens vierundzwanzig Monate lang."

„Das gönne ich Ihnen", entgegnete Southwick grinsend. „Aber lassen Sie sich nur ja nicht umbringen. Ich habe keine Lust, die Brigg allein nach Barbados zurückzuschaffen."

„Barbados? Ich dachte, Sie wollen sie nachts an einem Korallenriff zerschellen lassen."

„Aye, damit wäre eine große Last von meiner Seele genommen. Dann kann ich einen Schoner für den Kriegsdienst mieten und als Passagier nach Barbados zurücksegeln ..."

Ramage fiel ihm ins Wort. „Vielleicht könnten Sie ein paar Minuten Ihrer rasch dahinschwindenden Freizeit opfern und irgend jemanden veranlassen, ein bißchen zu loggen. Lassen Sie das alle fünfzehn Minuten wiederholen, das würde mich sehr erleichtern."

„Aye aye, Sir."

„Ich gehe jetzt für eine halbe Stunde unter Deck. Behalten Sie den Kurs im Auge!"

„Aye aye, Sir."

„Und die Ausluger sollen aufpassen."

Diesmal bemühte sich Southwick nicht mehr, seine Verwirrung zu verbergen. „Aye aye, Sir."

Bedrückt ging Ramage in seine Kabine. Seine Nerven waren zum Zerreißen gespannt. Als er sich an den Schreibtisch gesetzt hatte, um die erforderlichen Eintragungen ins Logbuch zu machen, merkte er, daß er die Schiefertafel an Bord vergessen hatte. Ärgerlich rief er Southwick durch das Deckfenster zu, man möge ihm die Tafel herabreichen. Als er sie erhalten hatte, schrieb er die Daten ab, dann gab er die Tafel dem Seemann zurück, der am Deckfenster wartete.

Er breitete eine Karte auf dem Tisch aus, beschwerte die Ecken, damit sie sich nicht zusammenrollte, trug die drei Peilungen ein und schrieb das Datum neben die Bleistiftkreuze. Dann überprüfte er noch einmal den Kurs, den Southwick auf seinen Befehl hin steuerte, und wußte, daß dies reine Zeitverschwendung war, weil er sich schon mehrmals überzeugt hatte, daß der Kurs stimmte. Außerdem war die *Triton* genau in der beabsichtigten Position gewesen, als er befohlen hatte, den Kurs zu ändern.

Irritiert von seiner Nervosität, warf er den Bleistift auf

die Decksplanken, ging zum Schrank und nahm das Kästchen mit den Duellpistolen heraus. Sir Gilbert Elliot, der ehemalige Vizekönig von Korsika, hatte sie ihm geschenkt, zu Ehren des Tages, an dem Ramage sein erstes Kommando erhalten hatte. Es waren sehr schöne Pistolen. Jeder Griff war aus gemasertem Walnußholz, die sechseckigen Läufe schimmerten bläulich im schwachen Laternenlicht. Sie waren sehr lang — zu lang für den Tumult eines Kampfs, aber sie garantierten ein genaues Zielen. Und die abgeplattete Oberfläche ermöglichte es auch, rasch zu zielen.

Er nahm eine der Waffen aus der Kassette, hob den Hahn an, um die Zündpfanne freizulegen, blies hinein, um sicherzugehen, daß keine feinen Pulverkörnchen darin lagen oder das Zündloch verstopften. Dann schob er den Hahn zurück, so daß er die Zündpfanne wieder bedeckte. Dann vergewisserte er sich, daß die Klemmen des Hahns den Feuerstein fest umspannten, spannte ihn und drückte ab. Der Hahn fuhr so rasch herum, daß das Auge der Bewegung nicht folgen konnte, aus dem Feuerstein sprühten Funken.

Nachdem er die Prozedur mit der zweiten Pistole wiederholt hatte, schüttete er Geschosse aus einem grünen Flanellbeutel, die etwa so groß wie die Murmeln eines Schuljungen waren. Dann nahm er ein paar Wischlappen aus einem Fach in der Kassette. Er rollte zwei Geschosse über den Schreibtisch, dann hielt er sie gegen das Licht. Sie waren gut gegossen und, soweit er es feststellen konnte, kugelrund — perfekt geformt. Das würde allerdings bei der Entfernung der Ziele, auf die er feuern mußte, keine Rolle spielen.

Er hielt eine der Pistolen mit der Mündung nach oben, nahm die größere der beiden Pulverflaschen aus der Kassette, steckte den trichterförmigen Flaschenhals in die Mündung und drückte auf den seitlichen Hebel, der automatisch die richtige Pulvermenge in den Lauf beförderte. Es dauerte nur wenige Sekunden, das Geschoß und den Ladepfropf einzufüllen. Dann schüttete er aus der kleineren Flasche Zündpulver in die Pfanne, ließ den Hahn wieder zuschnappen und vergewisserte sich, daß er fest saß, daß kein Zündpulver herausfallen konnte. Nachdem er auch die zweite Pistole geladen hatte, steckte er je ein Dutzend Geschosse und Ladepfropfen in eine seiner Rocktaschen, in die andere schob er die beiden Pulverflaschen. Ein Gedanke schoß ihm durch den Kopf, als er den Rock auf das Sofa und die beiden Pistolen darauf legte und sich dann suchend nach seinem Hut umsah.

Rasch ging er an Deck und winkte Southwick zu sich. „Im Dunkeln können wir einander nicht erkennen. Ein Sekundenbruchteil könnte das Leben eines Mannes retten. Der Bootsmannsmaat soll vierzig weiße Stoffstreifen zuschneiden, die soll sich jeder Mann um den Hut binden. Erklären Sie ihnen auch, warum sie das machen sollen. Jeder ohne weißes Hutband ist eine Zielscheibe. Jemand soll vier Bänder zum Schoner hinüberbringen, für Jacksons Leute."

„Vergessen Sie nicht, selbst auch ein weißes Band zu tragen, Sir."

„Ich, warum . . . Ja, natürlich." Ramage stellte fest, daß er nervöser war, als er zugeben wollte. Ohne Southwicks Warnung würde er bestimmt vergessen, sich den Hut auf den Kopf zu stülpen, bevor er an Bord des Schoners ging — wenn er überhaupt losgesegelt war und wenn sie ihn im Dunkeln fanden.

Plötzlich schrie ein Ausluger auf, und Ramage stürmte die Kajütentreppe hinauf. Southwick zeigte auf die Backbordseite, wo mehrere kleine Gegenstände schaukelten und sich schwarz von der grauen See abhoben.

„Das sind Dutzende", sagte Southwick. „Zuerst dachte

ich, es wären Felsen. Was für Dinger das sind, kann ich nicht erkennen, auch nicht mit Fernrohr."

Ramage fragte den Ausluger, und der Mann meldete, die dunklen Flecken würden sich diagonal am Bug der Brigg entlangziehen, an Backbord dwars ab.

„Lassen Sie das Vormarssegel backholen, Mr. Southwick!"

Wenige Augenblicke nach Southwicks Ruf war die Vormarssegelstange herumgebraßt, die Schoten waren getrimmt, der Wind blies auf die Vorderseite des Segels und versuchte die Brigg nach achtern zu treiben, im Gegensatz zum Großmarssegel, das sie vorantreiben wollte. Die gegeneinanderwirkenden Kräfte hoben einander auf, und die Brigg hielt wenige Yards vor der dunklen Punktreihe.

Ramage stand auf dem Vorkastell und blickte durch das Nachtfernrohr. Dann klappte er es zusammen und ging nach achtern, um Southwick Bericht zu erstatten. „Fässer und Säcke. Die *Jorum* ist vor uns, an der Windseite. Offenbar hat man einen Teil ihrer Fracht über Bord geworfen."

„Da war sie aber schneller hier, als ich erwartet habe", sagte Southwick.

„Ich habe Ihnen ja gesagt, daß diese Schoner sehr flink sind. Fahren wir weiter."

Southwick erteilte die entsprechenden Befehle, die Vormarssegelstange wurde wieder herumgebraßt, das Segel füllte sich mit einem Knall. Die Wellen hörten auf, abwechselnd gegen den Steven und gegen die Gillung zu klatschen. Immer gleichmäßiger strich das Wasser zu beiden Seiten der Brigg vorbei, als sie schnell an Fahrt gewann.

Aber mehr als zehn Minuten waren verstrichen, als Ramage endlich ein paar Berggipfel ausmachen konnte und die rotschimmernden Feuerstellen des Dörfchens Gouyave sah. Nach fünfzehn Minuten hatte er die genaue Position der *Triton* festgestellt und erkannt, daß sie eine halbe Meile vom Treffpunkt entfernt waren. Um eine halbe Meile waren sie zu nah an die Küste herangefahren. Die Brigg war gefechtsklar, die Karronaden ausgefahren. Southwick schimpfte, weil ihm die reduzierte Besatzung nicht schnell genug arbeitete. Doch dann unterbrach ihn ein Ruf des Auslugers am Steuerbordbug. „Ein Schiff! Einen Strich am Backbordbug, etwa zwei Kabellängen entfernt, Sir!"

„Sehr gut", sagte Southwick und sprang auf eine Karronade, mit einer Behendigkeit, die sein Alter Lügen strafte.

„Es hat keine Segel gesetzt, Sir. Scheint ganz still im Wasser zu liegen", fügte der Ausluger hinzu."

„Stellen Sie fest, warum der Backbordausluger das Schiff nicht gesehen hat, Mr. Southwick", sagte Ramage. „Vergewissern Sie sich, daß sich sonst niemand in der Nähe unseres Treffpunkts befindet."

Es war unwahrscheinlich, daß die *Triton* Gefahr lief, in eine Falle zu tappen. Aber erst als alle Ausluger gemeldet hatten, daß rings um die Brigg nichts Verdächtiges zu sehen war, befahl er, eine Kabellänge windwärts von der *Jorum* beizudrehen.

Während der letzten zwei Stunden hatten sich die beiden Entermannschaften unter Deck aufgehalten. Die reduzierte Besatzung hatte die Brigg manövriert und gefechtsklar gemacht. Nun befahl Ramage dem Schiffsführersmaat, die erste Entermannschaft achtern zu versammeln. Dann ging er in seine Kabine, zog den Rock an, steckte sich die beiden Pistolen in den Hosenbund, schlang die Säbelkoppel um die Schulter und setzte sich den Hut auf den Kopf. Als er sich ein letztesmal in der Kabine umsah, entdeckte er einen weißen Stoffstreifen auf dem Schreibtisch. Er verfluchte sein schlechtes Gedächtnis, warf den Hut auf das Sofa und band sich den weißen Streifen um den Kopf. O Gott, wie seine Schläfe schmerzte. Gott allein mochte wissen, wie oft er heute abend über die Narbe gerieben hatte. Wie ein Baby, das an seinem Daumen lutschte ...

Als er an Deck kam, sah er, daß die Entermannschaft an der Heckreling wartete. Appleby beugte sich über das Licht des Kompaßhauses und las die Namen der Männer von einem Blatt Papier ab. Als der letzte geantwortet hatte, meldete Appleby: „Alle sechzehn Mann sind da, Sir."

Sechzehn? Sekundenlang war Ramage irritiert, dann fiel ihm ein, daß die restlichen vier bereits an Bord des Schoners waren. Und wo, zum Teufel, war der Schoner jetzt? Er drehte sich um und sah die schwarzen Umrisse an der Leeseite. Im gleichen Augenblick hörte er Southwick durch das Sprachrohr rufen: „Welches Schiff?"

„Der Schoner *Jorum,* Mr. Southwick, Sir, liegt beigedreht und erwartet Ihre Befehle."

Ramage atmete erleichtert auf. Jacksons Stimme, die zuvor verabredete Antwort ...

„Bereit für die Entermannschaft?"

„Aye aye, Sir."

„Wie viele?"

„Nicht mehr als zwanzig, Sir, und sogar das wird ziemlich knapp werden."

Southwick fluchte, und von unten hörte Ramage die enttäuschten Proteste der anderen zwanzig Mann, die auf ihren Einsatz warteten.

„Gut, Jackson, ich schicke sie jetzt hinüber."

Ramage war Southwicks selbstsicheres ‚Ich' nicht entgangen. Sie hatten verabredet, daß der Schiffsführer von dem Augenblick, da die *Triton* neben dem Schoner beidrehte, das Kommando der Brigg übernehmen sollte. Die Jolle wurde längsseits geholt, die Entermannschaft zum Schoner befördert. Als sie zurückkehrte, um die restlichen Männer zu holen, ging Ramage zum Fallreep. Als der letzte Mann die Jolle erreicht hatte, streckte Ramage seinem Schiffsführer die Hand hin.

„Viel Glück, Sir, ich hoffe, daß ich Sie bald wieder an Bord sehe."

„Danke, Southwick. Wenn nicht, umsegeln Sie St. Lucia und dann steuern Sie geradewegs nach Osten. Dann können Sie Barbados gar nicht verfehlen. Sollten Sie das trotzdem schaffen, werden Sie ja bald die afrikanische Küste sichten."

Southwick lachte schallend, und die Männer im Boot stimmten mit ein.

Ein paar Minuten später kletterte Ramage an der Leeseite des Schoners hoch, gefolgt von den Enterern. Der Captain begrüßte ihn, ein junger Weißer namens James Gorton.

„Wir haben Mr. Rondins Instruktionen ausgeführt, Sir", meldete er. „Aber ich wagte nicht, noch mehr Frachtgüter über Bord zu werfen, um Platz für Ihre Leute zu schaffen. Sonst hätten wir eine so niedrige Wasserstandslinie gehabt, daß die Freibeuter mißtrauisch geworden wären."

„Aber wir können zwanzig Mann im Laderaum unterbringen?"

„Ja, Sir. Viel Platz ist nicht da unten, und es stinkt nach Sirup und wimmelt von Küchenschaben. Aber wenigstens haben wir keine Ratten an Bord."

Ramage sah, daß die Lukendecke aus Segeltuch zurückgeschlagen war. Auch einige der Planken, die sonst die Luke abdeckten, waren entfernt worden. Aus dem Laderaum drang schwacher Laternenschein. „Sehr gut. Dann wollen wir meine Leute hinunterschicken. Los, Enterer! Hinab mit euch! Paßt gut auf eure Granaten auf."

Die Männer bewegten sich lautlos von der Reling über das schmale Deck.

„Jackson!"

„Hier, Sir!"

Ramage ging nach vorn, gefolgt von dem Amerikaner, um aus der Hörweite der Schonerbesatzung zu kommen, die sich um Gorton und die Luke versammelt hatte. „Alles in Ordnung?"

„Ja, Sir. Wir haben Fetchs Hütte ohne Schwierigkeiten gefunden. Er war gerade dabei, sich mit Rum vollaufen zu lassen.“

„Habt ihr ihn gefesselt?“

„Nein, Sir.“

„Was dann?“

„Er ist tot.“

Ramage kannte Jackson viel zu gut. Die Stimme des Amerikaners war zu ausdruckslos. Er sagte zwar die Wahrheit, aber nicht die ganze.

„Sie meinen — Maxton hat ihn getötet.“

„Ja, so ungefähr, Sir. Kann ich ihm nicht übelnehmen. So einem miesen Kerl bin ich nie zuvor im Leben begegnet.“

„Was ist passiert?“

„Wir gingen zu seiner Hütte. Ringsherum standen diese gräßlichen Puppen mit ihren bösen Gesichtern. Manche waren aus menschlichen Knochen gebastelt — ich schwöre es Ihnen, aus Schienbeinen, Oberschenkeln und Armen. Und darum waren Stoffetzen gewickelt. Auf den Boden hatte er Perlenschnüre und Edelsteine gelegt, in Kreisen oder Quadraten angeordnet. Wir schlichen uns an, und dann stürmten wir die Hütte.“

„Wieso konntet ihr denn genug sehen?“

„In der Hütte brannte ein Feuer. Sie besteht nur aus drei Wänden und einem Strohdach. Er hockte vor dem Feuer auf den Fersen und trank aus einem Flaschenkürbis. Als er uns sah, fragte er, was wir wollten. Ich hatte gar keine Gelegenheit zu antworten. Maxton erklärte sofort, er sei gekommen, um ihn zu erstechen. Da begann der Bursche zu fluchen und sagte, er würde ihn totschlagen und ihm und seiner Familie die Vampire an den Hals hetzen. Sie stritten eine Weile. Ich konnte nicht alles verstehen. Jedenfalls forderte Maxton den Kerl immer mehr heraus, und Fetch sagte, er hätte den Vampiren befohlen, viele Familien zu vernichten. Und was die Weißen beträfe, dabei sah er mich an, nun, als Fedding noch auf der Insel regierte . . ."

„Fedon", verbesserte Ramage. „Das ist der Franzose, der vor zwei Jahren die Rebellen angeführt hat."

„Nun, als Fedon noch lebte, hätte er jeden Tag einen Weißen gefressen. Und dann sagte Fetch noch, er wüßte, daß uns ein böser weißer Mann zu ihm geschickt hätte. Er hob einen Y-förmigen Zweig auf, an dem Haare und Perlenschnüre hingen, zeigte damit auf mich, weil er wohl annahm, daß ich der Anführer war, und behauptete, er würde in derselben Minute die Vampire auf mich und meinen Captain hetzen. Mehr brauchte Maxton nicht zu hören. Es geschah alles so schnell, daß ich kaum richtig begriff, was los war . . . Jedenfalls lag Fetch plötzlich auf dem Rücken und hatte ein Messer im Hals."

„Und was war mit der Tamtam-Trommel?"

„Das klappte großartig", sagte Jackson stolz und war sichtlich froh, daß das Thema gewechselt wurde. „Wir fanden Fetchs Trommel und benutzten sie. Ich trommelte, und drei oder vier Minuten später hörten wir, wie jemand im Norden eine andere Trommel schlug, im selben Rhythmus. Das war das Sieben-Dreißig-Signal, Sir."

„Gut. Und wie hat sich Maxton danach aufgeführt?"

„Komisch, daß Sie das fragen, Sir . . . Er war sehr still, nach der Sache mit Fetch. Er lachte nicht und machte keine Witze und gab kaum Antwort, wenn man ihn was fragte. Aber es entging ihm nichts. Er hörte die andere Tamtam-Trommel als erster. Er war richtig angespannt — wie eine Pardune in einem harten Windstoß."

„Gut, Jackson. Ihr vier habt eure Sache sehr gut gemacht."

Ramage fand Gorton achtern, wo der junge Captain am schweren Ruder des Schoners stand. „Ich glaube, wir sollten losfahren, wenn Sie einverstanden sind, Sir", sagte Ramage höflich, um dem anderen klarzumachen, daß er sich als Passagier fühlte — zumindest vorläufig.

„Aye aye, Sir“, antwortete Gorton liebenswürdig und befahl seinen Leuten, zu den Fallen zu laufen.

Das ‚Aye aye, Sir‘ verriet Ramage, daß Gorton vielleicht nicht gerade von der Royal Navy desertiert war, daß er aber eine Zeitlang im Kriegsdienst des Königs gestanden haben mußte. Nun, Deserteur oder nicht, jedenfalls würde der Mann nicht in Panik geraten, wenn er verbranntes Pulver roch.

Die Männer grunzten im Unisono, als sie an den Schoten zogen, die Blöcke knarrten, als die Taue hindurchliefen und die große schwere Gaffel des Großsegels langsam hochkletterte. Ein oder zwei Minuten später folgte ihr ein Focksegel, dann die große Stagfock.

Als die *Jorum* an Fahrt gewann, stemmte sich Gorton schwer gegen das Ruder. Offenbar wartete er, daß seine Männer, etwa ein Dutzend, die Schoten trimmten, bevor ihn einer ablöste. Ramage ging zu ihm und half ihm schieben.

„Ich habe zu wenig Leute“, entschuldigte sich Gorton. „Aber es ist heutzutage schwer, gute Männer zu bekommen. Diese Bastarde kriegen alle das Vierfache ihrer normalen Heuer — alle außer mir natürlich.“

„Sind die Leute wenigstens verläßlich?“ fragte Ramage voller Mitleid.

„O ja — das ist nicht die normale Besatzung der *Jorum*. Mr. Rondin befahl mir, die besten Leute mitzunehmen, die ich finden konnte. Und das tat ich — mein Leben hängt von diesen Männern ab, ebenso wie das Ihre.“

Zwei Männer kamen aus dem Dunkel und Gorton befahl ihnen, das Ruder zu übernehmen und gab den Kurs an, den sie steuern sollten.

„Wollen Sie mit in meine Kabine kommen, Sir? Sie ist zwar nicht größer als eine Hundehütte, aber da unten können wir ungestört reden.“

Ramage sah zur *Triton* zurück, die hinter dem Backbordheck des Schoners segelte. Er hoffte, daß Southwick nicht zu nahe an die *Jorum* herankam und dadurch die Freibeuter verscheuchte. Andererseits durfte die Brigg nicht zu weit leewärts zurückbleiben, denn es würde Stunden dauern, bis sie gegen den Wind heransegeln konnte, wenn die Rakete aufleuchtete.

„Ja“, sagte Ramage geistesabwesend. „Gehen wir unter Deck und besprechen wir unseren Plan.“

20

Ramage stand an Deck, sah in den Laderaum hinab und stellte wieder einmal bewundernd fest, wie genügsam und anpassungsfähig diese Seemänner doch waren. Die zwanzig Tritons waren in einen Raum gepfercht, der gerade groß genug war, daß ein Bootsmannsmaat seine neunschwänzige Katze schwingen könnte. Sie schliefen alle tief und fest, lagen zwischen Sirupfässern, ringelten sich um Säcke. Drei Mann, denen die Hitze und der Gestank offenbar zuviel waren, lehnten an aufeinandergestapelten Säcken, direkt unterhalb der Stelle, wo zwei Lukenplanken entfernt worden waren, um frische Luft hereinzulassen.

Die Sonne brannte unbarmherzig auf das Deck herab. Unter den dicken Planken mußte es glühendheiß, wie in einem Ofen sein. Fingerlange Küchenschaben rannten über Säcke und Fässer und schlafende Männer. Kleine Obstwickler ballten sich zu dichten Schwärmen, wie dunkle Rauchwolken. Der Gestank kam Ramage nun nicht mehr so schlimm vor — wahrscheinlich, weil sich seine Nase daran gewöhnt hatte.

Zum hundertstenmal verfluchte er die beiden kleinen offenen Boote, die sich an der Windseite des Schoners hielten, ein paar Hundert Yards entfernt. Bei Tagesanbruch hatten sie sich der *Jorum* genähert, dann aufgeluvt, und jetzt hefteten sie sich an den Schoner, als ob er ein Flaggschiff wäre und sie zwei Begleitfregatten. In jedem Boot saßen vier Männer, alle an der Windseite, um als menschlicher Ballast zu fungieren.

Die Segel der Boote waren aus Mehlsäcken gemacht. Ramage hatte sich Gortons altes, verbeultes Fernrohr ausgeliehen und den Namen des Müllers gelesen. Trotzdem glitten sie behende über das Meer wie fliegende Fische, tanzten über Wellenkämme, sausten in Wellentäler hinab, und manchmal beugte sich ein Mann hinab, um mit einem Flaschenkürbis eifrig Wasser aus seinem Kahn zu schöpfen. Wegen der Boote wagte es Ramage nicht, die Entermannschaft an Deck zu lassen. Gelegentlich erlaubte er es zwei Männern, heraufzukommen, nachdem er Gorton gebeten hatte, zwei seiner Leute aus dem Blickfeld verschwinden zu lassen. Denn es interessierte die Besatzungen der Boote sehr, wie viele Leute sich an Bord der *Jorum* befanden.

In einer steifen Brise, die während der ganzen Nacht geweht hatte, war die *Jorum* gut vorangekommen, hatte Grenada sehr rasch achtern zurückgelassen. Lange vor dem Mittag war Bequia im rechten Winkel zum Kiel aufgetaucht und eine Stunde später das Südende von St. Vincent. Ramage hatte in Gortons Kabine geschlafen, und der Schoner-Captain hatte ihn geweckt, um ihm zu erzählen, daß zwei Boote aus Bequia zu den beiden ersten gestoßen waren. Das erste Paar fiel nun ab, segelte hart beim Wind und steuerte offenbar das Südende von St. Vincent an.

„Glauben Sie, daß sie dort Bericht erstatten?“ fragte Gorton.

Ramage nickte schläfrig. „Ich bin neugierig, wo diese neuen Burschen abgelöst werden. Ist die *Triton* in Sicht?“

„Ich habe im Südwesten ein- oder zweimal ihre Oberbramsegel gesehen. Aber von den Booten aus konnte man sie sicher nicht ausmachen. Und wenn — sie ist so weit unten im Lee. Kein Mensch würde glauben, daß sie unseren Kurs steuert."

„Danke, Gorton. Sagen Sie's mir, wenn weitere Boote auftauchen." Mit diesen Worten drehte sich Ramage auf die andere Seite und schlief wieder ein.

Als er erwachte, stellte er schuldbewußt fest, daß es schon spät am Nachmittag war. Doch dann fiel ihm ein, daß er in der vergangenen Nacht nicht geschlafen hatte und auch in der kommenden Nacht kaum Schlaf finden würde. Deshalb streckte er sich in der schmalen Koje aus und döste wieder ein. Die Sonne ging bereits unter, als er hungrig und durstig zum drittenmal erwachte. Hastig zog er seinen Rock an und ging an Deck. Gorton saß auf dem Lukensüll und unterhielt sich mit Jackson. Ein paar Jorums hockten unsichtbar hinter den Relings, während zwei Tritons auf und ab gingen. Die beiden kleinen Boote waren immer noch am Steuerbordbug zu sehen. Ramage wollte sich entschuldigen, doch dann ließ er es doch lieber bleiben.

„Freut mich, daß Sie gut geschlafen haben, Sir", sagte Gorton. „Heute nacht werden Sie alle Ihre Kräfte brauchen."

„Ja. Ich sehe, unsere Freunde haben uns die Treue gehalten."

„Aye. Ich hätte gute Lust, ein paar Schießübungen abzuhalten. Sie haben meine massiven Geschütze ja sicher schon gesehen. Er wies auf die kleinen Bronzekanonen. Sie waren auf Drehbrassen montiert und feuerten 1-Pfund-Geschosse ab.

Ramage dachte einen Augenblick lang nach. Würde die Tatsache, daß die Jorums nicht auf die Boote gefeuert hatten, deren Insassen stutzig machen?

„Werden Sie oft von solchen Booten verfolgt, Sir?"

„Manchmal, Sir. Normalerweise werde ich nur von einem Boot beschattet, und das höchstens zwei Stunden lang. Sie fischen und versuchen uns ihren Fang zu verkaufen. Wir kaufen ihnen auch oft was ab, denn bei uns beißt nicht viel an."

„Die Bootsbesatzungen würden also nicht erwarten, daß sie auf sie feuern?"

„Gewiß nicht. Oh, jetzt verstehe ich, was Sie meinen. Nein, Sir. Aber diese zwei Bootsbesatzungen wissen, daß wir uns fragen, was sie vorhaben."

Ramage rieb sich das Kinn, und die Bartstoppeln irritierten ihn.

„Wenn Sie wollen, leihe ich Ihnen mein Rasiermesser", sagte Gorton. „In der Kabine finden Sie auch eine Waschschüssel und einen Krug mit Wasser."

Es war gerade hell genug in der Kabine, daß Ramage sich rasieren konnte. Als er sich den Schaum aus dem Gesicht gewischt hatte, war es fast dunkel geworden. Und als er nach seinem Rock griff, hörte er Gorton rufen: „Die Boote fallen ab, Sir!"

Nach wenigen Sekunden stand Ramage neben ihm an der Reling. Die Boote steuerten die Zwillingsgipfel der Pitons am Südwestende von St. Lucia an, waren mit ihren verkürzten Segeln nur verschwommene graue Flecken.

Es war halb sieben Uhr, und Ramage bat Gorton um das Fernrohr. Er hielt es an die Augen und ließ seinen Blick langsam über den Horizont wandern, von der Südspitze St. Vincents über den breiten Kanal bis nach Norden zu den Pitons. Außer den rasch davonsegelnden Booten war nichts zu sehen. Er richtete das Teleskop auf die Küste St. Lucias am Steuerbordbug. Keine Boote entfernten sich von der Insel, um die beiden abzulösen, deren Umrisse bereits mit dem Landstrich verschmolzen. Das konnte nur bedeuten, daß sie alles wußten, was sie wissen wollten.

Und, was noch wichtiger war — daß die weiteren Operationen des Schoners die Pläne der Freibeuter nicht mehr umstürzen konnte. Das hieß außerdem, daß sie in wenigen Stunden angreifen würden, wahrscheinlich kurz nach dem Einbruch der Dunkelheit. Die Falle war gestellt, die *Jorum* war hineingelaufen. Jetzt kam es nur noch darauf an, wann die Freibeuter die Falle zuschnappen lassen würden.

Er schwang das Fernrohr nach Südwesten, suchte und fand die Oberbramsegel der *Triton* — zwei schmale Segelstreifen, der Rest der Brigg verbarg sich hinter der Erdkrümmung, beleuchtet von den letzten Strahlen der Sonne, die schon fast hinter dem Horizont verschwunden war ... Southwick war vernünftig. Statt dwars ab vom Schoner zu bleiben hielt er sich hinter dem Backbordheck. Ramage nahm an, daß der Schiffsführer nach Einbruch der Nacht an den Wind holen und die Küste ansteuern würde, unsichtbar im Dunkel. Und wenn er Glück hatte, würde er nur einmal über Stag gehen müssen, um Castries, die Hauptstadt der Insel zu erreichen. Wenn er allerdings direkt ins Lee geriet, würde er mehrmals lavieren müssen.

Die *Jorum* steuerte nun nach Norden, parallel zur Küste, und schaffte mehr als sechs Knoten. Wenn die Freibeuter von Norden kamen, würden sie ebenfalls sechs Knoten machen, da ein Ostwind wehte. Sie würden also mit einer Geschwindigkeit von zwölf Knoten aufeinander zufahren.

Ramage fand es ziemlich verwirrend, daß sich an der Westseite von St. Lucia keine geeigneten Buchten befanden, die den Freibeutern als Schlupfwinkel dienen konnten. Oder sie kamen von irgendwoanders her, sobald sie das Signal erhielten. Er suchte die Küste mit dem Teleskop ab, aber er konnte nichts entdecken, das auch nur entfernt einem Segel ähnelte. Immer noch konnte er weiter als zwölf Meilen sehen. Also war es unwahrscheinlich, daß die *Jorum* innerhalb der nächsten Stunde einem Schiff begegnen würde.

Plötzlich drang ihm Kombüsengeruch in die Nase, und Gorton sagte: „Ich dachte, Ihre Männer sollten vor dem anstrengenden Nachtdienst kräftig essen. Ein Krieger braucht was Warmes im Bauch."

„Das werden sie sicher sehr zu schätzen wissen", entgegnete Ramage geistesabwesend und dachte an Entfernungen, Geschwindigkeiten und an die Möglichkeit, daß der Wind umsprang.

„Sie wollten keinen Lunch — sie sagten, Sie hätten Proviant mit."

Plötzlich kam es Ramage zu Bewußtsein, daß nun kein Grund mehr bestand, die Männer unter Deck zu verbannen. Nachdem er Gorton mit höflichem Lächeln informiert hatte, rief er die Tritons an Deck.

So mußte man sich fühlen, wenn man in einem großen Ofen saß und heißen Dampf einatmete, dachte Ramage seufzend. Vor einer Stunde hatte man die schweren Planken über die Luke gelegt. Darüber lag ein Segeltuch, befestigt mit Schalkleisten, in die Keile geschlagen waren.

Ein Seemann rülpste zufrieden und sagte: „Wenigstens haben wir was Anständiges zu essen gekriegt."

„Aye", stimmte ein anderer zu. „Ich weiß zwar nicht, was das alles war, aber dieser Spinat hat mir gut geschmeckt."

„Das war kein Spinat, sondern Callalou", verbesserte Maxton.

„Verdirb uns doch nicht mit solchen Namen die Freude!"

Der erste Mann rülpste wieder. „Die Bananen waren auch gut."

Maxton grunzte verächtlich. „Es gibt bessere. Zum Beispiel die Pisanfeigen — das sind ganz große Bananen, und die werden gekocht. Roh kann man sie nämlich nicht essen."

Maxton genoß es offenbar sehr, mit seinem Wissen prahlen zu können, wurde aber von Ramage mitleidlos unterbrochen. „Hört jetzt auf mit dem Unsinn! Wir wollen noch einmal alles durchsprechen. Hat jeder einen weißen Stoffstreifen um den Kopf?“

Ein einstimmiger Chor bejahte diese Frage.

„Gut. Vergeßt nicht, jeder ohne weißes Band ist ein Feind, abgesehen von den Jorums. Aber die werden uns ohnehin nicht im Weg herumstehen. Die Männer, die mit Musketons bewaffnet sind! Die Waffen müssen geladen, die Hähne in Ruh sein. Meldet euch, wenn ich euch aufrufe!“

Er begann mit Jackson und rief dann weitere fünf Namen. Dann rief er die Granatwerfer auf, und jeder bestätigte, daß er seine Granate bereithielt.

„Jetzt die Pistolen! Alle geladen, alle Hähne in Ruh? Wer seine Waffe nicht geladen hat, soll sich melden.“

Niemand antwortete.

„Und die Raketen und das Leuchtfeuerpulver?“

„Hier, Sir!“ meldeten sich zwei Stimmen.

„Sehr gut. Solange ich nichts sage, verhaltet ihr euch mucksmäuschenstill. Und wenn ich sage ‚Los!‘, wißt ihr, was ihr zu tun habt.“

Ein ohrenbetäubendes ‚Aye aye, Sir‘ klang auf.

„Und der Anruf?“

„Triton!“ schrien die Männer.

„Und die Antwort?“

„Jacko!“

„Mister Jacko!“ protestierte Jackson und spielte den Beleidigten. Die Männer brüllten vor Lachen. Sie wußten, daß Ramage den Spitznamen des Amerikaners nicht ausgesucht hatte, um Jackson eine besondere Ehre zu erweisen, sondern weil er wie das Wort ‚Triton‘ leicht von den Lippen ging und gut zu verstehen war.

„Und vergeßt nicht!“ fuhr Ramage fort. „Von dem Augenblick an, wo sie an Bord kommen, bis zu dem Moment, wo sie die Luke öffnen und ich den Befehl gebe — kein Laut! Wenn einer husten oder nießen muß, soll er den Kopf in einen Sack stecken.“

Auf diese gute Idee war Gorton gekommen. Außerdem hatten die Männer mehr Platz im Laderaum, nachdem einige Hundert Pfund Kakaobohnen über Bord gegangen waren, weil man die leeren Säcke brauchte.

Ramage nahm an, daß es acht Uhr war. Also mußte es an Deck schon seit mehr als einer Stunde dunkel sein. Er zog die Knie ans Kinn, in dem vergeblichen Versuch, zwischen zwei Sirupfässern eine bequemere Lage einzunehmen, und stöhnte, als sich ein Pistolengriff in seinen Rücken bohrte. Er hatte gedacht, sobald die Luke verschlossen war, würde das Warten noch unerträglicher werden als tagsüber. Aber die Männer waren so fröhlich, daß seine Furcht allmählich schwand. Für die Leute war die Freude auf einen interessanten Kampf ebenso anregend wie die Aussicht, eine Nacht in Plymouth zu verbringen, die Taschen voller Guineen. Sogar noch besser, wie einer der Männer bemerkt hatte, denn sie würden am nächsten Tag nicht mit dickem Kopf herumlaufen. Nein, einen dicken Kopf würde keiner haben, dachte Ramage düster. Aber mehrere würden vielleicht schwerverwundet sein — oder tot.

Jemand schüttelte ihn, und er fuhr aus dem Schlaf auf. Jackson flüsterte ihm heiser ins Ohr: „Haben Sie das Klopfen gehört, Sir?“

Noch halb benommen sagte Ramage: „Nein. Wie oft?“

„Zweimal kurz, zweimal lang.“

„Ein Schiff in Sicht!“ Ramage war froh, daß Jackson zugehört hatte, als er mit Gorton die Klopfzeichen vereinbarte. Sie hatten besprochen, daß Gorton mit einem Belegbolzen auf das Lukensüll klopfen sollte.

Plötzlich ertönten vier gleichmäßige Klopfzeichen. Ein

einziges Klopfen, nachdem das Schiff gesichtet worden war, würde bedeuten, daß es von vorn kam. Zwei Klopfzeichen besagten, daß es an der Backbordseite aufgetaucht war, drei — an Steuerbord, vier — achtern ...

Das Schiff kam also von achtern.

„Schreien Sie nicht, aber sorgen Sie dafür, daß alle aufwachen. Jeder soll seinen Nebenmann schütteln."

Ramage spürte, wie die vertrauten Symptome der Angst mit wachsender Erregung kämpften.

Schreie an Deck — zu laut für Befehle ... Ein Anruf, der einem anderen Schiff galt? Eine volle Minute verstrich, dann ertönte ein hartes Doppelklopfzeichen. Noch ein Schiff ... Zwei gleichmäßige Klopfzeichen ... An Backbord ... Ramage erinnerte sich, daß er die Männer informieren mußte. „Hört zu!" flüsterte er. „Zwei Schiffe sind gesichtet worden — eins achtern, eins an Backbord."

Wieder waren Schreie zu hören, dann ein kurzes Stakkato zweier Belegbolzen. Das bedeutete, daß es sich definitiv um feindliche Schiffe handelte.

„Zwei Kaperschiffe", flüsterte Ramage und hörte, wie die Männer zufrieden grunzten.

Schreie an Deck, Schoten wurden niedergeholt, ein metallisches Rumpeln, als die Ruderpinne herumgedreht wurde, die schweren Ruderhaken knirschten in den Ösen. Die Schreie an Deck der *Jorum* klangen nun verzweifelt. Ramage hatte Gorton gesagt, die Besatzung solle Panik simulieren, und sie machte ihre Sache sehr gut.

Plötzlich erzitterte der ganze Schoner, als es an der Backbordseite krachte. Schrille Stimmen, donnernde Schritte dicht über ihren Köpfen verrieten den Tritons, daß die Freibeuter an Bord gekommen waren."

„Wie Elefanten im Porzellanladen", wisperte Jackson.

Ramage sagte nichts. Sein Gehirn arbeitete bereits mit voller Kraft. Im Dunkeln hatten die Freibeuter offenbar die Entfernung falsch eingeschätzt. Als sie längsseits ihrer

Prise angelegt hatten, waren sie härter dagegen geprallt, als sie es beabsichtigt hatten. Wahrscheinlich waren an der Wasserlinie ein paar Planken zersplittert. Wasser floß herein, der Laderaum füllte sich langsam. Vielleicht bemerkte man das an Deck zunächst nicht — bis der Schoner immer träger schaukelte. Die Freibeuter, die vielleicht nicht so genau wußten, wie der Schoner im Wasser lag und manövriert werden mußte, würden vielleicht glauben, daß er nur deshalb so plump in den Wellen hing, weil er schwer beladen war. Auch wenn Gorton es merkte, wenn er die Tritons retten, wenn er deshalb den Freibeutern sagte, was der Laderaum enthielt — sie würden kaum zwanzig vollbewaffnete Männer freilassen. Nein, sie würden ganz einfach auf ihr Kaperschiff zurückkehren und die Tritons ertrinken lassen.

Ramage merkte, daß die Schreie an Deck verstummt waren. Auch das Wasser das sonst am Rumpf der *Jorum* vorbeirauschte, war nicht mehr zu hören. Eine unheimliche Stille breitete sich aus. Der Schoner begann heftig zu schlingern, die Segel flatterten, zerrten an den Masten.

Offenbar war der Schoner gekapert. Für die Freibeuter war die Jagd vorbei. Sie würden nun die Prise in ihren Schlupfwinkel bringen. Er hörte, wie jemand Befehle gab. Der Mann schien direkt über ihm zu stehen und sprach in einer Mischung aus Englisch, Französisch und Patois. Es war schwer, die Nationalität des Sprechers festzustellen.

Die Schoten liefen knarrend durch die Blöcke, ein metallisches Klirren, als das Ruder herumschwang, und dann rauschte wieder Wasser am Rumpf der *Jorum* vorbei. Die Freibeuter hatten den Schoner in Fahrt gebracht.

Ramage spürte, daß seine Kleider durchnäßt waren, durchtränkt vom Schweiß, den ihm nicht nur die Hitze, sondern auch die Erregung aus den Poren getrieben hatte. Er nahm an, daß die *Jorum* auf ihrem Kurs geblieben war. Der Stützpunkt der Freibeuter mußte also irgendwo im Norden liegen. Die beiden Kaperschiffe waren also nach Süden gesegelt, um dem Schoner den Weg abzuschneiden. Sie hatten eine gewisse Distanz gehalten, um ihr Blickfeld zu erweitern, hatten die *Jorum* gesichtet, bevor sie selbst entdeckt worden waren, hatten dann gedreht, um ihren Kurs einzuschlagen. Sehr geschickt — das eine Schiff kam von achtern an, um die Flucht der *Jorum* nach Süden zu verhindern. Das andere schob sich an die Backbordseite, zwischen den Schoner und das offene Meer im Westen, um ihm den Fluchtweg in diese Richtung abzuschneiden.

Er bat Jackson flüsternd, einen Flintstein zu wetzen, und zog seine Uhr hervor. Im schwachen Licht des Funkens sah er, daß es halb neun war. Mühsam versuchte er sich zu konzentrieren, denn es fiel ihm schwer, mathematische Probleme ohne Papier und Bleistift zu lösen.

Die beiden Boote würden das Land bei den Pitons um etwa sieben Uhr erreicht haben. Sie hatten ein Signal weitergegeben, aber es war viel wahrscheinlicher, daß nur dann ein Signal erfolgte, wenn sich der Schoner ungewöhnlich verhielt. Um halb sieben waren die Männer in den kleinen Booten also überzeugt gewesen, daß die *Jorum* ihren Kurs beibehalten würde. Als sie im Abenddunst verschwunden waren, hatte Ramage eine Küstenstrecke von etwa einem Dutzend Meilen überblicken können, und die *Jorum* war mit einer Geschwindigkeit von sechs Knoten gesegelt.

Jetzt wurden die Überlegungen schwieriger. Und er versuchte den Lärm der See, den Lärm an Deck, das Knarren des Schiffsrumpfs zu überhören, der auf der leichten Dünung auf und ab schwang. Bei Einbruch der Dunkelheit, um sieben Uhr, war kein Schiff in Sicht gewesen. Aber die Freibeuter hatten um kurz nach acht angegriffen. Wenn man also davon ausging, daß die *Jorum* und die Kaperschiffe mit einer Geschwindigkeit von zwölf Knoten aufeinander zugefahren waren, wenn man noch berücksichtigte, daß die Freibeuter ein wenig manövrieren mußten, um in die richtige Position zu gelangen — wenn man all das bedachte, waren die Kaperschiffe wahrscheinlich aus einer Bucht gekommen, die zwölf Meilen entfernt im Norden lag.

Zwölf Meilen? Aber das mußte doch in der Nähe von Castries sein. Offenbar hatte er einen Fehler gemacht. Er fing mit seinen Überlegungen und Berechnungen noch einmal von vorn an, kam jedoch zu demselben Ergebnis. Er mußte sich irren, denn vor Marigot gab es nur ein paar seichte Buchten, die er mit der *Triton* genau erforscht hatte. Und dann Castries selbst, die paar Felsen, wo sich nicht einmal ein offenes Boot verstecken konnte, gar nicht zu reden von einem Kaperschiff ... Ach was, zum Teufel, die Freibeuter konnten von überallher gekommen sein ... Plötzlich glaubte er es zu wissen. Von der Südseite St. Lucias ... Die beiden kleinen Boote konnten die Kaperschiffe vor den Pitons getroffen haben, nach Einbruch der Dunkelheit.

Als etwas auf die Planken polterte, die die Luke abdeckten, richtete er sich ruckartig auf. Dann sank er zurück und kam sich wie ein Narr vor. Die Freibeuter mußten irgendwelche Musketen oder Säbel hingelegt haben. Wenn sie die Luke öffneten, hätte er hören müssen, wie sie die Keile entfernten.

„Ich hoffe, dem Captain ist nichts passiert", flüsterte Jackson.

„Das nehme ich nicht an. Ich habe ihm gesagt, er soll sich ergeben, sobald das möglich wäre, ohne das Mißtrauen der Freibeuter zu erregen."

„Ein guter Mann."

„Haben Sie jemals unter ihm gedient?"

„Nein", erwiderte Jackson nach einer kleinen Pause. „Wieso wissen Sie, daß er desertiert ist?"

„Man merkt es einem Mann sofort an, wenn er in der Navy gedient hat. Seine Ausdrucksweise, sein Verhalten ...

Es gibt in diesen Gewässern nicht viele Schoner, die im Stil der Navy geführt werden. Und ich bezweifle, daß er wirklich Gorton heißt."

Der Amerikaner dachte eine Weile nach, dann flüsterte er: „Er muß vor dem Krieg davongelaufen sein, Sir."

„Es spielt keine Rolle, ob ein Mann in Kriegs- oder Friedenszeiten desiertert, Jackson. Kriegsgericht und vierhundert Peitschenhiebe — wenn er nicht an der Fockrahnock baumeln muß."

„Aber Sie werden doch nicht ..."

„Wahrscheinlich werde ich den Admiral informieren."

„Aber Sir!" Jacksons Wispern klang beinahe explosiv.

„Ich werde dem Admiral mitteilen, daß Mr. Gorton, Captain des Schoners *Jorum*, der Navy hervorragende Dienste geleistet hat."

Jackson atmete auf. „Ich dachte schon ..."

„Hören Sie auf zu denken, Jackson, sonst werden Sie noch ganz heiser."

Die *Jorum* segelte mit ungetrimmten Segeln dahin und änderte den Kurs nicht, wie die gleichmäßige Bewegung verriet. Als Ramage Schreie hörte, als wenig später an den Schoten gezerrt wurde und das Ruder hart herumschwang, flüsterte er: „Rasch, Jackson — ein Flintstein ..."

Die Funken sprühten über das Zifferblatt der Uhr. Eineinhalb Stunden waren verstrichen, seit die Freibeuter den Schoner geentert hatten. Noch mehr Schreie klangen auf, nackte Füße rannten über das Deck, dann ein dumpfer Aufprall ... Ramage nahm an, daß Taurollen aufs Deck geworfen wurden, Fallen, die man von den Belegbolzen genommen hatte, um sie zu untersuchen und auszubessern, bevor sie verwendet wurden.

Der Schoner begann zu stampfen, als er hart an den Wind kam, sprang über die Wellen, die im Lee der Insel in kürzeren Abständen anrollten.

„Hören Sie, Sir!“ flüsterte Jackson. „Ich kann die Brandung hören.“

Ramage hörte es im selben Augenblick. Das Donnern und Rauschen der See, die sich am Fuß einer Klippe brach, und zurückfloß.

Schrille Schreie aus der Ferne und auch an Deck ... Knarrende Riemen ... Ja, mehrere Boote ruderten heran, die Freibeuter verständigten sich mit ihnen. Es waren keine ärgerlichen Rufe, keine Befehle, es klang eher so, als freuten sie sich über eine gelungene Heimkehr, als würden sie ebenso freudig begrüßt.

Die Segel flatterten, die Blöcke polterten, als die Segel niedergeholt wurden. Die *Jorum* verlor Fahrt, und begann zu rollen. Noch mehr Schreie, jetzt von vorn, dann wurde etwas Schweres über das Deck geschleift.

„Ein Kabeltau“, wisperte Jackson. „Wahrscheinlich sollen uns die Boote in eine Bucht schleppen.“

Das war nur nötig, wenn der Schoner zu einem Ankerplatz gebracht werden sollte, den er unter Segeln nicht erreichen konnte. Entweder erstreckte sich die Bucht direkt dem Wind entgegen, oder der Kanal war zu gewunden. Oder beides. Oder vielleicht hielten hohe Klippen den Wind ab. Ja, dachte Ramage, das mußte es sein.

Hohe Klippen? Nun, fast die ganze Westküste von St. Lucia bestand aus hohen Klippen. Die einzige Bucht, die ihm einfiel, war Marigot. Die Einfahrt war sehr schmal. Er erinnerte sich an den Anblick, den ihm sein Teleskop bot — als die *Triton,* hundert Yards von der Einfahrt entfernt, beigedreht hatte. Die Bucht, die plötzlich von Landzungen an beiden Seiten verengt wurde, die Lagune, die sich dahinter ausbreitete. Er erinnerte sich, daß die Bucht auf der Karte wie ein Glasstöpsel einer Karaffe ausgesehen hatte! Und obwohl ihm Marigot als der ideale Stützpunkt der Freibeuter erschienen war — die Bucht war leer gewesen.

Riemen knarrten in ihren Ruderklampen, man hatte begonnen, den Schoner abzuschleppen. Gelegentlich ein Schrei von vorn, eine Antwort von achtern. Ein Mann stand im Bug, gab den Männern am Steuerruder Anweisungen.

Claire in St. George, Gianna in London — oder vielleicht bei seinen Eltern in Cornwall ... In wenigen Stunden würde der Gouverneur seinen Brief erhalten. Southwick würde die *Triton* jetzt zur Küste steuern. Ramage stellte sich den alten Schiffsführer vor, wie er auf dem Vorkastell stand, das Nachtfernrohr vor den Augen, wie er den schwarzen Küstenstreifen absuchte und hoffte, ein Segel zu sehen. Automatisch würde er das Bild, das sich ihm bot, korrigieren. Denn er wußte, daß das Nachtfernrohr die See und die Küstenlinie umgedreht wiedergab, so daß es aussah, als würden schwarze Wolken tief am Horizont hängen.

Zwei Kaperschiffe — wahrscheinlich mit je fünfzig Leuten bemannt. Und wie viele Männer warteten im Schlupfwinkel, in den nun die *Jorum* geschleppt wurde, das Trojanische Pferd? Wahrscheinlich nicht mehr als zwanzig. Viel wichtiger war die Überlegung, wie viele Freibeuter jetzt an Bord der *Jorum* sein mochten. Wenn Gorton und seine Besatzung bereits gezwungen worden waren, den Schoner zu verlassen ...

Lautes Rufen, langsam verlor die *Jorum* Fahrt, hielt an, rollte nicht, stampfte nicht. Reglos lag sie da, offenbar in einer windstillen Bucht. Würden die Freibeuter sofort beginnen, den Schoner auszuladen, oder bis zum Morgengrauen warten?

21

Ein Hammer schlug auf das Holz direkt über ihren Köpfen, ein Fluch klang auf, dann fiel der Keil auf die Decksplanken. Die Tritons wußten, daß sie in wenigen Augenblicken um ihr Leben kämpfen würden. Noch ein Hammerschlag, ein zweiter Keil fiel heraus. Als der dritte Keil aus den Schalkleisten gelöst war, wußte Ramage, daß die Steuerbordseite der Luke offen war. Dann wurden die Keile an der Backbordseite entfernt, die Tritons hielten den Atem an.

„Sie haben eine Laterne", flüsterte Jackson. „Das könnte uns Vorteile bringen. Denn unsere Augen sind schon an das Dunkel gewöhnt."

Ramage überlegte einen Augenblick lang, ob er die Laterne umwerfen sollte, sobald sie an Deck sprangen. Doch dann entschied er, daß der Überraschungseffekt und die allgemeine Verwirrung an Deck noch größeren Nutzen bringen konnten.

Ein Scharren, als die vier Schalkleisten rings um die Luke aus den Schienen glitten, dann wurde das schwere Segeltuch entfernt. Ramage spürte ein Prickeln an Armen und Beinen, als ob ihn tausend Nadeln stechen würden. Sein Magen schien mit kaltem Wasser angefüllt zu sein, die Arm- und Beinmuskeln waren angespannt und dennoch schwach — als wollten Sie ihn im Stich lassen, in dem Augenblick, wo er seine ganze Kraft brauchte. Er atmete stoßweise, kalter Schweiß stand auf seiner Stirn.

Ich bin der Anführer dieser Männer, sagte er sich. Sie

sehen alle auf mich. Er löste den Riemen, der die Schaftscheide seines Wurfmessers verschloß, untersuchte methodisch, ob die Hähne der Pistolen in Ruh waren, steckte sie dann in den Hosenbund. Gelassen zog er seinen Säbel.

„Steht auf, Tritons!“ flüsterte er heiser, und seine Stimme ging fast unter in einem lauten Poltern, als eine der großen Planken angehoben und weggezogen wurde. Durch einen schmalen Spalt sah er Sterne schimmern. Das schwache Laternenlicht beleuchtete die unteren Ränder festgemachter Segel und einen Teil der Takelung, die aussah wie ein riesiges verschimmeltes Spinnengewebe.

Noch eine Planke wurde entfernt, der Umriß eines Männerkopfs zeichnete sich vor dem Nachthimmel ab. Ein zweiter Mann stand mit gespreizten Beinen über der Öffnung und bückte sich, um das Ende der nächsten Planke anzuheben. Ein dritter und ein vierter Mann halfen ihm, hoben die Planke hoch, ließen sie krachend auf das Deck fallen. Sechs Planken mußten noch entfernt werden. Würde jemand die Laterne ergreifen und in den Laderaum hinableuchten, um die Fracht der *Jorum* zu sehen, bevor die letzte Planke angehoben wurde?

Ramages Frage wurde von einem der Männer beantwortet, die mehrere Yards entfernt warteten. „Sag Dupont und den anderen, daß wir gleich fertig sind!“

Schritte, die verklangen ... Ramage war überzeugt, daß er gehört hatte, wie jemand über einen hölzernen Hafendamm ging. Ein Hafendamm? Wo waren sie denn, um alles in der Welt? Verdammt! Der Hafendamm irritierte Ramage so sehr, daß er mehrere Sekunden vergeudete, bevor er begriff, daß er sofort angreifen mußte — bevor Dupont ‚und die anderen‘ ankamen.

„Los, Tritons!“

Er packte die Kante des Sülls, schwang sich an Deck, und gleichzeitig erzitterte der Laderaum unter donnernden Rufen. „Tritons! Tritons! Tritons!“

Die vier Männer, die die Planken entfernt hatten, rannten zur Reling, schrien auf vor Angst und Überraschung. Eine Pistole explodierte dicht neben Ramage, ein Mann sank langsam auf das Deck, wie von Müdigkeit überwältigt. Der zweite stand zögernd auf der Reling, eine weitere Pistole krachte, warf ihn aufs Deck. Aber inzwischen waren der dritte und der vierte Mann über die Reling gesprungen, rannten den Hafendamm entlang zum Strand.

Ramage wandte sich um und lief nach achtern, war erstaunt, als er sich brüllen hörte. „Tritons!" Instinktiv wich er zur Seite, als er eine Säbelklinge im Dunkel aufblitzen sah. Undeutlich sah er, daß eine Gruppe von vier oder fünf Männern beim Ruder stand. Mit seinem Säbel hieb er auf die dunkle Gestalt seines Angreifers ein, während er mit der Linken eine Pistole aus dem Hosenbund zu zerren versuchte.

Eine Welle von Tritons überspülte die Männer am Ruder. Und in dem Augenblick, als Ramage begriffen hatte, daß sein Gegner ein überdurchschnittlich guter Fechter war, warf ihm der Mann den Säbel an den Kopf und sprang über die Reling ins Wasser.

Zwei Minuten lang herrschte fast völlige Stille an Bord des Schoners. Nichts war zu hören außer dem Quaken der Frösche und dem Zwitschern verängstigter Vögel. Hastig fragte Ramage seine Männer, ob sie verletzt seien. Aber keiner hatte auch nur einen Kratzer abgekriegt. Zwei Freibeuter lagen tot neben der Reling. Zwei der Männer, die achtern gestanden hatten, waren tot, die übrigen lagen im Sterben.

„Jackson! Fragen Sie die Gefangenen, was aus Gorton geworden ist! Evans, haben Sie die Signalraketen bereit? Feuern Sie eine ab, aber passen Sie auf, daß Sie die Takelung nicht anzünden!"

Noch bevor Jackson die Zeit fand, einen der Gefangenen zu verhören, meldete ein Triton, daß Gorton und seine Besatzung gefesselt in der Kabine lägen. Ramage sah sich um, während er auf Gorton wartete, versuchte herauszufinden, wo sich der Schoner befand und ob noch ein paar Freibeuter irgendwo in der Nähe lauerten. Nach wenigen Minuten kam Gorton an Deck und schwang die Arme, um den Blutkreislauf wieder in Gang zu bringen.

„Sie haben das Schiff zurückerobert, Sir!" rief er. „Verzeihen Sie, daß ich so herumfuchtle, aber diese verdammten Stricke haben mir die Arme eingeschläfert. Wir sind in der Marigot Bay, Sir. Daraus haben sie kein Geheimnis gemacht. Sobald der Anführer Dupont an Bord war, wollten sie uns die Kehlen durchschneiden."

Ramage blickte sich noch immer um, versuchte die Stelle zu finden, wo die Kaperschiffe vor Anker lagen.

„Eins ist dort", sagte Gorton und zeigte nach Osten, wo Ramage soeben die dunklen Umrisse eines Schiffs vor einem Mangrovenwäldchen ausgemacht hatte. „Und das andere ist dort drüben."

„Suchen Sie . . ." Er wirbelte mit einem Fluch herum, als hinter ihm etwas zischte und blitzte und der Schoner in die Luft zu fliegen schien. Aber eine Rakete, die sich in den Himmel hinaufschlängelte und in fünf rote Sterne zerbarst, verriet ihm, daß Evans seinen Auftrag ausgeführt hatte.

„Gorton — passen Sie auf die Freibeuter auf. Melden Sie es mir sofort, wenn Boote auf uns zukommen! Können Sie Ihr Nachtfernrohr holen?"

„Aye aye, Sir."

„Jackson! Trommeln Sie die Musketon-Leute und noch ein halbes Dutzend weiterer Männer zusammen und gehen Sie auf den Hafendamm hinaus. Halten Sie diesen Dupont und seine Komplicen auf!"

Was nun? Alles geschah so schnell — und es war ganz anders, als er erwartet hatte. Keine kurze, wilde Schlacht, die alle zwanzig Tritons allen Freibeutern lieferten . . . Statt dessen sah es nun so aus, als müßten sie sich auf eine lange

Belagerung gefaßt machen, wobei die *Jorum* als Fort fungierte.

Konnte die *Triton* hier hereinsegeln? Wenn die Freibeuter Springfedern an ihre Taue setzten und die Kaperschiffe mit Hilfe von Booten herumdrehten, konnten sie ihre Breitseiten auf die *Jorum* richten ...

Jackson hatte bereits die Männer mit den Musketons um sich versammelt. Sie waren schon über die Reling auf den Hafendamm geklettert, und nun stritt er mit mehreren Männern, die unbedingt das andere halbe Dutzend formieren wollten.

„Nehmen Sie eben mehr Leute mit, Jackson!"

„Aye aye, Sir!" Jackson und die restlichen Männer schwangen sich über die Reling und liefen den Hafendamm hinab.

„Die Kaperschiffe setzen Boote aus, Sir!" rief Gorton.

„Ja, danke." Würden sie versuchen, den Schoner zu entern? Oder würden sie an Land gehen und die Tritons auf dem Hafendamm bekämpfen?

Was ihn aber noch mehr verwirrte, war Gortons Überzeugung, daß dies die Marigot Bay sei. Diese Bucht hier schien völlig von Land umschlossen zu sein. „Wo ist die Einfahrt?"

Gorton seufzte. „Das gibt mir auch zu denken, Sir. Da die Berge im Süden, sie sind deutlich zu sehen. Und der Bergkamm im Norden ... Nun, die Einfahrt liegt dazwischen."

„Aber dieses Gewässer ist doch völlig abgeschlossen. Dort drüben wachsen sogar Palmen."

„Ich weiß, Sir."

Plötzlich verrieten krachende Schüsse und Mündungsblitze, die am landzugewandten Ende des Hafendamms aufflammten, daß Dupont und seine Männer das Feuer eröffnet hatten. Musketen explodierten an Land, durchbrochen vom schwereren Dröhnen der Musketons, die Jacksons Männer abfeuerten. Die Tritons waren in der Minderzahl, und sie konnten nirgends in Deckung gehen. Und was noch schlimmer war, sie mußten in der Nähe des Hafendamms bleiben, um zu verhindern, daß Duponts Männer den Schoner zurückeroberten.

Ramage rieb sich über die Schläfe. Von der anderen Seite kamen die Boote der Kaperschiffe rasch näher. Die Bootsbesatzungen gaben keine Schüsse ab. Offenbar hofften sie, daß man sie nicht gesehen hatte, daß Dupont und seine Männer die Aufmerksamkeit der Tritons voll beanspruchten.

Inzwischen war die *Jorum* am Hafendamm vertäut worden. Nun war sie kein Trojanisches Pferd mehr, sondern ein Ochse, der festgebunden im Schlachthaus stand. Und dabei nennen uns die Franzosen ‚Roastbeefs', dachte Ramage, obwohl es jetzt Wichtigeres zu überlegen gab.

Das Musketenfeuer an Land ebbte ab, mischte sich mit dem Ruf: „Tritons!" Der Kampf schien in ein Handgemenge überzugehen. Die Boote der Freibeuter waren nur noch knappe fünfzig Yards entfernt. Ramage spürte eine sanfte Brise im Rücken, registrierte automatisch, daß sie von Nordosten kam. Und dann zuckte er zusammen, als ihm klar wurde, daß der Wind zu den Palmen auf den Landzungen wehte. Sollte er, oder sollte er nicht? Hinaus aus der Bratpfanne? Nun, die Pfanne war ziemlich heiß geworden ... Mit lauter Stimme erteilte er eine Reihe von Befehlen. Die Granatwerfer sollten an der Backbordseite warten. Andere mußten bereitstehen, um die Vertäuungen zu durchschneiden, eine dritte Gruppe sollte die *Jorum* vom Hafendamm abstoßen. Die übrigen mußten, mit Musketen bewaffnet, an der Heckreling des Schoners Stellung beziehen, bereit, auf den Hafendamm zu feuern.

Wen sollte er zu Jackson schicken! Als hätte Gorton den Gedanken erraten, fragte er: „Was kann ich tun, Sir? Ich stehe hier herum wie ein überflüssiges Marssegelfall."

„Laufen Sie auf den Hafendamm zu Jackson. Sagen Sie ihm, sobald ich ‚Tritons' rufe, soll er mit seinen Männern an Bord zurückkommen. Wir werden ihnen mit unseren Pistolen Deckung geben."

„Aber . . ."

„Gehen Sie schon, Gorton!"

Der Mann sprang über die Reling, einen Augenblick später hörte Ramage ihn den Hafendamm entlanglaufen. Dann fluchte er — zum Teufel, er hatte vergessen, ihm zu sagen, daß er rufen sollte, wenn Jackson bereit war . . .

Die fünf Boote der Freibeuter kamen rasch näher, bewegten sich lautlos über das Meer, wie Wasserkäfer auf einem Dorfteich, hielten direkt auf die *Jorum* zu. Jeder dieser Freibeuter war ein Enter-Experte, verstand mehr davon als zwanzig britische Seeleute zusammengenommen. Wenn nur Jackson rechtzeitig zurückkam — nein, das wäre wohl zuviel verlangt.

Fünf Boote, und in jedem saßen zwanzig oder noch mehr Männer. Hundert — und Dupont hatte vierzig oder fünfzig. Übelkeit stieg in ihm auf. Ein Trojanisches Pferd! Es war eine verrückte Idee gewesen, und Wilson hatte das sofort klar erkannt. Deshalb hatte er darauf bestanden, daß Ramage einen Brief an den Gouverneur schrieb. Eine Art Nachruf. Ein zweiseitiger Nachruf für zwanzig Tritons.

Während er sich verzweifelt sagte, daß er wieder einmal gehandelt hatte, ohne lange genug nachzudenken, fühlte er einen kalten Windhauch an der Wange. Ein Wind war aufgekommen, aus der Richtung der Küste her, und ein paar Sekunden später sah Ramage, wie sich die Palmwedel sanft bewegten, als die Brise sie erreichte.

Aber es war noch besser, wenn die *Jorum* bei diesen Palmen strandete, wo sie von einer Art Festungsgraben umgeben wäre, statt hier am Hafendamm festzusitzen. Er holte tief Luft und schrie: „Jackson! Sind Sie bereit?"

„Aye aye, Sir!"

„Tritons!“

Er brüllte beinahe vor Erregung und Erleichterung. „Nach achtern! Haltet die Pistolen bereit! Schießt auf alle, die kein weißes Band um den Kopf tragen! Aber paßt auf Gorton auf!“

Schritte donnerten über den Hafendamm heran, verfolgt von Musketenschüssen. Dumpf krachte ein Musketon, als die Tritons sich den Rückzug deckten.

„Taue durchschneiden!“

Klatschend fielen die Taue ins Wasser, erst vorn, dann achtern. Ein rascher Blick zeigte Ramage, daß die Boote der Freibeuter bis auf zwanzig Yards herangekommen waren. „Granatwerfer! Haltet die Lunten bereit!“

Da fiel ihm Evans ein, und er rief nach ihm und hoffte, daß er nicht mit Jackson gegangen war. Doch der Waliser stand ganz in seiner Nähe. „Rasch — zünden Sie ein Leuchtfeuer an!“

Sie sprangen vom Hafendamm auf die Reling, kamen an Bord, mit weißen Binden um die Köpfe. Pistolenschüsse knallten, als die Tritons an der Heckreling auf den Hafendamm feuerten. Dicht neben Ramage sprühten Funken, und plötzlich tauchte Evans' Leuchtfeuer den ganzen Schoner in ein geisterhaft blaues Licht.

„Granatwerfer — duckt euch! Die Boote kommen längsseits! Wenn ich den Befehl gebe, zündet die Lunten am Leuchtfeuer an und werft die Granaten in die Boote!“ Er war froh, daß die Granaten Fünf-Sekunden-Lunten hatten. Zwei Verwundete wurden über die Reling gehoben. Dann stand Jackson vor ihm, mit wild funkelnden Augen, in denen sich das Leuchtfeuer spiegelte.

„Dupont hat fünfzig Leute — oder noch mehr, Sir. Wir haben zwei Mann verloren — zwei sind verwundet.“

„Gut. Fünf Boote kommen auf die Backbordseite zu. Halten Sie Ihre Männer bereit, aber gehen Sie erst an die Reling, wenn ich den Befehl dazu gebe. Wir haben die

Taue durchschnitten.“ Er blickte über die Backbordseite. Verdammt, er hatte beinahe zu lang gewartet. „Granatwerfer! Lunten anzünden, Granaten werfen — jetzt!“

Die Männer duckten sich mit ihren Granaten rings um das Leuchtfeuer, zündeten die Lunten an, die wie kleine Dochte aus den Granaten ragten. Sobald die Lunten brannten, rannten sie zur Reling, warteten einen Augenblick lang. Ramage wußte, daß das grelle Licht sie geblendet hatte. Dann schleuderten sie die Granaten von sich. Sofort klangen Schreie in den Booten auf, Pistolen krachten. Einer der Tritons taumelte langsam und lautlos nach hinten, ein roter Fleck breitete sich auf seiner weißen Kopfbinde aus.

„Vom Hafendamm abstoßen!“ schrie Ramage.

Ein gewaltiges Aufblitzen an der Backbordseite, ein dumpfes Dröhnen ... Dann noch eins ... Schmerzensschreie ... Schreie, ausgestoßen von Männern, die vor Angst beinah den Verstand verloren ... Es regnete, zahllose Späne fielen auf das Deck. Noch zwei Explosionen, dann eine dritte ... Ramage wußte, daß die Granatwerfer nicht nur die Boote gesprengt hatten, die Explosionen überschütteten das Deck des Schoners mit Wasser und Wrackteilen.

Jackson stand an der Reling und schrie irgend etwas, das Ramage nicht verstehen konnte. Er stand an der Steuerbordseite und trieb die Männer an, sich noch kräftiger gegen die Bootshaken zu stemmen. Manche benutzten sogar Lukenplanken, um den Schoner vom Hafendamm abzustoßen.

Schreie hallten von der Heckreling herüber. Warum, zum Teufel, brüllten sie dort so? Wenn man zum Hafendamm zurückblickte, war der Grund dafür nicht schwer zu erraten. Eine schwarze Masse wogte heran — Duponts Männer. Die Tritons an der Heckreling luden hastig ihre Pistolen nach.

„Jackson! Musketons nach achtern!“

Ramage merkte, daß Gorton fieberhaft an der Reling arbeitete, hörte Jacksons Klage, daß keine Zeit gewesen sei, die Musketons nachzuladen. Duponts Männer waren bis auf zwanzig Yards herangekommen. Die *Jorum* glitt langsam am Hafendamm entlang, der Wind schob sie immer wieder dagegen. Aber jedesmal, wenn sie freikam, fuhr sie ein Stück weiter auf das Ende des Damms zu.

Mündungsblitze zuckten aus der schwarzen Masse, die immer näherkam. Duponts Männer feuerten methodisch, luden sofort wieder ihre Musketen nach. Sie waren vorsichtig, denn sie konnten ja nicht wissen, daß sich keine einzige geladene Waffe an Bord des Schoners befand. Vielleicht hatten ihnen auch die Explosionen Angst eingejagt. Wieder wurde die *Jorum* vom Hafendamm abgestoßen, glitt vier oder fünf Yards weiter, trieb dann wieder gegen den Damm, während die Tritons hastig versuchten, sie erneut abzustoßen.

Duponts Männer waren nun fast auf der Höhe der Heckreling. Ramage drehte sich um, wollte das Leuchtfeuer an sich reißen, doch da sah er Jackson mit einer Granate davor knien. Einen Augenblick später erhob sich der Amerikaner, und Ramage sah, wie die Lunte der Granate Funken sprühte. Jackson rannte zur Heckreling, blieb sekundenlang wie erstarrt stehen, und Ramage wußte, daß er geblendet war. Dann hörte er Jacksons kreischende Stimme. „Tritons!" Und die Granate flog mitten in die Schar der Männer, die sich auf dem Hafendamm drängte. Dann warf sich der Amerikaner sofort hinter die Heckreling, warnte die Männer in seiner Nähe. Ein Aufblitzen hob sich tiefrot vom bläulichen Licht des Leuchtfeuers ab, das Krachen einer schweren Explosion mischte sich mit dem Splittern von Holz, mit verzweifelten Schreien, hallte von den Bergen ringsum wider.

„Die Drehbrasse ist bereit, Sir!"

Ramage hatte sich eben noch ausgemalt, was die Granate

auf dem Hafendamm angerichtet hatte. Jetzt wirbelte er verwirrt herum, sah Gorton hinter sich stehen, der auf die kleine Drehbrasse zeigte. Sie war oben auf der Reling montiert, und Gorton hatte sie auf den Hafendamm gerichtet.

„Warten Sie einen Augenblick! Es ist vielleicht nicht mehr nötig."

Zaghafter Optimismus stieg in Ramage auf. Er starrte angestrengt auf den Hafendamm und sah, daß da noch immer eine schwarze Masse von Männern war. Aber es waren nicht mehr so viele, und keiner bewegte sich. Dupont hatte den Rückzug angetreten und seine Toten und Verwundeten zurückgelassen. Er hatte sich auf die Küste zurückgezogen, um seine Leute neu zu formieren, um neue Befehle zu erteilen.

„Bleiben Sie bei dem Geschütz stehen, Gorton, und lassen Sie auch die anderen laden! So, Leute, und nun strengt euch an, damit wir endlich von diesem verfluchten Damm loskommen!"

Wieder einmal trieb die *Jorum* ein paar Yards weiter, stieß erneut gegen den Damm, als der Wind sich gegen ihren Rumpf, gegen die Masten und die Takelung stemmte. Im letzten Schein des verlöschenden Leuchtfeuers sah Ramage, daß das Ende des Damms nun auf gleicher Höhe mit dem Fockmast war. „Los, Jungs! Noch ein kräftiger Stoß, dann haben wir es geschafft."

Die Brise sprang um ein paar Grad um, ein kurzer, heftiger Windstoß genügte, um die *Jorum* vom Damm wegzublasen. Dann flaute der Wind wieder ab, drehte sich erneut. Ramage beobachtete, wie das Heck der *Jorum* am Ende des Hafendamms vorbeiglitt, und atmete erleichtert auf.

Wenn sie in der Bucht umhertrieben, waren sie wenigstens vorläufig vor Duponts Männern sicher. Aber was sollte nun geschehen? Der Versuch, aus der Bucht zu segeln, wäre sinnlos — selbst wenn er die verdammte Ausfahrt sehen könnte. Denn die Freibeuter würden durch den schmalen Spalt fliehen und verschwinden, bevor die *Triton* eintraf, um den Ausgang zu blockieren. Er mußte also bleiben und versuchen, die Freibeuter zu vernichten. Ein hoffnungsloses Unterfangen?

Der Schoner trieb langsam auf die Palmen zu, die aus einer schmalen Landzunge ragten. Er rieb sich über die Schläfe, als könnte er dadurch irgendeinen geheimen Zauber zwingen, sein Gehirn zum Denken anzuregen. Und er rang sich tatsächlich zu einer Entscheidung durch. Da er nicht aus der Bucht segeln konnte, hatte er ja ohnedies keine Wahl. Er mußte bleiben und kämpfen.

Ramage wandte sich von der Reling ab. Zuerst mußte er die *Jorum* wenigstens halbwegs gefechtsklar machen. Die beiden Kaperschiffe waren immer noch da, und Dupont hatte sicher viele Männer an Land zusammengetrommelt, die den Schoner entern würden, sobald er gegen die Landzunge stieß.

„Gorton! Sind Ihre Drehbrassen schon geladen? Jackson! Alle Musketons und Pistolen nachladen. Los, nach achtern! Übergebt Jackson eure Pistolen, Jungs, und kümmert euch um die Klüver- und die Focksegelfallen!"

Wieder blickte er sich um. Der Schoner bewegte sich kaum. Aber plötzlich merkte er, daß die *Jorum* ins Schußfeld der Kaperschiffe trieb. Jeden Augenblick würde sie in die Reichweite ihrer Breitseiten geraten.

Er spürte Panik in sich aufsteigen, und er wußte auch, warum. Die Berge mit ihrer spärlichen Vegetation bildeten ein geschlossenes Amphitheater, und das Wasser stellte die Arena dar. Die Tatsache, daß er die Ausfahrt nicht sehen konnte, verstärkte diesen Effekt noch. Er fühlte sich gefangen. So mußten sich die Christen gefühlt haben, als man sie in einem römischen Stadion den Löwen zum Fraß vorgeworfen hatte.

Er schüttelte den Kopf, um sich von diesen Gedanken

zu befreien, befahl, Klüver und Focksegel zu hissen, ging nach achtern, um selbst das Ruder zu übernehmen. Als die Fallen kreischten, als die Segel den Mast hochkrochen und nun zu erkennen waren, weil sie die Sterne verdeckten, als sich das sanfte Wassergurgeln unter dem Steven verstärkte, lehnte sich Ramage gegen das Ruder, steuerte auf die Mitte der Palmenreihe zu.

Langsam schwang die *Jorum* nach Steuerbord — zu langsam. Sie brauchte das Großsegel, und er befahl es zu hissen. Kaum war es den halben Mast hinaufgeklettert, als er auch schon die Kraft des Windes spürte, der das Heck des Schoners herumschob, Ramage half mit dem Ruder nach, das wegen der schwachen Windgeschwindigkeit kaum das Wasser besiegen konnte.

Blitze zuckten hinter dem Backbordheck auf, als die Freibeuter mit ihren Drehbrassen das Feuer eröffneten. Dumpf stieß Metall gegen Holz, traf den Rumpf und die Spieren der *Jorum*. Je fünf Geschütze an den Breitseiten der beiden Kaperschiffe, zwanzig Kugeln in jedem Geschütz ... Zweihundert Geschosse waren auf den Schoner abgefeuert worden, kein einziges hatte einen Mann getroffen. Auch die Masten und Segel waren nicht beschädigt, denn die *Jorum* glitt mit unverminderter Geschwindigkeit weiter über das Wasser.

Eine Minute, um die Geschütze nachzuladen ... Er stemmte sich kräftiger gegen das Ruder. Sehr interessant ... Er hatte genug Steuerfahrt. Aber wohin sollte er steuern? Die Palmen bildeten eine breite Barriere — ein dichter Klumpen an der Steuerbordseite, ein weiterer leewärts, und direkt vor Ramage wuchsen sie in gleichmäßigen Abständen. Und — ja! Hinter den Palmen sah er Sternenfunkeln, das sich in sanft bewegtem Wasser spiegelte. Das mußte der Weg sein, der zwischen den Landzungen hindurchführte. Aber er wußte immer noch nicht, wie die Freibeuter in die Lagune kamen.

Sollte er den Bug einfach auf Grund laufen lassen? Oder anluven, alle Segel festmachen, eine Breitseite der *Jorum* gegen die Landzungen treiben lassen? Auf diese Weise könnten sie mit einer Breitseite die Landzungen verteidigen, mit der anderen die Kaperschiffe abwehren. Aber das bedeutete auch, daß Dupont und seine Halsabschneider entlang einer gesamten Breitseite entern konnten. Dieser Gedanke gab den Ausschlag. Er würde mit dem Steven in den Sand laufen, dann konnten Duponts Männer die *Jorum* nur über den Bug entern, und dort würden sie sich zusammendrängen und ein gutes Ziel für Musketons und Drehbrassen abgeben.

„Tritons!" rief er. „Ich werde die *Jorum* auf den Strand laufen lassen, mit dem Bug voran. Laßt euch durch den Aufprall nicht irritieren, kommt nach achtern, denn vielleicht fallen beide Masten über Bord. Sobald wir auf Grund gelaufen sind, und keinen Augenblick früher, laßt die Fallen laufen. Wenn dann noch Masten stehen."

Jetzt, da die Entscheidung getroffen war und er alle Hände voll zu tun hatte, verschwand die Panik genauso schnell, wie sie in ihm aufgestiegen war. Jackson half ihm mit dem Ruder. Er hatte im Dunkeln nicht bemerkt, daß der Amerikaner herangekommen war ... „Wie, zum Teufel, haben sie uns da hereingekriegt, Sir?"

„Das möchte ich auch gern wissen. Bis jetzt habe ich keinen Kanal entdecken können."

„Gorton ist überzeugt, daß das die Marigot Bay ist."

„Ich auch. Aber der Karte nach ist das unmöglich."

„Die Karten stimmen nicht immer mit der Wirklichkeit überein, Sir."

„Das weiß ich auch, verdammt!" stieß Ramage hervor. „Aber so falsch sind sie nun auch wieder nicht. Immerhin haben wir uns die Marigot Bay vom Meer aus zweimal genau angesehen — mit dem Teleskop."

„Entschuldigung, Sir. Tut mir leid." Natürlich tat es

Jackson nicht leid. Und Ramages gelegentliche Wutanfälle störten in solchen Situationen auch nicht.

Rasch segelten sie den Palmen entgegen. „Ist das eine schmale Durchfahrt, bei Gott!“ rief Jackson. „Nicht einmal vier Yards breit!“

Zwischen den Palmen sah Ramage jetzt das sternenfunkelnde Wasser der äußeren Bucht, die mehrere hundert Yards breit war. Und dann sah er die Bergketten, die sich trafen, um eine schmale, von Klippen gesäumte Spalte zu bilden — den Eingang der Bucht von der offenen See her. Der Spalt lag direkt vor ihm. Jackson entdeckte ihn einen Augenblick später, ebenso Gorton, der nach achtern gelaufen kam, um von seiner Beobachtung zu berichten.

Aber es gab keinen Weg in die äußere Bucht, Palmen versperrten den Ausgang.

Sie waren bis auf vierzig Yards an die Palmenreihe herangekommen. Ramage kämpfte gegen die Verzweiflung an, die ihn zu erfassen drohte, zwang sich, mit den Augen das Dunkel zu durchdringen, einen Kanal zu finden. Aber da war nichts. An der Steuerbordseite fielen die Berge zu der Landzunge hin ab, die sich zu dem anderen Sandstreifen hin erstreckte, der auf der gegenüberliegenden Seite in die Bergausläufer überging. Er zuckte mit den Schultern. Noch zwanzig Yards, noch fünfzehn — noch zehn. . . .

„Aufpassen!“ schrie er.

Der Aufprall würde nicht allzu stark sein, der Steven der *Jorum* würde in den Sand gleiten, bis er nicht mehr weiter konnte.

Fünf Yards . . . Jetzt mußte es jeden Augenblick passiesieren. Das Bugspriet war schon beinahe zwischen zwei Palmen. Und dann war er tatsächlich zwischen den Palmen, und die *Jorum* segelte immer noch weiter. Der Bug hob sich nicht hoch, als der Schoner durch den Sand lief. Und die *Jorum* verlor auch keine Fahrt. Jackson und Gorton fluchten ungläubig.

Dann erschütterte ein heftiger Stoß die *Jorum*. Holz schlug gegen Holz, aber sie glitt weiter. Eine Palme fiel an der Steuerbordseite um, eine andere an der Backbordseite. Irgendwo rissen Taue, schlugen zu beiden Seiten wie riesige Peitschen ins Wasser.

„Nehmen Sie das Ruder, Jackson!“ Ramage rannte zur Reling, während die *Jorum* weiter durch das Dunkel fuhr. Immer mehr Palmen stürzten ins Wasser. Eine verfing sich im Bugspriet, wurde mitgeschleift, bis der Schoner die Mitte des Sandstreifens erreichte. Und immer noch kratzte Holz gegen seinen Rumpf. Und im Wasser sah Ramage Holzbalken und leichtere Bretter, schwankend und tanzend, erhellt von blaßgrünen phosphoreszierenden Flecken. Dazwischen trieben die gefällten Palmen.

Diese raffinierten Teufel! Kein Wunder, daß niemand in die Lagune gekommen war, um die Freibeuter zu suchen, kein Wunder, daß niemand hineingesehen hatte.

Aber was jetzt? Als er zum Ruder zurücklief, sah er den Ausgang zum Meer deutlich vor sich, etwa siebenhundertfünfzig Yards entfernt. An der Backbordseite erstreckte sich ein schmaler Sandstrand am Rand der Bucht, auch an der Steuerbordseite lag ein Sandstreifen zu Füßen der Berge, aber hier bewies ein hellgrünes phosphoreszierendes Leuchten, daß die See sich an einsamen Felsen brach.

Tu etwas, du verdammter Narr, sagte er sich. Sonst bist du in kurzer Zeit wieder draußen auf dem Meer. Achtern war ein breiter Kanal, an der Stelle, wo die *Jorum* durch die Palmenreihe gebrochen war.

„Hart herumdrehen!“ rief er Jackson zu. „Wir laufen an der Backbordseite auf den Strand, dort drüben, dwars von den beiden Felsen.“

„Aye aye, Sir“, erwiderte Jackson. „Dann kann es sich Dupont auf der anderen Seite gemütlich machen.“

„Aufpassen!“ rief Ramage. „Wir stranden! Aber diesmal richtig!“

Schallendes Gelächter brach aus, dann stimmten einige das Lied ‚Tritons, aufgepaßt, Tritons' an. Bald sangen alle Mann an Bord mit, auch Ramage, der aus Leibeskräften mitbrüllte. Gleichzeitig spürte er den verrückten Drang zu kichern. Wie viele Schiffe waren denn schon auf Grund gelaufen, während die Besatzungen fröhlich sangen?

Und dann stieß die *Jorum* gegen den Sand. Der Bug hob sich leicht in die Höhe, das Bugspriet reckte sich auf, als wollte es einer Sturzwelle begegnen, dann blieb es reglos in der Luft stehen. Holz knarrte, es knirschte, als sich der Fockmast langsam vorbeugte. Straffgespannte Taue rissen, flatternd ging das Focksegel mitsamt dem Mast nieder.

Der Mast beschleunigte seinen Sturz, als dieser nicht mehr aufzuhalten war, landete krachend auf dem Steuerbordbug und zersplitterte die Reling.

Die plötzliche Stille wurde zuerst vom Zwitschern der Vögel durchbrochen, die erregt umherflatterten, aufgestört durch die unerwartete Ankunft der *Jorum.* Dann begannen auch die Frösche wieder zu quaken, die der Schreck zum Schweigen gebracht hatte.

„Ist jemand verletzt?" rief Ramage, und niemand antwortete. „Jackson, durchsuchen Sie mit ein paar Mann die Wrackteile des Fockmasts, vielleicht hat er jemanden unter sich begraben."

Als der Amerikaner nach vorn rannte, wandte sich Ramage an Gorton. „Bemannen Sie die Geschütze! Die Backbordseite hält den Strand in Schach, die Steuerbordseite den Rest der Bucht."

„Aber was ist denn geschehen?" fragte Gorton verwirrt.

„Was meinen Sie?"

„Die Landzunge — wir sind . . ."

„Beide Landzungen sind immer noch da. Schauen Sie doch! Da ist eine an der Nordseite mit Palmen und eine an der Südseite mit Palmen. Dazwischen liegt ein Kanal, durch den wir gefahren sind."

„Aber — verdammt, dort waren doch auch Palmen!" stieß Gorton hervor. „Sie haben sie doch gesehen, Sir!"

Ramage lachte. Gorton hatte anscheinend den Trick der Freibeuter nicht begriffen. „Ja, viele Palmen. Aber die standen auf einem großen Floß. Wenn man das Floß zur Seite zieht, können zwei Kaperschiffe mitsamt ihrer Prise durch den Kanal segeln. Wenn man es zurückschiebt, ist die Lücke wieder geschlossen, und eine Palmenreihe verdeckt den inneren Teil der Bucht. Wenn man vom Meer her mit einem Fernrohr durch die Einfahrt der Bucht blickt, glaubt man, daß sich die Spitzen der beiden Landzungen überlagern. Man käme niemals auf die Idee, daß ein Floß mit Palmen zwei Kaperschiffe und einen Hafendamm verbirgt."

Gorton fluchte leise.

Die *Jorum* steckte im Sand fest, die Möglichkeit, daß sie mit der steigenden Flut davontreiben könnte, bestand nicht. Ramage befahl, das Großsegel festzumachen, dann postierte er Ausluger. Er setzte sich auf das Ruder, erleichtert, weil er nun ein paar Minuten Zeit fand, um seine Gedanken zu ordnen. Aber er wußte, daß die Lage des Schoners sich kaum verbessert hatte. In der äußeren Bucht gestrandet zu sein, das war fast ebenso schlimm, wie am Hafendamm der Lagune festzusitzen — nur daß Dupont und seine Männer nun zwei Meilen laufen mußten, um die Tritons anzugreifen, wenn sie nicht noch andere Boote zur Verfügung hatten.

In wenigen Minuten würde er einen Mann an Land schikken. Er sollte auf eine der Klippen am Eingang der Bucht steigen und Ausschau nach der *Triton* halten. Außerdem war es Zeit, ein Feuer anzuzünden und noch eine Rakete abzuschießen, damit Southwick die *Jorum* fand, bevor Dupont eintraf oder die Kaperschiffe aus der Lagune zu segeln versuchten.

22

Jackson hatte das Gefühl, als müßten seine Lungen jeden Augenblick bersten. Und die Muskeln seiner Schienbeine schmerzten so unerträglich, daß er beinahe weinte. Er zog sich auf die Felsenspitze einer der Klippen hinauf, die den Südeingang der Marigot Bay umschlossen, und sah aufs Meer hinaus. Sekundenlang war das Dunkel ein roter Schleier. Die Luft pfiff durch seinen Hals, als er nach Atem rang, Schweiß rann in seine Augen, trotz der weißen Binde, die er um den Kopf trug.

Als er allmählich wieder zu Atem kam und das Pochen in seinen Schläfen aufhörte, nahm der Horizont klare Umrisse an. Und im Südwesten entdeckte er die Brigg, einen kleinen dunklen Schatten in der Ferne. Er war zu müde, um auf Mr. Ramage wütend zu sein. Aber er hatte es ja gleich gewußt, daß Mr. Southwick hier sein würde. Das Fluchen und Stöhnen hinter ihm wurde immer lauter, Zweige knackten als sich die Männer einen Weg durch die niederen Büsche bahnten. Einen Augenblick später gesellte sich Gorton zu ihm, gefolgt von mehreren Tritons.

„Ah, da hat er sich ja eine gute Stelle ausgesucht, um den Wind von der Küste her zu nutzen, Jacko. In einer Stunde wird er da sein. Glauben Sie, daß er unsere Rakete gesehen hat, Jacko?"

„Das bezweifle ich", sagte Jackson. „Ist Evans hier?"

„Aye, mit Raketen", meldete sich Evans.

„Die anderen sollen Brennholz einsammeln", befahl Gorton. „Zündet hier ein Feuer an, eins dort — und noch eins dort — und noch eins dort hinten." Er zeigte auf die Einfahrt zur Bucht und sagte zu Jackson: „Nicht sehr breit ..."

„Nein. Kein Wunder, daß sie uns ins Schlepptau genommen haben." Von seinem Beobachtungsposten aus konnte Jackson die Stelle sehen, wo die *Jorum* zwischen den beiden sandigen Landzungen die Palmenreihe durchbrochen hatte. Fast direkt unter ihm lag die *Jorum*, wie ein gestrandeter Wal. Die beiden Kaperschiffe, die in der Lagune ankerten, waren vor dem Hintergrund der Mangrovensümpfe nicht zu erkennen. Das bewies, daß sie sich weit zurückgezogen hatten, denn das Wasser der Lagune lag glatt und glänzend im Dunkel.

„Was hat Mr. Ramage Ihrer Meinung nach vor, Jacko?" fragte Gorton.

„Ich glaube nicht, daß er einen bestimmten Plan hat. Kann er ja auch gar nicht. Wir müssen abwarten, was die Freibeuter unternehmen werden, und hoffen, daß die *Triton* rechtzeitig ankommt. Wir haben unseren Teil getan. Den Rest muß die *Triton* besorgen."

„Wieso denn?"

„Nun, wir haben den Stützpunkt der Freibeuter gefunden, und sie sitzen immer noch in ihrem Nest. Wir müssen verhindern, daß sie hier durchkommen, bevor die *Triton* eintrifft. Denn wenn sie erst einmal auf offener See sind, holen wir sie nie mehr ein. Aber mehr können wir meiner Ansicht nach nicht tun."

„Sind wir deshalb mit der *Jorum* direkt hier unten auf Grund gelaufen?"

„Ja. Allerdings, wenn sie wirklich loszusegeln versuchen, können wir sie mit unseren Drehbrassen kaum aufhalten. Aber wie ich Mr. Ramage kenne, nimmt er an, daß die Freibeuter es nicht versuchen werden, weil sie glauben, wir könnten sie aufhalten."

„Der Bursche hat wirklich was los. Da habe ich noch

versucht, rauszufinden, wie wir durch den Sand gekommen sind, da war die *Jorum* auch schon gestrandet.

Gortons Bewunderung war echt, und er nahm sich in dieser Hinsicht auch kein Blatt vor den Mund.

„Ja, wenn's drauf ankommt, kann er ganz glasklar denken", sagte Jackson. „Da ist er eiskalt. Aber daran habe ich mich schon gewöhnt. Sie hätten dabei sein sollen, als wir mit der *Kathleen* das spanische Linienschiff rammten — mit einem Kutter, der nicht viel größer war als Ihr Schoner."

„Was?"

„Das erzähle ich Ihnen später einmal. Jetzt laufen wir lieber zur *Jorum* zurück. Der alte Dupont könnte uns bald einen Besuch abstatten."

Gorton nickte. Er blickte sich um und sah, daß die Männer drei Stapel Brennholz aufgebaut hatten und den Hang hinabkletterten, um noch mehr Zweige zu sammeln. Die *Triton* würde bei diesem Schlagbug keine Schwierigkeiten haben, vor dem Eingang der Bucht beizudrehen.

„Evans! Lassen Sie noch eine Ihrer Raketen los!"

Gorton sah das Streichholz aufflammen, dann sprühte die Rakete sekundenlang Funken, bevor sie zischend in den Himmel flog, um hoch oben zu explodieren.

Er sah zur *Triton* hinüber, und zwei Minuten später stieg eine träge weiße Rakete von der Brigg auf und zerbarst in mehrere weiße Sterne. Er wußte, daß Southwick Evans' Rakete bereits gepeilt haben würde. Wahrscheinlich beugte er sich in eben diesem Augenblick über die Karte, um die Stelle zu finden, von der sie abgefeuert worden war.

Gorton befahl den Männern, den ersten Holzstapel in fünfzehn Minuten anzuzünden. „Paßt auf, ob die *Triton* Raketen abfeuert! Das wird Mr. Southwick vielleicht tun, um sich zu vergewissern, daß wir ein Feuer angezündet haben und nicht die Freibeuter. Wenn ihr eine Rakete seht, soll Evans auch eine loslassen. Ist das klar?"

„Aye aye."

„Das erste Feuer wird vielleicht zehn Minuten lang brennen. Überlegt euch gut, wann ihr das zweite und das dritte anzünden wollt. Jedenfalls muß das dritte brennen, wenn die *Triton* ganz nah herangekommen ist. Mr. Ramage will ihr vielleicht ein Boot entgegenschicken. Also muß ein Mann hinunterkommen, um ihm zu sagen, wann die *Triton* bis auf eine Meile herangesegelt ist."

„Und was sollen wir tun, wenn wir dort hinten was sehen, Mr. Gorton?" fragte Evans. „Ich meine, wenn wir merken, daß die Kaperschiffe oder Dupont irgend etwas unternehmen?"

„Eine gute Frage. Drei Pistolenschüsse, wenn sich die Kaperschiffe bewegt haben, zwei, wenn Duponts Männer sich anschleichen. Und schickt auch in diesem Fall einen Boten hinunter — einen, der schnell laufen kann!"

Ramage wußte, daß er einen Fehler gemacht hatte, als Evans' Rakete in die Luft schoß. Und dann starrte er wütend den Berg hinauf, auf den Schein des ersten Feuers, dieses Fanal, das seine Dummheit weithin verkündete. Er setzte sich auf das Süll und fluchte leise. Bis zu dem Augenblick, wo die Rakete über der Klippe explodiert war, hatten die Freibeuter nur gewußt, daß der Schoner ein Köder gewesen war. Nichts konnte sie zu der Vermutung veranlaßt haben, daß eine Kriegsbrigg des Königs draußen auf hoher See lauerte. Wahrscheinlich hatten sie vor, die *Jorum* zu zerstören, indem sie den Schoner vom Land her enterten, und dann die beiden Kaperschiffe in ein anderes Versteck zu bringen. Vermutlich hätten sie mit dem Angriff bis Tagesanbruch warten sollen. Die Rakete, die Evans an Bord des Schoners abgefeuert hatte, als er am Hafendamm vertäut war, hatte die Freibeuter wohl kaum alarmiert. Eine Stunde war seither verstrichen, ohne daß irgend etwas geschehen war. Aber die Rakete, die über der Klippenspitze zerborsten war, und das Signalfeuer, bewiesen eindeutig, daß ein königliches Kriegsschiff in der Nähe war — nah genug, daß man sich mit solchen Warnzeichen verständigen konnte.

Wenn Dupont auch nur einen Funken Verstand hatte, würde er jetzt sofort versuchen, die offene See zu erreichen — bevor ein Kriegsschiff die Einfahrt der Bucht blockieren konnte.

Ramage sprang auf und lief fluchend über das Deck. Die Männer gingen ihm verwirrt aus dem Weg. Sie konnten sich seinen abrupten Stimmungswandel nicht erklären. Plötzlich verfing sich sein Fuß in einem Tau, und er fiel auf die Nase. Als er sich aufrappelte, kochte er vor Zorn. „Jackson, verdammt, warum liegt hier dieses Tau herum?"

„Das weiß ich nicht, Sir, ich habe es nicht hingelegt."

„Wer hat es getan?"

Jackson zögerte, dann erwiderte er tonlos: „Ich weiß es nicht, Sir."

„Sagen Sie es mir, zum Teufel, oder ich lasse Sie auspeitschen!"

„Nun, Sir, es ist ein Teil der Fockmastwanten, und Sie . . ."

Es war eine Farce, und Ramage wußte es. Unvermittelt brach er in Gelächter aus. Je lauter er lachte, desto komischer erschien ihm die Szene, um so mehr, als alle an Bord in sein Lachen mit einstimmten. Als sein Lachkrampf überwunden schien, erinnerte er sich an den Gesang der Männer, als die *Jorum* auf Grund gelaufen war, und das trieb ihm erneut die Lachtränen in die Augen. Er hustete und bekam Schluckauf, und die Tränen liefen ihm in Strömen über die Wangen. Schließlich taumelte er zum Süll zurück und ließ sich darauf fallen. Allmählich erstarb das Lachen, und dann stand Jackson vor ihm. „Das Schiff ist gefechtsklar, Sir, und ich habe auch ein Boot aussetzen lassen."

„Gut. Wollen Sie etwa mit Fuller auf Fischfang gehen?"

Jackson grinste. „Nun ja, Sir, Fuller hat seine Angelschnur mitgebracht."

„Ist das wahr?"

„Ja, Sir. Er nimmt seine Angelschnur immer und überallhin mit."

„Schade, daß er oben auf dem Berg ist. Sie haben nämlich eine lange Bootsfahrt vor sich, Jackson."

„Kann ich mir jetzt meine Leute aussuchen, Sir?"

„Ja. Aber Sie werden erst in einiger Zeit losrudern."

Als Jackson davonging, sah Ramage auf seine Uhr. Mehr als eine Stunde war vergangen, seit die *Jorum* das Floß durchbrochen hatte — Zeit genug für Dupont, um seine Männer rings um die Bucht zu führen, auch dann, wenn er in die Berge klettern mußte, um den Mangrovensümpfen auszuweichen. Oder war Dupont an Bord eines der Kaperschiffe gegangen? Ja, das wäre möglich. Immerhin waren einige Freibeuter in der Schlacht umgekommen, gar nicht zu reden von den fünf Bootsbesatzungen, die im Granatfeuer gestorben waren. Hatten sie noch mehr Boote? Das war unwahrscheinlich. Wäre Ramage der Captain eines Kaperschiffs, der die *Jorum* erobern wollte, er hätte jedes verfügbare Boot und jeden verfügbaren Mann losgeschickt. Das bedeutete auch, daß Dupont, wenn er kein Boot am Hafendamm liegen hatte, mit seinen Männern ein Floß bauen mußte, um zu den Kaperschiffen zu gelangen. Denn sicher konnten nur wenige Männer schwimmen, und die wenigen würden es nicht riskieren, sich im dunklen Wasser den Haien preiszugeben.

Zum Teufel, wenn er nur alle die Möglichkeiten zum richtigen Zeitpunkt bedenken könnte statt hinterher. Auf diese Weise würde es ihm nie gelingen, die richtigen Entscheidungen zur rechten Zeit zu treffen. Und schon gar nicht, wenn er so müde war wie jetzt.

Also gut — angenommen, die Freibeuter versuchten

durch die schmale Buchteinfahrt zu fliehen. Um sie aufzuhalten, hatte die *Jorum* fünf Drehbrassen, ein halbes Dutzend Musketons und ein paar Pistolen. Nicht einmal, wenn sie doppelt so viele Waffen hätten, würden sie die Freibeuter aufhalten können. Nicht diese verzweifelten Männer, die ein Schattendasein führten und wußten, daß sie keine Gnade finden würden, daß Gefangenschaft gleichbedeutend mit der Todesstrafe war.

Die Entfernung von der *Jorum* bis zur anderen Seite der Bucht betrug dreihundert Yards. Wie breit war der Kanal? Wie dicht mußten die Freibeuter an der *Jorum* vorbeifahren, um zum Eingang der Bucht zu gelangen? Mehrere Gedanken schwirrten durch seinen Kopf. Erst einmal mußte er sich darauf konzentrieren, seine Müdigkeit zu überwinden, damit er die wirren Gedanken festhalten, alle Möglichkeiten ausschöpfen konnte.

Er rief nach Jackson.

„Fahren Sie mit Ihrem Boot los und loten Sie von hier bis zur anderen Seite der Bucht. Stellen Sie fest, wie der Kanal verläuft, damit wir wissen, wie nah die Freibeuter an uns vorbeifahren müssen."

Nach zwanzig Minuten kam Jackson zurück und berichtete, obwohl der Kanal fünfzig Yards breit sei, befände sich die tiefste Stelle in der Nähe der *Jorum*. Der Schoner läge direkt am Südende des Kanals, wo das Wasser ganz plötzlich tiefer wurde, während der Grund im Norden allmählich abfiel. „Auf der anderen Seite habe ich auch viele tückische kleine Felsen gesehen, Sir."

„Könnten Sie an einem dieser Felsen einen Fallstrick befestigen?"

Jackson schlug sich auf die Knie. „Das wäre sogar sehr einfach, Sir."

„Ziehen Sie das Tau zuerst durch die Klüse der *Jorum*. Wir ziehen das lose Ende dann später hoch."

Jackson rief ein paar Männer zusammen.

Das erste Signalfeuer auf der Klippe war erloschen. Orion, Sirius, Castor und Pollux — die Sterne bewegten sich über den Himmel, auf ihren vorgezeichneten Bahnen. Als Ramage den Kopf senkte, flimmerte es immer noch vor seinen Augen, so grell leuchteten die Sterne. Es war, als schwirrten Glühwürmchen über die Bergkette auf der anderen Seite der Bucht. Geblendet vom Sternenlicht... Wieder kam ihm eine Idee. Geblendet... Die Männer am Ruder des Kaperschiffs, der Captain stand wahrscheinlich im Bug, rief ihnen seine Anweisungen zu. Es würde schwierig sein, sich im Dunkel in der Mitte des Kanals zu halten und der *Jorum* auszuweichen. Außerdem mußten sie aufpassen, daß ihnen nicht ein plötzlich umspringender Wind in die Segel fuhr oder daß sie am Fuß der Klippen in einen Stauwirbel gerieten.

Und wenn sie sich dann der *Jorum* näherten...

Ein paar Matrosen drehten an der Ankerspill, und Ramage sah zu, wie sich das Kabel aus der See hob und tropfte, als die Anspannung das Wasser aus den gewundenen Strängen preßte. Das Kabel erstreckte sich vom Schoner über den Kanal bis auf die andere Seite der Bucht, wo es an einem Felsen befestigt war. Es bildete einen Fallstrick, der im Dunkel unsichtbar sein würde.

„Schade, daß wir es nicht höher legen können, Sir", meinte Jackson. „Dann würden wir ihnen glatt den Fockmast abbrechen."

„Das bezweifle ich, aber es ginge ja ohnehin nicht."

„Glauben Sie, daß wir ihren Kahn schwer beschädigen werden?"

„Nein. Hoffentlich überhaupt nicht."

Jackson schwieg ein paar Minuten lang und überlegte, was das Kabel für einen Zweck haben sollte, wenn es das Kaperschiff nicht beschädigte. Schließlich gab er sich geschlagen. „Darf ich fragen..."

Die Verwirrung des Amerikaners schien Ramage zu überraschen. „Nachdem wir durch das Floß gebrochen waren, mußten wir uns doch gewaltig anstrengen, um zu sehen, wie der Kanal verläuft, nicht wahr?"

Jackson nickte.

„Aber die Freibeuter sind oft genug hindurchgefahren, um genau zu wissen, wo der Kanal ist", fuhr Ramage fort. „Sie kommen also an, dwars ab von uns, bleiben hübsch in der Mitte des Kanals. Aber sie sind nervös, weil wir auf sie feuern. Plötzlich stößt das Schiff gegen irgend etwas Hartes. Wenn Sie der Captain des Kaperschiffs wären — was würden Sie glauben?"

„Daß wir gegen einen Felsen gestoßen sind."

„Aber Sie befinden sich doch in der Kanalmitte."

„Ja, natürlich. Also, ich würde mich verdammt komisch fühlen."

„Und was würden Sie tun?"

„Ich würde über die Reling schauen und feststellen, was los ist."

„Und damit verlieren Sie wertvolle Sekunden, gerade wenn Sie direkt neben der *Jorum* sind."

„Ja, in der Tat!" rief Jackson begeistert.

„Und wenn die *Jorum* bis dahin noch keinen Schuß abgefeuert hätte, wären Sie wohl noch nervöser."

Der Amerikaner wartete eine Weile, dann begriff er, daß das alles war, was er vorerst erfahren würde. Er hatte schon viele Abenteuer mit seinem Captain erlebt. Mehr als einmal hatte er an Ramages Seite in Todesgefahr geschwebt. Aber der Captain hatte immer wieder einen scheinbar verrückten Plan entwickelt, der ihm selbst und seinen Männern das Leben gerettet hatte. Alle diese Pläne gingen davon aus, daß der Feind überrumpelt wurde. Denn Ramage war der Meinung, daß man seinen Feind um so wirkungsvoller schlagen konnte, wenn man mit Überraschungseffekten operierte.

Ganz begriff Jackson noch nicht, was der Captain vorhatte. Gut, die Freibeuter sollten nervös werden, weil sie gegen ein Hindernis gestoßen waren, gerade in dem Augenblick, als sie sich dwars ab von der *Jorum* befanden. Aber warum sollte die *Jorum* bis zu diesem Moment nicht einmal einen Pistolenschuß abfeuern?

Wenn Mr. Ramage nun in dem Augenblick, wo das Kaperschiff gegen das Kabel stieß, mit Drehbrassen, Musketons und Pistolen das Feuer eröffnete! Nein, das wäre zu offensichtlich. Er mußte ein anderes As im Ärmel haben. Aber Jackson zerbrach sich vergeblich den Kopf.

Ramage blickte auf seine Uhr und dann nach achtern. Die drei Männer, die dort als Ausluger standen, waren verläßlich, und dem einen hatte er sogar das Nachtfernrohr gegeben. Dupont war inzwischen doch sicher an Bord eines der Kaperschiffe gegangen. Ramage war überzeugt, daß der Mann nicht vorhatte, die *Jorum* vom Land aus anzugreifen. Er ging zu Gorton hinüber und rief nach Jackson. „Trommeln Sie achtern die Männer zusammen. Ich muß mit ihnen sprechen."

Sobald die Besatzung versammelt war, erklärte Ramage, wie er die Flucht der Freibeuter verhindern wollte. Als er geendet hatte, fragte er, ob alles klar sei. Doch die Leute hatten alles verstanden, und als er sie entlassen hatte, rannten sie ins Dunkel davon, um ihre Vorbereitungen zu treffen.

Ein paar Minuten später hörte Ramage die Stimme eines Auslugers, wandte sich um und sah, wie der Mann das Nachtfernrohr an die Augen hielt. „Captain! Eines der Kaperschiffe lichtet den Anker und hißt gerade ein Segel am Fockmast!"

23

Ramage stand an der Heckreling, hielt das Nachtfernrohr an die Augen und beobachtete die Stelle, wo die *Jorum* durch die Palmenreihe gebrochen war.

„Wie ein Frettchen, das einen Kaninchenbau beobachtet", sagte Jackson.

„Das klingt nach Meuterei, Jackson. Mindestens fünf Dutzend Peitschenhiebe."

Jackson kicherte. „Aber ich stehe doch ganz auf der Seite des Frettchens."

„Biedern Sie sich nicht so an, Jackson. Das nützt Ihnen nichts, ich befördere Sie trotzdem nicht."

Das erste Kaperschiff war noch etwa fünfzig Yards von der Lücke entfernt, das zweite war nicht zu sehen.

„Sorgen Sie dafür, daß sich die Jungs im Boot bereit halten", sagte Ramage.

Das Kaperschiff hißte nun Großsegel und Stagfock. Der Wind wehte mit einer Geschwindigkeit von acht oder neun Knoten von Osten. Ramages Hand zitterte vor Erregung und erschwerte es ihm, die Bewegungen des Kaperschiffs durch das Nachtfernrohr zu verfolgen, das ihm ein umgekehrtes Bild lieferte. Er wußte, die Minuten, die verstreichen würden, bis das Kaperschiff die *Jorum* erreichte, würden zu den wichtigsten seines Lebens zählen.

Ein Ruf drang vom Strand her zu ihm. Er wirbelte herum. „Ja?"

„Eine Nachricht von Evans, Sir! Die *Triton* ist bis auf eine Meile herangekommen, südöstlich vom Eingang der

Bucht, und er will eine Rakete abfeuern... Da ist sie schon!“

„Gut, sagen Sie Evans...“

„Und er zündet auch noch ein Feuer an. Wir haben eine Menge Brennholz gesammelt...“

„Schon gut, laufen Sie zu Evans zurück und sagen Sie ihm, daß das erste Kaperschiff einen Vorstoß versucht. Schnell!“

„Aye aye, Sir.“

Ramage wandte sich wieder der Heckreling zu, um das Kaperschiff zu beobachten. Plötzlich stockte sein Atem. Wieder ein Fehler... Das Boot der *Jorum* sollte Southwick entgegenfahren, um ihn zu warnen. Wen sollte er losschicken? Jackson brauchte er doch hier...

Das Kaperschiff war nur noch zweihundert Yards entfernt. Das phosphoreszierende Grün ihres Bugs sah aus wie ein hellgrüner Schnurrbart, hübsch getrimmt.

„Stafford! Jackson! Kommt nach achtern!“

Die beiden Männer waren in Sekundenschnelle bei ihm.

„Jackson — ich muß den Plan ändern. Stafford, Sie nehmen das Boot und fahren Mr. Southwick entgegen. Sehen Sie das Kaperschiff? Gut. Die *Triton* hat eine Meile südwestlich von der Buchteinfahrt beigedreht. Rudern Sie zu ihr, so schnell Sie können, schildern Sie Mr. Southwick die Lage der *Jorum*. Wenn er keine Schüsse hört, soll er bis Tagesanbruch warten. Aber wenn er zwei weiße Lichter am Bug sieht, eins über dem anderen, soll er ein Boot schicken, damit ich ihm meine Order mitteilen kann. Nehmen Sie ein Leuchtfeuer und eine Zündschnur mit, damit Mr. Southwick Sie sieht! Beeilen Sie sich!“

„Viel Glück. Sir!“

„Danke, Stafford. Jackson, Sie erledigen Ihren Job hier an Bord. Holen Sie die Sachen aus dem Boot!“

Das Kaperschiff war bis auf hundert Yards herangekommen. Rasch segelte es näher, von einem plötzlichen

Windstoß gepackt und vorangetrieben. Zum Teufel, es machte vier oder fünf Knoten ... Das Kabel — sie würden den Aufprall kaum spüren. „Jackson, sind Sie bereit?"

„Aye aye, Sir, ich bin hier am Großmast."

„Sehr gut. Alle anderen auf ihren Plätzen?"

Ein leiser Chor antwortete ihm, und er wußte, daß alle bereit waren und auf den großen Augenblick warteten. Einige hockten entlang der Reling, hielten Zündschnüre in den Händen, die wie rotglühende Würmer aussahen.

„Drehbrassen!" rief Ramage leise. „Nicht feuern, bevor ich den Befehl gebe! Zielt auf das Achterdeck!"

Fünfzig Yards — und jetzt schaffte das Kaperschiff mehr als fünf Knoten. Nein, weniger — es war schwer festzustellen, weil es fast direkt auf ihn zuzukommen schien. Die Segel, von den Schoten breit auseinandergezogen, um jeden Windhauch zu nutzen, wirkten riesengroß. Würden die Freibeuter das Feuer eröffnen? Er stellte sich vor, wie sie neben den Geschützen mit den Traubenladungen saßen und auf das Achterdeck der *Jorum* zielten, direkt auf die Stelle, wo er stand ... Das Achterdeck — genau die Stelle, auf die auch seine Männer feuern sollten ...

Sein Mund war trocken, kalter Schweiß perlte auf seiner Stirn, die Zähne schlugen hart aufeinander. Nackte Angst — und die Pflicht, sie vor den Männern zu verbergen ... Jetzt war das Kaperschiff so nah herangekommen, daß er es durch das Nachtfernrohr nicht mehr sehen konnte. Er legte es beiseite, riß seine Pistolen aus dem Hosenbund. Als er die Daumen ausstreckte, um die Hähne zu spannen, fühlte er sich etwas ruhiger. Zwei Duellpistolen, bereit zum Kampf gegen ein Kaperschiff ... Nichts festigte den Mut so sehr wie das Gewicht einer Pistole, das man in der Hand spürte.

Noch fünfundzwanzig Yards — verdammt, wie lange dauerte es denn noch ... Zum Teufel!

Er sollte nicht hier stehen. Er wirbelte herum, rannte

nach vorn, weinte fast wegen seiner Dummheit. Als er den Bug erreicht hatte und das Kabel unter den Füßen spürte, blickte er hastig zurück zu dem schwarzen Rumpf des Kaperschiffs, das rasch heranglitt. Nur das Klatschen des Wassers, das an seinem Bug vorbeifloß, durchbrach die Stille. Der Steven war nur noch wenige Yards vom Kabel der *Jorum* entfernt. Warum feuerten die Freibeuter nicht? Dumme Frage — weil die Mündungsblitze sie blenden würden...

Das plötzliche Rucken am Ankerkabel erschreckte Ramage so sehr, daß er nach hinten sprang. Und es dauerte eine Sekunde, bis er rief: „Jackson! Das Leuchtfeuer!" Im nächsten Augenblick erhellte ein unwirkliches, grelles blaues Licht die ganze Bucht. Langsam drehte sich das Kaperschiff, bis es den Bug dem gegenüberliegenden Strand zuwandte. Krachend barsten die Spieren und Gaffeln, als die Segel übergingen.

„Feuer!" schrie Ramage.

Die fünf Drehbrassen der *Jorum* explodierten, eine nach der anderen und nicht gleichzeitig, was bewies, daß jeder Mann erst sorgfältig zielte, bevor er schoß und nicht nur einfach losfeuerte, weil sein Nachbar es auch tat.

„In die Takelung schießen... Raketen!"

Verdammt, wenn er doch das Nachtfernrohr mitgenommen hätte, dann könnte er...

Plötzlich rasten zwei Raketen fast horizontal über die Bucht, mit unheimlich zischenden Kometenschwänzen, sausten direkt auf das Kaperschiff zu, explodierten in roten Funken, als sie ihr Ziel trafen. Wenige Sekunden später sah Ramage Flammenzungen aus Segel und Takelung schießen, gepeitscht vom Wind.

Jackson zupfte ihn am Ärmel. „Sie sitzen fest, Sir."

Ramage nickte wie betäubt. Das hatte er noch gar nicht bemerkt. Tatsächlich, die Position des Kaperschiffs änderte sich nicht. Es lag im selben Winkel zur Nordküste, den die

Jorum zum Südstrand bildete. Offenbar hatte ein Felsen ein Leck in den Schiffsbauch geschlagen. Oder war das eine optische Täuschung, hervorgerufen durch die schwingenden Segel? Und war das Heck abgesunken? Schwer zu sagen, da das Leuchtfeuer so unheimliche Schatten warf ... Aber das Schiff war immer noch voller Freibeuter, voller Männer, die den Tritons genüßlich die Kehlen durchschneiden würden, wenn sie die *Jorum* entern könnten. „Drehbrassen!" schrie Ramage. „Feuer!"

Als der Krach der fünf Geschütze über die Bucht hallte, wandte er sich zu Jackson um und stieß hervor: „Was ist mit den Musketons?"

„Alles bereit, Sir."

„Musketons! Eröffnet das Feuer! Jackson, gehen Sie nach achtern und sehen Sie nach, ob das zweite Kaperschiff den Anker gelichtet hat. Das Nachtfernrohr liegt auf dem Ruderkopf."

Die Musketons krachten. Neben dem Leuchtfeuer, das in der Nähe des Großmasts knisterte, standen zwei Männer mit vollen Wassereimern, um zu verhindern, daß der Schoner in Flammen aufging. Das blaue Lodern blendete Ramage, aber er wußte, daß es den Schützen das Zielen erleichterte. Er sah, daß eine Drehbrasse nach der anderen nachgeladen wurde. Sein Zorn auf die Freibeuter war plötzlich verflogen. Nur wenige Seefahrer empfanden Mitleid für solche Menschen. Aber irgendwie hatte er das ungute Gefühl, daß dieser Kampf in kaltblütigen Mord ausartete.

„Die Ausluger sagen, daß sich das zweite Kaperschiff noch nicht von der Stelle gerührt hat, Sir", meldete Jackson und übergab ihm das Nachtfernrohr. „Ich konnte das Schiff ziemlich genau sehen. Die Besatzung drängt sich im Bug und versucht offenbar herauszufinden, was hier vorgeht."

„Sehr gut."

„Die Drehbrassen und die Musketons sind geladen, Sir."

„Sehr schön."

„Sie würden uns alle gnadenlos umbringen, wenn sie eine Gelegenheit dazu hätten, Sir."

„Ich weiß", sagte Ramage dumpf. „Noch je fünf Schüsse aus den Drehbrassen, dann die Musketons . . . Wir müssen noch ein paar Geschosse und ein bißchen Pulver für das zweite Kaperschiff aufheben."

„Aye aye, Sir", sagte Jackson, und weil er wußte, was sein Captain in diesem Augenblick empfand, ging er ein paar Schritte davon, bevor er den Befehl gab, das Feuer wieder aufzunehmen.

Hell loderte das Signalfeuer auf der Klippe. War Stafford schon an Bord der *Triton*? Durch das Fernglas sah Ramage, daß die Drehbrassen der *Jorum* den Heckbalken des Kaperschiffs zertrümmert hatten. Er entdeckte ein paar Männer im Bug, andere waren ins Wasser gesprungen und schwammen auf den gegenüberliegenden Strand zu.

Als Jackson ihn weckte, sah Ramage, daß der Tag anbrach. Die letzten Sterne verschwanden in kaltem grauem Licht. Seine Glieder waren steif, weil er im Lee der Heckreling auf den harten Decksplanken gelegen hatte.

„Die *Triton* liegt immer noch beigedreht vor dem Buchteingang. Auf dem Kaperschiff da drüben ist kein Lebenszeichen zu entdecken, aber auf dem anderen in der Lagune rührt sich was."

Jackson half Ramage auf die Beine. „Ich hoffe, Sie fühlen sich jetzt frischer, Sir."

„Ich fühle mich wie eine Leiche. Und wie geht's Ihnen?"

„Großartig, Sir, aber ich habe ja auch eine Stunde länger geschlafen als Sie."

„Wo gibt's Wasser?"

Jackson zeigte auf einen Holzeimer, der neben dem Lukensüll stand. Ramage ging darauf zu, kniete nieder und steckte den Kopf ins Wasser. Dann sprang er auf und rieb sich fluchend die Augen. „Jackson, Sie Narr! Ich habe frisches Wasser gemeint."

„Aber es war frisch, Sir. Irgend jemand muß es ausgeschüttet und den Eimer mit Meerwasser gefüllt haben."

Ramages Augen brannten zwar, aber wenigstens war er jetzt hellwach. Er blinzelte ein paarmal, und dann sah er zum offenen Meer. Und da lag die *Triton* beigedreht, mit backgeholtem Vormarssegel, direkt hinter der Buchteinfahrt. Vor einer Stunde, bevor er Gorton das Kommando übergeben hatte und eingeschlafen war, hatte er eine Idee gehabt. Er war nun froh, daß er sie während des kurzen Schlafs nicht vergessen hatte."

„Jackson, Gorton! Kommen Sie her!"

Ohne sich mit langen Vorreden aufzuhalten, wandte er sich an den Captain des Schoners. „Stellen Sie sich einmal vor, Sie würden das zweite Kaperschiff kommandieren. Hätten Sie erraten, warum das erste auf Grund gelaufen war?"

„Ich hätte angenommen, das Leuchtfeuer hätte die Leute so geblendet, daß sie den Kanal nicht gefunden haben."

„Sie wären nicht auf die Idee gekommen, daß da ein Kabel gespannt war?"

„Gewiß nicht, Sir."

„Sehr gut. Sie sind immer noch der Captain des zweiten Kaperschiffs. Was würden Sie jetzt tun?"

Gorton überlegte einen Augenblick lang, dann sagte er: „Ich würde warten, bis es hell wird — noch eine halbe Stunde. Dann würde ich einen Vorstoß wagen."

„Und glauben Sie, daß Sie Erfolg hätten?"

Gorton nickte.

„Warum?"

„Weil ich annehmen würde, daß mir die *Jorum* nicht in die Quere kommen kann. Ich könnte den Kanal ja bei Tageslicht sehr gut sehen. Außerdem würde ich auf die

Jorum schießen — was die Besatzung des ersten Kaperschiffs nicht tun konnte, da sie fürchten mußte, von den Mündungsblitzen geblendet zu werden.“

„Die Tatsache, daß die *Jorum* hier liegt, würde Sie also nicht beunruhigen?“

„Nein, denn das Kaperschiff ist mit 6-Pfündern bestückt und die *Jorum* hat nur Drehbrassen.“

„Aber die Freibeuter können die *Triton* hinter dem Buchteingang sehen.“

„Das würde mich nicht aufregen — bei allem Respekt, Sir“, fügte Gorton hastig hinzu. „Die Freibeuter segeln mit dem Ostwind, aber die *Triton* hat Gegenwind. Um die Einfahrt in Schach zu halten, muß sie beigedreht bleiben, entweder auf dem einen Schlagbug in Nordostrichtung oder auf dem anderen in Südostrichtung. Sie hat also den einen oder den anderen Bug dem Eingang zugewandt — keine Breitseite. Wenn ich der Captain des Kaperschiffs wäre, würde ich also geradewegs auf sie zusteuern. Vergessen Sie nicht, daß das Kaperschiff mit Schratsegel getakelt ist. Ich müßte nur aufpassen, daß ich nicht vor eine Breitseite der *Triton* gerate, und an der Brigg vorbeisausen. Die *Triton* weiß nicht, über welchen Bug sie gehen müßte, um mich aufzuhalten, weil sie nicht weiß, ob ich an ihrem Bug oder am Heck vorbeisegeln werde. Aber wie immer ich mich auch entscheide, bei diesem Wind könnte die *Triton* nicht schnell genug über Stag gehen.“

Gorton hatte offen und ehrlich seine Meinung gesagt, und Ramage nickte. „Die *Triton* kann also gar nichts tun, um Sie aufzuhalten.“

„Verdammt!“ warf Jackson ein. „Nachdem wir uns so angestrengt haben, sollen uns die Kerle entwischen?“ Er sah, wie Ramage an seiner Schläfe kratzte, und fügte rasch hinzu: „Ich meine — das wäre doch schade, Sir.“

„Jacko hat recht, Sir. Wir . . .“ Gorton brach ab. „Worauf wollen Sie denn hinaus, Sir?“

„Am schnellsten stirbt man, wenn man glaubt, der Feind könnte nicht erraten, was man vorhat. Vor allem, wenn man wie in diesem Fall nur eine Möglichkeit hat. Was Sie eben geschildert haben, ist der einzige Ausweg, der dem Kaperschiff bleibt."

Gorton und Jackson nickten wie zerknirschte Schuljungen, und nach einer Weile ergriff der Captain des Schoners wieder das Wort. „Das ist mir klar, Sir. Aber ich weiß nicht, was die *Triton* unternehmen könnte."

„Vergessen Sie die *Triton* für einen Augenblick und überlegen Sie, zu welchem Zeitpunkt das Kaperschiff verwundbar ist."

„Wenn es durch den schmalen Spalt fährt", sagte Jackson prompt.

„Mehr noch", fügte Gorton hinzu. „Von dem Augenblick an, wo es uns erreicht, bis zu dem Moment, wo es durch den Eingang fährt."

Ramage nickte, und es war ihm ein bißchen peinlich, daß er so überlegen getan hatte. „Ja. Und sein jetziger Ankerplatz ist gute sechshundert Yards von hier entfernt. Wenn die *Triton* also sechshundert Yards weiter draußen im Meer beidreht und gleichzeitig mit den Freibeutern lossegelt..."

„... kann sie das Kaperschiff im Eingang erwischen, kann es entweder an die Felsen drücken oder es mit einer Breitseite vernichten."

„Am liebsten beides", meinte Jackson.

„Ja, am liebsten beides", wiederholte Ramage. „Und jetzt hören Sie zu, Gorton. Das Ankerkabel der *Jorum* wird uns diesmal nichts nützen, denn das würden sie rechtzeitig entdecken. Aber damit die *Triton* genügend Zeit findet, weiter draußen beizudrehen, was schwierig sein wird, wenn der Wind nicht umspringt, muß die *Jorum* ein Ablenkungsmanöver veranstalten. Wie viele Raketen haben wir noch?"

„Nur noch zwei“, sagte Gorton. „Ich habe sie gerade gezählt. Aber wir haben genug Pulver und Geschosse für die Drehbrassen und die Musketons. Und mit einem Leuchtfeuer können wir ein bißchen Dampf machen.“

Aber Ramage hörte kaum mehr zu. Er hatte sich bereits einem anderen Problem zugewandt. Wer immer die *Triton* kommandierte — wenn sie gegen einen Felsen stieß oder auf Grund lief, der Kommandant müßte sich vor einem Kriegsgericht verantworten, und das wollte er Southwick nicht antun. Andererseits würde Southwick sehr enttäuscht sein, wenn Ramage jetzt wieder das Kommando übernahm. Und doch wußte Ramage, daß er genau das tun müßte. Die Chancen, daß die *Triton* die Freibeuter aufhalten konnte, ohne selbst Schaden zu erleiden, waren gering. Vielleicht könnte sich Southwick nicht dazu entschließen, das feindliche Schiff zu rammen. Aber der Verlust der Brigg wäre zu verkraften, wenn dafür die Freibeuter endgültig ausgeschaltet waren.

„Gorton, ich kehre an Bord der *Triton* zurück, und Sie ...“ Er brach ab, als ihm bewußt wurde, daß Gorton ja gar nicht unter seinem Kommando stand. „Ich schlage vor, daß ein paar Tritons an Bord des Schoners bleiben“, korrigierte er sich. „Und ich bitte Sie mit Ihren Männern hierzubleiben und die gesamte Besatzung zu befehligen.“

„Fein, Sir!“ rief Gorton aufgeregt. „Wir werden unser Bestes tun.“

„Sehr schön. Ich nehme Jackson, Stafford, Evans und Fuller mit. Wie viele Tritons wollen Sie haben?“

Zwanzig Minuten später stand Ramage auf dem Achterdeck der *Triton* und erzählte Southwick, was geschehen war. Dann hörte er sich den Bericht des Schiffsführers an.

Southwick rundete seine Erzählung ab, indem er erwähnte, wie nützlich die Signalfeuer auf der Klippe gewesen seien. Dann fügte er hinzu: „Zwei Leute stehen unter

Arrest, weil sie gekämpft haben — während die Brigg gefechtsklar war."

Ramage seufzte. „Warum haben sie denn gekämpft, um Himmels willen?"

„Wir hatten den Schleifstein an Deck geholt, um die Säbel zu schärfen. Da begannen zwei zu streiten, weil jeder als erster drankommen wollte."

„O Gott, haben sie etwa gefochten?"

„Nun ja, gewissermaßen. Der eine hat eine leichte Wunde am Kopf."

„Waren sie betrunken?"

„Nein."

„Hm . . . Jedenfalls habe ich jetzt keine Zeit, mich darum zu kümmern." Ramage hielt ein Fernrohr an die Augen und blickte zum Eingang der Marigot Bay. An der Südseite der äußeren Bucht konnte er die *Jorum* deutlich erkennen. Am Nordufer lag das Kaperschiff, das auf Grund gelaufen war. Dazwischen gestattete die Lücke in der Palmenreihe, die der Schoner durchbrochen hatte, einen guten Ausblick auf das zweite Kaperschiff, das am anderen Ende der Innenbucht ankerte. Es war noch nicht hell genug, um erkennen zu können, was an Deck vorging. Southwick trat an seine Seite.

„Können Sie die Lagune gut sehen, Sir?"

Ramage nickte. „Daß sie uns mit diesem Palmenfloß zum Narren gehalten haben . . . Wir hätten ein Boot in die Bucht schicken sollen, als wir letzte Woche hier an der Küste patroullierten."

Southwick grinste. „Machen Sie sich deshalb keine Vorwürfe, Sir. Ich habe auf unserer Karte nachgesehen, da ist die Lagune viel kleiner eingezeichnet, als sie in Wirklichkeit ist. Die Karte ist eben ein bißchen antiquiert."

„Schade, daß ich keine Zeit hatte, mir die Karten meines Vaters zu holen, bevor wir England verließen."

„Ja. Aber es wird auch höchste Zeit, daß die Lordschaften neue Karten herausbringen. Diese verdammten Korallen werden manchmal innerhalb eines Jahres um einen Fuß höher. Und wir haben Karten, die fünfzehn Jahre alt sind."

Ramage trug Southwick auf, die Position der *Triton* um fünfhundert Yards nach Norden zu verlegen, so daß sie mit dem gegenwärtigen Wind auf die Einfahrt der Marigot Bay zusteuern konnte. Dann bat er den Schiffsführer noch, ihn zu rufen, wenn sich die Freibeuter blicken ließen, und ging in seine Kabine, um sich zu waschen und zu rasieren und frische Kleider anzuziehen.

Der Blick in den Spiegel irritierte ihn. Ein Fremder mit blutunterlaufenen Augen und neuen Falten um die Mundwinkel starrte ihm entgegen. Er sah aus wie ein Gejagter, wie ein Freibeuter auf der Flucht, der die schmutzige, zerrissene Uniform eines königlichen Offiziers gestohlen hatte.

Der Steward brachte ihm heißes Wasser. Er verzichtete darauf zu fragen, wie das Wasser erhitzt worden war. Denn auf einem gefechtsklaren Kriegsschiff durfte kein Kombüsenfeuer brennen. Vor einer Stunde, an Bord der *Jorum*, wären ihm die Gedanken an heißes Wasser, an eine Rasur, an frische Kleider wie Erinnerungen an ein anderes Leben erschienen, das er vor vielen Jahren geführt hatte. Jetzt, wo er sich den Schaum ins Gesicht schmierte, erschien ihm das Geschehen auf der *Jorum* ebenso unwirklich und fern.

Als er das Rasiermesser ansetzte, stieß er einen wilden Fluch aus. Dieser verdammte Steward! Er konnte ein Wasser ohne Feuer erhitzen, großartig bügeln und sich unsichtbar machen, wenn er bei Tisch servierte. Aber ein Rasiermesser schärfen — konnte er nicht. Wütend griff Ramage nach dem Lederstreifen, um das Messer zu wetzen.

Als er gerade die letzten Stoppeln von seinem Kinn entfernte, klang ein Ruf an Deck auf. „Captain — Sir!"

Er ging zum Deckfenster. „Ja?"

„Die *Jorum* hat eine blaue Flagge gehißt, Sir", berichtete Southwick aufgeregt. „Sieht eher wie ein Hemd aus."

„Sehr schön. Dann hat sich also an Bord des Kaperschiffs was gerührt. Wenn das Hemd verschwindet, wissen wir, daß die Freibeuter den Anker gelichtet haben."

„Aye aye, Sir."

Die angenehme Müdigkeit, in die der warme Seifenschaum ihn versetzt hatte, war verflogen. Aber der restliche Schaum trocknete auf seinen Wangen, die Haut spannte unangenehm, und Southwick stand noch immer da und wartete auf Befehle. „Ich rasiere mich nur rasch fertig, Southwick."

„Aye aye, Sir."

Als Ramage sich abwandte, schrie Southwick: „Das blaue Hemd ist weg, Sir!"

„Ich rasiere mich fertig, Mr. Southwick!"

„Aye aye, Sir", sagte Southwick mit unverhohlener Mißbilligung.

Als er sich den Schaum vom Gesicht wischte, bereute es Ramage schon wieder, daß er den alten Mann so angefahren hatte. Southwick hatte offenbar ein paar Stunden, in denen er die *Triton* befehligt hatte, sehr genossen, und nun dürstete er nach Taten. Aber Ramage wußte, daß in der nächsten halben Stunde jeder Mann an Bord so ruhig wie möglich sein mußte. Eine einzige unbedachte Handlung, begangen von einem übereifrigen, aufgeregten Matrosen, und die Brigg wäre ein Wrack, die Freibeuter würden entkommen. Im Spiegel sah er, daß seine Hand zitterte — natürlich vor Müdigkeit. Er sah sich selbst in die Augen und grinste. Vielleicht war es keine Müdigkeit — aber bei Gott, auch keine Angst.

Und der verdammte Steward hatte seine zweitbeste Uniform herausgelegt, als ob Sonntag wäre. Aber jetzt war keine Zeit, eine alte Uniform herauszusuchen. Hastig zog Ramage sich an. Die Seide des Hemdes fühlte sich angenehm auf der Haut an, die polierten Stiefel glänzten. Er steckte das Wurfmesser in einen der Stiefelschäfte.

Die Pistolen waren neu geölt und geladen. Das war sicher Jacksons Werk. Er steckte sie in den Hosenbund, schlüpfte in den Rock und schlang sich die Säbelkoppel um die Schulter. Der Säbel war eigentlich unpassend. Er hätte ein kostbares Schwert mit Intarsiengriff haben müssen. Aber mit einem Säbel konnte man besser kämpfen. Er stülpte sich den Hut auf den Kopf und ging an Deck.

Southwick überreichte ihm das Fernrohr. Das Kaperschiff war unterwegs, mit gehißtem Fock- und Großsegel. Die Männer im Bug katteten den Anker und setzten auch noch den Klüver. Die Brise war kaum stark genug, um die Falten in den flachsfarbenen Segeln zu glätten. Das Schiff befand sich etwa auf gleicher Höhe mit dem Hafendamm, und das bedeutete, daß es zweihundert Yards von den sandigen Landzungen und fünfhundert Yards von der *Jorum* entfernt war.

Ramage blickte zum Marigot Point hinüber, der sich an der Nordseite der Einfahrt erhob, dann sah er zur Südseite. Wenn man eine Verbindungslinie von einer Seite des Eingangs zur anderen zöge, wäre sie fünfhundert Yards von der *Jorum* entfernt.

„Wie ein Pferderennen mit zwei Starts, die sich gegenüberliegen“, meinte Southwick. „Die Pferde laufen aufeinander zu und treffen sich am Ziel in der Mitte.“

„Bitte, lassen Sie das Vormarssegel brassen, Mr. Southwick.“

Southwick gab die entsprechenden Befehle, die Segelstange fuhr herum, die Brigg setzte sich in Bewegung.

„Mit vollen Segeln voraus, Mr. Southwick!“

„Aye aye, Sir“, sagte der Schiffsführer und wandte sich dem Steuermannsmaat zu. Da zu Füßen der Berge Stauwirbel zu erwarten waren, würde es nicht leicht sein, dicht am Wind zu bleiben.

Ramage ging zum Kompaßhaus, sah auf den Kompaß und dann auf die Windfahne am Großmasttopp. Ostnordost... Das würde verdammt knapp werden. Die *Triton* mußte an die Nordseite der Bucht segeln und das Kaperschiff zwingen, sich südlich zu halten und dicht an der *Jorum* vorbeizufahren. Dicht am Wind konnte die *Triton* um sechs Strich vom Wind abfallen. Mit anderen Worten, sie konnte ungefähr parallel mit der Nordküste segeln. Ein Blick zeigte ihm, daß sie das bereits tat. Aber wenn der Wind nur um ein paar Grad drehte, würde sie in die Mitte des Kanals fahren müssen — und Gott allein mochte wissen, was dann geschah.

Wenn sie dann nicht sofort drehen und wieder aus der Bucht segeln konnte, würde sie auf Grund laufen. Und wenn sie erst einmal halb in der Bucht war, hatte sie vielleicht nicht genug Platz zum Wenden. Oder sie halste mit backen Segeln, jonglierte mit den Segeln, so daß sie sich achtern bewegte, bis der Bug herumgedreht war. Oder sie wendete mit Hilfe des Dreggankers, warf einen Anker über die Leeseite, so daß der Bug herumschwang. Wenn dann das Ankertau durchschnitten und der Anker zurückgelassen wurde, konnte die Brigg wieder aus der Bucht segeln.

Aber diese Mühen brauchte er nicht auf sich zu nehmen, wenn er das Manöver zur richtigen Zeit durchführte. Der Erfolg hing davon ab, daß beide Schiffe die gleiche Strecke zurücklegten. Das Kaperschiff würde dreihundert Yards von der *Jorum* entfernt sein, wenn es zwischen den Landzungen hindurchsegelte. Genauso weit würde die *Triton* von Gortons Schoner entfernt sein.

Plötzlich sah Ramage, daß das Kaperschiff zwischen den Landzungen angelangt war. Er wirbelte herum, peilte die Südseite der Einfahrt. Er hatte bereits etwa fünfzig Yards Rückstand. Verdammt! Daß er sich immer wieder in Tagträumen verlieren mußte... Der Himmel über den südlichen Bergen hatte sich rosa gefärbt. In fünfzehn Minuten würde die Sonne aufgehen. Aber fünfzig Yards würden keine große Rolle spielen. Sie würden sich eben fünfzig Yards von der *Jorum* entfernt treffen, um fünfzig Yards weiter auf dieser Seite. Dann würden Gorton und seine Männer bereits ihr Bestes getan haben.

„Soll ich loten lassen, Sir?“ fragte Southwick.

„Das hätte wenig Sinn. Wir müssen ohnehin auf diesem Kurs bleiben. Aber gehen Sie bitte nach vorn und passen Sie auf, ob irgendwo vereinzelte Felsen aus dem Wasser ragen.“

Das Kaperschiff hatte die Landzungen hinter sich gelassen und fuhr mit rosig überhauchten Segeln vor dem Wind. Die Lieks der Briggsegel flatterten, und Southwick wandte sich zum Steuermannsmaat um. „Aufpassen, verdammt!“

Offenbar waren sie in einen kleinen Stauwirbel gekommen, denn das Flattern hörte auf, bevor die Männer das Ruder zu drehen begannen. Die Klippen waren gefährlich nahe. Kein Wunder, daß Southwick einen Mann in die Fockrüsten postieren wollte, einen Mann, der das Senkblei auswarf.

Das Kaperschiff fiel ein paar Grad ab, um einer leichten Biegung des Kanals zu folgen. War der Captain Links- oder Rechtshänder? Das würde einen gewissen Unterschied ausmachen, überlegte Ramage. Ein Rechtshänder würde dazu neigen, sich links zu halten, an der Südseite des Kanals. Und die *Triton,* die sich im Norden hielt, würde ihn noch weiter in die Südrichtung treiben.

An jeder der zehn Karronaden, mit denen die *Triton* bestückt war, stand eine Geschützbedienung bereit. Jede Karronade war mit Traubengeschossen geladen. Die Geschützführer hielten schon die Lunten in den Händen. Sie würden in dem Augenblick feuern, wenn das Kaperschiff auf gleicher Höhe mit der Brigg war. Ein Matrose spähte durch jede Pforte, meldete seinem Geschützführer immer wieder, welche Position das Kaperschiff hatte. Und neben jeder Karronade klemmten Pistolen, Säbel und Äxte in den kleinen Zwischenräumen des Schanzkleids, bereit zum Kampf, falls Ramage den Befehl geben sollte, das Kaperschiff zu entern.

Das Kaperschiff war ein hübscher Schoner, der sich geschmeidig und grazil bewegte. Es folgte der Kurve des Kanals, hielt sich an der Südseite. Vielleicht zweihundert Yards lagen noch vor ihm, bevor es die *Jorum* erreichen würde. Bisher lief alles gut, dachte Ramage, die *Triton* durfte nur nicht gegen einen Felsen stoßen. Man würde keine Zeit haben, dem Hindernis auszuweichen, also hatte es gar keinen Sinn, daß Southwick im Bug Ausschau hielt. Er rief den Schiffsführer auf das Achterdeck zurück.

Southwick war gerade nach achtern gekommen, als das dumpfe Dröhnen eines Geschützes zwischen den Klippen widerhallte, gefolgt von weiteren Schüssen. Ramage sah zur *Jorum* hinüber und verfluchte Gorton, weil dieser das Feuer zu früh eröffnet hatte. Doch dann stellte er überrascht fest, daß keine Rauchwolken aus den Drehbrassen quollen, und Southwick rief: „Das war dieses verdammte gestrandete Kaperschiff!“

Die Überlebenden waren also an Bord zurückgekehrt. Rauch trieb von dem Kaperschiff weg, auf die *Triton* zu. Und weil es sich nach Steuerbord gedreht hatte, bevor sie auf Grund gelaufen war, hielten seine Backbordgeschütze nun die Buchteinfahrt in Schach. Und sie bedrohten die *Triton*, die Entfernung zwischen den beiden Schiffen verringerte sich mit jeder Sekunde.

„Schlecht gezielt“, sagte Southwick verächtlich. „Aber wenn wir noch fünfzig Yards weitersegeln, wird uns die nächste Breitseite erwischen.“

„Rufen Sie das Kaperschiff doch an und sagen Sie ihm das!“

Noch mehr Schüsse krachten, und nun trieben auch vor

der *Jorum* Rauchschwaden. Dann ein seltsames Knallen, sechs deutlich unterscheidbare Schüsse, Gorton hatte seine Drehbrassen abgefeuert und dann die Musketons, um den Freibeutern Angst einzujagen.

„Hoffentlich ladet Gorton rechtzeitig nach, damit sie für unseren zweiten Freund gerüstet ist", meinte Southwick.

„Das wird er schon tun. Alles, was die Freibeuter ablenkt, ist uns eine große Hilfe."

Das Kaperschiff befand sich nun auf halber Strecke zwischen den Landzungen und der *Jorum*.

„Jetzt ist die zweite Breitseite fällig, Sir."

In dem Gewirr von Tauwerk, das die Takelung der *Triton* bildete, war nur etwa ein halbes Dutzend Teile lebenswichtig. Aber wenn einer dieser Teile getroffen wurde ... Ramage schob diesen Gedanken rasch beiseite. Inzwischen hätte die zweite Breitseite krachen müssen, aber der Krach blieb aus. Hatten Gortons Kugeln so viele Freibeuter getötet oder verwundet, daß diese ihre Geschütze nicht mehr bedienen konnten? Auch die *Jorum* feuerte keine zweite Breitseite ab. Die hob sich Gorton wohl für das andere Kaperschiff auf, das nun dicht herangekommen war und ein paar Grad abfiel, um im tiefsten Teil des Kanals zu bleiben.

An der Backbordseite der *Triton* fielen die Klippen nun weniger steil ab, Büsche verdeckten die nackten Felsen.

Das Kaperschiff machte etwa einen Knoten mehr als die *Triton*, und dafür war Ramage dankbar. Er hatte die Stelle, wo er das Kaperschiff treffen wollte, falsch berechnet. Die Bucht begann sich um die *Triton* zu schließen, und es war weniger Platz zum Lavieren, als er gedacht hatte. Die Tatsache, daß das Kaperschiff die *Jorum* passiert haben würde, wenn es die *Triton* erreichte, konnte der Brigg Vorteile bringen. Wie nett vom Feind, daß er Ramages Fehler wiedergutmachte ...

„Der Wind ist böig", sagte Southwick. „Wir würden

ziemlich dumm aussehen, wenn wir in eine Windstille geraten und die Freibeuter an uns vorbeisegeln."

Ramage plagte sich bereits mit dem gleichen Problem herum und berechnete außerdem noch Distanzen und Geschwindigkeiten. „Wenn das passiert", stieß er unfreundlich hervor, „können Sie ja die Boote kommandieren, die uns aus der Bucht schleppen."

Das Kaperschiff hatte die *Jorum* fast erreicht. Noch dreißig Yards oder zwanzig — das war von diesem Blickwinkel aus schwer festzustellen. Gortons Männer würden nun ihre Drehbrassen richten, die Musketons an der Reling abstützen. Hatten die Freibeuter das Ankertau gesehen, das sich immer noch von der *Jorum* zu den Felsen spannte?

Eine Rauchwolke quoll aus dem Achtergeschütz der *Jorum*. Einen Augenblick später hörte Ramage die Explosion. Auch die Buggeschütze des Kaperschiffs feuerten, das ebenfalls mit Drehbrassen bestückt war. Dann hörte Ramage das scharfe Krachen zweier weiterer *Jorum*-Geschütze. Nun lag dichter Rauch vor der gesamten Backbordseite des Kaperschiffs. Es mußte nun fast genau dwars ab von der *Jorum* liegen. Die gesamte Breitseite krachte, und aus den Drehbrassen und Musketonmündungen des Schoners drang stetiger Rauch. Der Lärm der Schüsse erreichte die *Triton* wie gleichmäßig rollender Donner.

Dann drehte das Kaperschiff sich plötzlich hart nach Steuerbord, strebte offenbar geradewegs auf den gestrandeten Gefährten zu. Aus den Stückpforten strömte immer noch Rauch. Fock- und Großsegel gingen über Bord. Southwick stieß einen begeisterten Fluch aus, aber Ramage fand, daß dieser Optimismus verfrüht war. War das Kaperschiff gegen das Ankertau gestoßen? Oder hatten die Schüsse der *Jorum* die Männer am Ruder des Kaperschiffs getötet? War das Schiff deshalb nur für einen Augenblick außer Kontrolle geraten? Würde schon in der nächsten Sekunde ein Freibeuter das Ruder herumreißen?

Die *Triton* war nur mehr zweihundert Yards von dem Kaperschiff entfernt. Durch das Fernrohr konnte Ramage die Löcher sehen, die die Traubenladungen der *Jorum* in das Schanzkleid des Feindes geschlagen hatte. Als er das Fernrohr zu Gortons Schoner herumschwang, wurden seine Befürchtungen bestätigt. Die *Jorum* sah übel aus. Es war ein Wunder, daß sie nach der einzigen Breitseite des Kaperschiffs die verbliebenen Drehbrassen noch hatte abfeuern können. Dann richtete er das Teleskop wieder auf das Kaperschiff. Er sah ein paar Männer zum Ruder laufen, obwohl bereits zwei dort waren. Andere zerrten verzweifelt an den Fock- und Großsegelschoten.

Es mußte das Kabel gewesen sein. Das Schiff war dagegengestoßen, der Captain hatte den Aufprall gespürt und instinktiv befohlen, das Ruder herumzureißen. Aber das Kaperschiff war so weit auf die Seite des Kanals geglitten, daß ... Nein! Das Ankertau war nicht mehr da. „Sie haben das Kabel durchtrennt", sagte er zu Southwick. „Jetzt versuchen sie zu wenden!"

„Sollen wir entern oder rammen, Sir?"

„Warten wir erst einmal ab." Wie sollte Ramage schon jetzt Entscheidungen treffen — wo nicht abzusehen war, ob es dem Kaperschiff gelingen würde zu wenden?

„Sie drehen, Sir!"

Zuerst ganz langsam ... Sie hatten das Kaperschiff in voller Länge gesehen, von der Heckreling bis zum Bugspriet, nun verkürzte sich die Seite, die der *Triton* zugewandt war. Ramage sah, daß es den Freibeutern gelungen war, das Großsegel mittschiffs zurück an Bord zu holen. Wenn sie Glück hatten, würden sie ihr Schiff drehen können, und dann würde es mit dem Bug voran auf die Buchteinfahrt zusegeln.

Plötzlich lief Ramage zu einer Stückpforte und sah über die Seite. Ein Blick genügte, das Wasser zwischen der *Triton* und der Nordküste war zu seicht. Das Kaperschiff konnte sich nicht an der Brigg vorbeiquetschen. Es war sogar ein Wunder, daß die *Triton* noch nicht auf Grund gelaufen war. Als er zum Kompaßhaus zurückkehrte, war sein Entschluß gefaßt.

Bis jetzt war er seltsam gelassen gewesen — vielleicht, weil die *Triton* nichts anderes hatte tun können, als weiterzusegeln. Jetzt fühlte er Erregung in sich aufsteigen, weil er nun gezwungen war, rasche Entscheidungen zu treffen. Und er würde nur siegen, wenn der Gegner Fehler machte. Er lockerte die Pistolen im Hosenbund, kämpfte die Erregung nieder.

Die Großspiere des Kaperschiffs fuhr herum, gefolgt von der Fockspiere, und sofort begann es sich rascher zu drehen.

„Sie schaffen es!" rief Southwick und beobachtete die Untiefe in Strandnähe.

Ramage starrte auf das Bugspriet des Kaperschiffs, das immer schneller herumschwang und wie ein anklagender Finger auf ihn zeigte. Die beiden Masten bildeten für einen Augenblick eine Linie, dann glitten sie wieder auseinander. Ja, es wendete verdammt schnell.

„Anscheinend wollen sie am anderen Ufer stranden!" rief Southwick.

Wenn die Freibeuter das taten, würden sie der *Jorum* viel zu nahe kommen. Southwick war manchmal wirklich dumm. Eine *Triton*-Breitseite würde nicht ausreichen, davon war Ramage überzeugt.

„Mr. Southwick! Wir drehen um neun Strich nach Steuerbord!"

„Aye aye, Sir!"

Ramage hob das Sprachrohr an die Lippen und schrie: „Geschützführer an der Backbordseite! Ohne weiteren Befehl feuern, wenn Sie das Ziel klar vor Augen haben!" Dann wandte er sich an den Steuermannsmaat. „Aufpassen!"

Das Kaperschiff schnellte diagonal am Bug der *Triton* vorbei, gewann rasch Fahrt. Ramage kratzte sich an der Schläfe und versuchte den genauen Augenblick zu erraten, wann er den Befehl geben mußte, das Ruder herumzureißen — so daß die *Triton* auf einem fast parallelen Kurs lief und ihre Breitseitenkarronaden einsetzen konnte. Nur fast parallel, so daß das Kaperschiff wählen mußte, ob es auf Grund laufen oder gegen die *Triton* prallen wollte.

Wenn er den Befehl zu früh gab, würde der Feind rasch abfallen und am Heck der *Triton* vorbeischlüpfen, einen Augenblick zu spät, und das Kaperschiff würde entkommen ... Wenn es einen Vorsprung von fünfzig Yards herausholte, konnte Ramage es nie mehr einholen.

Plötzlich änderte er seinen Plan. Er würde nicht schnell drehen, sondern ganz langsam. „Steuermannsmaat, einen Strich nach Steuerbord. Mr. Southwick! Schicken Sie die Leute an die Schoten und Brassen!"

Die *Triton* drehte sich um fast ein Dutzend Grad, und für Sekunden lag das Kaperschiff wieder direkt vor ihr und hundert Yards entfernt. Als der neue Kurs der *Triton* gefestigt war, lief das Kaperschiff wieder diagonal an ihrem Bug vorbei.

Southwick stand neben Ramage, das Sprachrohr in der Hand. Ramage rieb sich über die Schläfe, sah, daß Jackson ihn beobachtete, und ließ rasch die Hand sinken. „Steuermannsmaat, ein Strich nach Steuerbord!"

Southwick brüllte die Männer an, die die Segel trimmten. Wieder fuhr die *Triton* für ein paar Sekunden direkt auf das Kaperschiff zu, bis die Drehung vollendet war. Jetzt war der Feind nur mehr fünfundsiebzig Yards entfernt.

Und dann brachte Ramage die Brigg mit einer blitzschnellen Neun-Strich-Drehung längsseits an das Kaperschiff heran. Auf diese Weise trieb er den Gegner immer weiter an die Südküste. Damit nahm er den Freibeutern auch die einzige Chance, plötzlich abzufallen und sich am

Heck der *Triton* vorbeizudrücken. „Steuermannsmaat! Noch ein Strich nach Steuerbord!"

Wieder wurden die Segel getrimmt, wieder zeigte der Bug der Brigg für ein paar Sekunden auf das Kaperschiff. Noch fünfzig Yards — und der alte Schiffsführer warf Ramage einen besorgten Blick zu. Aus jeder Stückpforte an der Backbordseite spähte ein Mann, informierte regelmäßig seinen Geschützführer. Der rosa Himmel hatte sich inzwischen taghell gefärbt. Das Kaperschiff bot mit seinen geneigten Masten einen wunderschönen Anblick.

Plötzlich kam ein Windstoß die Bucht herab, traf das Kaperschiff zuerst, verhalf ihm zu einem zusätzlichen Knoten. Gerade schnell genug, um es durchschlüpfen zu lassen — jetzt!

„Hart nach Steuerbord!" schrie Ramage. Der Steuermannsmaat feuerte die Männer am Ruder an, Southwick schrie die Segeltrimmer an. Langsam begann sich die *Triton* zu drehen. Zu langsam — Ramage fluchte leise, als er beobachtete, wie das Ende des Klüverbaums auf das Land zuschwang. Ah, jetzt bewegte es sich schneller. Für eine Sekunde lag die *Jorum* direkt vor ihm, dann das Kaperschiff. Und als die *Triton* sich weiter drehte, lag der Gegner plötzlich fast dwars ab. „Backbordgeschütze! Aufgepaßt!"

Sein Herz hämmerte schmerzhaft gegen die Rippen. Es war pures Glück gewesen. „Steuermannsmaat! Halten Sie denselben Kurs wie dieser Bastard!"

Die *Triton* und das Kaperschiff segelten nun fast Seite an Seite, steuerten Kurse, die an Land zusammenlaufen und sie nach zweihundert Yards stranden lassen würden. Ein Krach kam von vorn, Ramage und Southwick fluchten einstimmig. Eine Rauchwolke, ein rumpelnder Rückstoß, Pulverrauch, der in den Kehlen brannte ... Die vorderste Karronade der *Triton* hatte gefeuert.

Hektische Unruhe unter den Männern am Ruder des Kaperschiffs zeigte, daß der Schuß gut gezielt war. Mündungsblitze flammten an der Seite des Schiffs auf, gefolgt von dumpfem Krachen.

Die beiden nächsten Karronaden der *Triton* explodierten, und die Achterdeckreling des Kaperschiffs verschwand in einem Regen aus Splittern und Staub, Schreie hallten über das Wasser. Die Splitter waren wie Riesennadeln über das Deck geflogen, hatten den Männern gräßliche Wunden zugefügt.

Flammenzungen schossen aus den Geschützen der Freibeuter, und diesmal splitterte Holz am Bug der *Triton.* Metall klirrte gegen Metall. Ramage sah, daß der Aufprall des Schusses die vorderste Karronade herumgedreht und ihre Geschützbedienung wie ausgestopfte Vogelscheuchen quer über das Deck geschleudert hatte. Die vierte und die fünfte Karronade der *Triton* explodierten, beide Geschosse trafen den Rumpf des Kaperschiffs knapp oberhalb der Wasserlinie und hinterließen rostfarbene Flecken im Holz.

Ramage hustete, als ihm der Rauch in die Kehle drang, seine Augen tränten, aber er sah, daß das Kaperschiff jetzt jeden Augenblick auf Grund laufen würde, wenn die Freibeuter nicht nach spätestens zwanzig Yards das Ruder herumrissen. Und wenn sie das Ruder drehten, würde das Kaperschiff die Brigg rammen. Dann sah er, daß niemand mehr am Ruder stand — das war auch nicht mehr möglich, denn die Kugeln der *Triton* hatten das Ruder zerschmettert. Das Kaperschiff hatte sich selbständig gemacht und würde stranden.

„Mr. Southwick! Ich werde in den Wind drehen. Wir werfen den Backbordbuganker und lassen uns achtern treiben! Vielleicht brauchen wir ein Springtau, um die Breitseite abfeuern zu können!"

„Aye aye, Sir."

In wenigen Augenblicken hatte der weißhaarige Schiffsführer die nötigen Befehle gegeben. Ein halbes Dutzend Männer rannte nach vorn, um den Buganker vorzubereiten

Die Leute an den Schoten und Brassen riefen: „Aye aye, Sir!", als Southwick sie ermahnt hatte, sofort bei der Hand zu sein, wenn sie den Befehl des Captains gehört hatten.

Als Ramage sah, wie sich der Bug des Kaperschiffs hob, nachdem es gegen den Sandstrand gestoßen war, schrie er: „Steuermannsmaat! Hart nach Steuerbord! Leute, aufgepaßt! Wir drehen die Brigg!"

Und schnell begann die *Triton* herumzuschwingen. Der Klüverbaum fuhr erst an den Klippen der Südseite entlang, dann über die Buchteinfahrt und die Klippen der Nordseite. Als die Brigg so dicht wie möglich in den Wind gedreht hatte, sah Ramage zu dem gestrandeten Kaperschiff hinüber und befahl, die Segelstangen und Segel zu trimmen. „Steuermannsmaat! Bleiben Sie im Wind! Seid ihr da vorn mit dem Anker fertig?"

Ein Mann rief ihm zu, daß das Kabel bereit sei.

„Steuerbordkarronaden! Wenn wir nach achtern treiben, feuert, sobald ihr das Ziel vor Augen habt! Wartet nicht auf weitere Befehle!"

Die *Triton* fuhr an dem gestrandeten Schiff vorbei, fuhr auf die Landzungen zu, direkt dem Wind entgegen. Die Segel preßten sich bereits an die Masten, obwohl Ramage die Segelstangen hart brassen ließ. Rasch verlor die Brigg Fahrt, und Southwick spähte durch eine Stückpforte und rief: „Wir laufen bald auf Grund, Sir!"

„Anker werfen!" befahl Ramage.

Der Buganker fiel klatschend ins Wasser.

„Mr. Southwick! Vormarssegelstange brassen!"

Mit vierkant gebraßter Rah würde die Brigg schneller nach achtern treiben, und Ramage betete, daß sich die Windrichtung nicht ändern möge. Er wollte die *Triton* zurückfallen lassen, bis sie dwars ab vom Kaperschiff lag.

Als die Segelstange herumgedreht war, befahl Ramage dem Schiffsführer, noch mehr Tau schießen zu lassen, bis die Brigg in der richtigen Position war. Plötzlich bewegte sich das Heck auf die Südküste zu, obwohl der Wind nicht umgesprungen war. Ramage warf einen Blick auf die Männer am Ruder und schrie: „Steuermannsmaat! Ruder mittschiffs, Sie Holzkopf!“

Das Ruder war nach der plötzlichen Drehung nicht verändert worden, und so hatte es, sobald die Brigg begonnen hatte, nach achtern zu treiben, ins Wasser gegriffen und das Heck herumgeschoben.

Eine Explosion, splitterndes Holz, das Winseln einer Traubenladung, Splitter, die dicht hinter Ramage aufspritzten ... die Freibeuter in dem gestrandeten Schiff hatten es geschafft, eine Kanone zu richten. Die volle Ladung hatte die Backbordseite der Heckreling getroffen und einen Großteil des Holzes weggerissen. Aber kein Mann war verletzt worden.

Yard um Yard, wie ein Bulle, der nach rückwärts getrieben wird, bewegte sich die *Triton* nach achtern. Southwick brüllte gestikulierend mit den Männern. Ramage ging zur Heckkarronade, grinste die Geschützbedienung an und blickte durch die Stückpforte. Die Karronade war bereits so weit wie möglich nach achtern gerichtet. Noch zwanzig Yards, dann war es soweit.

Der Geschützführer trat beiseite, als sich Ramage hinter die Karronade kniete und durch das Visier blickte. In wenigen Augenblicken würde die Karronade direkt auf den Fuß des Großmasts zielen, um den sich mindestens ein Dutzend Freibeuter versammelt hatte. Der Geschützführer, der immer noch eine weiße Binde um den Kopf trug und zur *Jorum*-Mannschaft gehört hatte, sagte lachend: „Das wird ein Volltreffer, Sir. Wir wollen ja auch keine Munition verschwenden.“

Als Ramage sich wieder erhoben hatte und zurückgetreten war, brachte die Geschützbedienung die Karronade in Schießposition. Der Geschützführer hielt das glühende Luntenende an das Zündloch.

Die Karronade sprang im Rückstoß nach hinten, Rauch quoll aus der Mündung. Ohne nachzusehen, wohin der Schuß gegangen war, begannen die Männer hastig mit dem Wurm das Rohr zu säubern und nachzuladen. Ramage spähte durch die Stückpforte, am Ladestock vorbei. Kein einziger Mann war neben dem Großmast des Kaperschiffs stehengeblieben. Der Mast war nun mit rostfarbenen Flekken übersät, an den Stellen, wo die Traubenladung getroffen hatte. Und dann sah er zwei rote Flammenzungen aus den vorderen Geschützen der Freibeuter lodern.

Es war keine Zeit mehr, um hinter die Reling zu springen. Holz splitterte rings um die Stückpforte, Metall klirrte, Querschläger wimmerten. Ramage spürte, wie Blut seine Uniform durchtränkte, feucht über sein Gesicht lief. Kein Schmerz, kein Bericht für Admiral Robinson mit der Meldung, daß die Order ausgeführt sei. Ein freier Posten für einen Günstling des Admirals, kein Wiedersehen mit Gianna, Southwick segelte mit der *Triton* zurück nach Barbados ... Wirre Gedankenfetzen schossen durch seinen Kopf, als er von der Stückpforte wegtaumelte.

Ein Mann hielt ihn fest, fing ihn auf, bevor er stürzte. Ein Mann mit Cockney-Akzent wiederholte ängstlich die Frage: „Alles in Ordnung, Sir?"

Stafford — er erkannte die Stimme. Seine Augen brannten, der Kopf schmerzte — aber nicht allzusehr. Es war ein eher dumpfer Schmerz, eine Art Betäubung. Sonst tat ihm nichts weh. Und als er an sich hinabblickte, sah er auch kein Blut. Er begriff, daß ihn das Meerwasser durchnäßt hatte, das von dem Schuß aufgewirbelt worden war. Er rieb sich die Stirn, aber der Schmerz war im Hinterkopf. Wahrscheinlich war er gegen den Rand der Stückpforte gestoßen, als er nach hinten gesprungen war.

Er versicherte Stafford, daß es ihm gut ginge, und kam sich wie ein Narr vor, bis ihm einfiel — es wußte ja niemand, daß er sich eingebildet hatte, verwundet zu sein.

Die nächsten Karronaden der *Triton* feuerten in rascher Folge. Southwick stand plötzlich neben ihm. Der Krach der Heckkarronade, die nun ebenfalls wieder feuerte, übertönte die ersten Worte des Schiffsführers.

Dann ein dumpfes Dröhnen, als ein Geschoß den Vorderteil der Brigg traf ...

„Verflucht!" schrie Southwick. „Der Klüverbaum ist im Eimer!"

Wieder explodierte eine Karronade. Die Männer feuerten im Eiltempo, er durfte nicht vergessen, sie nachher zu loben. Als Ramage auf die nächste Stückpforte zuging, drang eine aufgeregte Stimme zu ihm. „Captain! Die Franzosen schreien und wedeln mit einer weißen Flagge!"

„Feuer einstellen!" rief Ramage. „Southwick — das Sprachrohr!"

Durch die Stückpforte sah er eine Gruppe von Männern im Bug des Kaperschiffs, die wild gestikulierten. Einer schwang einen weißen Stoffetzen. Ein Hemd? Ramage drehte das Sprachrohr um und hielt es ans Ohr. Eine englische Stimme — eine aufgeregte, angstvolle Stimme, die sich beinahe überschlug und schrie, daß sich das Kaperschiff ergeben wolle.

„Mr. Southwick, schicken Sie die Enterer los!"

War der alte Schiffsführer enttäuscht?

„Und, Mr. Southwick — wenn Sie die Besatzung gefangengenommen haben, kümmern Sie sich auch um das andere Kaperschiff. Und dann bringen Sie Mr. Gorton an Bord der *Triton.*"

„Aye aye, Sir!" rief Southwick strahlend. „Zwei Prisen, die sich innerhalb von fünf Minuten ergeben — was will man mehr? Mit solchen Federn kann sich nicht jeder schmücken."

„Nein", bestätigte Ramage und erinnerte sich, daß der Erfolg auf des Messers Schneide gestanden hatte. „Aber ich hoffe, wir werden sowas noch öfter erleben."

24

Die *Triton* hatte die *Jorum* im Schlepptau und folgte den beiden Kaperschiffen entlang der Küste nach St. George, das noch zwei Meilen entfernt lag. Ramage hörte zu, wie Southwick Spekulationen anstellte, warum die *Merlette* auf der Reede lag. „Der Admiral hat sie also akzeptiert“, sagte der alte Schiffsführer grinsend. „Das bedeutet, daß wir alle ein bißchen Prisengeld kriegen — wenn diese verflixten Agenten nicht ihre üblichen Mätzchen machen.“ Mit dem neuen Großmast sei die *Merlette* doch wirklich ein schönes Schiff, meinte er und fügte hinzu: „Und ein hübsches Kommando für einen Günstling des Admirals.“

Ramage nickte. Ein hübsches Kommando, ein schnelles Schiff, ideal geeignet, um Befehle zwischen den Inseln weiterzugeben. Und er bezweifelte nicht, daß der neue Kommandant in seinem Schreibtisch einen Brief des Admirals für den Captain der *Triton* haben würde.

Southwick deutete auf die beiden Prisen der *Triton*, die voraussegelten. „Mit denen werden die Schiffszimmermänner noch viel Freude haben.“

Wieder nickte Ramage. Es hatte zwei Tage gedauert, bis die Kaperschiffe und die *Jorum* wieder halbwegs seetüchtig waren. Aber der Fockmast der *Jorum* war so schwer beschädigt gewesen, daß er nicht repariert werden konnte, und die *Triton* hatte den Schoner ins Schlepptau nehmen müssen.

Southwick kicherte. „Gorton hätte sich sicher nie träumen lassen, daß er noch einmal in seinem Leben Prisen-Captain sein würde.“

Hatte der alte Schiffsführer ganz bestimmte Vermutungen angestellt?

„Wie meinen Sie das, Southwick?"

„Kommen Sie, Sir! Das merkt doch ein Blinder ohne Laterne, daß er desertiert ist."

„Vielleicht, aber ich habe meine Brille in England vergessen. Jedenfalls war Gorton nützlicher als zwanzig Unteroffiziere."

„Oh, ich wollte nicht Kritik üben, Sir", versicherte Southwick hastig. „Ich finde es sogar sehr gut, daß sie ihn als Prisen-Captain angeben wollen. Ich kann mir die Gesichter in St. George nur zu gut vorstellen, wenn Gorton mit den zwei Schiffen im Hafen ankommt."

„Das wird auch der einzige Lohn sein, den er bekommt."

„Er hat mir gesagt, daß ihm das genügt."

„Sehr gut. Und ich bin froh, daß Appleby so verständnisvoll war. Ich mußte ihn auf die *Jorum* versetzen. Wenn sie nämlich zu gieren anfinge, könnte sie unseren Masten gefährlich werden."

Der Wind war im Lee des Landes schwach, und so dauerte es eine halbe Stunde, bis die beiden ehemaligen Kaperschiffe durch die Hafeneinfahrt segelten. Nachdem die *Jorum* ein Signal von Southwick erhalten hatte, warf sie das Schlepptau ab und ging vor Anker. Sobald das Tau an Bord der Brigg geholt war, warfen auch die Tritons ihren Anker. Während Southwick sich vergewisserte, daß die Rahen gerade lagen, und befahl, die Boote auszusetzen, berichtete der Seesoldat, der auf der Laufplanke stand, daß ein Boot die *Merlette* verlassen hatte. Ein paar Minuten später begrüßte Ramage ihren kommandierenden Offizier an Bord. Es war Fanshaw, der Leutnant, der sich in der Admiralskabine der *Prince of Wales* wichtig gemacht hatte. Fanshaw war sehr stolz auf sein neues Kommando, aber offensichtlich verwirrt, weil Ramage erriet, warum er es erhalten hatte.

„Nun, wie macht sich die *Merlette*?" fragte Ramage.

„Großartig", erwiderte Fanshaw, und sein Tonfall deutete an, daß er aus dem Schatz seiner reichen Erfahrungen mit Schiffstypen jeder Art schöpfte.

Als Fanshaw auf dem Sofa saß, erkundigte sich Ramage: „Und was führt Sie zu mir?"

Fanshaw zog einen Brief aus der Tasche. „Vom Admiral." Sein Blick verriet Ramage, daß der Leutnant den Inhalt des Schreibens kannte.

Ramage steckte es achtlos in die Tasche. „Ich muß den Militärkommandanten an Land aufsuchen. Kommen Sie mit?" Als Fanshaw zögernd nickte, griff Ramage nach dem Bericht, den er für Admiral Robinson geschrieben hatte, und ging an Deck.

Colonel Wilson hatte vom Fort aus die Ankunft der *Triton* beobachtet und wartete an der Brustwehr. Sein Gesicht war vor Freude gerötet, und bevor Ramage ein Wort sagen konnte, rief der Colonel aus: „Ich wußte es ja! Da sind sie also, die Schurken." Er zeigte auf die beiden Kaperschiffe, die Gorton am Kielholplatz vertäut hatte. „Hoffentlich hat der alte Fisher aus dem Fenster seines Prunksalons zugesehen. Aber jetzt kommen Sie mit mir ins Office, Sie müssen mir alles ganz genau erzählen."

Ramage warf gelegentlich einen Blick auf Fanshaw, während er Bericht erstattete. Hin und wieder hieb der Colonel entzückt mit der Faust auf den Tisch, und das Gesicht Fanshaws wurde immer länger. Als Ramage seine Erzählung beendet hatte, sagte er zu Wilson: „Entschuldigen Sie mich bitte einen Augenblick — Leutnant Fanshaw hat mir einen Brief vom Oberbefehlshaber gebracht."

„Ich weiß", erwiderte der Colonel seufzend. „Er hat mir die letzten zwei Tage ständig in den Ohren gelegen, ob ich nicht endlich wüßte, was eigentlich mit der *Triton* los ist."

Ramage brach das Siegel, und begann den Brief zu lesen.

Das Schreiben war kurz und brachte das Mißvergnügen des Admirals zum Ausdruck, der sich beschwerte, weil er keinen Bericht von Ramage erhalten hatte. Er habe auf die Nachricht gewartet, daß Ramage die Freibeuter gefunden und vernichtet hätte. Wenn die Order in fünf Tagen nicht ausgeführt sei, solle sich Ramage an Bord der *Prince of Wales* melden.

Ramage wußte, daß man dem Admiral von seiner Reaktion berichten würde, und verzog keine Miene. Er faltete den Brief langsam zusammen, steckte ihn ein, zog den Bericht hervor und warf ihn auf Fanshaws Knie. „Sie sollten das sofort dem Admiral überbringen."

Fanshaw warf einen Blick auf die Unterschrift und sagte, ohne nachzudenken: „Es ist meine Sache, darüber zu entscheiden."

„Haben Sie eine gegenteilige Order vom Admiral erhalten?" fragte Ramage.

„Nein — nicht direkt."

„Dann segeln Sie besser sofort los, oder Sie geben mir Ihre Gründe, warum Sie es nicht tun wollen, schriftlich."

„Aber ich muß doch . . ."

„. . . dem Admiral erzählen, daß Sie sich geweigert haben, mit einer wichtigen Depesche loszusegeln? Gut, tun Sie das!"

Fanshaw erhob sich, verabschiedete sich mit säuerlichem Gesicht von Wilson, nickte Ramage zu und ging.

„Aufgeblasener Affe!" sagte Wilson, als sich die Tür geschlossen hatte. „Ist die *Merlette* nicht das Sklavenschiff, das Sie gekapert haben?"

Ramage nickte.

„Ich wette, der Bursche hat so lange um den Admiral herumgetanzt, bis die Pflaume reif und ihm in den Schoß gefallen war."

„Sie scheinen gut über die Navy Bescheid zu wissen", sagte Ramage grinsend.

„Hm . . . Die Günstlingswirtschaft ist kein Monopol der Navy. Übrigens ist der Gouverneur sehr böse auf Sie."

„Das habe ich mir gedacht."

„Mich überrascht es auch nicht. Ich gab ihm Ihren Brief, und er schrie und stampfte mit dem Fuß auf. Er meinte, man hätte ihn fragen müssen, bevor Sie abfuhren. Ich sagte ihm, ich sei anderer Meinung."

„Danke."

Wilson winkte ab. „Das Vergnügen war ganz auf meiner Seite. Jedenfalls schrieb er einen Bericht und schickte ihn an Admiral Robinson. Zu diesem Zweck mietete er einen von Rondins Schonern. Er muß die *Merlette* unterwegs getroffen haben."

„Fein. Er hat mir einen Gefallen damit getan." Wilson blinzelte verwirrt, und Ramage fügte hinzu: „Fanshaw überbrachte mir einen sehr ungnädigen Brief des Admirals. Er tadelte mich, weil ich die Freibeuter noch nicht gefangen hätte, gab mir noch fünf Tage Zeit, und danach sollte ich mich an Bord des Flaggschiffs melden. Wenn der Admiral also ohnedies schon verärgert war, wenn er Sir Jasons Brief gelesen hat, wird er vor Wut kochen. Und nun taucht Fanshaw mit meiner Depesche auf. Einen besseren Knalleffekt könnte ich mir gar nicht wünschen."

Der Colonel brach in schallendes Gelächter aus. „Nun, Ihre nächste Order dürfte mehr nach Ihrem Geschmack sein."

„Tatsächlich?"

„Mein lieber Junge, er wollte Sie als Sündenbock mißbrauchen. Aber Sie vollbringen das Unmögliche, Sie haben Erfolg. Ganz sicher wird er in London Lorbeeren einheimsen wollen, andererseits wird er dafür sorgen, daß niemand sein Ränkespiel durchschaut. Und für den Fall, daß Sie Verdacht geschöpft haben sollten, wird er Ihnen eine Order geben, die Ihnen Spaß machen wird und für die Sie ihm dankbar sein müssen."

„Hoffentlich haben Sie recht, Sir.“

„So, nun sollten wir aber Sir Jason besuchen und ihm erzählen, daß sein Goldenes Vlies vor Motten und Freibeutern sicher ist.“

„Ich habe mich schon gefragt . . .“

„Hier habe ich einen Brief für Sie.“ Wilson öffnete eine Schreibtischschublade. „Es geht ihr gut, sie wohnt immer noch bei uns. Natürlich hat sie kaum eine Nacht geschlafen vor Sorgen. Aber jetzt weiß sie, daß alles in Ordnung ist, denn ich habe sie sofort benachrichtigt, als ich Ihre Armada kommen sah.“

Er schob den Brief über den Tisch, und Ramage starrte nervös darauf.

„Ich würde ihn aufmachen“, sagte Wilson grinsend und reichte ihm einen Brieföffner. „Er wird schon nicht explodieren.“

Bitte beachten Sie
die folgenden Seiten

Fritz Brustat-Naval

ein Ullstein Buch

Kaperfahrt zu fernen Meeren

Die Anson-Story 1740/44
Ullstein Buch 20637

Die Kap-Hoorn-Saga

Auf Segelschiffen am Ende der Welt
Ullstein Buch 20831

Im Wind der Ozeane

Mit dem Vollschiff »Greif« um die Welt
Ullstein Buch 20949

Windjammer auf großer Fahrt

Die Welt der Segelschiffe, wie sie wirklich war
Ullstein Buch 22030

Um Kopf und Kragen

Seefahrt – wie sie nicht im Buche steht
Ullstein Buch 22241

Wolfgang J. Krauss

Seewind
Seglergeschichten – unglaublich, aber wahr
Ullstein Buch 20282

Seetang
Geschichten von Seglern und Yachten
Ullstein Buch 20308

Kielwasser
Sechzig Jahre unter Segel und Motor
Ullstein Buch 20518

Ihr Hafen ist die See
Skipper-Report I
Ullstein Buch 20540

Nebel vor Jan Mayen
Skipper-Report II
Ullstein Buch 20579

Wider den Wind und die Wellen
Skipper-Report III
Ullstein Buch 20708

Von der Sucht des Segelns
Skipper-Report IV
Ullstein Buch 20808

Herbert Ruland

Eispatrouille

Mit Spezialschiffen
auf hoher See

Ullstein Buch 22164

ein Ullstein Buch

Hier geht es um die Helfer auf See: Schiffe und Männer, deren Aufgabe es ist, das Schlimmste zu verhüten. In spannenden Reportagen werden ihre Einsätze geschildert: auf Hochsee-Bergungsschleppern, Rettungskreuzern, Fischereischutzbooten im Nordmeer, auf Eiswachtkuttern vor Neufundland und Kabellegern im Atlantik. Reich an Dramatik und realistischer Härte, gibt dieses Buch Einblick in den Dienst unerschrockener Spezialisten, ohne die das Leben auf See noch viel gefährlicher wäre.